fabryka słów®
WYDAWNICTWO
MMXXI

Peter V. Brett

Pustynny Książę

Księga pierwsza

Przełożył
Marcin Mortka

fabryka słów®

Lublin – Warszawa

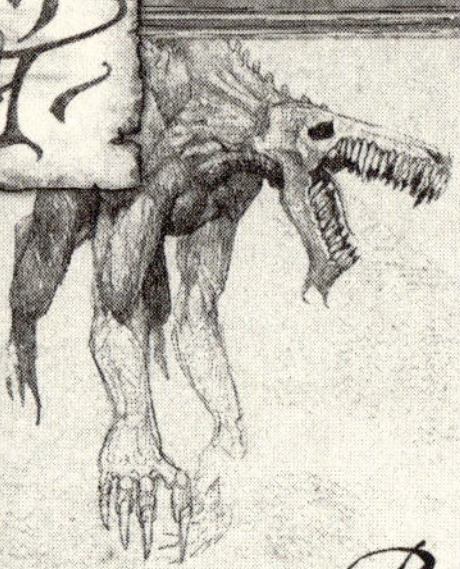

Cykl zmroku

Pustynny książę (księgi I i 2)

Kolejne tomy w przygotowaniu

Wcześniej w tym samym świecie

Wielki Bazar / Złoto Brayana

Dziedzictwo Posłańca

Cykl demoniczny

Malowany człowiek

Pustynna Włócznia (księgi I i 2)

Wojna w Blasku Dnia (księgi I i 2)

Tron z Czaszek (księgi I i 2)

Otchłań (księgi I i 2)

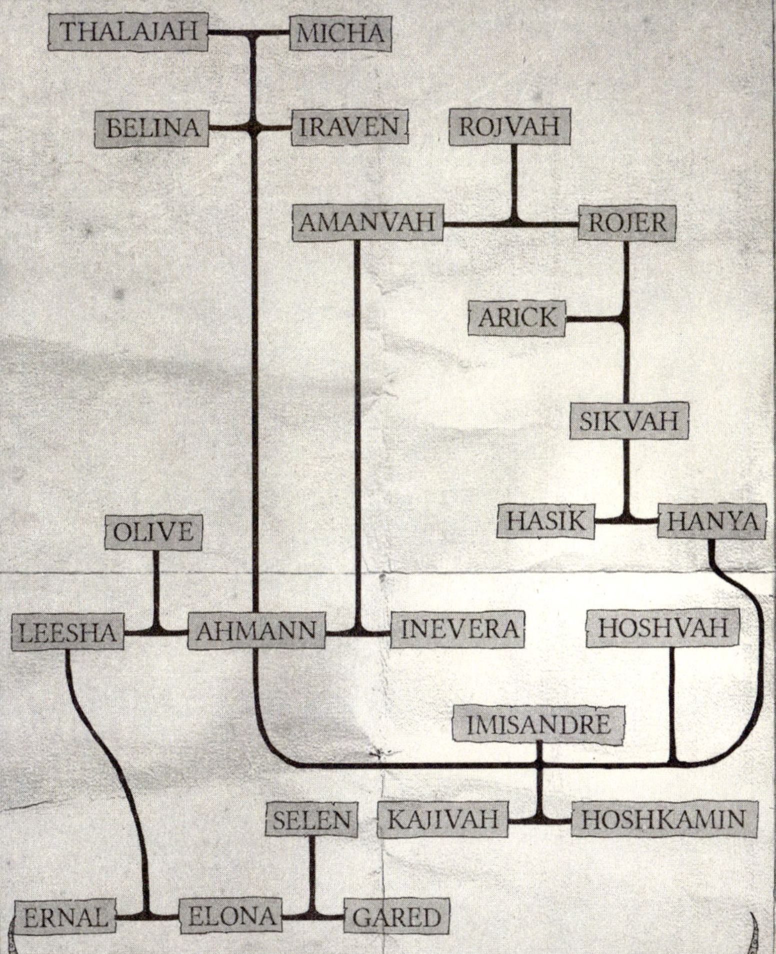

DRZEWO GENEALOGICZNE

Cassandrze

I

Jestem Olive

349 ROK PLAGI

Głowa odskoczyła mi gwałtownie, gdy Micha, zajęta rozdzielaniem moich długich, czarnych włosów i splataniem ich w warkocze, szarpnęła mocniej niż zwykle, choć byłam do tego przyzwyczajona. Odkąd pamiętam, zawsze szarpano mnie i popychano, bym spełniła czyjeś oczekiwania.

– Nie ruszaj się – burknęła babcia Elona, nakładając nieco pudru na pędzel. – O mało nie upudrowałam ci źrenic.

– Po co w ogóle to robisz? – odparłam marudnym tonem. – Przecież i tak twarz zasłoni mi płótno.

Elona wybuchła śmiechem.

– Na makijaż zawsze jest czas – stwierdziła.

Wiedziałam, że dla niej to nie żart. Jeszcze nie widziałam, by babcia kiedykolwiek pozwoliła sobie na jakiekolwiek zaniedbanie, jeśli chodziło o wygląd. Wnet zakończyła pracę wokół oczu i zabrała się za rzęsy.

– Jesteś księżniczką Zakątka. Cóż, podobnie jak inne uczennice musisz stroić się w worek na ziemniaki, ale nie zapomnij, że te dziewczęta spoglądają na ciebie z podziwem. Musimy zadbać o to, byś była najpiękniejszą w ich gronie.

– Pani Darsy szykuje dziś sprawdzian z wiedzy o ziołach – powiedziałam. – Muszę znaleźć chwilę, by porównać notatki z Selen.

– Tss – Micha syknęła z dezaprobatą. – Takimi rzeczami trzeba było zająć się wczoraj, siostro.

Micha i ja miałyśmy tego samego ojca, Ahmanna Jardira, który zasiadał na tronie Krasji, rozległego i potężnego imperium na południu. Przed moim urodzeniem Thesa i Krasja toczyły wojnę, a niektórzy mawiali, że gdyby nie ja, starcia trwałyby nadal. Wedle matki to wierutne bzdury, mimo to nie pozwalała mi odwiedzić dworu ojca. Większość tego, co wiem o moich rodakach, pochodzi od Michy i nauczycieli.

Micha wychowała się w Krasji, co podkreślała noszeniem czarnych szat, zakrywających całe ciało z wyjątkiem dłoni i twarzy. Ona również upudrowała policzki i uszminkowała usta, choć poza kobietami w tym pokoju i jej żoną Kendall nikt nie miał szans tego ujrzeć. Micha była niewyobrażalnie piękną kobietą, ale gdy wychodziła z moich komnat, zasłaniała dolną część twarzy białą woalką noszoną przez mężatki.

Miała nieco ponad trzydzieści lat, a więc była dwa razy starsza ode mnie i zawsze traktowałam ją bardziej jak nianię niż siostrę. Księżna co prawda zawsze znajdowała dla mnie czas, jeśli chciałam się z nią zobaczyć, lecz służba i doradcy nieustannie kręcili się w pobliżu, przez co zazwyczaj czułam się, jakbym przeszkadzała w podejmowaniu jakiejś ważnej decyzji. To Micha zwykle układała mi włosy, szorowała plecy i wszędzie mi towarzyszyła. Kochałam ją, a ona mnie, jednak nadal traktowała mnie jak dziecko, a jej surowe zasady czasem dusiły mnie i przytłaczały.

– Ta moja córka od siedmiu boleści i tak ci niewiele pomoże – stwierdziła babcia. – Selen nie należy do najbardziej rozgarniętych dziewcząt na świecie, a jej uroda dorównuje inteligencji. Poza tym jesteś przecież córką księżnej. Naprawdę przejmujesz się jakimś sprawdzianem z zielarstwa?

– Księżna... – odpowiedziałam. – Jeśli się pomylę choć w jednym szczególe... Na noc, ona zmyje mi głowę, nawet jeśli odpowiem prawidłowo, ale nie do końca!

Babcia zachichotała.

– No tak. Moja Leesha taka jest, choć wciąż uważam, że powinnaś bardziej przejmować się ćwiczeniem w walce niż zielarstwem. Dopiero co zamaskowałam pudrem siniak na twoim policzku.

– Selen udało się mnie trafić – odparłam, zresztą zgodnie z prawdą. Zataiłam natomiast to, że Selen udawało się to całkiem często. W końcu była jedną z najlepszych uczennic kapitan Wondy. – Przecież siniak już znikł.

– Rano wciąż było widać – rzekła babcia. Nie należała do ludzi, którzy by ustępowali w jakiejkolwiek sprawie, nawet jeśli się mylili. – Ale nie o to chodzi. Masz przecież wszędzie ochronę. Po co ci te ustawiczne bijatyki na podwórzu?

– *Sharusahk* jest fajniejszy od zielarstwa – powiedziałam. – Przynajmniej w walce jestem naprawdę dobra.

– Znałam w życiu wielu ludzi, którzy byli dobrzy w walce – padła odpowiedź. – Zabawne, ale jakoś mało komu udało się dożyć, by móc dotrzymywać nam teraz towarzystwa.

– Księżniczka zawsze jest celem dla wrogów jej rodziny – wtrąciła się Micha. – Mogą kiedyś przyłapać ją z dala od straży, a wówczas Olive będzie się cieszyć, iż umie się obronić.

Zdusiłam chęć, by wywrócić oczami. Cóż takiego niania Micha mogła wiedzieć o walce? Nigdy nie widziałam, by choć rozdeptała robaka. Powstrzymywała się nawet od jedzenia mięsa.

– Też jesteś księżniczką. Czemu ty nie musisz walczyć?

– Plemię Kaji zrodziło wiele księżniczek – rzekła Micha. – Gdyby przytrafiło mi się jakieś nieszczęście, mamy wiele innych, które mogą zająć moje miejsce. Ty zaś jesteś jedyną następczynią swej matki. Zakątek ma tylko ciebie.

W jej głosie nie było smutku – równie dobrze mogłaby mówić o pogodzie, a mimo to takie słowa bardzo mi ciążyły. Matka Michy znajdowała się nisko w hierarchii wielu żon ojca, a ona sama nie była dużo starsza ode mnie, gdy wysłano ją z osławionych letnich pałaców Krasji, by zamieszkała w zimnej, deszczowej Thesie wśród ludzi, którzy ongiś byli jej wrogami, aby zajmować się najmłodszą siostrą. Czy kiedykolwiek przeklinała swoje wygnanie? Nie wiem. Ja z pewnością nienawidziłabym takiego losu, lecz Micha nigdy słowem się nie zająknęła, jakoby była niezadowolona z życia. Miałam wrażenie, że w Zakątku jest szczęśliwsza ode mnie.

– Gotowe – oznajmiła.

– Tu też. – Elona nałożyła szminkę w ostatnie miejsce. – Zrób dzióbek.

Zacisnęłam usta, by wyrównać kolor, i spojrzałam w lustro. Nie przestawałam narzekać na pośpiech, jednak byłam pełna podziwu wobec kunsztu babci. Umiałam sobie poradzić z makijażem, ale Elona, mimo że słynęła z awersji do pracy, była prawdziwą artystką w tym temacie. Odziedziczyłam po ojcu oliwkową cerę, rzadko spotykaną na Północy, lecz babcia idealnie dobrała szminkę i puder. Moja skóra wydawała się gładsza, a wysokie kości policzkowe i ostra szczęka sprawiały teraz wrażenie bardziej naturalnych.

Błękitne oczy to rzadkość w Krasji, choć czasem się zdarzają. Myślę, że miał je ktoś w rodzinie ojca, bo moje oczy były równie niebieskie jak Elony. Kontrastowały z ciemną cerą, ale babcia przydała im cieni i pogrubiła rzęsy, przez co ich barwa stała oszałamiająco intensywna.

Warkocze będące dziełem Michy ułożyły się w idealną koronę wokół mojej głowy i spłynęły splecione razem na plecy. Ta elegancka fryzura, z którą nie powstydziłabym się stanąć przed księżną, miała też praktyczne walory, co miałam docenić podczas ćwiczeń w walce.

– Zaplatasz włosy ze zręcznością tkaczki – Elona pociągnęła moją siostrę za zawój – ale o siebie jakoś nie dbasz. Kłaki jak u pomywaczki.

Micha nie lubiła, gdy ktoś dotykał jej zawoju, ale nie powiedziała ani słowa i po prostu odsunęła się od Elony. Czasem miałam wrażenie, że jestem jedyną osobą na świecie, która nie boi się babci Elony.

– I wiesz dlaczego.

Micha znała odpowiedź, lecz to nie miało dla babci żadnego znaczenia. Nic nie ożywiało jej tak, jak mówienie o czymś, co wprawiało słuchaczy w zażenowanie.

– Tak – prychnęła Elona. – Bo niby kuszenie mężczyzn tym, czego nie mogą dostać, jest nieprzyzwoite! Przecież nie o to chodzi! Żeby owinąć sobie mężczyzn wokół palca, trzeba najpierw namieszać im w głowach!

– Nie chcę mieć żadnego mężczyzny wokół palca – odpowiedziała Micha.

– I nigdzie indziej – roześmiała się Elona. – Co słychać u Kendall?

Nianię Michę na ogół niełatwo było zbić z tropu, ale wystarczyła wzmianka na temat jej żony, by ją onieśmielić. Kendall Pieśń Demonów pełniła funkcję nadwornego herolda matki. Była to kobieta odważna i olśniewająca, która zazwyczaj nosiła pstrokaty strój Minstrela. Skromna Micha z pewnością nie raz była wstrząśnięta jej śmiałymi wycięciami i dekoltami, ale nigdy jeszcze nie widziałam pary, która okazywałaby sobie więcej miłości.

Micha pochyliła głowę.

– Moja *jiwah* – sięgnęła po krasjańskie słowo oznaczające żonę – ma się dobrze, dziękuję.

Następnie pomogła mi założyć chropowatą, niebieską szatę Zielarki uczennicy. Płótno było ciemne, a sam strój mało wyszukany. Nie uszyto go z myślą o wygodzie – miał chronić przed zimnem i plamami.

Szorstkie płótno drażniło mi skórę. Nienawidziłam zarówno tego stroju, jak i wszystkiego, co sobą przedstawiał. Ja byłam kimś innym. Na noc, bywało, że nie miałam pojęcia kim, ale na pewno nie tym.

Wsunęłam buty z brązowego płótna, zwyczajne, wygodne i nadające się, by je nosić w ogrodzie i po korytarzach uniwersytetu.

Znałam każdego szewca w Zakątku z imienia i miałam cały pokój pełen butów. Znalazłyby się tam buty za kostkę, sandały z płaską podeszwą i sandały na obcasie. Miałam buty pasujące do każdej okazji i każdego stroju, zarówno takie z polerowanej skóry, jak i te z zacnego jedwabiu i wężowej skóry.

Mimo tego na ogół musiałam nosić trzewiki z płótna – tak, z płótna! – bo matka takie właśnie nosiła jako uczennica trzydzieści lat temu.

– Zamknij oczy – powiedziała babcia i rozpyliła w powietrzu chmurę perfum, a ja przeszłam przez nią, jak mnie uczyła. – Nie chcę, żeby ludzie gadali o tym, jak księżniczka Zakątka śmierdzi po treningu *sharusahk*.

– Bzdura – rzekłam. – Mój pot pachnie różami i cynamonem.

Babcia zachichotała i wygładziła chropowatą tkaninę na ramionach.

– Nadal jesteś najpiękniejszą dziewczyną w Zakątku, nawet ubrana w worek na ziemniaki. Zupełnie jak twoja matka przed tobą.

Mrugnęła do mnie.

– No i jak twoja babcia swego czasu.

– Nadal jesteś najpiękniejsza – zażartowałam, ale trochę prawdy w tym było. Babci stuknęło już sześćdziesiąt lat, a jej włosy były nadal czarne jak noc i tworzyły wspaniały kontrast z gładką, jasną skórą. Oczywiście korzystała z pudrów, farb do włosów i nie stroniła od głębokich dekoltów, podobnie jak każda inna kobieta na książęcym dworze, ale żadna nie przyciągała takiej uwagi jak Elona, matka Leeshy, nawet dziewczęta młodsze od niej.

– Czarująca niczym Minstrelka! – powiedziała Elona i ujęła mnie za ramiona, by pocałować powietrze obok moich uszu, tak aby nie naruszyć warstwy pudru. Babcia toczyła boje z każdą napotkaną kobietą, ale z jakiegoś powodu mnie zawsze traktowała dobrze i bardzo się z tego cieszyłam.

Porwałam książki i wybiegłam z komnat. Elona i Micha udały się za mną.

Ciocia Selen, trzy miesiące młodsza ode mnie, czekała na dole. Nasze kołyski ustawiono w tym samym pokoju i od tego czasu byłyśmy nierozłączne.

Selen to jedyna znana mi osoba, której narodziny okazały się równie wielkim skandalem jak moje.

Romans między babcią i generałem Garedem był do dziś tematem dla Minstreli, ale swego czasu o mało nie stał się przyczyną rozbicia dwóch małżeństw. Dziadek Erny chyba jakoś się z tym pogodził, ale Emelia, macocha Selen, wciąż nie mogła o tym zapomnieć.

Babcia spojrzała na fryzurę Selen i prychnęła. Elona była kruczowłosa, generał Gared za młodu miał ponoć czuprynę jasną jak słońce, a barwę włosów Selen trudno określić – były matowe i brązowawe, ale pojawiały się wśród nich jaśniejsze kosmyki, które podchodziły pod blond.

– Nie mogłaś kazać służącej, by choć rozczesała to ptasie gniazdo, zanim zapleciesz warkocze? – spytała.

– A gdzie wtedy będą te ptaszki mieszkały? – Selen, kiedy odkryła, że nie jest w stanie zaspokoić żądań matki, nauczyła się czerpać satysfakcję z drażnienia jej. – Pytałaś księżną o pozwolenie na udział w objeździe księstwa?

Objazd miał miejsce raz do roku na przesilenie letnie i dla dorastających dzieciaków był szansą, by odwiedzić odległe krańce księstwa. Droga wypadała przez każdy z wielkich runów, które chroniły Zakątek przed demonami, i wiodła poza ich granice aż do ościennych osad.

– Olive nigdzie nie jedzie i ty też nie – powiedziała z gniewem babcia, która źle reagowała na kąśliwości, a świadomość, że jest ignorowana, doprowadzała ją do szału. – Wszystko, czego wam trzeba, macie tu, w stolicy, łącznie z gorącą wodą w rurach. Nie wiem, jak kogoś może ekscytować przyglądanie się, jak żyją zapuszczeni wieśniacy, a o spaniu na ziemi nie chcę nawet słyszeć.

– To będzie naprawdę fascynująca wyprawa. – Selen nadal celowo ignorowała matkę. – Kto wie, może nawet zobaczymy jakiegoś demona?!

Przewróciłam oczami. Razem z Selen niekiedy rozmawiałyśmy z wędrowcami, ale żaden nie widział niczego bardziej frapującego niż krzak kołyszący się na wietrze. Przecież wszyscy wiedzieli, że demony zostały wytępione podczas wojny.

– Gdy byłam w waszym wieku, nie mieliśmy wielkich runów – powiedziała Elona. – Naoglądałam się demonów za wszystkie czasy. Naprawdę nie ma za czym tęsknić.

– Tata powiedział, że mogę jechać. – Selen założyła ramiona na piersi.

– Czyżby? – Elona wsparła dłonie na biodrach. – Zaraz się przekonamy.

– Powiedział, że jeśli chcesz, możesz wpaść i sprawę omówić. – Oczy Selen błysnęły z zachwytu, gdy ujrzała grymas na twarzy babci. Obie wiedziały, że Elona nie odważyłaby się odwiedzić generała Gareda w jego domu. Jedyną osobą na całym świecie, która potrafiła stawić jej czoła, była żona Gareda, Emelia.

– Któregoś dnia Gared wyściubi nos ze swej kryjówki, a wtedy się doigra – warknęła Elona, ale na tym zakończyła tyradę, odwróciła się na pięcie i odeszła. Selen pożegnała ją wulgarnym gestem.

– Przestań – syknęła Micha. – Evejah naucza, że szyderstwo odbiera zwycięstwu wartość i ściąga uwagę Everama, by nauczył nas pokory.

– Może i tak jest – zgodziła się Selen. – Ale, na noc, od razu mi lepiej.

– Nie rozumiem, czemu zawsze szukasz guza – zwróciłam się do Selen, gdy pobiegłyśmy na dziedziniec.

– Może sama powinnaś spróbować raz na jakiś czas? – powiedziała Selen. – Częściej stawiałabyś wtedy na swoim.

Na zewnątrz czekał powóz, który miał nas zabrać na Uniwersytet Zielarski. Wonda Rębacz, kapitan książęcej gwardii przybocznej, gawędziła z woźnicą.

– Dzień dobry, Olive – powiedziała i uśmiechnęła się ciepło. Miała małe oczy, nos, który w przeszłości często łamano, oraz surową, pobliźnioną twarz. W całym Zakątku nie było wielu mężczyzn, którzy dorównywaliby jej wzrostem czy budową ciała, a Wonda nawet w czasach pokoju bardzo poważnie podchodziła do swych obowiązków. Nigdy nie widziałam jej bez drewnianego napierśnika czy z odpiętą bronią.

Na plecach zawsze nosiła kołczan ze strzałami oraz łuk, z którego zdjęła cięciwę. Byłam już świadkiem tego, jak szybko potrafiła ją nałożyć, gdy tylko wyczuła niebezpieczeństwo, i na każdych obchodach przesilenia letniego zdobywała wstęgę najlepszej łuczniczki. Na udzie miała długi nóż, a łuk na plecach krzyżował się z włócznią. Oczywiście nie była to jakaś elegancka zabawka z festiwalowych turniejów, ale krótka, ciężka broń, stworzona w jednym celu. Ludzie nadal opowiadali o wyczynach Wondy podczas wojny z demonami.

Wonda rozejrzała się, a potem włożyła rękę do kieszeni i wyciągnęła dwa małe zawiniątka.

– Przemyciłam dla was trochę słodyczy, ale nie mówcie, od kogo to.

To mówiło wszystko na temat kapitan Wondy. Kochała nas i oddałaby za nas życie, ale dla niej zawsze miałyśmy być dziećmi.

– Na słońce, fajno! – Selen błyskawicznie rozwinęła swoje cukierki i wpakowała je do ust.

– Dzięki, Won. – Wsunęłam podarunek do kieszeni.

Przykro mi się zrobiło, kiedy zobaczyłam rozczarowanie na jej twarzy, gdy nie pochłaniałam słodyczy tak jak Selen. Kochałam kapitan Wondę i chciałam, by była szczęśliwa, lecz nie byłam już dzieckiem.

– Co tutaj robisz? – spytałam. Rzadko się zdarzało, by Wonda choć na chwilę opuszczała matkę.

– Cóż. – Wonda potarła kark, nie patrząc mi w oczy. – Przechodziłam i zobaczyłam powóz. Uznałam, że podejdę i pomacham wam na do widzenia.

Kiepsko kłamała, ale nie naciskałam. Wonda może i nie miała talentu do łgania, za to na ogół udawało się jej zachować sekrety matki dla siebie.

Odwróciła się, by odejść, ale nagle zatrzymała się, jakby sobie coś przypomniała.

– Aha, matka ma później wpaść na uniwersytet – rzuciła i nie czekając na odpowiedź, weszła szybko po stopniach. – Do zobaczenia na placu treningowym.

– O co tu chodziło? – spytała Selen.

– Ostrzegła mnie.

Nowy stajenny, Perin, wyciągnął schodki, byśmy mogły wsiąść do powozu. Perin był wysokim chłopakiem z silną szczęką i parę razy złapałam się na tym, że wodzę za nim wzrokiem. Babcia nazywała go młodym źrebakiem i uśmiechała się przy tym lubieżnie.

Selen mrugnęła do Perina, gdy ten zamykał drzwi.

– A to co było? – spytałam.

– A o co ci konkretnie chodzi? – Usta Selen zadrżały, gdy z trudem powstrzymywała uśmiech.

Ruchem głowy wskazałam Michę i uniosłam pytająco brew. Moja siostra z ochotą plotkowała o wszystkich, lecz obie wiedziałyśmy, że regularnie składa matce meldunki z tego, co obie robimy. Selen jednak wzruszyła ramionami i uśmiechnęła się szeroko.

– Wczoraj całowaliśmy się przez trzy godziny! – powiedziała.

– Na pewno nie! – Rozdziawiłam usta ze zdziwienia.

– Coś podobnego! – Micha zmarszczyła nos. – Ten chłopak wynosi gnój ze stajni. Nie nadaje się na męża dla ciebie!

– Ale ja nie szukam męża! – roześmiała się Selen. – Wystarczy mi para gorących ust.

– Proszę, nie mów nic matce. – Odwróciłam się do Michy.

– Przestań. – Micha machnęła dłonią. – Gdybym miała opowiadać twej matce o wszystkich chłopakach, z którymi całowała się Selen, zabrakłoby mi czasu na cokolwiek innego.

Selen parsknęła ze złością na te słowa, a ja zmarszczyłam brwi, zazdroszcząc jej wolności. Zawsze uważałam Michę za naszą wspólną nianię, bo zajmowała się nami dwiema od czasów niemowlęctwa, ale towarzyszyła nam ze względu na mnie, a nie Selen. Gdybym to ja coś takiego zrobiła, nigdy nie zatailaby sprawy przed matką. Ba, nigdy nie dopuściłaby do mnie żadnego chłopaka na tyle blisko, bym go mogła pocałować. Myślę, że w naszej klasie byłam jedyną dziewczyną, która nigdy się nie całowała, a Selen... Cóż, straciłam rachubę.

Przycisnęłam podręcznik zielarstwa do piersi i spojrzałam przez okno powozu. Selen trąciła mnie w ramię.

– A ciebie co gryzie?

– Nic – odpowiedziałam, ale Selen założyła ramiona na piersi. Zbyt dobrze mnie znała.

– Bzdura.

Nie był to najlepszy moment na tę rozmowę, nie mówiąc już o tym, że gadałyśmy na podobny temat z tysiąc razy. Teraz jednak słuchała nas Micha.

– Przejmuję się sprawdzianem.

– Jakim sprawdzianem? – Selen zamrugała.

– Rzadko się zdarza, by dyrektorka Darsy nie urządziła niezapowiedzianego sprawdzianu raz na dziesięć dni – powiedziałam. – Dzisiaj wypada dziesiąty dzień od ostatniego testu.

– Czyli możemy mieć test, tak? – Kąciki ust Selen uniosły się lekko.

Poranny niepokój powrócił. Wonda powiedziała, że matka chce złożyć dziś wizytę w szkole, a to utwierdziło mnie w przekonaniu, że na pewno czeka nas sprawdzian. Matka zawsze znajdowała później chwilę, by „omówić" moje błędy.

– Nie jestem przygotowana – westchnęłam. – Chcę powtórzyć materiał, a nie słuchać o całowaniu się z chłopakami.

– Dziesięć minut wkuwania niewiele nam da – parsknęła Selen. – Jesteś w tym lepsza, niż ci się wydaje. Dasz sobie radę.

– To za mało.

Selen wywróciła oczami.

– Księżna tak czy owak będzie rozczarowana bez względu na to, co zrobisz. Matki już takie są. Lepiej się ucz, dziewczę – mówiła teraz wyższym, bardziej nadętym głosem, który idealnie naśladował sposób wysławiania się Elony. – I to solidnie, bo żaden nawet na ciebie nie spojrzy!

– Bzdura – odpowiedziałam.

Selen odziedziczyła mocną szczękę i szerokie ramiona po ojcu. Ja byłam wyższa od większości chłopaków w naszym wieku, ale Selen miała nade mną cal przewagi, a pod jej skórą prześlizgiwały się mocne mięśnie. Skutecznie opierała się wszelkim próbom nałożenia makijażu i gdy babci Elonie udawało się już posadzić ją przed lustrem, zmywała z siebie wszystko przy pierwszej dogodnej okazji. Selen nie była pięknością, ale ładną dziewczyną i tylko babcia miała w sobie tyle próżności, by uważać ją za rozczarowanie.

– Tak, wiem – zgodziła się Selen. – Z nas dwóch to ty zawsze byłaś tą ładną, ale ja się sobie podobam i jakoś nie narzekam na brak powodzenia, a kogo więc obchodzi to, co myśli moja matka? Ty też powinnaś już przestać się tym przejmować. Dobrze by ci to zrobiło.

Spojrzałam na nią uważnie.

– Za to bierzesz sobie do serca to, co myśli generał.

– Tak, ale w niczym mi to nie przeszkadza. Nadal robię to, na co mam ochotę. Wczoraj gdy całowałam się z Perinem w stajni, ojciec wszedł do środka i dał Lawinie jabłko.

Uniosłam głowę. Selen spoglądała na mnie tryumfalnie, a ja zapomniałam o całym świecie.

– Generał Rębacz cię złapał? – spytałam i zadałam sobie w myślach pytanie, czemu Perin nie leży jeszcze w szpitalu.

– Mało brakowało! – Selen zmarszczyła nos. – Schowałam się w jedynym miejscu, gdzie na pewno by nie zajrzał.

– Na Stwórcę, tylko nie to! – Zasłoniłam oczy.

– W boksie z gnojem! – Uśmiech Selen był zaraźliwy. – Perinowi jakoś przeszła ochota na buziaki, gdy wyszłam ze środka, cuchnąc obornikiem!

Micha westchnęła ze zgrozy, a ja śmiałam się do rozpuku. Na moment zapomniałam o lekcjach i matce, a przypomniałam sobie, dlaczego kocham Selen. Pewnie nie mogła się doczekać, by mi o tym opowiedzieć, podczas gdy ja zamartwiałam się sprawdzianem, którego mogło nawet nie być.

– Masz ochotę jeszcze się z nim spotkać? – spytałam. Nie cierpiałam podniecenia, które mnie ogarniało, gdy przeżywałam opowieści Selen. Żałowałam, że sama nie miałam nic do opowiedzenia.

– Fuj. – Selen strzepnęła coś palcem. – Nie mam już zamiaru tłumaczyć praczce, dlaczego odświętna sukienka śmierdzi końskim gównem.

– Naprawdę? – Nie umiałam ukryć rozczarowania. – Perin może i nie jest najbystrzejszym chłopakiem w okolicy, ale miło na niego popatrzeć.

– Już się z nim całowałam. – Selen wzruszyła ramionami. – Pierwszy raz zawsze smakuje najlepiej. Potem jeden z drugim zaczyna gadać, a od tego tylko głowa boli.

Stłumiłam przypływ zazdrości.

– Piętnaście lat, a już taka mądra jesteś! – Znowu westchnęłam.

– I kto to mówi? Sama całowałaś się kiedyś? – wymruczała Selen, ale jej kwaśny ton złagodniał, gdy ujrzała moją minę.

– Ja nie mogę całować się z chłopakami tak jak ty – odpowiedziałam.

– To nie zawsze są chłopcy – przypomniała mi Selen. – Pamiętasz, jak kiedyś Sandy z Pastwiska udzieliła nam lekcji całowania i łaziła potem za nami przez dwa tygodnie?

– Może dlatego, że po pierwszej lekcji pojawiły się kolejne?

– Może? – uśmiechnęła się Selen. – Ale chodzi mi o to, byś przestała przejmować się księżną. Czego się spodziewać po nastolatkach, jak nie tego, że będą zwodzić rodziców i całować się po kątach? Ja to robię. Czemu nie pójdziesz w moje ślady?

Zerknęłam na Michę, która miała przynajmniej tyle przyzwoitości, by zająć się wyglądaniem przez okno. Nie przypominałam sobie, kiedy po raz ostatni nie zareagowała, gdy jakiś chłopak w moim wieku zbliżył się do mnie na choć kilka kroków.

Jednak tu chodziło o coś więcej niż tylko nadmierną opiekuńczość matki oraz Michy. Chodziło o coś więcej niż tylko plotki, które poniosłyby się po pałacu, gdyby córka księżnej została złapana na całowaniu się ze stajennym.

Bo przecież pocałunki to wstęp do czegoś większego.

2

Jedno i drugie

339 ROK PLAGI

Chcę walczyć.

Była to całkowicie sensowna prośba. Byłam już znużona niekończącymi się ćwiczeniami *sharukin* i wymierzaniem ciosów w powietrze, podczas gdy nadal nie miałam pojęcia, na co łagodne ruchy przydadzą się w walce.

Miałam pięć lat.

– Nie ma mowy – odparła matka.

– Generał powiedział, że Selen już może! – oznajmiłam z tryumfem w głosie, przekonana, że zapędziłam matkę w logiczną pułapkę, z której się nie wyrwie, ale ta zbyła mnie machnięciem dłoni.

– Nie przejmuję się tym, co mówi generał Rębacz. To nie twój ojciec.

– Steave'owi, bratu Selen, wolno walczyć! – powiedziałam, robiąc wszystko, by moje słowa nie zabrzmiały błagalnie, choć wiedziałam, że przegrywam. – A ma tylko trzy lata!

Matka zaczęła pocierać skroń, co nigdy nie było dobrym znakiem.

– Co też mi się nie podoba, ale z chłopcami sprawy wyglądają inaczej.

– Dlaczego? – zapytałam. – Bo ma siusiaka? Ja też go mam! Czemu nie jestem chłopakiem?

Wciąż pamiętam napięcie, które nagle pojawiło się na zazwyczaj spokojnej twarzy księżnej.

– Och, maleństwo. A chcesz być chłopcem?

Nie umiałam znaleźć odpowiedzi na to pytanie, a już na pewno nie takiej, dzięki której dostałabym to, czego chciałam. Czułam jednak, że opór matki zaczyna się chwiać. Założyłam ramiona na piersi i nie spuszczałam z niej oczu.

– Chcę walczyć.

Matka jednak była myślami gdzie indziej. Uklęknęła, by móc mi spojrzeć w oczy. Korona z runicznego elektrum migotała na jej włosach. Dotknęła mojej twarzy, a ja ujrzałam w jej oczach powagę zabarwioną odrobiną smutku.

– Pozwolenie na walkę nie ma żadnego związku z tym, czy jesteś chłopcem, czy dziewczynką – powiedziała. – W naszych czasach te podziały nie mają już takiego znaczenia jak kiedyś, a zwłaszcza dla ciebie.

Nie zrozumiałam jej.

– Co to znaczy?

– Tyle że jesteś moją córką – powiedziała księżna. – Ale także moim synem.

– Eee?

Za każdym razem gdy wspominam tę chwilę, żałuję, że nie umiałam się lepiej wysłowić, ale jej słowa nie miały większego sensu. Od dawna wiedziałam, że nie jestem taka jak Selen – zauważyłam różnicę, gdy kąpano nas razem – ale to, czym siusiamy, miało dla mnie znaczenie równie nieistotne jak kolor włosów, oczu czy skóry. Czemu to miało się w jakikolwiek sposób liczyć? Dla mnie ważne było wszystko to, w czym byłyśmy do siebie podobne.

– Miałaś być bliźniakami – ciągnęła matka. – Dwa jajeczka zapłodnione w tej samej chwili. Chłopiec i dziewczynka.

Jej słowa były dla mnie całkowitym zaskoczeniem, lecz niczego nie kwestionowałam. W owych czasach nawet nie przychodziło mi do głowy, że matka mogła się w czymkolwiek mylić.

– Co się stało?

– Niebawem po twoim poczęciu pojawił się książę demonów, by zabić twego ojca. Mało brakowało, by mu się powiodło. Jego Pierwsza Żona Inevera oraz ja nie miałyśmy wyboru. Musiałyśmy sięgnąć po magię *hora*, by go ocalić.

Znałam już tę opowieść, która krążyła po zamku matki jako legenda. Wszyscy wiedzieli, że księżna oraz Damajah nienawidzą się z wzajemnością, ale rzekomo tej nocy zwarły szyki.

– Nie rozumiem – powiedziałam, choć nawet wtedy, gdy miałam pięć lat, te słowa wydały mi się słabe i nieodpowiednie. Nie nadawały się, by za ich pomocą pokazać, jak bardzo byłam zagubiona. Ledwie pojmowałam, czym było poczęcie, a matka usiłowała mi wyjaśnić coś o wiele większego i ważniejszego.

– Gdy narzucasz posłuszeństwo magii, jej część przepływa przez ciebie – powiedziała matka. – Dzięki niej możesz się stać silniejsza i szybsza. Twoje zmysły wyostrzają się i sprawniej leczysz rany.

Przechyliłam głowę, nadal oszołomiona.

– W tej właśnie chwili jedno jajeczko wchłonęło drugie – wykrztusiła matka przez zaciśnięte gardło, jakby właśnie połknęła nieprzyjemne lekarstwo.

Pamiętam, że wpatrywałam się w nią długo, zanim odpowiedziałam:

– Czy ja... zjadłam mego brata?

Nie mieściło mi się to w głowie. Prawda okazała się przerażająca i przytłaczająca, ale najgorsze było jeszcze przede mną.

– A może... może zjadłam swoją siostrę?

– Nikt nikogo nie zjadł!

Nie miałam pojęcia, jakiej reakcji spodziewała się matka, lecz na pewno nie takiej.

– Jakie znaczenie ma to, kto wchłonął kogo? – spytała.

Tym razem od razu wiedziałam, jak zareagować.

– Skąd więc mam wiedzieć, kim jestem?

– Nie jesteś ani swoim bratem, ani swoją siostrą – powiedziała matka. – Jesteś jednym i drugim. Jesteś sumą tego, czym stałoby się każde z was.

W mojej głowie zaczęły się mnożyć pytania, jednak już wtedy wiedziałam, które z nich jest najważniejsze:

– Skoro nikogo nie zjadłam, dlaczego trzymamy to wszystko w tajemnicy?

Matka westchnęła. Poprawiła mi włosy, a potem sukienkę, aż wreszcie powiedziała:

– Bo nie ma na świecie drugiej takiej osoby jak ty, Olive. Magia dokonała czegoś, czego natura nie potrafi. Jesteś w stanie zarówno rodzić dzieci, jak i je płodzić, co dla różnych ludzi może oznaczać różne rzeczy. Któż wie jak zareagują następcy twojego ojca, jeśli zaczną się obawiać, iż możesz zechcieć sięgnąć po Tron z Czaszek w Nowej Krasji?

Nie miało to dla mnie żadnego znaczenia. Zmartwienia matki wydawały mi się odległe niczym chmury nad horyzontem. Spoglądałam na swoje dłonie, na ramiona, na ciało. Wszystko wydawało mi się dobrze znane, choć z jakiegoś powodu również nowe.

– Czyli nie jestem dziewczynką?

– Jesteś tym, czym chcesz być – powiedziała matka. – Dla mnie to bez różnicy, bo kocham cię tak czy owak i zawsze będę przy tobie. Będę cię wspierać, jeśli zdecydujesz się pozostać dziewczyną. Nie opuszczę cię, jeśli zechcesz zostać chłopakiem. Jeśli chcesz oświadczyć całemu światu, że jesteś i jednym, i drugim, też będę stać przy tobie.

Matka ujęła mnie za ramiona i ścisnęła je lekko.

– Niektóre wybory skierują cię na trudniejsze ścieżki, co też musisz zrozumieć. Jeśli pozostaniesz dziewczyną, rodacy twojego ojca będą chcieli wziąć cię za żonę. Jeśli zadecydujesz, że jesteś chłopcem, mogą spróbować cię skrzywdzić albo odebrać mi cię.

Było to pierwsze ostrzeżenie, które wzięłam do serca. Nie wszystko zrozumiałam, ale wiedziałam, że nie chcę się rozstać z matką.

– Kim chcesz być? – spytała matka.

Pomyślałam o młodszym bracie Selen, który ciągle za nami biegał. Bez przerwy się wydzierał, potykał o własne nogi i miał lepkie dłonie. Pomyślałam o naszym koledze Darinie Balesie, o jego rozczochranych włosach, niepasujących ubraniach i brudzie za paznokciami. Pomyślałam o wujku Garedzie, grubym, włochatym, cuchnącym potem i piwem.

Potem przypomniały mi się zabawy z babcią. Lubiłam poznawać jej kosmetyki, przymierzać biżuterię i oglądać suknie. Pomyślałam o matce, najpotężniejszej osobie w Zakątku, która zawsze wspaniale wyglądała w swych wyszukanych strojach i nigdy nie rozstawała się z migotliwą koroną z runicznego elektrum.

– Chcę być dziewczynką.

Matka ujęła moją dłoń.

– A więc będziesz dziewczynką i to właśnie podamy do wiadomości, chyba że podejmiesz inną decyzję. Świat zawsze będzie próbował umieścić cię w jednym z dwóch pudełek, mam jednak nadzieję, że wyrośniesz ponad te ograniczenia.

Cofnęłam dłoń.

– A więc pozwól mi walczyć.

Tym razem mi się udało.

Babcia zabrała mnie później do mojego pokoju. Wciąż rozpierał mnie entuzjazm – nie co dzień przecież udawało mi się zmienić decyzję matki! – ale gdzieś w głębi umysłu pojawiało się jedno pytanie po drugim.

– Już dawno powinna była ci o tym powiedzieć – oznajmiła Elona. – Suszyłam jej o to głowę od lat.

– Naprawdę? – Nie umiałam ukryć zaskoczenia. Babcia wiedziała, że miałam zarówno chłopięce, jak i dziewczęce miejsca intymne, gdyż nie raz przewijała mnie, gdy byłam niemowlęciem, ale nigdy o tym nie rozmawiałyśmy.

– To, co masz między nogami, jest kluczem do królestwa – powiedziała babcia.

– Nie chcę królestwa – odpowiedziałam, bo tak właśnie myślałam. – Ludzie mówią, że matka mogłaby zostać królową Thesy, ale nie chciała.

– Gdyby miała jaja, już siedziałaby na tronie – rzuciła Elona.

Miałam pięć lat, ale zdążyłam przyzwyczaić się do tego, że babcia posługuje się takimi słowami. Nigdy nie zwracała się do nas tak jak matka czy inni dorośli.

– Z tobą wiążę większe nadzieje.

Nie miało to dla mnie sensu.

– Czyli moje jądra sprawią, że będę odważniejsza? – spytałam, bo z całą pewnością odważna się nie czułam.

– Nie chodzi o same jądra, a raczej... – Machnęła ręką. – Raczej o męską energię. Mężczyźni zagarniają to, czego chcą, a jeśli ktoś staje im na drodze, pozbywają się go. Moja córka ma największego kutasa w całej Thesie, ale nie chce jej się nim wymachiwać.

– A może ona po prostu nie chce zostać królową? – zapytałam.

– Twoja mama udaje świętą – prychnęła Elona. – Ale bardzo lubi ustawiać ludzi wedle własnego widzimisię. Lubi to tak bardzo, że chętnie sięgnęłaby po koronę, ale nie może się zmusić, by chwycić resztę książąt i księżnych za łby.

– Na pewno ma jakiś powód – upierałam się, bo rzeczywiście nawet nie przyszłoby mi do głowy, że matka mogłaby się w jakiejkolwiek sprawie mylić.

Babcia omiotła mnie wzrokiem.

– Może. Jako najstarsze dziecko królowej byłabyś o wiele bardziej niebezpieczna.

Parsknęłam śmiechem, bardziej zaskoczona niż rozbawiona.

– Niebezpieczna? Przecież ja jestem tylko dzieckiem.

– Na razie – powiedziała Elona. – Jednak nie będzie tak zawsze. Niektóre sekrety są jak nóż w kieszeni i możesz je ukrywać przez całą wieczność. Inne są jak sztylet w ręku. Im dłużej go trzymasz, tym mocniej ugodzisz. Lepiej, by ludzie dowiedzieli się od razu, kim jesteś, by zdążyli się przyzwyczaić do tej myśli, zanim wyrośniesz i staniesz się naprawdę niebezpieczna.

– Matka mówi, że niektórzy mogliby wówczas chcieć mnie skrzywdzić – odpowiedziałam. – Albo mnie porwać.

– Jesteś, na ścierwo demona, księżniczką, Olive. – Babcia wzruszyła ramionami. – I tak będziesz kiedyś celem.

Jej słowa obudziły we mnie lęk. Jak dotąd miałam wrażenie, że grożące mi niebezpieczeństwo nie jest prawdziwe, ale po tym, co usłyszałam od Elony, miałam ochotę rzucić się do ucieczki i poszukać schronienia.

Babcia przypuszczalnie wyczytała te emocje z mojej twarzy, bo położyła mi dłoń na ramieniu i zacisnęła lekko palce.

– Tu nic ci nie grozi, Olive, ale jeśli chcesz, możemy podwoić straże.

Ta propozycja pocieszyła mnie nieco.

– I tak wszędzie mamy już pełno straży! Gdzie jeszcze mieliby się znaleźć? W moim pokoju?

– Możemy upchnąć paru u mnie! – zachichotała babcia.

Jej śmiech rozproszył nieco mój lęk. Babcia Elona już taka była. Miała w zwyczaju ciskać ludziom prawdę prosto w oczy, a potem rozcierać ból. Pragnęłam jej aprobaty równie mocno jak wszyscy inni i wiedziałam, że chce, bym zgodziła się z nią, ale miałam wrażenie, że to nie w porządku.

– Mama mówi, że jeśli chcę być dziewczynką, to nią będę.

Elona przyglądała mi się przez chwilę, a potem pokiwała głową.

– W porządku. Jeśli naprawdę tego chcesz. – Pociągnęła mnie za kosmyk włosów, który wysunął się z warkoczyka. – Chodź zatem do mojej garderoby. Pora, bym zaczęła cię uczyć kobiecych broni.

3

Kompromis

349 ROK PLAGI

Ujrzałam stos papierów na biurku dyrektorki Darsy, a w brzuchu ścisnęło mnie jak na kilka dni przed krwawieniem. Nie pomyliłam się więc co do sprawdzianu.

– Co my teraz zrobimy? – szepnęłam. – Nie umiem uchronić mojego ogrodu przed wyschnięciem, nie mówiąc już o wyrecytowaniu siedmiu leków.

Niestety, to nie była przesada. Ziołolecznictwo zawsze mnie nudziło, bo czemu zresztą nie, a siedmiu leków jak dotąd nie musiałam zastosować na sobie. Nie miałam pojęcia, co dokładnie zrobiła ze mną magia matki, gdy przebywałam w jej łonie, ale różniłam się od moich rówieśników nie tylko budową ciała. Byłam silniejsza, niż powinnam być w tym wieku. Szybciej goiły się wszelkie moje obrażenia, nigdy dotąd nie chorowałam i nie byłam zainteresowana wywarami stymulującymi płodność.

Matka uważała dociekliwy umysł za najwyższą z cnót i wolała podręczniki od powieści, ale dla mnie przygody Jaka Ciętego Języka zawsze były ciekawsze od starych dzienników Zielarek i książek do historii.

Gadanina innych dziewcząt, siedzących w ławkach, ucichła natychmiast, gdy weszłyśmy wraz z Selen. Żadna z nich nie zajęła naszych ulubionych miejsc, a zamiast tego obsiadły nas dookoła. Czułam się, jakbyśmy były dwoma jajkami w gnieździe.

Trzech chłopaków z naszej klasy siedziało razem z tyłu sali. Na Uniwersytecie Zielarskim nie było ich wielu. Zanim matka otworzyła drzwi uczelni dla uczniów obu płci, Zielarze należeli do rzadkości i często uważano ich za amatorów w stosunku do kobiet zajmujących się tym zawodem. Większość Zielarek nie miała ochoty przyjmować chłopaków na naukę i nawet pacjenci podchodzili do nich z dystansem. Obecnie sytuacja nie zmieniła się znacząco – Zielarze nadal nie zdarzali się często i żaden z nich nie zajmował ważnego stanowiska na uniwersytecie czy w szpitalu.

– Cześć, chłopaki – powiedziała Selen, mijając ich.

Między nami to niby ja byłam tą ładną – miałam idealnie ułożone włosy i upudrowaną twarz – ale to ona przyciągała uwagę.

Sytuacja nie zmieniła się, gdy zajęłyśmy miejsca. Pozostałe dziewczęta zachowały wymuszony szacunkiem dystans wobec mnie, lecz z ochotą pochyliły się ku Selen. Nie mogłam ich winić. Selen niewiele ustępowała mi urodzeniem – była siostrą księżnej i córką barona – lecz jej pewność siebie i nieustająca pogoda ducha zarażały wszystkich dookoła. Inne dziewczęta lgnęły do niej. Chciały być takie jak ona.

Ja czasem też tego pragnęłam. Chciałam wiedzieć, jak to jest być nią. Chciałam być tak pewna siebie, by ściągać innych ku sobie.

– W przyszłym tygodniu przypada przesilenie letnie – powiedziała Minda, która miała szesnaście lat i była najstarsza z nas. Miała okrągłą twarz i ciepły uśmiech, a włosy wiązała zwykłą błękitną wstążką. – Wybieracie się na objazd księstwa?

– Matka nie chce o tym słyszeć, ale ojciec już dał mi zgodę. – Selen wystawiła mały paluszek. – Patrzcie, gdzie sobie owinęłam generała.

Dziewczyny wybuchły śmiechem, a potem zerknęły na mnie. Żołądek ścisnął mi się jeszcze bardziej niż przed chwilą, gdy ujrzałam papiery na biurku dyrektorki.

– Jeszcze o tym nie rozmawiałam z księżną.

I bałam się poruszyć ten temat, jeśli miałam być szczera. W tej wyprawie można było wziąć udział nawet w wieku trzynastu lat, ale matka nie zgodziła się zarówno dwa lata temu, jak i rok temu. Nie wydawało mi się, by teraz mogła zmienić zdanie, nawet jeśli Selen była tak pewna swego udziału.

Wzmianka o matce jak zwykle wywołała oczekiwany przeze mnie efekt i wszystkie dziewczyny się odwróciły. Ci, którzy się jej nie bali, otaczali ją boską czcią, a wielu ludzi robiło jedno i drugie.

– Całowałam się z Perinem! – powiedziała Selen, ponownie ściągając na siebie uwagę, a potem obdarzyła mnie tajemniczym uśmiechem. Kiwnęłam jej głową z wdzięcznością.

Selen nie udało się jednak opowiedzieć koleżankom o swojej smrodliwej przygodzie, gdyż niespodziewanie usłyszałyśmy:

– Zakładać fartuchy!

Do sali wkroczyła dyrektorka Darsy z wielką tacą pełną roślin w garnkach z grubej gliny. Siwiejące włosy upinała w ciasny kok, a ciężką tacę bez wysiłku trzymała twardymi dłońmi, silnymi dzięki wielu dekadom nastawiania kości. Swego czasu była uczennicą matki i należała do grona ludzi, którymi matka mnie otoczyła ze względu na swój brak czasu. Kochałam Darsy jak rodzoną ciotkę, choć rozczarowywałam ją jako uczennica.

Na nasze zwykłe błękitne suknie uczennic nałożyłyśmy ciężkie fartuchy, pełne kieszeni wypełnionych suchymi ziołami i narzędziami, a potem opuściłyśmy ławki i podeszłyśmy do stołu dyrektorki.

– Musimy przesadzić te sztywniele – powiedziała Darsy. – Czy któraś z was wie dlaczego?

Nikt nie podniósł ręki. Pytanie było łatwe, bo nawet ja znałam odpowiedź, ale koleżanki dały mi czas, bym zgłosiła się jako pierwsza. Babcia tłumaczyła to tym, iż wiedziały, że któregoś dnia sama zostanę księżną, i chciały zawczasu zaskarbić sobie moją przychylność. Ja wolałabym uwierzyć w to, że darzyły mnie przyjaźnią, jednak po prawdzie moją jedyną przyjaciółką była Selen. Nikt inny mi naprawdę nie ufał.

– Olive – oznajmiła dyrektorka, gdy podniosłam rękę.

– Bo pędy sztywniela mocno się rozrastają – powiedziałam. – I z czasem rozsadzą nawet najgrubszą doniczkę.

– Brawo. – Dyrektorka uśmiechnęła się do mnie szeroko. – Korzenie sztywniela pracują powoli, ale mają ogromną siłę. Potrafią przebić się nawet przez te wzmacniane doniczki.

Uderzyła w jedną z nich swoim ciężkim kijem.

– Każdą łodygę trzeba będzie kilka razy przekręcić, by uwolnić pędy od gliny. Dopiero wtedy można je wyciągnąć z gleby.

Minda zabrała się za roślinę jako pierwsza. Była wysoką, silną dziewczyną i umiejętnie ujęła łodygę, ale nie mogła wyciągnąć jej z ziemi. Aż poczerwieniała z wysiłku. Rozejrzałam się i przekonałam, że pozostali mieli podobne trudności. Nawet Selen stęknęła i poddała się po pierwszej próbie.

Złapałam doniczkę mocno jedną ręką i zacisnęłam drugą na łodydze. Obróciłam ją i szarpnęłam mocno. Sztywniel wystrzelił w powietrze. Ziemia eksplodowała naokoło, a wzmocniona glina pękła mi w dłoni.

Koleżanki i koledzy wbili we mnie spojrzenia, a ja poskromiłam ochotę, by rzucić się do ucieczki. Zawsze byłam silniejsza od innych, lecz czasem zapominam, ile naprawdę dzieli mnie od reszty. Mój fartuch oraz starannie zaplecione warkocze były brudne od ziemi. Praca Michy i Elony poszła na marne. Wyglądałam teraz jak idiotka.

– Ostrożnie, dziecko! – Darsy podeszła do mnie szybko. – Nie trzeba było go całkiem wyrywać. Nie skaleczyłaś się?

Nie, a powinnam. Czułam, jak ostra krawędź glinianego okrucha przesuwa się mi po dłoni. Każdej innej uczennicy pewnie trzeba by założyć szwy, a być może i skierować ją na zabieg, ale ja wiedziałam, że nic mi się nie stało. Nie musiałam nawet patrzeć.

– Nic mi nie jest – odpowiedziałam i spróbowałam się cofnąć. Nie chciałam ściągać na siebie uwagi, jednak ogromne dłonie dyrektorki już pochwyciły moją rękę, by mogła mnie uważnie obejrzeć.

Wtedy rozległ się głośny trzask. Uniosłam wzrok i ujrzałam Selen, która stała nad rozbitą doniczką. Wszędzie walała się ziemia i kawałki sztywniela.

– Na Stwórcę, czy wszystkie wymazałyście sobie palce masłem? – zawołała dyrektorka. Upewniwszy się, że nie krwawię, ujęła suknie i przypadła do Selen, zapomniawszy już o mnie.

Selen przechwyciła moje spojrzenie, a ja od razu wiedziałam, że celowo upuściła doniczkę, by nikt nie zaczął myśleć o tym, co właśnie zrobiłam.

Nie miałam pojęcia, co zrobiłabym bez niej.

Dziewczyny przesadzały rośliny, a ja stałam przy umywalce i myłam się, rujnując przy tym wysiłek Elony.

Szatę uczennicy oraz fartuch uszyto tak, by doświadczenia nie czyniły im szkody, i wystarczyło je otrzepać, by były czyste. Z włosami było inaczej. Rozplecenie warkoczy zabrałoby resztę lekcji i wyglądałabym później na jeszcze bardziej rozczochraną. Próbowałam więc wytrzepać z nich ziemię, choć bez powodzenia. Czułam wilgotne drobinki na skórze głowy. Czułam się upokorzona, ale zrobiłam to, co w mojej sytuacji zrobiłaby Elona, i wróciłam na swoje miejsce z podniesioną głową. Dyrektorka przedstawiła zasady sprawdzianu, który przewidziałam.

Znałam większość odpowiedzi, ale to, czy będę w stanie uwarzyć idealny eliksir nasenny z turunia i pyłku z werbeny lub rozpoznać z wyglądu tuzin nasion, nie miało większego znaczenia, bo księżna zwróci uwagę tylko na te pytania, przy których się pomyliłam.

– Chyba jakoś mi poszło – mruknęła do mnie Selen, gdy odłożyłyśmy pióra, a Darsy zebrała prace. – A tobie?

– Zachowaj mnie we wspomnieniach, kiedy już matka mnie zabije – powiedziałam.

Selen miała długą szyję i jej śmiech jakoś kojarzył mi się zawsze z gęganiem łabędzia.

– Na pewno nie było aż tak źle.

– Gdy zdałaś test ze sztuki posługiwania się ogniem, twój tata wrzasnął z radości i uniósł cię w ramionach – powiedziałam. – Ja zdobyłam więcej punktów, a jednak matka zafundowała mi dwugodzinny wykład o konsekwencjach mojej jedynej pomyłki.

– Ojcu wystarczyłoby, gdybym umiała czytać – odpowiedziała Selen. – Twierdzi, że nim skończył trzydzieści lat, ledwie umiał się podpisać.

Naraz zaskoczona Minda wciągnęła głośno powietrze, a wszystkie uczennice poderwały się i wyprężyły na baczność, patrząc przed siebie. Uniosłam głowę i westchnęłam. Oto księżna z niezapowiedzianą wizytą.

I to tuż po teście. Cóż za zbieg okoliczności.

Wszyscy pochylili głowy, a dziewczyny dygnęły, gdy księżna weszła do sali. Omiotła mnie wzrokiem i zauważyła stan moich włosów oraz brud na fartuchu.

– Witaj, Leesho! – Darsy złożyła jej ukłon.

– Och, dajże już spokój! – Księżna zbyła pozdrowienie machnięciem dłoni i rozchyliła ramiona, by ją uścisnąć, co również należało do protokołu. Dała w ten sposób znać uczennicom, że darzy dyrektorkę Darsy szczególnymi względami. Nawet Selen nie zwracała się do niej per „Leesho", choć były siostrami.

Darsy objęła matkę, ale tylko na chwilę.

– Nie wiedziałam, że planujesz złożyć nam wizytę.

– Tylko przechodziłam – odpowiedziała księżna i zerknęła na sprawdziany na biurku Darsy. – Jakie postępy robi klasa?

Darsy popatrzyła na mnie i przez krótką chwilę wyobraziłam sobie, jak podaje matce moją pracę, by oceniła ją przy wszystkich. Tak się jednak nie stało.

– Myślę, że mam tu całkiem udaną grupę młodych Zielarek i Zielarzy. Olive zawsze zgłasza się jako pierwsza, lecz wszyscy mają talent.

Jej słowa były właściwie prawdą, a wtedy księżna zerknęła na stół z roślinami i uniosła brew. Ziemia z podłogi została już zamieciona do czysta, ale jej bladobłękitne oczy omiotły okruchy glinianej donicy w koszu na śmieci.

– Problemy z przesadzaniem sztywnieli?

– Moja wina – odezwała się Selen, nim Darsy udało się odpowiedzieć, i podniosła wielkie dłonie. – Czasem całkiem zapominam, jaka jestem silna.

– Tak jak twój ojciec. – Księżna uśmiechnęła się do Selen, a moja przyjaciółka rozpromieniła się wbrew sobie. Komplementy matki tak właśnie działały na ludzi, tym bardziej że były rzadkie. Nie przypominałam sobie, kiedy matka uśmiechała się tak do mnie.

Księżna spojrzała z powrotem na Darsy.

– Nie będziesz miała nic przeciwko, jeśli zabiorę córkę na chwilę, dyrektorko?

– Oczywiście, że nie. – Darsy dygnęła, a ja znów poczułam ucisk w żołądku.

Trzymałam się blisko okien, gdy szłyśmy korytarzem uniwersytetu, i próbowałam nie patrzeć na delikatne, wzmacniane runami okulary, które matka nosiła na szyi na srebrnym łańcuszku.

Jej magia nie działała w blasku słońca. Nie było zresztą takiej magii, która by działała za dnia. Słońce wypalało jej moc, dlatego też demony, istoty z magii złożone, wyłaniały się z bezpiecznej Otchłani tylko w nocy.

Księżna była wiedźmą, choć nienawidziła tego określenia. Dla niej magia była nauką, mimo że raczej nie tego uczyłyśmy się podczas zajęć z ziołolecznictwa czy chemii. Matka nie miała nic wspólnego z wiedźmami, które pojawiały się w opowieściach Minstreli – nie była chichoczącą jędzą, która obrzuca ludzi klątwami, by dać im nauczkę. Nie, jej runy chroniły Zakątek przed demonami.

A przynajmniej tak się mówiło. Nigdy nie widziałam otchłańca, obojętnie, żywego czy martwego. Ich moc przechowywały jedynie stare kości trzymane w ciemności. Wojna z demonami dobiegła końca, zanim się nauczyłam chodzić, a nieliczne otchłańce, które przetrwały czystkę urządzoną im przez Wybawiciela, zostały przegnane za granice wielkich runów matki, a potem wycięte przez Rębaczy generała Gareda.

Bez względu na to, co się stało z demonami, magia księżnej to nie wymysł. Posiadała kości, wycięte i uformowane ze szkieletów demonów, na które naniosła runy przepowiedni, pozwalające jej zrozumieć teraźniejszość i zobaczyć przyszłość. Widziałam już, jak z niebywałą precyzją przewidywała pożary, powodzie i susze, dzięki czemu mogła w porę reagować. Wystarczyło wysłać brygadę strażaków w odpowiednie miejsce, usypać należycie wysokie groble albo rozkazać zebrać dodatkowe zapasy. W ten sposób poddani matki mogli uniknąć wszelkich nieszczęść i nigdy nie cierpieli głodu czy pragnienia.

Parokrotnie widziałam, jak sięga po różdżkę, którą nosiła u pasa, ale aktywowała wówczas jedynie runy światła, by rozjaśnić pokój, lub dźwięku, żeby jej głos niósł się nad tłumem. Słyszałam jednakże wiele opowieści i widziałam przynajmniej jeden obraz przedstawiający matkę, jak ciska ogniem i błyskawicami w otchłańce podczas wojny. Byłam pewna, że to przesada, ale tak wielu ludzi uważało te historie za prawdziwe, że chyba nie mogłam uznać ich za wymysł.

Najbardziej jednak nienawidziłam tych jej okularów. Magia emanowała z Otchłani, a każda żywa istota miała w sobie jej cząstkę. Runy widzenia, które naniesiono na szkła okularów, pozwalały matce widzieć magię jako promieniującą jasność. Dostrzegała dzięki nim również ludzkie aury. Każdego z nas otaczała własna aura, unikatowa niczym odcisk palca, lecz płynna jak wody jeziora, przeobrażająca się wraz z naszymi myślami i uczuciami.

Dzięki runicznemu widzeniu księżna mogła czytać aurę rozmówcy i wychwytywać wszelkie kłamstwa bądź próby zatajenia prawdy, co przychodziło jej równie łatwo jak kartkowanie którejś z tych suchych ksiąg naukowych. Czasami miałam wrażenie, że po prostu wyrywała myśl prosto z głowy.

Nigdy nie zostawałam sama. Zawsze ktoś mnie strzegł i nie mogłam nawet pomarzyć o tym, by się wyrwać i całować z chłopakiem jak Selen. Moje myśli to była jedyna prywatność, jaka mi pozostała.

– Szarpnęłaś za mocno i rozwaliłaś doniczkę – stwierdziła matka.

Światło słoneczne niewiele mi pomagało, bo księżna potrafiła przejrzeć mnie na wylot nawet bez okularów.

– To był wypadek – odparłam, choć wiedziałam od razu, że żadne słowa nie mogły powstrzymać nadciągającego wykładu. Nic by mnie przed nim nie uchroniło. Wykłady matki są jak deszcz i nie sposób się przed nimi schronić.

– Musisz bardziej uważać, Olive – powiedziała matka. – Jeśli ludzie zauważą, jaka jesteś silna, być może uznają to za coś... nienaturalnego.

– A czy ja cała nie jestem czymś nienaturalnym? – spytałam.

– Bzdura – zbeształa mnie. – Cóż to znów za gadanie?

– A więc dlaczego muszę to ukrywać? – dociekałam.

– Bo im mniej uwagi na siebie ściągasz, tym jesteś bezpieczniejsza! A w przyszłym roku, czy tego chcesz, czy nie, tak czy owak czeka cię mnóstwo zainteresowania.

Jej słowa były tak zaskakujące, że zapomniałam o ripoście.

– A co się wydarzy w przyszłym roku?

– Ukończysz szesnaście lat – odpowiedziała księżna. – Będziesz więc w odpowiednim wieku, by rozpoczęły się starania o twoją rękę. Wiosną Angieriańczycy zaczną ci przysyłać zaproszenia na bale, a Krasjanie ustawią się w długiej kolejce przed bramami Zakątka, by zająć się swataniem. Księżna Araine robi zaś wszystko, by przedstawić ci swego wnuka Rhinebecka.

– Przedstawić? – spytałam ze zdziwieniem. Korespondowaliśmy z księciem Rhinebeckiem od dzieciństwa.

– Jako konkurenta do twojej ręki – wyjaśniła matka. – Nawet księżna Elissa z Miln ma już pewnego młodego księcia na oku, gdybyśmy były zainteresowane.

– Mężczyźni będą się ubiegać o moje względy? Moje? – spytałam z niedowierzaniem, lecz poczułam ukłucie ekscytacji. Całowanie się po kątach ze stajennym to jedno, ale spacer po ogrodzie z chłopakiem, którego wszyscy uważają za odpowiednią partię, to zupełnie coś innego. Ciekawa byłam, czy Rhinebeck jest przystojny.

W głębi serca wiedziałam jednak, że to nie takie proste. Nawet gdyby Rhinebeck olśnił mnie jak słońce, pojęcia nie miałam, jak zareaguje w noc poślubną, gdy uświadomi sobie, że nie przypominam innych kobiet.

– Nie jestem gotowa, by komukolwiek coś obiecać – udało mi się wykrztusić.

– Pewnie, że nie – zgodziła się matka. – Jesteś o wiele za młoda. Jeszcze się nawet z nikim nie całowałaś.

Proszę, nawet tego się dowiedziałaś, pomyślałam i ze wszystkich sił zamaskowałam to, jak bardzo zabolała mnie utrata tego sekretu.

– Ciebie przyobiecano komuś, gdy miałaś zaledwie trzynaście lat – powiedziałam. – Babcia mi powiedziała.

– Proszę, nawet tego się dowiedziałaś – matka powtórzyła moją myśl. – To był jej przeklęty pomysł, a skończył się katastrofą.

Rzekłabym, że to wystarczający powód, by nie pozwalać matkom na podejmowanie decyzji w imieniu córek, ale nie miałam odwagi.

– A kiedy będę wystarczająco dojrzała?

Matka przyjrzała mi się uważnie i ostrożnie dobrała słowa:

– Proszę cię, daj sobie jeszcze kilka lat.

Powoli wypuściłam powietrze przez nos, próbując zamaskować połączenie gniewu i rozczarowania.

– A mogę chociaż pojechać z innymi dziewczynami na objazd księstwa?

– To nie jest najlepszy pomysł. – Matka zmarszczyła czoło. – Wiele się dzieje na dworze. Plemię Majah otwarło granicę po raz pierwszy od twego urodzenia. Za dwa tygodnie będziemy gościć ich dyplomatów, by wynegocjować ich dołączenie do Paktu Wolnych Miast. Jeśli chcesz się wybrać na objazd po tym wszystkim, mogę przygotować grupę...

– Nie chcę żadnej grupy! – przerwałam matce, na co ona zamrugała zaskoczona. – Nie chcę służby, ochrony i pierwszego ministra Arthera, który będzie mnie uczył historii każdego mijanego miasta!

Matka oparła dłonie na biodrach.

– A więc chyba nie rozumiesz idei objazdu księstwa! To rytuał przejścia...

– To ty czegoś tu nie rozumiesz! – znów jej przerwałam i tym razem na twarzy matki ujrzałam zdecydowanie mniej wyrozumiałości. – Jasna sprawa, objazd ma nas nauczyć historii księstwa – próbowałam mówić spokojnym tonem – ale to nie z tego powodu nazywa się go rytuałem przejścia. Chodzi o to, by wyrwać się z domu z przyjaciółmi. O to, by znaleźć się z dala od rodziców i przez kilka dni objeżdżać inne miasta! By spać w kręgach podróżnych w dzikich krainach z dala od wielkich runów!

– Ale przecież będziesz z przyjaciółkami! – wtrąciła matka. – Będzie z tobą Selen i Micha...

Zatrzymałam się. Matka zrobiła jeszcze dwa kroki, po czym odwróciła się ku mnie. Na jej obliczu pojawiła się irytacja.

– Selen wybiera się na objazd z innymi dziewczynami. Generał Gared jej pozwolił. A Micha to moja niania.

– A także twoja siostra – poprawiła mnie matka, ale ja tylko założyłam ramiona na piersi. – Jak tam sobie chcesz – prychnęła księżna. – Nie możesz pojechać z innymi, bo to zbyt niebezpieczne. Za innymi dziewczętami nie uganiają się zabójcy. Nawet za Selen.

– Mamo, proszę. – Wywróciłam oczami.

Jej reakcja była tak błyskawiczna, że nawet mi nie udało się zareagować w porę. Niespodziewanie zdałam sobie sprawę z tego, że matka stoi przy mnie, trzyma mnie za podbródek i unosi mi głowę, bym mogła spojrzeć jej w oczy. Próbowałam stawić jej opór, ale była o wiele silniejsza ode mnie. Jej palce wydały mi się zimne i nieubłagane jak lód. Wiedziałam, że nigdy by mnie nie skrzywdziła, a mimo to poczułam lęk.

– To nie żarty, Olive. Zabójca może cię dopaść równie szybko jak ja teraz, a nawet szybciej. I na pewno nie po to, by cię ująć za brodę.

Próbowałam się wyrwać, ale matka, puściwszy podbródek, złapała mnie za ramię. Postronny obserwator mógłby to uznać za zwykły matczyny gest, lecz dłoń księżnej była mocna jak marmur, a jej wolna druga ręka musnęła różdżkę. Matka bez wahania skruszyła mój opór i poprowadziła mnie do pustej sali lekcyjnej, a potem zatrzasnęła za nami drzwi.

– Okaż trochę szacunku siostrze – powiedziała z gniewem. – Poświęciła całe życie, by zajmować się tobą.

To prawda, ale ja wnet przejrzałam nową strategię matki. Smagała mnie teraz słowami, by wzbudzić poczucie winy i sprawić, bym zapomniała o tym, na czym mi zależy. Udało mi się wyswobodzić ramię i przejść na drugą stronę sali, by spojrzeć przez okno. Słońce nie padało bezpośrednio na mnie, ale nawet jego jasność stanowiła skuteczną broń przeciwko mocom matki.

– Ja zresztą również zasłużyłam na nieco szacunku – ciągnęła księżna. – Demony, wbrew temu, co mówią Opiekunowie, wcale nie znikły. Wierz mi, wcale nie zostały przepędzone przez Wybawiciela. Z dala od wielkich runów będziesz narażona na niebezpieczeństwo z ich strony.

Pochyliłam głowę i spróbowałam udawać pokorę. Zachowywałam się, jakbym naprawdę rozumiała niebezpieczeństwo, choć tak nie było. Nigdy w życiu nie widziałam nawet wichrowego demona na niebie. Od lat nikt nie widział żadnego otchłańca. Stały się bohaterami bajek jak gadające nocne wilki czy skrzaty.

Matka powiedziała kiedyś, że gdy Wybawiciel przegonił demony z Thesy, odebrał światu część magii. Bez demonów – czy raczej ich kości – ludzkość utraciła możliwość regenerowania mocy runów, przez co moc magicznych przedmiotów zaczęła słabnąć. Mało kto na świecie dysponował jeszcze jakąkolwiek mocą z wyjątkiem moich rodziców i...

– A Naznaczone Dzieci nie przybędą, by nas prowadzić i chronić?

Matka skrzywiła się nagle, jakby ktoś wycisnął jej całą cytrynę do herbaty. Naznaczone Dzieci były wynikiem eksperymentu, który przeprowadziła podczas wojny. Wybawiciel wytatuował sobie na ciele runy, które pobierały i przechowywały magię. Wedle opowieści mógł dzięki nim dokonywać niezwykłych czynów. Matka próbowała to powtórzyć, ale z... cóż, różnym powodzeniem. Runy dały Naznaczonym Dzieciom wielką siłę, lecz magia zmieniła je tak, jak zmieniła mnie. Mieszkały teraz w dziczy za granicami wielkich runów i patrolowały obrzeża księstwa.

– Nie można im ufać – odpowiedziała matka. – Nawet tym, którzy mają dobre serca, całkiem odbija na widok demona, a Renna Bales nie trzyma ich już na smyczy. Przesilenie letnie przypada w tym roku na Nów. Nie jestem gotowa na podjęcie takiego ryzyka.

Zamrugałam. Ludzie mieli Naznaczone Dzieci za leśne bóstwa, zbyt dzikie, by wtopić się w życie zwykłego społeczeństwa, lecz oddane służbie ludzkości. Mówiło się o nich jako o pierwszej linii obrony Thesy i nie mieściło mi się w głowie, że ci ludzie mogli być niegodni zaufania.

Choć być może matka próbowała mnie przestraszyć.

– Dobra, a więc poślij z nami straże! – Uniosłam dłonie. – Poślij kapitan Wondę, jeśli musisz, tylko pozwól mi wyjechać z przyjaciółkami.

Matka zaczęła masować skronie dwoma palcami, co robiła zawsze, gdy nachodził ją ból głowy. To zaś oznaczało, że wygrywałam albo zaraz miałam ponieść spektakularną porażkę.

– Pojedziesz w królewskim powozie – powiedziała matka.

– Ale... – zaczęłam. Królewski powóz odseparowałby mnie od reszty skuteczniej niż cała armia!

– Żadnych ale. Powóz jest opancerzony. Towarzyszyć ci będą Selen, Micha i lord Arther. Przodem pojedzie kapitan Wonda z sześcioma Kawalerzystami Zakątka. Podczas objazdu będziesz mogła wysiadać na zwiedzanie i zakupy z koleżankami, ale Wonda i Micha nie odstąpią cię ani na krok.

Zacisnęłam usta. Nie tak to sobie wyobrażałam, mimo to wolałam taką wycieczkę niż żadną. O wiele bardziej. Wreszcie miałam się stąd wyrwać. Wreszcie miałam wyjechać ze stolicy, zostawić matkę i zobaczyć nieco świata.

– I nocować będziesz w obrębie wielkiego runu – zakończyła księżna.

Wytrzeszczyłam oczy, gdy dotarło do mnie w pełni znaczenie jej słów.

– Co takiego? Opancerzony powóz, Wonda, Arther, pół tuzina Kawalerzystów i jeszcze nie chcesz puścić mnie na biwak?

Miałam ochotę powiedzieć znacznie więcej, ale matka przerwała mi, unosząc palec:

– Proponuję ci kompromis, Olive, i radzę ci go przyjąć.

– Spytałaś ją? – Selen czekała na mnie przed salą dyrektorki Darsy. Pozostałych dziewcząt już nie było.

– Pospieszmy się – powiedziałam. – Favah wygarbuje mi skórę, jeśli się spóźnię.

– Czyli nie zgodziła się? – dociekała Selen, gdy ruszyłyśmy szybkim krokiem przez korytarz. Bieganie było zabronione, ale udało nam się osiągnąć znaczną prędkość bez łamania uczelnianych zasad.

– Nie powiedziała „nie" – odpowiedziałam. Na twarzy Selen pojawiła się ekscytacja i było mi przykro, że będę musiała ją rozczarować. – Ale nie powiedziała też „tak". Nie mogę wyjechać poza wielki run.

Selen zatrzymała się jak wryta.

– Przecież to gwóźdź programu!

Złapałam ją za ramię i pociągnęłam za sobą. Jak na dziś kłótnia z matką wystarczyła mi w zupełności. Nie miałam najmniejszej ochoty zirytować *dama'ting* Favah. Bywałam lekkomyślna, ale na pewno nikt nie mógł nazwać mnie głupią.

– Księżna się martwi, że zje mnie jakiś demon.

Selen wybuchnęła śmiechem.

– Nikt nie widział demona od czasu, gdy siusiałyśmy w pieluszki! A nawet gdyby jakiś nas dopadł, Wonda wpakowałaby mu runiczną strzałę w czaszkę, zanim zebrałby się do skoku.

– Przedstawiłam matce wszystkie te argumenty, ale niewiele to dało.

Przerwał mi odgłos wielkiego dzwonu.

– Na noc!

Korytarze były już puste, a więc złamałam zasady, zerwałam się do biegu i wpadłam do komnaty Favah chwilę później. Sędziwa krasjańska kapłanka z zamkniętymi oczami klęczała na poduszce na środku komnaty. Ubrana była podobnie jak Micha, od stóp do głów, lecz nie w czerń. Jej szata lśniła nieskazitelną bielą.

– Dodatkowa godzina w Komnacie Cieni za spóźnienie – powiedziała Favah, nie przerywając medytacji ani nie otwierając oczu. Rozumiała thesański, choć nigdy nie słyszałam, by się nim posługiwała. Odzywała się do nas jedynie w ojczystym krasjańskim.

Bywało, że biła mnie po dłoni różdżką, ale to znieść umiałam. Nie byłam natomiast w stanie wyobrazić sobie niczego gorszego od Komnaty Cieni. Poniżej krypt pod piwnicami uniwersytetu znajdowała się przytłaczająco wielka Komnata Cieni. Nie było tam żadnych źródeł światła z wyjątkiem runów widzenia podobnych do tych, które znajdowały się na okularach matki. Pomagały mi widzieć w osobliwym spektrum magicznym, gdy siedziałam nieruchomo i ryłam runy mocy pod czujnym okiem Favah.

Zdobyłam się na odwagę, by powiedzieć:

– Zatrzymała mnie rozmowa z matką.

– Pustynia nie czyni dla nikogo wyjątków – odpowiedziała Favah spokojnym głosem. – Ja również nie.

– Mówi z doświadczenia – szepnęła Selen. – Sama jest starsza od piasków.

Opanowałam uśmiech, a Favah niespodziewanie otworzyła oczy i spojrzała na Selen.

– Ciebie również mogę ukarać, Selen vah Gared, ale pozostawię to *dama'ting* Jai. Księżniczka Olive nie potrzebuje, by na lekcję odprowadzała ją koleżanka spóźniona na własną.

– Do zobaczenia na podwórzu treningowym – zawołała Selen i wybiegła na korytarz, ciesząc się z tego, że mogła uciec przed Favah. Jaia, jej nauczycielka wiedzy o Krasji, była o wiele łagodniejsza.

Zamknęłam drzwi za sobą i w pomieszczeniu zapadł zmrok. Okna zasłaniały grube kotary, które odcinały dopływ słońca z zewnątrz. Favah nadal klęczała na poduszce na podłodze. Jedynym źródłem światła była jarząca się niemrawo lampa, stojąca przed Krasjanką.

– Godzina za spóźnienie i dwie dodatkowe godziny za okazanie braku szacunku – powiedziała, gdy uklękłam na cienkiej poduszce przed nią.

Czyżby usłyszała słowa wyszeptane przez Selen? To chyba niemożliwe – staruszka musiałaby mieć uszy nietoperza. Być może rzuciła na to pomieszczenie jakiś czar, który wyostrzył jej słuch. Podobnie jak matka, Favah była potężną wiedźmą. Obiecałam sobie w duchu, że od tej pory lepiej się zastanowię, zanim otworzę usta w pobliżu jej sali.

Inne dziewczęta uczyły się języka i kultury naszych południowych sąsiadów pod okiem *dama'ting* Jai. Dwanaście plemion Krasji żyło przez tysiące lat wokół i w środku swej otoczonej murami stolicy zwanej Fortem Krasja bądź Pustynną Włócznią. Dwie dekady temu mój ojciec, Ahmann Jardir, poprowadził swój lud przez piaski, by podbić zielone krainy i zgromadzić armię do wojny z demonami.

W trakcie działań wojennych podpisano pokój i Krasjanie nigdy nie zagarnęli naszej Północy, ale nie licząc plemienia Majah, które zebrało łupy i powróciło do Pustynnej Włóczni, najeźdźcy nie oddali okupowanych ziem. Pod ich rządami rozkwitła Nowa Krasja.

Jaia była kapłanką Everama, którego lud mojego ojca uważał za Stwórcę, lecz była też młodą kobietą, ukształtowaną przez wiele lat życia w zielonych krainach. Wyszła za mężczyznę z Zakątka i zaaklimatyzowała się w naszym świecie lepiej niż większość jej rodaków. Oczy Jai, widoczne znad zasłony na twarz, zawsze skrzyły się uśmiechem.

Favah stanowiła jej przeciwieństwo. Sędziwa *dama'ting* była jedną z najbardziej zaufanych doradczyń matki, a ojciec uczynił ją moją osobistą nauczycielką, by mieć pewność, że zrozumiem należycie swoje dziedzictwo. W przeciwieństwie do innych nauczycielek, które chętnie mnie chwaliły, by zaskarbić sobie łaskawość matki, Favah nigdy nie była ze mnie zadowolona, bez względu na to, co robiłam.

Selen i inne dziewczęta poznawały kulturę ludu mojego ojca poprzez zabawę – gotowały krasjańskie potrawy, obchodziły krasjańskie święta i rozmawiały w ich języku – a Favah z całą surowością wprowadzała mnie w sekrety *dama'ting*. Uczyła mnie modlitw, wtajemniczała w sztukę stawiania runów i opatrywania ran na polu walki, a od jej ksiąg z proroctwami kręciło mi się w głowie. Potrafiłam zatamować krwotok rannego wojownika i ocalić go przed śmiercią, lecz nie znałam ani jednego krasjańskiego tańca.

Nigdy dotąd nie widziałam, by Favah się uśmiechała. Rzadko zdejmowała zasłonę z twarzy, ale i wtedy jej usta, otoczone siatką głębokich zmarszczek, były mocno zaciśnięte. Ani na moment nie przestawała wpatrywać się we mnie i wyciągać wniosków. Ludzie mówili, że staruszka liczyła sobie ponad sto lat, w co łatwo było uwierzyć. Na jej ramiona składało się niewiele więcej niż kości i twarde mięśnie. Pod cienką, pergaminową skórą uwidaczniała się każda żyła.

Mimo to Favah nadal rozpoczynała każdy dzień od ćwiczeń *sharusahk*, które wykonywała z żelazną, nieubłaganą konsekwencją. Cechowała ją też doskonała pamięć – przypominała sobie wydarzenia z dawnych czasów z łatwością człowieka przewracającego stronice świetnie znanej książki.

– Wyciągnij kości.

Skwapliwie wypełniłam polecenie. Rozłożyłam przed sobą nieskazitelnie czystą szmatkę z jedwabiu, a z kieszeni fartucha wyjęłam sakiewkę z grubego aksamitu. Wysypałam siedem glinianych kości, każdą z inną liczbą ścianek.

Favah zgarnęła kości z wprawą i obróciła je w palcach.

– Żałosne. Masz piętnaście lat i czas najwyższy, byś wreszcie wykonała zestaw, który będzie coś wart. W Krasji już by cię wyrzucono z pałacu *dama'ting*.

Sprawiłoby mi to wielką radość. Nie miałam zamiaru zostać ani Zielarką, ani prorokinią, a gdyby mimo wszystko jakoś mi się to udało, matka oraz Favah nadal okazywałyby mi na każdym kroku, jak bardzo są mną rozczarowane. Wolałabym raczej zejść na dno Otchłani, niż spędzić trzy godziny w Komnacie Cieni, próbując jakoś pojąć moc runów i z mozołem rzeźbiąc gliniane kości.

Niestety, życie już dawno mnie nauczyło, że nie miałam żadnego wyboru – musiałam czekać i trwać. Jedyną osobą surowszą od Favah była moja matka – raz kiedyś poskarżyłam się jej, że Favah zdzieliła mnie różdżką po dłoni, na co ona wybuchła śmiechem i powiedziała:

„Moja nauczycielka Bruna miała większy kij od Favah i sięgała po niego dwa razy częściej. Każde uderzenie było lekcją, której nigdy nie zapomniałam".

Favah oddała mi kości i wyciągnęła własne, już nie gliniane, lecz wyrzeźbione z czarnych kości demona zabitego wiele lat temu. Ich starte, wysłużone ścianki błyszczały jak wypolerowany obsydian, a każdy symbol był wyraźnie widoczny.

Następnie kapłanka wysunęła hanzhar zza pasa. Wiedziałam z doświadczenia, że zakrzywione krasjańskie ostrze było niczym brzytwa. Favah wbiła czubek w kciuk i rozsmarowała krew na niektórych runach.

– Everamie, który dajesz światło i życie, twoje dzieci potrzebują odpowiedzi – powiedziała i potrząsnęła kośćmi, by wszystkie wymazać krwią. – Czy będzie jutro padać?

Rzuciła nimi stanowczo i z wprawą. Żadna nie wypadła poza rozłożoną chustkę, choć kości, jarząc się mocą, toczyły się i obracały wbrew prawom fizyki. Favah spojrzała na ich ścianki, pomruczała pod nosem i wyprostowała się, a potem dała mi znak dłonią. Nadeszła pora, bym zaczęła doszukiwać się odpowiedzi na jej pytanie wśród symboli.

Zmrużyłam oczy. Znałam znaczenie każdego runu, lecz nie umiałam doszukać się żadnego sensu w wyniku rzutu. Nie dostrzegałam symboli odpowiedzialnych za ogień, wodę czy cokolwiek, co ma związek z przepowiadaniem pogody.

Favah skrzywiła się, gdy sięgnęłam po podręcznik, zignorowałam jednak jej spojrzenie, próbując kupić sobie trochę czasu. Pytania o deszcz były bardzo istotne na pustyni, skąd wywodziła się sztuka wróżenia, i w podręczniku spisano długie, szczegółowe rozdziały dotyczące takich wróżb, ale nawet tam nie znalazłam żadnych podpowiedzi. Miałam wrażenie, że każda prorokini miała własny sposób na odczytywanie wyników rzutu, a te często wykluczały się nawzajem. Odczytując wynik od środka, ujrzałam zbierające się ciemności, co mogło oznaczać chmury deszczowe. Gdy analizowałam kości od północy do południa, widziałam, że mrok się rozwiewa.

– No i? – ponagliła mnie Favah.

– Będzie... Będzie padać – powiedziałam. Chyba. Pewnie była jakaś szansa.

– Jesteś o tym przekonana? – spytała kapłanka.

Wypuściłam powietrze z płuc i powiedziałam:

– Nie.

Favah pokiwała głową.

– Powinnaś była zaufać instynktowi. Jeśli się tego nie nauczysz, myślę, że powinnaś dać sobie spokój z rzucaniem kośćmi i zająć się wróżeniem z rzutu monetą.

– Ale to przecież magia! – powiedziałam. Niczego nie rozumiałam. Po co to wszystko, skoro nie mogłam w pełni zaufać temu, co pokażą mi kości? Chciałabym im zadać wiele pytań, chciałabym się dowiedzieć, kim jestem i kim miałam zostać, ale po co spędzać wiele lat na doskonaleniu sztuki rzucania kośćmi, skoro wyniku i tak trzeba się domyślić?

– Magia płynie z pytania – wyjaśniła Favah. – I odciska się na naszych ustach i w naszych sercach. Nie zawsze znamy właściwe pytanie.

– Czyli jeśli nie spytam, czy zostanę stratowana przez konia... – próbowałam.

– *Alagai hora* same z siebie nic ci nie powiedzą – odparła Favah. – Deszcz to wynik delikatnej równowagi żywiołów. Nie jest niczym stałym jak wschód słońca. Bywa, że potrzeba więcej niż jednego rzutu, by otrzymać odpowiedź zależną od tak wielu zmiennych.

Z wprawą zgarnęła kości.

– Rzeknij mi, Olive vah Leesha, o co powinnam zapytać teraz?

– Czy trzeba będzie jutro zabrać parasolkę? – zaproponowałam.

Nie wiedziałam, co oznaczał ów suchy odgłos, który Favah z siebie wydobyła. Może był to chichot?

Godziny w Komnacie Cieni przejmowały mnie lękiem, lecz wypchnęłam je z umysłu. Na razie ucieszyłam się z tego, że wyrwałam się z duszącego mroku sali Favah. Gdy dołączyłam do Selen i reszty dziewcząt, te przebierały się w strój do *sharusahk*.

Tego momentu też się obawiałam, ale Selen natychmiast zbliżyła się do mnie i zasłoniła przed innymi, bym mogła odwrócić się i zsunąć suknię. Inne dziewczęta nosiły prostą, bawełnianą bieliznę, którą łatwo było zdjąć, ale ja miałam na sobie tradycyjne krasjańskie bido – długie pasmo jedwabiu, oplatające wielokrotnie biodra i nogi. Utrzymywałam, że w ten sposób pragnę uczcić swoje dziedzictwo, lecz po prawdzie w ten sposób czułam się bezpieczniejsza. Dzięki takiemu strojowi nie było ryzyka, by któraś z koleżanek zauważyła różnicę.

Nie mogłam się oprzeć i zaczęłam się rozglądać. Dorastałyśmy i ta różnica stawała się coraz bardziej wyraźna. Minda była już niemalże kobietą, a pozostałe wkrótce miały ją doścignąć. Matka i babcia miały atrakcyjne figury, ja jednak stawałam się jedynie coraz wyższa i bardziej umięśniona.

Matka uważała, że to wynik równowagi między kobiecymi i męskimi hormonami. Krwawiłam co miesiąc, ale mój głos był niższy, niżbym sobie tego życzyła. Nie miałam włosów na podbródku, lecz piersi również mi nie urosły. Matka twierdziła, że to jeszcze nie ten czas. Może pojawi się jedno i drugie, a może nic.

– Jak było? – spytała Selen, gdy naciągałam luźne spodnie i szatę, którą nakładałyśmy na trening.

– Zbeształa mnie – odparłam. – I posłała na trzy godziny do Komnaty.

– Aż trzy? – wykrzyknęła Selen. – Na noc! Za kilka chwil spóźnienia?

– Jedną za spóźnienie – doprecyzowałam. – A dwie dodatkowe za to, że się uśmiechnęłam, gdy usłyszałam twój żarcik o pustyni.

Selen potarła kark.

– Oj. Przepraszam.

– Daj spokój. – Położyłam dłoń na jej ramieniu. – Dzięki za upuszczenie tej doniczki.

– To nic takiego. – Selen machnęła ręką. – I tak nie mogłam wyrwać tego przeklętego korzenia.

Gdy wyszłyśmy na dziedziniec, Wonda już na nas czekała. Rosła wojowniczka zdjęła pancerz i odłożyła broń na bok, ale w luźnym odzieniu z bawełny wyglądała równie groźnie. Tradycyjne szaty do *sharusahk* były czarne i białe, Wonda zaś nosiła leśną zieleń, symbolizującą jej styl walki. Wypracowała bowiem połączenie krasjańskich technik z thesańskim boksem. Dla Favah to świętokradztwo, ale jeszcze nie widziałam, by Wonda przegrała jakieś starcie. Nie dała się pokonać nawet słynnym krasjańskim wojownikom. Czekała na nas, stojąc na jednej nodze. Stopa drugiej przylegała płasko do jej uda. Wojowniczka wydawała się stabilna niczym drzewo.

Zebrałyśmy się w ciszy na dziedzińcu i uformowałyśmy równe szeregi. Wonda opuściła stopę na ziemię, a my złożyłyśmy jej ukłon. Potem rozpoczęłyśmy układy zwane *sharukin*.

Wiele spośród nich pochodziło z tradycji krasjańskiej: Powitanie Niebios. Napełnianie Misy. Atak Żmii. Samotny Minaret. Inne *sharukin* zostały opracowane przez Wondę: Wiatr Łamiący Gałąź. Ścięcie Drzewa. Tnąca Kosa.

Poruszałyśmy się, jakbyśmy stanowiły jedność. Płynnie przechodziłyśmy z jednej pozycji w drugą, naśladując ruchy nauczycielki. Kiedy ona poruszała się łagodnie, bez trudu, ja poczułam, że zaczynam się pocić, a moje mięśnie, rozciągnięte do granic, aż drżały z wysiłku.

Matka nalegała, by wszystkie Zielarki poznały *sharusahk*, co stanowiło kolejny relikt czasów wojny, ale te ćwiczenia zawsze sprawiały mi przyjemność. Trenowałam, odkąd nauczyłam się chodzić, a trening był bodajże jedynym momentem w trakcie dnia, kiedy moje myśli uspokajały się i osiągałam równowagę.

Wszystko skończyło się zbyt szybko. Wonda wyprostowała się i pozdrowiła nas ukłonem.

– Dobierzcie się w pary, dziewczęta.

W jednej chwili obróciłyśmy się z Selen ku sobie. Byłyśmy roślejsze od reszty uczennic, a poza tym i tak nikt nie miałby odwagi ćwiczyć walki z księżniczką Zakątka. Ja nie miałabym nic przeciwko. *Sharukin* w moim wykonaniu były precyzyjniejsze od układów Selen, ale ona sprawniej wprowadzała je w życie. Na gwizdek Wondy rzuciłyśmy się z Selen do walki. Na oczach pozostałych dziewcząt okrążałyśmy się, wymieniałyśmy ciosy oraz kopniaki i blokowałyśmy nawzajem uderzenia.

– Lepiej miej się na baczności. – Mrugnęłam do Selen w nadziei, że uda mi się ją sprowokować do nieuwagi. – Mój makijaż już jest w opłakanym stanie i nie mam nic do stracenia.

Selen zarżała. Doskonale wiedziała, o co mi chodzi.

– No, dawaj. Zafunduję ci kolejnego siniaka jak w zeszłym tygodniu.

– Elona nadal ma o to pretensje – rzuciłam, bo nic nie działało jej na nerwy tak jak wspomnienie matki.

– Tak – Selen warknęła ze złością. – Ale kiedy przyrżnęłaś mi tak, że ucho spuchło mi jak kalafior, uznała to za świetny dowcip.

Zwinnie skoczyła naprzód, zamierzając kopnąć mnie w udo. Szykowałam się odruchowo do bloku, ale okazało się, że to tylko fortel. Przeklinając w myślach, uświadomiłam sobie, że Selen zmieniła cel i złapała mnie za kołnierz. Obróciła się płynnie i wykorzystała moją własną wagę wraz z pędem, by rzucić mnie na plecy.

Próbowałam się wyrwać, lecz Selen przytrzymała mnie mocno za rękaw i uderzyłam policzkiem w ziemię, brudząc się po raz drugi tego dnia. Moja przeciwniczka jednak nie odpuściła – błyskawicznie oplotła mi nogą szyję i unieruchomiła na dobre. Mimo to naparłam ze wszystkich sił i ku zaskoczeniu obecnych podniosłam się, pociągając Selen za sobą. Ta nie puściła i nadal uciskała mnie nogami, wisząc głową w dół. Nie mogłam oddychać, krew huczała mi w skroniach, w końcu przewróciłam się i poklepałam ją w udo. Selen zluzowała chwyt, a ja wreszcie złapałam oddech.

– Nieźle, Sel – pochwaliła Wonda, a ja ze złością walnęłam pięścią w ziemię. – Olive, patrzyłaś jej na ręce, a trzeba było zwrócić uwagę na nogi. Minda i Ulana, wasza kolej.

Podczas kolejnej rundy patrzyłam na nogi Selen, ale znów poniosłam porażkę. Podczas trzeciej obie jednocześnie wykonałyśmy rzut. Wylądowałyśmy na ziemi, ale nie tak, jak to sobie zaplanowałyśmy. Wonda ogłosiła remis.

Nie rozumiałam tego. Byłam silniejsza od Selen, jednak nawet gdybym nie chciała tego ukryć przed innymi dziewczętami, nie sądziłam, by miało to jakieś znaczenie. Miałam też wrażenie, że Selen również nie dawała z siebie wszystkiego.

– Powinnaś była to przewidzieć, Olive – powiedziała Wonda po tym, jak inne dziewczęta odeszły. – Musisz wiedzieć, kiedy można się wyluzować, a kiedy okazać agresję. Któregoś dnia może od tego zależeć twoje życie.

Wiedziałam, że chodzi jej o moje dobro, lecz miałam za sobą długi dzień, rozczarowałam niejednego nauczyciela i nie wiedziałam, ile jeszcze zdołam znieść. Warkocze Michy przetrwały wszystko, mimo to ściągnęłam wstążki, wytrzepałam włosy i zasłoniłam kosmykami otarcie na policzku. Nie uszło to uwagi Wondy.

– Też tak kiedyś nosiłam włosy. – Pokazała blizny na policzku. – Zasłaniają to i owo, ale czułam wstyd z powodu czegoś, co powinno przynosić satysfakcję. Będziesz miała siniaka, jednak zapracowałaś sobie na niego. Kiedyś Mistrz Ćwiczeń Kaval wykręcił mi ramię tak mocno, że siniaki z barku nie ustępowały przez dwa tygodnie.

Miała doprawdy dziwny sposób dodawania otuchy, ale wiedziałam, o co jej chodzi, i związałam włosy z tyłu. Nie chciałam, by ludzie widzieli ślad, bo to oznaczało moją porażkę i babcia bez wątpienia miałaby coś w tej sprawie do powiedzenia, lecz miałam już dość wstydu. Pewnie nigdy nie spełnię oczekiwań matki czy Favah, za to przynajmniej kapitan Wonda wiedziała, że dałam z siebie wszystko.

Wonda pokiwała głową z aprobatą i uśmiechnęła się.

– Twoja mama powiedziała, że mam cię zabrać na objazd księstwa. Będzie fajnie, nawet jeśli nie wypuścimy się poza wielki run.

– Czy dzikie krainy za granicami runu rzeczywiście są takie niebezpieczne? – spytałam. – Czy Selen i pozostałe dziewczęta powinny się obawiać otchłańców?

– Iii tam. – Wonda machnęła dłonią. – Naprawdę niczego nie tracisz, Olive. Patrole Rębaczy wycięły wszystkie demony w pobliżu wielkich runów, gdy jeszcze byłaś w pieluszkach. Twój wujek Gared i ja osobiście tego dopilnowaliśmy. Raz czy dwa razy do roku jakiś otchłaniec zapędzi się w nasze okolice, ale trzeba by było wędrować całymi dniami, żeby jakiegoś zobaczyć. Naznaczone Dzieci rozprawiają się z nimi, zanim ktokolwiek o nich usłyszy. Nie widziałam nigdy żadnego podczas objazdu księstwa, bez względu na to, co dzieciaki szepczą na szkolnym podwórku.

– Ale dla mnie wciąż to zbyt niebezpieczne? Nawet jeśli będę miała ze sobą dowódcę gwardii przybocznej mojej matki? – zapytałam, unosząc brew. Miałam nadzieję, że w sercu Wondy obudzi się duma i gdy tylko znikniemy matce z oczu, zabierze mnie poza granice wielkiego runu.

W oczach Wondy pojawił się niepokój.

– Noc zawsze jest niebezpieczna, Olive – powiedziała nieco bardziej zachrypniętym głosem. – A podczas Nowiu zawsze trzeba mieć się na baczności. Poza tym skoro matka powiedziała „nie", to nie mamy o czym rozmawiać.

To było ważne napomnienie. Wonda kochała mnie i wierzyła we mnie, ale podobnie jak wszyscy inni była poddaną matki i nie wypuściłaby smyczy z ręki, nawet jeśli sama wiedziałaby, że nie ma się czego bać.

Reszta dnia przebiegła wedle ustalonego schematu. Ledwie rozumiałam równania na zajęciach z chemii, za to na biologii poradziłam sobie lepiej, a po wszystkim poszłam do Akademii Runicznej.

W przeciwieństwie do zajęć z zielarstwa lekcje runiarstwa zostały zdominowane przez chłopaków. Selen jednak było trudno czymkolwiek zrazić.

Zajęła miejsce w samym środku sali i opowiedziała wszystkim naokoło o siniaku na mojej twarzy, zupełnie jakby przechwalała się walecznymi czynami podczas wojny z demonami. Jej cios pięścią okazał się desperacką próbą przed klęską, którą prędzej czy później i tak miała ponieść z mojej ręki.

Otaczające Selen mole książkowe wprost spijały słowa z jej ust, aż pojawił się nauczyciel. Był nim mój dziadek, Erny, który zwrócił uwagę wszystkich trzaśnięciem laski i zagonił nas do pracy.

Stanął przy mojej ławce i przyglądał się, jak próbuję wyryć run wichrowego demona w miękkiej glinie, z której wypalało się dachówki. Istniało wiele gatunków otchłańców, zamieszkujących rozmaite środowiska, i run, który działał na jeden z nich, nie powstrzymywał innych.

Znałam na pamięć runy broniące przed demonami podstawowego typu – skalnymi, wichrowymi, drzewnymi, ognistymi, wodnymi, zmiennokształtnymi oraz umysłu – a oprócz tego całe setki innych. Nieźle też radziłam sobie z igłą i nicią. Naszyłam sobie dziesiątki runów na suknie, dzięki czemu stały się one obiektem zazdrości ze strony innych dziewcząt, a mnie się czasem udawało usłyszeć komplement z ust matki.

Ale podobnie jak w Komnacie Cieni, zupełnie nie umiałam posługiwać się narzędziami w warsztacie runiarskim. Szansa, że zepsuję coś, nad czym właśnie pracowałam, wynosiła jakieś pół na pół.

– Łagodniejsze ruchy, Olive. – W głosie dziadka skrywała się niekończąca się cierpliwość, choć miałam wrażenie, że jego też rozczarowuję. – To nie wyszywanie. Wyobraź sobie run i poprowadź każdą linię płynnym, pojedynczym ruchem.

Wziął świeżą płytkę i wyrysował symbol kilkoma szybkimi, sprawnymi kreskami. Zrobił to z taką łatwością, że straciłam ochotę do pracy na jego oczach. Zamiast tego zadałam pytanie:

– Po co wciąż nanosimy runy na dachówki, skoro chroni nas wielki run?

– Ludzkość kiedyś zapomniała sztuki stawiania runów, bo demony znikły na jakiś czas. Gdy wróciły, o mało nas nie zniszczyły. Musimy być mądrzejsi od naszych przodków. Nie wolno nam zapominać.

– Demony znikły na trzy tysiące lat – powiedziałam, choć nie miałam pewności, czy sama w to wierzę. – Damy radę zapamiętać to tak długo?

– Zrobimy wszystko, co w naszej mocy, Olive – westchnął Erny. – Reszta leży w rękach Stwórcy.

– To nie w porządku – nadąsała się Selen, gdy myłam twarz pod koniec dnia. – Ta wycieczka jest bezpieczna dla każdego dzieciaka w księstwie, a ty masz być zamknięta w gospodzie?

– Nic mi nie mów. – Przyjrzałam się odbiciu w lustrze. Z zadowoleniem stwierdziłam, że otarcie na policzku już zaczęło znikać. Zawsze szybko goiły mi się wszelkie obrażenia. – Ty też będziesz mogła uważać się za szczęściarę, jeśli zdołasz się wyrwać z kryształowej kuli matki.

– Że co? – Selen przestała przechadzać się po pokoju i rozdziawiła usta.

Uśmiechnęłam się ze smutkiem.

– Księżna obiecała, że przyjaciele dotrzymają mi towarzystwa.

Selen pokręciła głową.

– Ojciec może i jest wielkim bohaterem wojennym, ale na pewno nie widział jeszcze awantury, jaką mu zafunduję, gdy cofnie obietnicę i nie pozwoli mi wyjść za wielki run, bez względu na to, co zadecydowała księżna!

– To, czego generał chce, nie ma żadnego znaczenia. Jeśli księżna wyda rozkaz, wuj Gared musi go spełnić.

Selen skrzyżowała ramiona na piersi.

– I tak się wyrwę!

– A niby jak? – Uniosłam brew.

– Podsunę ci sposób, z którego też powinnaś skorzystać. – Selen ściszyła głos, choć byłyśmy same. – Wystarczy kropla turunia i pyłku z werbeny dodana do herbaty Wondy i Michy. Nawet nie poczują smaku i upłynie sporo czasu, zanim zmorzy je sen, ale potem będą spać jak niemowlęta do południa. Wycieczka rusza o świcie. Gdy się obudzą, będziemy już wiele mil za granicą wielkiego runu.

Selen powiedziała to z przekonaniem, ale ja pokręciłam głową, zanim zdążyłam przesiąknąć jej entuzjazmem.

– Przewodnicy będą wiedzieć, że nie mamy pozwolenia. Przecież wszyscy ludzie w Zakątku wiedzą, jak wyglądamy.

– Jak dziewczyny – rzuciła Selen.

– Co? – Zamrugałam.

– Mogę podwędzić ojcu kilka napierśników i hełmów z jego osobistego arsenału. – Selen puściła mi oko. – Potem namówię Perina, by ukrył je pod wozem. Wymkniemy się i dołączymy do jakiejś grupy wieśniaków. Chłopcy nie muszą ubiegać się o to, by wziąć udział w wyprawie tak jak my, dziewczęta. Ojcowie klepią ich tylko po plecach i wręczają własne blachy. Nie martw się, Olive, nikt nawet na nas nie spojrzy.

Żołądek ścisnęło mi nerwowe podniecenie, gdy uświadomiłam sobie, że Selen ma rację. Nawet Wonda nie rozpoznałaby nas w napierśnikach i hełmach.

– Po naszym powrocie matka rozpęta Otchłań.

– Przecież nie wrzucą nas do lochu, Olive. – Selen wzruszyła ramionami. – Posłużymy się tą samą śpiewką co zawsze. Powiemy, że nam przykro, i obiecamy, że nigdy już czegoś takiego nie zrobimy. Może spuszczą nam lanie, jeśli się naprawdę wściekną, i co z tego? Będziemy przez kilka tygodni chodzić na palcach, a potem wszystko ulegnie zapomnieniu.

Selen miała rację. Gared też z początku nie chciał jej pozwolić na udział w wyprawie. Przez całe życie użerała się z ojcem o prawa i swobody, którymi ten bez namysłu obdarzył jej młodszych braci. Od dnia, gdy po raz pierwszy zapragnęłyśmy trenować *sharusahk*, Selen walczyła o każdy kolejny krok, podobnie zresztą jak ja.

„Nie opuszczę cię, jeśli zechcesz zostać chłopakiem" – obiecała mi matka.

Podjęłam niewłaściwą decyzję, bo nie wiedziałam, jak traktuje się chłopaków. Nawet teraz, ciasno opleciona bido, nie do końca to rozumiałam.

Może warto by było się tego dowiedzieć?

4

Jestem Darin

349 ROK PLAGI

Nazwano mnie Darin Bales i wszyscy mówili, że mój ojciec ocalił świat.

Cóż, w porządku. Zginął przed moim narodzeniem, a więc tak naprawdę za nim nie tęskniłem, a na brak krewnych lub przyjaciół nie narzekałem.

Ocalenie całego świata. Cóż, taka reputacja przylgnęła na stałe do rodziny. Ludzie, których wcześniej nie widziałem na oczy, wręczali mi prezenty i pozwalali mi na wszystko, a czasem łapałem ich na tym, że wpatrywali się we mnie, jakby chcieli, bym zrobił coś niezwykłego.

A kiedy tak się nie działo, niemalże wyczuwałem ich rozczarowanie.

Mama próbowała mnie ocalić przed całym tym bałaganem. Sprowadziła mnie do Potoku Tibbeta, wioski na skraju totalnej pustki, gdzie wychowywała się z ojcem. Wielu ludzi opowiadało tu o nim różne historie, ale nie widzieli go podczas wojny. Zamiast tego rozdmuchiwali opowieści o jego dziecięcych wybrykach do rozmiarów sag Minstreli i byli dumni z tego, że znali Wybawiciela, gdy ten sięgał im do kolan.

Czasem miałem wrażenie, że wszyscy znali mego ojca oprócz mnie.

Nie musiałem nawet patrzeć w okno, by wiedzieć, że nadchodzi świt. Większość ludzi uznałaby zapewne, że wciąż jest ciemno, lecz moje oczy, przyzwyczajone do nocy, widziały już pierwsze kolory świtu, rozlewające się na niebie.

Nie lubiłem wschodów słońca. Światło kłuło mnie w oczy, odbierając mi umiejętność widzenia w mroku, przez co aż do zmierzchu byłem na pół ślepy. Słoneczne promienie paliły mnie niczym rozgrzana patelnia i mogły mi poparzyć skórę, jeśli odsłoniłem ją przez przypadek.

Większość świata budziła się o wschodzie słońca. Rośliny odwracały się ku niebu i budziły się owady, które bzycząc, kręciły się wokół otwierających się kwiatów. Wstawali ludzie, wstawały zwierzęta. Słyszałem każdy krok. Słyszałem, jak niezliczone istoty przeciągały się, podnosiły i ruszały na poszukiwanie jedzenia. Czułem zapach każdego posiłku, każdej czynności życiowej, każdego płatka mydła.

A wszystko to działo się naraz. Odbierałem tyle impulsów jednocześnie, że wszystko to mogło mnie przytłoczyć, o ile nie przygotowałem się jak należy.

Chciałem uciekać, jednak jak co rano najpierw musiałem zająć się obowiązkami.

Jeszcze przed pierwszym pianiem koguta przestępowałem próg domu dziadka Jepha. Na podwórzu było bezpiecznie, ale dziadek nie lubił, kiedy zaczynałem pracować tak wcześnie. Twierdził, że to denerwuje zwierzęta.

Złapałem za stojący przy drzwiach, wyłożony płótnem wiklinowy kosz i pomknąłem do kurnika, a tam, ignorując wściekłe gdakanie, podebrałem jajka ptakom, nim te w ogóle mnie zauważyły. Żonglując, powrzucałem je do kosza.

Dziadek nie lubił, jak żonglowałem jajkami, ale musiałem ćwiczyć, jeśli chciałem zostać Minstrelem. Swego czasu długo się nad tym zastanawiałem. Inne zawody wymagały zbyt wiele pracy, a nikt nie będzie się przecież przyglądał dziwnemu Minstrelowi, który właśnie przyjechał do wsi. Musiałem pojechać gdzieś, gdzie nikt mnie nie znał i gdzie wszyscy będą mnie traktować jak zwykłego człowieka. A gdyby mnie rozgryźli, mógłbym pojechać gdzie indziej.

Zostawiłem drzwi kurnika otwarte i rozrzuciłem nieco ziarna po podwórzu. Potem wpadłem do domu i zostawiłem jajka na kuchennym blacie, podczas gdy wszyscy nadal jeszcze spali. Chwilę później siedziałem na taborecie przy pierwszej krowie. Były równie zaskoczone co kury, gdy przemykałem przez ich boksy, lecz szybkie, skuteczne dojenie przyniosło im ulgę.

W oknach domu nadal było ciemno, gdy zostawiłem mleko w chłodni i popędziłem, by wypełnić kolejne obowiązki. Dołożyłem obroku koniom i dolałem pomyj świniom. Zaczerpnąłem wody ze studni, a potem zajrzałem do suszarni, wędzarni i spichlerza. Pomknąłem niczym wiatr między zabudowaniami, składając w każdym budynku prędką wizytę. Spieszyłem się, by zdążyć przed świtem.

Stary kogut zaczął się ruszać. Nie znosiłem tego ptaka. Już wciągał powietrze, gdy napełniałem palenisko, co stanowiło ostatnie z moich zadań. Zasłoniłem uszy i uciekłem. Chciałem znaleźć się najdalej jak się dało, gdy zacznie się drzeć.

Mknąłem przez żyzne pola i gęste zagajniki, starając się pozostać w cieniu. Przeskoczyłem nad szerokim strumieniem, dostrzegając w kamieniu ledwie widoczne wgłębienia, pozostawione przez stopy całych pokoleń wędrowców. Pewnie mój ojciec był jednym z nich. Przecież to najkrótsza droga z gospodarstwa na Ryneczek. Podążanie po śladach ojca było dla mnie niczym czytanie jego starych pamiętników i pozwalało trochę go poznać.

Słońce wciąż było małym skrawkiem jasności na horyzoncie, gdy dotarłem do Ryneczku, lecz w powietrzu niósł się już zapach maślanych ciasteczek ciotki Selii. Pozostawiła całą tacę na parapecie okna, by ostygły. Pociekła mi ślinka, a żołądek przebudził się z burczeniem.

Selia Barren to Mówczyni i przywódczyni milicji Potoku Tibbeta. Tak naprawdę nie była wcale moją ciotką, lecz mama zawsze powtarzała, że rodzina to coś więcej niż tylko więzy krwi. Inne dzieciaki nazywały ją Starą Selią. Wszyscy się jej bali oprócz mnie.

Wspiąłem się po ścianie jej domu i zajrzałem do środka. Kuchnia była pusta, więc pospiesznie wepchnąłem ciastko do ust, pozwalając, by zawładnęło moimi zmysłami. Wiedziałem, że za jakąś godzinę ciastka zesztywnieją i staną się twardymi, kruszącymi się herbatnikami, które ciotka uwielbiała zajadać przy herbacie, ale teraz, świeżo po wyjęciu z piekarnika, nadal były ciepłe, pachnące i miękkie. Przepis był prosty i opierał się na maśle, którego smaku nie wolno było psuć zbyt wieloma innymi składnikami. Obiema rękami upchnąłem kilka innych ciastek po kieszeniach.

– Darinie Bales! Wiem, że to ty kradniesz mi ciastka!

Zamarłem, gdy Selia wpadła do kuchni. Powinienem był wyczuć jej woń – na pewno przyczaiła się, by na mnie wyskoczyć – ale zanadto pochłonął mnie zapach ciastek.

– Wybacz, ciociu Selio! – chciałem powiedzieć, ale miałem wciąż pełne usta i wyszło z tego coś na kształt: „Fyfaffiofiufelio".

Jej mina wcale się nie zmieniła, lecz jej zapach zdradził mi, że nie była już zirytowana, a raczej rozbawiona. Ujrzałem też, że drżały mięśnie wokół jej ust.

– Przecież mogłeś po prostu poprosić, Darin. Czy ja ci kiedyś odmówiłam ciastek?

To prawda, z tym że zawsze dawała mi te najstarsze, które upiekła poprzedniego dnia i które nadal leżały w garnku w kuchni. Przełknąłem wreszcie i rzuciłem:

– Są lepsze, gdy są świeże.

– Nadal twierdzę, że powinieneś zapukać i poprosić. – Selia założyła ramiona na piersi.

Zerknąłem na wschodzące słońce.

– Nie mam czasu – rzuciłem, złapałem jeszcze jedno ciastko i popędziłem dalej, zanim zaczęła krzyczeć.

Rozbrzmiał szkolny dzwon, narzuciłem więc kaptur na głowę i próbując trzymać się w cieniu, pobiegłem ku Grząskim Mokradłom, ale światło już kłuło mnie w oczy. Kręciło mi się od niego w głowie.

Mokradła cieszyły się złą reputacją, całkiem niezasłużoną. Ludziom kojarzyły się z polami ryżowymi – wilgotnymi, pełnymi robaków i cuchnącymi – lecz na obrzeżach było całkiem miło. Mnóstwo było tam stawów, gdzie można łowić ryby, oraz cienistych zakątków, w sam raz, by odpocząć od ludzi, idealnych, by odespać poranne zamieszanie.

Przebudziłem się po południu, odświeżony i odprężony. Dojadając ciastka z kieszeni, poszedłem do najbliższego stawu, by się schłodzić. Po krótkiej kąpieli wspiąłem się na drzewo i wyciągnąłem piszczałkę. Dmuchnąłem w każdą tubkę na próbę, a w jednej wyczułem fałsz. Zamknąłem oczy i przesunąłem dłoń po trzcinie. Wyczułem pęknięcie grubości włosa.

Zszedłem nad wodę i ściąłem inną trzcinę, a potem wróciłem na gałąź i wyciągnąłem narzędzia. Przyciąłem trzcinę odpowiednio, posmarowałem ją

szybkoschnącą żywicą, a później ostrożnie rozwiązałem sznurek, który trzymał wszystkie tubki razem. Wyczyściłem je, a w tym czasie żywica nałożona na nowy element wyschła i mogłem zastąpić uszkodzoną tubkę. Związanie ich w całość to niełatwe zadanie, ale robiłem to już wielokrotnie i czynność stała się niemal odruchowa.

Znów przetestowałem dźwięki i tym razem wszystko wypadło dobrze. Zacząłem więc grać.

Niedługo później usłyszałem głosy. To dzieciaki z Mokradeł, które zakończyły już lekcje i przyszły popływać.

Roześmiały się, gdy usłyszały moją muzykę. Niektóre odwróciły się i spojrzały w górę, na gałęzie drzew, próbując wypatrzyć miejsce, z którego dobiegały dźwięki.

– Nasza pani porzuciła nadzieję, że do nas wrócisz, Darin! – zawołała Ami Rice. – Nawet nie wyczytuje już twojego imienia!

Moja melodia stała się radośniejsza, jakbym śmiał się przez muzykę. Nie ma takiej siły na świecie, która zaciągnęłaby mnie ponownie w sam środek chaosu zatłoczonej sali lekcyjnej.

– Chodź z nami popływać! – krzyknął Rej Marsh. – Nie będziemy uczyć cię matmy! Obiecujemy!

Pozostali również wybuchnęli śmiechem. Nie stroili sobie ze mnie złośliwych żartów – wyczuwałem ich życzliwe rozbawienie. Naprawdę chcieli się ze mną bawić, zresztą zawsze tak było, co bardzo mnie cieszyło.

Ale nigdy nie przyjmowałem zaproszenia.

Inne dzieciaki w Potoku wcale nie były złe, ale one też mnie nie rozumiały. To nie matma zmusiła mnie do ucieczki ze szkoły ani ortografia czy cokolwiek innego. Chodziło o to, że dzieci tworzyły grupę. Że były hałaśliwe, otaczały mnie tysiącami zapachów, nie przestawały gadać. Nie mogłem znieść przebywania z nimi w jednym miejscu, nie mogłem wytrzymać tego, że tłoczą się wokół mnie.

Tak było mi lepiej. Wśród drzew byłem bezpieczny, z dala od plusków i wrzasków, blisko swojej muzyki. Czasami dzieciaki wykrzykiwały jakieś życzenia i bywało, że je spełniałem, choć na ogół zachowywały się, jakby mnie nie było, co w zupełności mi odpowiadało.

Gdy słońce zaczęło zachodzić, wróciłem na gospodarstwo dziadka, by zjeść kolację. Zmierzch kochałem równie mocno, jak nienawidziłem świtu. Światło dnia, nawet takie, które nie padało bezpośrednio na mnie, dusiło mnie niczym ogromna pięść, teraz jednak napięcie powoli ustępowało i miałem wrażenie, że znów się budzę. Czułem, jak moje zmysły się wyostrzają i powracają mi moce.

W pobliżu domu ujrzałem świeże ślady na korze wysokiego drzewa, pulsujące uciekającym ciepłem.

Rozejrzałem się i dostrzegłem podobne ślady na innych drzewach. Poszedłem naprzód i dotarłem do miejsca, w którym stworzenie zeskoczyło na ziemię, wyciskając w niej dwa pazurzaste odciski stóp.

Demon drzewny.

Otchłańce dzieliły się na ogół na dwie grupy – rutyniarzy i włóczęgów. Rutyniarze zazwyczaj polowali co noc w tym samym miejscu, a włóczęgi chwytały coraz to nowe tropy, zapuszczając się daleko w poszukiwaniu zdobyczy.

Potok Tibbeta leżał w oddaleniu od Wolnych Miast i demony przetrwały tu czystkę, którą zafundował im mój ojciec, niszcząc rój. Nigdy nie było ich tu dużo i milicja cioci Selii już wiele lat temu wytępiła wszystkich rutyniarzy.

Wciąż się jednak zdarzało, że jakiś włóczęga zapuszczał się w okolice czyjegoś gospodarstwa, a jeśli wyczuł zdobycz, mógł przeistoczyć się w rutyniarza. Trudno sobie wyobrazić, by któryś z nich zakradł się tak blisko wielkiego runu gospodarstwa bez zwracania na siebie uwagi, lecz te ślady musiały powstać zeszłej nocy.

Demony nienawidziły światła słonecznego jeszcze bardziej niż ja. Moja skóra ulegała poparzeniom, one zaś stawały w płomieniach. Wydawało mi się, że podobnie jak ja wyczuwały ciężar nadchodzącego poranka na długo przed świtem. By uciec z naszego świata, sięgały po magię, która pozwalała im na dematerializację. Wnikały wówczas pod ziemię, korzystając z któregoś z wielu naturalnych tuneli, którymi magia wypływała z Otchłani.

Niemniej nawet włóczęgi to istoty działające wedle pewnych przyzwyczajeń. Każdy z nich wracał na powierzchnię tym samym tunelem, którym znikał przed świtem, co oznaczało, że demon nadal przebywał w pobliżu.

Nabrałem tchu i powoli wypuściłem powietrze przez nos. Miałem za sobą cichy dzień. Musiałem wszystkim o tym opowiedzieć, ale już wiedziałem, co od nich usłyszę.

W końcu mój ojciec uratował cały świat. Ludzie mają oczekiwania.

Zajmowałem się różnymi rzeczami w oborze, choć był to jedynie pretekst, by wymknąć się z domu. Wolałem słuchać rozmów dorosłych z zewnątrz, niż siedzieć wśród nich i znosić to, jak mnie ignorowali.

Ciotka Selia i jej żona Lesa przyszły do nas, gdy tylko dowiedziały się o włóczędze. Myślałem, że wyda mnie za kradzież ciastek, ale nie powiedziała ani słowa.

– Chłopak musi się nauczyć brać sprawy we własne ręce, Ren – powiedział dziadek.

Mama prychnęła w odpowiedzi.

– Przypomnij mi, Jeph, ile sam miałeś lat, gdy stawiłeś czoła demonowi na własnej ziemi?

– Zbyt wiele i sama dobrze wiesz. – Dziadek skrzesał ogień i rozpalił fajkę. – Lubię myśleć, że wychowałem swoje dzieciaki tak, by były lepsze ode mnie.

Na te słowa mama nie znalazła odpowiedzi.

– A co ty sądzisz, Hary? Darin jest na to gotowy czy nie?

– Zna wszystkie piosenki, w te i nazad – odpowiedział mistrz Hary. – Potrzeba mu tylko trochę... trochę pewności siebie.

Łagodnie to ujął.

Nie chodziło o to, że bałem się otchłańców. Przecież wędrowałem po nocy, odkąd nauczyłem się chodzić. Natrafiałem na demony dziesiątki razy.

Ale byłem sprytny i wiedziałem, jak ich unikać. A oni chcieli, bym sięgnął po fujarkę i zwabił demona do siebie.

– Jedyny sposób, by nauczyć się pewności siebie, to wziąć się do roboty – rzekła Selia. – Chłopak nie będzie sam. Rozkołysany Hary i ja będziemy z nim.

– Jutro Nów – przypomniała mama.

– Od dziesięciu lat nie widziałam w okolicy niczego groźniejszego od pojedynczego włóczęgi – prychnęła Selia. – Niech chłopak się wykaże.

– Dobra, w porządku – oznajmiła w końcu mama. – Chyba rzeczywiście pora, by Darin zaczął się uczyć rodzinnego interesu.

5

Majah

349 ROK PLAGI

Królewski powóz nie rzucał się w oczy tak bardzo, jak się tego obawiałam. Mieszkałam w stolicy i inne potężne rodziny wysłały swoje dzieciaki na objazd księstwa w o wiele bardziej okazałych pojazdach.

Matka nie przepadała za zbytkiem i wolała rzeczy proste, ale skuteczne. Jej powóz robił wrażenie, lecz nie kapał od złota. Zaprojektowano go jednak tak, by nie poddał się ani pazurom demonów, ani milneńskiej broni ognistej. Pod warstwą polerowanego drewna krył się pancerz wykonany z pokrytego specjalnymi runami szkła, mocniejszy, cieńszy i lżejszy od stali.

Powóz więc może nie wyróżniał się wyglądem, za to towarzysząca nam kawaleria przyciągała wiele uwagi. Kawaleria Zakątka zawsze prezentowała się równie ekstrawagancko jak jej przywódca, kapitan

Gamon – nosili kolorowe drewniane pancerze, na które nakładali jasnobłękitne tabardy i żółte peleryny, a ich hełmy zdobiły pióra.

Zawsze lubiłam patrzeć, jak manewrowali na swych rączych wierzchowcach lub ustawiali się w szereg najeżony włóczniami, tak równy, że z dala przywodził na myśl wielki grzebień. Teraz jednak głośnymi okrzykami oznajmili moją obecność, a ja o niczym nie marzyłam tak bardzo jak o anonimowości. Plan Selen nie miał szans się powieść, jeśli wszyscy będą się ciągle na nas gapić.

Jechaliśmy krętą ulicą przez Zakątek Rębaczy, prowadząc procesję, która rosła z każdą chwilą.

We wszystkich osadach księstwa zbierała się młodzież. Szacowano, że do samej tylko stolicy przybędzie ponad tysiąc nastolatków. Dla niektórych był to pierwszy raz, gdy opuszczali rodzinny dom, a dla innych coroczna tradycja, fundowana przez państwo okazja, by podróżować i robić zakupy. Za procesją podążała mała armia kupców i sprzedawców, jakby mało było straganów na niekończących się rynkach, które mieliśmy mijać po drodze.

Kilku wybrańców jechało konno bądź podróżowało powozami, ale większość szła pieszo albo tłoczyła się na wozach zaprzężonych w muły.

Ulice Zakątka Rębaczy kręciły się i wiły, a place, pola i grupki drzew pojawiały się w zaskakujących, niczym nieuzasadnionych miejscach. Nawet budynki miały rozmiary i kształty nietypowe dla architektury spełniającej praktyczne zadania. Nie było to bynajmniej dzieło szalonego architekta, bo z góry wszystkie te dziwaczne formy układały się w wielki run zaprojektowany przez matkę. Tworzyły linie mocy, które pobierały magię i przekształcały ją w barierę, jakiej nie mógł przebić żaden demon.

– Naszym pierwszym postojem będzie Nowe Rizon, miejsce najsłynniejszego starcia bitwy podczas Nowiu w trzysta trzydziestym trzecim Roku Plagi – perorował z emfazą pierwszy minister Arther, który zamienił powóz w osobistą salę lekcyjną i recytował historię każdej mijanej części Księstwa Zakątka. Przynudzał przy tym tak bardzo, że zaczynałam żałować, że wyjechałam.

Wyjrzałam przez okno powozu i zobaczyłam Mindę, która wraz innymi dziewczynami z naszej klasy szła pieszo. Z zazdrością przyglądałam się, jak się śmieją i mieszają z uczniami z Akademii Runicznej.

– To tu widziano Arlena Balesa, który jaśniał na nocnym niebie i pobierał moc z pierwszego wielkiego runu, by zacząć ciskać ogniem i błyskawicami w hordę demonów.

– Jakoś nie chce mi się w to wierzyć – powiedziała Selen, a ja miałam wielką ochotę się zgodzić, choć w każdym Świętym Domu stąd aż po Krasję wisiały obrazy przedstawiające tę scenę.

– Na własne oczy tego nie widziałem – przyznał Arther – ale słyszałem opowieści ludzi, którzy byli świadkami tego wydarzenia. Ujrzałem natomiast magię Wybawiciela w innych sytuacjach. To nie żaden domysł czy plotka. To potwierdzony fakt historyczny.

Zerknęłyśmy na siebie wraz z Selen, lecz żadna z nas już się nie odezwała.

– Bitwa okazała się pierwszym testem wielkich runów, które zbudowała twoja matka, by pomieścić uchodźców uciekających przed Krasjanami – ciągnął Arther. – Całe wsie pakowały dobytek i zmykały przed armiami twego ojca. Ludzie porzucali domy oraz pola, a do Zakątka docierali z pustymi rękami, szczęśliwi, że udało im się ocalić życie.

Armie mego ojca. To bardzo dziwna myśl. Widziałam ojca tylko raz, czternaście lat temu, gdy tuż po wojnie z demonami przybył do Zakątka, by podpisać nowy Pakt Wolnych Miast. Polityka nie pozwoliła na kolejną wizytę.

Miałam niespełna dwa lata i niewiele z tego spotkania pamiętam, ale w pamięci utkwiło mi to, że ojciec był bardzo wysokim człowiekiem. Miał na sobie powłóczyste szaty, a światło załamywało się w klejnotach jego korony i otaczało mu głowę tęczową aureolą. Gdy mnie trzymał na kolanach, miałam wrażenie, że znalazłam się w najbezpieczniejszym miejscu na świecie. Nie przypominałam sobie, co mi mówił, ale jego głos był tak niski i kojący, że czułam go w kościach. Mówiono mi, że zasnęłam w jego ramionach.

Trudno było sobie wyobrazić tego samego człowieka, jak wiódł hordy wojowników przez Thesę, miażdżąc wszelki opór, by móc werbować ludzi do tępiącej demony armii, ale nie musiałam się tym przejmować. Przecież był to kolejny zweryfikowany fakt historyczny, jak ująłby to Arther.

Micha przyglądała się obojętnie pierwszemu ministrowi, a jej oczy były nieprzeniknione. Nie poprawiała go ani nie broniła poczynań naszego ojca.

– Inny przywódca przegnałby uchodźców precz – powiedział Arther. – Ba, parokrotnie do tego doszło. W Fort Angiers zamknięto bramy miasta, a w Fort Miln zwiększono garnizon przy Rzece Granicznej. Laktońscy kapitanowie również nie zabierali uchodźców do miasta na jeziorze. Jedynie księżna Leesha oferowała uciekinierom pomoc medyczną i schronienie, a do tego uczyła ich, jak tworzyć własne wielkie runy, połączone z głównym runem Zakątka Rębaczy. Pod koniec wojny istniało tu szesnaście osad, ale lata pokoju i dostatku doprowadziły do zwiększenia liczby urodzeń. Do istniejącej sieci dodano jeszcze kilka wielkich runów, dzięki czemu Zakątek stał się najludniejszym księstwem Thesy.

Oczywiście słyszałam już tę historię nie raz. Opowiadano mi o wielkości matki, o jej odwadze i ofiarności, z jaką broniła wszystkich ludzi, którzy potrzebowali schronienia. Nic dziwnego, że wszyscy ją kochali. Ja jednak pamiętałam tylko jej pełne dezaprobaty spojrzenie i trudność, z jaką udawało mi się wywalczyć nawet najdrobniejsze ustępstwa. Myślałam o tym, co Perin ukrył pod powozem, i zastanawiałam się, czy będę miała odwagę, by wyrwać się na prawdziwą wolność choć na kilka dni.

Arther opowiadał dalej, lecz przestałam go słuchać i wyglądałam przez okno. Odwiedziłam już wiele wewnętrznych osad z matką, kiedy podróżowała, by wygłaszać mowy i przecinać wstęgi nowo wybudowanych uniwersytetów, publicznych bibliotek i szpitali. Teraz po raz pierwszy zmierzałam do zewnętrznych osad, a następnego dnia miałam znaleźć się dalej od domu – dalej od matki – niż kiedykolwiek wcześniej. Nabrałam tchu i poczułam, jak się rozluźniam.

Pierwszy postój zrobiliśmy przy rynku Nowego Rizon, gdzie setki ludzi zgromadziły się, by rozpocząć objazd. Dołączyłam do Mindy i pozostałych, co spłoszyło chłopców z Akademii Runicznej. Objazdowi towarzyszyło wielu dorosłych opiekunów, ale żaden z nich nie przypominał kapitan Wondy, która nie opuszczała mnie nawet na krok. Dowódczyni gwardii przybocznej matki, wciąż nosząca runiczną zbroję, górowała nad tłumem.

– Olive – odezwał się Arther – nie chciałabyś może powiedzieć wszystkim, kiedy wybudowano katedrę w Nowym Rizon?

Zacisnęłam usta i spróbowałam zdusić złość. Pierwszy minister bez wątpienia myślał sobie, że dobrze jest mieć księżniczkę Zakątka jako asystentkę. W rzeczy samej wszyscy umilkli, czekając na moją odpowiedź. A więc kolejna osoba wpychała mnie na piedestał, podczas gdy ja marzyłam tylko o tym, by stać się zwykłą dziewczyną.

Zgromadzeni czekali. Potrząsnęłam głową, by pobudzić pamięć, a potem wyrecytowałam nazwiska i daty, wpajane mi, odkąd nauczyłam się czytać i pisać. Katedra jednak, z ogromną kopułą i strzelistymi kolumnami, nie potrzebowała żadnych historycznych objaśnień i sama zniewalała majestatem.

Po wejściu do nawy głównej wszyscy jednocześnie poderwaliśmy głowy, by ujrzeć osławiony obraz na suficie. Przedstawiał Arlena Balesa unoszącego się wysoko na nocnym niebie. Wytatuowane na jego ciele runy jarzyły się blaskiem i przepędzały demony ogniem i błyskawicami.

W katedrze co roku odbywała się msza upamiętniająca to zdarzenie i matka zawsze brała w niej udział. Długo stała przed świątynią i witała przybyłych gości. Ja napatrzyłam się już na ten obraz i nie robił on na mnie wrażenia, ale pozostałe dziewczęta wzdychały z zachwytu. Niektóre skreśliły runy w powietrzu bądź zaczęły się modlić. Kilka uklękło, a jedna wybuchła płaczem. Selen przewróciła oczami, a ja powstrzymałam uśmiech.

Przez całe godziny włóczyliśmy się po centrum miasta, co zwieńczyliśmy zakupami na rynku. Arther oddalił się wówczas, a ja przekonałam Wondę, by szła kilka kroków za nami – chciałam spędzić trochę czasu z koleżankami. Buzia Selen się nie zamykała – opowiadała to jakieś historie, to dowcipy, a nasze śmiechy na powrót zwabiły chłopców z Akademii Runicznej.

Spróbowałam też wyrwać się przed Michę, lecz ona ciągle znajdowała jakiś drobiazg, który chciała obejrzeć, bądź jakiegoś kupca, z którym musiała pogawędzić, przez co nie oddalała się ode mnie. Krasjanie słynęli z umiejętności targowania się i odkąd znałam Michę, nigdy jeszcze nie widziałam, by zapłaciła za coś tyle, ile życzył sobie sprzedawca. Inne dziewczyny przyglądały się, jak przekonuje kupców, by ci spuścili z ceny.

Słońce zaszło o wiele za szybko, a wtedy do głosu doszła pozycja społeczna. Moje koleżanki nocowały w karczmie, a Arther zarezerwował dla mnie i Selen pokój w najlepszej gospodzie Nowego Rizon.

Przyniesiona nam kolacja była doprawdy przepyszna, ale z karczem na rynku dobiegała muzyka, śpiewy i ochrypłe śmiechy. Żałowałam, że nie mogę wziąć udziału w tej zabawie. Choć raz poczułabym się jak część świata, a nie tylko obserwatorka.

Selen również sprawiała wrażenie uwięzionej. Gdybym nie wzięła udziału w tej wycieczce, z pewnością znalazłaby sposób, by wymknąć się i dołączyć do zabawy. Zamiast tego zagrałyśmy w karty i w końcu położyłyśmy się do łóżek, nadal słuchając śmiechów dobiegających z zewnątrz.

Objazd trwał kilka tygodni. Niektóre osady ledwie zasługiwały na wzmiankę, inne kryły tyle atrakcji, że nie dałoby rady wszystkiego obejrzeć przez cały tydzień, ale większość przypominała Nowe Rizon. Zaglądaliśmy do kilku interesujących miejsc, potem robiliśmy zakupy na rynku, aż Wonda zapędzała nas do gospody. Dni zaczynały się zlewać, a nasza grupa zmniejszać. Arthera wezwały obowiązki w stolicy, wraz z nim wróciło wielu starszych uczestników objazdu. Dla młodszych jednak ta wyprawa była najważniejszym wydarzeniem lata i nie stracili energii.

W końcu dotarliśmy do Miechów, jednej z granicznych osad, gdzie zebrały się grupy ochotników do wyprawy na rubieże.

We wsi unosiły się gryzące dymy i zewsząd dobiegał brzęk młotów kowalskich. Znałam historię tego miejsca. Miechy były elementem eksperymentu z Naznaczonymi Dziećmi – matka nakłoniła niektórych z nich, by zajęli się opracowywaniem nowych sposobów tworzenia oraz wzmacniania runami broni i pancerzy, a ci osiągnęli taką biegłość, że ich usługi stały się cenione zarówno wśród Naznaczonych Dzieci, jak i mieszkańców Zakątka.

Praca w kuźni zmusiła ich jednak, by porzucili swój wędrowny styl życia. Wkrótce Miechy przyjęły zwierzchnictwo księżnej Zakątka i zostały włączone do wielkiego runu. Od tej pory służyły jako element łączący księstwo z pozostałymi Naznaczonymi Dziećmi, które wiodły niezależny żywot w dziczy.

Powóz zatrzymał się na rynku, gdzie powitał nas jakiś ogromny mężczyzna. Miał mocną szczękę, krótką, gęstą, żółtawą brodę i lodowato niebieskie oczy podobne do moich. Odziany był w zwykłe spodnie, stare buty i skórzaną kamizelę bez rękawów, dzięki czemu dało się zobaczyć jego ogromne, muskularne ramiona. Mimo niewyszukanego ubioru nosił na piersi medalion Mówcy, na którym wygrawerowano młot, opadający na grot włóczni leżący na kowadle.

– Cześć, Wonda! – zawołał.

– Callen! – Wonda zeskoczyła i objęła mężczyznę, a potem z zażyłością trąciła go w ramię. – Miło cię widzieć.

– Ciebie też! – odezwał się Mówca Miechów głosem tak niskim, że zdawał się wprawiać drewno powozu w wibracje. – Nie widziałem małych Olive i Selen od czasu, gdy były...

Otworzył szeroko oczy na nasz widok.

– ...małe – dokończył.

– Cóż – zaśmiała się Wonda. – Trochę wyrosły!

– Witajcie w Miechach, księżniczki! – Callen ukłonił się nisko.

Nie przypominałam sobie, bym kiedykolwiek spotkała tego człowieka, ale to wcale nie było zaskoczenie. Odkąd przyszłam na świat, przez salon matki przewinęło się wielu ludzi, którzy chcieli „rzucić na mnie okiem". Niektórych pamiętałam, ale nawet ci, którzy pojawili się niedawno, zaczynali mi się mylić.

Mimo to od razu rozpoznałam spojrzenie charakterystyczne dla Rębaczy, gdy ci uznawali cię za rodzinę. Callen przyglądał nam się z autentyczną życzliwością, co oznaczało, że będzie za mną wodziła jeszcze jedna para czujnych oczu.

– Oprowadzisz je? – zapytała Wonda.

– Pewnie! – Callen uśmiechnął się szeroko. – Najwięcej się dzieje na rynku. Osada pęka w szwach od grup szykujących się na wyprawę na rubieże, zjechało oczywiście mnóstwo kupców, a największe zamieszanie wywołała karawana z Krasji.

– Krasjańscy kupcy przyjeżdżają bez przerwy – odparła Wonda, na co Callen pokręcił głową.

– Nie mam na myśli przybyszów z Nowej Krasji. Ci są z Pustynnej Włóczni.

– O! – Micha uniosła głowę, zaskoczona jego słowami.

Nawet Wonda zamrugała.

– Serio? – rzuciła, a Callen wskazał nam grupkę barwnych namiotów na odległym krańcu rynku, przypominającą niewielką wioskę pośród tradycyjnie otwartych straganów.

Pustynna Włócznia była ojczyzną tak zwanego zaginionego plemienia Krasji, zwącego się Majah. Istniały różne teorie na to, dlaczego odłączyli się od armii mojego ojca. Jedne źródła utrzymywały, że zdezerterowali podczas wojny z demonami i zasługiwali na miano zdrajców, a wedle innych zostali zdradzeni przez mojego przyrodniego brata Asome i sami odeszli, by uniknąć wojny domowej.

Powrócili do swej ojczyzny – leżącego po drugiej stronie pustyni ogromnego, otoczonego murami miasta-oazy, na Północy zwanego Fortem Krasja, a przez lud mojego ojca Pustynną Włócznią. Miało to miejsce piętnaście lat temu i od tego czasu nikt o Majah nie słyszał. Dopiero niedawno przysłali posłańca na dwór matki, by ubiegać się o przystąpienie do Paktu Wolnych Miast.

– Matka się przygotowuje do podjęcia delegacji Majah – powiedziałam. – Być może otwierają granicę?

Micha, choć twarz miała zasłoniętą woalką, wydała odgłos splunięcia.

– To szpiedzy Majah.

– Iii tam! – Callen machnął ręką. – Nikogo nie skrzywdzili i nie mają niczego do ukrycia. Przywieźli niezłe towary na sprzedaż, a tu w Miechach potrafimy to docenić.

Callen pochylił się ku Wondzie i powiedział coś cicho. Nie miałam równie czułego słuchu jak Darin Bales, ale i tak słyszałam lepiej od większości ludzi, wychwyciłam więc, co mówił:

– Jesteś pewna, że Olive nie może wziąć udziału w biwaku? Jeśli Leesha się przejmuje, mogę skrzyknąć paru chłopaków i wyprawić się razem z nią! Nic jej nie będzie. Nie widziałem demona w tych okolicach od...

W moim sercu pojawiła się nadzieja, jednak Wonda zmiażdżyła ją w jednej chwili:

– Księżna powiedziała „nie".

Jej słowa zabrzmiały jak szczęk klucza przekręcanego w zamku. Nie było takiej siły, która by zmieniła jej zdanie.

Dotknęłam ukrytej kieszeni, gdzie schowaną miałam fiolkę. Wyczułam jej kształt, a myśl o planie Selen ponownie obudziła we mnie nerwową ekscytację przemieszaną ze strachem.

Jutro, pomyślałam. Zaledwie za kilka godzin uwolnię się od Wondy, Michy i wszystkich dorosłych, którymi matka mnie otoczyła. Znajdę się wśród ludzi, którzy nie wiedzieli, kim jestem, i wreszcie, po raz pierwszy w życiu, będę mogła być sobą.

O ile oczywiście się odważę. Nadal nie miałam pewności, czy mi się to uda. Nie będzie przy mnie Selen, która potrafiła obudzić we mnie śmiałość. To ja miałam zdecydować, czy skorzystać z fiolki, czy nie, i bałam się, że jeśli po nią sięgnę, Micha i Wonda nigdy mi nie wybaczą i życie nie będzie już takie samo.

Miechy nie prezentowały się tak imponująco jak inne mijane po drodze osady. Nie było tu wielkich posiadłości, nie dostrzegałam przejawów luksusu, a ludzie nie dbali o modę. Nawet Mówca Callen nosił ubranie usmolone węglem i miał brud za paznokciami. Kobiety odziewały się tak samo jak mężczyźni i były równie muskularne jak oni. Wszyscy tu sprawiali wrażenie, jakby w każdej chwili mogli porwać za broń i rzucić się do walki.

Mimo to byli pogodnymi ludźmi, a karczmy i rynek rozbrzmiewały wesołymi pogawędkami. Kupcy zmierzający na Festiwal Przesilenia Letniego rozstawili w centrum osady cały labirynt namiotów, w których pokazywali swoje towary.

Moją uwagę jednakże przyciągnęła grupa namiotów z Pustynnej Włóczni. Micha zaczęła mówić do mnie po krasjańsku, gdy byłam jeszcze niemowlęciem w kołysce, a o kulturze Krasji uczyłam się w szkole, ale nie licząc nauczycieli, grupki kupców i dyplomatów na dworze, nigdy nie poznałam nikogo z moich rodaków. Sama oczywiście nie pochodziłam z plemienia Majah, a wizyta w ich obozie byłaby najbliższym kontaktem z Krasją w moim życiu.

W żołądku ściskało mnie jak przed ważnym sprawdzianem lub kolejnym wykładem matki. Co będzie, jeśli odezwę się z niewłaściwym akcentem?

Mówiono mi, że błękitne oczy to rzadkość w Krasji, ale może to nieprawda? Może nie zdarzają się wcale? A może zdziwi ich mój kolor skóry? Miałam karnację ciemniejszą od mieszkańców Zakątka, a jednak jaśniejszą od mojej siostry czy Favah.

Spojrzałam na nieco wymiętą, acz modną suknię, którą założyłam dziś, przygotowując się do wycieczki. Była zbyt śmiała, by pokazać ją matce, a więc z pewnością skandalicznie nieprzyzwoita wedle krasjańskich standardów. Może więc ktoś poczuje się poważnie urażony?

Selen złapała mnie za rękę. Bez słów dała mi do zrozumienia, że pojmuje moje rozterki.

– Chodźmy – powiedziała. – Będę tuż przy tobie.

Ścisnęłam jej dłoń z wdzięcznością. Kiedy obie ruszyłyśmy ku namiotom, na drodze stanęła nam Micha.

– Miej się na baczności, siostro. Majah nie wolno ufać.

– Dlaczego? – spytałam.

– Bo to *ginjaz*. – Micha znów splunęła na sucho. – Zdrajcy. Porzucili armie Wybawiciela w szczytowym momencie *Sharak Ka*. Wrócili na pustynię, gdzie przywołali stare tradycje i bezczynnie przesiedzieli wojnę, podczas gdy inne plemiona walczyły i umierały w chwale.

Selen oparła wolną dłoń na biodrze.

– Czyli nie powinniśmy kupować ich dywanów i garnków, bo nie chcieli umierać?

– Tchórzostwo to wystarczający powód, by się od nich odwrócić – orzekła Micha z zaskakującym jadem w głosie. – Ale Majah nie bali się śmierci. Od Everama i swych braci w nocy odwrócili się ze względu na urazę.

Nie miałam argumentów na jej słowa. Współcześnie spisywana historia była łagodniejsza dla Majah, lecz Micha pamiętała te wydarzenia, podczas gdy ja mogłam jedynie o nich czytać.

– Matka mówi, że nie wolno obwiniać całego ludu o decyzje podjęte przez przywódców.

– Być może – zgodziła się Micha. – Ale przywódcy, którzy nie podzielają woli narodu, szybko tracą władzę. Zapamiętaj moje słowa. Majah nie wolno ufać.

Minda i pozostałe dziewczęta już znikły wśród straganów. Selen ruszyła przed siebie, nie puszczając mojej dłoni.

– Czyli nie możemy nikomu zaufać. Jasne, kapuję – zakończyła.

Przepełniona wdzięcznością, podążyłam za nią, potykając się. Micha zmarszczyła brwi, niemniej w milczeniu poszła za nami.

Najpierw otoczył nas zapach, który był jednocześnie obcy i znajomy. Zobaczyłam kosze, w których piętrzyły się wysokie stosy kolorowych przypraw. Jeden z nich przyciągnął mnie bliżej. Stanęłam przy nim i wciągnęłam głęboko powietrze, a potem odwróciłam się do Michy.

– Pachnie jak twoje potrawy.

– Zmielona *hava*. – Micha ujęła szczyptę. – Poprawia smak i konserwuje mięso. To najważniejsza przyprawa krasjańskiej kuchni.

Uniosła woalkę, by powąchać, a potem strzepnęła ją z palców.

– Nie jest świeża. Bez wątpienia uważają, że mieszkańcy zielonych krain nie wyczują różnicy.

– Cóż, musieli przewieźć ją przez całą pustynię. – Wzruszyłam ramionami. Jeśli Micha próbowała mnie zniechęcić, nie wyszło jej to. Nic nie było w stanie przegonić mnie z tego miejsca.

Pojawiła się Krasjanka w tradycyjnej czarnej szacie z woalką zasłaniającą usta. Zerknęła na mój strój, ale jeśli nie przypadł jej do gustu, nie dała tego po sobie poznać.

Płynnie mówiłam we współczesnym krasjańskim, jednak kobieta dostrzegła moją ciemną karnację i odezwała do mnie szybko w nieznanym mi dialekcie, za którym z trudem nadążałam. W końcu umilkła, czekając na odpowiedź, a ja stałam oszołomiona, próbując ułożyć w głowie jakąkolwiek odpowiedź.

Gdy cisza zaczęła się przeciągać, odezwała się Micha:

– Przyglądałyśmy się twojej przyprawie, ale nie jest świeża.

Wiedziałam, że to niegrzeczne, lecz pozwoliłam, by siostra złapała mnie za ramiona i poprowadziła dalej. Trzymając się z dala od innych kupców, zagłębiłyśmy się w niewielki bazar. Rozglądałam się, rozkoszując zapachami, i próbowałam przyzwyczaić do języka.

Sprzedawczyniami były kobiety w krasjańskiej czerni, które zagadywały do każdego, kto podszedł bliżej, i wołały do wszystkich, którzy przechodzili w odległości. Większość z nich znała kilka thesańskich słów, wykrzykiwały je ostrymi głosami i machały rękami, próbując ściągnąć uwagę na podnoszone produkty.

– Przyjaciele! Chodźcie! Bliżej! To pomoże znaleźć męża! – zawołała któraś z nich i zaprezentowała kolorowy szal, na co Minda uniosła głowę. Nic dziwnego; kobieta nie potrzebuje innego zaproszenia.

Ja zaś weszłam do największego namiotu, przyciągnięta widokiem ogromnej wazy. Micha przechwyciła sprzedawczynię, zatrzymując ją dziesiątkami pytań, zanim tej udało się dotrzeć do mnie. Na moment zostałam sama, nachyliłam się i dotknęłam pięknego dzieła sztuki. W Nowej Krasji coraz częściej wykorzystywano maszyny do masowej produkcji dóbr, podczas gdy towary sprzedawane przez Majah – dywany, odzież, wyroby garncarskie i biżuteria – były ręcznej roboty. Zwracały uwagę harmonijnymi kolorami oraz plemiennymi wzorami.

Dostrzegłam zwoje wspaniałego płótna oraz lampy wykonane z pięknie kratkowanego mosiądzu. Zobaczyłam leki i sprzęty użytku domowego, meble i odzież. Zauważyłam egzemplarze Evejah, świętej księgi Krasjan, wraz z modlitewnymi dywanikami, świeczkami i kadzidłami. Niektóre zapalono na pokaz i wypełniały powietrze ciężkim, wonnym dymem.

– Ach! – zawołał ktoś za moimi plecami. – Nie uwierzyłem w pierwszej chwili, a to jednak prawda!

Księżniczka Olive z Zakątka odwiedza mój skromny bazar!

Miałam ochotę wrzeszczeć. Przez kilka krótkich oddechów mogłam być zupełnie sobą, jednak nawet tutaj moja pozycja odbierała mi anonimowość.

Ale przecież matka miała się spotkać z Majah za kilka tygodni! Byłaby wściekła, jeśli nie powitałabym ich z życzliwością, przybrałam więc mój najlepszy dworski uśmiech i odwróciłam się. Zobaczyłam drobnego mężczyznę w barwnej jedwabnej szacie. Był smukły, lecz budową ciała nie przypominał wojownika. Ukląkł przede mną, położył dłonie na podłodze namiotu i przytknął czoło do ziemi.

– Powstań, proszę – powiedziałam, próbując naśladować akcent Majah, poczułam jednak, że kiepsko to wyszło.

Człowiek oderwał dłonie i czoło od podłogi, po czym usiadł na piętach. Wpatrując się w moje stopy, rozłożył szeroko ramiona w geście powitania.

– Witaj, wasza książęca mość! Jestem Achman am'Sufatch am'Majah. Twa wizyta to zaszczyt, na który nie zasłużyłem.

Nie wymienił nazwiska ojca, co stanowiło krasjański zwyczaj. Ów szczegół oraz zdobne szaty powiedziały mi wiele na jego temat.

– Jesteś *khaffit*.

Khaffit stanowili najniższą kastę krasjańskiego społeczeństwa, a tworzyli ją mężczyźni uznani za niezdolnych do służby jako wojownicy *Sharum*. Określenie było synonimem słowa „tchórz", lecz w przeciwieństwie do wojowników *khaffit* mogli zajmować się innymi fachami, a niektórzy dorabiali się znacznego bogactwa.

– Tsss – syknęła cicho Micha, co przeznaczone było tylko dla moich uszu. W ten sam sposób ostrzegała mnie, gdy ujmowałam zły widelec podczas obiadu. Spojrzałam na Achmana i uświadomiłam sobie, że powiedziałam coś oczywistego. Zachowałam się niebywale niegrzecznie.

– Oczywiście. – Achman ani na moment nie przestawał się uśmiechać. Wypowiedział słowa w ojczystej mowie powoli, bez wątpienia chcąc, bym go dobrze zrozumiała. – Gdy ujrzałem powóz z tłuczkiem i moździerzem twej matki, nie ośmieliłem się nawet pomarzyć o tym, że zaszczycisz mnie wizytą. Wejdź! Usiądźmy w cieniu i napijmy się herbaty.

– Chciałam tylko się rozejrzeć – wyjaśniłam ostrożnie.

– Phi! – Achman machnął ręką na towary, jakby był zdegustowany własnym asortymentem. – To tylko cacka dla dzieci i *chin*. Ktoś taki jak ty nie powinien marnować czasu na banały. Usiądź, proszę. Pozwól, by moje żony i córki pokazały ci najlepsze towary.

Chin to krasjańskie słowo oznaczające obcokrajowca i podobnie jak *khaffit* często używane jest w pejoratywnym znaczeniu i oznacza „tchórz". Nigdy nie słyszałam go w ustach Michy, która określała ludzi z Północy mianem „mieszkańców zielonych krain". Nie wiedziałam, czy powinnam się obrazić w imieniu ludu mojej matki, czy może uznać za komplement to, że nawet w thesańskich szatach uchodziłam za Krasjankę do tego stopnia, iż mogłam być wzięta przez nich za rodaczkę.

Maniery nie dały mi wyboru. Uległam woli kupca i pozwoliłam, by zaprowadził mnie na ogrodzony płóciennymi parawanami tył namiotu. Wonda oraz Mówca Callen podążyli za nami. Oboje uśmiechali się, ale Mówca rozglądał się uważnie. Pamiętałam, jak matka mówiła o zabójcach, lecz wydawało mi się niedorzeczne, że ktoś ośmieliłby się zaatakować mnie tutaj. Cóż by zyskał, robiąc mi krzywdę?

Wnętrza namiotu kupca były bogate i zbytkowne. Wszędzie widziałam kolorowe jedwabie. Achman wskazał mi półkrąg grubych aksamitnych poduszek.

– Zechcesz usiąść?

Kiedy się zawahałam, Micha dała mi przykład. Wzięła poduszkę i uklękła z wdziękiem, a potem usiadła na stopach. Wraz z Selen poszłyśmy w jej ślady, a wtedy pojawiła się kolejna kobieta w czerni. Otaczał ją autorytet, którego nie widziałam u innych. Podobnie jak Achman, była niska jak na Krasjankę i wąska w talii, ale miała bujne kształty.

– Oto ma *Jiwah Ka*, Fashvah – przedstawił ją Achman, co oznaczało, że nowo przybyła jest jego pierwszą żoną, mającą władzę nad innymi kobietami w jego domostwie. Fashvah ukłoniła się w milczeniu, zobaczyłam tylko jej ciemne oczy, wpatrujące się we mnie zza grubej, czarnej woalki.

Po Fashvah weszło pół tuzina innych Krasjanek w czarnych szatach, które rozstawiły srebrną zastawę do herbaty oraz miski z daktylami, orzechami i miodowymi ciastami. Z imbryka zaczęła bić para. Kobiety postawiły przed nami delikatne ceramiczne filiżanki, z których każdą ozdabiał skomplikowany wzór. Achman nie zawracał sobie głowy przedstawianiem innych kobiet, a obszerne szaty nie pozwalały stwierdzić, która z nich jest żoną, a która córką.

Achman ukląkł na poduszce przed nami, Fashvah między nim a mną. Nalała herbaty mnie, potem swemu mężowi. Achman uniósł filiżankę, a ja naśladowałam jego ruchy, jak mnie uczono. Wedle krasjańskiego zwyczaju gospodarz witał gości zgodnie z ich pozycją i zapraszał, by się przedstawiali przed wypiciem herbaty.

– Ekhm! – odchrząknęła Micha, nim Achmanowi udało się wygłosić toast. – Jestem Micha vah Ahmann am'Jardir am'Kaji.

Achman odstawił filiżankę tak szybko, że rozlał trochę gorącej herbaty na rękę. Syknął, lecz nie poskarżył się. Błyskawicznie oparł dłonie na ziemi i dotknął czołem miejsca między nimi.

– Proszę przyjąć me przeprosiny, księżniczko. Nie rozpoznałem cię.

Zerknął na mnie, potem na filiżanki. Jego żony stały jak wryte. Micha była starsza ode mnie, ale urodziła ją jedna z mniej ważnych żon ojca, podczas gdy moja matka władała tymi ziemiami. Micha nigdy dotąd nie próbowała wynieść swojego statusu ponad mój. Instynktownie wiedziałam, że mogłam zakwestionować jej słowa, lecz odniosłam wrażenie, że w grę weszła polityka, której nie rozumiałam.

Achman przyglądał mi się, być może oczekując, że rzucę siostrze wyzwanie. Milczałam jednak, wobec czego kupiec dał znać żonie skinieniem głowy, a ta napełniła filiżankę Michy.

– Witaj, księżniczko Kaji – Achman odezwał się uniżonym tonem, unosząc napełnioną ponownie filiżankę. – Niech cię Everam błogosławi.

– I ciebie również. – Micha pokiwała głową, po czym wsunęła niewielką filiżankę pod woalkę i przechyliła ją, pijąc. Po chwili odstawiła naczynko i szepnęła tak cicho, że tylko ja to usłyszałam: – Możesz pić, siostro.

Zamrugałam zaskoczona. Czyżby Micha zajęła moje miejsce, by sprawdzić, czy herbata nie została zatruta? Może powinnam być jej za to wdzięczna, ale poczułam się jeszcze bardziej przytłoczona i osaczona niż pod czujnym spojrzeniem kapitan Wondy. Rytuał picia herbaty trwał, Achman wygłaszał toasty, a ja ledwie go słyszałam.

– A to zostało wykonane przez wielkiego kowala Ghazina. – Achman uniósł aksamitną poduszkę, na której leżał zakrzywiony nóż. – Hartował go we krwi bohaterów z Labiryntu.

Rękojeść i pochwę wykonano z polerowanego srebra, które ozdobiono starannym grawerunkiem runów oraz rubinami i szmaragdami.

– Piękny. – Podniosłam broń z szacunkiem, po czym wyciągnęłam ostrze z pochwy. Przechyliłam je, by w blasku świecy przyjrzeć się runom. Sztylet był dobrze wyważony i ostry, lecz wykonano go z cennego metalu i ozdobiono klejnotami, przez co wyglądał bardziej na dekorację niż broń.

– To hanzhar – powiedział Achman, jakby czytał mi w myślach. – Ostry jak brzytwa i twardy jak diament.

Hanzhar był sztyletem kapłanek *dama'ting*, wykorzystywanym nie do walki, a do operacji chirurgicznych i upuszczania krwi podczas wróżb. Przypomniał mi o Favah.

– Nie jestem *dama'ting* – powiedziałam i wsunęłam ostrze do pochwy, a potem odwróciłam broń i podałam kupcowi rękojeścią do przodu.

Micha syknęła. Achman uniósł ręce.

– Jestem *khaffit*, księżniczko! Nie wolno mi dotykać takiego świętego przedmiotu!

Ale ze mnie idiotka! – przeklęłam się w myślach, gdy kupiec podsunął mi poduszkę, na którą mogłam odłożyć sztylet.

– Słyszałem, że twa matka potrafi wróżyć z kości niczym *dama'ting* – powiedział Achman. – Byłby to dla niej wspaniały dar.

Pokręciłam głową, czując narastające napięcie na wspomnienie matki. Jeśli razem z Selen zrealizowałybyśmy nasz plan, żaden dar nie załagodzi gniewu księżnej po powrocie.

– Jej Wysokość toleruje tylko tradycyjne skalpele Zielarek.

Uśmiech Achmana nie osłabł ani na moment, gdy Fashvah zabrała sztylet. Pojawiła się kolejna kobieta z wysadzanym klejnotami kielichem, a po niej inna z kilkoma pięknymi, wełnianymi dywanikami utkanymi w żywe plemienne wzory. Potem zaprezentowały pięć srebrnych pierścieni z misternymi runami, połączonych srebrnymi łańcuszkami z wysadzaną klejnotami bransoletką.

Nie widziałam jeszcze, by Selen kiedykolwiek zainteresowała się biżuterią, ale teraz wydawała się oczarowana. Przymierzyła bransoletkę i obracała dłoń, podziwiając jej piękno.

– Ile kosztuje? – spytała. Jej krasjański, podobnie jak mój, był ostrożny i zwięzły.

– Trzysta draki – odparł Achmann. – To wspaniała okazja dla pięknej księżniczki.

Micha parsknęła śmiechem.

– Tylko utwierdzasz mnie w przekonaniu, że Majah to złodzieje i oszuści, *khaffit*. Ta błyskotka nie jest warta nawet piątej części tej ceny.

Popatrzyłam na Achmana przekonana, że się obrazi, ale jego uśmiech stał się jeszcze szerszy. Potem nastąpiła wymiana zdań tak szybka, że nie byłam w stanie za nią nadążyć. Przysłuchiwałyśmy się z Selen z otwartymi ustami, jak Micha i Achman targowali się podniesionymi głosami, najpierw o wartość przedmiotu, później o jego cenę, a na końcu o kurs wymiany. Micha jeszcze dwa razy nazwała Krasjanina oszustem i złodziejem, aż wreszcie niechętnie zgodziła się na wartość w złotych słońcach.

Selen z radością odliczyła monety i włożyła je w dłoń Achmana. Na słońcach Zakątka wytłoczona była twarz matki i nie mogłam się oprzeć wrażeniu, że nawet tu mi się przygląda.

– Naparzcie świeżej herbaty dla naszych gości! – uśmiechnął się kupiec i szepnął coś do ucha którejś z córek. Ta wróciła z lekką woalką składającą się z runicznych monet, przetkanych cienkim drutem.

Achman uniósł przedmiot, byśmy mogły się mu przyjrzeć. Nigdy nie nosiłam woalki, ale ta okazała się oszałamiająco piękna. Kupiec uśmiechnął się do Michy.

– Czy masz ochotę jeszcze się potargować, księżniczko? – spytał.

Micha pokręciła głową, choć znałam ją na tyle, by wiedzieć, że woalka i ją zainteresowała.

– Zbyt wyzywająca.

– Być może dla zwykłej *dal'ting*. – Oczy Achmana zabłysły. – Lecz jest godna tego, by księżniczka Kaji nosiła ją w chwili, gdy warto przypomnieć innym o jej pozycji.

– Dla mnie liczy się jedynie moja pozycja w oczach Everama. – Micha machnęła dłonią, dając znać kupcowi, by odłożył woalkę na poduszkę, choć odprowadziła ją spojrzeniem.

Następnie Fashvah zaprezentowała niewielki, wykonany ze srebra cylinder z kopułkowatym zwieńczeniem. Wokół niego wytłoczono rząd runów obronnych, a te zbiegały się w kręgu uformowanym na podobieństwo tarczy, za którą znajdowała się włócznia. W środku tarczy lśnił czysty klejnot wielkości paznokcia kciuka.

Achman zdjął kopułkę i wyjął z cylindra dwa kolczyki. Pokazał je, byśmy mogły się przyjrzeć.

– Kolczyki wykonano z najczystszego złota, a dziewięciokaratowe ogniste opale otacza czternaście cekinów, co stanowi świętą liczbę...

Achman urwał, gdy zobaczył, że go nie słucham, wciąż wpatrzona w otwarty cylinder spoczywający na poduszce. Zauważyłam już, że owa mała włócznia za tarczą nie została wytłoczona. Szpila stanowiła element bransolety, a po drugiej stronie dostrzegłam niewielki zawias.

– Co to jest?

– Zwykłe cacko – odpowiedział Achman. – Nie ma w nim nic nadzwyczajnego.

– A do czego służy? – nalegałam.

Kupiec wzruszył ramionami. Ujął cylinder i usunął małą włócznię, a wtedy ten otworzył się, a jego srebrne dno odpadło.

– Mogę? – spytał, wskazując moje ramię.

Micha stężała, ale ja wyciągnęłam rękę i pozwoliłam, by Achman zamknął cylinder wokół niej i wsunął szpilę na miejsce. Bransoleta dobrze leżała i pozwalała mi na napięcie mięśni. Uniosłam rękę i przyjrzałam się, jak kolory tańczyły na niej w blasku świec.

– Bardzo mi się podoba. Ile kosztuje?

– To? – Achman machnął lekceważąco ręką. – Zatrzymaj to jako dar ode mnie, Wasza Wysokość.

– Och, nie mogłabym!

– Nalegam – powiedział kupiec.

– Nie, ja muszę...

Micha spojrzała na mnie znacząco. Po plecach spłynął mi dreszcz, a protesty zamarły na ustach.

– Dziękuję. – Obdarzyłam kupca szczerym uśmiechem i zdjęłam bransoletę.

– To drobiazg – powiedział Achman. – Sam nie uznałbym tego za godny dar ciebie, ale skoro przykuł twój wzrok pośród tylu innych skarbów, na które nawet nie rzuciłaś okiem, musi stać się twoją własnością. Niech cię strzeże jutrzejszej nocy, gdy wyruszysz za wielki run.

Mój uśmiech zgasł.

– Nie wybieram się wraz z innymi. Matka się nie zgadza.

– Księżna to mądra pani. – Achman pokiwał głową. – Wasze krainy Nie przestała już dręczyć, jak czyniła to niegdyś, ale nie odeszła. W Pustynnej Włóczni *Sharum* nadal walczą i krwawią co noc w Labiryncie.

Otworzyłam szeroko oczy, a Micha poderwała głowę.

– Pustynne *alagai* nie zostały zniszczone przez Wybawiciela? – spytała, używając krasjańskiego słowa na otchłańce.

– Niestety nie. – Achman nakreślił run w powietrzu. – *Dama* mówią nam, że tak sobie zażyczył Everam. Chce, by Majah pozostali silni, podczas gdy nasi kuzyni z zielonych krain tyją i tracą czujność. Być może to prawda, ale inni szepczą, że w ten sposób Stwórca karze nas za wycofanie się z *Sharak Ka*.

– *Inevera* – powiedziała Micha.

To słowo oznaczało „wola Everama", a sięgało się po nie, by wyrazić brak pewności bądź niewiadomą.

Być może Micha zgadzała się z którąś z tych teorii, lecz zważywszy na jej stosunek wobec Majah, nie miałam wątpliwości, co naprawdę miała na myśli. Mimo to w jej oczach nie było satysfakcji. Nie podobała jej się wieść o tym, że demony wciąż prześladują jej ojczyznę.

– Być może Shar'Dama Ka wyśle pomoc, jeśli zostanie zawarty pokój.

Gdy wymówiła te słowa, w namiocie stężała atmosfera. Shar'Dama Ka. Ahmann Jardir, pierwszy wśród wojowników-kapłanów, który zasiadał na Tronie z Czaszek i dowodził największą armią świata.

Mój ojciec.

– Być może – zgodził się Achman, jednak w ciszy, która nastąpiła po jego słowach, nie wyczuwałam pragnienia, że tego właśnie Majah sobie życzyli. Dlaczego opuścili mojego ojca oraz zielone krainy? Dlaczego powrócili na pustynię piętnaście lat temu? Co nimi powodowało? Tchórzostwo? Zawiść? A może coś więcej?

W gorącym wnętrzu namiotu narastało napięcie, którego nie mogłam już znieść. Chcąc je przerwać, powiedziałam pierwszą rzecz, która przyszła mi do głowy:

– Kolczyki też wezmę.

Potem zerknęłam na Michę i dodałam:

– A także woalkę.

6

Chłopcy

349 ROK PLAGI

Po wieczornych dzwonach kupcy zamknęli swoje kramy, a Krasjanie wrócili do kolorowych wozów. Wszyscy musieli odpocząć, gdyż następnego dnia czekało nas święto przesilenia letniego, najdłuższy i najbardziej pracowity dzień roku. W każdym mieście i na każdej ulicy zarówno Thesy, jak i Krasji miały się odbywać huczne obchody, ale tu, w Miechach, święto nabierało szczególnego znaczenia.

Uczestnicy objazdu gromadzili się wokół centralnej fontanny na rynku, rozbijali tam namioty i rozkładali koce. Na biwak mieli wyruszyć dopiero o świcie, ale obozowanie na rynku, by być gotowym na rychłe wyruszenie w drogę, stało się już dawno częścią tradycji. Selen pospiesznie wybrała odpowiednie miejsce na swój niewielki namiot i zaraz do nas wróciła.

Nocne niebo rozświetliły fajerwerki, a na bruku między namiotami eksplodowały petardy. Minstrele żonglowali i grali na instrumentach.

Uwagę wszystkich przyciągała zabawa, ale ja widziałam tylko inne dzieciaki, które gromadziły się na rynku, tańczyły i śmiały się. Pary zakochanych trzymały się za ręce i tuliły do siebie, a ja zastanawiałam się, jak to jest, gdy ktoś trzyma mnie w ramionach lub sama kogoś tulę. Wydawać by się mogło, że to takie proste sprawy, jednak serce bolało mnie z tęsknoty za nimi.

– To już chyba koniec – powiedziała Wonda, gdy niebo pociemniało, a ludzie przygotowujący fajerwerki zaczęli pakować sprzęt. – Twoja mama urządzała lepsze przedstawienia, choć to też nie było najgorsze.

Kolejna rzecz, w której matka osiągnęła mistrzostwo.

– Pora wrócić do środka – dodała Wonda. – Jutro czeka nas nie lada dzień. Święto przesilenia letniego to mnóstwo tańców i zabaw, a kowale Callena obiecali lekcję z wykuwania pancerzy.

Pokiwałam głową, mimo że miałam ochotę wrzeszczeć. Moi przyjaciele mieli spotkać się z Naznaczonymi Dziećmi i wraz z nimi ujrzeć dzikie rubieże, a ja miałam wplatać sobie kwiaty we włosy i zarzucać źle wyważone pierścienie na butelki, by wygrać jakieś świecidełka.

Kiedyś uwielbiałam obchody przesilenia letniego. Całe miesiące przygotowywałam sobie strój i odliczałam dni do święta, a teraz miałam wrażenie, że to kara za coś, czego nie potrafię kontrolować.

Selen nie mogła się doczekać, by wmieszać się w tłum. W sumie czemu nie? To przecież ja ją zatrzymywałam. Zasłużyła sobie na tę zabawę i na znacznie więcej.

– Idź. – Uśmiechnęłam się do niej. – I zabaw się za nas dwie.

Selen otoczyła mnie ramionami, przyciągnęła do siebie i szepnęła mi do ucha:

– Nic cię nie ominie. Będę czekać między drzewami za stajnią.

Poczułam ucisk w piersi, ale przytaknęłam, wtulona w jej ramię, na tyle lekko, by nikt nie zauważył.

– To nie w porządku, że tobie wolno iść z innymi – powiedziałam głośno, by Micha i Wonda mnie usłyszały.

– Za kilka dni o wszystkim ci opowiem – obiecała Selen i tanecznym krokiem odeszła w stronę tłumu.

Najzacniejsza gospoda w Miechach nie obfitowała w luksusy, ale była przestronna, miała wysokie sufity i porządne meble. Otrzymałyśmy do dyspozycji całe piętro razem ze znajdującą się pośrodku jadalnią. Wonda bez wątpienia uważała, że to wielkie błogosławieństwo, gdyż dzięki temu nie będę słuchała rozmów o biwaku w głównej sali.

Byłam zaskoczona tym, jak łatwo udało mi się wyciągnąć fiolkę z ukrytej kieszeni i wlać kilka kropel do dzbanka z mocną herbatą na tacy. Gdybym odmierzyła za mało, postawna kapitan Wonda ziewnęłaby tylko raz czy drugi. Gdybym dodała za dużo, ona i Micha nie obudziłyby się przez kilka dni. Po wypiciu całej fiolki mogłyby się już nigdy nie podnieść.

Dziabałam widelcem jedzenie na talerzu, ale nie miałam apetytu. Mój żołądek wykręcał salta.

– Nie będziesz jeść? – Wonda nadziała na czubek noża gruby plaster dziczyzny. – Podają tu świeże mięso, lepsze niż to, co jemy w domu. Wolę sarninę od szynki z krowy karmionej paszą.

– A na czym polega różnica? – spytałam.

– Och, różnica jest ogromna. – Wonda wepchnęła plaster do ust i przeżuła, zlizując tłuszcz z ust.

Zdegustowana, odsunęłam talerz od siebie.

– Mnie jakoś więcej łączy z bydłem chowanym w niewoli – stwierdziłam.

– Olive, skąd ci takie rzeczy do głowy przychodzą. – Wonda wyciągnęła ku mnie rękę. Jej spojrzenie zdradziło mi, że mocno ją zraniłam, ale miałam już dość. Wstałam i odsunęłam się od niej.

– Jak tam jest? – spytałam. – No wiesz, na swobodzie?

– Twoja matka pragnie tylko twojego bezpieczeństwa.

Skrzyżowałam ramiona na piersi.

– A rodzice setek dzieciaków na tym rynku już nie?

– Oczywiście, że zależy im na własnych dzieciach! – Wonda rozłożyła dłonie. – Gdyby to ode mnie zależało, zabrałabym cię. Uwierz mi. Niestety, nie ja tu decyduję.

Wpatrywałam się w Wondę przez długą chwilę. Mówiła szczerze, ale nie zmieniało to postaci rzeczy – nadal była moim strażnikiem więziennym. Wtem napięła mięśnie szczęki, tłumiąc ziewnięcie. Ja nawet nie tknęłam filiżanki herbaty, którą mi podano, ale Wonda i Micha wypiły cały dzbanek.

– Będę we własnej celi! – oświadczyłam i demonstracyjne zatrzasnęłam za sobą drzwi.

Nie położyłam się, ale chodziłam po pokoju. Słuchałam, jak Wonda i Micha rozmawiają po cichu, a potem służba zbiera talerze po kolacji. Zgasiłam lampę, by wzrok przyzwyczaił mi się do ciemności. Nigdy nie potrzebowałam dużo światła, by widzieć – wystarczał mi blask gwiazd i świateł z sąsiednich domów. Wytężyłam słuch i wreszcie usłyszałam to, co chciałam usłyszeć.

Wonda zaczęła chrapać.

Otworzyłam cicho drzwi i ujrzałam, że Wonda zasnęła na niewielkiej kanapie w jadalni. Drzwi do pokoju Michy były zamknięte, a pod nimi nie widziałam światła.

Wstrzymując oddech, przemknęłam przez jadalnię. Z każdym skrzypnięciem deski nabierałam przekonania, że Wonda otworzy oczy, ale i nawet nie drgnęła. Podeszłam do sypialni Michy.

Zamknęłam oczy. Skupiłam się na chrapaniu Wondy, a potem odepchnęłam ten odgłos od siebie i znieczuliłam się na niego. Po chwili mój czuły słuch wychwycił równomierny oddech śpiącej Michy, przypominający plusk strużki wody na tle ryku wodospadu.

Wróciłam do swojego pokoju i zaryglowałam drzwi. Nie mogłam otworzyć okna i przez chwilę bałam się, że być może zabito je na głucho. Napierałam coraz mocniej, mięśnie mi napęczniały, aż wreszcie okno otworzyło się z łupnięciem.

Zamarłam i wytężyłam słuch, lecz Wonda nie przestawała rytmicznie chrapać. Nabrałam tchu i wystawiłam nogę na zewnętrzny parapet. Chwilę później przykucnęłam na pochyłym dachu gospody i ostrożnie zamknęłam okno za sobą.

Drżąc z podniecenia, zsunęłam się po dachówkach, złapałam krawędzi i opuściłam w dół. Wiatr wydymał mi suknię.

Drzwi zamknęłam od środka i nikt nie będzie się spieszył, by mnie obudzić. Nawet gdybym nie podała im środka nasennego, dopiero rano zorientowałyby się, że mnie nie ma, a jeśli doprawiona herbata zadziała, będę miała całe godziny przewagi.

No i nie będą szukać chłopaka.

Gdy wrócę, rozpęta się Otchłań. Micha i Wonda już pewnie nigdy mi nie zaufają, a matka przeistoczy się w burzę z piorunami, ale chociaż przez kilka dni miałam się cieszyć smakiem prawdziwej wolności.

– I jak? – zapytała Selen, gdy dociągnęłam ostatni rzemień drewnianego napierśnika. Założyłam już nabiodrki, które zasłaniały również uda, nagolenniki na łydki oraz karwasze na przedramiona. Wszystkie elementy zostały pomalowane grubą warstwą twardego lakieru i naniesiono na nie runy. Pod spodem miałam ciemny kaftan i obcisłe spodnie, by pancerz mnie nie obcierał.

Zdjęłam też bido i założyłam bawełniane majtki, które zdaniem Selen były popularne wśród chłopaków. Nie zapytałam, skąd o tym wie. Na jej pytanie też nie umiałam odpowiedzieć. Czułam się dziwnie po tylu latach ciasnego owijania miejsc intymnych.

– Niekomfortowo – przyznałam. – Choć ta zbroja jest lżejsza, niż sądziłam. Na serio ma mnie ochronić?

– Myślę, że po kilku dniach wędrówki nie będzie ci się wydawać tak lekka – oznajmiła Selen. – Drewniana zbroja nie obroni cię przed włócznią w ręku jeźdźca czy bełtem z kuszy, ale runy odepchną szpony otchłańca lepiej od stali.

– Jeśli wierzyć temu, co mówią ludzie – stwierdziłam i z powątpiewaniem musnęłam palcami symbole wyryte w drewnie. – Kiedy po raz ostatni ktoś sprawdzał, czy to działa?

– Na biwaku też tego raczej nie sprawdzimy. – Selen wzruszyła ramionami.

Zawiesiła latarnię na gałęzi i przytrzymała lusterko, a ja rozczesałam włosy po chłopięcemu, po czym zaplotłam je w warkocze i wsunęłam w napierśnik, żeby nie było ich widać. Potem wzięłam zestaw do makijażu, przyciemniłam brwi i zostawiłam nieco cienia na bezwłosej szczęce. Na koniec uchyliłam zasłonę hełmu i przybrałam awanturniczą pozę.

– Jak wyglądam? – zapytałam.

– Och, och. – Selen powachlowała się lusterkiem. – Będziesz musiała się opędzać włócznią przed dziewczynami.

Otworzyłam usta, by się odciąć, ale słowa uleciały, gdy Selen uniosła lusterko i pokazała mi odbicie całej sylwetki. Spoglądał bowiem na mnie ktoś obcy. Twarz miał tego samego kształtu co moja i ujrzałam te same oczy, błękitne jak niebo, jednak inna fryzura i odrobina makijażu zrobiły ogromną różnicę. W zbroi, która czyniła mnie większą i cięższą, nawet matka by mnie nie rozpoznała, gdybym przeszła obok niej.

I wyglądałam... dobrze. Sprawiałam wrażenie kogoś przystojnego i potężnego. Chłopaka, którego nikt nie będzie o nic wypytywał na wyprawie. Poczułam się jak w chwilach, gdy miałam na sobie nową sukienkę i chciałam ujrzeć reakcję innych ludzi. W tym stroju naprawdę czułam się nieźle.

– Moja kolej! – Selen oddała mi lustro i założyła hełm. Roześmiała się, naśladując moją pozycję, ale wrażenie zrobiła jeszcze lepsze ode mnie. Dzięki szerokim ramionom napierśnik wydawał się zrobiony wprost dla niej, a ze swoją mocną szczęką moja przyjaciółka dobrze wyglądała w hełmie.

– Gdyby nie pokrewieństwo – uśmiechnęłam się – też schowałabym się w gnoju, by móc się z tobą całować.

Selen chciała mnie pacnąć, ale odskoczyłam.

– Wyglądasz nieco jak twój ojciec, jeśli mam być szczera.

Selen skrzywiła się zabawnie.

– Mama mówi, że był najprzystojniejszym mężczyzną w Zakątku, zanim wyłysiał i utył od piwska. Cieszę się, że mam na co czekać.

Prychnęłam śmiechem, a Selen dodała:

– Przestań gadać głupoty. Sama również bardziej przypominasz księcia pustyni niż swoją matkę. Co może się opłacić, biorąc pod uwagę, że twarz twojej matki widnieje na każdej monecie Zakątka.

Wzmianka o księżnej sprawiła, że żołądek znów ścisnął mi niepokój.

– Lepiej ruszajmy w drogę, zanim będzie za późno.

Szybkim krokiem udałyśmy się na rynek, gdzie setki młodych ludzi zwinęły już posłania. Niebo rozkwitło fioletem nadciągającego świtu. Młodzież z całego księstwa czekała na przewodników, by wyruszyć na kulminacyjny moment wyprawy.

Dwa tuziny Naznaczonych Dzieci stały przy fontannie w centrum rynku. Podnosili ręce i wykrzykiwali, by uczestnicy wycieczki formowali grupy po dwadzieścia osób. Ludzie gromadzili się przy nich niczym ćmy wokół płomieni świec, lecz zachowywali dystans, jakby bali się oparzyć. Naznaczone Dzieci były ostatnimi reliktami magii, która odchodziła z tego świata. Nie było Minstrela w Thesie, który nie opowiadałby na ich temat historii.

Matka twierdziła, że ich moce zmalały od czasu wojny, a mimo to sama ich obecność budziła w nas lęk i onieśmielenie. Mówiono, że wszyscy odetchnęli z ulgą, gdy Naznaczone Dzieci opuściły Zakątek, by żyć w głuszy. Ci, którzy woleli żyć w cywilizowanym świecie, nie mieli pojęcia, co z nimi począć.

Naznaczone Dzieci uosabiały każdą możliwą wolność, o której marzyłam, ale nie zazdrościłam im. Ja chciałam żyć w społeczeństwie, a nie go unikać. Niektórzy z naszych przewodników mieli na sobie zwykłe, wytarte odzienie, ale większość była jedynie w sandałach i postrzępionych resztkach ubrań, które nie dawały wyobraźni wielkiego pola do popisu. Na ich ciałach i wzdłuż kończyn ciągnęły się rzędy wytatuowanych runów. Włosy mieli krótko przycięte, czasem sterczące na wszystkie strony, choć niektórzy ogolili się na łyso i odsłonili runy umysłu na czaszkach. Paru z nich założyło elementy pancerza – karwasze, naramienniki czy puklerze – ale nie mieli w zwyczaju chronić całych ciał. Wręcz przeciwnie, odsłaniali naznaczoną runami skórę wszędzie, gdzie mogli. Rozchyliłam nozdrza, łapiąc zapach potu i lubczyku, ziela, które rzekomo odpędzało demony.

Kilkoro z nich miało broń – włócznie, łuki albo noże – choć większość była nieuzbrojona. Mało kto z ich grona był wyższy ode mnie i trudno sobie wyobrazić, że mogliby zagrozić uzbrojonemu żołnierzowi, nie mówiąc już o demonie, ale poruszali się ze śmiercionośną gracją i wystarczyło, by któryś warknął, a ludzie odskakiwali w strachu.

– Nie wydaje mi się, by ten tam miał cokolwiek pod przepaską biodrową – odezwał się znajomy głos, co obudziło wybuchy śmiechu. Odwróciłam się i ujrzałam, że tuż obok mnie stoi Minda. Przechwyciła moje spojrzenie i uśmiechnęła się, a ja przez moment byłam przekonana, że zostałyśmy przyłapane. Potem dostrzegłam rumieniec na jej policzkach i uświadomiłam sobie, że wcale mnie nie rozpoznała. Mimo to nadal na mnie spoglądała, gładząc dłonią nowy jedwabny krasjański szal, i nagle to ja zaczęłam się rumienić. Nie wiedziałam, co zszokowało mnie bardziej – to, jak Minda na mnie patrzyła, czy może to, że mi się to spodobało.

– Tam! – rzuciła Selen chrapliwym głosem. Złapała mnie za ramię i pociągnęła przez tłum, gdzie zbierały się mniejsze grupki z odległych wsi. Nieznajome twarze zgromadziły się wokół należącej do Naznaczonych Dzieci wysokiej, gibkiej kobiety z ładną twarzą. Jej włosy były krótko ścięte, jedynie z tyłu zostawiła sobie długi na przynajmniej trzy stopy warkocz.

Nie miała na sobie wielu ubrań – jedynie tyle, ile wymagała przyzwoitość – a niemalże każdy cal jej ciała pokryty był tatuażami. Piękne, smukłe runy ciągnęły się po jej skórze i wnikały pod odzienie, dając do zrozumienia, że tatuaże zdobią nawet to, czego nie widać. Zadałam sobie pytanie, czy z dala od ludzkich osad zawracała sobie w ogóle głowę ubieraniem się, i ponownie poczułam gorący rumieniec na twarzy.

Żaden z dzieciaków zgromadzonych wokół przewodniczki nie zwrócił na nas uwagi. Większość wpatrywała się w kobietę z mieszaniną lęku, podziwu i pożądania.

Zgodnie z oczekiwaniami Selen nie byłyśmy jedynymi uczestniczkami wyprawy z pożyczoną bronią. Widziałam chłopców w zbyt dużych kolczugach lub skórzanych kaftanach wzmocnionych stalowymi łuskami, a dwóch miało nawet na sobie napierśniki z runami. W ich rękach ujrzałam całą kolekcję toporów i włóczni z magicznymi symbolami. Wytarte drzewca i styliska wyglądały na starsze od samych chłopaków.

– Spójrz tylko na tego tam. – Selen wskazała ruchem głowy wysokiego chłopaka, który trzymał pod pachą hełm. Jego ciemnobrązowe oczy odpowiadały barwą gęstym lokom, które spadały mu na czoło. Stalowy napierśnik wciąż był na niego za duży, ale niewiele brakowało, by zaczął pasować. Na jego mocnej szczęce pojawił się już skąpy, brązowy zarost, przypominający pierwsze źdźbła wiosennej trawy. Chłopak był przystojny, ale nie umiałam patrzeć mu w oczy. Nie miałam w sobie tyle odwagi. Odwracałam głowę, gdy tylko na mnie spoglądał.

Nie rozumiałam, co się dzieje. Zdarzało się przecież, że ktoś wpadł mi w oko, ale teraz myślałam tylko o tym.

Większość dziewcząt nie trzymała broni, jeśli nie liczyć łuków i małych kołczanów. Były odziane w praktyczne sukienki i buty odpowiednie do pieszej wędrówki.

Dwie spośród nich zapewne miały krewnych, którzy służyli w gwardii przybocznej matki. Założyły pożyczone drewniane napierśniki, smuklejsze od tych, które Selen zabrała ze zbrojowni ojca, oraz luźne, obszerne spodnie, których nogawki wsunęły w buty. Gdy stały nieruchomo, spodnie przypominały suknie, zapewniały im jednak o wiele większą swobodę ruchów. Uszyłam sobie kiedyś podobne, choć nieco bardziej zdobne, do konnej jazdy.

Ja i Selen zostałyśmy niemal natychmiast zauważone. Przyciągałyśmy wiele długich spojrzeń i znów zaczęłam się przejmować, że zostaniemy rozpoznane. Trzy dziewczęta szeptały do siebie, nie spuszczając nas z oczu, aż w końcu wypchnęły jedną ze swego grona.

– Czy ty jesteś z Krasji? – zapytała dziewczyna, a pozostałe zachichotały za jej plecami.

Zamarłam. Otworzyłam usta, ale nie wydobył się z nich żaden dźwięk. Z każdą upływającą chwilą czułam się coraz bardziej obnażona.

Wtedy zainterweniowała Selen, która klepnęła mnie po plecach i powiedziała:

– Wybaczcie. Aman trochę wstydzi się swej pustynnej krwi.

Ukłoniła się równie sprawnie jak lokaje jej ojca.

– Jestem Simen. Pochodzimy ze Słodkiej Ostoi. To na północ od Zakątka.

– A ja Lanna. – Dziewczyna uśmiechnęła się i rozłożyła suknię, dygając. Jej koleżanki podeszły bliżej. – Jesteśmy z Jabłkowego Wzgórza.

Była bardzo ładna – miała zadarty nosek, okrągłe policzki i brązowe włosy splecione w warkocz, który opadał na jej drobne, niewykształcone jeszcze piersi. Do pleców przytroczyła kuszę, ale nie wyglądała na łowczynię. Wręcz przeciwnie. Spoglądała na mnie tak jak przed chwilą Minda i poczułam, jak w odpowiedzi serce zaczęło mi bić coraz szybciej.

Wreszcie dotarło do mnie to, co powiedziała, i wypuściłam powietrze z płuc, uwalniając część napięcia. Jabłkowe Wzgórze leżało jakiś tydzień drogi ze stolicy i daleko od Słodkiej Ostoi.

– Pełno błotniaków urodziło się po wojnie – odezwał się przystojny chłopak, od którego odwracałam oczy. Podszedł i stanął przed Lanną.

– Oskar, przestań! – Dziewczyna położyła dłoń na jego ramieniu, a ten uwolnił się szarpnięciem.

Słyszałam, że ludzie z krasjańską krwią nie byli dobrze traktowani w Thesie, ale nikt jak dotąd nie zdobył się na to, by użyć słowa takiego jak „błotniak" w mojej przytomności. Wpatrywałam się w Oskara z niedowierzaniem, ale wtedy on podszedł bliżej. Instynkt nakazał mi zareagować tak samo. Zacisnęłam pięści i tym razem spojrzałam mu chłodno w oczy.

Oskar był większy ode mnie, ale miałam więcej siły, niż na to wyglądałam. Wyobraziłam sobie Wiatr na Skałach, *sharukin*, który miał zwieńczyć uderzenie dłonią w jego mocną szczękę. Wystarczyłoby, aby wykonał choć jeden ruch, a byłam gotowa rozciągnąć go na bruku.

Selen stanęła między nami, nos w nos z Oskarem.

– Pożyczona od taty zbroja nie czyni cię wojownikiem. Jeśli zostało ci trochę oleju w głowie, lepiej się cofnij, póki jeszcze możesz.

Selen otaczała namacalna aura agresji i chłopak cofnął się zaskoczony. Potem zerknął na grupkę i zmusił się do śmiechu, by zamaskować strach. Znów zrobił krok naprzód.

– Bo co? Błotniak zaskoczy mnie swoją *sharusahk*?

Selen uniosła pięść.

– Na twoim miejscu przejmowałbym się mną – wycharczała. Nigdy nie słyszałam, by odzywała się tym tonem.

Kilku chłopaków, najwyraźniej przyjaciół Oskara, podeszło bliżej, lecz trudno mi było stwierdzić, czy chcieli tylko przyglądać się rodzącej się bójce, czy też dołączyć.

Ci chłopcy byli synami pasterzy i rolników, ale mieli nad nami przewagę liczebną. Wraz z Selen całe życie trenowałyśmy *sharusahk*, jednak nigdy nie uczestniczyłyśmy w prawdziwej walce. Czy szkolenie wystarczy, byśmy uniknęły pobicia? A jeśli tak, to czym to się skończy? Wszak *sharusahk* w znacznej mierze opierała się na sztuce ranienia i zabijania. Gdybyśmy zraniły któregoś z tych chłopaków, mogłybyśmy sobie wybić z głowy biwak.

– No, wystarczy już tego piania kogucików! – Nasza przewodniczka klasnęła w dłonie i wszyscy odwrócili się ku niej. Kobieta wskazała palcem na Oskara, a ten zauważalnie pobladł. – Znam błotniaków wartych dziesięć razy więcej od ciebie, wieśniaku. Zostaw tego chłoptasia w spokoju, chyba że chcesz zostać tu, na rynku?

Oskar cofnął się tak szybko, że potknął się w swojej ciężkiej zbroi i jedynie szybka reakcja kolegów uratowała go przed upadkiem. Wbił we mnie nienawistne spojrzenie, gdy przyjaciele pomagali mu odzyskać równowagę, a ja odpowiedziałam ledwie zauważalnym uśmiechem.

– Nazywam się Ella Rębacz. – Kobieta z Naznaczonych Dzieci stanęła przed nami, a ja poczułam, jak moje napięte mięśnie zaczynają się rozluźniać. – Mam być waszą przewodniczką, a nie nianią. Kiedy mówię „hop", wszyscy macie podskoczyć. Ten, kto się wyłamie, gorzko tego pożałuje. Zrozumiano?

– Tak, tak – dobiegło zewsząd nieśmiałe mamrotanie.

Ella tupnęła nogą z taką siłą, że kamień pękł pod jej stopą.

– Zrozumiano?

– Tak! – odpowiedzieliśmy głośno.

Ella pokiwała głową z satysfakcją.

– Nigdy nie spotkałam demona na tego typu wyprawach, co nie znaczy, że ich tam nie ma. Jeśli dojdzie do spotkania, będziecie musieli polegać na sobie. Wybierzemy czterech moich zastępców, z których każdy będzie odpowiedzialny za cztery inne osoby. Kiedy spytam, gdzie są wasi podopieczni, macie mi natychmiast odpowiedzieć. Jeśli ktoś z nich będzie miał problem, zastępca ma go rozwiązać albo mi zgłosić. I niech was Stwórca ma w swej opiece, jeśli grupa nie będzie w stanie dotrzymać mi tempa. Zrozumiano?

– Tak! – zawołaliśmy chórem.

– Dobrze. – Ella wskazała palcem Selen. – Ty! Palisz się do bijatyki, tak? Simen, dobrze pamiętam?

Selen przytaknęła, co Ella potwierdziła burknięciem i kiwnęła na cztery inne osoby.

– Od tej pory należycie do grupy Simena.

Następnie skierowała palec na Lannę.

– Trochę odpowiedzialności cię wzmocni. Nie mogę pozwolić na to, by chłopcy tłukli się o ciebie jak o piłkę.

Lanna rozłożyła suknię jak do dygnięcia i otwarła usta, by coś powiedzieć, ale Ella odwróciła się już i spojrzała na Oskara.

– Chcesz zająć rolę grupowego gnojka? Może tobie również przyda się nieco odpowiedzialności.

Oskar uderzył pięścią o napierśnik niczym żołnierz, a Ella prychnęła i odwróciła się ku mnie.

– No jeszcze ty, Błotko. Szacunek zdobyty wśród prostaków czeka długie życie, ale najpierw spróbuj sobie na niego zasłużyć.

Znów usłyszałam to okropne słowo, lecz w ustach Elli brzmiało inaczej. Co więcej, przewodniczka powierzyła mi opiekę nad innymi. Matka nie pozwalała mi nawet, bym zajmowała się sobą samą.

Pochyliłam się, by ująć suknię i dygnąć, ale ciut za późno uświadomiłam sobie, że przecież nie mam niczego takiego na sobie. Ukłoniłam się więc, jednak Ella nie patrzyła już na mnie. Odwróciła się i ruszyła przed siebie.

– Dobra, naprzód!

– Głusi czy co? – parsknęła Selen i machnęła na swoich podopiecznych. Reszta podążyła szybkim krokiem za przewodniczką.

Nie było jeszcze świtu, gdy minęliśmy granicę wielkiego runu i wkroczyliśmy w dzicz. Nigdzie nie było ani śladu niebezpieczeństwa, a mimo to przeszył mnie dreszcz. Miałam piętnaście lat i przez całe życie robiłam to, co mi kazano. Wszystko to, czego sobie życzyła matka. W końcu robiłam coś z własnej inicjatywy.

Chciałam zrobić wrażenie na Elli i po raz pierwszy w życiu moje szkolenie w czymś pomogło. Matka nauczyła mnie, jak zarządzać grupą, dzięki czemu szybko zapamiętałam imiona członków mojej drużyny: Gyles, Tam, Boni i Elexis.

Gyles był niższy ode mnie i miał gęste brązowe włosy oraz czarujący uśmiech. Założył znoszony skórzany pancerz ze spłowiałymi runami. Tam był największym chłopakiem w grupie, z barczystymi ramionami i potężną klatką piersiową, ale nosił ciężką metalową kolczugę i szybko łapał zadyszkę. Miałam na niego oko, bo bałam się, że będzie nas spowalniał.

Boni i Elexis były dziewczynami w strojach gwardii przybocznej. Robiły świetne wrażenie, lecz uważnie stawiały kroki, jakby bały się, by nie ubrudzić mundurów. Elexis nie zdjęła kuszy z pleców, a Boni trzymała własną w ręku.

– Nie powinna być napięta przez cały dzień, bo szybko się popsuje – powiedziałam.

– A jeśli będę musiała do czegoś strzelić? – zapytała Boni.

– Bardziej prawdopodobne jest to, że wpakujesz bełt w kogoś z nas – stwierdziłam. – Naciągnięcie kuszy to tylko kilka chwil. Lepiej ją napiąć w chwili potrzeby, niż strzelać z zepsutej.

– Dzięki – powiedziała Boni, po czym zwolniła napięcie cięciwy i wyjęła bełt, a potem uśmiechnęła się. – Jeśli zostaniemy zaatakowani, będziesz mnie bronił, zanim naciągnę?

Kiwnęłam głową i odwróciłam się szybko, żeby Boni nie ujrzała mojego zaskoczenia. Nie mogłam uwierzyć w to, co można osiągnąć zmianą wizerunku.

Wędrowaliśmy przez długie godziny. Szerokie, dobrze wydeptane dróżki wokół Miechów wnet zamieniły się w na wpół zarośnięte ścieżki, a te w ścieżynki niewidzialne nawet dla tych, którzy nimi zmierzali. Ella wyznaczyła ostre tempo – idąc w ślad za nią, przemierzaliśmy lasy, pięliśmy się wśród skał i schodziliśmy po trawiastych zboczach, aż przestałam mieć jakiekolwiek pojęcie, gdzie się właściwie znajdujemy.

Odbyłam wiele wędrówek po Lesie Zielarek – publicznym parku, który otaczał Uniwersytet Zielarski – ale czegoś takiego nigdy jeszcze nie widziałam. Miałam wrażenie, że wkraczam w sam środek namalowanego krajobrazu. Przypomniałam sobie estymę, z jaką zwykli ludzie wpatrywali się w sufit rizońskiej katedry, i co rusz napominałam się, by nie otwierać szeroko ust, gdy spoglądałam na gaje prastarych drzew, odległe góry i pejzaże, które ciągnęły się przez długie mile, niezakłócone żadnym śladem cywilizacji.

Zrobiliśmy przerwę na śniadanie, ale nie mieliśmy czasu na gotowanie. Jedliśmy suchary, suszone owoce, orzechy i twarde, wędzone mięso, a popijaliśmy zimną wodą z manierek napełnianych w mijanych strumieniach.

Lęk, że Wonda może poderwać się wcześniej i wysłać drużyny poszukiwawcze, topniał z każdą chwilą. Przecież tego ranka dziesiątki grup takich jak nasza ruszyły w różne strony świata i tylko Ella wiedziała, dokąd zmierzaliśmy.

Jeśli ktokolwiek się spodziewał, że nasza przewodniczka będzie nas uczyć czegokolwiek o wędrówce przez dzicz, był w wielkim błędzie. Ella przez większość czasu zachowywała się, jakbyśmy nie istnieli, a jej reakcje ograniczały się do powarkiwania na maruderów i ostrzeżeń, gdy ścieżka robiła się kamienista lub wchodziliśmy na bagna.

W końcu wkroczyliśmy w gęsty las, porastający wzgórza gdzieś na północ od laktońskich mokradeł. Ella nie zwolniła ani na moment, choć słońce chyliło się już ku zachodowi i wśród koron drzew zaczynało się robić ciemno. Nic nie mówiłam, ale muskałam runy na bransolecie z krasjańskiego bazaru, zastanawiając się, czy na pewno by mnie ochroniły, gdyby z cieni spomiędzy drzew wyskoczył jakiś demon.

Niebo było już purpurowe, gdy dotarliśmy do polany otoczonej wielkimi kamieniami. Ziemia była nierówna i wszędzie rosła wysoka trawa, w środku jednak odkryliśmy palenisko. Co więcej, miejsca wystarczyło tu dla wszystkich. Po zewnętrznej stronie każdego głazu, starannie oczyszczonej z mchów i porostów, wygrawerowano dziesiątki runów.

– Witajcie w miejscu, które na tę noc stanie się waszym domem – powiedziała Ella. – Wychodków tu nie ma, więc jeśli ktoś ma w planach coś więcej niż tylko sikanie, proponuję zrobić to teraz, zanim zapadnie zmrok. Simen!

– Jestem! – Selen postąpiła krok naprzód.

– Twoja grupa wybiera miejsce jako pierwsza – ciągnęła Ella. – Zrzućcie tam rzeczy i zacznijcie zbierać drewno.

Selen rozejrzała się po obozowisku i szybko wybrała fragment twardej, udeptanej ziemi przy samym palenisku.

– Tutaj – zadecydowała. – Zrzucać bambetle i do roboty. Rozkładać posłania i odpoczywać będziecie później, gdy rozpalimy ogień.

– A czemu oni... – zaczął Oskar.

– Lanna! – warknęła Ella. – Teraz wy. Pół mili stąd w tę stronę – dodała, wskazując kierunek palcem – płynie strumień. Weźcie wiadra i przynieście wodę.

– Robi się! – rzekła Lanna i wybrała na nocleg miejsce naprzeciwko grupy Selen. Następnie wszyscy odpięli wiadra od plecaków i weszli w las.

– Aman – odezwała się Ella, a ja dopiero po chwili uświadomiłam sobie, że zwraca się do mnie. – Wasza kolej. Zrzućcie bagaże i zabierzcie się do układania paleniska. Ma być gotowe, kiedy wróci grupa wysłana po drewno.

– Jasne – odpowiedziałam

Teren za grupą Selen był bardziej zarośnięty i odległy od ognia, trawa za to miękka. Udeptaliśmy ją, rozkładając nasze rzeczy, a potem złapaliśmy za łopatki i zaczęliśmy wyrzucać popiół z paleniska. Sztuka rozpalania ognia i dbania o ognisko była jedną z pierwszych lekcji, jakie odebrałam na Uniwersytecie Zielarskim. Dostrzegłam drewniane wsporniki do zawieszenia garnka oraz rożen. Zaczęliśmy je rozstawiać, sprzątać i układać grubsze gałęzie.

– A co z... – zaczął Oskar, ale zamilkł, gdy Ella odwróciła się ku niemu.

– Paradujecie przez cały dzień w tych śmiesznych zbrojach. – Uśmiechnęła się. – Pewnie chcecie to ściągnąć, lecz póki co czeka was pierwszy patrol.

Wskazała resztę przestrzeni w kręgu głazów.

– Trochę tam twardo, chociaż w tych zbrojach pewnie nawet nie zauważycie.

Ella znikła i wróciła po chwili z jelonkiem, którego przewiesiła przez ramię niczym bezczelnego bachora. Wraz z Selen przypatrywałyśmy się z chorobliwą fascynacją, jak go patroszyła i oprawiała ze skóry, ale nasi towarzysze z Jabłkowego Wzgórza nieporuszeni pomagali Elli w przygotowaniu posiłku.

Mimo że byliśmy zmęczeni po całodziennym marszu, w obozie zapanował świąteczny nastrój. Nie ziściły się żadne z moich najgorszych obaw, a zapach smażonej dziczyzny był wprost niebiański. Kręciło mi się w głowie z podniecenia, gdy słońce wreszcie zaszło, i przekonałam się, że nie byłam w tym odosobniona. Selen trzymała włócznię w pogotowiu, a jej ciało było napięte niczym cięciwa łuku. Wszyscy wpatrywaliśmy się w skraj lasu, wyobrażając sobie wyskakujące na nas demony, i jedynie Ella wydawała się bardziej zainteresowana wieczerzą niż czymkolwiek innym.

Nie pojawiły się jednak żadne demony. Nie było słychać nawet wrzasków z oddali. Wydawało mi się, że runy na głazach jarzą się lekko, choć być może był to tylko blask ognia.

Ella sprawdziła runy chłopaków z grupy Oskara. Z wprawą zlustrowała stan ich broni i tarcz. Nacisnęła kciukiem na czubek ostrza włóczni Oskara, aż ten przebił skórę i z ranki pociekła krew, po czym odrzuciła broń chłopakowi.

– Może być – stwierdziła, po czym wyrysowała plan okolicy na ziemi. – Idźcie tędy.

Na obliczu Oskara pojawiła się bladość, wyraźnie widoczna w blasku ognia.

– Nie powinniśmy najpierw... eee... jakiegoś szkolenia przejść?

Ella się uśmiechnęła.

– Zaraz je przejdziecie. Nauczycie się, że nie ma co się bać ciemności. Na widok demona macie zacząć wrzeszczeć, a wtedy natychmiast przybiegnę wam z pomocą.

Oskar miał minę, jakby chciał powiedzieć coś więcej, ale spojrzał na towarzyszy i zacisnął zęby. Wyjął pochodnię z plecaka i wsunął ją w uchwyt na końcu włóczni. Zapalił łuczywo w ognisku.

– Słyszeliście, chłopaki? Oczy i uszy szeroko otwarte.

Inni również wyciągnęli pochodnie. Kenz i Tal ruszyli na patrol uzbrojeni w topory, Oren trzymał łuk, choć naprawdę nie wiedziałam, jak miał zamiar z niego skorzystać, niosąc jednocześnie pochodnię. Rig, chłopak z masywnymi ramionami kowala, przypiął sobie runiczny młot do pleców, a do ramienia przytroczył okrągłą tarczę. Trzymał pochodnię tak, jakby chciał nią kogoś zdzielić.

Cała piątka wyglądała na mocno zdenerwowanych, gdy wyszli poza krąg i skierowali się prosto w noc.

Ja też czułam napięcie, mimo że jeszcze wczoraj, gdy otaczała nas bezpieczna aura wielkiego runu Zakątka, drwiłam z szans na spotkanie z demonem. Wstrzymałam oddech, jakbym się spodziewała, że otchłańce wypadną na nich z cieni.

Jednak nic się nie stało i powoli zaczęłam się odprężać. Chłopcy oddalali się od ognia i po chwili widać było już tylko płomyki unoszące się w ciemności.

Zerknęłam na Ellę. Siedziała wygodnie na głazie i wydawała się odprężona, lecz runy wytatuowane wokół jej oczu jaśniały lekko, gdy wodziła wzrokiem za oddalającą się grupą Oskara. Podobnie jak okulary matki, magiczne znaki obdarowywały Ellę runicznym widzeniem – pozwalały jej dostrzec aurę każdej żywej istoty i rozświetlały noc tak, że ta stała się dniem, a kobieta mogła wejrzeć w serca tych, którzy są tego nieświadomi. Pozwoliła chłopakom odejść za runy, jednak nie spuszczała ich z oczu. Gdyby był tam gdzieś jakiś otchłaniec, zobaczyłaby jego aurę na długo, zanim ten zdołałby się zbliżyć do obozowiska.

Naraz uświadomiła sobie, że się na nią gapię, i zwróciła swój jaśniejący wzrok na mnie i Selen. Jej spojrzenie omiotło mnie całą, a ja poczułam się, jakby zerwano ze mnie ubranie. Ella wnet odwróciła głowę, ale ujrzałam, jak przez jej usta przebiegł cień uśmiechu. Nie wiem, co oznaczał. Podobnie jak matka, nasza przewodniczka wydawała się wiedzieć znacznie więcej, niż dawała po sobie poznać.

Naraz ciemności rozcięło głośne wycie, a ja zamarłam. Po chwili rozległy się kolejne głosy i nocny wiatr przyniósł upiorny chór.

– Demony? – zapytała Lanna, na co Ella pokręciła głową.

– Nocne wilki – odpowiedziała. – Demony to nie jedyna rzecz, której należy się obawiać tak daleko od domu. Po wojnie pozostało mnóstwo demoniego ścierwa, a padlinożercy, którzy się nim zainteresowali, zaczęli... Cóż, zaczęli się zmieniać.

– Myślałem, że to tylko ludzka gadanina – powiedziała Selen.

– Mięso otchłańców ma mnóstwo mocy – stwierdziła Ella. – Uzależnia. Dodaje ci sił. Dodaje dzikości. Widziałam kiedyś psa, który od żucia szczątków demonów na polach bitew urósł wielki jak dom.

– Nocne wilki zeszłej zimy pożarły sześć owiec mojej matki – wtrąciła się Cayla, dziewczyna z grupy Lanny. – Na własne oczy widziałam ślady łap w śniegu. Większe od moich dłoni, jak rozstawię palce!

Wilcze wycie ciągnęło się jeszcze przez chwilę, aż przeistoczyło się w szczekanie niosące się echem po wzgórzach. Złapałam za włócznię i zwróciłam się do Boni i Elexis:

– Teraz możecie naciągnąć kusze!

– Nie ma powodu do zmartwień. – Ella nasłuchiwała z przechyloną głową. – Są daleko. Mam wrażenie, że znalazły obiad, który nie chce tanio sprzedać swego życia.

Znów rozległo się wycie, które przerwał skowyt bólu. Ella zeskoczyła z głazu. Niby beztrosko otrzepała ręce, ale ujrzałam, jak sprawdza, czy nóż łatwo wychodzi z pochwy.

– Rozejrzę się. Zaraz wracam.

– Hej, nie możesz po prostu nas zostawić! – zawołała Selen, gdy Ella wyszła poza runy. – Kto ma dowodzić?

– Ty! – odkrzyknęła Ella. – Patrolujcie okolicę obozowiska, tylko trzymajcie się blisko runów. Ja zaraz wracam.

I chwilę później znikła w ciemnościach.

Do obozu powróciło nerwowe napięcie, równie silne jak w chwili, gdy grupa Oskara rozpoczęła patrol. Nastąpiła cisza, ale nie było słychać już wycia nocnych wilków i powoli zaczęliśmy się odprężać.

Przy ognisku pojawiły się śmiechy, Cayla wyciągnęła skrzypce i zagrała skoczną melodię. Lanna i inne dziewczęta zaczęły tańczyć. Ich suknie zawirowały i zafurkotały. Zapragnęłam do nich dołączyć, ale sama nie miałam sukienki, którą mogłabym zakręcić.

Lanna dostrzegła, jak się przyglądam, i wyciągnęła dłoń.

– Zatańcz z nami, Aman!

Czemu nie? Kendall, która służy matce jako herold, nauczyła mnie tańczyć, a nie ma nic trudnego w odwróceniu układu i przejęciu prowadzenia. Podrygując w rytm muzyki, złapałam jedną z dziewcząt za ramię, okręciłam ją i wykorzystałam jej pęd, by oderwać ją od ziemi i postawić w porę, by móc pochwycić kolejną tancerkę. Zrobiłam obrót i złapałam za ręce Lannę.

– Nie sądziłam, że tak dobrze tańczysz! – Lanna patrzyła na mnie, a jej oczy odbijały blask ognia. Miała rozpięty górny guzik koszulki, ale jakoś nie kwapiła się, by go zapiąć.

– Jestem pełen tajemnic – skwitowałam i poderwałam ją w obrocie. Przez moment trzymałam tak blisko, iż wyczułam bijący od Lanny zapach kwiatów, ale puściłam ją, roześmianą, i odwróciłam się ku kolejnej partnerce.

Szybko okazało się, że Cayla nie umiała grać nic innego. Wykonała swój taneczny kawałek jeszcze dwa razy, po czym odłożyła skrzypce, bardziej zainteresowana rozmową z Gylesem, który uplótł dla niej wianek.

Nie było księżyca, lecz nad naszymi głowami migotały liczne gwiazdy, o wiele wyraźniejsze niż w stolicy, gdzie na każdej ulicy i w każdym domu świeciły się lampy. Stałam na skraju obozowiska i podziwiałam ich piękno. Powietrze było krystalicznie czyste i nie wyczułam w nim woni miasta. Po raz pierwszy, odkąd sięgałam pamięcią, miałam wrażenie, że mogę odetchnąć pełną piersią.

Selen pojawiła się u mego boku i zaciągnęła się głęboko chłodnym, nocnym powietrzem.

– Nadal masz wątpliwości?

Pokręciłam głową.

– Miałaś rację.

– Ja zawsze mam rację – prychnęła Selen.

Chciałam jeszcze coś powiedzieć, ale podeszła do nas Lanna, a wtedy wskazałam linię gwiazd.

– To Włócznia Kajiego. A tam samotny Nocny Wilk.

– Nie widzę żadnego wilka – powiedziała Lanna i podeszła bliżej. Położyła mi dłoń na ramieniu, a ja miałam wrażenie, że wszystkie moje zmysły skupiły się na tym jednym miejscu.

– Mnie też te gwiazdy nigdy nie przypominały wilka – przyznałam. – Ale pani Vika mówi, że trzeba użyć własnej wyobraźni.

– To Zielarka z waszej wsi? – zapytała inna dziewczyna, Andraya. Miała rude włosy i buzię usianą piegami, które wnikały w jej dekolt.

Kaszlnięcie Selen uświadomiło mi, że nie powinnam była wspominać uniwersytetu.

– Tak. Ma mapę nieba i lubi uczyć dzieciaki, jak odczytywać gwiazdozbiory.

– Co jeszcze tam widzisz? – zapytała trzecia dziewczyna, Melany.

Znów zerknęłam na niebo, jednak nim udało mi się odpowiedzieć, z ciemności wyłonił się Oskar, który rzekł:

– Tam jest morda demona.

Andraya i Melany wybuchnęły śmiechem, ale na Lannie nie zrobił wrażenia.

– Gdybyś trzymał własną mordę na kłódkę, mógłbyś się czegoś nauczyć – stwierdziła.

– A czego tu się uczyć? – Oskar wzruszył ramionami. – Mieliśmy używać wyobraźni, no nie?

Wskazał inny obszar nieba i dodał:

– To krowie wymię, a tam widzę kupę Wybawiciela.

Znów rozległy się śmiechy, nawet Selen dołączyła do ogólnej wesołości, taksując chłopaka wzrokiem.

– Nie powinieneś patrolować okolic obozowiska? – zapytała Lanna.

– Myślę, że zrobiliśmy, co do nas należy, podczas gdy wy tańczyliście tu sobie i gapiliście się w gwiazdy – odpowiedział Oskar. – Chyba nadeszła wasza kolej.

Oczekiwałam, że Lanna się wzdrygnie, i już otworzyłam usta, by zgłosić się na ochotnika, ale dziewczyna mnie zaskoczyła.

– Cóż, chyba masz rację. Melany, Andraya, Cayla! Łapcie łuki!

Kiedy dziewczęta ruszyły po broń, Lanna odwróciła się ku mnie.

– Straszno tam. Pójdziesz ze mną?

– Ja... – W głowie poczułam zamęt. Nie wiedziałam, jak odpowiedzieć. Lanna nie wydawała się przestraszona, co z kolei przerażało mnie. Już wiedziałam, że myśli nie tylko o demonach.

– Och, na pewno ci nie odmówi. – Selen zadecydowała za mnie. Wybełkotałam coś niezrozumiałego, ale Lanna uznała słowa Selen za odpowiedź, uśmiechnęła się i pobiegła po własną broń.

– Co ty wyprawiasz? – zapytałam.

– Muszę zadbać o to, byś się dobrze zabawiła – stwierdziła Selen. – Co ci szkodzi? Skoro Oskar już wrócił, może też go zabiorę na spacer?

– Ma cię za chłopaka – przypomniałam jej.

– Może nie ma to dla niego znaczenia? A jeśli ma... – Selen wzruszyła ramionami. – Może napomknę, że Simen to tak naprawdę Simena, której ojciec nie pozwolił na udział w biwaku, więc ukradła jego pancerz, by nikt jej nie poznał?

Poczułam ucisk w żołądku. Nie rozumiałam, jak ona może być taka spokojna.

– Co mam powiedzieć Lannie?

– A musisz jej mówić cokolwiek? – zapytała Selen. – Przecież każdy głupi widzi, że wpadłaś jej w oko. Przecież się nie zaręczacie, do licha! Czeka was trochę figli na biwaku! Idź z nią na spacer. Zobaczymy, co się wydarzy.

Rozejrzałam się po obozowisku i okazało się, że nie my jedne o tym myślimy. Gyles dał Cayli buziaka na szczęście, a Rig napiął muskuły, naciągając kuszę Boni, z którą bez trudu dałaby sobie radę sama. Inni rozmawiali, śmiali się, flirtowali. Czemu mnie miałoby to ominąć?

Lanna wróciła, a ja wzięłam od niej pochodnię i wsunęłam ją w obejmę na włóczni. Dziewczyna trzymała naładowaną kuszę. Ujrzałam, że ją zabezpieczyła, ale i tak celowała w ziemię.

– Idziemy? – zapytała.

Lęk walczył o lepsze z podnieceniem, gdy wyruszyliśmy w noc, lecz podobnie jak Lanna nie myślałam o demonach.

Rozpoczęliśmy patrol jako grupa, jednak po kilku okrążeniach obozowiska Lanna podzieliła nas na pary i każdej przydzieliła inny sektor, niby po to, byśmy mieli oko na kolegów ze wszystkich stron. Nadal widzieliśmy ognisko, ale wokół niego były już tylko ciemne sylwetki, zbyt odległe, by móc je rozpoznać.

– Jesteśmy sami – powiedziała Lanna, a coś w jej głosie obudziło we mnie dreszcze. Próbowałam nadal rozglądać się po okolicy w poszukiwaniu śladów czegoś podejrzanego, ale ciągle zerkałam na

dziewczynę. Patrzyłam na to, jak jej włosy spływały po gładkich ramionach. Na jej okrągłe policzki i wielkie oczy. Na jej miękkie usta. Na wciąż rozpięty guzik.

Nigdy dotąd nie myślałam o całowaniu się z dziewczynami, a teraz nie mogłam przestać. Zmiana stroju sprawiła, że dziewczęta myślały o mnie inaczej, lecz podobna zmiana nastąpiła we mnie. Postrzegałam je teraz inaczej. Czułam, że pocałunek jest coraz bliżej. Przybliżał się niczym burza na horyzoncie. Serce waliło mi w piersi. Słyszałam głuche: łup! łup! łup! Na policzkach rozkwitł mi gorący rumieniec.

Raz jeszcze spojrzałam na Lannę i zauważyłam, jak wpatruje się we mnie swymi wielkimi, brązowymi oczami i zwilża wargi językiem. Do ust napłynęła mi ślina.

Babcia zawsze mówiła, że to chłopak powinien wykonać pierwszy krok, choć nie sądziłam, by Selen kiedykolwiek na to czekała. A co ze mną? Byłam przebrana za chłopaka, ale przecież żaden ze mnie chłopak. Chciałam wykonać ruch. Chciałam coś zrobić, bo napięcie było nie do wytrzymania, jednak co będzie, jeśli źle interpretowałam zachowanie Lanny? Co będzie, jeśli zachowam się wobec niej nazbyt ostro? Lub zbyt delikatnie? Miałam otworzyć usta czy trzymać je zamknięte?

Lanna zrobiła krok ku mnie, a ja cofnęłam się zaskoczona. Lanna roześmiała się i postąpiła jeszcze jeden krok, czym przyparła mnie do drzewa.

– Nie przyszłoby mi nawet do głowy, że jesteś taki nieśmiały – szepnęła i odstawiła kuszę. – Założę się, że całowałeś się z wieloma dziewczętami w Słodkiej Ostoi.

Wiłam się, oparta o pień. Walczyłam z nagłą ochotą, by rzucić się do ucieczki.

– Nie, niezbyt – udało mi się wykrztusić. – Moja matka jest bardzo surowa.

Lannie najwyraźniej spodobała się odpowiedź, a jej uśmiech stał się szerszy.

– Ale tu jej nie ma, prawda?

Wzmianka o matce bynajmniej nie uspokoiła mojego rozszalałego serca, ale Lanna przybliżyła się ku mnie i rozchyliła lekko usta, co skruszyło mój opór. Upuściłam włócznię z pochodnią, która skwiercząc, dopalała się na wilgotnej ziemi. Położyłam dłoń na nadgarstku Lanny i przyciągnęłam ją do siebie, tak jak widziałam na obrazach przedstawiających kochanków. Drugą dłonią pogłaskałam delikatnie jej policzek, a sama pochyliłam głowę. Nasze usta się zetknęły.

Pocałunek był ciepły, miękki i nieco wilgotny, aż nasze usta rozłączyły się z cichym cmoknięciem. Chciałam coś powiedzieć, ale Lanna nie miała ochoty mnie słuchać i wpiła się w mnie. Jej pocałunek stawał się gwałtowniejszy. Napierała na mnie, rozchylając lekko usta. Smakowałam jej oddech i coś się we mnie budziło, coś prymitywnego, nieprzypominającego nic, czego jak dotąd zaznałam. Gdzieś we mnie odzywał się głuchy pomruk, który wprawił całe ciało w wibrację. Pomruk narastał, a wokół zaczęło drżeć powietrze.

Cofnęłam się i otworzyłam oczy. Lanna wciąż pochylała się ku mnie z zaciśniętymi powiekami.

Ewidentnie miała ochotę na więcej. Wciągnęłam powietrze w płuca, lecz pomruk nie ustawał. Teraz miałam wrażenie, że dobiegał skądś z góry. Uniosłam głowę i ujrzałam, jak kołyszą się gałęzie, choć nie było wiatru.

A potem go ujrzałam. Czarne ślepia, pancerz koloru kory. Naraz demon puścił gałąź i rzucił się w dół, mierząc w nas szponami.

7

Zawiedzione zaufanie

349 ROK PLAGI

Uważaj! – zawołałam i odepchnęłam Lannę mocniej, niż zamierzałam. Dziewczyna upadła z krzykiem na ziemię tuż obok gasnącej pochodni. Bełty ze stukotem wysypały się z jej kołczanu.

Już po mnie, pomyślałam, gdy demon rzucił się na mnie. Powinnam była posłuchać matki. Powinnam była posłuchać wszystkich...

Wtedy ożyły runy na moim pancerzu i szpony otchłańca ześliznęły się po nim, nie znajdując punktu zaczepienia. Przygniótł mnie swoim ciężarem do ziemi, lecz w tej samej chwili obudziły się we mnie nawyki wpojone przez Wondę. Wykorzystałam pęd demona, by zmienić kierunek padania. Przetoczyłam się po ziemi, a potem uniosłam nad skłębioną masą mięśni i kłów.

Demon nie był wiele większy od psa pasterskiego. Jego długie kończyny idealnie nadawały się do wspinania po drzewach, jednak ich budowa nie pozwalała mu zaatakować mnie teraz, gdy leżał na ziemi. Mimo to nie był bezbronny – pancerz, gruby i szorstki jak kora, pokrywał całe jego ciało.

Przy pasie miałam runiczne rękawice, ale brakowało czasu, by po nie sięgać. Zwarłam pięść i walnęłam demona w łeb.

Miałam wrażenie, że uderzyłam w drzewo. Chropowate łuski zraniły moje kłykcie, a dłoń eksplodowała bólem, ale wyczułam delikatniejszą tkankę pod twardą skórą. Waliłam raz za razem, by demon nie zdołał się podnieść.

Zerknęłam na Lannę, która leżała tam, gdzie padła, sparaliżowana strachem.

– Biegnij! Sprowadź pomoc!

Nie miałam nawet chwili, by sprawdzić, czy mnie posłuchała. Demon uchylił się przed kolejnym uderzeniem, potem błyskawicznie zacisnął zęby na moim ramieniu, nim udało mi się cofnąć rękę. Rzędy kłów ostrych jak brzytwy wpiły się w mięśnie, ale wtedy ożyła runiczna bransoleta z krasjańskiego bazaru. Powstrzymała potwora przed odgryzieniem mi całej ręki, ale ten nadal nie rozwierał swoich potężnych szczęk.

Wrzasnęłam i próbowałam się uwolnić, osiągnęłam jednak efekt przeciwny do zamierzeń. Demon zacisnął pysk jeszcze mocniej. Targnął łbem i cisnął mną z taką siłą, że bałam się, iż wyrwie mi ramię. Potem dostrzegłam jego wściekły wzrok i zrozumiałam, że zaraz zginę.

Wtedy przed moją twarzą wybuchnął ogień, który obsypał mnie dziesiątkami iskier. Uniosłam głowę i ujrzałam Lannę – dziewczyna trzymała w rękach włócznię z zatkniętą pochodnią i niczym kijem tłukła nią demona. Atak nie wyrządził potworowi żadnej krzywdy, ale zaskoczył go na tyle, że bestia rozluźniła szczęki. Wyrwałam ramię, przyciągnęłam kolana do piersi i kopnęłam jednoczesnym wyrzutem obu nóg. Otchłaniec odtoczył się, a ja szybkim przewrotem poderwałam się do pionu. Wyrwałam Lannie włócznię.

– Uciekaj! – krzyknęłam, zastanawiając się, czemu mnie nie słucha i czemu jeszcze nie nadeszła pomoc. Miałam wrażenie, że walczymy już dobrych kilka minut, szybko jednak uświadomiłam sobie, że minęło zaledwie parę chwil. Gdzieś w mroku rozległy się okrzyki, wciąż odległe.

Lanna złapała kuszę, ale zgubiła bełt. Macała na oślep w poszukiwaniu innego, lecz jej kołczan również był pusty. Poderwałam włócznię, a demon drzewny rzucił się do szarży. Z szybkością zaskakującą u tak masywnego stworzenia odbił się i skoczył, zanim udało mi się unieść włócznię na odpowiednią wysokość. Znów przewrócił mnie na plecy, ale zasłoniłam się trzymanym w poprzek drzewcem.

Ożyły runy obronne na napierśniku, które jeszcze przed momentem wydawały się jedynie dekoracją. Magiczne iskry paliły pancerz demona, a moc odepchnęła go, ale otchłaniec miał naprawdę długie ramiona. Długie szpony tylnych łap wbijały się w szczeliny zbroi zakrywającej moje uda. Zawyłam z bólu, gdy przebiły mi skórę.

Demona nagle przeszyły konwulsje. Kora na klatce piersiowej pękła, rozepchana przez ostrze włóczni. Runy były rozpalone do białości od magii. Jucha, gęsta i cuchnąca, obryzgała mi twarz. Gwałtownie szarpnięcie zerwało bestię ze mnie.

Spodziewałam się, że zobaczę Ellę czy nawet Selen, zamiast nich ujrzałam Krasjankę w czarnej szacie i spodniach. Dolną część jej twarzy zasłaniała woalka z czystego, białego jedwabiu. Trzymaną przez nią włócznię tworzyło sześć stóp czystego szkła, zaostrzonego na obu końcach. Kopniakiem strząsnęła demona z broni, zakręciła nią młyńca i zręcznie wbiła ją w oko otchłańca. Ten zaskamlał przeraźliwie i miotał się jeszcze przez moment na końcu szklanej włóczni, aż znieruchomiał.

– Tsss! – zasyczała kobieta. – Wstawaj. Załóż rękawice.

Krew zamieniła mi się w lód, gdy rozpoznałam głos.

– Micha?

Siostra popędziła mnie kopniakiem.

– Wstawaj! Hej, ty! Dziewczyno z Jabłkowego Wzgórza! Do nas! W tej chwili!

Przetoczyłam się i zerwałam na równe nogi, wpatrując w truchło drzewnego demona. Jucha, która zbryzgała mi twarz, chyba zaktywowała też runy na hełmie, bo nie potrzebowałam już pochodni. Wszystko widziałam z absolutną wyrazistością, choć otaczała nas ciemność. Dzięki runicznemu widzeniu dostrzegłam, że wszystko, co żyje – Michę, Lannę, nawet drzewa – otacza łagodna aura magii, która płynęła nad ziemią niczym fosforyzująca mgła, wydobywając się prosto z Otchłani.

Demon lśnił tak intensywnie, że w pierwszej chwili raził mnie w oczy, ale za moment mój wzrok przyzwyczaił się do jasności i ujrzałam, że jaskrawa aura wokół otchłańca zaczęła przygasać, gdy jego jucha wsiąkła w ziemię.

W głowie miałam zamęt, lecz przyczyną wcale nie były nowe możliwości mojego wzroku. Podczas walki byłam skupiona. Spodziewałam się porażki, ale nie bałam się. Teraz gdy patrzyłam na Michę stojącą nad pokonaną bestią, uświadomiłam sobie wszystko, co się wydarzyło wcześniej.

– Zabiłaś go – odezwałam się.

– Tsss! – syknęła znów Micha. – Nie jest sam. Nie gap się. Załóż rękawice. Podnieś włócznię. Zachowaj czujność.

– Micha, tak mi przykro...

Siostra uniosła woalkę i splunęła, czym przerwała moją wypowiedź. Odwróciła się i spojrzała na mnie, ale nie ujrzałam już łagodnych oczu potulnej kobiety, która czesała mi włosy i odprowadzała na zajęcia. Te oczy były zimne. To oczy drapieżnika, który mnie przerażał. Kim była ta osoba? Co się stało z Michą, którą znałam?

– Rozstrzygniemy tę sprawę o świcie. W nocy jesteśmy siostrami. Zawsze.

Lanna podeszła do nas, trzymając kuszę z założonym bełtem.

– Kim jesteś?

– Jestem siostrą Amana – odpowiedziała Micha bez emocji. – A ty będziesz mnie słuchać, jeśli chcesz żyć.

Lanna potulnie pokiwała głową, a Micha odwróciła się.

– Musimy wrócić do pozostałych.

Znów usłyszałam krzyki w oddali, ale teraz gdy nie musiałam już walczyć o życie, wychwyciłam nowe tony. To nie były okrzyki przyjaciół, którzy zmierzali na pomoc.

Obóz został zaatakowany przez demony.

Dla biegnącego obozowisko nie znajdowało się daleko, tym bardziej że noc rozświetlało mi runiczne widzenie, ale Lanna, która mogła polegać jedynie na blasku pochodni i ogniska w oddali, pozostała z tyłu. Potknęła się i w porę złapałam ją za rękę.

Rozległ się ogłuszający ryk, tak potężny, że ziemia zadrżała pod naszymi stopami. Odgłos odbił się echem od wzgórz i obudził wrzaski bólu albo przerażenia. Nie miałam pojęcia czego.

– Micha! – zawołałam z rozpaczą. – Selen jest w obozowisku!

– Tsss! – Aura wokół mojej siostry zmieniła odcień. Nie umiałam odczytywać jej tak dobrze jak matka, wiedziałam jednak, że Micha jest rozdrażniona. – Cicho bądź!

Na miejscu zastałyśmy całkowity chaos. Jeden z wielkich głazów runicznych został strzaskany, a w samym środku obozowiska stał ogromny, liczący dziesięć stóp demon. Podobnie jak jego drzewny kuzyn, ten również dysponował pancerzem, ale nie była to szorstka kora, a szarawa, błyszcząca krzemem powierzchnia skalna, podobna do tych, jakie mijaliśmy w trakcie wyprawy. Jego szpony były długie jak noże rzeźnickie, a rogiem mógłby przebić konia. W czarnych ślepiach wielkości moich pięści odbijał się blask ognia i pandemonium w obozie.

Wokół szalały mniejsze demony, które ścigały młodych wędrowców. Kilkoro zdołało pochwycić broń i stawiło im czoła, ale wszędzie widziałam krew, a parę otchłańców pożywiało się już zwłokami ofiar. Ich nieludzkie wrzaski przepełniał tryumf, po czym pochylały się i wyszarpywały z ciał wielkie kawały mięsa.

Od razu ujrzałam Selen, która walczyła ramię w ramię z Oskarem w sercu obozu. Oboje byli zwróceni w stronę skalnego demona. Kiedy ten zamierzał się pazurzastą łapą na Selen, Oskar błyskawicznie podrywał tarczę i odpychał szpony w rozbłysku magicznych iskier. Selen wykorzystywała to, by razić demona włócznią w brzuch. Wreszcie trafiła i wokół runicznego ostrza po niewielkim obszarze pancerza rozeszła się pajęczyna jaśniejących iskier. Niestety, dziewczyna musiała odskoczyć, by uniknąć kolejnego ciosu pazurów. Potwór wrzasnął z bólu, ale wydawał się bardziej rozdrażniony niż ranny.

Lanna poderwała kuszę. Micha odwróciła się i podniosła rękę, by ją powstrzymać, ale nic to nie dało. Nie wiedziałam, czy reakcja okazała się spóźniona, czy też Lanna była zbyt przerażona, by zwrócić uwagę na gest Krasjanki, bo dziewczyna nacisnęła spust i zwolniła bełt.

Skalny demon był zbyt wielki, by chybić, lecz bełt Lanny, zamiast wejść w jego ciało, odbił się od grubego pancerza, a wówczas potwór odwrócił swój wielki łeb i zauważył nas.

– Idiotka! – warknęła Micha, lecz nie zawahała się przed działaniem. Element zaskoczenia został utracony, pochyliła więc głowę i rzuciła się do ataku. Zaskoczyła mnie jej szybkość. Zajaśniała oślepiająco, a bransolety na jej nadgarstkach i kostkach iskrzyły się mocą.

Wiedziałam o nich z moich studiów w Komnacie Cieni. Biżuteria Michy kryła w sobie *hora*, kości demonów zanurzone w szlachetnym metalu i oznaczone runami, które obdarowywały użytkownika pewnymi ilościami mocy. Podobne artefakty nie były niczym niezwykłym podczas wojny z demonami, lecz większość z nich straciła swą moc. Nie można było napełnić ich magią, gdyż tę dawało się pobierać jedynie z ciał otchłańców.

Ruchy Michy stały tak błyskawiczne, że ledwie za nimi nadążałam. Demon wyryczał wyzwanie i obrócił się, by zamachnąć się ciężkim, kolczastym ogonem. Ogon był większy od Krasjanki i rozpędził się do przerażającej szybkości, ale Micha nie zwolniła i dopiero w ostatniej chwili prześliznęła się pod nim, by wbić szklaną włócznię w tylną część kolana.

Ryk bólu demona wstrząsnął ziemią i przewrócił zarówno ludzi, jak i inne otchłańce. Włócznia Michy zajaśniała mocą, która rozpełzła się po ramionach kobiety i rozjarzyła jej aurę, tak jak miech rozdmuchuje ognisko. Demon zamierzył się do kolejnego ciosu, ale Micha wymknęła się z zasięgu. Wykonała zwinny ruch i odskoczyła z połową włóczni w ręku. Druga połowa nadal tkwiła w kolanie stwora i przeszywała go falami bolesnej magii.

Micha przetoczyła się po ziemi, a pazury otchłańca ryły ziemię niczym zęby pługu. Jego ranne kolano ugięło się i bestia uklękła.

– Selen! – krzyknęła Micha. – Uderzaj!

Selen zamarła, niebotycznie zaskoczona.

– Micha?

– Na czarne serce Nie, dziewczę! – warknęła Micha. – Atakuj!

Selen otrząsnęła się z szoku i rzuciła naprzód, unosząc włócznię. Tułów klęczącego demona nagle znalazł się w jej zasięgu i moja siostra wycelowała prosto w szczelinę między płytami pancerza. Runy na włóczni rozbłysły, gdy ostrze przebiło grubą skórę bestii i dotarło do serca.

Otchłaniec wrzasnął i odrzucił Selen machnięciem łapy. Zbroja zabsorbowała siłę uderzenia, ale dziewczyna upadła na ziemię. Jej broń nadal tkwiła w ciele potwora i paraliżowała go falami magii. Oszołomiony demon spróbował wyszarpnąć drzewce, a wtedy Oskar dostrzegł szansę dla siebie. Przypadł i wbił własną włócznię prosto w podbródek kreatury, wpychając ostrze w jej mózg.

Wstrząsany konwulsjami potwór osunął się na ziemię. Oskar uskoczył, by uniknąć zmiażdżenia, i podbiegł do Selen, biorąc ją w ramiona jak kochanek. Dziewczyna się trzęsła, ale jej aura, podobnie jak w przypadku Michy, jaśniała magią, zgromadzoną na skutek uderzenia demona, stąd podniosła się bez trudu. Oparła stopę o ciało bestii i wyszarpnęła broń.

Micha również odzyskała włócznię i wzniosła ją, promieniującą jasnym światłem, nad głowę.

– Do mnie! – krzyknęła do pozostałych uczestników wyprawy. – Wszyscy do mnie!

Potem odwróciła się i cisnęła gorejącą włócznią przez całą długość polany. Przebiła na wylot wzgórzowego demona, który już się szykował, by wziąć na rogi klęczącą nad Gylesem Caylę. Sukienka dziewczyny była zbroczona krwią.

Z naszej grupy, liczącej na początku dwadzieścia osób, być może dziesięcioro nadal stało o własnych siłach i było gotowych do walki. Micha miotała się między nami i pospiesznie ustawiała nas w szyk obronny, a potem poprowadziła na pomoc innym, rannym bądź osaczonym przez demony.

Teraz to otchłańce zaczęły się cofać, lecz na razie ani myślały o ucieczce. Być może wyczuwały strach i słabość w grupie. Widziałam drzewne demony z pazurami przywodzącymi na myśl połamane gałęzie i ich wzgórzowych kuzynów z kręconymi rogami i ostrymi kopytami, czarnych niczym obsydian. Gdzieś nad nami rozległ się wrzask i cztery dziewczęta uniosły kusze, by posłać bełty w krążącego wichrowego demona. Trzy pociski chybiły, ale czwarty trafił i bestia z trzaskiem zwaliła się na ziemię.

Jakiś wzgórzowy demon pochylił łeb i rzucił się do szarży, lecz tym razem byłam gotowa. Przyjęłam odpowiednią postawę i uniosłam włócznię.

W ostatniej chwili opadłam na jedno kolano i wbiłam ostrze w pierś potwora.

Niespodziewanie z ziemi między nami uniosła się czarna mgła, która zmaterializowała się w postać Elli Rębacz. Jaśniała tak intensywnie, że musiałam zmrużyć oczy.

– Na noc! – Uniosła dłoń i nakreśliła promieniejący run w powietrzu. Demon uderzył w niego niczym w stalową ścianę i przewrócił się, oszołomiony.

Ella wyrysowała kolejne znaki. Jej palce pozostawiały w powietrzu srebrne linie, a kobieta napełniła je mocą równie łatwo, jak dziecko nadmuchuje bąbel z mydlin. Demony zagrażające grupie odskakiwały, a wtedy Ella rozpoczynała dzieło zniszczenia.

Runy gorąca zamieniały drzewne demony w żywe pochodnie, a run cięcia rozkroił wzgórzowego na dwie niemalże identyczne połowy. Inny otchłaniec rzucił się na Ellę, a ona złapała go za rogi i przekręciła mu kark z taką siłą, że słychać było trzask pękającego kręgosłupa.

Micha przeszła do ataku. Wyrwała z cielska zabitego otchłańca drugą część swojej włóczni i połączyła ją z pierwszą, a potem zakręciła nią nad głową z przerażającą szybkością. Jednocześnie oberżnęła nogę smukłego polnego demona, który na nią skoczył, i rozcięła gardziel jego wzgórzowego pobratymca.

Inny polny demon zaszarżował na grupkę uczestników wyprawy w środku kręgu, ale ja, Selen i Oskar powitaliśmy go ostrzami włóczni. Zatrzymaliśmy go na tyle długo, by Lanna zdążyła wpakować w niego bełt. Chwilę później Ella odepchnęła go na bok runem uderzenia.

Pozostałe demony rzuciły się do ucieczki. Próbowały się przebić przez wyrwę między głazami runicznymi, ale Ella nakreśliła runy w powietrzu i zamknęła je wraz z nami.

– Co ona wyprawia? – krzyknęła Lanna.

„Naznaczonym Dzieciom nie wolno ufać" – powtórzyła matka w mojej głowie.

Nie uwierzyłam jej wówczas. Nie chciałam. Teraz ujrzałam, jak bardzo się myliłam.

Uwięziony wzgórzowy demon pochylił rogaty łeb i zaszarżował na Ellę. Ta stała w miejscu, wabiąc go, kusząc, aż w ostatniej chwili zeszła mu z drogi i złapała za rogi. Miałam wrażenie, że chciała złamać mu kark tak jak poprzedniemu, lecz kobieta naraz zrobiła coś, co nie mieściło mi się w głowie.

Wzgórzowe demony miały gruby pancerz na pyskach i czołach, jednak niewiele chroniło je od spodu. Ella gwałtownym szarpnięciem przyciągnęła do siebie łeb bestii i zatopiła zęby w jej gardzieli.

Buchnęła struga cuchnącej juchy, gdy Ella oderwała kawałek łuskowanego mięsa od ciała potwora, ale Rębaczka wydawała się tryumfować. Wypluła grubą skórę na bok i zanurzyła twarz w ranie. Żuła mięso potwora i chłeptała jego krew. Jej aura, która przygasała, w miarę jak kreśliła runy, rozjarzyła się znów, gdy kobieta pobrała moc z cielska bestii.

Stanęła przy mnie Micha. Trzymała włócznię w gotowości, lecz wpatrywała się w Ellę, nie w otchłańce, desperacko szukające drogi ucieczki. Rębaczka zaś wysysała demona jak ogromną pomarańczę, a potem odrzuciła zewłok i skoczyła na kolejnego stwora, próbującego przecisnąć się przez szczelinę w barierze. Złapała go od tyłu, a runy wytatuowane na jej ramionach i nogach zaczęły pulsować, jarząc się coraz intensywniej. Nie musiała nawet go gryźć, by zassać z niego moc.

Ostatnim otchłańcem w kręgu był drzewny demon z długimi, potężnymi kończynami, wysoki na osiem stóp. Skoczył do ataku, ale Ella niemal od niechcenia nakreśliła w powietrzu run drewna i przygwoździła bestię do bariery. Magia zaiskrzyła i rozbiegła się błyskawicami, a potwór wrzasnął z bólu.

W dłoni Elli pojawił się nóż, który wbiła w pierś bestii i zaczęła odkrawać płaty pancerza. Rozerwała je z głośnym trzaskiem, po czym wbiła w ciało stwora jedną rękę, po niej drugą i wreszcie wyszarpnęła mu czarne serce. Demon padł na ziemię bez życia, a Ella uniosła serce wysoko, jakby chciała pozdrowić cały tłum.

Potem zbliżyła je do ust i wpiła zęby w cuchnący czarny ochłap.

– Miej się na baczności, siostro – szepnęła Micha. – Nie wydaje mi się, by chciała skrzywdzić kogokolwiek z nas bez powodu, ale pozostań tutaj i nie rób niczego, co mogłoby ją sprowokować w tym stanie.

Zamrugałam, zaskoczona, a Micha ruszyła ku kobiecie, która pożerała demonie serce. Trzymała włócznię w pogotowiu i kroczyła, jakby walka jeszcze się nie skończyła. Jej słowa zabrzmiały nienaturalnie spokojnie:

– Dobra walka, siostro.

Ella uniosła głowę znad posiłku. Wydawała się zdumiona, jakby zapomniała, że nie jest sama.

– Widzę, że znów jesteś sobą, Micha.

Znów zamrugałam. One się znały? Co więcej, ta przerażająca, szalona kobieta najwyraźniej znała moją siostrę lepiej ode mnie.

– Ja zawsze jestem sobą, Ello am'Rębacz – oznajmiła Micha beznamiętnie.

– Jesteś lwem – rzekła Ella – który zmarnował piętnaście lat, udając mysz.

– Nawet lew umie schować pazury, gdy polowanie dobiega końca. – Micha wzruszyła ramionami. – Nigdy nie zabijałam dla przyjemności.

– Powiedz mi, że ci tego nie brakowało – prychnęła Ella. – Że nie tęsknisz za tym, jak rozpiera cię moc!

– Nie – rzekła Micha.

Ella wydłubała kawałek mięsa spomiędzy zębów i splunęła czarną juchą na ziemię między nimi.

– Twoja aura mówi coś innego.

Zerknęłam na aurę Michy, ale niewiele umiałam wywnioskować z migoczących w niej barw. Poświata wokół Elli zaś była zbyt oślepiająca, by wyodrębnić z niej cokolwiek poza bielą. Jej postać lśniła, lecz wcale nie czułam się przez to bezpieczniejsza. Patrzyłam, jak odrywa kolejny kęs, i zacisnęłam dłoń na włóczni.

– Dokąd się udałaś? – spytała cicho Micha. – Te dzieci potrzebowały twojej opieki.

– A gdzie ty byłaś – odcięła się Ella – gdy twoje podopieczne wymknęły się spod spódnicy Leeshy i wyszły poza barierę? Nie wygaduj lepiej głupot, że to wszystko niby moja wina.

Zacisnęła pięść i zerwała się na równe nogi, a jej tatuaże zamigotały. Jej aura przeobraziła się we wściekły pokaz fajerwerków. Wiedziałam, że Micha również to widziała, a jej aura się uspokoiła, choć poświata Elli szalała.

– Nie mówimy tu o winie, siostro. Jesteśmy po tej samej stronie, czyż nie?

Ella zamrugała. Sprawiała wrażenie, jakby dopiero teraz zauważyła swoją zaciśniętą pięść, a potem najwyraźniej zdobyła się na wysiłek woli i rozluźniła palce. Jej jaśniejące runy przygasły i znów stały się zwykłymi tatuażami.

– To nie były jedyne otchłańce w tej okolicy. Rozpędziłam ich watahę, która polowała na nocne wilki.

Przez aurę Michy przepłynęła fala.

– Czyżby dywersja, która miała cię odciągnąć?

– Też mi to przyszło do głowy – zgodziła się Ella. – Ale nie widziałam niczego takiego od...

– Piętnastu lat – zakończyła za nią Micha. – Musisz natychmiast pomknąć do stolicy i powiadomić panią Leeshę.

Ella pokręciła głową.

– To pani Bales zadecyduje, co począć, tylko najpierw muszę dopaść pozostałe demony. Ty zaś odprowadź te dzieciaki do domu.

Micha otworzyła usta, gotowa zaprotestować, ale Ella przeistoczyła się w mgiełkę i znikła.

– Selen, Oskar i Lanna! – zawołała Micha. – Przeprowadźcie zwiad dookoła obozowiska, ale pozostańcie wewnątrz bariery. Reszta niech zacznie robić nosze. Z tak dużą liczbą rannych powrót do Miechów zabierze nam sporo czasu.

– A ja? – zapytałam, gdy pozostali wzięli się do pracy.

– Ciebie od tej pory nie spuszczam już z oczu – rzekła Micha. – Umyj ręce. Mamy robotę do wykonania.

Wzięłam manierkę i kostkę mydła, po czym wyszorowałam brudne, zakrwawione dłonie. Gdy wróciłam, Micha klęczała nad Tamem. Chłopak zaciskał zęby na patyku, a moja siostra powoli wpychała mu jelita do brzucha. Na ten widok wzięły mnie torsje. Zasłoniłam dłońmi usta.

– Tsss – zasyczała Micha. – To tylko wiatr, siostro. Ugnij się jak palma i pozwól, by pomknął dalej. To nie czas na pieszczoty i słodkie słówka.

Nigdy wcześniej nie widziałam palmy, lecz dobrze znałam tę mantrę. To była krasjańska technika koncentracyjna, której uczono mnie od narodzin. Przełknęłam kwaśny smak wymiocin i zmusiłam się, by znów spojrzeć na ranę. Tym razem zrobiłam to chłodno i obojętnie. Szkolono mnie w tym celu i asystowałam przy operacjach w szpitalu, ale wówczas pacjenci byli obcymi, pogrążonymi we śnie ludźmi, a nie szlochającymi przyjaciółmi, wpatrującymi się we własne wnętrzności, podczas gdy powinni tańczyć i całować się pod gwiazdami.

Aż do rana pomagałam siostrze. Nie miałam pojęcia, że Micha dysponuje takimi umiejętnościami – wcześniej rzadko się zdarzało, by musiała chociaż opatrzyć palec rozcięty o kartkę, a teraz przeprowadzała operacje na ludziach poranionych przez demony z wprawą Zielarki. Zaszywała to, co mogła, i przeprowadzała amputacje tam, gdzie było to konieczne, przez cały czas zachowując spokój kucharza krojącego warzywa. Po moich policzkach spływały łzy, gdy unieruchamiałam wrzeszczących, miotających się pacjentów.

Wreszcie nastąpił koniec. Sześcioro zabitych i siedmioro rannych, spośród których czworo nie było zdolnych do samodzielnego poruszania się. Micha wytarła dłonie.

– Odpocznij, jeśli możesz, siostrzyczko. Jutro czeka nas długi dzień.

– Nie uda nam się dotrzeć do Miechów przed zmierzchem – rzekłam. – Mamy czworo noszy do dźwigania.

– Nie – zgodziła się ze mną Micha.

Kiedy ocalali kulili się wokół ognia, moja siostra udała się na drugi koniec obozowiska, uklękła przy jednym z wielkich kamieni runicznych i zamknęła oczy. Poszłam tam za nią.

– Pozwól mi pobiec przodem – zaproponowałam. – Mogę sprowadzić pomoc.

Micha pokręciła głową. Nie patrzyła na mnie, a oczy miała zamknięte.

– Nie – odezwała głosem na pozór spokojnym, ale ja wyczułam w nim ostrzejszy ton. – Selen pobiegnie przodem.

– Jestem szybsza – zaprotestowałam. – I silniejsza. Przecież wiesz o tym, prawda? To ja powinnam stawić czoła niebezpieczeństwu.

Micha otworzyła jedno oko i spojrzała na mnie.

– To ty jesteś źródłem niebezpieczeństwa.

Wiedziałam, że rozsądnie byłoby zostawić ją w spokoju, ale gdybym miała odpowiednio dużo zdrowego rozsądku, nigdy nie znalazłybyśmy się w tej sytuacji. Wyczuwałam, że między nami pojawiło się nieprzyjemne napięcie, i musiałam je uwolnić.

– Co to ma oznaczać?

– Pierwsza wyprawa poza wielki run, która zostaje zaatakowana przez demony, to jednocześnie ta, do której potajemnie dołączyłaś. Czy twoim zdaniem to zbieg okoliczności? – zapytała Micha.

Zrobiło mi się zimno. Zadrżałam, choć nie było wiatru.

– Zaatakowały nas... ze względu na mnie?

Przecież to nie miało sensu!

– Oczywiście, że zaatakowały tylko i wyłącznie dlatego! – parsknęła Micha. – Chronię cię od piętnastu lat, a ty ni z tego, ni z owego zawodzisz moje zaufanie i uciekasz w noc, by ściągać *alagai* niczym ptaki do rozsypanego ziarna.

Jej słowa sprawiły mi ból bez wątpienia dlatego, że Micha miała rację, ale nie zamknęły mi ust tak, jak powinny. Od niej nie chciałam niczego takiego słyszeć. Zwłaszcza od niej.

– Zaufanie? O jakim zaufaniu ty mówisz... siostro? – Ostatnie słowo niemal wyplułam. – Wszystko, co o tobie wiedziałam, okazało się kłamstwem. Na noc, czy ty aby naprawdę jesteś moją siostrą? A może kolejną rzeczą, w którą bezkrytycznie uwierzyłam?

Micha odwróciła się, by spojrzeć na mnie. Przeniosła ciężar ciała na pięty, gotowa się poderwać niczym wąż.

– Jestem drugą córką Ahmanna Jardira, Shar'-Dama Ka i władcy całej Krasji – rzekła i podniosła się. Zrobiła krok w moją stronę, a ja cofnęłam się odruchowo. – Moja matka, Thalaja, należała do mniej ważnych żon, przez co w wieku lat dziewięciu zostałam odebrana rodzinie i oddana bezlitosnemu Mistrzowi Ćwiczeń. Kolejne lata spędziłam w Podpałacu.

Sięgnęła do kieszeni, wyjęła jakiś przedmiot i rzuciła mi. Złapałam go. Była to moja fiolka z napojem nasennym.

– Przez rok Mistrz Ćwiczeń Enkido zatruwał nasze jedzenie, by nauczyć nas rozpoznawania smaku trucizn. Jeśli odgadłyśmy, czego dodał do posiłku, otrzymywałyśmy antidotum. Jeśli się myliłyśmy lub wcale trucizny nie wykryłyśmy, musiałyśmy znosić jej efekty. Jeśli twierdziłyśmy, że w jedzeniu jest trucizna, a tymczasem jej nie było, Enkido bił nas bez litości.

Nadal zbliżyła się do mnie, a ja, wbrew własnej woli, cofałam się krok za krokiem.

– Było nas wówczas pięć sióstr włóczni. Teraz moja kuzynka Ashia nosi biały turban Sharum'ting Ka. Moja kuzynka Jarvah strzeże samej Damajah. Moje kuzynki Sikvah i Shanvah poniosły pełną chwały śmierć, ratując niezliczone życia ludzkie podczas *Sharak Ka*.

Znałam te imiona. *Sharum'ting* były elitą krasjańskich wojowniczek, a ich wojenne wyczyny zostały upamiętnione w wielu historiach, opowiadanych w całym księstwie. Zatrzymałam się, choć czułam, że coś zaczęło się we mnie kruszyć, gdy Micha stanęła tak blisko, że stykałyśmy się nosami.

– A co z moją służbą? Wszak moje czyny są niemniej chwalebne. Sam książę *alagai* padł od ciosu mojej włóczni! Tymczasem to moje siostry zyskały wielką sławę, a ja otrzymałam woalkę i zostałam skazana na piętnaście lat czesania włosów niewdzięcznego bachora, który nie zdaje sobie sprawy, ile razy sięgnęła po niego śmierć.

Kolana ugięły się pode mną, gdy dotarł do mnie sens jej słów. O czym ona mówiła? Jaka śmierć?

– Jak to: ile razy? Coś takiego miało już miejsce?

Micha zerknęła na innych. Kilka osób spoglądało ku nam, choć nie słyszały naszej rozmowy.

– Jesteśmy w dziczy, daleko od domu, siostro. Rozmówimy się innym razem. Póki co masz słuchać wszystkiego, co powiem.

8

Sprawy rodzinne

349 ROK PLAGI

Teraz powoli, Darin – powiedział Hary. – Chcesz go zwabić, a nie wkurzyć.

Miałem suche usta, gdy przysuwałem je do fujarki, ale byłem zanadto zdenerwowany, by je zwilżyć. Usłyszałem zbliżającego się otchłańca i wyczułem jego smród, lecz mimo że dysponowałem nocnym wzrokiem, nie ujrzałem go w gęstym lesie.

Rozkołysany Hary siedział na kłodzie na środku polany i akompaniował mi na wiolonczeli. Mistrz Minstreli okazywał spokój i pewność siebie, a ja nie potrafiłem zapanować nad drżeniem dłoni, gdy wabiłem demona dźwiękami fujarki.

Żałobny ton, który graliśmy, był czymś na kształt zaklęcia. Magia oddziaływała na emocje, a nic nie poruszało emocji tak bardzo jak muzyka. Grając, opowiadałem demonowi historię. Przedstawiałem w niej siebie jako ofiarę, szybką, ale bezbronną. Podpowiadałem mu, by podkradł się cicho jak najbliżej i zaatakował z zaskoczenia.

Szczerze powiedziawszy, nie miałem na to ochoty. To milicja powinna dopaść tego otchłańca. Milicja albo mama. Na noc, to ziemie Balesów. Czemu dziadek albo wujkowie nie chwycili za broń?

Cóż, w Potoku pozbywanie się samotnych włóczęgów stało się kolejnym obowiązkiem, na który nikt nie miał ochoty, tak jak podbieranie kurom jajek czy dojenie krów. Mój ojciec słynął z zabijania demonów i wszyscy się spodziewali, że pójdę w jego ślady. Musiałem tylko nabrać doświadczenia.

– Ostrożnie. – Ciotka Selia w pełnej zbroi czuwała nieopodal. Trzymała tarczę i włócznię. Długie siwe włosy związała w ciasny kok, widoczny pod brzegiem hełmu. Uważnie przyglądała się drzewom i gałęziom. – Czasami widać je dopiero w chwili, gdy rzucają się do ataku.

Na górnej wardze pojawiły mi się kropelki potu, jakby szydziły sobie z suchości w ustach. Nie chciałem tu być. Wolałem sobie grać przy stawie albo wyrywać chwasty na polu. Na noc, już wolałbym nawet otworzyć książkę. Wszystko było lepsze od siedzenia w ciemności i wabienia otchłańca.

Ludzie jednak tego się właśnie spodziewali po synu Wybawiciela. Wiedzieli, że mam w sobie trochę magii, i chcieli, bym robił z niej użytek tak jak mój ojciec. Chcieli, bym ratował ludzi przed otchłańcami. Lecz moja magia nie działała tak jak jego czy mamy. Uczyli mnie, odkąd sięgam pamięcią, ale rysowanie runów kiepsko mi wychodziło, a walki nie lubiłem. Nie potrafiłem zmienić się we mgłę czy podnieść wozu nad głowę. Jedyną rzeczą, która naprawdę dobrze mi wychodziła, było granie na fujarce.

Wydawało mi się, że to wystarczy, by wszyscy zrozumieli, że nie jestem taki jak ojciec, ale mamy nie satysfakcjonowały moje wesołe melodie. Pojechała do Zakątka i poprosiła Rozkołysanego Hary'ego, mistrza Minstreli, by przybył do Potoku i nauczył mnie, jak oczarowywać otchłańce.

Fakt, że mój ojciec uratował świat, snuł się za mną jak smród pozostawiony przez skunksa.

Gdzieś wśród konarów rozległ się głuchy pomruk. Zamarłem, gdy pojawił się demon pniakowy, który złaził po grubym pniu niczym opos. Jego sękate ramiona były długie i muskularne, a drobne ciało pokrywał chropowaty, przypominający korę pancerz.

Na Harym nie zrobiło to wrażenia.

– Tyle zamieszania, by zwabić tylko pniakowego?

– Nie nadymaj się – ostrzegła go Selia. – Sekunda nieuwagi i nawet pniakowy rozszarpie każdego z nas na strzępy.

Miała rację. Widziałem magię otchłańca, jaśniejącą w mroku nocy. Palce mi się pociły i ślizgały na tubkach, ale grałem nieprzerwanie i przyciągałem demona coraz bliżej.

Nie widział mnie, gdyż zarzuciłem na siebie należący do mamy płaszcz niewidzialności. Wyszyte na nim runy uginają fale magii, przez co stałem się niewidoczny dla oczu demona. Selia i Hary byli podobnie chronieni.

Niemniej włóczęga miał równie wyczulone zmysły jak moje. Wyczuł nasz zapach. Słyszał nasze oddechy, skrzypnięcia zbroi Selii i ciche polecenia Hary'ego. Wiedział, że gdzieś tu jesteśmy.

Przybliżał się ostrożnie. Za moment miałem znaleźć się w zasięgu jego pazurów. Powoli przestawałem myśleć o fujarce, a zaczynałem o krótkim łuku, przewieszonym przez plecy. Gdybym zerwał go teraz, zapewne zdołałbym wpakować w otchłańca strzałę, zanimby się otrząsnął.

Zapewne.

Ciotka Selia uniosła włócznię i mocniej zacisnęła dłoń na drzewcu.

– Jeszcze nie, Selia. Daj chłopcu okazję, by potrenował. – Hary grał teraz głośniej, co zdradzało, że jednak nie jest aż tak opanowany. Przygotowywał się, by przejąć inicjatywę w chwili, gdy zawiodę. Wciągnąłem powietrze nosem i wyczułem jego niepokój. Na noc, on był niemal przekonany, że powinie mi się noga!

„Masz psi węch!" – mawiała mama. Na tym polegała kolejna różnica między mną a innymi ludźmi. Często zastanawiałem się, jak to jest, gdy nie można wyczuć, co inni ludzie czują, gdzie byli i co robili.

Ludzie opowiadali, że gdy mój ojciec był w moim wieku, złapał jakiegoś otchłańca, podniósł go jak kurę i złamał mu kark. Oczekiwania wobec mnie były, jak widać, inne. Hary nabrał pewności, że pęknę.

Wciągnąłem nagle powietrze i zwiększyłem tempo grania. Wpoiłem w demona przekonanie, że jego zdobycz może lada chwila uciec. Zbliżał się agresywniej i nadal szukał źródła komunikatów, a ja prowadziłem go dookoła małej polany, aż otchłaniec odwrócił się plecami do Selii. Był tak skupiony na mojej muzyce, że nie zwracał na nią uwagi.

Zwieńczyłem melodię skocznym akcentem i odrzuciłem płaszcz. Oczy otchłańca otworzyły się szeroko. Odsłonił rzędy ostrych zębów i napiął mięśnie do skoku.

Selia była jednak szybsza. Trzymając włócznię oburącz, wbiła ją demonowi w plecy. Runy na ostrzu rozbłysły, gdy kobieta przekłuła pancerz i rozerwała otchłańcowi kręgosłup. Ciałem potwora wstrząsnął spazm. Padł na ziemię, dygocząc.

– Głupiec z ciebie! – zawołała Selia, wyrywając włócznię wśród strug juchy. – Nierozważny głupiec. A gdybym chybiła?

Nie chciałem o tym myśleć.

– Ty nigdy nie chybiasz.

– Każdemu się to zdarza – rzekła Selia, ale wychwyciłem w jej zapachu odrobinę zadowolenia. Kopniakiem przewróciła potwora na grzbiet. Otchłaniec wpatrywał się w nią lśniącymi, czarnymi ślepiami.

– Jeszcze żyje. Jeśli go tu zostawimy, w kilka chwil dojdzie do siebie.

Pokiwałem głową i zdjąłem łuk z pleców, a ciotka przygotowała się do zadania ostatniego ciosu.

Zamarła, gdy nad nami rozległ się ryk. W okamgnieniu nałożyłem strzałę na cięciwę, ale konary były tu gęste, a dźwięk niósł się echem. Czy to jeden przemieszczający się demon, czy...

– Koniec polowania. – Selia wbiła włócznię w oko pniakowego otchłańca, a potem obróciła ją, by rozerwać mu mózg.

Runy na jej broni zapłonęły i zobaczyłem, jak moc przepływa po drzewcu i wnika w jej ramiona, napełniając kobietę siłą. Selia wciągnęła okrągłą tarczę na krzepkie ramię.

– Teraz to my jesteśmy zwierzyną – dodała.

Zaczęły trząść mi się ręce. Założona na cięciwę strzała drżała. Nabrałem tchu i narzuciłem sobie spokój, ale usłyszałem coś, o czym Hary i Selia nie mieli jeszcze pojęcia.

Byliśmy otoczeni.

Hary ujął smyczek i jego wiolonczela ożyła. Metalowy szpic, na którym instrument opierał się o ziemię, wykonano ze srebra i wzmocniono kością otchłańca oraz runami rezonansu, które potęgowały muzykę. Mówiło się, że Rozkołysany Hary potrafił zaczarować całą sforę drzewnych demonów, ale zanim miał szansę zacząć, rozległ się głośny trzask.

Z góry spadł szeroki konar, zakończony plątaniną gałęzi. Hary zareagował błyskawicznie. Jak na swój wiek, był nadal człowiekiem zwinnym, ale liczył sobie przecież osiemdziesiąt trzy zimy, a wiolonczel nie stworzono po to, by biegać z nimi pod pachą. Stary Minstrel potknął się, a instrument wypadł mu z ręki.

Nie miałem takich mocy jak mój ojciec. Nie umiałem latać, nie byłem w stanie niszczyć demonów machnięciem dłoni. Nie potrafiłem uzdrowić skażonej ziemi w promieniu setki mil. Mama tłumaczyła to w ten sposób, że jeszcze nie nauczyłem się kontrolować swej magii, ale moim zdaniem po prostu dysponowałem innym źródłem mocy. Oni czerpali magię z jedzenia mięsa otchłańców i naznaczania ciała runami. Ja zaś się z magią urodziłem.

Ale byłem szybki. „Szybszy od wystraszonej sarny" – jak mawiała mama. Złapałem starego Minstrela w chwili, gdy ten dopiero zaczynał upadać, i odciągnąłem na bok. Konar zwalił się na ziemię za naszymi plecami, smagając nas po nogach drobnymi gałązkami.

Selia przypadła do mnie i zasłoniła nas tarczą.

– Idźcie za mną. Załóżcie płaszcze.

Jej słowa były spokojne, a polecenia precyzyjne. W zachowaniu ciotki nie było widać strachu, ale wyczułem go w pocie.

Zarzuciłem kaptur na głowę i odwróciłem się ku Hary'emu. Wtedy odkryłem, że jego płaszcz zwisa w strzępach z gałęzi zrzuconego konaru.

Dwa drzewne demony zeskoczyły na ziemię i otoczyły nas z dwóch stron. Były o wiele większe od pniakowego, który nas tu zwabił. Liczyły sobie po osiem stóp wzrostu, ich ciała pokrywały grube, sękate pancerze, a długie ramiona przypominały potężne konary. Ruszyły na nas jak drzewa, w które wstąpiło życie.

Osłanialiśmy z ciotką Hary'ego. Poderwałem łuk i zwolniłem strzałę. Grot skrzesał iskry, wbijając się w ramię demona, ale ten tylko przyspieszył kroku z głośnym rykiem. Jego towarzysz rzucił się na Selię. Runy na jej tarczy zajaśniały, gdy odbiła nią pierwszy cios.

Udało mi się napiąć łuk ponownie, jednak przestrach dał mi się we znaki. Spocone palce uwolniły strzałę zbyt szybko i ta chybiła, lecz stwór, być może wciąż pamiętając ból wywołany przez pierwszą, odskoczył w bok. Potknął się przy tym, a ja zyskałem okazję, by wypuścić następny pocisk. Trafiłem prosto w łeb otchłańca, ale plątanina poskręcanych gałęzi okalających czaszkę potwora spowolniła strzałę na tyle, że ta nie miała szans się przebić.

Niezdarnie sięgnąłem po kolejną, a otchłaniec odzyskał równowagę i jednym zamaszystym ciosem wytrącił mi łuk z ręki. Broń spadła gdzieś za skrajem polany. Demon uniósł ramię do drugiego ciosu. Wiedziałem, że powinienem brać nogi za pas, ale za mną stał przecież bezbronny Hary!

Bezbronny? W dłoni starego Minstrela nagle pojawił się runiczny nóż, którym rzucił z całej siły i trafił prosto w gardziel otchłańca. Potwór zatoczył się, dławiąc i próbując pozbyć się ostrza pazurami, lecz runy na rękojeści nie pozwoliły mu go pochwycić i wyrwać. Miałem wrażenie, że to wcale nie był morderczy cios, za to potwór został wyłączony z walki. Odpiąłem własny płaszcz i podałem go Hary'emu.

Selia toczyła bitwę wśród huków i rozbłysków, ale to już widywałem. Przez moment będą sprawiać wrażenie, jakby ich siły były wyrównane, aż ciotka odnajdzie słaby punkt otchłańca, a wtedy walka zakończy się w jednej chwili.

Nabrałem nadziei na ucieczkę, gdy nagle dwa kolejne drzewne demony pojawiły się na skraju polany.

Wśród koron drzew dostrzegłem następne. Pochłonęły moją uwagę do tego stopnia, że nie ujrzałem ich polnego kuzyna, póki ten nie zeskoczył z gałęzi prosto na mnie.

Demony polne były smukłe i zwinne, a budową ciała przypominały dwustufuntowe koty. Nie miały sobie równych w biegu po otwartym terenie, potrafiły też wspinać się niemal równie dobrze jak drzewne. Uniosłem głowę w ostatniej chwili i ujrzałem tylko spadające na mnie kły i pazury.

Uskoczyłem z wrzaskiem. Polny demon opadł zwinnie i rzucił się na mnie.

Byłem szybki, lecz nie tak jak polniak, poza tym nigdy nie grzeszyłem siłą. Otchłaniec był cięższy ode mnie o przynajmniej pięćdziesiąt funtów, ale ja za to potrafiłem stać się... Cóż, śliski. Półmaterialny Nie umiałem zamienić się we mgłę jak mama czy Naznaczone Dzieci. Nie potrafiłem wtopić się w ziemię jak otchłaniec umykający przed porannym słońcem, ale umiałem się wcisnąć w przestrzeń zbyt małą, jak na moje rozmiary, niczym mysz prześlizgująca się przez wąską szczelinę pod drzwiami. W takich sytuacjach moja skóra traciła jakiekolwiek tarcie i bardzo trudno było mnie pochwycić.

Demon zbił mnie z nóg, ale roztopiłem się i wymknąłem jego szponom. Przetoczyłem się po ziemi i nagle wyrosłem za jego plecami, a wtedy zacisnąłem mu ramię na szyi, oplotłem nogami tułów i sięgnąłem po drugą sztuczkę, która stanowiła przeciwieństwo pierwszej. Niespodziewanie nabrałem masy i o połowę wydłużyłem ramiona, które nagle stężały. Demon był silniejszy ode mnie, ja za to dysponowałem lepszym punktem oparcia, a nawet otchłańce musiały oddychać. Potwór miotał się i krztusił, próbując mnie zrzucić, ale w tym stanie byłem o wiele twardszy i nie puszczałem, choć przeszywał mnie lęk.

Byłbym w stanie go udusić, choć wiedziałem, że nie zdążę. Przecież zaraz dopadną mnie te, które zeskoczyły z drzew. Byłem twardy, gdy nabierałem mocy, ale nie chciałem sprawdzać, czy wytrzymam ciosy drzewnych demonów. Hary cisnął drugim nożem, a ten odbił się od kory drzewnego demona, który nawet nie zwrócił na to uwagi, nadal idąc ku mnie.

Selia wciąż walczyła z tym samym przeciwnikiem, który poruszał się z prędkością i zwinnością zaskakującą jak na tak wielkie, niezgrabne bydlę. Ciotka chyba kontrolowała przebieg starcia, ale jej przewaga miała prysnąć, gdy nadejdą kolejne bestie.

Wypuściłem duszonego demona i znów się roztopiłem. Potwór natychmiast się odwrócił, by mnie gryźć i drapać, ale wyśliznąłem się mu niczym ryba z dłoni wędkarza. Wylądowałem na prostych nogach i popędziłem w stronę Hary'ego i Selii, łapiąc fujarkę.

Uniosłem ją do ust w chwili, gdy walczący z Selią drzewny demon zadał cios od dołu. Jego ramię przypominające konar podbiło jej tarczę i wyszarpnęło dziurę w pancerzu. Ujrzałem błysk pazura, a potem coś mokrego obryzgnęło mi twarz. Dotknąłem policzka i dostrzegłem krew na palcach. Ramię Selii, które trzymało tarczę, nagle opadło, a ona zatoczyła się do tyłu, próbując unieść włócznię.

– Ciociu!

Nie myślałem o niczym, po prostu rzuciłem się naprzód. Demon uniósł pazurzastą łapę, by zabić Selię, a słysząc mój okrzyk, odwrócił łeb i dostrzegł mnie. Natychmiast zapomniał o kobiecie.

Uniosłem dłoń, tak jak wielokrotnie pokazywała mi mama, a potem skupiłem się na swoim palcu i wlałem weń cały mój gniew oraz strach. Nakreśliłem w powietrzu run gorąca, napełniając go magią. Symbol rozbłysnął, a demon odskoczył, skamląc z bólu. Iskry rozbiegły się po jego pancerzu, jednak nie miałem w sobie tyle mocy, by go podpalić.

Wysiłek pozbawił mnie resztek sił. Zatoczyłem się i padłem na jedno kolano. Byliśmy otoczeni. Otchłańce tłoczyły się ze wszystkich stron, a ja miałem już tylko jedną sztuczkę w zanadrzu.

Uniosłem fujarkę do ust. Ogarnęła mnie rozpacz, dzięki czemu łatwiej mi było teraz skupić się na lekcjach, których udzielał mi Hary. Zagrałem serię wysokich, nieharmonijnych dźwięków, które oddziaływały na demony tak, jak na mnie paznokcie nauczycielki na szkolnej tablicy.

Nadciągające bestie wzdrygnęły się i odskoczyły. Jedna z nich nadal dygotała na ziemi ze strzałą w ramieniu i nożem w gardle. Druga warczała z bólu, na jej piersi widniały ślady poparzenia. Wplotłem groźby do mojej pieśni – o ile serię atonalnych dźwięków można w ogóle tak nazwać – czym wzbudziłem wśród nich jeszcze większy lęk. Nie wystarczyło to, by je odpędzić, ale przynajmniej trzymały się na dystans, sycząc i powarkując. Zaczęły krążyć wokół nas. Wiedziały, że nie mogę grać wiecznie.

Spojrzałem na Selię – Hary był już przy niej. Starzec wyciągnął ze swojej torby pełnej cudów mnóstwo kolorowych szmatek, a teraz zakładał jej opaskę uciskową. Jego dłonie i barwne jedwabie były zbroczone krwią. Zadałem sobie pytanie, czy Selia umrze. Czy wszyscy umrzemy.

– Mało ręki jej nie oderwał – rzucił Hary. – Potrzebujemy pomocy, chłopcze, i to szybko. Straci ramię tak czy owak, ale jeśli nie znajdziemy jakiejś Zielarki, wykrwawi się na śmierć.

Rozejrzałem się. Nie miałem pojęcia, jak tego dokonać. Selia nie mogła iść, a żaden z nas nie był w stanie jej dźwignąć. Gdybym zaś przestał grać choć na chwilę...

Dłonie mi się pociły i zaczynałem drżeć ze strachu. Tak czy owak nie mogłem już długo grać. Rozejrzałem się i dostrzegłem wiolonczelę Hary'ego. Wskazałem mu ją fujarką. Hary kiwnął głową, narzucił runiczny płaszcz i nałożył sobie kaptur. Dopóki będzie się poruszał powoli, dopóty pozostanie niewidzialny dla demonów.

Podkradał się do instrumentu, unikając szponów otchłańców, które czując jego zapach i słysząc kroki, machały pazurzastymi łapami na ślepo, próbując go dosięgnąć. Pot ściekał mi na oczy, ale bałem się choćby oderwać dłonie od fujarki, by je przetrzeć. Serce mi waliło, gdy patrzyłem, jak stary Minstrel dociera do wiolonczeli i zaczyna szukać smyczka.

W końcu, po długiej chwili, udało mu się go znaleźć, lecz upłynął kolejny dramatyczny moment, gdy starzec poprawiał naciąg i oczyszczał smyczek z brudu. Demony syczały naokoło, gdy Hary wreszcie odrzucił poły płaszcza i zasiadł na konarze z instrumentem między nogami.

Spoglądałem z niepokojem na Selię. Ciotka miała nadal otwarte oczy, widziałem jednak, że światło w nich gaśnie. W powietrzu wisiał odurzający zapach krwi, który przytłaczał wszystkie inne.

Ostry trzask był tak gwałtowny, że podskoczyłem w miejscu i zapomniałem na moment o grze. Odwróciłem się i ujrzałem Hary'ego, który marszcząc brwi, pospiesznie próbował naprawić pękniętą strunę. Demony rzuciły się naprzód, ale w porę powróciłem do grania i osadziłem je w miejscu, poza zasięgiem skutecznego ciosu.

W końcu Hary przyłożył smyczek do strun, a wiolonczela ożyła.

– Pędź, chłopcze! – zawołał.

Rzuciłem się do biegu. Fujarka, którą przytroczyłem rzemieniem do paska, obijała mi się o biodro. Jakiś demon zagrodził mi drogę, ale płynnie przeszedłem w stan półmaterialny i prześliznąłem się obok niego jak mucha.

Demony wrzeszczały. Słyszałem, że rzucają się w pościg, ale nie miałem odwagi spojrzeć za siebie. Tylko by mnie to spowolniło, a przecież musiałem pędzić co sił. Od wielkiego runu dziadka dzieliła mnie zaledwie mila. W moim tempie to niecała minuta, ale nawet bez oglądania się za siebie wiedziałem, że polne demony mnie doganiały. Traciłem pewność, czy uda mi się zdążyć.

Wybuchłem płaczem, a strach dodał mi sił. Przyspieszyłem. Nocny wiatr studził moje łzy.

Wreszcie ujrzałem gospodarstwo dziadka. Wielki run mienił się łagodnie w ciemnościach.

– Mamo! – Zrodzony z przerażenia krzyk rozerwał mi gardło. – Mamo! Pomocy!

Od granic gospodarstwa dzielił mnie jeszcze szmat drogi, gdy pojawiła się przede mną mgła, która zgęstniała i utworzyła postać Renny Bales, mojej mamy. Jej długie brązowe włosy zaplecione były w gęsty warkocz i miała na sobie prostą sukienkę bez rękawów, uszytą z ręcznie tkanej wełny. Na jej opalonej skórze nie było śladu żadnych symboli.

Mama zmrużyła oczy, gdy wyhamowałem przed nią. Wtedy i ja dostrzegłem krew na swoich dłoniach. Serio, nie miałem pojęcia, skąd się tam wzięła. Mama uniosła wzrok i ujrzała ścigające mnie demony, a wtedy zacisnęła usta w cienką, wąską linię. Jej ciało rozbłysło szeregami wijących się, jaśniejących znaków magicznych.

Wiedziałem o ich istnieniu. Wytatuowane srebrnym atramentem runy kryły się tuż pod jej skórą i mama potrafiła je aktywować samą wolą, ale zdarzało im się zapłonąć, gdy emocje brały nad nią górę. W takich sytuacjach lepiej było chodzić na palcach.

Mama wyciągnęła wielki nóż, który zawsze nosiła u pasa. Wiedziałem, że kiedyś należał do jej ojca, lecz nigdy nie zdradziła mi nic więcej. Harl Tanner umarł przed moim narodzeniem i nikt w całej rodzinie o nim nie mówił.

Ścigającej mnie sforze przewodziła para polniaków. Nóż mamy rozciął powietrze, pozostawiając srebrny ślad, który ułożył się w run polny. Szarżujące demony zderzyły się z nim w pełnym biegu i rozpłaszczyły niczym wróble uderzające w okna.

Wtedy pojawiły się trzy drzewne otchłańce, ale mama szybko i precyzyjnie wycięła w powietrzu runy gorąca. Nie wahała się, nie myliła i nie zastanawiała, a jej jaśniejąca moc nie słabła, w przeciwieństwie do mojej. Potwory, jeden po drugim, stawały w płomieniach, ale jeden z nich kontynuował atak i rzucił się na nią, wymachując płonącymi ramionami.

Mama rozpłynęła się we mgłę i ciosy przeszły przez nią, jakby była dymem. Przemknęła przez ciała palących się demonów drzewnych i zmaterializowała się za ich plecami, by stawić czoła dwóm rozwrzeszczanym ognistym otchłańcom. Rozmiarami nie przewyższały borsuków, ich łuska była twarda jak diament, a ognistym plunięciem potrafiły podpalić kamień.

Jeden zatrzymał się jak wryty i wypluł z siebie grudę płonącej flegmy. Mama odbiła ją płazem noża, a runy chroniące na jej dłoni zgasiły demoniczny ogień równie łatwo, jak człowiek zdmuchuje świeczkę. Następnie mama wycięła w powietrzu run zimna – z ciała otchłańca z sykiem buchnęła para, a potem potwór zaczął wrzeszczeć, gdy jego gorące łuski zaskrzypiały i zatrzeszczały na skutek pospiesznego skraplania.

Potem wycięła niewielki run uderzenia i potwór pękł niczym upuszczony talerz.

Jego towarzysz skoczył na mamę, wyciągając w locie szpony, a ona odbiła je w bok i wraziła w demona nóż. Otchłaniec plunął ogniem, lecz mama uniosła dłoń i zabsorbowała jego magię. Jej runy rozjarzyły się jeden po drugim, począwszy od tych, które były najbliżej rękojeści noża, a moja mama pobierała magię coraz intensywniej, opróżniając ciało demona niczym spragniony człowiek szklankę lemoniady w upalny dzień.

Nie ma na świecie miejsca bezpieczniejszego od fartucha mamy, przeszło mi przez głowę, gdy uświadomiłem sobie, że chyba jednak przeżyję.

– Gdzie pozostali? – zapytała mama, strząsając martwy zewłok demona z klingi noża.

– Na polanie – wyszlochałem. – Selia... Ona jest ranna!

– Prowadź! – zawołała. – I spiesz się!

Popędziłem co sił ku polanie. Mama bez trudu dotrzymywała mi kroku, a gdy już usłyszeliśmy grę Hary'ego, bez wysiłku mnie wyprzedziła.

Wiolonczela była rozstrojona, a brudny smyczek zgrzytał na strunach, przez co w muzyce pojawił się akcent rozpaczy. Przyciągał on demony, choć ostre dźwięki nie pozwalały im się zbliżyć. Widziałem, że dłoń starego Minstrela drży.

Ciotka Selia leżała obok Hary'ego, blada i bezwładna. Oddychała płytko. Byłem zdruzgotany tym widokiem. Jej maślane ciasteczka to najlepsza rzecz, jaką kiedykolwiek wąchałem, i choć setki razy przy-

łapała mnie na kradzieży, nigdy nie zarzuciła zwyczaju zostawiania całej tacy na parapecie.

Teraz wyczułem, że umiera, co było moją winą. Przecież urodziłem się jako syn Wybawiciela, a gdy pojawiły się demony, stać mnie było tylko na ucieczkę.

– Dość już tego, Hary – zawołała mama. – Pomóż Darinowi z Selią!

– Robi się! – Hary pokiwał głową. Smyczek wysunął się nagle z pozbawionych czucia palców. Minstrel zauważył, że dłonie mu się trzęsą, i pospiesznie wsunął je pod pachy, kłaniając się lekko mamie. – Dziękuję za przybycie z pomocą, pani Bales.

Przypadłem do Selii i ogarnęła mnie panika, gdy ujrzałem, w jakim jest stanie. Jej oczy, szkliste i załzawione, na pół przymknięte, wpatrywały się w nicość. Skórę miała bladą i zimną. Skupiłem się i przeczesałem wszystkie otaczające mnie odgłosy, aż wykryłem bicie serca Selii. Powolne. Słabe. Gasnące.

– Mamo!

– Wszystko będzie dobrze, Darin! – Spojrzenie mamy omiotło otchłańce, które otrząsały się z czaru Hary'ego. Zataczały się, warczały i zbierały siły do ataku. – I lepiej zasłoń oczy.

W gardle mamy obudził się głuchy ryk, a demony zaczęły wyć w odpowiedzi na wyzwanie. Rzuciły się naprzód, a runy mamy rozbłysły. Hary i ja mieliśmy dosłownie ułamek chwili, by poderwać ramiona i zasłonić nimi oczy, zanim światło stało się oślepiające.

Najbliższe z porażonych blaskiem demonów zamieniły się w popiół. Te, które stały dalej, padły na ziemię w płomieniach. Wrzeszczały i przetaczały się, usiłując zdusić ogień.

Z góry dobiegły trzaski i łoskoty. Uniosłem głowę i ujrzałem odurzone otchłańce, walące się w dół z konarów. Mama wpadła między nie i siała nożem rzeź, wobec której nawet przeklęte lecznicze moce potworów były bezsilne.

Przeraziła mnie sama ich liczba. Samotnego włóczęgi w pobliżu ludzkich osiedli nie spotykało się codziennie. Natrafienie na dwa czy trzy należało do rzadkości. Mama zabiła już przynajmniej tuzin, a tymczasem ciągle pojawiały się nowe, które odwracały się i uciekały w stronę lasu. To cała wataha!

Nagle mama w okamgnieniu wyrosła przy nas.

– W porządku, Selia, niech no rzucę okiem! – oznajmiła.

Nóż, którym przecięła zaimprowizowane opatrunki Hary'ego, był gorący od juchy.

Żółć podeszła mi do gardła, gdy ujrzałem ramię Selii. Szpony otchłańca przecięły kość i ramię się trzymało na skórze i paru mięśniach. Z trudem opanowywałem wymioty, które płonęły mi w przełyku.

– Spokojnie, spokojnie – powtarzała mama, dopasowując do siebie fragment zdruzgotanej kości. – Nie ruszaj się.

Półprzytomna Selia i tak nie była w stanie nawet drgnąć. Runy na dłoniach mamy zajaśniały i wtedy mięśnie, ścięgna i arterie ramienia Selii wyciągnęły się niczym palce i odnalazły swe odcięte połowy, po czym splotły się na powrót ze sobą. Po chwili ręka

Mówczyni była znów w całości. Mama przesunęła jaśniejącym palcem po ranie i usunęła nawet bliznę. Na skórze Selii znów pojawiły się barwy, wyczułem też coś na kształt jej dawnego ciepła. Znów patrzyła na nas przytomnie.

– Minie kilka dni, zanim dojdziesz do pełni sił – powiedziała mama. – A głodna będziesz przy tym jak sama Otchłań.

– Wszystko jest lepsze od noszenia sukni z pustym rękawem – odparła Selia chrapliwym głosem, ledwie poruszając suchymi ustami. – Dziękuję ci, moja droga.

– Nic ci nie jest, Darin? – Mama nie czekała na odpowiedź. Poczułem swędzenie, gdy pobrała magię przeze mnie i odczytała moją aurę.

– Zadraśnięcia i siniaki – odpowiedziałem, lecz ona już to wiedziała. Wiedziała o mnie wszystko. Wiedziała, jak bardzo się bałem. Jak bardzo się wstydziłem.

Do oczu napłynęły mi łzy i chciałem uciec, zanim się pojawią, ale nie miałem w sobie tyle odwagi. Przecież w lesie wciąż się kryły otchłańce. Kiedy próbowałem nabrać tchu, czułem ucisk w piersi.

– Przepraszam – udało mi się wykrztusić.

– Za co? – zapytał Hary. – Gdyby nie ty, demony pożarłyby nas wszystkich.

– Tylko dlatego, że pobiegłem po pomoc.

– Bzdura, chłopcze – rzekł Hary. – Ta gałąź by mnie zmiażdżyła jak mysz w pułapce.

– Jestem pewna, że zrobiłeś wszystko, co mogłeś! – Mama położyła mi dłoń na ramieniu.

– Tak? – Odwróciłem się, by spojrzeć na nią. – Sięgnąłem po łuk, ale bałem się za bardzo, by dobrze wycelować. Mój run gorąca okazał się równie skuteczny co petarda z jarmarku. Próbowałem powstrzymać je grą na fujarce, ale trząsłem się tak bardzo, że ledwie mogłem grać.

Wtedy pojawiły się łzy i nic na to nie mogłem poradzić.

– Wszyscy widzą we mnie syna Wybawiciela, ale jakoś nie ma opowieści o tym, że ojciec porzucał ludzi, by pobiec po pomoc.

– Nikt nie oczekuje, że będziesz taki jak twój ojciec, Darin – powiedziała cicho Selia.

– Wszyscy tego oczekują – odpowiedziałem. – Wyczuwam to wyraźnie, ale są zbyt mili, by mi o tym powiedzieć. A ja umiem tylko rozczarowywać.

– Nie myślisz logicznie, Darin – powiedziała mama. – To normalne po walce. Gdy walczysz, otacza cię chaos. Czujesz rozpacz i strach. Trzeba improwizować i myśleć, a nie wszystko wychodzi tak, jak to sobie zaplanowałeś.

Ujęła mnie za ramiona.

– Ale się nie poddałeś. Uratowałeś wszystkich. Ucieczka i ściągnięcie mnie na pomoc to nie jest coś, czego można by się wstydzić. Mądra decyzja. Jestem z ciebie dumna.

Przytuliła mnie do siebie i wycisnęła ze mnie ostatnie łzy. Wreszcie udało mi się nabrać głęboko tchu, a mama odwróciła się ku staremu Minstrelowi. Odczytała go tak samo jak mnie, a potem podała mu rękę. Magia unosząca się nad ziemią wniknęła w niego w chwili, gdy Hary dźwignął się na nogi. Efekt był natychmiastowy – starzec się wyprostował i ruszył z energią człowieka o wiele młodszego.

– Dziękuję – rzekł.

Selia miała nadal na sobie pancerz, mimo to mama uniosła ją jak dziecko.

– Wracajmy do domu – oświadczyła.

Jej runy oświetlały nam drogę, aż ujrzeliśmy płot ze złotodrzewa, który obwodził pole oraz podwórze, wyznaczając kształt wielkiego runu. Wszyscy odetchnęli z ulgą, gdy dotarliśmy do bezpiecznego miejsca.

Mama odwróciła się i wbiła wzrok w ciemność, szukając czegoś pośród mroku. Nie znalazła niczego, co wzbudziłoby jej podejrzenia, wypuściła więc powoli powietrze i wydała z siebie nadmiar przechowywanej magii. Runy zgasły i znikły pod skórą, a magia gromadziła się u jej stóp, aż została wessana przez wielki run, wzmacniając go.

– Nikt nie ma prawa opuścić wielkiego runu do wschodu słońca – powiedziała mama. – Wejdźcie do środka. Nastawię wodę na herbatę.

Dziadek Jeph rozbudował swoje gospodarstwo przez lata, a nowy strych oddał mi do dyspozycji. Czułem ulgę, że mogłem zamieszkać najdalej jak się dało od zamieszania panującego na dwóch niższych piętrach domu. Mimo to nadal słyszałem każde ciche słowo wypowiedziane przez dorosłych, którzy siedzieli w kuchni, pili herbatę i zajadali ciastka mamy. Oczywiście wiele brakowało im do wypieków Selii.

Gdy słuchałem jej opowieści o tym, co się wydarzyło, miałem wrażenie, że ponownie przeżywam koszmarny sen, choć ciotka skupiła się głównie na drzewnych demonach, z którymi walczyła.

– Był szybszy niż to normalne – mówiła Selia. – Nie spotkałam dotąd tak zwinnego drewniaka. Walczył z głową. Wiedział, jak uderzyć, by wymijać runy na tarczy i pancerzu. No i czekały na nas. To była zasadzka.

– Niewykluczone, że sterował nimi jakiś zmiennokształtny – rzuciła mama w odpowiedzi. – Są sprytni, a podrzędne gatunki słuchają ich rozkazów.

Ciotka Selia opowiadała mi raz o tym, jak kiedyś przed moim urodzeniem walczyła ze zmiennokształtnym. Miałem później koszmary przez cały miesiąc. Zmiennokształtne otchłańce były bystrzejsze od innych demonów. Poznawały imiona ofiar i przybierały formę ludzi, którym ufaliśmy, a potem skłaniały nas do wyjścia poza bezpieczną barierę.

– Sprytny demon nie zastawiłby pułapki w pobliżu gospodarstwa rodziny Balesów – odezwała się Selia. – W okolicy mnóstwo jest odosobnionych farm, które chronią jedynie słupy runiczne wokół pól. Po co miałby rozpoczynać polowanie w pobliżu najsilniejszego wielkiego runu w promieniu setek mil?

– Czyli demon umysłu – zasugerowała mama. – Sprawdza nasz system obronny albo... Cóż, albo czegoś szuka.

– Czegoś albo kogoś – dodała Selia.

– Tak – zgodziła się mama, lecz nie rozwinęła myśli.

Nie musiała. Zmiennokształtne demony potrafiły przybrać postać kogoś nam bliskiego, myślaki za to umiały całkowicie przejąć czyjś umysł i zamienić człowieka w marionetkę. Podczas wojny z demonami odgrywały rolę generałów, przynajmniej do czasu, gdy ojciec je pozabijał.

– Myślisz, że wrócił? – zapytała cicho Selia.

Nie wiedziałem, kogo mają na myśli, ale dzieliły nas dwa piętra, a więc nie mogłem zapytać. Słuchałem zatem uważnie w nadziei, że natrafię na jakąś wskazówkę.

– Tego nie powiedziałam – mówiła mama. – Może mamy do czynienia tylko z młodocianym myślakiem, który jakoś uciekł czystce.

– Nawet młody demon umysłu to nie coś, co można by zbyć słowem „tylko", Renna – prychnęła Selia. – Ostatni, który zawitał do Potoku, o mało nas nie zniszczył. Osada płonęła, a ludzie zwracali się przeciwko bliskim i sąsiadom, uważając, że robią coś słusznego.

Odniosłem wrażenie, że mama właśnie splunęła.

– Z tym akurat to Potok ma problem nie od dziś, Selia.

– Nie zaprzeczę – odparła Selia. – Ludzie plotkują, osądzają i nie zawsze robią to, co należy. Ale gdy zapada zmrok, zawsze stajemy w szeregu. Jeśli jakiś myślak cię szuka, Potok...

– ...będzie bezpieczniejszy, jeśli ja i Darin znajdziemy się daleko – zakończyła mama.

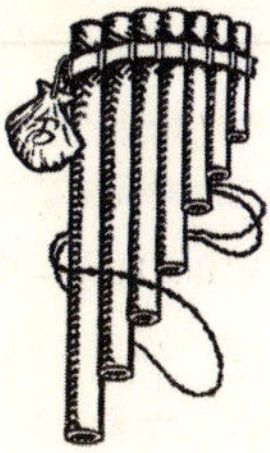

9

Bunkier

349 ROK PLAGI

Jeszcze nie nadszedł świt, gdy usłyszałem pukanie do drzwi. Nie zmrużyłem oka tej nocy i chyba nie byłem w tym odosobniony. Hary drzemał w izbie głównej, lecz Selia krzątała się już w kuchni i dom przepełnił zapach świeżo upieczonych maślanych bułeczek.

– Ludzie nie wiedzą, że to kiepska noc na szwendanie się? – sarknęła mama, kierując się ku drzwiom.

Wylazłem przez okno na dach, by jako pierwszy sprawdzić, kto przyszedł. Zeskoczyłem obok Steli z Gospody na moment przed tym, gdy mama otwarła drzwi.

Podobnie jak inne Naznaczone Dzieci, Stela miała ciało pokryte tatuażami, krótko przycięte włosy i kilka szmat w miejsce odzienia.

– Darin! – Uśmiechnęła się szeroko na mój widok i zmierzwiła mi włosy. – Aleś ty urósł!

– Stela! – Mama wyciągnęła ramiona, by przytulić gościa. Nowo przybyła przewodziła Naznaczonym Dzieciom, ale mimo to odpowiadała przed mamą. Wszyscy członkowie ich grupy otaczali mamę boską czcią, a ta odpłacała im szczerą życzliwością.

Ułamek chwili później ujrzałem, jak mama przechyliła lekko głowę.

– Co się dzieje?

– Demony zaatakowały dziś grupę dzieciaków biorących udział w objeździe księstwa – odpowiedziała Stela.

– Na noc! – Mama splunęła przez poręcz ganku. – Ktoś zginął?

– Tak – potwierdziła wojowniczka. – Otchłańce wywabiły Ellę z obozowiska przed atakiem. Dała im popalić, ale gdy wróciła, kilkoro dzieciaków już nie żyło, a parę innych zostało rannych. A to nie wszystko.

– Nie?

– W grupie znajdowała się księżniczka Olive – rzekła Stela.

Wzdrygnąłem się i poczułem, jak narasta we mnie panika. Od wielu lat nie widziałem Olive, ale znaliśmy się od dziecka. Jeśli coś się jej stało...

– Nic jej nie jest? – W głosie mamy również wyczułem niepokój.

– Nic – odpowiedziała Stela. – Micha osłoniła ją w porę, a Ella pozostawiła Olive i całą resztę pod jej opieką.

Micha? Chyba się przesłyszałem. Trudno mi było sobie wyobrazić łagodną, kryjącą twarz za woalką nianię Olive walczącą z otchłańcami.

– Pozostawiła ich? – W mamie, zazwyczaj pełnej cierpliwości, naraz odezwał się gniew. – Demony uwzięły się na Olive, córkę Leeshy, a Ella poszła sobie w cholerę?

– Powiedziała do Michy, że musi wytępić ocalałe otchłańce – rzekła Stela. – I że mamy pani o wszystkim powiedzieć.

– Cóż za idiotka! – parsknęła mama. – To czemu ty tutaj się pojawiłaś zamiast niej?

– Ella najadła się demoniego mięsa, pani Bales – rzekła Stela. – Polowała przez długie godziny po rozstaniu z Michą i nie jest z nią dobrze. Mocno jej odbiło. Zrobiła się agresywna. Zresztą sama pani wie, jak to jest. Ledwie zdążyliśmy, zanim narobiła kłopotów. Potrzeba było aż pięciu naszych, by zawlec ją do Bunkra.

– Niech to Otchłań pochłonie! – Runy pod skórą mamy zajaśniały na moment, ale ujrzałem, jak nabiera tchu, a wtedy magiczne znaki przygasły. – Zaraz nastanie świt. Za mało czasu, by się zdematerializować i prześliznąć. Będziemy musieli przeczekać cały dzień.

Gdy słońce schowało się za horyzontem, Stela przeistoczyła się we mgłę i znikła. Mama wyciągnęła rękę.

– Chodź, Darin – powiedziała.

Wyczułem od niej gniew, żal i niecierpliwość, co nie zdarzało się po raz pierwszy, ale dziś, co nigdy wcześniej nie miało miejsca, natrafiłem również na woń lęku. Wieści Steli wstrząsnęły mamą jeszcze bardziej niż atak na gospodarstwo dziadka. Pragnęła teraz tylko wrócić do Naznaczonych Dzieci i poznać wszystkie szczegóły.

Mimo to nadal się wahałem. Wiedziałem, co się zaraz wydarzy.

– Dalej, Darin. – Mama znów wyciągnęła rękę i tym razem ją ująłem.

W tej samej chwili jej wola połączyła się z moją, a nasze moce zlały się ze sobą.

– Nie martw się – powiedziała cicho kojącym głosem. – Mama cię trzyma. Nie ma czego się bać.

Nawet jej słowa nie rozpędziły mego lęku. Sam nie potrafiłem przeistoczyć się we mgłę i nigdy tego nie pragnąłem. Przecież to w ten sposób zginął mój ojciec.

Mimo to nie byłem w stanie oprzeć się woli mamy, która rozciągnęła moje ciało, jakbym był nadmuchiwaną mydlinką. Chciałem wrzeszczeć, ale w tym stanie nie miałem już głosu. Rozciągałem się coraz cieniej, aż coś we mnie pękło i rozpłynąłem się wraz z mamą.

Raz w dzieciństwie mama przyłapała mnie na zabawie w kałuży błota. Strasznie mi się podobało i nie chciałem z niej wyleźć, a więc wyciągnęła mnie za rękę. Tak właśnie się teraz czułem. Mama odnalazła najbliższy kanał magiczny i wniknęła do niego, wlekąc mnie za sobą jak niesfornego dzieciaka.

Ów proces nazywał się ślizganiem. Magia płynęła z Otchłani ku powierzchni niezliczonymi naturalnymi kanałami. Najpotężniejsze spośród Naznaczonych Dzieci potrafiły się zdematerializować i wniknąć do takiego kanału, a potem przemykać przez ich podziemny labirynt do miejsca, w którym pragnęły się wynurzyć.

Mknąłem jak gałązka niesiona przez wiosenne roztopy. Otaczały mnie ciemności, ale „widziałem" wszystko dookoła dzięki mocy umysłu. Dostrzegałem plątaninę korzeni, glebę i kamienie, rejestrowałem wodę, porosty i robactwo. Skakaliśmy z jednego kanału w drugi i pokonywaliśmy setki mil w czasie, w którym zwykły człowiek przeskoczyłby przez strumień po kamieniach.

To oszałamiające, przerażające doświadczenie. Podróż trwała tylko kilka chwil, lecz w owym stanie „pomiędzy" chwile rozciągały się w bolesne godziny, a ja przez cały czas słyszałem zew Otchłani.

Gorące wnętrze świata pulsowało niczym żywa istota. Zbudowana z niemal nieskończonej mocy, która obdarzała iskierką życia wszystkie stworzenia, Otchłań to czyste, jasne światło, które witało mnie i ogrzewało.

Ojciec dotknął go kiedyś. Światło obdarowało go siłą, dzięki której ocalił świat, ale nigdy już nie powrócił.

Ten, który dotknął Otchłani, nigdy nie wracał.

Mama trzymała mnie mocno, jednak to było dla mnie za mało. Całą siłą woli wpijałem się w nią, by zew Otchłani mnie nie pociągnął.

W tym stanie nie mogłem zrobić niczego. Mogłem jedynie trwać. Gdybyśmy wyruszyli konno, dotarlibyśmy do Naznaczonych Dzieci po jakimś miesiącu. Dzięki możliwościom ślizgania materializowaliśmy się na miejscu moment później, gdy nadal trwał zmierzch.

Dzieci zgromadziły się w wielkiej sile i obóz wydawał się przepełniony. Od lat nie widziałem ich aż tylu. Runoskóre Steli, najdziksza i najpotężniejsza frakcja, wylegiwały się wśród cieni niczym dzikie koty, niby drzemiąc, ale gotowe w okamgnieniu zerwać się do działania. Inni się modlili, trenowali bądź krzątali po obozie, lecz wszyscy porzucili swe działania i stanęli na baczność, gdy pojawiła się mama.

Spędziłem tu prawie tyle samo czasu co w Potoku Tibbeta, a ci ludzie byli dla mnie jak rodzina, lecz tego wieczoru wyczułem wśród nich coś innego. W powietrzu wisiało napięcie, osobliwe połączenie strachu i zapału, które przejmowało mnie niepokojem.

Brat Franq, religijny przywódca Naznaczonych Dzieci, pojawił się jako pierwszy, by nas powitać. Miał na sobie zwykłą brązową szatę, a spod podwiniętych rękawów wyłoniły się rzędy wytatuowanych runów.

– Witamy w domu, pani Bales. – Ukłonił się mamie, a potem pozdrowił mnie skinieniem. – Niech pokój będzie z tobą, Darinie. Wyrosłeś od chwili naszego ostatniego spotkania. Wkrótce czeka cię naznaczenie.

Spojrzałem na swoje dłonie, wciąż wolne od magicznych znaków. Nie było wolno tatuować runami kogoś, kto nie skończył szesnastego roku życia, a więc w przyszłym roku miała przyjść pora na mnie.

– Im szybciej, tym lepiej – oznajmiła Stela. – Otchłańce znów drapią nam bariery.

Zastanawiałem się, jak bardzo będą rozczarowani – zarówno oni, jak i cała reszta – gdy odmówię. Tak jest mi dobrze. Nie chciałem, by ktoś mi rył runy na skórze, jednak Naznaczone Dzieci uznałyby to za osobistą zniewagę.

– Dość tych pogawędek – odezwała się mama i zapadła cisza. – Muszę się zobaczyć z Ellą Rębacz.

– Oczywiście, pani Bales. – Franq ukłonił się ponownie. – Tędy.

– Mogę zaczekać... – zacząłem, a wtedy mama odwróciła się i przerwała mi w pół zdania:

– Nie mam zamiaru cię niańczyć, Darinie Bales. Ten świat to czasem mroczne miejsce i bywa, że nie zdołasz się przed tym ukryć. Chcę ci pokazać z bliska, dlaczego jedzenie mięsa demona to niebezpieczna sprawa.

Zeszliśmy więc do Bunkra, konstrukcji wykopanej w zboczu wzgórza i zaopatrzonej w trzy długie, wąskie korytarze, prowadzące do cel. Ich ściany wykonano z krety wzmocnionej stalą. Naznaczone Dzieci nie były w stanie przenikać przez tak grube ściany, a te dodatkowo otaczały ze wszystkich stron tony ziemi i skał. Drzwi, wykute z runicznej stali i wzmocnione kośćmi demonów, były grube niczym moja dłoń. W miarę jak się zbliżaliśmy, czułem, jak magiczne znaki liżą moją magię. Być może zdołałbym się prześliznąć między prętami – potrafiłem przeniknąć przez niemal każdy otwór – ale runy odebrałyby mi życie.

– Nie podoba mi się tu – szepnąłem.

– Nikomu się tu nie podoba – odpowiedziała. – Ale to dla dobra nas wszystkich. Trafiają tutaj tylko ci, którzy mogą skrzywdzić innych bądź siebie samych.

Może miała rację, jednak nie miałem wątpliwości co do przeznaczenia Bunkra. To więzienie zbudowane zostało dla Dzieci zbyt potężnych na normalne cele. Słyszałem, że kiedyś był to prawdziwy problem, ale nie przypominałem sobie, by za mojego życia ktoś tu trafił.

Dotarliśmy na sam dół, a tam Stela odsunęła stalową zasłonę okienka umieszczonego na drzwiach. W środku znajdowała się Ella Rębacz, która potrafiła zarówno speszyć sprośnymi żartami, jak i rozluźnić głośnym śmiechem. Ella, najzdolniejsza tatuażystka Thesy.

Teraz siedziała przykuta do ściany z dłońmi pokrytymi własną zaschniętą krwią. Zadrapania już dawno się zaleczyły, ale na ścianach widniały powalane krwią pęknięcia w miejscach, gdzie w nią waliła. Uniosła głowę i spojrzała mi w oczy. Przypominała teraz dzikie zwierzę. Nie rozpoznawałem w niej kobiety, którą kiedyś znałem.

– Otwórzcie drzwi – oznajmiła mama.

– Pani Bales – ostrzegł Franq – Ella Rębacz była jednym z pierwszych Dzieci. Jest silna i niebezpieczna...

Mama zbyła jego słowa machnięciem ręki.

– Myślisz, że pierwszy raz mam do czynienia z durniem, który nażarł się demoniego mięsa i wsadził łeb w koryto? Otwieraj.

– Jasne. – Stela odciągnęła stalową zasuwę, po czym otworzyła drzwi, choć nawet ona nie chciała ich dotykać. Mama jednak bez wahania wkroczyła do celi, nie zamykając drzwi za sobą. Niespiesznie zbliżyła się do Elli.

– Dobry wieczór, El. Jak się czujesz?

Skulona pod drzwiami kobieta uniosła głowę i spojrzała mamie w oczy. Runy wytatuowane na jej skórze jaśniały i pulsowały mocą.

– A jak ty byś się czuła, gdybyś uratowała kilkanaście ludzkich żywotów i została za to uwięziona?

– Nie to usłyszałam. – Mama podeszła bliżej. – Słyszałam, że opuściłaś posterunek i z tego powodu zginęły dzieciaki. Słyszałam, że zostawiłaś Olive, córkę Leeshy, w samym środku nocy, bo ożłopałaś się juchy.

W jej głosie nie było gniewu. Nie próbowała Elli osądzać. Stwierdziła jedynie fakty. Ella pochyliła głowę, ale ujrzałem, że skupia magię. Bez wątpienia mama również była tego świadoma, a mimo to podchodziła coraz bliżej.

Ella naraz zerwała się tak szybko, że nie dostrzegłem jej ruchów. Skoczyła w chwili, gdy mama znajdowała się w zasięgu. Odsłoniła zęby nadal czarne od juchy i wyciągnęła ku niej brudne, połamane paznokcie.

Mama była gotowa. Złapała Rębaczkę za nadgarstek i wykonała szybki obrót, wbijając rękę w gardło

Elli. Na jej dłoni pojawił się jaśniejący run. Ella miotała się i próbowała wyrwać, ale mama trzymała ją mocno niczym jagnię przed strzyżeniem.

– Zabiję cię! Zabiję! Zabiję! – charczała Ella.

Jej runy pulsowały, lecz przygasały w miarę, jak symbole na skórze mamy gorzały coraz jaśniej. Ella zamierzyła się pięścią, wtedy mama zrobiła unik i założyła przeciwniczce chwyt. Jej runy migotały, wysysając resztki mocy Elli.

A potem obie osunęły się na gładką podłogę celi. Mama trzymała mocno szlochającą Ellę.

– Nie chciałam, pani Bales... Nie zrobiłam tego celowo – łkała Ella przez łzy.

Mama gładziła ją po włosach.

– Nie zawracaj sobie już tym głowy. Jesteś dobrym człowiekiem, Ella, a ja nieraz byłam w tej sytuacji co ty.

Ella kiwała głową, pociągając nosem, a mama dała jej chwilę, by się pozbierała.

– Teraz opowiedz mi o tym, co tam widziałaś. Wszystko, nie pomijaj żadnego szczegółu, nawet jeśli wyda ci się mało istotny.

– Nie rozpoznałam księżniczki Olive – mówiła Ella. – Wyglądała jak chłopak z jasną aurą. Towarzyszyła jej dziewczyna udająca chłopaka, ale uznałam, że to nie moja sprawa. Nie widziałam Selen Rębacz od czasu, gdy sięgała mi do kolan. Nie wiem, czy rozpoznałabym ją nawet, gdybym przyjrzała się uważniej. Poukładałam sobie wszystko do kupy dopiero, gdy pojawiła się Micha, a wtedy...

Znów zaczęła szlochać, wtulona w pierś mamy.

– Nie byłaś już sobą. – Mama kiwała głową.

– Otchłańce okazały się bystre – ciągnęła Ella. – Wyrżnęły watahę nocnych wilków w pobliżu obozu, by wywabić mnie za barierę, a tam mnie zaskoczyły. Wydawało mi się, że odciągam je od dzieciaków. Nie wiedziałam, że to one są celem. Myślałam, że chodzi im o mnie.

– Zabiłyby wielu spośród nas, gdyby mogły – stwierdziła mama. – Nie winię cię, że dałaś się oszukać.

– Czyli zaatakowały nas w dwóch grupach – dodała Ella. – A każda działała wedle planu.

– Nie dwóch, a trzech – poprawiła mama. – Przynajmniej trzech. Jedna zaatakowała ciebie, druga natarła na obóz, a trzecia próbowała zabić Darina.

Ella wciągnęła ostro powietrze i spojrzała na mnie z lękiem w oczach. Nie przeszkadzałem jej. Pozwoliłem, by mi się dobrze przyjrzała i nabrała pewności, że nic mi nie jest.

– Cały i zdrów, Ella – rzekłem.

– Dzięki niech będą Stwórcy – szepnęła kobieta.

Mama wsunęła głowę pod ramię Elli i pomogła jej wstać. Ta zachwiała się, słaba jak niemowlę, lecz w jej zapachu wyczułem ulgę.

– Wyślijcie zwiadowców – nakazała mama, wychodząc z celi. – W grupach po trzech. Minimum trzech. Niech nikt nie wychodzi poza barierę w pojedynkę. Znajdźcie Olive, odprowadźcie ją do domu i rozglądajcie się w poszukiwaniu innych śladów.

– Śladów czego? – zapytała Stela.

– Tego, że powrócił – odpowiedziała mama.

– Kto? – chciałem wiedzieć. Wyczułem napięcie wywołane moim pytaniem, ale nikt nie odpowiedział.

– A co ty poczniesz, pani? – zapytał brat Franq.

Mama westchnęła.

– Cóż, pora, bym odwiedziła nasz wzór cnót i zalet.

IO

Kłopoty

349 ROK PLAGI

Ciągnęliśmy rannych na noszach i nieśliśmy ich, gdy teren robił się nierówny. Micha wyznaczyła nam naprawdę ostre tempo. Bałam się, że najsłabsi członkowie grupy nie wytrzymają, lecz nie mieliśmy wyboru. Uzbrojona po zęby Selen opuściła nas na kilka godzin przed świtem. Nawet jeśli nie natknęłaby się po drodze na demony, i tak miała do pokonania dwadzieścia mil po nieznanym sobie terenie, a rozeznać się w okolicy mogła tylko dzięki runicznemu spojrzeniu zapewnianemu przez hełm.

Wiedziałam, że jeśli jej się udało, pomoc jest już w drodze. Ale jeśli nie dotarła do Miechów, nie mieliśmy szans. Micha mogłaby nawet kazać nam biec, lecz jeśli nie zostawilibyśmy rannych, nigdy nie zdołalibyśmy pokonać tej odległości przed zachodem słońca.

Co zrobiłaby matka, gdyby miała taką alternatywę przed sobą? Czy porzuciłaby niektórych spośród powierzonych jej ludzi, by móc ocalić innych? Czy pozostałaby i broniła ich, choć ryzykowałaby tym samym zagładę wszystkich?

Nie musiałam się nad tym zastanawiać. Podręczniki historii przedstawiały wszystkie odpowiedzi. Matka nigdy nie porzuciła swoich pacjentów.

Wezbrało we mnie zdecydowanie i pokiwałam głową. Uznałam, że ja też tego nie zrobię. Jeśli nie zdążymy przed zmierzchem i pojawią się demony, zasłonię rannych własnym ciałem. Szansa, by chwycić za broń i zginąć, to wszystko, na co zasługiwałam, choć i tu miałam wątpliwości. Przecież to ja ściągnęłam na nich ten los. To mnie należało obciążyć winą za zabitych i rannych, to przeze mnie towarzyszyły nam strach i rozpacz. Wszystko przeze mnie. Tylko dlatego, że się uparłam. Bo uznałam, że jestem mądrzejsza od matki, i zawiodłam jej zaufanie. Jej oraz Michy. I Wondy.

Może lepiej zginąć od ciosów otchłańca, niż mierzyć się z konsekwencjami tego, co zrobiłam.

Ale nie taki los był mi pisany. Po wspięciu się na kolejne wzniesienie ujrzałam kapitan Wondę, która pędziła ku nam na czele Kawalerii Zakątka. Za nimi zmierzał królewski powóz oraz wozy z Miechów. Selen, która zdjęła zbroję i znów przypominała siebie, jechała za Wondą na ogromnym angieriańskim mustangu.

Ich widok wywołał we mnie ulgę tak silną, że zaczęłam szlochać, a moi towarzysze wiwatowali.

Lanna podeszła, by mnie objąć, ale cofnęłam się. Nie chciałam, by ktoś mnie pocieszał. Nie zasłużyłam sobie. Otrułam kapitan Wondę, a ona teraz będzie na mnie wściekła.

W rzeczy samej usłyszałam jej krzyki, na długo zanim byłam w stanie zrozumieć, co mówiła. Wiedziałam, że wykrzykuje rozkazy i zmusza podwładnych do jeszcze większego pośpiechu.

– Olive! – zawołała, podjeżdżając.

– Olive? – Lanna zapytała zaskoczona. Obrzuciłam ją nieco zbyt ostrym spojrzeniem, na co ona przechyliła lekko głowę.

Nie musiałam długo znosić jej miny, bo Wonda osadziła konia tuż przy mnie, zeskoczyła zwinnie z siodła i podbiegła. Wzdrygnęłam się przekonana, że mnie uderzy, choć wiedziałam, że sobie zasłużyłam.

Wonda jednak zmiażdżyła mnie w uścisku.

– Na noc, Olive, myślałam, że cię straciliśmy!

Jej ciało przeszyło drżenie, a ja nagle uświadomiłam sobie, że Wonda płacze. Nie wiedziałam, że to możliwe.

– Wszystko będzie dobrze, obiecuję!

Żołnierze pospiesznie zapędzali do wozów resztę uczestników naszej wyprawy, w pozostałych umieścili rannych. Wonda przytrzymała drzwi opancerzonego powozu matki, a ja miałam wrażenie, że z chwilą gdy zostaną zamknięte, nigdy już nie ujrzę Lanny ani innych.

Odwróciłam się i zobaczyłam, że Lanna doszła do tego samego wniosku. Podeszła bliżej. Zesztywniałam, ale dziewczyna uśmiechnęła się tylko.

– Całowałam się z księżniczką Olive? To był chyba naprawdę mój szczęśliwy dzień.

– Nie jesteś zła? – Zamrugałam z niedowierzaniem.

Wtedy Lanna znów mnie zaskoczyła – pochyliła się i nasze wargi jeszcze raz się spotkały. Jej usta były miękkie, a w pocałunku wyczułam głód.

– Ocaliłaś mi życie. Możesz mnie całować do woli.

Usłyszałam kaszlnięcie Wondy, lecz kapitan odwróciła głowę i nic nie mówiła. W oknie powozu ujrzałam Selen, która sprawiała wrażenie, jakby wiwatowała.

– Zdejmij to – powiedziała Lanna.

– Co?

– Ten hełm. Zdejmij go.

Tak, zasłużyła na to. Ściągnęłam drewniany hełm i nagle przypomniałam sobie o brudnej twarzy i mokrych od potu włosach.

– Nie tak sobie wyobrażałaś księżniczkę Zakątka, co? – zapytałam.

Lanna uśmiechnęła się szerzej.

– Tak jest lepiej – stwierdziła, po czym uniosła suknię, pożegnała mnie dygnięciem i zajęła miejsce w ostatnim wozie.

Księżna przyjęła nas w niewielkiej sali audiencyjnej, z której korzystała zawsze wtedy, gdy chciała osobiście onieśmielić odwiedzających ją dygnitarzy. Jej tron znajdował się na podwyższeniu, co oznaczało, że zawsze spoglądała z góry na gości, bez względu na to, czy stała, czy siedziała. Założyła runiczne okulary, a okna szczelnie zasłonięto czarnymi firanami. Była pochłonięta czytaniem mojej aury i sam Stwórca raczy wiedzieć, co z niej wywnioskowała.

Nie oczekiwała sama. Po jej prawicy stał generał Gared z ramionami założonymi na piersi. Z policzkami poróżowiałymi z gniewu wpatrywał się w Selen. Nigdy jeszcze nie widziałam, by generał złościł się na córkę bez względu na to, w jakie kłopoty się wpakowała, ale teraz nie posiadał się z wściekłości.

Wiłam się pod spojrzeniem matki. Żałowałam, że nie mam już hełmu ani pancerza, które zapewniały mi anonimowość, ale od początku wiedziałam, że przyjdzie mi zapłacić wysoką cenę.

– Co ci strzeliło do głowy, na Otchłań?! – zapytała ostro księżna.

– To był mój pomysł! – Selen jak zwykle była gotowa, by zasłonić mnie przed niebezpieczeństwem, ale matka smagnęła ją zimnym spojrzeniem. Wiedziałam, że tym razem nie mogę skorzystać z pomocy przyjaciółki.

– Nie – wyrwało mi się, zanim matka miała okazję cokolwiek powiedzieć. – Selen mi pomogła, ale decyzja należała do mnie. To ja dodałam eliksiru nasennego do herbaty Wondy i Michy.

Matka zacisnęła usta tak mocno, że utworzyły cienką kreskę. Przeniosła wściekły wzrok na mnie, a ja cofnęłam się przerażona, lecz wtedy Micha zrobiła krok naprzód. Znów przywdziała znajome mi luźne czarne szaty, które od zawsze ukrywały przed światem wojowniczkę. Klęknęła przed podwyższeniem i oparła dłonie na podłodze, po czym ukłoniła się niczym *khaffit* na rynku.

– To ja ponoszę winę, pani – rzekła. – Opuściłam włócznię, niepomna, że zagrożeń należy spodziewać się na każdym kroku. Powinnam była od razu zwrócić uwagę na truciznę. Zanim ją wykryłam, Wonda vah Flinn wypiła już za dużo herbaty.

– Ale wyczułaś ją, zanim Olive uciekła? – dociekała matka.

Micha opuściła głowę jeszcze niżej i dotknęła czołem podłogi.

– Tak, pani.

– A więc mogłaś ją zatrzymać! – parsknęła matka. – Mogłaś i powinnaś.

Micha nie odrywała głowy od podłogi.

– Księżniczka zamknęła drzwi od środka. Gdybym powstrzymała ją przed ucieczką, zdradziłabym się przed nią.

Zdradziłaby się. Nagle przypomniałam sobie, że Micha okłamywała mnie przez całe życie. Moja łagodna niania zawsze była żywą bronią. Wiedziałam, że służyła jako oczy i uszy matki, ale okazało się, że skrywała przede mną całkiem inną tożsamość.

– Uznałam, że ruszę w ślad za nią – ciągnęła Micha. – W razie potrzeby przyjdę jej z pomocą, a jeśli nie będzie takiej potrzeby, zostawię karę tobie. Podczas tych wypraw nie widziano demona od dziesięciu lat. Uznałam, że pozwolę, by księżniczka zadecydowała o sobie.

„Pozwolę". Zacisnęłam pięści. Jedyny drobny przedsmak wolności w moim życiu również okazał się kłamstwem. Kłamstwem, które opłacono krwią.

Gniew, który matka prezentowała wcześniej, był niczym w porównaniu do furii, którą wybuchła teraz.

– To nie ty będziesz decydować, co jest najlepsze dla mojej córki, *Sharum'ting*! – krzyknęła po krasjańsku, przez co jej słowa zabrzmiały jeszcze ostrzej. – Ty masz jedynie wypełnić swoją przysięgę! Ty masz słuchać rozkazów!

– Tak, pani. – Micha przycisnęła czoło do podłogi. – Ukarz mnie wedle swego uznania.

– Nie interesuje mnie kara, Micha – prychnęła matka. – Chcę za to usłyszeć, dlaczego nigdy więcej nie popełnisz już takich błędów, ale zostawmy ten temat na inną rozmowę.

Ciało Michy przeszył lekki dreszcz, co obudziło we mnie odrobinę współczucia. „Rozmowy" w wykonaniu matki były gorsze od każdej możliwej kary.

Micha uniosła się i usiadła na piętach, po czym przyłożyła pięść do serca.

– Jak każesz, pani.

Wtedy matka przeniosła swoje straszliwe spojrzenie z powrotem na mnie.

– Nic jednak nie zmienia faktu, że mnie okłamałaś, Olive. Otrułaś Wondę! Na noc, mogłaś nawet ją zabić, gdybyś źle odmierzyła dawkę! Micha też mogła zginąć przez ciebie. Zlekceważyłaś wyraźne polecenie i wyrwałaś się na wycieczkę poza barierę, narażając tym samym własne życie.

Słowa spadały na mnie niczym uderzenie bata. Każde kolejne bolało coraz bardziej, bo wiedziałam, że to prawda. Ci ludzie poświęcili całe życie chronieniu mnie przed złem.

– A teraz sześcioro dzieciaków nie żyje – ciągnęła matka. – Natomiast siedmioro innych do końca życia będzie nosić ślady po odniesionych ranach.

Pamiętałam każdą ranę, gdyż pomagałam w ich opatrywaniu. Pamiętałam każde zmasakrowane ciało, które musieliśmy zidentyfikować. Myślałam o Gylesie i jego wianku. O Cayli i jej skrzypcach. O Tamie, Orenie, Boni, Elexis...

– Tak mi przykro... Ja...

– Nie chcę tego słuchać! – krzyknęła matka. – Masz ich krew na swych rękach, Olive!

Dokładnie tak było, choć wiedziałam, że matce chodziło o coś innego. Byłam już przecież umyta, upudrowana i ubrana w czyste szaty. Miała na myśli to, że to wszystko było moją winą. To ja ponosiłam odpowiedzialność za atak demonów. To przeze mnie moi znajomi nie żyli. Choć czy aby na pewno?

Matka wciąż krzyczała, ale już jej nie słuchałam. Odwróciłam się i ujrzałam, że Micha nadal klęczy na podłodze. Jej twarz zasłaniała woalka.

– Olive, patrz na mnie, gdy...

Matka niespodziewanie przestała wrzeszczeć, gdy odwróciłam się do niej i tupnęłam nogą z taką siłą, że aż pękła płytka.

Zapadła cisza. Ja i matka mierzyłyśmy się spojrzeniami. Czułam, jak łzy rujnują mi makijaż, co tylko spotęgowało moją złość.

– Tak, popełniłam błąd. Ale być może nie zrobiłabym tego, gdybyś nie trzymała mnie w klatce i nie karmiła mnie kłamstwami!

– Nie wygaduj bzdur! – prychnęła matka. – Przez całe życie...

– ...tylko mnie chronisz – dokończyłam za nią. – Na przykład przydzielając rolę mojej niani zabójczyni, o czym nic nie wiedziałam. Nie pozwalając mi oglądać ziem i ludzi, którymi w przyszłości mam rządzić. Wciskając całemu światu kłamstwo, z którym musiałam się nauczyć żyć.

– O czym ona mówi? – zapytał generał Gared, gdy matka, co nie zdarzało się często, nie mogła znaleźć odpowiedzi.

– To tajemnica – powiedziałam. – Wygląda na to, że księżna skrywa sekrety przed wszystkimi.

– Dość tego, Olive – odezwała się matka. Spodziewałam się, że wybuchnie złością. Ba, nawet tego pragnęłam. Miałam ochotę na konfrontację, ale matka jedynie masowała sobie skronie, a z jej głosu nagle przebiło zmęczenie. – Powiedziałaś, co masz do powiedzenia. Idź do siebie. Ty i Selen macie zakaz opuszczania komnat do chwili, gdy wymyślę, co z wami zrobić. Jeść będziecie u siebie.

Puknęła palcem w okulary.

– Spróbuj raz jeszcze uciec, a dowiem się o tym.

Chodziło jej o to, że będzie mnie teraz szpiegować przy wykorzystaniu swej magii, choć uprzednio zamknie mnie przed całym światem.

Wszystko więc będzie po staremu i nic się nie zmieni, jeśli nie zmuszę jej do zmian.

Mimo to sama również odczułam zmęczenie. Wyrzuciłam z siebie cały gniew. Nie chciałam już się kłócić. Skorzystałam zatem z okazji, by móc się oddalić – odwróciłam się i wyszłam z sali z wysoko uniesioną głową. Selen podążyła za mną, ale Micha nadal klęczała na podłodze. Zanim drzwi zamknęły się za nami, udało mi się usłyszeć ostatni fragment rozmowy.

– Meldunek, *Sharum'ting.*

– Nie mam wątpliwości, pani, że *alagai* polowały na księżniczkę Olive.

Nietrudno było zapomnieć o nich, gdy walczyłam o życie. Gdy Micha wywróciła mój świat do góry nogami. Gdy wracałyśmy do stolicy jak przestępczynie udające się na sąd. Gdy nadal czułam pocałunek Lanny na ustach.

Ale księżna w jednej sprawie się nie pomyliła.

Nosiłam krew na rękach.

Po długich tygodniach wróciłam do swych komnat, do jedynego miejsca na ziemi, w którym czułam się naprawdę bezpiecznie. Wszędzie dookoła widziałam manekiny ubrane we wspaniałe szaty, które projektowałam na różne okazje. Miały mi przypominać, że mogę wcielić się w każdą rolę, co na ogół działało.

Dziś widziałam w nich tylko nieruchome ciała. Ludzie, o których dopiero zaczęłam myśleć jak o przyjaciołach, zostali rozerwani na strzępy z mojego powodu. Bo demony przybyły po mnie, a dzieciaki z Jabłkowego Wzgórza stanęły im przypadkowo na drodze.

Podeszłam do okna, ale w niczym mi to nie pomogło. Drzewa w ogrodzie przypominały czające się drzewne demony, zdolne do miażdżenia kości i rozszarpywania ciał. Jeden z nich uniósł Elexis wysoko, byśmy wszyscy widzieli, co jej zrobił.

– Otrząśnij się. – Selen dała mi kuksańca. – To nie twoja wina.

Zdrowo mnie pacnęła i mało się nie przewróciłam. Łapiąc równowagę, desperacko pochwyciłam się jej słów.

– Nie moja? – zapytałam, odwracając się ku Selen. – Ty miałaś zgodę, ja nie! Udałam się na wyprawę wbrew woli matki i skończyło się to masakrą.

– Gówno prawda – parsknęła Selen. – Mogło być tak, że jakaś wataha otchłańców zapuściła się w nasze okolice i nagle zwietrzyła okazję. Mogło tak czy owak dojść do ataku.

– Micha mówi, że polowały na mnie.

– A może Micha nie wie wszystkiego? – Selen wzruszyła ramionami. – Sama przecież wiesz, że nie była z nami szczera. Nie wiem już, kim ona właściwie jest.

– Z Miechów wyruszyły dziesiątki grup – przypomniałam jej. – Dlaczego zaatakowano naszą? Dlaczego wywabiono Ellę?

– Fakt, dziwne to wszystko – przyznała Selen. – Ale przecież nikt nie wiedział, że wyjdziesz poza barierę do chwili, gdy do tego doszło, a potem przeszłaś dwadzieścia mil w blasku słońca. Skoro niby polowały na ciebie jakieś demony, to czemu znalazły nas tak szybko? Może po prostu i tak chciały w tym roku zaatakować jakąś grupę.

Jej słowa miały sens, lecz ja wiedziałam, o co jej chodzi. Selen szukała sposobu, by odepchnąć poczucie winy. Nie chciała brać odpowiedzialności za to, co się wydarzyło. Pokręciłam głową.

– Matka próbowała mnie ostrzec. Wykrzyczała to, ale nie słuchałam. Gdybym została w gospodzie...

– A to, na noc, nie ma żadnego znaczenia, Olive! – prychnęła Selen. – To nie ty pozabijałaś tych ludzi! Demony za tym stoją!

– Tak, ale wydarzyło się to dlatego, że byłam na tyle głupia, by opuścić wielki run – rzekłam, a Selen uniosła ręce.

– Moja niemądra córka ma akurat rację – rozległ się za nami nowy głos. Odwróciłyśmy się jednocześnie i ujrzałyśmy babcię Elonę.

– A niech to Otchłań pochłonie! – warknęła Selen.

– Och, dowiesz się, czym jest Otchłań, gdy ja i twój ojciec skończymy już z tobą, dziewczę! – Elona wskazała drzwi. – Czeka na ciebie w sali złotodrzewa. Wynoś się stąd. Zamienię słowo z Olive i dołączę do was, jak już wrzaski ucichną.

Nigdy dotąd nie widziałam, by Selen zrezygnowała z okazji do kłótni z matką, jednak tym razem po prostu pochyliła głowę i pospiesznie wyszła z komnaty. Elona zerknęła, by mieć pewność, że znikła, a potem zamknęła drzwi z cichym chichotem.

– Co za dziewczyna. Mogę się drzeć na nią przez pół dnia i ani na moment nie przestanie gapić się na mnie z wściekłością, ale wystarczy jej powiedzieć, że rozczarowała ojca, a topnieje jak śnieg w słońcu – stwierdziła i usiadła obok mnie na ławce, uśmiechając się szeroko.

– Nie jesteś... zła? – Zamrugałam zaskoczona.

– Pewnie, że nie! – zaśmiała się babcia. – Nawet jestem z ciebie dumna, jeśli mam być szczera. Najwyższy czas, byście pokazały kły. A to, że przebrałyście się za chłopaków, żeby zrobić w konia twoją matkę...

Rozbawiona klepnęła się w kolano.

– Chociaż Selen pewnie nieźle się prezentowała. Jakoś w sukni nigdy dobrze się nie czuła.

Babcia pokręciła głową.

– Zawsze sądziłam, że to Selen okaże się klaczą, a ty ogierem, ale poukładało się na odwrót.

– Ale... przecież... – zająknęłam się. Byłam oszołomiona i osobliwie dumna z tego, że udało mi się zdobyć aprobatę babci, choć z drugiej strony czułam, że zupełnie sobie na to nie zasłużyłam. – Przecież ja otrułam Wondę!

– Iii tam. – Elona machnęła dłonią. – Wondę Rębacz trzeba trochę ustawić do pionu. Jest silna jak dąb, co jednak oznacza, że w głowie też ma mnóstwo drewna. Jest bardzo zadowolona z siebie od zakończenia wojny, mimo że tak naprawdę nigdy w życiu nie robiła nic bardziej skomplikowanego od łamania kości dla twojej mamy.

Nigdy nie widziałam, jak Wonda walczy – nie licząc placu treningowego – ale wiedziałam, że jest nieskończenie lojalna. Gdyby matka kazała jej połamać komuś kości, bez wątpienia wywiązałaby się z zadania i spała później dobrze, ani przez moment nie czując potrzeby, by spytać, dlaczego to właściwie zrobiła. Trudno mi było sobie wyobrazić, by matka kazała połamać komuś kości, lecz po tym, jak poznałam prawdę na temat Michy, zaczęłam dochodzić do przekonania, że każdy miał przede mną jakieś sekrety.

Przetrząsnęłam umysł w poszukiwaniu odpowiedzi na dręczące mnie pytania.

– Złamałam ważne zasady, co doprowadziło do śmierci ludzi!

Babcia nakryła dłonią moją dłoń i zacisnęła lekko palce.

– Z zasadami bywa tak jak z kibelkiem, dziewczyno. Dzięki nim w życiu panuje porządek, lecz raz na jakiś czas trzeba je opróżnić z gówna, by się nie przelało. Twoja matka podczas całego swego pieprzonego życia przestrzegała tylko tych zasad, które i tak miała zamiar uszanować, a ja, niech Stwórca będzie mi świadkiem, wcale nie jestem od niej lepsza. Kobiety w naszej rodzinie ustalają własne reguły.

– To czemu wydzierałaś się na Selen? – spytałam.

– Iii tam! – Elona znów machnęła ręką. – Selen ma w sobie krew Rębaczy i nie ma co do tego wątpliwości. Gdybym nie wypchnęła jej z siebie, nigdy bym nie uwierzyła, że jest moją córką. A Gared, który ma bzika na jej punkcie, tym razem naprawdę jest rozczarowany tym, co zrobiła. Byłabym naprawdę złą matką, gdybym oszczędziła jej akurat tej lekcji życiowej.

– Czyli nie jestem w tarapatach? – zapytałam.

Babcia nagle parsknęła śmiechem, a ja odsunęłam się z przestrachem.

– Oczywiście, że jesteś! Wylądowałaś w gównie aż po kokardy, choć mogę się założyć, że twoja matka od dawna nie była w kiblu. Przeczuwam, że się biedactwo wysrać nie może, i współczuję każdemu, kto ją wkurzy, zanim wreszcie się wypróżni.

Wyciągnęła nogi i demonstracyjnie splotła dłonie za głową.

– A najlepsze jest to, że nie muszę robić zupełnie nic. Mogę sobie siedzieć i przyglądać się, jak Leesha i Gared wymyślają dla was kary!

– Czyli dobrze się bawisz – stwierdziłam oskarżycielskim tonem.

– Mam to gdzieś. – Babcia wzruszyła ramionami. – Popadanie w tarapaty to część procesu dojrzewania. Kary jednak kiedyś się kończą, a ja się założę, że matka w przyszłości będzie okazywała ci więcej szacunku. W tej chwili jest bardziej rozgniewana na siebie niż na ciebie.

– To niemożliwe – zripostowałam. – Matka przecież zawsze ma rację, prawda?

– Nie tym razem – stwierdziła Elona. – Powinna była cię lepiej przygotować i wie o tym, na Otchłań. Nawet ja ją ostrzegałam. Nie mogę się doczekać, aż wreszcie powiem: „A nie mówiłam?".

– Przygotować? – zapytałam. – Na co? Twierdzisz, że to wszystko prawda? Że otchłańce na mnie polują? Dlaczego?

– To wcale nie jest wielka tajemnica, Olive – stwierdziła babcia. – Nikt tak nie dał popalić demonom jak twoi rodzice. Nie trzeba długo szukać powodów, dla których Otchłań chciałaby się zemścić!

Uderzył mnie jej rzeczowy ton.

– Nie poczułam się przez to wcale lepiej.

– A to ja miałam ci nastrój poprawić? – Babcia zachichotała. – Wybacz, kiepski ze mnie Posłaniec. Nie będę ci mówić tego, co chcesz usłyszeć. Uwierz mi natomiast, że ode mnie zawsze dowiesz się tego, co wiedzieć powinnaś.

Była rozluźniona i śmiała się, lecz jej słowa przeszyły mnie chłodem.

– A co mam wiedzieć?

– Że koniec z sekretami – rzekła Elona. – Połowa księstwa widziała, jak biegasz przebrana za chłopaka i całujesz się z dziewczynami.

– Połowa księstwa? – udało mi się wykrztusić. – Tam było tylko kilkoro...

– Z których każde powie dwunastu innym – przerwała mi Elona. – A każde z nich nie będzie mogło się doczekać, by puścić sekret dalej. Wierz mi, plotka pędzi szybciej od galopującego konia.

– I niby dzięki temu ludzie mają się domyślić, że księżniczka Olive ma... – urwałam.

– Kutasa? – zaśmiała się Elona. – Pewnie, że nie. Ale niech się nasłuchają plotek, czemu nie. Niech je żują przez kilka lat, zanim ty zaczniesz się szykować do zamążpójścia.

Obawiałam się, że babcia będzie mnie winić o śmierć tych dzieciaków, ale to było jeszcze gorsze. Elona nadal tkwiła w rozluźnionej pozycji, a ja nigdy dotąd nie czułam takiego strachu.

– Nie dam rady.

– Łatwo nie będzie – stwierdziła Elona. – Gdyby twoja matka nie była takim tchórzem, już dawno by to zrobiła. Przykro, ale teraz to już twoje zadanie.

– Dlaczego? – zapytałam. – Dlaczego kogokolwiek ma interesować, co mam pod sukienką?

– Bo to jak podpalony lont – odpowiedziała Elona. – Może nigdy nie doczekasz się ani jednego włosa na podbródku lub wystającej grdyki, ale co zrobisz w noc poślubną?

Miała rację, rzecz jasna. Babcia zawsze wiedziała, czego ktoś się boi najbardziej, i potrafiła to wytknąć bez ogródek. Zacisnęłam powieki, ale i tak było za późno, bo już zbierały się w nich łzy.

– Nie płacz, bo popsujesz sobie makijaż. – Elona zerwała się zwinnie jak kot, a w jej dłoniach pojawiła się wyciągnięta zza gorsetu jedwabna chusteczka. Otarła mi łzy, nim te popłynęły po policzku. – Nie chciałam cię zranić. Chodziło mi o to, że dźwigasz na swoich barkach ciężar, którego nie potrzebujesz. Pewna stara wiedźma, dla której pracowałam, mawiała: „Jeśli pozwolisz, by inni ocenili twą wartość, już na tym straciłaś, bo nikt nie chce ludzi, którzy są więcej warci od nich samych".

– Łatwo ci mówić – stwierdziłam.

– Zaliczyłam w życiu sporo skandali – odpowiedziała Elona. – Jak wszystkie kobiety w naszym rodzie. Ty byłaś skandalem, zanim jeszcze przyszłaś na świat. Twoja matka romansowała z księciem Angiers, gdy nosiła pod sercem dziecko Demona Pustyni. Czy jej władza i wpływy ucierpiały, gdy ludzie poznali prawdę?

– Nie interesuje mnie to. – Pokręciłam głową. – Nie jestem tobą i nie jestem matką. Nie mogę po prostu...

– Boisz się. Rozumiem to – odpowiedziała babcia. – Ale zadaj sobie pytanie, co jest gorsze: to, czego się boisz, czy to, co już masz.

– Co masz na myśli?

– To ciasne bido na pewno nie jest wygodne, dziewczyno – rzekła Elona. – Dopóki próbujesz utrzymać skandal w tajemnicy, dopóty zżera cię od środka i kosztuje mnóstwo nerwów. Gdy zaś sprawa wyjdzie na jaw, przestanie być twoim problemem, a zacznie być problemem całej reszty.

Wcisnęła mi chusteczkę do ręki.

– Wytrzyj oczy, bo ci spuchną – rzekła, a potem odwróciła się i krokiem pełnym gracji ruszyła do drzwi. – Dałam Selen wystarczająco dużo czasu. Gar już chyba zaczął się na nią wydzierać, a tego stracić nie chcę.

Wtem zatrzymała się i spojrzała na mnie.

– Tylko nie mów jej przypadkiem, że jestem z niej dumna.

– Oczywiście, babciu! – odpowiedziałam i udałam, że przekręcam klucz w ustach. Elona mrugnęła do mnie i wyszła, a ja zostałam sama po raz pierwszy od kilku tygodni.

Podeszłam do drzwi i zamknęłam je na klucz, a potem osunęłam się na podłogę, wsparta o nie plecami. Wreszcie mogłam sobie pozwolić, by smutek, złość i ból wzięły nade mną górę. Makijaż przestał mnie już interesować.

II

Lekcja Michy

349 ROK PLAGI

Czyli nie jest zła? – Selen zapytała raz jeszcze ze swojego łóżka.

– Powiedziała, że jest dumna z nas obu – rzekłam i przekonałam się, że naprawdę w to wierzę. Nie wiem, jak długo płakałam, ale po wszystkim poczułam się lepiej właśnie dzięki słowom babci.

Leżąca na brzuchu Selen zmieniła pozycję. Pośladki, na które spadły razy, piekły ją tak bardzo, że nie mogła położyć się na plecach.

– Zabawnie to pokazuje – stwierdziła.

– Obolały tyłek wkrótce stanie się najmniejszym z twoich problemów, Selen vah Gared.

Uniosłyśmy głowy, zaskoczone nagłym pojawieniem się Michy. Skąd się tu wzięła?

– Chyba muszę zacząć barykadować drzwi – wymruczałam.

– To mnie nie zatrzyma, siostro – stwierdziła Micha.

– A skąd ta pewność? – spytałam.

Micha wyciągnęła dłoń i pomogła Selen się podnieść.

– Tego właśnie mam was nauczyć. Chodźcie za mną. Dostałam zgodę, by zabrać was z komnaty.

– Ledwie trzymam się na nogach! – jęknęła Selen.

Micha machnęła lekceważąco ręką.

– Twój czcigodny ojciec nawet skóry ci nie rozciął. Ból to tylko wiatr. Pochyl się i pozwól, by pomknął dalej.

Ruszyłam ku drzwiom, ale Micha, zamiast iść ze mną, podeszła do ściany krytej kolorową mozaiką w kształcie runicznego kręgu. Nacisnęła jeden z kamieni, który wszedł głębiej z ledwie słyszalnym kliknięciem. Potem nadusiła dwa inne. Zauważyłam, że nie skorzystała z żadnej magii – w murze ukryto przemyślny mechanizm, który pozwalał jej teraz pchnąć całą ścianę. Ta cofnęła się bezgłośnie i odsłoniła ciemne schody.

– To przejście było tu przez cały czas? – Selen otworzyła szeroko oczy.

– Oczywiście – odparłam. Zamaskowałam strach, który mnie nagle ogarnął, ale dołożyłam starań, by Micha usłyszała mój gniew. – Wszystko, co wiemy, to kłamstwo. Trudno, by z naszymi komnatami miało być inaczej.

Mimo tych słów przeszedł mnie dreszcz ekscytacji, gdy schodziłam po tajnych stopniach. Dolne piętra pałacu stanowiły fortecę same w sobie i kryły zapasy na długie miesiące oblężenia. Znajdowały się tu też pokryte runami tunele prowadzące do innych części stolicy, lecz nie rozpoznawałam drogi, którą prowadziła nas Micha.

– Wychowałam się w podobnym miejscu – mówiła Micha, gdy szłyśmy ciemnym korytarzem o kamiennych ścianach, aż zatrzymałyśmy się przed ciężkimi drzwiami ze złotodrzewa, wzmocnionymi stalą. – Jestem więc właściwą osobą, by wam je pokazać.

Weszłyśmy do wielkiej, okrągłej komnaty z wysokim, kopulastym sufitem, wspartym na drewnianych belkach. Lampy rzucały migotliwe światło na dziesiątki sztuk broni, zawieszonych na ścianach. Ujrzałam włócznie i tarcze, łuki i kije, kosy, łańcuchy i szklane pociski do rzucania, wszystko pomysłowo ułożone. Wyczułam zapach oliwy i powiodłam wzrokiem po ostrych krawędziach i ciężkich, tępych końcach. Wiedziałam, że ta broń to nie dekoracje. W centralnym punkcie podłogi, ułożonej z wypolerowanego drewna, znajdowały się koncentryczne kręgi runów.

Micha zamknęła drzwi, a potem usłyszałyśmy głuchy, niosący się echem huk, gdy założyła na nie sztabę. Selen, podobnie jak ja, rozglądała się z szeroko otwartymi oczami, ale teraz naszą uwagę przyciągnęła z powrotem moja siostra.

Micha opuściła zasłonę i po raz pierwszy od powrotu z objazdu ujrzałam jej twarz. Marszczyła surowo brwi.

„Oczywiście, że jesteś w tarapatach!" – usłyszałam głos babci w głowie, a potem przypomniałam sobie lanie, które zebrała Selen. Czyżby nadeszła moja kolej? Matka nigdy nie splugawiłaby rąk przemocą i jakoś nie mogłam sobie wyobrazić, by zrobiła to za nią Wonda. Czyżby więc obie miała wyręczyć Micha?

– Moje siostry włóczni oraz ja złożyłyśmy przysięgę, że nigdy nikomu nie powiemy o naszej komnacie ćwiczebnej – powiedziała Micha, a jej słowom towarzyszyła seria skomplikowanych gestów. – Mistrz Enkido nie miał języka i przemawiał do nas jedynie gestami. Z czasem nauczycie się również w ten sposób porozumiewać. Do tego momentu macie tu zachować milczenie.

Selen i spojrzałyśmy na siebie, a wtedy Micha nagle klasnęła w dłonie, czym napędziła nam stracha.

– Patrzcie na mnie, gdy do was mówię!

Wyciągnęła pięść i poruszyła nią, jakby była przytakującą głową.

– To oznacza „tak". Rozumiecie?

Uniosłam pięść i wykonałam podobny gest, kiwając głową. Kątem oka ujrzałam, że Selen idzie w moje ślady.

Micha ruszyła ku mnie, odplątując jedwabny pas, którym obwiązała luźną czarną szatę.

– Miałaś niecałe cztery lata, gdy Wypatrywacz z plemienia Nanji przeniknął do twojej sypialni. Nie wiedział, że twoja niania stawi mu opór. Był zaskoczony, ale świetnie wyszkolony i zdołał pozostawić mi to.

Odsunęła materiał, odsłoniła pierś i pokazała grubą bliznę, biegnącą po żebrach.

– Musiałam go zabić, zanim zdołaliśmy go przesłuchać. Do dziś nie mamy pewności, kto go przysłał.

Zamrugałam, bo nie miałam pewności, co powiedzieć. Wypatrywacze byli legendarnymi wojownikami, mistrzami w sztuce skradania się i posługiwania specjalnymi rodzajami broni, a służyli jako szpiedzy i zabójcy. Jeśli jeden z nich znalazł się w moim pokoju... Przeszył mnie dreszcz lęku.

Micha przetrzymała moje spojrzenie przez dłuższą chwilę, a potem cofnęła się, by zdjąć sandały i zostawić je przy drzwiach. Zrzuciła też z ramion jedwabną szatę, która opadła na ziemię z wyraźnym stuknięciem, co oznaczało, że na modłę krasjańską wzmocniono ją płytkami pancerza. Uwolniona z bezkształtnej szaty imponowała gibką, umięśnioną sylwetką. Łączyła w sobie zwinność tancerki z muskulaturą akrobatki.

Następnie zdjęła zawój i z wprawą zaplotła czarny jedwab wokół dłoni. Ułożyła go w szafce na ścianie, a potem ujęła szatę. Złożyła ją kilkoma oszczędnymi ruchami tak, że nie było słychać ani stuknięcia, a potem owinęła ją paskiem i złożyła w szafce.

Micha była piękną kobietą, a jej czarne włosy, długie i gęste, należały do tych, które wywołują zachwyt obu płci. Nigdy wcześniej jednak nie widziałam, by je rozpuszczała. Teraz uwolniła je, lecz natychmiast zaczęła zaplatać warkocze.

– Zdejmijcie sukienki – rzuciła.

Selen i ja, nie patrząc na siebie, spełniłyśmy jej polecenie. Rozebrałyśmy się i nałożyłyśmy szare szaty do *sharusahk*, które złożono z tą samą rytualną precyzją i umieszczono w szafkach po naszej stronie sali. Bez słowa zaczęłyśmy również zaplatać włosy.

Micha miała na sobie tylko bido – długie pasmo czarnej tkaniny, które dokładnie owinęła wokół bioder i między nogami. W podobny sposób zasłoniła biust. Moje spojrzenie opadło w dół, na jej muskularną lewą nogę, gdzie nadal widniała blizna po oparzeniu. Nieco się zagoiła przez lata, choć miałam wrażenie, że nigdy nie zniknie.

Dobrze pamiętałam noc, kiedy się poparzyła. Miałam siedem lat, gdy obudziłam się w środku nocy w pokoju pełnym dymu. Siedziałam sparaliżowana i przerażona, nie wiedząc, co począć. Nagle wpadła Micha w podartej, tlącej się szacie, brudna od popiołu i sadzy. Złapała mnie jak niemowlę, a potem przypadła do Selen i bez wysiłku wyniosła nas obie z sypialni. W tej samej chwili straż przyboczna matki zaczęła wlewać wodę przez okna.

– Ten pożar... – Wspomnienie było tak wyraźne, że na moment zapomniałam o przysiędze zachowania ciszy.

– ...bynajmniej nie został wywołany przez pokojówkę, która potrąciła lampę – odpowiedziała Micha ochrypłym tonem. – Być może zamachowcy wiedzieli już, że nie zdołają się zbliżyć. Następny Wypatrywacz zadecydował, że po prostu podpali całe skrzydło, w którym mieszkasz. Złapałam go, ale wypił truciznę, by uniknąć przesłuchania.

Od jej zimnego tonu przeszywały mnie dreszcze i zaczynałam się zastanawiać, czego byłaby w stanie dokonać, aby osiągnąć swój cel. Kim była ta kobieta? Czyżbym tak bardzo przyzwyczaiła się do jej obecności, że nigdy nie przyszło mi nawet do głowy, że wcale jej nie znam?

Micha stanęła w samym środku kręgu ćwiczebnego. Moje przerażenie przybrało na sile, gdy dostrzegłam kolejne blizny na jej ciele. Każda z nich z pewnością miała jakąś historię do opowiedzenia. Ileż to razy Micha ratowała mi życie, podczas gdy sama paplałam o jedwabiach i koronkach albo niepokoiłam się testami z zielarstwa?

Micha uklękła z wyprostowanymi plecami i spojrzała mi w oczy.

– Urodziłam się jako Micha vah Ahmann am'Jardir am'Kaji, a jestem *Sharum'ting* z sióstr włóczni. Gdy do Krasji dotarła wieść o twoich narodzinach, Damajah wysłała mnie do Zakątka, bym stała się twoją strażniczką i bym nauczyła cię sztuki bronienia się.

Micha pochyliła się, położyła dłonie na podłodze i opuściła wzrok.

– Zawiodłam cię zarówno w jednej, jak i w drugiej sprawie, za co proszę o wybaczenie. Twa matka z początku mi nie ufała i wolała naukę powierzyć kapitan Wondzie.

– Dlaczego ci nie ufała? – spytałam. Widziałam już, że jestem jej winna więcej szacunku, niż okazywałam, ale pytanie było zbyt ważne, by je przemilczeć. Po prostu musiałam to wiedzieć.

Micha usiadła na kostkach, uniosła głowę i raz jeszcze spojrzała mi w oczy.

– Uważała, że jestem szpiegiem Damajah.

– A byłaś? – spytałam.

– Oczywiście. – Micha pokiwała głową. – Ale złożyłam obietnicę twej matce i nigdy jej nie złamałam.

– Tęsknisz za domem? – spytała Selen.

– Kiedyś tak było, ale już mi minęło. Gdy poślubiłam Kendall, dołączyłam do plemienia Zakątka. Jestem teraz Micha am'Zakątek i nie chcę wracać do Krasji. Niechętnie się tam patrzy na żony bez mężów, które nie rodzą dzieci.

– A co z twoją rodziną? – dociekałam.

– Moja matka jest jedną z najmniej istotnych spośród żon ojca. – Micha wzruszyła ramionami. – Jest wspaniałą służącą w pałacu, co jednak sprawia mi ból. Ojciec nauczył moich braci walczyć i jeździć konno, lecz nie znalazł wiele czasu dla córek. Nie zadawał nawet żadnych pytań, gdy rozpoczęłam szkolenie i zniknęłam na wiele lat.

Micha podniosła się płynnie.

– A teraz nadeszła twoja kolej, siostro. Nikt nie zaprzeczy, że Wonda vah Flinn to wspaniała wojowniczka, ale ma do ciebie słabość i nie potrafi narzucić ci dyscypliny, której potrzeba prawdziwej wojowniczce.

Micha stanęła w pozycji *sharusahk*.

– Jednak teraz wróg cię odnalazł i odkrył twe słabe strony.

Wskazała Selen, a potem miejsce na zewnątrz kręgu.

– Uklęknij i milcz.

Selen spełniła polecenie. Uklękła, a Micha kiwnęła na mnie palcem. Zachowując wielką czujność, stanęłam naprzeciwko niej i również przyjęłam postawę *sharusahk*.

– Micha, przykro mi – wyrwało mi się, nim udało mi się zapanować nad słowami.

– Przykro to ci dopiero będzie – obiecała Micha. – Zapamiętasz tę lekcję.

Ćwiczyłam *sharusahk*, odkąd sięgałam pamięcią. Był obowiązkowym przedmiotem na Uniwersytecie Zielarskim, gdzie poznawałyśmy serię wolnych ruchów, które mogły stać się śmiercionośne, jeśli włożyło się w nie siłę, zamysł i wiedzę. Wiele dziewczyn, które trenowały tę sztukę, nie postrzegało jej jako broń. Uważały *sharusahk* za pokojową medytację, która pozwala zapomnieć o konfliktach codzienności.

Micha wolała bardziej praktyczne podejście. Rozpoczynała trening powoli, sięgając po chwyty i ciosy, których mogłam uniknąć lub które mogłam zablokować. Nie byłam na tyle naiwna, by próbować kontratakować. Micha pochwyciłaby moją kończynę i obróciła siłę ataku przeciwko mnie.

Każdy następny cios był szybszy. Blokowałam uderzenie, a potem pojawiało się kolejne, tak prędkie, że ledwie odbijałam je podniesionym ramieniem. Mięśnie absorbowały uderzenie, ale cios pozostawiał ból, a ja uświadamiałam sobie, że Micha nie udawała. Gdybym nie zablokowała uderzenia, mogłaby mi złamać szczękę.

Odzyskałam równowagę, ale nie udało mi się uniknąć pchnięcia nogą. Pięta Michy uderzyła mnie w brzuch i wybiła mi powietrze z płuc. Zgięłam się wpół i wylądowałam na drewnianej podłodze.

W takiej sytuacji Selen czy Wonda cofnęłyby się. Dałyby mi szansę, bym się podniosła i przemyślała błąd. Micha nie miała takich skrupułów.

– Twoja matka mogła zjednoczyć Wolne Miasta Thesy i zostać królową, ale porzuciła myśli o tronie, by chronić ciebie!

W ostatniej chwili odtoczyłam się na bok, unikając o włos uderzenia, które połamałoby mi żebra. Słowa Michy okazały się jednak ciosem równie silnym. Czy to prawda? Czy matka naprawdę porzuciła aspiracje, by mnie chronić? Dlaczego?

– Wonda vah Flinn mogła stać na czele największej armii w dziejach tego świata! – Micha wymierzyła mi kolejne kopnięcie.

Zatrzymałam jej stopę przedramionami i odepchnęłam ją, ale siostra była przygotowana. Odsunęła się i nie udało mi się pozbawić jej równowagi.

– A ja? – warknęła Micha, gdy wykorzystałam okazję, by zerwać się na nogi. – Moje imię zostało wykreślone z historii, a moje czyny zapomniane! Poświęciłam wszystko, by cię chronić!

Zaatakowała szybko i wbiła mi sztywne palce pomiędzy żebra. W walce z innym przeciwnikiem nie zwróciłabym na to uwagi, jednak palce Michy trafiły w jeden z punktów zbieżności, na skutek czego mięśnie przeszył mi wściekły ból.

Dama'ting Favah nauczyła mnie, że każda żywa istota ma swoje punkty zbieżności, czyli miejsca, w których łączą się strumienie energii. Zmniejszanie lub zwiększanie nacisku na takie miejsca mogło wpłynąć na działanie całego ciała. Poznawaliśmy je jednak po to, by leczyć, ale nie obezwładniać przeciwnika. Znów ogarnęło mnie przerażenie. Ciosy w punkty zbieżności mogły okaleczyć, a nawet zabić!

Gdy walka się rozpoczęła, byłam zrezygnowana. Zasłużyłam sobie na to. Ale teraz... Jak ona śmiała? Jestem jej siostrą i księżniczką Zakątka, a nie wrogim zabójcą!

Rzuciłam się naprzód, próbując zmusić Michę do cofnięcia się, ale siostra zatrzymała mnie uderzeniem sztywnego ramienia, a potem trafiła kantem dłoni w punkt zbieżności na czole.

– A ty masz to gdzieś!

Nikt dotąd celowo nie uderzył mnie z taką siłą. Cios rozszedł się echem w mojej głowie, a w oczach eksplodowało światło. Padłam na podłogę, próbując nie stracić przytomności.

– Wstawaj! – warknęła Micha. – Umiejętność podniesienia się po ciosie przeciwnika jest o wiele ważniejsza od uników czy bloków.

Kręciło mi się w głowie i bezskutecznie próbowałam zawiesić wzrok na czymkolwiek w tym pozbawionym cech szczególnych pomieszczeniu. W końcu odnalazłam wzrokiem Selen, która klęczała poza kręgiem i zaciskała pięści. Miałam wrażenie, że jest gotowa, by wskoczyć do kręgu i stanąć w mojej obronie, ale obie wiedziałyśmy, że byłby to błąd. Być może wytrzymałaby chwilę dłużej ode mnie, ale w końcu wylądowałybyśmy zakrwawione na podłodze.

– Wstawaj! – Micha wymierzyła mi kopniaka, po którym żołądek wywinął salto. Poczułam w ustach smak wymiocin, ale przełknęłam wszystko. – Któregoś dnia może mnie zabraknąć, siostro. Co wtedy? Położysz się i umrzesz?

Pogarda w jej głosie sprawiła mi więcej bólu od kopnięć i uderzeń. Za co ja przepraszałam? Za to, że nie poznałam sekretów, przed którymi z takim trudem mnie chroniła? Za to, że zapragnęłam własnego życia?

Czułam, że twarz mi puchnie, i zaczęłam się zastanawiać, jak będę wyglądać. Makijaż mógłby zasłonić siniaka, ale coś takiego? Co ludzie powiedzą?

Zacisnęłam zęby i podniosłam się. Wtedy Micha najpierw kopnęła mnie w kostkę, a potem uderzyła otwartą dłonią. Znów upadłam na ziemię.

– Prędzej czy później zabójcy znów się zjawią. – Micha stanęła nade mną. – Bez względu na to, czy będą to ludzie, czy też *alagai*, musisz być gotowa.

Kopnęła mnie w bok. Parsknęłam śliną, padając na brzuch.

– A do tego potrzeba doświadczenia.

Złapała mnie za nadgarstek i wygięła mi rękę, jednocześnie kładąc stopę na moich plecach. Byłam unieruchomiona, a ramię pulsowało szalonym bólem. Wiedziałam, że mogłaby je złamać bez większego trudu. Stawiłam opór, choć wiedziałam, że w tej sytuacji to próżny wysiłek.

Mimo to... Mimo to naprawdę podjęłam próbę. Z wściekłością nabrałam tchu i wstąpiły we mnie nowe siły. Wbrew zdrowemu rozsądkowi przewróciłam się na plecy i ściągnęłam Michę. Mój lewy hak, choć dość nieporadny, okazał się zarówno celny, jak i mocny.

Tym razem to Micha była zaskoczona. Uwolniona od niej, odtoczyłam się i zerwałam na równe nogi, a potem uświadomiłam sobie prawdę.

Byłam od niej silniejsza.

Micha podniosła się szybko, a na jej twarzy pojawił się niebezpieczny uśmiech.

– O, proszę. Pokaż, na co cię stać, księżniczko.

Rzuciła się na mnie i zasypała gradem ciosów. Kopała, uderzała pięściami, łokciami i kolanami, a przy tym zawsze wychwytywała moje kontrataki i wykorzystywała ich siłę przeciwko mnie.

Wiedziałam, że powinnam się bać, ale byłam zbyt wściekła, by się czymkolwiek przejmować. Po raz pierwszy w życiu nie hamowałam swoich ciosów. Poruszałam się szybciej i atakowałam mocniej niż kiedykolwiek wcześniej na placu treningowym. Micha próbowała się przebić, ale moja garda była zbyt szczelna, a ciosy za szybkie. Wychwytywałam albo unikałam większości jej uderzeń, a te, które we mnie trafiały, ledwie rejestrowałam. Twarz Michy była pozbawiona wyrazu, choć wyczuwałam w niej napięcie, a na czole pojawił się pot. Ledwie udało jej się zablokować mój kolejny cios pięścią, a wtedy dostrzegłam dla siebie lukę.

Obróciłam się na lewej pięcie i wyrzuciłam prawą, by z całej siły rąbnąć Michę w skroń. Nagle zrozumiałam – jeszcze zanim moja noga trafiła w cel – że walka jest już zakończona, a ja odniosłam zwycięstwo, choć wydawało się to niemożliwe. Pora, by teraz Micha okazała mi nieco szacunku.

Jednak nagle Micha pochyliła się i złapała mnie za stopę. W momencie gdy wykorzystała moją siłę i rzuciła mnie na ziemię, uświadomiłam sobie, że owa rzekoma luka stanowiła tylko podstęp.

Wysunęła kłykcie i uderzyła mnie w bark, od czego zdrętwiało mi ramię. Drugi cios trafił mnie w biodro, aż ugięła mi się noga. Padłam na jedno kolano, ale mimo wszystko spróbowałam się poderwać i trafić ją w twarz drugą dłonią. Wtedy Micha złapała mnie za nadgarstek i wykręciła mi rękę w sposób, którego natura dla ludzi nie przewidziała. Przetoczyła się i wbiła mi kolano w gardło z grymasem na twarzy.

Uświadomiłam sobie, że wykazałam się ogromną arogancją. Przecież widziałam, jak Micha walczyła z demonami. Może i wycisnęłam z niej odrobinę potu, jednak nie miałam szans, by z nią wygrać.

– *Sharusahk,* którego mój mistrz nauczył się od *dama'ting,* nazywa się Precyzyjne Uderzenie – powiedziała cicho Micha. – Twoja matka surowo zakazała mi uczenia go, bo wykorzystuje sztukę uzdrowicielską, by zadawać krzywdę.

Świat zalała ciemność, a moja nienaturalna siła obumarła niczym zapomniana roślina. Nie mogłam oddychać, a twarz nabrzmiewała i pęczniała, aż niewiele brakowało, by eksplodowała. Kopałam i wierzgałam, choć nie miało to sensu. Próbowałam zepchnąć duszące mnie kolano z szyi, ale palce mi drętwiały.

– Wojowniczki znają naprawdę groźne sekrety, księżniczko. Spróbuję was ich tu nauczyć, choć ty i Selen nie jesteście najlepszym materiałem.

Traciłam przytomność. Tłukłam ją dłonią po kolanie na znak poddania się, ale Micha tego nie dostrzegała.

– I wiedz, że czynię to z miłością, siostro – dodała.

– Dość tego! – krzyczała Selen z oddali. – Już dałaś nam do zrozumienia, o co ci chodzi.

Micha puściła mnie wreszcie, a ja osunęłam się na ziemię. Ciemność stała się nieprzenikniona.

– Wreszcie odnalazłaś swój głos, Selen vah Gared – Micha pogratulowała jej z oddali. – Chcesz chronić swą siostrzenicę? Pokaż więc, na co cię stać.

Ostatnią rzeczą, którą ujrzałam, były stopy Selen wkraczającej na ring.

Gdy odzyskałam świadomość, ujrzałam Selen leżącą obok mnie. Wyglądała tak spokojnie, że byłabym gotowa uznać, iż śpi, gdyby nie siniaki pod oczami i obrzmiała, zakrwawiona warga. Sama miałam tak opuchnięte oko, iż właściwie nie mogłam go otworzyć.

Micha klęczała obok nas. Miała zamknięte oczy, a jej oddech był powolny i równy.

– Szybko się budzisz – powiedziała, nie rozchylając powiek. – Jesteś silna, siostro. Staniesz się straszliwą bronią, gdy z tobą skończę.

Ów komplement napełnił mnie większą dumą, niż byłam gotowa to przyznać, ale nie ostudził mojego gniewu.

– Nie chcę być bronią.

– Ja też tego nie chciałam. – Micha wzruszyła ramionami. – Ale to była *inevera*.

Pochyliła się i wpatrzyła we mnie.

– Ty i Selen próbowałyście mnie otruć. Mogłabym uznać, że powinnyście zapłacić za to krwią, lecz wspólnie rozlewałyśmy krew demonów podczas *alagai'sharak*. Jestem teraz twoją *ajin'pan*. Siostrą krwi. Jeśli wcześniej nie byłyśmy prawdziwym rodzeństwem, staniemy się nim teraz. Nie będę już cię niańczyć.

Wyciągnęła ku mnie dłoń. Spoglądałam na Michę z niedowierzaniem.

– Pobiłaś mnie do nieprzytomności i chcesz, bym wzięła cię za rękę?

– Proponuję ci rozejm wojenny – rzekła Micha. – O ile znajdziesz w sobie odwagę, by go przyjąć.

Prychnęła i dodała:

– A jeśli myślisz, że jestem okrutna, to poczekaj, aż się dowiesz, co zaplanowała twoja matka.

12

Więzy krwi

349 ROK PLAGI

Wpatrywałam się w lustro i przyglądałam sińcom na twarzy. Minęło trochę czasu i przykładałam sobie lód, dzięki czemu nie wyglądałam już tak źle, ale skórę nadal miałam nabrzmiałą i fioletową. Bolało mnie za każdym razem, gdy mrugałam, a do tego oko ciągle łzawiło, co oznaczało, że makijaż może nie pomóc.

Musiałam jednak podjąć ów trud, bo nie chciałam wkroczyć do twierdzy matki i straszyć facjatą knajpianego rozrabiaki. Selen najwyraźniej się tym nie przejęła i obnosiła siniaki z dumą. Dla mnie była to tylko pamiątka doznanego upokorzenia. Ujęłam wacik i nałożyłam puder, krzywiąc się, gdy dotykałam twarzy.

– Oho. Micha nie cackała się z tobą, co?

Uniosłam głowę i ujrzałam matkę na progu. Zamknęła za sobą drzwi i wkroczyła do mojej garderoby.

– Niech no spojrzę.

Zesztywniałam, lecz nie stawiłam oporu, gdy księżna mocno ujęła mnie za podbródek i przechyliła mi głowę ku światłu, by lepiej ocenić obrażenia.

– Wygląda kiepsko, ale w rzeczywistości nic takiego się nie stało – rzekła w końcu. – Ty szybko dochodzisz do siebie. Jutro nie będzie już po tych sińcach śladu.

– Szczęściara za mnie – wymruczałam pod nosem.

– Szczęściara, bez dwóch zdań – potwierdziła matka. – To cud, że żyjesz po tym numerze, który wywinęłaś.

– A więc wysłałaś Michę, by mi spuściła za to lanie pod pretekstem szkolenia? – spytałam z goryczą. Wiedziałam, że to trochę nie w porządku, ale sytuacja, w której postawiła mnie matka, naprawdę była nie do pozazdroszczenia.

– Z tego właśnie powodu nie chciałam, by Micha cię szkoliła. Wydawało mi się, że Wonda podoła temu zadaniu bez tych wszystkich...

Urwała i machnięciem dłoni pokazała siniaki.

– Ale masz rację.

Zacisnęłam usta, wyczuwając pułapkę.

– W której sprawie?

Matka usiadła i z napięciem wypuściła powietrze przez nos.

– Chroniłam cię przed całym światem. Zbyt długo traktowałam cię jak dziecko. Wykazałam się wielkim egoizmem i doprowadziłam do tego, że nie jesteś gotowa.

Nie spodziewałam się, że matka mogłaby się zdobyć na tak pojednawczy ton, jednak i tak nie rozumiałam do końca jej słów.

– Na co miałabym być gotowa?

Matka wstała i obeszła pokój, muskając palcami suknie na stojakach. Zatrzymała się na moment przy łóżku i podniosła szmacianą lalkę od ojca, z którą spałam, odkąd sięgałam pamięcią. Uszyto ją na jego podobieństwo, lecz po kilkunastu cerowaniach nie było to aż tak bardzo widoczne.

– Zanim cię urodziłam – zaczęła opowiadać – wezwano mnie do Angiers. Pewnej nocy na trakcie zmiennokształtny wywabił mnie poza barierę, przybrawszy kształt kogoś mi bliskiego i wołając mnie po imieniu.

Przeszył mnie dreszcz, a na ramionach pojawiła się gęsia skórka.

– Byłam sama w środku nocy, z dala od moich towarzyszy. Zanim sobie uświadomiłam, co się właściwie stało, zostałam otoczona.

Matka pochyliła się ku mnie.

– Oni mnie znali, Olive. Polowali na mnie. Wołali mnie po imieniu. I udało im się.

Z trudem przełknęłam ślinę.

– I co się wydarzyło?

– Wyciągnęłam runiczną różdżkę i stawiłam otchłańcowi czoła – odpowiedziała matka i zacisnęła dłonie na lalce. Jej oczy, błękitne niczym niebo podczas bezchmurnego dnia, zaszły mgłą. – Gdy kreśliłam runy, by się obronić, czułam, jak magia przepływa przeze mnie. I przez ciebie.

Jej oczy zamigotały, a ja uświadomiłam sobie, że wzbierają łzami.

– Kopałaś i miotałaś się w moim brzuchu. Nie miałam pojęcia, co magia ci robi. Bałam się, że cię zabijam – mówiła, dusząc lalkę. – Ale co miałam począć? Przestać walczyć? Pozwolić, by demony rozszarpały nas obie? Stawiałam więc opór i modliłam się do Stwórcy, by nic ci się nie stało. Poprzysięgłam, że jeśli wyjdziesz z tego cało, już nigdy więcej tak głupio nie narażę cię na niebezpieczeństwo.

Odwróciła się i spojrzała mi w oczy.

– To dlatego nie chciałam, byś wzięła udział w objeździe księstwa, Olive. Powinnam ci o tym opowiedzieć i przykro mi, że tego nie zrobiłam.

– W porządku – odpowiedziałam. Nie miałam pewności, czy aby na pewno wszystko jest w porządku, ale powiedziałabym cokolwiek, by załagodzić napięcie. Rozwścieczona matka przerażała mnie do granic, lecz widoku jej łez naprawdę nie mogłam znieść.

Matka nagle uświadomiła sobie, że dusi lalkę. Rozluźniła uchwyt, ukradkowo otarła oczy i odwróciła się, by odłożyć szmaciankę na poduszkę.

– Czy to dlatego... dlatego jestem taka, jaka jestem? – spytałam.

– Przypuszczam, że to z tego względu jesteś taka silna – odpowiedziała matka. – Dlatego też dochodzisz do zdrowia szybciej od innych. To nie z powodu tej jednej sytuacji, ale wszystkich okazji, gdy sięgałam po magię podczas wojny, począwszy od nocy twego poczęcia.

Matka, osuszywszy oczy, odwróciła się ku mnie i rozłożyła ramiona. Wtuliłam się w nią i po raz pierwszy od wielu tygodni naprawdę czułam się bezpieczna.

– Nie będę już niczego przed tobą taić, Olive – szepnęła. – Jeśli rzeczywiście chcesz stać się dorosła, spróbuję cię tak właśnie traktować i odpowiednio cię do tego przygotować.

Jej słowa nie przyniosły mi pociechy. Nie miałam pewności, czy taki w ogóle był ich cel.

– Wyprostuj się – powiedziała księżna. – Nie uśmiechaj się, ale powstrzymaj się też od grymasów. Jeśli stoisz przed niewielką grupą, nawiąż kontakt wzrokowy z rozmówcami, z każdym z nich po kolei, w miarę jak odpowiadasz na pytania. Jeśli grupa jest większa, spoglądaj nad ich głowami, co zostanie odebrane, jakbyś nawiązywała kontakt ze wszystkimi jednocześnie.

Matka miała tysiące takich zasad, które układały się w niekończącą się litanię. Powtarzałam ją w myślach, podążając za nią korytarzami czy też stojąc po jej prawicy podczas niezliczonych spotkań. Na dworze czułam się nieswojo i wierciłam się w eleganckich szatach, choć jeszcze nie tak dawno temu tylko szukałam powodów, by móc je wdziać.

Gdy matka powiedziała, że chce mnie przygotować, sądziłam, że ma na myśli sekrety magii lub trzymane w tajemnicy opowieści o wojnie z demonami, tak jak ta, którą mnie uraczyła w mojej komnacie. Tymczasem jak dotąd nauka ograniczyła się do odgrywania roli cienia księżnej i przysłuchiwania się zarówno niekończącej się kolejce petentów w sali audiencyjnej, jak i ważnym decyzjom rady doradczej, podejmowanym za drzwiami komnaty narad.

Nigdy się nie spodziewałam, że dowiem się aż tyle na temat sprzeczek handlowych, patroli granicznych i baronów spóźniających się z zapłaceniem podatku, lecz jak do tej pory nie usłyszałam ani słowa o demonach, które zdaniem matki nadal na mnie polowały.

Chwile gdy byłam wolna, wypełniali mi prywatni nauczyciele w twierdzy, bym zawsze była do dyspozycji matki. Bez przerwy wzywano mnie do sali audiencyjnej.

Byłam też inaczej traktowana, co zniosłam o wiele gorzej. Kiedyś bałam się, by służba nie przyłapała mnie na bieganiu po korytarzach albo rozlewaniu soku na dywan. Teraz służący na mój widok kłaniali się i usuwali na bok, szepcząc ze strachem. Ministrowie, doradcy i arystokraci, którzy dzierżyli w Zakątku ogromną władzę, milkli, gdy się odzywałam, i nigdy nie dawali mi do zrozumienia, że się myliłam, nawet jeśli sama dochodziłam do tego wniosku.

Micha miała rację – wolałam jej twardą szkołę od lekcji udzielanych mi przez matkę. Z wytęsknieniem czekałam na nasze codzienne sesje treningowe w podziemiach, bo szczerze wolałam bicie, kopanie i duszenie od uczestnictwa w spotkaniu rady sanitarnej. Selen również w pełni oddawała się ćwiczeniom. Wystarczyło kilka lekcji z Michą, byśmy obie zrozumiały, jak bardzo byłyśmy nieprzygotowane, by stawić czoła otchłańcom na objeździe księstwa.

Matka miała rację co do jednej rzeczy. Już nigdy nie będę nieprzygotowana.

– Tsss – zasyczała Micha, zaplatając mi włosy. – Nie ruszaj się.

Słowa brzmiały znajomo, ale kobieta, która je wygłosiła, nie była tym, kim kiedyś. Byłam od niej silniejsza, a mimo to – nie licząc pierwszej walki – przez ostatnie dwa dni nie udało mi się zadać jej żadnego poważniejszego ciosu w trakcie naszych tajnych sesji treningowych, podczas gdy moje ciało stanowiło istną mapę kontuzji.

Przynajmniej przestała już mnie bić po twarzy. Siniak, zgodnie z oczekiwaniami matki, znikł szybko i w lustrze nie widziałam po nim ani śladu. Babcia siedziała obok mnie i dokonała cudów ze swoim zestawem do makijażu.

– Dziś spotkasz się z emisariuszami plemienia Majah – stwierdziła Micha. – Dla nich reprezentujesz nie tylko Zakątek, ale również ojca oraz plemię Kaji. Musisz wyglądać perfekcyjnie. Musisz wypaść perfekcyjnie. Musisz...

– ...uważać na wszystko, co usłyszę – zakończyłam. Micha powtórzyła tę radę już jakieś tysiąc razy.

– Nie lekceważ moich słów, siostro – napomniała mnie Krasjanka. – Nie znam intencji Majah, wiem jednak, że nie są one honorowe.

– A skąd? – zapytałam. – Nie wiemy nawet, dlaczego otworzyli swoje granice po tylu latach.

– Niczego nie otworzyli – odparła Micha. – Przecież od piętnastu lat nie wrócił ani jeden kupiec oraz ani jeden Posłaniec, który wyprawił się na pustynię.

– Ale wysyłają własnych – zauważyłam. – Achman...

– To szpieg – Micha nie pozwoliła mi dokończyć.

– Widzę, że wszystko już wiesz. – Próbowałam zamaskować szyderczy ton, ale same słowa były wystarczająco ostre.

– Wiem – zgodziła się Micha. – I ty też byś niejedno zauważyła, gdybyś uważnie przyglądała się światu. Oczy nie są po to, by malować sobie rzęsy, siostro. Achman nie zjawił się w Miechach przez przypadek, a wszyscy członkowie karawany, choć starali się wywrzeć inne wrażenie, mówili po thesańsku. Zapewne przez lata przygotowywali się do tej misji.

– Jakiej misji? – Selen ćwiczyła układy *sharusahk* kilka kroków dalej. – Chodzi o sprzedanie nam paru błyskotek w jakiejś zabitej dechami dziurze?

Selen, która nie musiała spędzać czasu na dworze, wykorzystywała areszt domowy, by rozwijać swe umiejętności, i upadałam na podłogę o wiele częściej, niżbym sobie tego życzyła.

– Za szeroko rozstawiasz nogi – stwierdziła Micha, zerkając na nią, a potem wzruszyła ramionami i wróciła do pracy. – A któż może stwierdzić, czego chcą Majah? Zdrowy rozsądek jednakże nakazał im wysłać szpiegów za granicę, by mieć pewność, że nie zastawiliśmy pułapki na ich emisariuszy.

– Matka nigdy by... – zaczęłam.

– Nie bądź taka pewna – tym razem przerwała mi babcia. – Twoja mama była raz zakładniczką. Czasami trzeba sięgnąć po brudną sztuczkę.

– Skoro sama była zakładniczką, tym bardziej nie chciałaby się posłużyć tym samym – uparłam się.

– Niestety, czasami trzeba dołożyć wszelkich starań, by mieć pewność, że wrogowie i rywale będą trzymać się zasad honoru – stwierdziła Micha. – Sami Majah również trzymają zakładników. Odchodząc na pustynię, zabrali ze sobą Belinę, żonę ojca z ich plemienia, oraz naszego brata Iravena, by ojciec nie rozbił murów Pustynnej Włóczni po powrocie z Otchłani.

– Ahmann Jardir pozwolił, by Majah zatrzymali jego żonę i syna? – Selen rozdziawiła usta. – Myślałam, że wasz ojciec to najpotężniejszy człowiek świata.

– Nawet moc Shar'Dama Ka ma swoje granice – odpowiedziała Micha. – Pustynna Włócznia została oddana Majah w dobrej wierze, a Belina i Iraven pochodzą z ich plemienia. Honor nakazywał, by ojciec spełnił te żądania.

Zaplotła mi ostatni warkocz, a babcia skończyła nakładać makijaż i zdjęła ręcznik, którym zasłoniła moją suknię.

– Micha!

Uniosłyśmy głowy i ujrzałyśmy, że do komnaty weszła matka, jak zwykle bezszelestnie. Zadałam sobie pytanie, czy nie wykorzystywała w tym celu jakiejś magii.

– Tak, pani? – odpowiedziała Krasjanka.

– Przybyli emisariusze Majah – oznajmiła matka. – Myślę, że ich znasz.

Micha uniosła brew.

– Doprawdy?

– To *dama'ting* Belina oraz twój brat przyrodni Iraven – wyjaśniła matka, która teraz angażowała już całą moją uwagę.

– Niemożliwe! – odpowiedziała Micha. – Przecież oni są zakładnikami!

– Być może było tak piętnaście lat temu. Ale mimo to przybyli do Zakątka. Co możesz mi o nich powiedzieć?

– Bądź czujna, pani – rzekła Micha. – Belina była najpotężniejszą wizjonerką wśród *dama'ting*, które ojciec wziął za żony, i ustępowała zdolnościami jedynie samej Damajah. Z całą pewnością zasięgnęła już rady kości co do wyników spotkania z tobą, by zdobyć przewagę, być może też gotowa jest wykorzystać magię w innej formie. Zalecam spotkanie w blasku słońca, co zneutralizuje jej moce.

Matka kiwnęła głową, a potem spytała:

– A książę Iraven?

Po raz pierwszy byłam podekscytowana nadciągającym spotkaniem. Bez wątpienia będą na nim poruszać nudne tematy takie jak szlaki handlowe, taryfy czy inne sprawy, od których ziewać się chce, ale w negocjacjach miał wziąć udział mój brat. Ojciec miał piętnaście żon i ponad siedemdziesięcioro dzieci, a jak do tej pory poznałam tylko Michę.

– Widziałam go w walce, pani – kontynuowała Micha. – O *sharusahk* Majah opowiada się legendy, a mój brat to mistrz. Niewielu spośród naszych braci mogło mu dorównać chwałą na polu bitwy. Nawet rozbrojony pozostaje niebezpieczny. Trzymaj Wondę vah Flinn blisko siebie i postaw dodatkowych strażników przy drzwiach, a jeśli sobie życzysz, ja sama...

– Dziękuję, Micha – matka pokręciła głową – ale to delikatne rozmowy. Nie będę nawet udawać, że rozumiem wszystkie niuanse waszej polityki, lecz wiem, że twoja obecność mogłaby pociągnąć za sobą pewne... cóż, komplikacje.

– Oczywiście, pani. – Micha złożyła ukłon. – Ale...

Matka uniosła dłoń.

– Ja również rzuciłam kośćmi, by się dowiedzieć, co przyniesie to spotkanie. Majah poproszą o coś, czego się nie spodziewamy. Będzie to coś dla nas cennego, jednak nie przewiduję rozlewu krwi.

Mimo że Micha wydawała się uspokojona jej słowami, to wciąż była bardzo czujna, gdy prowadziła nas do sali narad. Przyglądała się uważnie strażnikom Majah, którzy stali przy drzwiach wraz z członkami gwardii pałacowej matki.

– Powitaj ich serdecznie – przypomniała mi matka – jednak podczas rozmów masz się nie odzywać. Twoim celem jest nauka.

– Tak, matko – odpowiedziałam.

Herold matki, Kendall Pieśń Demonów, czekała w środku wraz z ambasadorami. Miała na sobie piękną bluzkę oraz spodnie, utrzymane w typowej dla Minstreli pstrokatej, kolorowej tonacji. Nie dopięła wszystkich guzików – w Zakątku nie jest to niczym niezwykłym, Majah jednak poczuliby się zapewne urażeni tak głębokim dekoltem, gdyby nie to, że przez jej pierś biegły blizny pozostawione przez szpony demonów. W Krasji otaczano podobne znamiona wielką czcią, co Kendall, od lat żona Michy, wiedziała doskonale.

Na widok księżnej Kendall wykonała szybki ukłon.

– Wasza Książęca Mość, pozwól, iż przedstawię ci *dama'ting* Belinę oraz jej syna, księcia Iravena asu Ahmann am'Jardir am'Majah.

Iraven wyglądał, jakby dopiero co skończył trzydzieści lat. Był wysokim, przystojnym mężczyzną w czarnych szatach *Sharum*, na które nałożył misterny napierśnik z runicznego szkła. Odsłonięte ramiona były muskularne, a ich skórę przecinały blizny.

Belina odczekała, aż zamkną się drzwi. Wtedy, otoczona już tylko przez członków rodziny i inne kobiety, zdjęła woalkę, odsłaniając piękną twarz kogoś, kto często para się *hora*, zbyt dojrzałą, by zasłużyć na miano młodej, i zbyt gładką, by nazwać ją starą. Krasjanie byli wysokim ludem, lecz Belina liczyła sobie niecałe pięć stóp wzrostu i była raczej krągła. Posturą czy postawą nie wzbudzała lęku, jednak w jej ciemnych oczach kryło się coś niebezpiecznego.

– Witajcie w Zakątku, Belino vah Ahmann i Iravenie asu Ahmann. – Twarz matki była nieruchoma niczym z porcelany, gdy zrobiła krok naprzód, a Kendall podała jej ceremonialny kielich. – Napijcie się wody z naszego stołu i cieszcie się spokojem.

Był to krasjański zwyczaj, który matka dokładnie zbadała. Częstując gości wodą, jedną z najcenniejszych rzeczy dla ludzi pustyni, złożyła im przysięgę, iż nie zagraża im żadne niebezpieczeństwo.

– Przyjmuję twą wodę, Leesho vah Erny, pani Zakątka – rzekła Belina, potem ujęła kielich i upiła łyk. – Między Zakątkiem a ludem Majah nastał pokój.

Iraven pił jako drugi, a potem matka odwróciła się ku mnie.

– Chciałabym wam przedstawić moją córkę. Oto Olive vah Ahmann am'Leesha am'Zakątek.

– Am'... Leesha? – zapytał Iraven.

Matka obrzuciła go surowym, dobrze mi znanym spojrzeniem.

– Odrzuciłam propozycję, którą złożył mi twój ojciec. Nie chciałam zostać jego szesnastą żoną, książę Iravenie – wyjaśniła, kładąc nacisk na liczebnik. – Księżniczka Olive jest moja.

Moja. To słowo przytłaczało mnie i dusiło, pozbawiało tchu. Czy tym właśnie jestem dla niej i wszystkich tych ludzi? Własnością?

– Zasiądźmy. – Matka poprowadziła nas w stronę stołu. Miejsce po prawicy wskazała mnie, po lewej Belinie. Iraven usiadł obok matki, a Kendall przy mnie. Krasjanie, którzy przywykli do klęczenia czy rozpierania się na poduszkach, siedzieli sztywno. Nie dotykali plecami oparć ani nie kładli rąk na podłokietnikach.

– Napijecie się herbaty? – zapytała matka.

– Tak, poproszę – odpowiedziała Belina, a ja podniosłam się, by sięgnąć po parujący czajnik, stojący na środku stołu.

Był to kolejny rytuał, podobny temu, w którym uczestniczyłam w namiocie Achmana. Najpierw nalałam matce, potem Belinie. Obie upiły łyk, a ja obsłużyłam Iravena, a po nim Kendall. Wtedy napili się wszyscy czworo. Dopiero wówczas mogłam napełnić własną filiżankę i usiąść.

– Zręcznie nalewa – zauważyła Belina.

Nic dziwnego. Matka uczyła mnie tej sztuki od chwili, gdy byłam w stanie unieść zabawkową filiżankę. Mogłam sknocić warzony wywar leczniczy, ale od szóstego roku życia herbatę nalewałam jedną ręką, nie trwoniąc ani kropli.

Matka uśmiechnęła się.

– Tradycja picia herbaty w ważnych chwilach jest równie popularna na Północy jak w Krasji. Nie zebraliśmy się tu jednak po to, by rozmawiać o mojej córce.

Twarz Beliny zdradzała tak niewiele, że równie dobrze mogłaby nosić woalkę.

– Spotkaliśmy się po to, by omówić warunki przystąpienia Pustynnej Włóczni do twego Paktu Wolnych Miast.

– Nic nie sprawi nam większej przyjemności – powiedziała matka. – Twój mąż wysłał Posłańców do Pustynnej Włóczni, by zaprosić waszych emisariuszy na uroczystość zawarcia paktu. Mówiono mi jednak, że nigdy nie powrócili.

Jej słowa nie zabrzmiały jak pytanie, mimo to Belina odpowiedziała:

– Posłańcy są cali i zdrowi, ale po tym, jak zostaliśmy zdradzeni, *Damaji* Aleveran w swej mądrości ogłosił, iż granica pozostanie zamknięta.

– Ci ludzie muszą zostać wypuszczeni... cali i zdrowi, jak sama mówisz... nim ratyfikujemy nasz pakt – rzekła księżna. – Wedle jego postanowień wszyscy sygnatariusze mają przestrzegać pokoju. Wasza krwawa waśń z Kaji musi dobiec końca.

– Pokój – zgodziła się Belina. – Niemniej pokój nie oznacza przyjaźni. Pokój nie oznacza, że ci, którzy cię skrzywdzili, mają się wzbogacić. Odstąpienie od krwawej waśni nie oznacza wybaczenia.

Księżna rozsiadła się wygodnie i zastanowiła się nad tym, co usłyszała.

– Skoro więc nie macie zamiaru żyć w przyjaźni z Kaji, dlaczego chcecie podpisać pakt?

– Ponieważ zdrada w Lennie Everama nie powinna nas odciąć od innych Wolnych Miast – odezwał się Iraven. – Nie chcemy tego, bo pustynia jest surowa i niegościnna, a *alagai'sharak* w Labiryncie sporo nas kosztuje.

Księżna spojrzała na Krasjanina z zaskoczeniem.

– *Alagai'sharak*? Wojna z demonami dobiegła końca, książę Iravenie.

– Być może dla was, mieszkańców zielonych krain – stwierdził Iraven. – Ale magia, która wyniszczyła *alagai* w waszych stronach, nie dotarła na pustynne pustkowia.

– Być może rzeczywiście nie – zgodziła się matka. – Ale przecież Labirynt zbudowano z myślą o wojownikach, którzy idą do boju bez magii. Skoro macie runiczną broń, już dawno powinniście oczyścić swe ziemie z demonów.

– Przez jakiś czas też tak myśleliśmy. Po powrocie stoczyliśmy z *alagai* kilka zaciętych bitew, a Everam nam sprzyjał i odnieśliśmy zwycięstwo. Żyliśmy we względnym spokoju i dobrobycie przez prawie dziesięć lat, lecz pustynia jest rozległa i *alagai* powróciły w wielkiej liczbie. Choć nie ma już myślaków, które bym im przewodziły, demony piaskowe... rozwinęły się. Stały się sprytniejsze i łączą się w ogromne chmary, liczące tysiące osobników. Zwiemy je burzami. Jeśli taka burza opadnie wieś, która ma najmniejszą choćby lukę w barierze, *alagai* znajdują ją i wdzierają się do środka. Nawet Pustynna Włócznia musi mieć się na baczności, gdy taka horda rusza ku nam.

– Otchłańce to istny koszmar dla wszystkiego, co żyje – odpowiedziała matka. – Jeśli potrzeba wam pomocy wojskowej, Zakątek...

– Nie, nie trzeba – przerwała jej Belina. – Wybacz, że mówię bez ogródek, księżno, lecz taka pomoc zawsze pociąga za sobą dodatkową, z początku niezauważalną cenę. Nie zgodzimy się na pobyt obcej armii na naszych ziemiach i potraktujemy ją jako wypowiedzenie wojny.

– Czy wszyscy mężczyźni nie stają się braćmi, gdy zapada zmrok? – spytała matka, parafrazując zdanie z Evejah, krasjańskiej świętej księgi, która definiowała ich jako naród. Wspólna walka przeciwko rasie demonów była najważniejszym dogmatem dla wszystkich krasjańskich plemion.

– To prawda – zgodziła się Belina. – Jednakże w przeciwieństwie do *alagai* żołnierze nie znikają o wschodzie słońca i niewiele trzeba, by bracia stali się wrogami.

– A więc czego pragniecie? – dociekała księżna.

– Traktów handlowych – odpowiedziała Belina. – Laktońskich okrętów, które będą transportować nasze dobra i wymijać terytoria Nowej Krasji. Dostępu do północnych rynków, by móc kupować i sprzedawać.

– Skoro potrzeba wam laktońskich statków, po co przychodzicie do mnie? – spytała księżna. – Czemu nie nawiązaliście kontaktu z samymi Laktończykami?

– Skontaktowaliśmy się z nimi. – W głosie Beliny pojawiła się wzgarda, która nie ukazała się na jej twarzy. – Nie kochają Krasji, lecz wiedzą, że to ich największy partner handlowy i ma armię na ich granicy. Gdyby sami zadecydowali, że nam pomogą, podjęliby ryzyko. Wolą więc, by chronił ich Pakt, a każdy wie, że Północ zgodzi się na każdą decyzję księżnej Leeshy.

– Ileż ja bym dała, by rzeczywiście tak było – zachichotała matka. – Tak czy owak, jeśli to, co mówisz, jest prawdą, nie widzę powodu, by sprzeciwiać się waszemu przystąpieniu do Paktu.

– Kwestionujesz więc naszą szczerość – zauważyła Belina.

Wonda, stojąca za matką, napięła mięśnie. Iraven wbił w nią spojrzenie, a ja przypomniałam sobie słowa Michy: „O *sharusahk* Majah opowiada się legendy, a mój brat to mistrz". Dłoń Kendall opadła pod stół, gdzie bez wątpienia zacisnęła się na jednym z noży do rzucania, którymi lubiła zabawiać tłumy. Potrafiła celnym rzutem wpakować klingę w tykwę na głowie asystenta, nie przecinając nawet włosa.

Belina jednakże pokiwała jedynie głową.

– I słusznie, córko Erny'ego. Przemawia przez ciebie mądrość, ale my również podążamy ścieżkami mądrości i musimy w odpowiedzi zakwestionować waszą szczerość. Pakt należy przypieczętować krwią.

– Krwią? – spytała matka. Stojąca za nią Wonda nadal nie rozluźniła mięśni.

– *Damaji* Aleveran, przywódca Majah, ma wnuka o imieniu Chadan – ciągnęła Belina. – Liczy siedemnaście lat i niebawem zasłuży sobie na przywilej noszenia czarnych szat. Przybyliśmy, by wynegocjować jego ślub z księżniczką Olive.

Wciągnęłam ostro powietrze, a matka spojrzała na mnie z irytacją. Wbiłam wzrok w blat stołu i spróbowałam się uspokoić. W moim żołądku kotłowały się zaskoczenie, gniew, strach i oszołomienie. Z wolna uświadomiłam sobie, że pojawienie się Majah, podobnie jak atak demonów, wcale nie było kwestią przypadku.

Oni też przyjechali po mnie.

– To nie będzie konieczne – rzekła matka po długiej chwili milczenia. – Istnieją inne sposoby na zbudowanie zaufania.

– Proszę o wybaczenie, Wasza Książęca Mość – odpowiedziała Belina – ale nic nie wiąże ludów ze sobą równie mocno jak krew. Chadan to dobry kandydat. Chłopak jest przystojny, pochodzi ze starego rodu, odziedziczył wielkie bogactwo, a na swoje rozkazy ma tysiące wojowników. Księżniczka Olive będzie Pierwszą Żoną Chadana i będzie dzierżyć władzę w jego pałacu, a jej dzieci pewnego dnia zawładną Krasją.

Matka machnęła dłonią w stronę papierów na stole, na których widniały szlaki handlowe i propozycje podatków.

– Czyżby to wszystko było fortelem Aleverana, by ten mógł któregoś dnia przedstawić pretensje do tronu Nowej Krasji?

– Nonsens – odpowiedziała Belina. – Gdybyśmy mieli taki plan, udalibyśmy się bezpośrednio do mego męża, a on, gdyby uznał, że taki związek może zjednoczyć nasze plemiona, od razu zarządziłby ślub swego dziedzica, księcia Kajiego, z jakąś księżniczką Majah. Nam zależy na unii między Zakątkiem a Majah.

Zacisnęłam pięści pod stołem, a oni rozmawiali dalej, jakby mnie tu nie było. Jakbym sama nie miała nic do powiedzenia w sprawie tego, kogo poślubię i dlaczego.

– Żadne inne miasto nie przypieczętowało podpisania paktu krwią. – Matka zmarszczyła czoło.

– A sama przypadkiem tego nie zrobiłaś, Leesho vah Erny? – Belina uniosła brew. – Zakątek znalazłby się pod sandałem Krasji, podobnie jak inne krainy na południu, gdybyś nie przespała się z moim mężem.

– Nie wolno ci odzywać się do niej tym tonem! – wyrwało mi się.

Belina i Iraven spojrzeli na mnie i nawet Wonda sięgnęła po łuk.

Księżna uniosła palec, nie patrząc w moim kierunku. Zawsze wiedziałam, kiedy była zła, a w tej chwili furia w niej kipiała.

– Milcz, Olive.

– Dziewczyna zręcznie usługuje, lecz jest rozpieszczona i kapryśna – stwierdziła Belina. Brzmiała teraz jak Micha, wytykająca wady towaru, o który się targowała. – Nie nauczyła się jeszcze, gdzie jej miejsce. Może byłoby dobrze odesłać ją na czas negocjacji.

Miałam ochotę rąbnąć Belinę w tę jej niestarzejącą się twarz, wiedziałam jednak, czym by się to przypuszczalnie zakończyło. W okamgnieniu Wonda i Iraven znaleźliby się na ziemi, oboje zalani krwią, a potem wybuchłby krwawy zatarg z Majah. Zacisnęłam zęby, ale nie miałam zamiaru się podnieść.

– Nie będzie żadnych negocjacji – rzekła matka. – Myślę, że źle pojmujesz rolę Zakątka podczas tych rozmów, *dama'ting*, a więc pozwól, że jedną kwestię postawię jasno. Nie wydam córki za mąż po to, by kończyć zatargi jej ojca. Nie ma tu o czym rozmawiać. Żaden argument ani też żaden posag tego nie zmieni. Olive poślubi tylko tego, kogo sama wybierze, chyba że wcale nie będzie miała na to chęci.

Miałam ochotę się roześmiać. Naprawdę? Będę mogła sobie wybrać, kogo poślubię? I kto to mówi? Kobieta, która jeszcze chwilę temu kazała mi się zamknąć, a parę dni wcześniej opowiadała o armii kandydatów do mojej ręki? Być może udałoby mi się uniknąć tego mariażu, ale jakoś nie wierzyłam, bym kiedykolwiek mogła zacząć decydować o sobie.

– Taka jest wola *alagai hora* – stwierdziła Belina. – Jeśli Olive, córka Leeshy, nie połączy krwi z plemieniem Majah, Pustynna Włócznia upadnie.

Jej słowa były dla mnie szokiem. Cóż to ma oznaczać? Kości nie kłamały, lecz przekazywana przez nie prawda nigdy nie była całkowicie wyraźna. Czy ludzie będą umierać, jeśli nie wyjdę za tego Majah?

„Nie ufaj niczemu, co od nich usłyszysz" – mówiła Micha w mojej głowie równie wyraźnie, jakby stała obok mnie. Ogłaszanie fałszywego wyniku rzutu kośćmi to grzech dla *dama'ting*, co nie oznaczało, że nigdy tego nie robiły.

Matka jednakże wydawała się nieporuszona.

– Jeśli w istocie dojdzie do upadku Pustynnej Włóczni, przyczyn będę upatrywać w waszej postawie. Jesteście nazbyt uparci i zbyt nieufni, by przyjąć pomoc zaproponowaną w dobrej wierze. Zakończmy więc rozmowę na ten dzień.

Potem podniosła się płynnie z krzesła i rozłożyła ręce, pokazując wnętrza dłoni.

– Przydzieliliśmy waszej delegacji otoczoną murami posiadłość na czas waszego pobytu. Znajdziecie tam komnaty dla wszystkich, a także stajnie oraz plac dla waszych wozów i zwierząt. Zastanówcie się nad...

– Nie ma się nad czym zastanawiać, córko Erny'ego – odezwała się Belina. – Evejah uczy nas, że zaufanie można zbudować tylko dzięki więzom krwi. Czy jesteś pewna, że nie chcesz rozważyć tego związku?

Matka zadarła podbródek.

– Całkowicie pewna.

– A zatem nie ma sensu przeciągać negocjacji – odpowiedziała Belina i również powstała. – Wybacz nam, iż zmarnowaliśmy twój czas. Jutro wracamy do Pustynnej Włóczni.

– Nie mówisz chyba tego poważnie – stwierdziła matka, ale tym razem to Belina uniosła wysoko podbródek i zasłoniła twarz woalką.

– Jestem śmiertelnie poważna – odpowiedziała. – Poważna jak burza demonów.

I w rzeczy samej, mimo usilnych błagań matki Krasjanie zaczęli pakować się do drogi, a następnego dnia wyruszyli.

13

Towarzysze zabaw z dzieciństwa

349 ROK PLAGI

Jako pierwszy poderwałem głowę, gdy jeden ze zwiadowców mamy zmaterializował się w obozowisku Naznaczonych Dzieci. Uniósł się z ziemi z cichym sykiem, który tylko ja usłyszałem.

Od ataku minął tydzień. Zwiadowcy wychodzili i wracali co noc, śledząc ruchy otchłańców i przenosząc wiadomości między obozem a księżną Zakątka. W dzieciństwie mama i Leesha bardziej się przyjaźniły. Spędziliśmy niejedno lato w Zakątku Rębaczy i niejedną zimę w Lennie Everama, stolicy Nowej Krasji. Wszyscy się jakoś dogadywali aż do czasu tej głupiej kłótni między mamą i Leeshą. Później nigdy już tam nie wróciliśmy.

Wolałbym naprawdę nie słuchać tych przybijających raportów, ale mój słuch był dla mnie przekleństwem. Mama rzadko spuszczała mnie z oczu, a więc łapałem każde słowo, nawet kiedy szeptali.

Kroiło się coś dużego, na co Naznaczone Dzieci zareagowały z zapałem, ale i z niepokojem. Zaczęli polerować broń, poprawiać tatuaże i krążyć po obozowisku jak demony wzdłuż barier.

Wyczuwałem też ich lęk oraz głód. Ella nie była jedyną, która skrywała przed światem uzależnienie od gwałtownego przypływu mocy wywoływanego przez jedzenie mięsa demonów.

Mgła przybrała kształt Steli z Gospody.

– Jest gotowa, by cię przyjąć – oznajmiła.

Nagle poczułem napór na pęcherz. Opuściłem obozowisko, by znaleźć ustronne miejsce i się załatwić, zauważyłem przy tym, że ktoś odłączył się od grupy i podążał za mną. Ella Rębacz.

Próbowałem ją zignorować, ale to na nic. Zdawałem sobie sprawę, że nie będę umiał wysikać się na jej oczach.

– Na noc, Ella! – zawołałem przez ramię. – Nie mogę się odlać w spokoju?

Rębaczka oparła dłonie na biodrach.

– Zmieniałam twoje mokre pieluchy, Darinie Bales, i przytrzymywałam cię, gdy załatwiałeś się w wychodku. Skąd teraz ta skromność?

– Już mam cień – burknąłem. – I nie wiem, po co mi kolejny.

– Mama chce, by nigdy nic ci nie groziło – powiedziała Ella. – Coś się dzieje, Darin. Zanosi się na coś wielkiego i nie udawaj, że sam tego nie zwęszyłeś.

– Tak, czuję to – odparłem. – Ale nie jestem chłopakiem z miasta, który nigdy nie widział demona. Włóczę się po nocach poza barierą, odkąd pamięcią sięgam. Popuść nieco tej smyczy, bym mógł wejść za drzewo.

Ella wykrzywiła usta, próbując opanować uśmiech, lecz odwróciła się i pozwoliła mi odejść o kilka kroków, bym mógł rozwiązać spodnie.

Gdy wróciłem, czekała na mnie mama. Wyciągnęła ku mnie rękę.

– Chodź, Darin.

Pokonałem strach i kiwnąłem głową. Wstrzymałem oddech, ujmując jej dłoń, a wtedy magia mamy połączyła się z moją i przepełniła mnie miłością, ciepłem i bezpieczeństwem.

A potem rozszarpała mnie na strzępy.

Zastanawiałem się, czy tak właśnie czuł się ojciec, gdy umierał. Czy towarzyszyło mu uczucie rozciągnięcia do tego stopnia, że utracił bez reszty kontakt z tym, kim był, a potem rozwiał się niczym garstka popiołu na wietrze?

Na szczęście sam nie musiałem się bać, że stracę kontakt z czymkolwiek.

„Mama cię trzyma, Darin". Bardziej poczułem te słowa, niż je usłyszałem, a mama naprawdę panowała nad sytuacją. Czułem, jak siłą woli kontrolowała moją dematerializację, która była równie płynna i łatwa jak ubijanie jajek w misce. A potem pojawiła się rozgrzana patelnia.

Mama odnalazła kanał, którym magia przenikała z Otchłani na powierzchnię ziemi, i wniknęliśmy niczym po rynnie w ciemność. Pomknęliśmy przez skomplikowany system tuneli z prędkością myśli.

Zbliżaliśmy się do Otchłani, zachowując jednak bezpieczną odległość. Potęga w centrum naszego świata nadal była niezwykle daleka, ale tu, gdzie nie docierało wypalające magię światło słoneczne, wszystko wydawało się nią przepojone. Wszystko rozbrzmiewało cichym pomrukiem Otchłani, który odbijał się echem w moim umyśle, tak piękny, że opierałem mu się z najwyższym trudem. Pragnąłem zbliżyć się do niej niczym zmarznięty wędrowiec w zimną noc.

Ale gdybym znalazł się za blisko, spłonąłbym. Tak jak ojciec.

Nigdy go nie spotkałem, niemniej umiałem go sobie wyobrazić. Przypominał nieco dziadka oraz wszystkie te posągi i obrazy, a przy tym nie miał w sobie nic ze mnie. Wyobraziłem sobie, jak nurkuje ku Otchłani niczym drewniana lalka rzucona w płomienie. Zobaczyłem, jak się pali, i zacząłem wrzeszczeć.

Naraz zmaterializowałem się w osobistym gabinecie księżnej Leeshy.

Był to niewielki, mało oficjalny pokój i znałem go, a mimo to nie przestałem wrzeszczeć. Próbowałem się opanować, choć wiedziałem, że ten wrzask musiał sam dobiec końca, że w pewnym momencie ciało zapragnie haustu powietrza i wtedy krzyk się urwie.

Poczułem na sobie spojrzenia, ale o wiele gorsze było to, co odebrałem dzięki więzi z mamą.

Współczucie. Wstyd.

Wyrwałem dłoń i odwróciłem się plecami do wszystkich, by otrzeć łzy rękawem. Minęła chwila, nim znów na nich popatrzyłem.

Zobaczyłem, jak wlepiają wzrok w podłogę i uprzejmie dają mi chwilę, bym się pozbierał, ale wyczuwałem ich litość i zażenowanie tym, iż musieli oglądać moje upokorzenie. Zacząłem żałować, że nie odpowiedziałem na wezwanie Otchłani. Mógłbym pomknąć w dół i dać się spalić tak jak ojciec. Pieśń była naprawdę piękna, a ja już miałem wszystkiego dosyć.

Olive i Selen patrzyły na mnie jak obce osoby. Wciągnąłem głęboko powietrze i wyprostowałem się najszybciej jak mogłem, jednak drugi raz pierwszego wrażenia już nie dało się zrobić.

Ileż to razy mama pomagała mi się zdematerializować i przenosiła mnie tu, do gabinetu cioci Leeshy? Nigdy wcześniej nie zrobiłem z siebie głupka. Tymczasem minęło pięć lat i proszę. Oto moje wielkie wejście.

Kiedyś właśnie tutaj bawiliśmy się z Selen i Olive w rutyniarzy i włóczęgów, chowając się wśród fałd proporca za biurkiem księżnej lub gdzieś wśród ciężkich zasłon na oknach. Nic się nie zmieniło.

Księżna Leesha i generał Gared czekali pośrodku pokoju, by nas powitać, ale nawet na nich nie spojrzałem. Moją uwagę przyciągnęły obie księżniczki. Selen i Olive były moimi pierwszymi przyjaciółkami i w sumie też jedynymi, jeśli miałem być szczery, bo czy ktokolwiek mógłby się z nimi równać? Któż inny na całym świecie mógłby mnie zrozumieć?

Młode kobiety, na które teraz patrzyłem, nie miały jednak wiele wspólnego z dziećmi, które zapamiętałem. Zawsze były wyższe ode mnie, ale wszyscy mówili, że za kilka lat sytuacja ulegnie zmianie. Cóż, nic takiego nie nastąpiło.

Olive zawsze była nieco próżna, pochłonięta przymierzaniem pięknych sukienek i układaniem sobie włosów, i wyglądało na to, że przez ostatnie lata zgłębiła tajniki dbania o wygląd. Miała w sobie wszystko, czym mogłaby zawrócić chłopakowi w głowie.

Ale nie pachniała już jak Olive. Dzieliło nas dobrych kilka kroków, a mimo to wyczuwałem od niej wosk, pył oraz różne zioła, które stosowała do makijażu. Wonie te zlały się z jej perfumami w zapach, który palił mi nozdrza. Musiałem natychmiast przestać o nim myśleć, bo w przeciwnym razie nabawiłbym się bólu głowy na długie dni.

Olive miała na sobie nieskazitelną suknię, obszytą koronką i wyhaftowaną srebrną nicią w runy. Pod rękawami rysowały się mocne mięśnie. Długie, lśniące włosy, natarte olejkiem z kwiatów, ujęła pod złoty diadem.

Nagle zdałem sobie sprawę ze swojego niechlujnego wyglądu. Stanąłem przed nimi boso, w zwykłej koszuli i spodniach z podwiniętymi nogawkami. W Potoku Tibbeta, gdzie wszyscy mieli brud pod paznokciami, mój wygląd nie zwróciłby niczyjej uwagi, a wśród Naznaczonych Dzieci, które kąpały się raz na kilka tygodni czy miesięcy, mógłbym nawet uchodzić za czyściocha, ale tu, w książęcym pałacu, wyglądałem jak pies, który przegonił kota po błocie. Mama nie prezentowała się wiele lepiej w ręcznie tkanej sukni, ale nie przepadała za ciocią Leeshą i zawsze lubiła grać jej odrobinę na nerwach.

Zerknąłem na Selen, która również wydoroślała. Była wyższa i bardziej barczysta, a jasnobrązowe włosy zaplotła w jeden prosty warkocz. Jej suknia była uszyta z mniej wyszukanej tkaniny, choć i tak wyglądała lepiej niż cokolwiek w Potoku. Twarz miała zarumienioną po myciu, ale wyczułem resztki zapachu wosku. Najwidoczniej nałożono jej makijaż, który celowo zmyła.

Uśmiechnąłem się wbrew sobie. Selen w odpowiedzi również uniosła kąciki ust i mrugnęła do mnie w sekrecie, co odebrałem jak cios pięści w pierś. Selen Rębacz nigdy nie musiała stroić się czy malować, żeby mną wstrząsnąć.

Teraz ja mrugnąłem do niej i nagle wszystko było jak należy.

Generał Rębacz jako pierwszy przerwał ciszę, najwyraźniej uznawszy, że odczekał wystarczająco długo i może wreszcie udawać, że mój emocjonalny wyskok wcale się nie wydarzył.

– Darin! Chodź do wujka Gareda! Niechże cię wyściskam!

Podszedł i próbował otoczyć mnie ramionami jak dawniej, gdy miałem pięć lat, a ja odruchowo zrobiłem to, co w dzieciństwie – przeszedłem w półpłynny stan i wyślizgnąłem się z jego objęć.

Nie lubiłem, kiedy ktoś mnie dotykał.

Pamiętałem, że kiedyś ogromnie mnie to bawiło i pękałem wprost ze śmiechu. Generał również zaśmiał się rubasznie, ale przecież nie miałem już pięciu lat. Marzyłem tylko o tym, by przestał.

– Ja też będę musiała cię gonić, byś dał się wyściskać, Darin? – zaćwierkała księżna.

Otworzyła ramiona. Mama zesztywniała, ale ja dobrze wiedziałem, jak się zachować, a poza tym nie miałem nic przeciwko obejmowaniu się z ciocią Leeshą. Serce księżnej biło mocno, równo, a poza tym nie malowała się tak jak Olive. Jej dłonie pachniały mydłem, wyczułem też świeży zapach ziemi na jej palcach. Czyli niedawno była w ogrodzie. Głębokie kieszenie jej sukni wypchane były suszonymi ziołami, dzięki czemu w każdej chwili potrafiła stworzyć jakieś lekarstwo. Ręce miała łagodne, ale wcale nie miękkie. Ściskały mnie mocno, a ja poczułem się bezpieczny.

Przytulaliśmy się chyba za długo, bo wyczułem narastającą irytację mamy. Ciocia Leesha też zdała sobie z tego sprawę, bo wypuściła mnie, a potem oboje zrobiliśmy krok w tył.

Ciocia Leesha wyciągnęła rękę i odsunęła na bok grzywkę brązowych loków, które normalnie zasłaniały mi oczy.

– Aleś ty wyrósł. Zaczynasz trochę przypominać ojca.

Wiedziałem, że nie powinienem się sprzeciwiać, jednak ten pomysł naprawdę wydał mi się idiotyczny. Na obrazach ojciec miał siedem stóp wzrostu i był muskularnym mężczyzną. Mama utrzymywała, że to bzdury, a mimo to trudno mi było sobie wyobrazić, że wyglądał tak jak ja. Nie byłem wysoki ani silny, nie miałem też nawet śladu zarostu. Szczerze powiedziawszy, nie było na co patrzeć. Potrząsnąłem głową, by włosy znów spadły mi na oczy.

– Witaj, Leesho. – Mama zrobiła krok naprzód. Zapach irytacji spotężniał, ale ukłoniła się księżnej z szacunkiem.

– Witaj, Renno. – Ciocia odpowiedziała ukłonem. Odezwała się z sympatią, a nawet z zażyłością, lecz w jej głosie na próżno by szukać przyjaźni czy oddania.

– Renna! – zagrzmiał generał Rębacz i zmiażdżył mamę w uścisku, który przeznaczył dla mnie. Poderwał ją z ziemi i zawirował wokół własnej osi.

– Gared, natychmiast mnie postaw! – krzyknęła mama, a mimo to wybuchła śmiechem, a gdy mężczyzna postawił ją na podłodze, uściskała go mocno. – Ja też się stęskniłam, Gar. Co u Emelii?

Na wzmiankę o żonie generał zaczął wyglądać, jakby połknął pestkę brzoskwini.

– Bez zmian.

– Aż tak źle? – zaśmiała się mama.

– Olive – odezwała się księżna Leesha – Darin nie odwiedzał nas od lat. Może zabierzesz Selen i oprowadzisz go po pałacu, a ja i pani Bales napijemy się herbaty?

Olive uśmiechnęła się do mnie szeroko, ale wyczułem w jej woni niechęć. Trudno było ją o to winić. Sam chętnie bym tu został z dorosłymi, zamiast chodzić po pałacu i słuchać, jak mi mówią, bym niczego nie dotykał bądź nigdzie nie siadał, bo jeszcze coś pobrudzę.

Jako pierwsza zareagowała Selen. Podeszła bliżej i wyciągnęła rękę. W jej zapachu wyczułem rozbawienie, które dostrzegłem też w jej oczach.

– Chodźmy, Dar. Pobawimy się w rutyniarzy i włóczęgów.

Bez wahania ująłem ją za ramię. Z Selen Rębacz byłem gotów udać się na koniec świata.

Pałac cioci Leeshy wyglądał pięknie w runicznym blasku. W większości odwiedzanych pomieszczeń widziałem magię, która unosiła się nad ziemią niczym świetliki, aż pobiorą ją czyjeś emocje bądź siła woli. Nawet w miejscach, którym zapewniono szczelne instalacje runiczne, tu i ówdzie unosiły się drobinki magii, przypominające pyłki kurzu w blasku słońca.

Niemniej w pałacu cioci panowała nieskazitelna wprost czystość. Podążając w ślad za Selen do podziemi, wodziłem wzrokiem po rzędach runów, ciągnących się po ścianach i framugach. Symbole jaśniały niczym lektryczne żarówki i oświetlały nam drogę. Nie widziałem ani okruchu magii, który marnowałby się w powietrzu.

Co więcej, miałem wrażenie, że runy... porozumiewały się ze sobą. Moc mknęła po sieci niczym krople deszczu spływające po szybie, ściągając nadmiar magii i rozprowadzając ją po pałacu. Gdy miałem dziesięć lat, byłem przekonany, że to najbezpieczniejsze miejsce na ziemi.

To jednak było pięć lat temu. Teraz po korytarzach snuły się duchy z przeszłości – mój, Olive i Selen, rozbawione i goniące się ze śmiechem.

Teraz miałem wrażenie, że jesteśmy sobie obcy.

– Nie jesteśmy za duzi, by bawić się w rutyniarzy i włóczęgów? – spytałem, gdy dotarliśmy do pustych schodów.

Selen prychnęła, puściła moją rękę i zwróciła się ku mnie. Dmuchnięciem odrzuciła mi włosy z oczu.

– Ciebie też zaatakowały demony? – spytała.

– Tak – odparłem, mrugając.

– Nic ci się nie stało? – W zapachu Olive wykryłem już nie irytację, a troskę.

Nagle wszystkie te lata rozpłynęły się, a ja uświadomiłem sobie, że straszny ze mnie głupiec.

– Siniaki i draśnięcia – zbagatelizowałem. – Udało mi się wywabić demona spomiędzy drzew grą na fujarce, a ciotka Selia go zabiła.

– Czyli opanowałeś tę sztukę? – spytała Selen. – Potrafisz coś więcej, niż tylko przygrywać do tańca?

– Darin, to niewiarygodne – stwierdziła Olive.

Obie pachniały... dumą. Olive i Selen zawsze górowały nade mną odwagą. Byłem od nich szybszy, ale z jakiegoś powodu to zawsze ja goniłem za nimi. Teraz spoglądały na mnie z nowym szacunkiem, bez wątpienia wyobrażając sobie mnie w heroicznej pozycji, jak zatrzymuję demony muzyką niczym Rozkołysany Hary. Nie wiedziały, jak bardzo zawaliłem sprawę i że przeze mnie o mało wszyscy nie zginęli.

Najlepiej było niczego im nie mówić. Nikt przecież tego nie mógł sprostować. Przyda mi się odrobina chwały, dzięki czemu dziewczyny może szybciej zapomną o upokorzeniu w gabinecie cioci Leeshy.

Ale to przecież nieuczciwe.

– Cóż, dawałem jakoś radę, dopóki otchłaniec był tylko jeden, ciotka Selia pilnowała moich pleców, a Hary czekał w pobliżu, by mi pomóc, jeśli się potknę. Ale gdy demonów zjawiło się więcej, mogłem już tylko uciekać.

– My nie poradziłyśmy sobie wcale lepiej – rzekła Olive. – Zginęłabym, zanim udało mi się w ogóle poderwać włócznię. Micha mnie uratowała.

Po plecach spłynął mi dreszcz, gdy uświadomiłem sobie, że atak na Olive miał miejsce niemal w tej samej chwili, choć setki mil dalej. To nie mógł być przypadek.

– Micha? – Jej słowa przebiły się wreszcie przez chaos w mojej głowie. – Co takiego zrobiła niania Micha?

– O, tobie też nic nie powiedziano? – Olive pochyliła się ku mnie. – Otóż niby-niania tak naprawdę jest...

– Tsss! – rozległ się cichy syk i z trudem opanowałem odruch, by podskoczyć. – Nie ma sensu chować się wśród cieni, siostro, skoro masz zamiar wypaplać mój sekret w oświetlonym korytarzu.

Instynktownie rozpłynąłem się częściowo, gdy z ciemnej wnęki wyłoniła się krasjańska wojowniczka. Była smukła i poruszała się bezszelestnie, a nigdy dotąd nie pozwoliłem, by ktokolwiek podkradł się tak blisko mnie! Zawsze potrafiłem wyczuć skradającą się osobę. Wywęszyłem jakiś proszek, którym zamaskowała swój zapach. Wzrostem przywodziła na myśl nianię Michę, lecz nie przypominała jej niczym innym – ani rytmem uderzeń serca, ani też postawą, sposobem poruszania się czy nawet aurą. Czy to możliwe, że to ta sama kobieta?

Tak jednak było.

– Ukrywanie się przed tobą zawsze było wyzwaniem, synu Arlena. – Jej głos brzmiał tak łagodnie, jak to zapamiętałem. – Chodź.

Poprowadziła nas korytarzami do ciężkich kamiennych wierzei, za którymi mieściła się okrągła sala treningowa. Rozpoznałem runy ciszy na framudze, gdy Micha zamknęła drzwi za nami. Z tego miejsca nie mógł wydostać się żaden dźwięk.

– Witaj z powrotem, Darinie asu Arlen am'Bales am'Potok – rzekła Micha. – Długo czekałam, aż syn Par'china osiągnie męskość.

Chin to w krasjańskim zniewaga. Podstawowe znaczenie tego słowa to „obcokrajowiec" – człowiek, któremu brakowało krasjańskiej krwi – ale w rzeczywistości stanowiło synonim słabeusza i tchórza. Mój ojciec był pierwszym *chin* od wielu wieków, który zamieszkał wśród Krasjan i walczył wraz z nimi, dzięki czemu zasłużył sobie na tytuł Par'chin – odważnego obcokrajowca.

„Asu" oznacza „syn". Asu Arlen, syn Par'china. Micha zawsze okazywała mi wiele życzliwości, ale podobnie jak każdy dorosły nie widziała mnie, lecz syna mego ojca.

Selen stanęła do mnie plecami i porównała mój wzrost ze swoim. Przewyższała mnie o ponad głowę, Olive była niewiele niższa.

– Myślę, że do męskości brakuje mu jeszcze kilku lat, Micha.

– Nie tylko wzrost definiuje wojownika – odpowiedziała Krasjanka. – *Sharusahk* Naznaczonych Dzieci budzi respekt nawet wśród bohaterów.

Słowa były pełne szacunku, jednak w jej zapachu wyczułem wyzwanie.

– Nigdy nie lubiłem się bić. – Wzruszyłem ramionami.

– Księżniczka Olive również nie, a mimo to oboje musieliście ostatnio walczyć. Bardzo chciałabym się dowiedzieć, czego się nauczyłeś. Czy masz ochotę na starcie?

– Z tobą?

Wyzwanie do walki ze strony niani Olive to chyba ostatnia rzecz, której bym się spodziewał. Nie sądziłem, bym w ogóle potrafił ją uderzyć, a poza tym nie wydawało mi się, bym miał z nią jakiekolwiek szanse, nawet gdybym podjął próbę.

Micha się ukłoniła.

– Byłby to zaszczyt, ale miałam na myśli starcie z którąś z moich adeptek – rzekła z uśmiechem. – O ile duma pozwoli ci na walkę z przyjaciółką.

Woń wyzwania stała się wyraźniejsza. Była pewna, że obie dziewczęta mogłyby położyć mnie na łopatki, a ja, patrząc na nie, zaczynałem dochodzić do przekonania, że być może ma rację. Olive i Selen wpatrywały się we mnie, a w ich spojrzeniach malowało się coś drapieżnego. Też to wiedziały.

Przez cały czas pozostawałem spięty i gotowy na atak, od momentu gdy z wrzaskiem zmaterializowałem się w gabinecie cioci, do chwili gdy przyznałem, że uciekłem przed demonami. Olive i Selen zawsze były moimi przyjaciółkami, ale wiedziałem, że jeśli się nie opanuję, nigdy już nie będzie między nami tak samo.

Odpiąłem sakwę z fujarką i odłożyłem ją do szafki na ścianie.

– Myślę, że moja duma to zniesie.

– Odwróć się i zamknij oczy – rozkazała mi Olive. – A potem policz do stu.

Spełniłem jej wolę. Usłyszałem szelest materiału za sobą. Oddychałem miarowo, próbując nie wyobrażać sobie dwóch przebierających się księżniczek.

– Sto! – rzekłem w końcu i odwróciłem się do Olive i Selen, które stały już na ringu w strojach do *sharusahk*. Podszedłem i ukłoniłem się.

– Skoro ja rzuciłam ci wyzwanie, synu Arlena – powiedziała Micha – ty masz prawo wybrać przeciwniczkę.

Olive i Selen stały z ramionami założonymi na piersi, cuchnąc pewnością siebie. W sumie nie było się czemu dziwić, bo miały bicepsy grubsze od moich ud.

Niemniej jeśli chciałem, by ktokolwiek mnie jeszcze uszanował, mogłem dokonać tylko jednego wyboru.

– Olive.

– Walczycie do pierwszego trzymania – nakazała Micha, a Olive wystąpiła naprzód ze swobodnym uśmiechem.

– Dam ci fory – obiecała.

– Naprawdę myślisz, że pozwolę ci wygrać? – spytałem.

Olive parsknęła śmiechem.

– Nie obraź się, Dar, ale nie masz szans.

– Chcesz się założyć?

– Chętnie podwoję kwotę, którą zaproponujesz – prychnęła Selen.

– Nie mam pieniędzy. – Uśmiechnąłem się. – To może tak... Jeśli Olive założy mi trzymanie, będę nosił jej fikuśne jedwabne spodnie i aksamitny płaszczyk, jak w dzieciństwie.

Olive aż zaświeciły się oczy.

– Mam koronkowy krawat, w którym będzie ci do twarzy, o ile najpierw wylejemy ci wiadro wody na głowę i rozczeszemy ten krzak, który nazywasz włosami.

Micha nie mieszała się do naszej rozmowy, wyraźnie rozbawiona.

– Ale jeśli to ja założę trzymanie tobie – ciągnąłem – nie będziesz nosić makijażu przez dwa tygodnie.

– Robi się ciekawie! – Selen wybuchła śmiechem.

Zerknąłem na nią.

– A ty nie będziesz zmywać swojego.

– A niech cię Otchłań! – odpowiedziała Selen. – Przecież ja nie walczę!

– Ale przed chwilą chciałaś podwoić stawkę – przypomniałem.

Selen położyła dłonie na biodrach.

– W porządku. Przecież to nie my będziemy musiały cokolwiek płacić.

Zachwycona Olive klasnęła w dłonie, a potem odwróciła się i przyjrzała mi się jak kot, który właśnie zauważył mysz.

– Zaczynamy! – zawołała i rzuciła się na mnie.

– Tsss! – syknęła Micha. – To ja miałam...

Żadne z nas nie zwróciło na nią uwagi. Olive walczyła szybko, ale to nie wystarczyło. Zwykłego przeciwnika pochwyciłaby bez trudu, lecz jak dla mnie poruszała się, jakby stała po pas w wodzie. Bez trudu uskoczyłem w bok i zrobiłem unik, na co Olive musiała wykonać krok w niewłaściwym kierunku, by wytracić pęd.

Teraz zachowywała większą ostrożność. Wiedziałem już, że drugi raz nie wyprowadzę jej w pole w ten sam sposób. Okrążyła mnie, przybliżając się coraz bardziej, a ustawienie jej stóp i pięści zdradzało mi, że wie, co robi.

Mama próbowała nauczyć mnie walki. Selia i dziadek również podejmowali wysiłki, ja jednak nigdy tego nie polubiłem i często znikałem, zamiast pojawiać się na lekcji. Zawsze wolałem uciekać, niż walczyć.

Olive rzuciła się do ataku, a gdy uskoczyłem, wykorzystała swój pęd, by wyprowadzić kopnięcie tak szybkie i płynne, że niemal trafiło w cel. Była zwinna, a kopiąc, unosiła stopę wysoko jak tancerka, ale ostatecznie zadziałało to na jej niekorzyść, bo przemknąłem pod jej nogą i pchnąłem ją w udo, przez co straciła równowagę. Oparłem się dłonią o podłogę i podciąłem ją. Olive padła, a ja rzuciłem się, by założyć jej chwyt, lecz dziewczyna zerwała się szybciej, niż uznałbym to za możliwe. Obróciła się na podłodze, by zdzielić mnie pięścią.

Wypuściłem powietrze z płuc i przeszedłem w stan półmaterialny. Pięść Olive ześliznęła się z mojej szczęki, nie czyniąc mi żadnej krzywdy, choć tak czy owak nie spodobało mi się to. Cofnąłem się błyskawicznie, a Olive wyrzuciła stopy w górę i poderwała się gwałtownie.

– Mało brakowało! – rzekła, a ja wiedziałem, że to prawda. Gdyby nie moja moc, walka już dawno by się zakończyła moją klęską.

Olive miała własną moc. Nigdy nie widziałem kogoś z taką aurą jak ona, a do tego była silniejsza, niż ktokolwiek miał prawo być. Dlatego musiałem rzucić wyzwanie właśnie jej.

Zasypała mnie gradem ciosów i kopniaków. Robiłem uniki, ale Olive okazała się równie szybka co silna i dobrze wiedziała, jak będę przesuwał się po każdym jej uderzeniu. Nie byłem w stanie zrobić nic innego, by wytrzymać ów napór – musiałem się cofać. Olive uśmiechnęła się, odbierając mój odwrót jako oznakę uległości.

Może i miała rację. Może już wygrywała. Próbowałem jednak o tym nie myśleć, gdy wybrałem odpowiedni moment i przeszedłem do kontrataku. Poruszałem się tak szybko, że Olive ledwie za mną nadążała. Prześliznąłem się przez jej gardę i złapałem dziewczynę za nadgarstek. Rozstawiłem odpowiednio stopy i wykręciłem jej ramię, by wykonać rzut.

I wszystko byłoby dobrze, gdyby nie to, że Olive ani drgnęła. Wytężyłem wszystkie siły, ale jej mięśnie były jak z żelaza. Naraz uświadomiłem sobie, że to pułapka. Nim udało mi się znów przejść w stan półmaterialny, otrzymałem potężny cios w pierś.

Miałem wrażenie, że trafiło mnie końskie kopyto. Oderwałem się od ziemi, walnąłem w nią plecami i przetoczyłem się niebezpiecznie blisko skraju kręgu. Gdybym znalazł się poza nim, przegrałbym walkę.

Olive rzuciła się na mnie, a ja mogłem już tylko bronić się przed chwytem. Była ode mnie cięższa i silniejsza, a szybkością prawie mi dorównywała, przez co w zwarciu miała przewagę.

Stałem się śliski i wyrwałem się z jej uścisku niczym wystrzelona pestka czereśni, ale zacząłem dochodzić do wniosku, że rzucenie wyzwania Olive, córce Leeshy, było wielkim błędem. Mogłem sobie tylko wyobrażać, w jakie fatałaszki mnie wystroją, gdy przegram.

Przestałem atakować i zmusiłem księżniczkę do gonienia mnie wokół ringu. Unikałem ciosów i wyślizgiwałem się, gdy próbowała mnie złapać. Nie męczyłem się równie szybko jak inni ludzie.

Mimo to Olive dotrzymywała mi kroku. Jej serce i płuca pracowały szybciej, ale była daleka od zadyszki.

– Nie wymkniesz mi się, Dar!

Kiwnąłem głową i odwróciłem się ku niej. Odbiłem cios jej pięści i błyskawicznie skontrowałem. Walnąłem ją w żebra ze wszystkich sił, jednak Olive nie dała po sobie poznać, czy cios zrobił w ogóle na niej jakieś wrażenie. W odpowiedzi uderzyła mnie otwartą dłonią w skroń, od czego przewróciłem się na ziemię.

Kiedy Olive skoczyła na mnie i złapała mnie za nadgarstki, znów przeszedłem w półmaterialność i wymknąłem się z jej objęć. Złapałem ją za to za strój i nagłym wyrzutem ciała znalazłem się za nią. Olive spróbowała mnie pochwycić, ale przypominało to teraz zabawę w łapanie wysmarowanego tłuszczem prosiaka na obchodach przesilenia letniego.

W reakcji na to, że znalazłem się za nią, Olive przewróciła się, a ja przyłożyłem plecami w podłogę. Uderzenie wybiło mi powietrze z płuc, mimo to udało mi zarzucić jej ramię na gardło. Oplotłem ją też nogami i wbiłem pięty w jej biodra. Potem wciągnąłem powietrze i skurczyłem się.

Olive szarpnęła mnie za ramię, a jej siła okazała się niewyobrażalna. Byłem od niej o wiele słabszy, lecz gdy się skurczyłem, moje ciało stało się gęstsze i bardziej zwarte. Olive równie dobrze mogłaby teraz szarpać za stalową linę.

Poddała się i przeszła do wbijania łokci w moje żebra. Nie mogłem się teraz roztopić, ale to już nie miało znaczenia. Im mniejszy byłem, tym twardszy i bardziej odporny na ciosy. Ledwie czułem jej uderzenia, choć widziałem, że jej sprawiały sporo bólu. Nic dziwnego. Waliła teraz w coś równie twardego jak pień złotodrzewa.

Mimo to Olive nadal walczyła. Najpierw udało jej się dźwignąć na kolana, a potem wstać, choć dalej siedziałem na jej plecach. Widziałem, jak wpatrywała się w ścianę.

– Wyjdź z ringu, a przegrasz walkę – przypomniałem jej.

Z ust Olive wyrywało się stęknięcie i znów przewaliła się na plecy, lecz zderzenie z podłogą wyrządziło większą szkodę panelom aniżeli mnie samemu.

Zaczęła też utykać, ale nadal słyszałem pracę jej serca i wiedziałem, że próbowała mnie oszukać. Czekałem, a Olive zbierała siły w nadziei, że mój chwyt osłabnie. Dopiero gdy jej serce naprawdę zaczęło bić wolniej, klepnęła mnie w udo na znak przegranej.

– Tsss! – Odstąpiłem od Olive natychmiast, gdy usłyszałem syk Michy. Wypuściłem powietrze i przeszedłem w stan półmaterialny, a potem odsunąłem się od niej.

Po raz pierwszy w życiu ujrzałem, jak Micha nagradza mnie ukłonem wojowniczki.

– Nie doceniłam cię, synu Arlena.

– To tylko sztuczki magiczne. – Wzruszyłem ramionami.

– Czyli oszustwo, chciałeś powiedzieć – powiedziała Olive ochrypłym głosem.

Odwróciłem się ku niej, ciesząc się w duchu z loków, które zasłaniały mi oczy i wybawiły przed koniecznością nawiązania kontaktu wzrokowego.

– Nie ja jeden korzystałem z magii, Olive, i dobrze o tym wiesz.

Olive nadal się krzywiła, ale wiedziała, że lepiej się w tej kwestii nie spierać.

– Walk nie wygrywa się samą tylko magią – Micha zwróciła się do nas obojga. – Oboje świetnie się spisaliście.

– Czy to oznacza, że muszę poprosić Tarisę, by znów nałożyła mi makijaż? – spytała Selen, gdy

Olive usiadła przy toaletce i przystąpiła do zmywania pudru.

– To był tylko głupi zakład – rzekłem. – Nie musisz...

– Pewnie, że musimy, na Otchłań – wtrąciła się Olive. – Sama ją umaluję. Gdybyś przegrał, na pewno byśmy cię ślicznie wystroiły.

Tym śmiałym słowom zaprzeczył jej zapach. Olive nie cierpiała pokazywać się ludziom bez makijażu, pudru i perfum, choć nie miałem bladego pojęcia, dlaczego tak się działo.

Micha na nowo założyła swoje obszerne szaty. Pamiętam, jak niania Olive uganiała się za nami po całym pałacu, byśmy nigdzie nie nabroili. Czy istniał lepszy kandydat do roli sekretnego ochroniarza? Teraz to ja nie spuszczałem jej z oczu, ale Micha opanowała umiejętność wtapiania się w tło do tego stopnia, że moje czajenie się na uboczu wydawało się przy tym wręcz towarzyskim zachowaniem.

Olive zaciągnęła Selen przed toaletkę, uśmiechając się szeroko. Mimo że Selen mruczała gniewnie pod nosem, to w zapachu wyczuwałem rozbawienie.

– To, że wygrałeś, nie oznacza, że nie mógłbyś się wykąpać albo założyć czystego ubrania – zauważyła Olive, zajęta nakładaniem pudru na policzki Selen przy pomocy miękkiego pędzelka.

– Kąpałem się dwa dni temu – stwierdziłem. – Wtedy też się przebrałem. Smród mydła dopiero ze mnie zszedł.

Minąłem się odrobinę z prawdą. Oddałbym wiele za możliwość posiedzenia w gorącej wodzie i świeże odzienie prosto ze sznura na bieliznę, ale lubiłem się z nimi drażnić. Upłynęło tyle lat, a jednak wszystko powracało do normy.

Patrząc, jak Olive pracuje, sięgnąłem do sakiewki i wyciągnąłem fujarkę. Adrenalina wciąż mnie nie opuściła po walce, ale gdy zacząłem grać, oddałem się muzyce i napięcie powoli słabło.

– Ech, Darin – odezwała się Selen. – Kiedyś ty się tego wszystkiego nauczył?

Słysząc ten komplement, stłumiłem głupkowaty uśmiech. W odpowiedzi wzruszyłem ramionami i nie przestawałem grać. Wtedy wydarzyło się coś, czego nie spodziewał się nikt.

Micha zaczęła śpiewać.

Z początku nuciła bez słów, splatając muzykę z moją grą, ale wnet jej głos nabrał mocy i to ona przejęła inicjatywę, śpiewając głośno po krasjańsku. Znałem ten język, lecz intonacja w pieśni Michy inaczej się układała i z trudem nadążałem za słowami, próbując utrzymać tempo. Na górnej wardze zgromadził mi się pot, gdy dmuchałem w coraz to inne tubki, szybko wciągając powietrze między jedną nutą a drugą.

Gdy Micha umilkła, Selen i Olive zaczęły bić brawo, całkiem zapomniawszy o makijażu.

– Kto nauczył cię „Pieśni o Nowiu"? – spytała Micha.

Ta pieśń to kolejny relikt wojny. Była pierwszym utworem napisanym, by kontrolować demony.

– Od niej właśnie rozpoczęła się moja nauka, gdy mama sprowadziła Rozkołysanego Hary'ego.

Micha pokiwała głową, dobrze wiedząc, o czym mówię.

– Honor mistrza Hary'ego nie ma granic. Moja *jiwah*, Kendall, jest również jego uczennicą. Podczas wojny całe armie *alagai* tańczyły do jego muzyki.

– Podczas nocy przesilenia letniego uratował nam wszystkim życie – rzekłem. – Ale tańca żadnego nie zauważyłem. Robiliśmy wszystko, by te bestie nas nie pożarły.

– Proszę o wybaczenie. Nie chciałam okazać braku szacunku. – Micha ukłoniła się i wbiła wzrok w podłogę. – Wszyscy zostaliśmy zaskoczeni podczas tej nocy, lecz gdy zapada zmrok, wszyscy jesteśmy braćmi i siostrami, a gdy walczymy razem, zwycięstwo staje się możliwe.

14

Kości

349 ROK PLAGI

Selen i ja ledwie przypominałyśmy dziewczynki, którymi byłyśmy podczas naszego ostatniego spotkania, ale Darin nadal był Darinem, choć urósł o kilka cali. Nadal był tym czasami irytującym młodszym bratem, któremu z ochotą dawałyśmy wycisk, ale obie byłyśmy gotowe zginąć w jego obronie.

Tyle że Selen rzucała na niego ukradkowe spojrzenia. Darin stał oparty o ścianę ze swoją fujarką, a gdy odrzucał włosy, które zawsze zasłaniały mu oczy, Selen odwracała wzrok i rumieniła się, choć jeszcze nawet nie tknęłam jej szczotką.

– Zakład to zakład – westchnęła.

– Ty akurat nie powinnaś narzekać – powiedziałam.

– Serio? – Selen wyglądała, jakby właśnie wyssała zawartość cytryny. – Z nas dwóch ty nadal jesteś tą ładną, nawet po tym, jak zmyjesz cały makijaż, a ja się wypindrzę jak angieriańska dama dworu.

Znów zerknęła na Darina. Wiedziała, że dzięki swoim uszom nietoperza słyszał każde wypowiedziane przez nas słowo, ale nigdy nie lubił się przekomarzać. Podobnie jak w dawnych czasach, chodził za nami, ale trzymał się na dystans, chyba że go osaczałyśmy. Był gotów odezwać się do nas, gdy miał coś ważnego do powiedzenia, lecz wolał, by muzyka przemawiała za niego.

Darin nie był tak przystojny jak Perin. Nie dorównywał wzrostem czy budową ciała Oskarowi, nie miał również jego dudniącego głosu. Darin Bales był nieśmiały i cichy, podczas gdy Selen gustowała w chłopakach odważnych i hałaśliwych. Miał okrągłą, pyzatą twarz, podczas gdy ona oglądała się za tymi, którzy mieli twarde, kwadratowe szczęki.

Mimo to Selen ciągle zerkała na niego w lustrze. Pracowałam nad jej makijażem, ale widziałam, że nie spuszcza wzroku z ust Darina, dotykających kolejno każdej tubki fujarki.

Nie wyobrażałam sobie, bym miała zabiegać o względy Darina, a mimo to uwaga, którą poświęcała mu Selen, obudziła we mnie odrobinę zazdrości. W końcu Darin Bales był pierwszym chłopakiem, z którym Selen się całowała. Miało to miejsce wiele lat temu, a powodem był oczywiście kolejny głupi zakład.

Po wszystkim oboje się krzywili i nikt później słowem się o tym nie zająknął. Mimo to coś się zmieniło tego dnia. Nasza trójka zawsze była nierozłączna, a po tym pocałunku... Nie wiem, kogo za to winić – ich czy mnie – ale przeszkadzało mi, że połączyło ich coś intymnego, co mnie nie było dane.

Chodziłam za Darinem jeszcze przez tydzień w nadziei, że i mnie uda się go pocałować, choćby po to, by zrównoważyć dysproporcję. On oczywiście nie zwrócił na mnie uwagi. Babcia mówiła, że chłopcy nigdy nie zdają sobie sprawy z tego, że podąża za nimi dziewczyna.

Lato się skończyło i jak co roku Darin wrócił do Potoku Tibbeta, by wziąć udział w sianokosach. Pani Bales i Darin przybywali do Zakątka co roku po zasianiu upraw i gościli u nas aż do końca lata. Obiecałam sobie, że w następnym roku wyrównam rachunki.

Ale na próżno na nich czekałam. Nie przybyli już nigdy. Na dworze plotkowano, że matka i pani Bales pokłóciły się o ojca Darina, lecz nikt nie znał faktów.

Po pięciu latach straciłam całą ochotę na całowanie się z Darinem i wiem, że nie powinnam czuć zazdrości z powodu uwagi, jaką poświęcała mu Selen, bo to było po prostu głupie. Ale widziałam, jak Darin zerkał na Selen, gdy ta nie patrzyła, i zaczęłam się martwić, że któreś z nich wyjdzie z tego ze złamanym sercem.

Nawet w nocy matka nie odsłaniała grubych, aksamitnych zasłon wiszących w oknach biblioteki, nie chcąc, by choćby słaby blask gwiazd wpłynął na jej czary. Gdy weszliśmy, matka i pani Bales piły herbatę i gawędziły z sympatią, ale umiałam rozpoznać, gdy kobiety udawały przyjaźń, by zamaskować wzajemną niechęć.

Nietrudno sobie to wyobrazić. Matce i Arlenowi Balesowi zdarzyło się parę pocałunków, zanim ten wziął za żonę panią Bales. Nikt nie zrobił niczego złego, ale zaczęłam się zastanawiać, czy całowanie się było warte wszystkich kłopotów, które za sobą pociągało.

Chociaż to na pewno nie było wszystko. Przyjeżdżali tu przecież co lato przez dziesięć lat. Musiało się wydarzyć coś poważnego, skoro pani Bales zerwała z nami kontakt i trzeba było aż ataku demonów, by przerwać impas.

– Olive! – Pani Bales poderwała się na równe nogi. – Jesteś piękna jak poranek!

Zmyłam już cały makijaż i gdybym usłyszała te słowa od kogokolwiek innego, pewnie bym się sprzeciwiła, ale nie sądziłam, by pani Bales kiedykolwiek umalowała sobie usta czy założyła coś, czego nie utkała własnoręcznie. Długie włosy splotła w gruby, prosty warkocz, ale otaczał ją iście królewski autorytet i tak też była traktowana. Zdążyłam zapomnieć, jak bardzo kiedyś zależało mi na jej aprobacie.

– Ciociu Ren! – Wyciągnęłam ręce, a pani Bales przygarnęła mnie do siebie. – Tęskniłam za tobą!

– Ja za tobą też, mała – odpowiedziała. – Twój ojciec również przekazuje wyrazy miłości.

Odsunęłam się, by na nią spojrzeć.

– Widziałaś mojego tatę?

– Razem z Darinem ślizgamy się tam czasem zimą – wyjaśniła pani Bales. – W Krasji jest ciągle ciepło. Sporo czasu upłynęło od naszej ostatniej wizyty, ale ojciec pyta o ciebie za każdym razem.

Jej słowa wywarły na mnie większe wrażenie niż jakikolwiek komplement.

Matka odkaszlnęła. Trzymała dwie szkatuły z wypolerowanego złotodrzewa, z których jedną wręczyła mnie, a drugą Selen. Otworzyłam swoją i ujrzałam w środku granatowy płaszcz z kapturem, podobny do tego, który nosiła matka. Był to strój godny arystokratki, wzdłuż jego szwów i na plecach ciągnęły się setki srebrnych runów, wyszytych bezbłędnie przez matkę. Zarzuciłam go na ramiona, a płaszcz zafalował niczym wiatr, aż opadł i zakrył mnie niemalże całkowicie.

Selen wyciągnęła ze swojej szkatuły podobny płaszcz, z tą różnicą, że był zielono-brązowy, a runy wyszyto na złoto.

– Na noc, przecież zrobienie czegoś takiego musiało zabrać całą wieczność! – zawołała.

– Miałam czas – odpowiedziała matka. – Wiedziałam, że ten dzień kiedyś nadejdzie, ale myślałam, że mam jeszcze trochę czasu.

– A dla Darina nie zrobiłaś? – spytałam.

– Darin ma już własny – rzekła matka. – Ten, który zrobiłam dla jego ojca.

– Dotarł do Otchłani i powrócił – dodała pani Bales. – Ocalił mi życie w ciemnościach.

– Nie rozstawajcie się z nimi, gdy zapadnie zmrok – poprosiła matka.

– Nawet w miejscach, które uważacie za bezpieczne – dorzuciła pani Bales.

Skończyła mi się cierpliwość. Chyba miałam już dość tych frazesów.

– A niby czego mamy się bać?

– Może niczego – oznajmiła pani Bales.

Przeniosłam wzrok na matkę i przypomniałam jej spojrzeniem o złożonej mi obietnicy. Matka zacisnęła usta.

– Następcy tronu roju demonów. Krasjanie nazywają go Alagai Ka.

– Ha! – odezwała się Selen. – Teraz to nawet i ja wiem, że to bujdy.

– Każdy z odrobiną oleju w głowie wie, by nie brać dosłownie słów Opiekuna – zgodziła się pani Bales. – Ale Alagai Ka istnieje naprawdę. Pomogłam waszym ojcom go pojmać, by zaprowadził nas do roju.

Poczułam ucisk w piersi, a oddychanie przychodziło mi z trudem. Znałam tę opowieść podobnie jak każdą inną, ale choć słyszałam różne wersje, wszystkie kończyły się tym samym.

– Czy on nie zginął podczas czystki urządzonej przez Wybawiciela?

– Pewnie tak. – Pani Bales wzruszyła ramionami.

– Pewnie tak? – wyrzuciłam z siebie. Czy wszystko to, co moim zdaniem wiedziałam o wojnie, to kłamstwo?

– Zrobiło się gorąco, gdy wdarliśmy się do roju – ciągnęła pani Bales. – Demon zerwał łańcuchy i znalazł sposobność, by uciec.

– Ojciec Darina zabił każdego demona w promieniu ponad stu mil – dodała matka. – Liczyliśmy na to, że zginął wraz z innymi.

– I może rzeczywiście zginął – odezwała się pani Bales. – Albo uciekł na dobre i zaszył się na skraju świata z tym kikutem między nogami.

– Kości nie udzieliły mi jasnej odpowiedzi na ten temat – podjęła matka. – Dla nich każdy demon umysłu to Alagai Ka, jednak coś przejęło kontrolę nad ocalałymi otchłańcami i owo coś wie, kim jesteście.

Spojrzała na mnie, Selen i Darina.

– Każde z was. Owo coś szuka jedynie sposobności, by was zaatakować, a nam nie wolno mu jej dać. Musimy go wpierw odnaleźć i zniszczyć.

Mój gniew przygasł, przepędzony przez zimny lęk. A więc nigdy nie będę już mogła wyjść poza wielki run?

Pani Bales oparła dłonie na biodrach.

– Nie możemy taić tego przed ojcem Olive. To wielki błąd.

Matka pokręciła głową.

– Jeśli skorzystamy z magii, by nawiązać kontakt, jakiś myślak może przechwycić wiadomość.

Pani Bales wywróciła oczami, ale nie spierała się.

– Dobrze, a więc prześliznę się do niego i przekażę, by nas odwiedził. Potrafi poruszać się niemal równie szybko jak ja.

Matka znów pokręciła głową.

– Inevera nigdy na to nie pozwoli. Nie ma do nas zaufania. Nie chce, byśmy... się spotykali.

– Podobno takie właśnie rzeczy się dzieją, kiedy kobieta przeleci męża innej za jej plecami – rzekła pani Bales. – Zresztą chciałabym się zobaczyć z nimi obojgiem.

Choć z trudnością w to uwierzyłam, przytyk nie wywołał wybuchu złości u matki.

– Mój brak zaufania do Inevery jest równie silny – stwierdziła matka i wyjęła kości z sakiewki przy pasku.

Podeszła do stołu ze złotodrzewa. Blat obciągnięto nieskazitelnie białym filcem i otoczono listewkami. To tam miała w zwyczaju rzucać kośćmi.

– Ale odczytuję przyszłość równie dobrze jak ona.

– Dobra, a więc zaczynajmy – prychnęła pani Bales.

Kości matki nie przypominały tych, którymi rzucała Favah. Sztuka odczytywania przyszłości wymagała użycia siedmiu *alagai hora* – uformowanych z kości demonów, z których każda miała inny kształt i inną liczbę ścianek. Runy wyryte na ściankach skupiały moc i opowiadały o tym, co się może wydarzyć, choć tylko ktoś wyszkolony umiał odczytać ich wyrok. Ja, ku ubolewaniu Favah, takiego daru nie posiadłam, za to umiejętności matki budziły podziw wśród wtajemniczonych.

Kości *dama'ting* Favah, gładkie niczym wypolerowany obsydian, były uformowane z czarnych kości demonów, podczas gdy księżna pokryła własne warstwą bezcennego elektrum, jedynego metalu, który był w stanie zatrzymywać i przewodzić magię Otchłani bez żadnych strat. Błyszczały jak srebro na jej dłoni, podczas gdy drugą ujęła lancet chirurgiczny.

– Olive, zaczniemy od ciebie.

Westchnęłam i wyciągnęłam rękę, a matka przeprowadziła kolejną fazę rytuału. Odkaziła mój lewy palec wskazujący, a potem przekłuła drobną bliznę. Pobierała mi krew tysiące razy, lecz zawsze korzystała z tego samego miejsca.

– Pięć... sześć... siedem! – liczyła, wyciskając kroplę krwi na każdą z kości, a potem przycisnęła palec do ranki i trzymała go, póki ta się nie zasklepiła. Po chwili nie było już widocznego śladu, ale blizna zawsze swędziała. Matka twierdziła, że to tylko moja wyobraźnia.

Złożyła dłonie razem i delikatnie potrząsnęła, by rozprowadzić krew na kościach.

Nigdy dotąd nie widziałam, by księżna się modliła, nawet podczas uroczystych nabożeństw ograniczała się do opuszczenia głowy z szacunkiem. „Władca zawsze musi działać w imieniu swoich podwładnych – powtarzała mi – a nie w obliczu tego, co jego zdaniem interesuje bóstwa". Mimo to w trakcie rytuału rzutu kością nawet matka zwracała się do wyższej instancji.

– Stwórco, który dajesz nam światło i życie, szukam wiedzy na temat mej córki Olive z Zakątka, której ojcem jest Ahmann Jardir z Krasji. Dlaczego doszło do zamachu na jej życie podczas ostatniego nowiu?

Gdy wypowiadała te słowa, kości jaśniały coraz mocniej, aż w końcu ich blask przeniknął między palcami. Wtedy rozwarła dłonie i wypuściła *hora*, a my, oślepieni ich blaskiem, patrzyliśmy, jak toczą się w różnych kierunkach, urągając prawom natury, ciągnięte przez runy przepowiedni. W końcu wszystkie znieruchomiały, mieniąc się lekko, a wszyscy wstrzymaliśmy oddechy.

Przynajmniej w pierwszej chwili.

Darin, Selen i pani Bales pochylili się nad kośćmi, ale ja wiedziałam, że siedem symboli nic im nie mówiło. Matka długo przyglądała się wynikom rzutu, a napięcie słabło.

Darin przemknął przez pokój, a potem, zwinny niczym wiewiórka, wspiął się i usiadł wysoko na półce z książkami. Wydawał się być daleko stąd, zagubiony we własnym świecie, ale wiedziałam, że z tej odległości widział, czuł i słyszał lepiej niż większość ludzi z bliska.

Selen straciła zainteresowanie jako druga. Wzięła filiżankę z herbatą oraz ciasteczko i usiadła na kanapie, kładąc nogi na stole. W innych okolicznościach matka by ją przegoniła, teraz jednak była tak skupiona na wyniku rzutu, że niczego nie dostrzegła.

Pani Bales długo wpatrywała się w kości, próbując rozgryźć ich tajemnicę, aż w końcu westchnęła i odeszła od stołu. Kroczyła wzdłuż półki i wodziła palcem po grzbietach książek, aż wybrała odpowiedni tom. Usiadła wówczas na podłodze i skrzyżowała nogi, po czym zaczęła czytać w runicznym świetle.

– Co widzisz, Olive? – spytała cicho matka.

Gdy patrzyłam na kości, czułam ucisk w żołądku. Rozpoznawałam wszystkie symbole, ale rozgryzienie ich znaczenia okazywało się dla mnie równie trudne, jak próby przewidzenia pogody podczas ćwiczeń z Favah. Każdy symbol miał wiele znaczeń, które należało interpretować w oparciu o kontekst, kierunek i odległość od innych. Nawet po wielu latach nauki wciąż nie wiedziałam, jak ktokolwiek może się w tym rozeznać.

Matka wskazała mi kość z runem skały i kość z runem wiatru, które znalazły się blisko siebie.

– Widzisz to położenie? Pojawiło się podczas jednego z moich pierwszych rzutów, gdy zaczęłam naukę pod okiem Favah. Byłam przekonana, że znam jego znaczenie, ale Favah wyzwała mnie od aroganckich idiotek.

– A miałaś rację? – spytałam.

– Dopisało mi szczęście. – Matka wzruszyła ramionami. – Przyszłość to opowieść, lecz istnieje wiele sposobów na opowiedzenie tej samej historii. Być może to położenie nie oznacza już tego, co oznaczało kiedyś.

– A co to było? – dociekałam. Nie nawykłam do pokory w głosie księżnej, ale nie byłam przekonana, czy powinnam się w ogóle tą wróżbą przejmować. Skoro ona nie miała pewności, to jak wyglądały moje szanse, by cokolwiek odgadnąć prawidłowo?

– Przecinające się runy skały i wiatru mogą oznaczać górę. – Matka kreśliła niewidzialne linie do miejsca, gdzie mogłyby się przeciąć krawędzie kości, a potem znów pokazała mi kość z runem skały. –

Ta jednak jest odwrócona. Co to oznacza twoim zdaniem?

– Odwrócenie często oznacza coś przeciwnego – zacytowałam zdanie z podręcznika.

– A co stanowi przeciwieństwo góry?

Zawahałam się. Księżna uwielbiała zadawać mi takie pytania, uważając moje odpowiedzi za formę ukrytego egzaminu. Nienawidziłam tych prób, choć aż się paliłam, by zdobyć jej przychylność.

A co stanowi przeciwieństwo góry? Jezioro? Morze? Niebo?

Spoglądałam na spokojną twarz matki, rozważając w głowie odpowiedzi. Gdybym myślała na głos, skrytykowałaby każdy mój pomysł, i choć matka wydawała się uosobieniem cierpliwości, każde pytanie pomocnicze, które mogłabym zadać, pogorszyłoby jej ocenę.

Zacisnęłam powieki i wyobraziłam sobie górę. Pierwszą górę w swoim życiu ujrzałam dopiero na objeździe księstwa, ale dobrze je pamiętałam, dumne i masywne na tle nieba. Myślałam o ich kształcie, myślałam o tym, jak przecinały niebo. Próbowałam sobie wyobrazić, co mogło być ich przeciwieństwem, jednak przychodziło mi do głowy tylko powietrze, wypełniające przestrzeń ongiś zajmowaną przez górę.

Czy to właściwa odpowiedź? Czy odwrócony run skały i run wiatru wykluczały się nawzajem?

Znów zerknęłam na matkę i zastanawiałam się, jak odbierze moją odpowiedź. Księżna uwielbiała podchwytliwe pytania, wymagające śmiałych odpowiedzi, często też sięgała po takie, które w pierwszej chwili wydawały się proste, lecz stanowiły punkt wyjścia do złożonych rozważań. Niech mnie Stwórca ma w swojej opiece, gdybym udzieliła śmiałej, acz błędnej odpowiedzi. Raz jeszcze zastanowiłam się nad jej pytaniem.

„Run skały jest odwrócony". Po odwróceniu góry nie otrzymałoby się pustego powietrza. Otrzymałoby się dziurę w ziemi.

– Dolina – powiedziałam wreszcie.

Matka odwróciła się ku kościom, ale dostrzegłam, jak jej wargi drgnęły lekko, niemalże niedostrzegalnie. Była oszczędna w rozdawaniu pochwał. W dzieciństwie owe drobne sukcesy uśmierzały nieco gorycz, kotłującą się w moim żołądku, przynajmniej na moment, teraz jednak byłam starsza i miałam więcej doświadczenia. Wiedziałam, że to dopiero początek.

Matka przepytywała mnie bez końca, a Darin i pani Bales przysłuchiwali się w milczeniu. Jedynie Selen, która zasnęła na kanapie, dała mi odrobinę prywatności. Pytania nie miały końca – niektóre były proste, inne trudne, a jeszcze inne zwodnicze. Tak oto wyglądało nauczanie w wydaniu matki. W miejsce podręczników czy wykładów odbierałam powolne przesłuchanie, przeplatane okruszkami wiedzy.

Matka zaprowadziła mnie do biblioteczki, skąd wyciągała i podawała mi liczne tomy na temat przepowiedni. Zgodnie z jej wskazówkami odczytywałam w ciszy właściwe fragmenty, podczas gdy matka recytowała je z pamięci. Potem znów nachylałyśmy się nad kośćmi, a ja słuchałam kolejnych pytań, w trakcie czego zmieniały się znaczenia runów, ustalone w oparciu o przeczytane przed momentem fragmenty.

Potem poprowadziła mnie na wielki dywan, kryjący podłogę pośrodku biblioteki. Wyszyto na nim dokładną mapę całego znanego świata. Stanęłyśmy między Górami Milneńskimi i brzegami Morza Krasjańskiego, ale dalej widziałam całe nieznane nam kontynenty. Księgi sprzed powrotu otchłańców nie powiedziały nam na ich temat wiele, nie licząc nazw. Nie mieliśmy z nimi kontaktu od setek lat. Któż mógł stwierdzić, co się tam teraz dzieje?

Mogły ulec zagładzie podczas powrotu demonów lub przeistoczyć się w coś zupełnie innego niż kiedyś w starym świecie, jak to się stało z Zakątkiem czy krasjańskim imperium. Mogły też wyglądać dokładnie tak samo jak przedtem, wolne od zagrożenia ze strony demonów, które o mało nie obróciły naszych ziem w perzynę.

Matka ostrożnie kroczyła po dywanie, sumując wszystko, co wydedukowałam w trakcie intensywnego przesłuchania. Zabrało ono dziewięćdziesiąt minut i przez cały ten czas nie uśmiechnęła się ani razu. Ja zaś odczuwałam tylko narastające nudności, aż zaczęłam obawiać się, że zwymiotuję, jeśli przesłuchanie potrwa dłużej.

– „Zmiennokształtny czai się pod miastem w leżącej na wschodzie górskiej dolinie" – oznajmiła wreszcie matka, a w jej głowie pobrzmiewała nieodwołalność. – Tu.

Przesunęła stopę nad jakąś doliną we wschodnich górach. Wskazany przez nią obszar, który mógł sobie liczyć setki mil, niegdyś nosił nazwę Rusk. Leżało tam przynajmniej jedno miasto i Stwórca jeden wiedział ile wsi.

Książka spadła z łupnięciem na podłogę, gdy pani Bales rozpłynęła się we mgłę i zmaterializowała między nami. Odskoczyłam wystraszona.

– Zmiennokształtne są jak psy pasterskie – rzekła sceptycznym tonem. – Utrzymują dyscyplinę wśród innych otchłańców, ale same do najbystrzejszych nie należą.

– Książę Iraven powiedział, że demony na pustyni przeszły ewolucję – odparła matka. – Zmiennokształtne podążają za ofiarami, poznają ich imiona, a potem przybierają kształt kogoś zaufanego i wywabiają je za bariery. Nie należą do mistrzów taktyki, za to są przebiegłe.

– Tak. – Pani Bales kiwnęła głową. – Może to myślaki nie życzyły sobie, by zmiennokształtne stawały się za bystre. Co by było, gdyby pieski pasterskie zaczęły myśleć za siebie?

– Jeśli zaś ten tam siedzi samotnie od piętnastu lat... – powiedziała matka.

– A więc może to nie on – stwierdziła pani Bales. – Może to tylko gniazdo os, które trzeba odurzyć dymem.

Powinnam czuć ulgę, że wreszcie przestały mówić o mnie, ale nudności przybrały na sile.

– To dlaczego poluje na mnie?

Pani Bales wzruszyła ramionami.

– Każdy zmiennokształtny, który przeżył czystkę, będzie pamiętał twoją mamę i mnie. Gdy wyczuły w was naszą krew...

– W tej samej chwili w dwóch różnych miejscach? – spytałam. Nie znosiłam doszukiwać się nieścisłości w odpowiedziach, które mi się spodobały, ale elementy tej układanki po prostu się nie zgadzały. – Ja przebywałam setki mil od tej doliny, a Potok Tibbeta leży jeszcze dalej.

– Zmiennokształtne, tak jak i ja, potrafią się dematerializować – stwierdziła pani Bales. – Są w stanie pokonać tysiąc mil równie łatwo, jak zwykły człowiek przeskakuje kałużę.

Pani Bales wpatrywała się we mnie jeszcze przez moment, a potem odwróciła się ku matce.

– Dziewczyna ma jednak trochę racji. Potrzeba pieprzonej ewolucji, by przejść od paru sztuczek, aby poznać czyjeś imię, do skoordynowanych ataków w całej Thesie.

Napięcie we mnie nieco przygasło. Chęć imponowania pani Bales była we mnie niemal równie silna jak ta, która kazała mi robić wrażenie na matce.

– Zgoda. – Księżna odwróciła się i spojrzała na Darina, który nadal siedział na półce na książki, wsłuchując się we wszystko, co mówiłyśmy. – Musimy zebrać więcej informacji.

15

Ojciec

349 ROK PLAGI

Ciocia Leesha naprawdę dobrze radziła sobie z runami, czemu zresztą nie było co się dziwić. To, co Olive nazywała runicznym wzrokiem, dla mnie było... cóż, tylko wzrokiem. I zawsze tak było. Widziałem, jak runiczna sieć cioci Leeshy spowija jej bibliotekę niczym koc. Widziałem, jak jaśnieje, nieprzenikniona dla otchłańców.

Jej runy dźwięku również uformowały szczelną barierę wokół nas. Zazwyczaj mogłem bez nadstawiania uszu podsłuchiwać służących w spiżarni dwa piętra niżej, teraz jednak nie słyszałem nic. Bibliotekę otaczała absolutna cisza. W innych okolicznościach pewnie uznałbym tę ciszę za kojącą, ale niepokoiła mnie jej nadprzyrodzona natura. Miałem wrażenie, że to nie cisza, ale wręcz coś na kształt głuchoty. Nie usłyszałbym demonów po drugiej stronie, nawet gdyby znalazły się pod drzwiami.

W oknach brakowało krat, ale runiczne szkło było mocniejsze od stali. Nawet bełt wystrzelony z kuszy ledwie zdołałby je zadrasnąć. Ciocia Leesha, bezpieczna w swej twierdzy, uchyliła jedno z nich, by wpuścić do środka nieco świeżego powietrza.

Myślałem o tym oknie, gdy ciocia nagle spojrzała mi w oczy. Szpara wynosiła dwa cale, co dla mnie, gdy przechodziłem w półmaterialność, stanowi więcej niż otwarte wrota stodoły. Gdybym tylko zechciał, przemknąłbym przez pokój, nim zauważyłaby, że w ogóle drgnąłem, a za moment znalazłbym się na zewnątrz. Przy prędkości, jaką rozwijam, goniący mnie strażnicy sprawialiby wrażenie pogrążonych po pas w wodzie.

Nie chciałem wiedzieć, co kości miały do powiedzenia na mój temat. Ja chciałem tylko grać na fujarce przy stawie.

Mama popatrzyła na mnie i wiedziałem, że dostrzegła lęk w mojej aurze.

– Wszystko będzie dobrze, Darin. To nie zaboli.

Nie bałem się wcale bólu. Wypuściłem powietrze z płuc i przeszedłem w półmaterialność, zeskakując z półki. Biblioteka cioci Leeshy miała bardzo wysoki sufit i od podłogi dzieliło mnie piętnaście stóp, ale w półmaterialnym stanie opadałem wolniej i z mniejszym impetem. Olive spojrzała na mnie ze współczuciem, gdy wylądowałem na podłodze i podszedłem do stołu. Selen, dzięki niech będą Stwórcy, nadal spała. Równy rytm jej oddechu napawał mnie spokojem, gdy wyciągnąłem rękę.

Ciocia Leesha w niczym nie przypominała Zielarki z Potoku. Coline Trigg nigdy nie przestawała gadać – pytała o innych, przesyłała pozdrowienia, rozsiewała plotki. Każdy, kto udał się do niej z dolegliwością łagodniejszą od złamanej kości, przez połowę terapii musiał wysłuchiwać kazań o tym, że wcale o siebie nie dba, a przez resztę sączył cuchnące napary ziołowe. Zapach Coline zmieniał się wraz z nastrojem, który dopasowywał się do tematu rozmowy.

Zapach cioci Leeshy zmieniał się bardzo rzadko. Ona zawsze pachniała... skupieniem. Zauważała problem, planowała rozwiązanie, a potem brała się do pracy i likwidowała go szybko i precyzyjnie. Jej dłonie, zazwyczaj łagodne, ujęły mnie stanowczo. Nakłuła mi palec i naprowadziła nad czworościenną kość, gdzie wycisnęła pierwszą krew.

Wytężyłem wzrok i zobaczyłem, jak moja aura rozciąga się i obejmuje pojawiającą się kroplę. Nawet poza ciałem krew nadal była częścią mnie, ale w pewnym momencie kropla już spadła, a wraz z nią oderwała się cząstka aury. Jaśniejąca kropelka spadła na elektrum, a runy zapłonęły, spijając światło aury i wchłaniając wszystko, czego musiały się o mnie dowiedzieć. Może nawet i to, czego sam nie wiedziałem.

Potem przyszła pora na sześciościenną i kolejnych pięć, aż cała siódemka była już dostrojona do mnie. Kiedy w rance pojawiła się kolejna kropla, ciocia Leesha przycisnęła do niej kciuk i zamknęła ranę.

– Uciskaj skaleczenie – powiedziała. Jej słowa, precyzyjne i oszczędne, bynajmniej nie były zaproszeniem do dyskusji, a jej myśli już krążyły wokół kości.

To właśnie w niej lubiłem. Po co gadać, skoro można grać muzykę?

Olive podeszła bliżej. Nic nie mówiła i nie odrywała wzroku od kości, ale wsunęła dłoń w moją, a ja nagle uświadomiłem sobie, jak bardzo się boję. Nauczyłem się już ignorować walenie serca, które teraz tłukło się tak szybko, jakby ktoś wygrywał mi werbel na głowie.

Miałem wrażenie, że spadam, a więc złapałem się, czego mogłem. Ścisnąłem dłoń Olive i znów skupiłem się na rytmicznym, spokojnym oddechu śpiącej Selen. Powoli zacząłem się uspokajać, a serce wróciło do normalnego rytmu.

– Stwórco, który obdarzasz nas światłem i życiem, szukam wiedzy na temat Darina Balesa, syna Arlena i Renny z Potoku Tibbeta. Dlaczego został zaatakowany podczas ostatniego nowiu?

Kości jaśniały coraz mocniej, w miarę jak ciocia Leesha nimi potrząsała, a potem eksplodowały światłem niczym błyskawice, gdy rzuciła je na stół. Usłyszałem siedem stuknięć, gdy kości zatrzymały się niemal natychmiast.

Księżna znieruchomiała skupiona. Nawet jej zapach się rozmył, gdy próbowała wyciągnąć z kości znaczenie, tak jak ja usiłowałem wydobyć muzykę z fujarki.

W jej aurze dostrzegłem nagły rozbłysk, ale nie wiedziałem, co on oznacza. Aury były bardziej skomplikowane od zapachów. Nigdy nie umiałem odczytywać ich znaczeń.

Mama jednak nie miała z tym problemu.

– Co? Co zobaczyłaś?

– Nie przeszkadzaj. – Ciocia Leesha uniosła palec, nawet się nie odwróciwszy.

Mamie się to nie spodobało. Pod postacią mgły przemknęła przez pokój i zmaterializowała się między księżną a stołem, tuż przed twarzą cioci Leeshy.

– Mam przestać interesować się losem mojego syna? Odbiło ci?

Księżna odskoczyła z okrzykiem zaskoczenia i odruchowo sięgnęła po różdżkę, ale w porę uświadomiła sobie, że to bardzo zły pomysł. Odwiedzaliśmy Zakątek przez wiele lat, lecz pierwszy raz wyczułem u cioci lęk. Otworzyła usta, a wtedy mama jej przerwała:

– Okazałam dziś mnóstwo cierpliwości, Leesha, ale nie będę siedzieć przez kolejne godziny i czekać, aż doprowadzisz Olive do rozwiązania zagadki, którą już dawno sama rozgryzłaś. Zauważyłaś coś, co ma związek z moim dzieciakiem. Chcę wiedzieć, co to takiego. Mów. Co. Zobaczyłaś.

W zapachu cioci Leeshy wyczułem gniew. Nie sądziłem, by ktokolwiek zwracał się do niej tak ostrym tonem. Mocno zacisnęła palce na różdżce, a ja nie miałem wątpliwości, że przedmiot krył w sobie ogromną moc.

Mama zatknęła kciuki za pasek sukni. W samym geście nie było nic groźnego, ale skierował on uwagę księżnej na ciężki nóż obok prawej dłoni mamy. Lęk cioci wcale nie zmalał, lecz jej umysł na powrót był skupiony i tylko czekałem, aż wyrwie różdżkę zza pasa i spróbuje nakreślić run, a mama w odpowiedzi rzuci się na nią. Takie starcie nie mogłoby dobrze się skończyć.

Ciocia Leesha najwyraźniej doszła do identycznych wniosków, bo wyprostowała się, a na jej obliczu pojawił się spokój. Puściła różdżkę i manifestacyjnie odsunęła od niej dłoń.

– Wybacz, Renna. Pochłonęły mnie kości i zapomniałam, z kim rozmawiam.

– Nie potrzebuję żadnych przeprosin – odparła mama. – Chcę wiedzieć, co zobaczyłaś.

– Spodziewałam się czegoś więcej na temat zmiennokształtnego czy ukrytego miasta we wschodnich górach – zaczęła wyjaśniać ciocia Leesha – a ujrzałam coś całkowicie innego.

– Chcesz powiedzieć, że te ataki nie mają ze sobą nic wspólnego? – W głosie mamy pojawiło się powątpiewanie.

– Nie wygłupiaj się – sarknęła ciocia. – Obie wiemy, że to nie zbieg okoliczności, ale jeszcze nie znalazłam dowodu na związek.

– Wciąż mnie zwodzisz – stwierdziła mama. – Opowiadasz mi o tym, czego kości nie powiedziały, a ja chcę usłyszeć, czego się od nich dowiedziałaś.

Rzadko się zdarzało, by mama musiała prosić o coś po raz trzeci, a gdy do tego dochodziło, na ogół był to koniec jej cierpliwości. Ciocia Leesha jednak odnalazła już grunt pod nogami.

– Powiem ci wszystko, ale najpierw muszę raz jeszcze spojrzeć, by się upewnić, Renna. Usłyszysz ode mnie prawdę wyłącznie wtedy, gdy będę miała co do niej jasność. Nie udzielę ci nieprzemyślanych odpowiedzi tylko dlatego, że nie chce ci się czekać.

Mama wciągnęła powietrze.

– Dobra, w porządku.

Skrzyżowała ramiona na piersi i odsunęła się, by ciocia mogła podejść do stołu. Ta na powrót skupiła uwagę na wyniku rzutu, a z jej zapachu ponownie zniknęły wszelkie emocje. Wpatrywała się w kości przez długą chwilę, po czym oświadczyła:

– „Ojciec czeka w ciemnych głębinach na powrót potomstwa".

Ręce zaczęły mi się trząść i wypuściłem dłoń Olive. Zacisnąłem pięści, by konwulsje nie przeniosły się wyżej.

– Ojciec.

Arlen Bales, mój ojciec, zginął, by ocalić świat.

Nie wierzyłem we wszystko, co Opiekunowie mówili na jego temat, ale wierzyłem mamie, która widziała wszystko na własne oczy.

Ojciec nie zginął tak jak zwykli ludzie. Utracił cielesność i rozpłynął się o wiele za daleko, tak jak ja, gdy przechodzę w stan półmaterialny, lub mama, gdy przeistacza się we mgłę. Im więcej się z siebie wyrzucało, tym trudniej było zebrać jestestwo i odzyskać materialność, aż docierało się do momentu, gdy stawało się to niemożliwe. Los ten przypadł w udziale wielu Naznaczonym Dzieciom, co przez cały czas przypominało nam o niebezpieczeństwach związanych z utratą materialności.

To dlatego tak bardzo się bałem, gdy mama zmuszała mnie, bym podróżował z nią na modłę demonów. Słyszałem wówczas zew Otchłani i czułem, jak mnie przyciąga. Jeśli wydmuchnąłbym z siebie zbyt wiele i rozrzedził się jeszcze bardziej, rozwiałbym się niczym dym.

Mama utrzymywała, że to była spokojna śmierć. „Był jak kropla deszczu, która wpadła do szemrzącego strumyka".

W to akurat nie wierzyłem. Mama nie mogła wiedzieć, jak wygląda śmierć. Nikt tego nie wiedział. Wiedziałem natomiast, że Otchłań nie jest wcale kojąca i chłodna jak szemrzący strumyk. W Otchłani czekał ogień i gorąco, a my byliśmy jedynie węgielkami. Nie miałem pewności, odnosiłem jednak wrażenie, że ten, kogo Otchłań wessała, zostawał spalony żywcem. Czasem wyobrażałem sobie ojca, jak ugrzązł tam na zawsze i w swej bezcielesnej postaci nie może nawet wykrzyczeć swego bólu.

– Myślisz, że to mój ojciec?

– Jasne. – Matka splunęła na podłogę. – I wysłał demony na powierzchnię, by cię znalazły. Ojciec robił z otchłańcami tylko jedno, Darin. Zabijał je.

– Z wyjątkiem jednego, którego zachował przy życiu – zauważyła księżna. – I wykorzystał, by zaprowadził go do roju.

Mama wbiła w nią wściekłe spojrzenie, ale ciocia Leesha wzruszyła jedynie ramionami. Każdy Minstrel w Thesie śpiewał przecież pieśni o tej wyprawie.

– Ojciec umarł tam, gdzie przyszedłem na świat – powiedziałem, choć gardło naraz wyschło mi na wiór. – Pośród ciemności królestwa demonów. A co, jeśli on tam... jeśli on tam utknął? Co, jeśli mnie wzywa, a demony przechwyciły wiadomość?

– Gdyby twój ojciec tam utknął, znalazłabym go – odparła mama. – Nie myśl, że go nie szukałam...

Napiąłem mięśnie.

– Jeśli ojciec... – zacząłem, ale mama mi przerwała.

– Twój ojciec nie żyje – powiedziała spokojnym głosem, ale jej aura przeistoczyła się w istny wir emocji, zbyt skomplikowany, by go rozczytać. – Nie wraca się z miejsca, do którego się zapuścił. Jeśli Stwórca okaże łaskę, dołączymy do niego, gdy nadejdzie nasz czas.

Chciała mnie pokrzepić na duchu, lecz jej słowa odniosły przeciwny efekt.

– A może on odzyskał w końcu materialność, tylko zabrało mu to dużo czasu? Może po prostu utknął w świecie demonów i potrzebuje naszej pomocy?

Głos mi się załamał i ledwie udało mi się dokończyć zdanie, a potem wybuchnąłem płaczem.

Nienawidziłem płakać. Naprawdę tego nie znosiłem. Nie cierpiałem, gdy inni płakali, ale największą złość budziły we mnie chwile, gdy sam zaczynałem szlochać. Miałem wówczas wrażenie, że ciało mnie zdradziło.

Nie wiedziałem, co było przyczyną – być może moje słowa, a być może łzy – ale w zapachu matki pojawiły się udręka i żal. Wyczułem zapach łez, jeszcze zanim się pojawiły w jej oczach.

– Obiecałam twemu ojcu, że tego nie zrobię, Darin. Stałam się przecież odpowiedzialna za ciebie.

Udało mi się w końcu odzyskać głos.

– A gdyby było inaczej?

– Wtedy udałabym się z nim – rzuciła mama bez wahania. – Ale nie oszukuj się, synu. Stał się kolejną kroplą deszczu, która wpada do potoku. Stamtąd nie ma powrotu.

– Ale... – upierałem się.

– Alagai Ka – wtrąciła się ciocia Leesha – zwany jest również ojcem demonów. To był jego rój, a należące do niego kręgi mocy nigdy nie zostały znalezione. Być może znalazł sposób, by zasiąść na tronie, i wzywa ocalałe demony, by pomogły mu odbudować imperium. Być może też uważa Darina za zagrożenie przez jego związek z tym miejscem?

– Podczas wyprawy na dno Otchłani dręczyło nas całe mnóstwo niejasności, Leesha – powiedziała mama. – Tych twoich „być może" nie rozstrzygniemy, bo nikt z nas się tam nie wybiera. Ojciec Darina oddał życie, byśmy my mogli wyjść stamtąd i żyć dalej. Nie podejmę po raz drugi tego ryzyka.

– Zgoda – potaknęła księżna. – Zresztą i tak nie mamy wystarczającego rozeznania, by zacząć działać.

– Proponuję więc, byśmy sprawdzili przepowiednię związaną z Olive – stwierdziła mama. – Może jakoś się łączą? Mogę się przenieść do tej doliny. Jeśli jest tam jakieś miasto, pewnie prędzej czy później je znajdę.

– Nie ma mowy – zaprotestowała ciocia Leesha. – To zbyt niebezpieczne zadanie, by podejmować się go w pojedynkę. Nawet dla ciebie.

– Nie należę do twoich poddanych, Leesha! – wytknęła mama. – Nie będziesz mi mówić, co mam robić.

Ciocia Leesha zacisnęła zęby.

– Może i tak, ale mogę cię prosić, byś nie zachowywała się jak idiotka. Nawet jeśli to tylko zmiennokształtny, dlaczego chcesz się mierzyć z nim samotnie?

Na te słowa mama wyprostowała się i otworzyła szeroko oczy. Nie darowała nikomu, kto nazywał ją idiotką.

Ja zaś nie mogłem już tego znieść.

– Ale ja jeszcze nie skończyłem! – wrzasnąłem.

– Cosięzieje? – Selen podniosła się nagle z kanapy.

Ściągnąłem na siebie uwagę wszystkich. Przełknąłem więc ślinę i siłą woli zmusiłem się do nabrania tchu.

– Nie można tak! – Machnąłem ręką, by podkreślić słowa. Sam gest może nie miał większego sensu, ale poczułem, że tak należy. – Nie możecie po prostu coś tam mi rzucić na odczepne, a potem zmienić pieprzony temat!

W zapachu mamy wyczułem urazę, nie przepadała, gdy ktoś się na nią wydzierał.

– Pogadamy o tym później, Darin. Słowo honoru. Teraz jednakże rozmawiają dorośli.

W woni Olive przebił gniew. Zrobiła krok naprzód i zasłoniła mnie własnym ciałem.

– Naszych tak zwanych dorosłych niewiele różni od dzieci, skoro nie umieją przerwać sprzeczki, by zająć się kimś, kto cierpi!

Obie kobiety zaskoczył ten wybuch. Stały jak oniemiałe, a wtedy u mojego boku pojawiła się Selen i ujęła mnie za rękę.

– Chodźmy, Dar. Niech się dzieci dalej sprzeczają.

Jej słowa zabrzmiały ostro, a w zapachu księżniczek wyczułem gotowość do walki, ale mama i ciocia Leesha nie zaprotestowały, gdy dziewczyny poprowadziły mnie ku drzwiom. Co więcej, wydawało mi się, że wykrywam w ich woni ulgę.

– W porządku – mama zwróciła się do cioci Leeshy. – Wezmę ze sobą kilkoro Naznaczonych Dzieci.

– Oraz mnie – powiedziała ciocia Leesha.

Mama pokręciła głową.

– Co oznacza również wozy, konie, służbę...

– Oczywiście. Bo wezmę ze sobą silny oddział Rębaczy, których trzeba będzie karmić.

– Czyli coś, co mogłabym załatwić w jeden dzień, zabierze nam całe tygodnie – westchnęła mama.

– Renna. – Z twarzy cioci Leeshy wreszcie znikła maska. – Coś próbowało zabić nasze dzieci. Lepiej zabrać tysiąc wojowników za dużo niż jednego za mało.

Potem drzwi biblioteki zatrzasnęły się, a runy ciszy odcięły nas od reszty rozmowy.

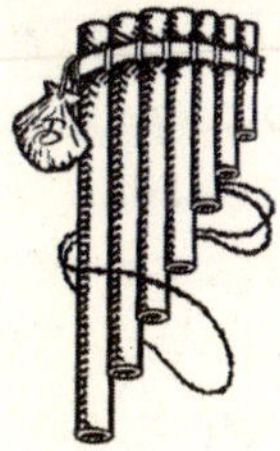

16

Generał Rębacz

349 ROK PLAGI

Służący księżnej zerwali się z łóżek kilka godzin przed świtem i przygotowywali cały dzień w pałacu, podczas gdy ich pracodawcy nadal spali twardym snem, nie mając o niczym pojęcia. Zapewne starali się zachować ciszę, ale dla mnie był to zgiełk, który mógłby zbudzić martwego. Brzęk sztućców i porcelany przetaczał się niczym grzmot piorunów. Czułem zapach smażonego boczku, gotowanej owsianki i porannych wizyt w toalecie. Słyszałem kaszel i ciche rozmowy. Docierał do mnie plusk wody napełniającej dzbany i garnki, zawieszone później nad ogniem.

Wiele bym oddał, by znów otoczyć się nienaturalną ciszą biblioteki księżnej. Ba, tęskniłem nawet za przeklętym kogutem dziadka. Poranek w Zakątku był jeszcze gorszy niż w Potoku Tibbeta.

Umknąłem na dziedziniec. Mogłem się tam nadal nacieszyć ciszą, choć w miarę, jak się zbliżał świt, czułem ciężar nadciągającego dnia. Niczym cień pośród mroku przemknąłem przez podwórze, niespostrzeżony przez straż, odnalazłem znajome sobie miejsce i wspiąłem się na zachodnią strażnicę.

Wspinaczka zawsze przychodziła mi z łatwością, ale w ciemnościach mogłem trochę oszukiwać. Umiejętność przechodzenia w stan półmaterialny pozwoliła mi na rozciągnięcie palców u rąk i nóg, dzięki czemu mogłem je wsunąć w szczeliny zbyt małe dla większości ludzi, a potem je wypełnić.

Piąłem się niczym pająk nad posterunkiem straży i wlazłem do niewielkiego stanowiska dla łucznika z zasłoniętymi okiennicami oknami, wychodzącymi na drogę i dziedziniec. Od środka można było tam się dostać jedynie po wąskich, krętych schodach. Było to najbardziej zacienione miejsce na całym dziedzińcu i nikt tu nigdy nie przychodził. Zawsze się tu chowałem, gdy byłem mały.

Skuliłem się w ciemnościach, zamknąłem oczy i skupiłem na rozmowach strażników na dole, by zapomnieć o zgiełku w pałacu.

– Nie wiecie, dokąd jadą? – spytał jeden. Był starszy od pozostałych i słyszałem, że na koniec służby burczało mu w brzuchu. Zalatywało od niego alkoholem, ale nie był pijany. Próbował zamaskować woń, żując szczaw.

– Nikt tego nie wie – rzekła podoficer, która przejmowała wartę. Była młodsza, schludna i po śniadaniu. – Ale bez względu na to, dokąd się wybierają, pewne jest to, że księżna spodziewa się walki albo sama szuka guza.

Nie musiałem się zastanawiać, o czym rozmawiali. Przygotowania trwały od tygodni.

Wkrótce dziedziniec również przebudził się do życia. Służba wyprowadziła zwierzęta ze stajni i zaprzęgła do wozów przygotowanych poprzedniego wieczoru. Czułem zapach substancji chemicznych oraz prochu z trzech pojazdów wyładowanych amunicją. Kolejny tuzin wypełniono żywnością. Dwa zostały przygotowane przez Gildię Runiarską, a jeszcze jeden przez Gildię Minstreli. Wokół nich uwijał się cały tłum ludzi, których zadaniem miało być gotowanie, pranie, powożenie i inne prace obozowe. Kucharze na wozach już obierali ziemniaki i kroili warzywa na pierwszy popas. Oczy łzawiły mi od woni cebuli.

Pięciuset Kawalerzystów Zakątka na ogromnych angieriańskich mustangach sunęło drogą niczym skalna lawina. Robili tyle hałasu, że musiałem wepchnąć palce do uszu, by wytłumić chociaż część. Zatrzymali się w równych szeregach przed bramą. Ich wypolerowane drewniane zbroje lśniły, a długie włócznie uniosły się ku niebu niczym las. Siedziałem wysoko na murze, a mimo to słyszałem każde ich słowo. Mówili tylko o wyprawie, choć wiedzieli jedynie tyle, iż wyprawiają się na rubieże, by polować na demony. Niektórzy z nich to weterani wojny z otchłańcami, ale inni wstąpili w szeregi oddziału wiele lat później i nigdy się z żadnym demonem nie zmierzyli. Starsi mieli dla nich wiele rad, lecz moje własne doświadczenie mówiło, że dopiero widok szarżującego otchłańca uczy, jak z tych rad naprawdę korzystać.

Mama od tygodnia śmigała tu i tam, przygotowując Naznaczone Dzieci do połączenia z siłami Zakątka na granicach księstwa.

Ciocia Leesha nie przesadzała, gdy mówiła, że nie ma zamiaru pozostawić niczego przypadkowi.

– Spędzasz tu zdecydowanie za dużo czasu, jak na chłopaka, który ma dwie piękne księżniczki do towarzystwa – powiedziała mama, której głowa pojawiła się w oknie.

Nie byłem wcale zaskoczony. Mama nie potrafiła zamieniać się we mgłę po wschodzie słońca. Zrezygnowała ze schodów i bezszelestnie wspięła się po murze, ale wyczułem jej zapach.

– Miło tu – odpowiedziałem. – Sporo cienia. Dobrze wszystko widać. Cicho nie jest, za to przynajmniej nikt mi nie zawraca głowy.

– Czyli zawracam ci głowę? – Mama przerzuciła nogi przez parapet i usiadła w oknie, nie dbając o to, że od ziemi dzieliło ją trzydzieści stóp. – A może jednak mogę dotrzymać ci przez chwilę towarzystwa?

– Martwisz się, że ukryję się w którymś wozie? – spytałem.

– A powinnam się martwić?

– Nie – odpowiedziałem. – Jakoś nie mam ochoty na bójkę ze zmiennokształtnym.

Mama miała równie dobry węch jak ja, nawet gdy nie widziała mojej aury. Dobrze wiedziała, że mówiłem serio.

– A więc o co ci chodzi?

– Czuję się koszmarnie bezradny. – Wzruszyłem ramionami. – I nie mogę odpędzić myśli...

Urwałem, lecz i tak za późno.

– Wiem, co chcesz powiedzieć, Darin – stwierdziła mama. – Po prostu wyrzuć to z siebie.

Mój głos stwardniał, gdy powiedziałem:

– Nie mogę przestać myśleć o tym, że idziecie w złym kierunku. Nie mam najmniejszej ochoty schodzić w głąb starego roju, ale jeśli tata naprawdę tam utknął...

– Nie, nie utknął – odpowiedziała mama. – Gdyby tak było, już by do nas wrócił, bez względu na to, co mówią te przeklęte kości. Gdyby twój tata żył – przerwała i uniosła lewą dłoń, by musnąć kciukiem runy na obrączce – wiedziałabym o tym.

Chciałem jej uwierzyć. Wiedziałem, że powinienem. Nie wątpiłem, że mama zrobiłaby wszystko, by sprowadzić tatę z powrotem – z wyjątkiem być może sytuacji, które zagroziłyby mojemu życiu, ale nie wydawało mi się, by to było możliwe.

– Czy naprawdę skoczyłabyś wraz z ojcem w Otchłań, gdybyś nie wiedziała, że jesteś w ciąży? – chciałem wiedzieć.

– Zrobiłabym wszystko i udałabym się wszędzie, by być z nim – rzekła mama. – Kochałam Arlena Balesa równie mocno, jak las kocha deszcz. Byłam przekonana, że nie będę umiała żyć bez niego.

Położyła mi dłoń na ramieniu.

– Jednak gdy dowiedziałam się o tobie, uświadomiłam sobie, że mam więcej powodów, by żyć, niż sądziłam.

Mimo że poczułem ucisk w gardle, udało mi się wykrztusić pytanie:

– A jeśli on naprawdę nas potrzebuje?

Mama zacisnęła palce i spróbowała rozmasować mi mięśnie, bo byłem napięty jak sprężyna.

– Niech więc wyśle jakąś sensowną wiadomość. Kilka ataków i parę starych kości to mało wyraźny sygnał.

Miała rację. Musiała mieć rację. Nie byłem gotów, by żyć w świecie, w którym mama mogłaby się mylić, a bez niej i tak nie odnalazłbym drogi do roju. Kiwnąłem więc głową, ocierając łzę z oka rękawem koszuli.

– Niedługo wracam – powiedziała mama. – To tylko zmiennokształtny. Wraz z twoją ciotką, tym wzorem cnót, powinnyśmy uporać się z nim bez trudu i wrócić za parę tygodni.

– A jeśli jest ich tam więcej?

– Uderzamy wielką siłą. – Mama wzruszyła ramionami. – Jeśli dojdzie do walki, nie skończy się ona dobrze dla demonów.

– Nie chcę tu zostać – marudziłem. – Możesz przerzucić mnie do Potoku, zanim wyjedziecie?

– Mam cię przerzucić? – Mama zmrużyła oczy. – Czyli Olive i Selen naprawdę dają ci do wiwatu?

– Nie, są w porządku. – Pokręciłem głową. – Tylko ja tu nie pasuję.

– Jasne, rozumiem – przytaknęła mama. – Ale demony za bardzo zbliżyły się do farmy dziadka, jeśli chcesz znać moje zdanie. Dopóki sprawa nie przycichnie, Zakątek pozostanie dla ciebie najbezpieczniejszym miejscem. Wujek Gared zajmie się tobą. No i kto wie, może ci się poszczęści i Selen da ci się jeszcze raz pocałować?

Spojrzałem na nią, nie kryjąc szoku, a mama mrugnęła do mnie wesoło.

– Myślałeś, że o tym nie wiedziałam? Zachowujcie się lepiej!

Na policzki wypłynął mi gorący rumieniec, a mama wybuchła śmiechem, przytuliła mnie mocno i pocałowała w czupryn ę na czubku głowy.

– Kocham cię, Darin.

– Ja ciebie też kocham, mamo.

Selen i Olive znalazły mnie, gdy siedziałem na parapecie i patrzyłem spod kaptura runicznego płaszcza na oddalające się wozy i konie. Od naszego zakładu już dawno minął tydzień, więc Olive powróciła do malowania się i spryskiwania rozmaitymi perfumami; na szczęście ich zapach okazał się lepszy od ustępującego wolno smrodu karawany.

– Idziemy do domu taty? – spytała Selen. – Mogę poprosić służbę, by spakowała twoją jedyną brudną koszulę i twoje jedyne portki.

– Daj sobie spokój – powiedziała Olive. – Służący już przestali mieć nadzieję, że kiedyś uda się je doprać, i wrzucili wszystko do ognia.

– A przyznam, że zastanawiałam się, skąd się bierze ten smród! – zawołała Selen.

Obie parsknęły śmiechem, a ja zacząłem się obliczać, jak szybko dotarłbym do Potoku, gdybym biegł. Posłaniec potrzebował dwóch tygodni, by pokonać ten dystans, ale czułem, że dałbym radę pobić ten wynik.

Nie wiedziałem, czy służba rzeczywiście spaliła moje odzienie, ale zabrali mi je, gdy wszedłem do wanny. Pozostawili mi tylko jakąś szatę oraz bieliznę, którą miałem założyć i zaczekać w niej na atak krawców księżnej. Obwiązywali mnie potem tasiemkami i miarkami dosłownie wszędzie. W pewnym momencie byłem przekonany, że zaczną mi nimi tyłek wycierać.

Miałem wielką ochotę wepchnąć dłonie do kieszeni, ale z jakiegoś powodu moje nowe spodnie nie zostały w nie wyposażone. Kieszenie w kurtce zaś były zbyt małe, by włożyć do nich cokolwiek sensownego.

– Mam wrażenie, że to ja przegrałem ten zakład. Cały czas muszę chodzić w zamszu i aksamicie i jeszcze nie znalazłem tu ciucha, który byłby choć odrobinę wygodny.

– Chwała niech będzie Stwórcy – oznajmiła Selen. – Musisz założyć godny strój na dzisiejszą kolację z generałem z okazji Dnia Szóstego.

Parodiowała teraz modłę angieriańskich dworzan. Tak odzywał się Hary, gdy miał do powiedzenia coś oficjalnego.

– Baronowa wymaga formalnych strojów przy świątecznym stole – ciągnęła. – Zbieramy się punktualnie o szóstej i nie wolno się spóźniać, a kolacja potrwa do chwili, gdy baron i baronowa będą już zbyt pijani, by nadal pamiętać o względach towarzyskich.

– No nie! – Uniosłem ręce, a Olive wybuchnęła śmiechem. – Na to się nie zgadzałem!

– Nie masz wyboru – stwierdziła Selen. – Ja też nie mam na to większej ochoty, ale ojciec nie może się doczekać i od tygodnia o niczym innym nie mówi. Nie przesadzaj, Darin, przecież nie stanie ci się krzywda. Poza tym jeśli myślisz, że Emelia chce mnie widywać częściej, to jesteś w błędzie.

– Dalej się nie dogadujecie z macochą? – spytałem.

– Emelia miałaby się kiedykolwiek dogadać z żyjącym uosobieniem skandalu, który skaził jej małżeństwo, zanim jeszcze do niego doszło? – zdziwiła się Selen. – Ona nie cierpi kolacji Dnia Szóstego jeszcze bardziej ode mnie.

Położyła mi dłoń na ramieniu, a ja poczułem jej ciepło nawet przez zamszową kurtkę i jedwabną koszulę.

– Miałam nadzieję, że usiądziesz między nami i przejdziesz w półmaterialność.

– Ona mnie też nie lubi – westchnąłem.

– Tak, ale każde krzywe spojrzenie na ciebie oznacza rychłą wizytę pani Bales, a nawet baronowa nie jest na tyle głupia, by kusić los.

Ścisnęła moje ramię i spojrzała mi w oczy.

– Proszę?

Kolana mi zmiękły, ale odpowiedziałem oschle:

– Dobra, w porządku.

Selen pisnęła z radości i objęła mnie.

– Przyjmij od razu przeprosiny za zachowanie moich braci!

Po prawdzie to dawałem sobie radę zarówno z baronową, jak i z przyrodnimi braćmi Selen. Problemem był wujek Gared, przez którego zawsze czułem się nieswojo. Nie cierpiałem, gdy oglądali mnie starzy przyjaciele ojca. Zawsze doszukiwali się we mnie czegoś niezwykłego. Pragnęli dopatrzyć się jakichś cech wielkiego człowieka, którego kiedyś znali, w jego jedynym synu. Wyczuwałem wyraźne rozczarowanie, gdy niczego takiego nie znajdowali.

– Możemy już zejść z tego muru? – spytała Olive. – Wiatr rujnuje mi fryzurę.

Zeszliśmy na dziedziniec i wróciliśmy do pałacu, a tam wbiegłem do swojego pokoju, by wziąć parę rzeczy, które chciałem zabrać do rezydencji generała Rębacza. Dziewczyny zaczekały, aż zniknę za zakrętem, a mimo to usłyszałem całą ich rozmowę.

– Zaprosiłaś Darina Balesa na kolacjęęęę! – piszczała Olive, ale przerwał jej szturchaniec Selen.

– Jasne! – prychnęła. – To ci dopiero będzie romantyczna kolacja! Ojciec się uchleje, Emelia wraz ze swoją matką będą na nas powarkiwać, a moi bracia będą się wydzierać i sikać na dywan.

– Nie jesteś w stanie jakoś się z tego wyrwać? – śmiała się Olive.

– Ojciec naprawdę tylko o tym gada – stwierdziła Selen. – Klnie się na wszystkie świętości, że Arlen Bales był Wybawicielem, a więc jego zdaniem Darin to naturalnie pół-Wybawiciel. Dobrze by było, by wreszcie zobaczył w nim niedomytego kmiotka.

Mama uważała, że moje wyostrzone zmysły to dar, a ja czasem naprawdę ich nienawidziłem.

– Na noc! – zawołała Selen, gdy otworzyłem drzwi.

Minęło sporo czasu, zanim rozgryzłem zastosowanie tych wszystkich sprzączek, tasiemek i guzików odświętnego stroju, pozostawionego przez służbę, ale warto było, bo Selen była naprawdę zaskoczona.

– Nie przesadzałeś, gdy opowiadałeś o krawcach – stwierdziła. – Nieźle cię wystroili!

Uśmiechnąłem się szerzej, niż to konieczne.

– Nie chciałem, by twój tata spojrzał na mnie i wziął mnie za niedomytego kmiotka.

– Wszystko słyszałeś, co? – spytała Selen, rumieniąc się. Cóż, przynajmniej się zawstydziła.

Chciałem dalej być na nią zły, ale sama Selen mi tego nie ułatwiała. Przyzwyczaiłem się do tego, że nosi obcisłe spodnie lub szeroką suknię, ale teraz włożyła szatę z granatowego aksamitu, która podkreślała jej wzrost i muskularną budowę ciała. Suknia opięła ciasno jej pierś, odsłoniła za to barczyste ramiona, masywniejsze od moich. Pozwoliła nawet Olive, by umalowała jej usta i upięła włosy, choć zakład już dawno minął. Wyglądała naprawdę pięknie.

Choć starałem się ze wszystkich sił, nie mogłem zapomnieć o ostatnim lecie, które spędziłem w Zakątku. Ludzie plotkowali, że ją pocałowałem, ale tak naprawdę to Selen przejęła inicjatywę, a ja tylko stopniałem w jej ramionach. Za każdym razem, gdy ją widziałem, zastanawiałem się, czy kiedyś jeszcze zrobi to samo.

– Ja słyszę wszystko – rzekłem. – Wokół stołu na parterze uwija się siedmioro służących. Dwóch z trudem łapie oddech. Jedna z dziewczyn pociąga nosem, ale próbuje to ukryć. Kamerdyner ma luźną cholewkę, która stuka, gdy chodzi.

– Czyli nikt nie ma tu ani odrobiny prywatności? – spytała Selen. – Uwaga, ludzie! Żadnego pierdzenia w wychodku! Darin bez przerwy słucha!

– Nie za bardzo mam wybór – sapnąłem z irytacją. Nie podobało mi się, że próbowała zrzucić winę na mnie. – Czasem udaje mi się przefiltrować zapachy i dźwięki, a czasami nie. A właściwie to po co miałbym to robić? By ludzie mogli mnie obrażać, gdy nie ma mnie w pobliżu?

Selen skrzyżowała masywne ramiona.

– Powiedziałabym ci te słowa prosto w oczy, Darinie Bales, i dobrze o tym wiesz.

– I to ma poprawić sytuację? – prychnąłem. – Ja bym ci nigdy czegoś takiego nie powiedział.

– Bo nie masz poczucia humoru. – Selen puściła do mnie oko.

– A nie zapominasz aby, kto cię zmusił do noszenia makijażu przez tydzień? – spytałem. – Poza tym chyba rozumiesz pewne rzeczy na opak. Mistrz Hary mawia, że z wrednego zawsze można się pośmiać, ale komedią tego nazwać się nie da.

– Ja tam dobrze się bawię. – Selen uśmiechnęła się tak, że mało nie zapomniałem, dlaczego jestem rozgniewany. – Nie dąsaj się, Darin. Obrzucamy się błotem od czasu, gdy wszyscy nosiliśmy pieluchy, i nie wiem, czemu nagle stałeś się taki wrażliwy.

Wyczuła moją słabość i ujęła mnie pod ramię. Próbowałem się wyrwać, ale zrobiłem to tylko na pokaz, a Selen dobrze o tym wiedziała.

– Chcesz, bym cię zasłonił przed macochą.

– Tak – potwierdziła Selen i poprowadziła nas korytarzem w stronę schodów. – Bo chyba nie masz póki co nic innego do roboty, nie?

Trzech braci Selen sterczało przed wejściem do jadalni jak zagajnik młodych złotodrzew.

Byłem starszy o dwa lata od najstarszego, Steave'a, ale ten przewyższał mnie o głowę. Miał trzynaście lat, a liczył sobie prawie sześć stóp wzrostu i nic nie wskazywało na to, by chciał przestać rosnąć. Podczas mojej ostatniej wizyty w Zakątku jeszcze mogłem spojrzeć z góry na Gareda Młodszego, jednak już mnie przerósł. Nawet Flinn, sześć lat młodszy, mógł mi spojrzeć prosto w oczy.

– No nie! – Steave zmierzył mnie od stóp do głów, gdy podeszliśmy z Selen bliżej. – Patrzcie tylko na to. Skurczyłeś się, Bales?

Aż cuchnął wyzwaniem. Za każdym razem gdy odwiedzałem Zakątek, Steave prowokował mnie do walki. Czasem obrzucał mnie wyzwiskami, czasem szturchał i popychał, i zawsze próbował mnie wykorzystać, by umocnić dominację nad braćmi. W dzieciństwie nieraz musiałem rozciągnąć go na podłodze, co teraz, mając pięć lat i trzydzieści funtów mięśni więcej, najwyraźniej chciał sobie odbić.

Ależ to wszystko prymitywne. Nudne. Bójka z chłopakami wujka Gareda nie była warta zachodu. Łatwiej byłoby podnieść pozycję Steave'a w oczach braci.

Uśmiechnąłem się, gdy stali naprzeciwko mnie jak wataha nocnych wilków.

– Najwyraźniej nie rosnę tak szybko jak wy, Rębacze. Aleście wystrzelili!

Selen ustawiła się przede mną. W jej zapachu wyczułem ostry gniew, mimo że głos dziewczyny przypominał śpiew skowronka.

– Steave trochę się boczy, bo jego siostra spuściła mu na placu treningowym takie lanie, że aż się posmarkał.

– Oszukiwałaś! – warknął Steave, ale w jego woni pojawił się lęk.

– Jasne – prychnęła Selen z pogardą. – I to dlatego jak dotąd nie wygrałeś ze mną żadnego starcia?

Gared Młodszy i Flinn zachichotali, słysząc jej słowa, a napięcie się rozwiało. Jeśli młodzi Rębacze to nocne wilki, Selen zawsze była ich przywódczą waderą.

– Ładnie dziś wyglądasz, siostrzyczko. – Steave zmienił taktykę, a wtedy wyczułem irytację Selen. Nie cierpiała się stroić i jej brat dobrze o tym wiedział. Znowu pojawiło się napięcie – odniosłem wrażenie, że Selen miała ochotę wtłuc Steave'owi jeszcze przed kolacją. Ruszyła na niego, na co chłopak zrobił krok w tył, a wtedy Selen zatrzymała się i parsknęła śmiechem. Flinn i Gared Młodszy dołączyli do wesołości, lecz od Steave'a bił coraz intensywniejszy zapach gniewu. Musiał ocalić twarz, a w tym celu był gotów zrobić coś głupiego.

Wtedy rozległ się dudniący głos wujka Gareda, który rozładował atmosferę.

– Darin! – zawołał, idąc ku nam.

Miał ponad siedem stóp wzrostu i górował nad wszystkimi, łącznie ze swoimi synami, jednak bez drewnianej zbroi, którą nosił niemal wszędzie, wydawał się starszy. Ujrzałem, że z trudem dopiął kaftan na wydatnym brzuszysku, a pod siwiejącą brodą dostrzegłem obwisłe policzki.

– Na Stwórcę, dobrze cię znów gościć pod moim dachem! – wykrzyknął, a ja wciągnąłem powietrze i nieco rozrzedziłem ramię, gdy generał zaczął mnie poklepywać. W przeciwnym razie z pewnością by mnie przewrócił. – Widzę, że zgadałeś się już z chłopakami?

– Tak, proszę pana – odpowiedziałem. – Dziękuję za udzielenie mi schronienia do czasu powrotu mamy.

– Przynajmniej tyle mogłem dla ciebie zrobić – rzekł Gared. – I skończ z tym „proszę pana". Gdy byłeś mały, nazywałeś mnie wujkiem. Wiem, że nie jesteśmy rodziną, ale to naprawdę szczegół. Opowiadałem ci już o tym, jak twoja mama wywlokła mnie na własnych plecach z zasadzki demonów?

– Parokrotnie. – Selen stanęła na palcach, by pocałować ojca w policzek. – Jakoś tak za każdym razem, gdy widzisz Darina.

– To dobra opowieść – stwierdził Gared.

– Tak – zgodziłem się. – Ale gdy opowiada ją mama, okazuje się, że tak naprawdę to Bezpalcy ocalił wtedy was oboje.

Rojer z Gospody, słynny Minstrel zwany Bezpalcym, zawsze był moim bohaterem. Stał się pierwszym człowiekiem od tysięcy lat, który wprawił się w sztuce panowania nad demonami za pomocą muzyki, co pozwoliło ocalić tysiące ludzi podczas wojny, nawet po jego śmierci.

– Co prawda, to prawda. – W zapachu Gareda pojawiły się duma i smutek. – Bez jego pomocy żadne z nas nie uszłoby z życiem. Słyszałem, że sam nieźle sobie radzisz z czarowaniem otchłańców na fujarce!

Przed oczami stanęła mi chwila ataku. Znów poczułem, jak moje spocone palce ślizgają się na tubkach, a demony wyzwalają się spod czaru muzyki.

– Daleko mi do mistrzów, pro... wujku.

– W rzeczy samej – rozległ się kobiecy głos. – Chłopak musiałby mieć nierówno pod sufitem, by głosić, że stał się kolejnym skrzypkiem czarodziejem.

Uniosłem głowę i zobaczyłem przyrodnią babcię Selen, za którą podążała baronowa Emelia.

– Witaj, Darinie – rzekła Emelia.

Jej uśmiech oraz słowa były pełne ciepła, lecz w zapachu wykryłem mnóstwo pogardy, gdy ujęła mnie za ramiona i pocałowała powietrze po obu stronach mojej głowy. Potem obrzuciła Selen wzrokiem przeznaczonym dla sterty łajna, którą trzeba obejść.

– Selen, wyglądasz uroczo. Powinnaś częściej decydować się na makijaż.

– Szlachetne panie! – Selen powitała obie kobiety perfekcyjnym ukłonem, ale jej woń, w której wcześniej wyczuwałem irytację, teraz kipiała gniewem. Podobnie jak Steave, baronowa zawsze wiedziała, jak uderzyć, a teraz pachniała zadowoleniem z siebie.

Emelia odwróciła się i przyjrzała generałowi.

– Mężu, mam wrażenie, że zaraz rozsadzisz kaftan. Mam poprosić krawców, by poszerzyli ci ubrania? Znów?

Chyba tylko ja usłyszałem cichy pomruk Gareda. Jego twarz lekko poczerwieniała, ale nie zareagował na pytanie.

– Dobra, zasiądźmy do stołu. Z jakiegoś powodu zachciało mi się nagle pić.

Służba zdążyła już napełnić naczynia dla dorosłych. Przed miejscem Gareda, który zasiadł u szczytu stołu, ustawiono ogromny drewniany kufel, w którym pieniło się piwo. Przed krzesłem baronowej, która umościła się możliwie najdalej od męża, stał wielki kieliszek z czerwonym winem o zapachu tak ostrym, że drażnił mi zatoki.

Zebraliśmy się wokół stołu – Steave, Gared Młodszy i Flinn po jednej stronie, ja, Selen i babka po drugiej.

– Siadajcie – rozkazał generał, a służący podsunął mi krzesło. Usiadłem, gdy poczułem, jak dotknęło moich nóg. Nie miałem pojęcia, dlaczego wszyscy uważali, że trzeba nam pomagać w siadaniu.

Baronowa sięgnęła po serwetkę, strzepnęła ją głośno i ułożyła sobie na kolanach. Reszta z nas poszła w jej ślady.

Kolacja zaczęła się w miarę dobrze. Pojawiły się wyszukane dania dla baronowej oraz jej matki. Kucharze anonsowali je osobiście, wymieniając przy tym wszystkie składniki, choć nie wiedziałem, po co to robili. Przyprawy i tak zabijały smak każdej potrawy.

Generał i jego synowie woleli prostsze jedzenie, na ogół mięso w sosie własnym oraz smażone warzywa. Podczas gdy baronowa i jej matka wciąż dyskutowały, który rodzaj sera najlepiej pasuje do konkretnego typu chleba, reszta z nas trzymała już kości w lepkich dłoniach i ogryzała je z mięsa, śmiejąc się z opowieści wujka Gareda.

– Rąbnąłem drzewnego demona w kark, ale topór mi utknął, a potem otchłaniec wyszarpnął mi go z dłoni i wylądowałem na ziemi! – Wujek wymachiwał trzecim już kuflem, wylewając nieco piwa. – Potem odwrócił się ku mnie i zaczął mnie okładać tymi swoimi wielkimi łapskami.

Walił przy tym pięścią w stół, potem kuflem, znów rozbryzgując piwo, i jeszcze raz pięścią.

– Ale dalej widzę drzewce topora między jego nogami! Niczym przeklęty ogon.

Śmiałem się tak bardzo, że niemal zakrztusiłem się wodą. Wszyscy wyli ze śmiechu.

– Przyjmuję więc razy i gram na czas, aż w końcu wyciągam rękę i wsuwam ją między nogi demona!

Wujek Gared wyciągnął rękę, rozlewając jeszcze więcej piwa. Wtedy jeden z mosiężnych guzików strzelił z głośnym trzaskiem i potoczył się, podskakując, po stole ku baronowej.

Steave pokazał go palcem i znów zaryczał ze śmiechu, a bracia poszli w jego ślady. Nawet wujek

Gared zaczął się śmiać, co przerwało dopiero głośne prychnięcie baronowej Emelii.

– Mówiłam ci, że twoje odzienie wymaga przeróbek. Jeśli upierasz się, by dalej tyć, być może powinieneś zainwestować w nową garderobę.

– To tylko felerny guzik! – Tym razem wujek Gared nie powstrzymał się od warknięcia. Był wściekły, bo przerwano mu tuż przed punktem kulminacyjnym.

– Nie guzik jest tu felerny – odezwała się matka baronowej i obie zaniosły się chichotem.

– Pamiętasz, co ci powiedziała księżna Araine na twoim balu kawalerskim? – zapytała Emelia. – Nikt nie uszanuje grubasa na tronie.

Nim Garedowi udało się zdobyć na ripostę, wyrwał się Steave:

– Ja chcę posłuchać o Naznaczonych Dzieciach!

Uniosłem głowę i ujrzałem, że wpatruje się we mnie. Przez myśl przemknęło mi przypuszczenie, że chłopak był bystrzejszy, niż dawał po sobie poznać, i świadomie odciągnął uwagę od swego ojca.

– Ty mieszkasz z nimi, co, Darin?

– Czasami – powiedziałem. Nie ufałem mu. Steave może i chronił ojca, ale zawsze mi dokuczał.

– To prawda, że tatuują sobie fiuty? – zapytał Steave, na co Gared Młodszy i Flinn znów wybuchnęli śmiechem.

Wujek Gared strzelił Steave'a w potylicę. Nie sądziłem, by chciał mu wyrządzić krzywdę, ale był wielkim mężczyzną i chłopak przyłożył czołem w stół. Uniósł twarz i spojrzał na ojca. Nie znać było po nim bólu, sprawiał za to wrażenie zdradzonego.

– Dobrze ci tak! – Generał zacisnął pięść. – Okaż trochę szacunku, na Otchłań!

– Tak, proszę pana. – Steave natychmiast pochylił głowę. – Przepraszam.

– Wybacz, Darin – zwrócił się do mnie wujek Gared. – Wydawało mi się, że moi chłopcy mają więcej rozumu, ale bywa, że nadal trzeba wbijać im dyscyplinę siłą.

– Nic się nie stało. – Spojrzałem na Steave'a z uśmiechem. – Znałem tylko jednego człowieka, który wytatuował sobie fiuta. Ludzie mówili, że czubek ozdobił runem uderzenia.

Młodzieńcy wydawali się wstrząśnięci moimi słowami. Nawet wujek Gared otworzył szeroko usta.

– Czy to... zadziałało?

– Pojęcia nie mam – odpowiedziałem. – Ten mężczyzna nie był w stanie znaleźć nikogo, kto chciałby to sprawdzić. Zdaniem Elli nie na wiele się taki ornament zda, chyba że komuś zależy na wybijaniu dziur w drzewach.

Generał zaryczał z śmiechu, waląc pięściami po stole. Synowie mu zawtórowali, rozbawieni dowcipem, ale też chętni, by udobruchać ojca.

– Steave, usiądź na moment obok siostry – rzekł w końcu Gared. – Darin, a ty chodź tutaj.

Wszyscy nagle przestali się śmiać. Emelia zesztywniała i nawet Selen wciągnęła powietrze. Steave spełnił polecenie, jednak obrzucił mnie przy tym wściekłym spojrzeniem.

Wujek Gared wyglądał, jakby niczego nie zauważył. Pochylił się i zmierzył mnie badawczym spojrzeniem, którego nienawidziłem od dawna. Desperacko próbował dostrzec we mnie coś, co przypomni mu Arlena Balesa, ale na próżno się starał. Może mój ojciec był kimś szczególnym, ale ja nie.

W końcu generał odsunął się z mruknięciem.

– Szczerze powiedziawszy, bardziej przypominasz mi Rojera niż ojca.

Nie miałem pojęcia, jak na to zareagować. Zrobiło mi się nieswojo, a wtedy odezwała się Selen.

– Spotkałam jedną z Naznaczonych Dzieci na wyprawie poza granice księstwa – rzekła, odkaszlnąwszy.

– Masz na myśli tę eskapadę, w której to ukradłaś ojcu zbroję i wymknęłaś się w tajemnicy z księżniczką Olive, narażając jej życie? – Baronowa uniosła pusty kieliszek, na co służący pospiesznie go napełnił.

– Tak, właśnie o tym mówię. – Selen zerknęła na ojca i nie widząc protestów z jego strony, dodała: – Widziałam, jak gołymi rękami walczy z otchłańcem.

Doskonale wiedziała, że skupiła całkowicie uwagę swych braci, i z satysfakcją wciągnęła ich w opowieść.

– Naprawdę widziałaś demona? – Gared Młodszy szeroko otworzył oczy.

– I to niejednego – odpowiedziała Selen. – Szalały po całym obozie.

– Jakie były? – Flinn wydawał się równie zafascynowany.

– Twarde. Rąbnęłam jednego tarczą ze wszystkich sił, ale ten ledwie zwrócił na to uwagę.

– A zabiłaś jakiegoś? – zapytał któryś z braci.

– Zadałam parę celnych ciosów, ale one szybko leczą obrażenia. – Selen wzruszyła ramionami. – Dźgnęłam skalnego demona w pierś po tym...

W jej zapachu nagle wyczułem niepewność. Bez wątpienia zdała sobie sprawę, że właśnie miała wspomnieć udział Michy.

– ...jak ktoś dziabnął go w kolano – ciągnęła. – Ale nie byłam w tym sama. Trzeba było kilka ciosów włócznią, by go załatwić na dobre.

– Walka ze skalniakiem to niełatwa robota – odezwał się szorstkim głosem generał. Bił od niego zapach dumy.

– Nie zachęcaj jej do kolejnych wygłupów, Gared – parsknęła baronowa.

– Nikogo do niczego nie zachęcam! – Wujek Gared uniósł ręce. – Dziewczyna dobrze wie, co myślę o jej postępku. Chciałem powiedzieć tylko tyle, że naprawdę nie jest łatwo wrazić włócznię między płyty pancerza skalniaka.

– Jestem przekonana, że niczego takiego nie zrobiła – rzekła babka. – Założę się, że dzieciaki zobaczyły jednego demona, a teraz robią z tego bitwę o Zakątek Rębaczy. Nie pozostało na świecie tyle otchłańców, by sprawiać ludziom aż takie kłopoty.

Teraz to ja – bodajże po raz pierwszy w życiu – miałem ochotę na awanturę. Ta rozpieszczona staruszka pewnie nigdy nie widziała demona na własne oczy, a mimo to zarzucała Selen kłamstwo? Otworzyłem już usta, ale Selen mnie uprzedziła.

– Powiedz to rodzicom dzieci, które zostały rozszarpane.

– Poza wielkimi runami włóczy się pełno demonów – dodałem, wyprzedzając reakcję przeciwnego krańca stołu. – Ojciec...

Nagle poczułem ucisk w gardle.

– Gdy ojciec... – znów podjąłem, i nagle w myślach ujrzałem ojca, który płonie w Otchłani, nie mogąc się wyrwać, i wykrzykuje moje imię.

Wszyscy na mnie patrzyli. Zaraz, ile czasu upłynęło od chwili, gdy urwałem? Zmusiłem się, by dokończyć zdanie:

– Zniszczeniu uległy tylko te, które oblegały miasta.

– Chłopak ma rację, matko – wujek Gared odezwał się z szacunkiem, lecz jego głos był stanowczy. Nie uważał, by ta kwestia podlegała dyskusji. – Mnóstwo świadków opowiedziało historię, którą właśnie usłyszałaś od Selen.

Ujął ciężką chochlę i nałożył sobie ziemniaki na talerz.

– Skoro Leesha wyruszyła z wyprawą, sprawa robi się niewąska.

– Poważna – poprawiła Emelia.

– Co? – Chochla Gareda zamarła w powietrzu.

– Poważna, a nie niewąska – wyjaśniła baronowa. – A ja żyłam w przekonaniu, że gdyby pojawiło się niebezpieczeństwo, księżna Leesha posłałaby swego najlepszego generała.

Urwała na krótką chwilę, która nie umknęła nikomu.

– A tymczasem będziesz ją zastępował na dworze. Co powiedzą ludzie, gdy usłyszą, jak baron Zakątka Rębaczy odzywa się niczym kmiotek z zabitej dechami dziury?

Poczułem przypływ gorąca, gdy twarz generała poczerwieniała. W jego zapachu pojawił się gniew, bardzo niebezpieczny gniew, choć baronowa wcale nie wydawała się wystraszona.

– Powiedzą, że byłem pierwszym, który odpowiedział na wezwanie Wybawiciela – stwierdził wujek Gared. – Powiedzą, że stałem na Cmentarzysku Otchłańców, gdy Zakątkowi groziła zagłada. Powiedzą, że powstrzymałem całą hordę przy Rzece Granicznej!

Zacisnął pięść na ciężkiej srebrnej łyżce.

– Powiedzą, że zostałem baronem w nagrodę za przelaną krew swoją i demonów, a nie za to, że gadałem jak przeklęci mieszczanie!

Nagle uświadomił sobie, że bez zauważalnego wysiłku zgniótł kciukiem gruby metal. Wpatrywał się przez moment w chochlę, oddychając głęboko. Spróbował przywrócić łyżce poprzedni kształt, ale ta była już koszmarnie pogięta.

Spojrzał na misę z ziemniakami i z zawziętą miną nałożył sobie porcję palcami.

Bardzo mu współczułem. Nie tylko jemu właściwie, ale im wszystkim. Nie tak powinna wyglądać rodzina. W jadalni zapadła niespokojna cisza i wyglądało na to, że wszystkim się to podoba. Skupiłem się na swoich ziemniakach.

– Zawsze tak jest? – spytałem Selen, gdy ta odprowadzała mnie do pokoju.

– Każdego Dnia Szóstego mamy tę samą scenę – odparła dziewczyna. – Ojciec i Emelia dogryzają sobie do chwili, gdy jedno z nich, zazwyczaj ojciec, zaczyna krzyczeć i coś rozwala. A zanim to nastąpi, moi bracia ślinią się i domagają uwagi niczym sfora psów.

– Czemu ona tak go nie znosi? – dociekałem.

– Ponieważ nie musiał mnie ogłosić własną córką – stwierdziła Selen. – Byłam siostrą księżnej, a Elona nadal jest żoną ojca Leeshy. Mógł machnąć na mnie ręką i uznać za bękarta, ale tego nie zrobił. Myślę, że nigdy mu tego nie wybaczy.

– Nic dziwnego, że mieszkasz w pałacu księżnej – powiedziałem.

– Tata chce, bym cały czas tu była – odpowiedziała Selen – ale wystarczy kilka dni pobytu, by Emelia zrobiła się zazdrosna. Nie życzy sobie, by ojciec skupiał uwagę na mnie zamiast na chłopcach. Robi wszystko, by zamienić moje życie w koszmar, więc wolę trzymać się z dala.

Dotarliśmy do drzwi mojego pokoju. Zatrzymałem się, a Selen ku mojemu zdumieniu zrobiła to samo.

Spoglądała na mnie tak jak wcześniej i przyszło mi do głowy, że znów chce mnie pocałować. Czy to źle, że byłem podekscytowany taką szansą? Zmusiłem płuca do zaczerpnięcia powietrza.

– Gdyby Olive nas teraz zobaczyła, strzeliłaby focha. – Zapach Selen był... drapieżny.

– A co my takiego robimy? – Ledwie słyszałem jej słowa. Wpatrywałem się w oczy Selen niczym mysz kuląca się przed żmiją.

– No, stoimy oboje w ciemnym korytarzu, pięknie ubrani i do tego samotni.

Napiąłem mięśnie, gdy Selen zacisnęła dłoń na moim ramieniu. Cieszyłem się, że nie mogła wyczuć mojego lęku.

– A czemu Olive miałaby się tym przejmować? – spytałem.

Ze zgrozą zarejestrowałem, że Selen przybliżyła się jeszcze bardziej.

– Nie tylko Emelia potrafi być zazdrosna – szepnęła.

– O mnie czy o ciebie? – Sam zacząłem również mówić cicho, choć w korytarzu nie było nikogo.

Selen ściągnęła brwi i wydęła usta.

– W sumie to chyba o nas oboje. Po naszym pierwszym pocałunku nie rozmawiała ze mną przez tydzień.

– Co? – odezwałem się piskliwym głosem. – A niby czemu? Przecież jej się nie podobam.

– Niewiele łapiesz, jak na chłopaka, który potrafi zliczyć uderzenia serca kogoś, kto przebywa dwa piętra pod nami – stwierdziła Selen. – Swego czasu wszystko robiliśmy we troje. Wszystko robiliśmy razem, a pocałunek okazał się pierwszą rzeczą, w której nie uczestniczyła.

– Ze mną dalej rozmawiała – rzekłem.

– Pewnie, głupolu – prychnęła Selen. – Próbowała cię złapać na osobności.

Teraz to byłem całkiem oszołomiony.

– Czemu?

Selen podeszła bliżej. Czułem, jak powietrze między nami się rozgrzewa.

– Bo chciała cię pocałować i wyrównać rachunki.

Położyła mi dłoń na piersi i spojrzała z psotnym uśmiechem.

– Któż może wiedzieć, co zrobiłaby teraz?

Zbliżyła się jeszcze bardziej, a ja zamknąłem oczy. Czułem jej oddech, gdy usta Selen zbliżały się do mojego ucha.

– A więc lepiej zachowujmy się grzecznie...

Podniosła dłoń, a ja wyczułem, jak robi krok w tył. Otworzyłem oczy i ujrzałem jej uśmiech.

– ...przynajmniej dziś. Dobranoc, Darin! – rzuciła, po czym mrugnęła do mnie i odeszła.

Przyglądałem się jej, aż znikła za rogiem, a potem wpadłem do pokoju i oparłem się plecami o drzwi. Czekałem, aż oddech mi się uspokoi.

I wtedy uświadomiłem sobie, że sam nie powiedziałem Selen „dobranoc".

17

Uprowadzenie

349 ROK PLAGI

Po wyjeździe matki w pałacu zapanowała osobliwa, nienaturalna cisza.

Zawsze wiedziałam, że mnóstwo ludzi przebywa tu tylko dlatego, że księżna ich potrzebuje, ale teraz gdy widziałam skalę tego zjawiska, czułam się wyprowadzona z równowagi. Drzwi, które zawsze stały otworem zarówno za dnia, jak i w nocy, teraz były zamknięte. W biurach, gdzie światło się paliło do późnych godzin wieczornych, teraz panowała ciemność. Kandelabry nadal były zapalane, ale bez innych świateł rzucały głębokie cienie na opustoszałych korytarzach.

Nigdy wcześniej czegoś takiego nie widziałam. Matka czasami spędzała noc czy dwie w sąsiedniej miejscowości, lecz od moich narodzin nigdy nie opuszczała wielkiego runu. Zmartwiło mnie to, że zdecydowała się na ten krok właśnie teraz, a niepokoju nie uśmierzała nawet świadomość, że przecież wzięła ze sobą żołnierzy i Naznaczone Dzieci.

Co by się stało, gdyby nie wróciła? Czy cała armia urzędników i dworzan przybyłaby, by poprosić mnie o instrukcje albo wypłatę pensji? A może nigdy już tu nie przyjdą, a ja będę się błąkać sama, aż wyznaczę własnych ministrów?

Oczywiście o ile władza przypadłaby mnie. W takiej sytuacji schedę przypuszczalnie przejąłby baron Rębacz do czasu osiągnięcia przeze mnie pełnoletniości. Życzyłam wujkowi Garedowi jak najlepiej i liczyłam na to, że Stwórca zawsze będzie mu sprzyjał, ale wiedziałam, że nie potrafi zapanować nawet nad własnym domem. Zapewne usiadłby po prostu na tronie i oddał wszystkie obowiązki ministrowi Artherowi.

Nie byłoby to najgorsze rozwiązanie. Miałabym przynajmniej czas, by móc się rozsypać.

– Myślisz, że nic jej nie jest? – zwróciłam się do Michy.

– Twoja matka to... straszliwa kobieta – odparła Micha. – A na północ od Krasji nie znajdziesz wojowników lepszych od tych, którzy jej służą. Obie widziałyśmy, do czego są zdolne Naznaczone Dzieci, a ich moc to tylko niewyraźne odbicie potęgi Renny am'Bales. Konfrontacja z *alagai* zawsze pociąga za sobą jakieś ryzyko, lecz trudno mi sobie wyobrazić zagrożenie, którego nie byliby w stanie pokonać. *Inevera*, jak mawiamy, myślę jednak, że powrócą w glorii i chwale.

Wiedziałam, że chciała mnie pocieszyć, ale w pamięć zapadły mi inne słowa:

„Ryzyko".

„Trudno mi sobie wyobrazić".

„*Inevera*".

Najbardziej zaniepokoiło mnie to ostatnie słowo. Tłumaczyć je należało jako „jak zechce Everam", a miało przypominać, że wszystkie rzeczy, zarówno te wielkie, jak i te drobne, podlegają woli Stwórcy.

Jeśli jednak Stwórca był wszechmocny, dlaczego demony w ogóle istniały? Dlaczego ludzie cierpieli? A jeśli nie był...

Poczułam ucisk w gardle i zmiękły mi kolana. Zasłoniłam usta, by ukryć szloch, opadłam na jedną z krytych aksamitem ławek w pustym korytarzu. Wyciągnęłam chusteczkę, by otrzeć oczy.

– Tsss! – syknęła Micha i wyrwała mi chusteczkę. Wyciągnęła korek z niewielkiej szklanej buteleczki z poszerzonym, ostrym brzegiem.

Z wprawą przytknęła brzeg fiolki do skóry policzka, by zebrać spływające po nim łzy. Potem przesunęła go wyżej, by pochwycić kolejną, zbierającą się w kąciku oka, a po niej następne. Nim doszłam do siebie, buteleczka była tak pełna, że nawet zatyczkę trudno było wsunąć.

– Na ziemiach wokół Pustynnej Włóczni woda jest cenniejsza od złota – powiedziała Micha. – Nie ma lepszego sposobu, by uczcić ukochaną osobę, niż poświęcić jej to, co najcenniejsze.

Uniosła fiolkę ku światłu, bym mogła ujrzeć zebraną w niej ciecz.

– W tym tętni moc, siostro, która wzmocni twą więź z matką do chwili jej powrotu.

Pokiwałam głową i pociągnęłam nosem.

– Mów sobie, co chcesz, ale cieszę się, że Darina nie było tu teraz. Pewnie martwi się o własną matkę i lepiej, żeby nie widział, jak się mażę z powodu swojej.

Wiedziałam, że to kłamstwo. Być może nie zwróciłabym aż tak wielkiej uwagi na ciszę panującą w pałacu, gdyby nie brak Selen i Darina. W zeszłym tygodniu miałam wrażenie, że stare dobre czasy wróciły, bo nasza trójka znów była razem.

Zastanawiałam się, czy on również się martwi. Myślałam też o tym, czy nie całują się gdzieś w ciemnym pokoju. Żałowałam, że ta myśl gryzie mnie tak bardzo.

Oczywiście obawiałam się, że zniszczą w ten sposób przyjaźń wiążącą naszą trójkę, ale to nie wszystko. Przeszkadzało mi, że ja nie mogę cieszyć się tym samym co Selen. Minęło wiele tygodni od mojej rozmowy z Eloną, a wciąż słyszałam jej głos.

„Koniec z sekretami".

– Babcia mówi, że powinniśmy wszystkim powiedzieć – odezwałam się.

– O czym? – spytała Micha.

– Że różnię się od innych dziewczyn.

– A co ty o tym myślisz? – W oczach Michy dostrzegłam ostrożną neutralność.

Pociągnęłam znowu nosem. Oczy nadal miałam wilgotne.

– Boję się, ale być może dlatego, że wiem, iż babcia ma rację.

– A ma? – spytała Micha.

– Jej zdaniem to wybuchnie – odparłam. – I mówi, że powinnam coś zrobić, chyba że chcę, by nowo poślubiony mąż odwinął moje bido w noc poślubną i odkrył fiuta większego od własnego.

Micha zesztywniała i zaczęła węszyć. Potem złapała mnie za ramię i boleśnie mocno zacisnęła na nim dłoń. Wstała, pociągając mnie za sobą.

– Co się dzieje?

Micha dotknęła naszyjnika na szyi i zobaczyłam, jak wygrawerowane w nim runy ożywają. Jej następne słowa odezwały się echem, uwięzione w dźwiękoszczelnej strefie.

– Zbliż się do mnie i idź. Udawaj zapłakaną. Musimy dostać się do ukrytych schodów w twoich komnatach – poleciła i ruszyła przed siebie spokojnym krokiem, maskując pośpiech.

Poczułam nagły przypływ adrenaliny w mięśniach, lecz podjęłam grę. Uniosłam chusteczkę, by wydmuchać nos i jednocześnie ukryć usta, gdy szepnęłam do Michy:

– Co wyczułaś?

– Proszek zwany alomonem – odrzekła. – Wykorzystują go krasjańscy Wypatrywacze, by ukryć swój zapach. Spróbowali nas otoczyć, gdy płakałaś.

– I wystarczyła ci woń proszku, by wyciągnąć takie wnioski?

– Nie tylko woń. Wyczuwam pewien schemat działania. Każda z nas, sióstr włóczni, dokładnie tak by postąpiła, gdyby kazano nam zamordować księżniczkę.

Słuchając tych zimnych słów, z przerażeniem przypomniałam sobie, kim naprawdę jest moja siostra. Co więcej, skoro była tak spięta, sytuacja wydawała się naprawdę poważna.

Micha zwolniła, gdy dotarłyśmy do schodów prowadzących do moich komnat. Przechyliła głowę, a potem się zatrzymała.

– Jesteśmy otoczone. Znajdź jakąś broń.

Zerknęłam na ciemny gabinet pierwszego ministra matki.

– Lord Arther trzyma włócznię nad biurkiem.

– Szybko więc – powiedziała Micha i nie puszczając mojego ramienia, poprowadziła mnie do biura Arthera. – Wypatrywacze nie walczą tak jak zwykli wojownicy. Są szybcy i będą próbowali cię oszołomić rozmaitymi sztuczkami, by zamaskować prawdziwe uderzenia. Nie daj się wyprowadzić w pole. Jeśli cisną w ciebie garścią proszku, zamknij mocno oczy i wstrzymaj oddech najdłużej jak możesz. Znajdź jakiś wilgotny ręcznik, przez który będziesz mogła oddychać. Spluń na chusteczkę, jeśli będziesz musiała.

Ze wszystkich sił starałam się opanować drżenie dłoni, podczas gdy Micha prostymi słowami opisywała mi ludzi, którzy przybyli, by mnie zabić. Gabinet Arthera był zamknięty, ale ja i Selen przez lata nauczyłyśmy się wkradać dosłownie wszędzie. Drzwi do pokoju pierwszego ministra miały luźną framugę. Wystarczyło popchnąć je we właściwym miejscu, by stanęły otworem.

Odetchnęłam z ulgą, gdy zobaczyłam krótką włócznię nad biurkiem Arthera. Przypadłam do niej i zerwałam ją ze ściany, ale broń, niemal połowę krótsza od tej, którą dzierżyłam podczas wyprawy za granicę księstwa, wydała mi się nieporęczna. Dźganie otchłańców długą włócznią, z której korzysta piechota, to jedno, a walka z doświadczonym wojownikiem to coś innego. Na Uniwersytecie Zielarskim nie mieliśmy zajęć z władania włócznią, a Micha nie chciała mnie uczyć posługiwania się bronią do czasu, gdy opanuję wszystkie tajniki walki wręcz.

– Ty ją weź – powiedziałam i chciałam wcisnąć włócznię siostrze.

– Ja mam broń. – Micha sięgnęła w głąb szaty i wyciągnęła trójkąt wielkości dłoni, wykonany z zaostrzonego szkła. – Używaj włóczni w obronie. Jeśli stanie się problemem, walcz rękami.

– Albo po prostu się poddaj – rozległ się głos po krasjańsku, stłumiony przez woalkę, przez co nie mogłam określić akcentu. – Nie stanie ci się krzywda.

Z cieni w głębi pomieszczenia wyłonił się jakiś mężczyzna. Czyżby na nas czekał? Skąd wiedział, że tam się znajdziemy? Z ulgą dostrzegłam, że nie trzyma żadnej włóczni, a jedynie drewnianą drabinę długości sześciu stóp, wzmocnioną runiczną stalą. Wyglądała nieporęcznie. Wydała mi się bardziej narzędziem niż bronią.

Otworzyło się okno, a wtedy do środka wśliznął się kolejny Wypatrywacz, wciągając za sobą drabinę. Ja i Micha zaczęłyśmy cofać się powoli w stronę drzwi na korytarz, ale pojawił się w nich trzeci wojownik. Wszyscy mieli na sobie czarne szaty *Sha-*

rum i sandały owinięte czarnym jedwabiem. Turbany i woalki tego samego koloru odsłaniały jedynie oczy, przyciemnione za pomocą kohlu.

– Nanji. – Micha uniosła woalkę, by splunąć na podłogę. – Ongiś służyli Majah, ale złożyli przysięgę na wierność przed Tronem z Czaszek, gdy Majah porzucili armię Wybawiciela i wrócili na pustynię.

– Twój przyrodni brat z Nanji złożył tę przysięgę – poprawił ją zamachowiec. – Po tym jak zamordował naszego *Damaji* i ukradł czarny turban.

– A więc nadal służycie Majah – stwierdziła Micha.

Zamachowiec nie odpowiedział. Zamiast tego dźgnął powietrze drabiną w naszym kierunku.

– Poddajcie się. Po raz trzeci tej propozycji nie złożę.

Był arogancki. Nie spodziewał się, że dwie rozpieszczone księżniczki stawią mu opór.

– Jest ich tylko trzech – szepnęłam. – Możemy to wygrać.

– Być może. – Micha oceniła ich chłodnym wzrokiem.

Nanji zaatakowali bez ostrzeżenia. Skoczyli na nas jednocześnie, zrywając drabiny z ramion. Micha cisnęła pociskiem ze szkła w jednego z nich, ale drabina w rękach zabójcy zaczęła wirować i trójkąt z głuchym stuknięciem wbił się w drewno.

Inna drabina wbiła się między nas. Zrobiłam instynktowny unik i zbyt późno uświadomiłam sobie, że wpadłam w pułapkę. Zamachowcy chcieli nas rozdzielić.

– Daj z siebie wszystko! – wykrzyknęła Micha, gdy dwaj Wypatrywacze zaczęli ją otaczać, kręcąc drabinami, by zablokować jej swobodę manewru.

Skupiłam się na tym, który zbliżał się do mnie – tym, który dał mi szansę na poddanie się. Zrobił wypad drabiną, a ja zręcznie uskoczyłam w bok. Moje stopy poruszały się lekko pod szeroką suknią i nie miałam problemów z utrzymaniem równowagi. Spróbowałam kontratakować, lecz zamachowiec cofnął się zbyt szybko i jednocześnie przetoczył drabinę po ramionach, by móc zaatakować z innej strony. Uniosłam włócznię Arthera do bloku, co okazało się nieprzyjemnym doświadczeniem – gruba drabina odrzuciła mnie na krok w tył.

Zanim odzyskałam równowagę, napastnik znów zaczął wirować swoją osobliwą bronią i przypuścił atak z innego kierunku. Spóźniłam się z blokiem i drabina uderzyła mnie w twarz.

W głowie eksplodowały mi dźwięki i barwy, równie oszałamiające jak świąteczny pokaz fajerwerków mamy. W uszach mi dzwoniło, gdy padłam na podłogę. Nie mogłam złapać tchu, w ustach poczułam smak krwi, a gdy zacisnęłam zęby, poczułam, że jeden z nich się rusza.

„Wstawaj!"

Micha była pochłonięta walką, ale usłyszałam jej lekcje w głowie.

„Uniki i bloki nie są tak ważne jak ponowne poderwanie się do walki!"

Wypatrywacz uderzył w dół, chcąc przygwoździć mnie drabiną do ziemi tak, by najniższy szczebel zablokował mi szyję. Odtoczyłam się w ostatniej chwili i poczęstowałam Krasjanina kopniakiem w nogę. Odskoczył, co dało mi okazję, by się zerwać.

Przypadł do mnie natychmiast, ale tym razem ani myślałam się cofać. Zaatakowałam krótkimi pchnięciami włócznią, które Krasjanin sparował, jednak jego drabina nie była przystosowana do obrony przed tak lekkim orężem. Wybrałam moment, gdy przeciwnik zrobił zbyt szeroki zamach, i dźgnęłam, chcąc wbić mu ostrze w klatkę piersiową.

Wypatrywacz odskoczył w bok, a w chwili gdy włócznia przeszła między szczeblami drabiny, uświadomiłam sobie, że wpadłam w pułapkę. Krasjanin nagle skręcił drabinę i uwięził moją broń, a uczynił to w takim tempie, że nie udało mi się wypuścić jej w porę. Poleciałam do przodu, a wtedy zamachowiec poczęstował mnie potężnym kopniakiem w pierś.

Plecy eksplodowały mi bólem, gdy wpadłam na krawędź ciężkiego, drewnianego biurka Arthera. Na chwilę całe moje ciało zdrętwiało, ale zacisnęłam zęby i odruchowo pomacałam za sobą, poszukując sztyletu do otwierania listów, butelki z atramentem bądź czegokolwiek, co mogłam wykorzystać jako broń. Niestety, pierwszy minister był drobiazgowym, skrupulatnym człowiekiem i nie zostawiał bałaganu, wychodząc wieczorem z pracy. Rzuciłam w zbliżającego się zamachowca bibułą, co dało mi ułamek chwili, bym mogła odepchnąć się od biurka i uniknąć kolejnego ciosu drabiną.

Przyjęłam postawę *sharusahk* i kontratakowałam kopnięciami oraz uderzeniami pięści, obserwując ruchy Krasjanina, który obracał drabiną, by je sparować. Pomieszczenie było niewielkie, co nie dawało mu swobody manewru – drabina poruszała się więc po przewidywalnej trajektorii i w pewnym momencie wyciągnęłam rękę, by złapać ją za szczebel i poczęstować zamachowca własnym kopniakiem.

Ku mojemu zaskoczeniu drabina nagle skręciła się w połowie obrotu. Odruchowo powiodłam za nią wzrokiem, a wtedy Krasjanin sypnął mi w twarz chmurę proszku. Zacisnęłam powieki, ale oczy już płonęły. Zakrztusiłam się, próbując nie wciągać powietrza.

Ciosy spadały na mnie błyskawicznie. Uderzenie drabiną w głowę zmusiło mnie do otwarcia ust. Proszek był już rozrzedzony, ale mimo to zaczęłam kaszleć, a potem drabina trafiła mnie w brzuch. Zgięłam się wpół, nie mogąc zaczerpnąć tchu, a wtedy Krasjanin uderzył mnie po już obolałych plecach. Upadłam na podłogę.

Wypatrywacz wbił mi kolano w łopatkę i przygwoździł do ziemi, a potem uwięził mi głowę między szczeblami drabiny i pociągnął. Wygięłam plecy w łuk. Zaczęłam się szamotać, ale nic nie mogłam poradzić, gdy Krasjanin dusił mnie swoją osobliwą bronią.

Szarpałam się wciąż bez skutku. Wypatrywacz panował nad sytuacją i nawet moja ogromna siła nie była w stanie mi pomóc. Otworzyłam piekące oczy i zobaczyłam, że Micha toczy zaciętą walkę z dwoma przeciwnikami.

Szklanymi nożami wymachiwała tak szybko, że nie sposób było nadążyć za nimi wzrokiem. Wsunęła palce w ochronne otwory w rękojeściach, które naznaczono runami. Dzięki temu uderzenia jej pięści były jeszcze mocniejsze.

Niemniej mierzyła się ze śmiertelnym zagrożeniem. Jeden zamachowiec Nanji to już dla mnie zbyt wiele, ale widok dwóch, walczących w duecie, napawał mnie przerażeniem. Drabiny dawały im większy zasięg, przez co nawet Micha nie mogła przeprowadzać skutecznych ataków. Parowała lub unikała większości ciosów, niektóre mijały ją o włos, przez co przez cały czas pozostawała w defensywie. Jej biżuteria na całym ciele migotała magią, dodając jej siły i szybkości, jednak Wypatrywacze wydawali się podobnie wyposażeni, co niwelowało jej przewagę.

Jedna z wirujących drabin zahaczyła Michę o kostkę. Krasjanka straciła równowagę i upadła prosto na drabinę, którą uderzył Wypatrywacz. Miałam wrażenie, że to decydujący cios, gdy Micha nagle zeszła z drogi zataczającej łuk drabinie, a ja uświadomiłam sobie, że celowo zwiodła obu przeciwników. Złapała drabinę za szczeble i szarpnęła, rozciągając ramię wojownika, a potem uderzyła uzbrojonymi kłykciami w jego łokieć.

Rozległ się głośny trzask. Między szczeblami drabiny zobaczyłam złamaną kość, a Wypatrywacz, do tej pory milczący, stęknął z bólu.

– Twoja siostra nieźle walczy, jak na kobietę – odezwał się trzymający mnie Nanji. – Gdybyś potrafiła tyle co ona, miałabyś może szansę.

Micha okręciła się i złapała drabinę drugiego zamachowca między dwa noże. Uniosła ją i wymierzyła wojownikowi kopniaka, który odrzucił go w tył.

Skoczyła naprzód z nożem wzniesionym do śmiertelnego uderzenia, gdy nagle straciła równowagę.

Nie mogłam w to uwierzyć – okaleczony przez nią wojownik wrócił do walki. Jedno z ramion zwisało mu bezwładnie, lecz drugą dłonią trzymał pałkę, którą walnął moją siostrę w tył głowy. Potem przewrócił ją kopnięciem i zaplótł nogi wokół jej gardła, zaciskając je ze wszystkich sił.

Micha dźgnęła go nożem, jednak drugi z Wypatrywaczy już się pozbierał i unieruchomił jej ramiona drabiną. Przytrzymał kolanami, by móc zasypać ją gradem ciosów pięściami.

Micha nadal próbowała walczyć, ale jej ruchy były wolniejsze i słabsze. Zastanawiałam się, czy naprawdę chcą ją zabić.

Usiłowałam odsunąć duszący mnie szczebel.

– Przestańcie – wychrypiałam.

– Odrzuciłaś propozycję poddania się – oznajmił Nanji.

– Proszę – wyszeptałam.

Napór osłabł odrobinę.

– Ile jesteś w stanie zrobić, by ocalić siostrę?

Spojrzałam na dwóch pozostałych, wciąż więżących i bijących Michę, choć ta leżała nieruchomo, a jej ciało podskakiwało z każdym kolejnym uderzeniem.

– Wszystko – wycharczałam.

Przytrzymujący mnie Nanji wydał z siebie ciche syknięcie, na co pozostali przerwali atak i cofnęli się. Jeśli Micha tylko udawała niemoc, teraz miała okazję do kontrataku. Nie ruszała się jednak i zaczęłam obawiać się najgorszego. Mężczyźni wyciągnęli zza pasa mocne sznury i skrępowali jej ręce oraz nogi.

Również poczułam więzy na nogach, ale nie stawiłam oporu, gdy Nanji je zaciskał. Kiedy skończył, napięłam mięśnie na próbę. Sznur oplatał mnie parokrotnie, był mocny i porządnie zawiązany. Wiedziałam, że go nie zerwę.

– Chcę...

Urwałam, gdy zamachowiec uderzył moją głową o podłogę.

– To nie negocjacje, dziewczę. Rób, co ci każemy, albo zabijemy twoją siostrę tu i teraz.

Jeden z Wypatrywaczy wyciągnął nóż i przytknął ostrze do gardła Michy, a jego towarzysz zaczął bandażować sobie ramię. Trzeci podniósł mnie i usadził za biurkiem lorda Arthera, a potem położył przede mną pergamin. Z zaskoczeniem skonstatowałam, że został napisany moim charakterem pisma – były to przeprosiny zwieńczone kiepskim wyjaśnieniem, dlaczego muszę zignorować rozkaz matki i podążyć za nią w góry. Musieli przejąć wiele moich listów, gdyż nawet styl przypominał mój własny.

– Podpisz to – syknął Nanji i wepchnął mi pióro do ręki.

Zerknęłam na Michę oraz na ostrze przy jej szyi, a potem wypełniłam polecenie.

Gdy skończyłam, zamachowiec wyrwał mi pióro, wykręcił ramię i ciasno spętał nadgarstki. Do ust wepchnął mi jakąś szmatę, a drugą obwiązał twarz, bym nie wypluła knebla. Materiał nasycono jakimś pachnącym intensywnie środkiem chemicznym. Narzucili mi kaptur na głowę i wszystko zniknęło w mroku.

Zbierało mi się na mdłości. Moje ramiona zostały przeciągnięte między szczeblami drabiny i mocno do niej przywiązane. Zamachowiec zrobił to samo z nogami, a potem podniósł mnie, zarzucił sobie na plecy i sprawnie wyciągnął przez okno gabinetu.

Czułam podmuchy wiatru, gdy Wypatrywacz wspinał się na dach. Związał mnie zbyt mocno, bym mogła się szamotać, a mimo to bałam się, że wykonam jakiś ruch, który pozbawi Nanji równowagi, i oboje spadniemy na bruk.

Podskakiwałam lekko w rytm cichych kroków zamachowca, który biegł po dachu, lecz nie słyszałam niczego, nawet wiatru. Zapewne znaleźliśmy się w środku strefy ciszy, identycznej z tą, którą wywołał naszyjnik Michy.

Oddałabym wiele, by wiedzieć, co się z nią stało. Czy pozostali Nanji biegli obok nas, otoczeni własnymi strefami ciszy? Czy wzięli Michę ze sobą? Czy ona nadal żyje?

Naraz Wypatrywacz odbił się i nagle poczułam, że spadam. Lot skończył się niespodziewanie, a potem porywacz znów się odbił i polecieliśmy w dół. Wtem Nanji złapał się czegoś na sąsiednim murze i wytracił prędkość opadania, a potem z łatwością zeskoczył na ziemię.

Dzięki całym latom przemykania się po dachach z Darinem i Selen wiedziałam, że zamachowiec zeskoczył do ogrodu matki. Dachy kończyły się tu na wysokości trzydziestu stóp. Ściany sąsiadujących budynków były na tyle blisko, że można zeskoczyć na ziemię po parapetach okien, ale tylko Darin okazał się na tyle stuknięty, by tego dokonać. Ja i Selen od razu pożałowałyśmy, że go do tego podpuściłyśmy. Z zaciśniętymi do białości kłykciami wodziłyśmy za nim wzrokiem do chwili, gdy znalazł się bezpiecznie na dole.

Nanji dokonał tej sztuki ze mną na plecach.

Wylądowaliśmy na miękkiej ziemi. Za dnia w ogrodzie panował intensywny ruch. Matka zaczynała tu i kończyła swój dzień. Sadziła i przycinała rośliny, zbierała owoce i wyrywała chwasty, jednocześnie naradzając się ze swymi doradcami i ministrami. W nocy zaś rządziła tu całkowita pustka.

W ogrodzie znajdowało się kilka tajnych wejść. Wyczułam zapach róż i doszłam do wniosku, że Nanji odkryli to, które prowadziło do stajni.

Porywacz położył mnie na ziemi. Plecy miałam wsparte o coś, co mogło być tylko murem otaczającym pałac od wschodu. Kaptur wydawał się luźniejszy i potarłam podbródkiem o bruk, próbując się go pozbyć. Nie wiedziałam w sumie, po co to robię, bo w głowie nadal mi się kręciło i nie nadawałam się do walki.

Wypatrywacz chyba nie zwracał uwagi na moje wysiłki. Sprawnie odwiązał mnie od drabiny i zabrał ją gdzieś, a ja, wreszcie wolna od więzów, zwinęłam się w kłębek, chwyciłam zębami skraj kaptura i odrzuciłam głowę do tyłu. Ruch był gwałtowny i do ust napłynęła mi żółć, ale kaptur przesunął się i wreszcie coś zobaczyłam. Przełknęłam kwaśny smak i rozejrzałam się.

Micha leżała obok mnie w cieniu muru, również związana i zakapturzona. Słyszałam jej oddech, słaby i drżący. Zastanawiałam się, czy naprawdę chcą darować jej życie, czy też może usuwają ciało.

Potarłam twarzą o bruk, próbując pozbyć się knebla. Trzech zamachowców zebrało się przy murze i połączyło drabiny. Powstała w ten sposób konstrukcja była nadal niższa od liczącego trzydzieści stóp muru, ale Nanji najwyraźniej się tym nie przejmowali. Jeden z nich wbiegł zwinnie na górę i stanął na najwyższym szczeblu.

Po nim podążył drugi, który wspiął się po ciele towarzysza i stanął mu na ramionach. Wtedy ich przywódca powrócił do mnie i na powrót zawiązał mi kaptur na twarzy.

– Zrób to jeszcze raz – wyszeptał – a wykłuję twej siostrze oczy.

Uniósł mnie z łatwością i zarzucił sobie na ramiona. Wbiegł po drabinach i wspiął się po plecach towarzyszy, a potem odbił się od ramion tego, który znalazł się najwyżej, i z trudem złapał się krawędzi muru. Cieszyłam się, że miałam na sobie kaptur i nie musiałam na to patrzeć.

Myślałam, że wszystko mi zobojętniało, lecz obudził się we mnie strach, który osłabł dopiero, gdy Nanji wciągnął mnie na górę i położył na murze.

– Co zrobiliście strażnikom? – chciałam wiedzieć.

– W sumie niewiele, choć takie niedojdy zasługiwały na surową lekcję – odpowiedział cicho porywacz. – Byli już nieźle pijani, jeszcze zanim zatruliśmy ich wino. Obudzą się przed końcem zmiany z bólem głowy i nigdy się do tego nie przyznają, gdy zostaną wzięci na spytki. A jeśli ktoś ich teraz zobaczy? – Porywacz zachichotał. – Cóż, a czy księżniczka Olive nie jest przypadkiem znana z podobnych forteli? Nikomu nawet nie przyjdzie do głowy, że ja i moi bracia odwiedziliśmy wasz pałac.

Przywiązana do drabiny na plecach zamachowca, czułam wiatr na ciele. Rytmicznie podrygiwałam, gdy Wypatrywacz biegł ulicami stolicy, i czułam, jak przystaje, ani chybi nie chcąc ściągnąć na siebie uwagi. Nie słyszałam jednak niczego.

Po jakimś czasie Nanji zatrzymali się. Drabina została zdjęta z pleców porywacza, a potem przytroczona do konia. Narkotyk wreszcie wziął nade mną górę i z ulgą straciłam przytomność, wstrząsana końskim galopem.

Obudziłam się, gdy wierzchowiec zatrzymał się, pląsając. Czułam łupanie w głowie, co oznaczało, że długo byłam nieprzytomna, lecz do świtu pozostało jeszcze sporo czasu. Porywacze odwiązali mnie od drabiny, ale kończyny, które pozostały skrępowane, były odrętwiałe. Przewróciłam się na ziemię, roztrzęsiona i targana nudnościami, niczym jeleń, który został postrzelony, jednak wciąż nie zdobył się na to, by umrzeć.

Złapała mnie para silnych ramion i poniosła kilkanaście kroków ku drewnianym schodkom. Drzwi były niewielkie, a podłoga zaskrzypiała pod naszymi nogami. Czyżby był to wóz?

– Świetnie się sprawiliście, bracia – odezwał się męski głos. Nie był to Nanji, który mnie porwał. Poznałam go, choć był stłumiony.

– Chwała Majah! – rzekł zamachowiec.

– Chwała Nanji!

Ktoś zerwał mi kaptur i ujrzałam mojego przyrodniego brata Iravena, który patrzył mi w oczy.

– Przyjmij moje przeprosiny, siostrzyczko. Wszystkich dotknęła *inevera*.

Spróbowałam splunąć mu w twarz, ale Iraven był szybki. Uderzył mnie z taką siłą, że plwocina rozbryznęła się po moim policzku. Złapał mnie za nadgarstek i zmusił, bym znów na niego spojrzała.

– Okaż odrobinę zdrowego rozsądku i nie próbuj tej samej sztuczki z *dama'ting*.

– Dość, synu – powiedziała Belina, która klęczała nieopodal. Mój porywacz klęczał po jej lewej.

– Oczywiście, matko. – Iraven ukłonił się i ukląkł po prawicy matki.

– Doskonale się sprawiłeś, *kai* Tomoka – Belina zwróciła się do Nanji.

– *Dama'ting* czyni mi zaszczyt. – Tomoka ukłonił się, położył dłonie na podłodze i pochylił głowę, lecz ani na moment nie spuścił twardego wzroku ze mnie.

Iraven uderzył kłykciami o ścianę i wóz ruszył. Rozejrzałam się, ale nigdzie nie widziałam Michy.

– Gdz... – W ustach miałam teraz sucho i nie mogłam wykrztusić ani słowa. Nabrałam tchu, choć gardło wydawało się pełne cierni. – Gdzie jest moja siostra?

– Jest bezpieczna. – Belina pochyliła głowę. – Dopóki będziesz posłuszna.

Posłuszna? Za kogo ona się uważa, na Otchłań?

– Gdy moja matka dowie się...

– ...będziemy po drugiej stronie świata – przerwała mi Belina. – Księżna Zakątka ma długie macki, ale nawet ona nie jest w stanie przemierzyć pustyni i rzucić wyzwania Pustynnej Włóczni.

– Nie byłabym tego taka pewna – warknęłam. – A jeśli nie ona, mój ojciec z pewnością będzie wiedział, co zrobić!

– W rzeczy samej! – Belina kiwnęła głową. – Lecz znam mego męża lepiej od ciebie, dziewczę. Wciąż nie pogodził się ze zdradą Majah i nie poprowadzi armii pod nasze bramy z twego powodu. Kości mi to powiedziały.

Podniosła się i zbliżyła do mnie.

– Powinnaś być dumna. Twój ślub odnowi pokój między plemionami i będziesz widzieć, jak twój brat zostaje wyniesiony do zaszczytu Pierwszego Wojownika Pustynnej Włóczni.

– Mam być dumna z tego, że zostałam niewolnicą? – spytałam.

– Tsss – syknęła łagodnie Belina. – Ślub to nie niewola. Twój narzeczony to dziedzic tronu Pustynnej Włóczni. Jako jego *Jiwah Ka* będziesz żyła wśród bogactw i luksusów.

– Jako więzień!

– Wszyscy jesteśmy więźniami – stwierdziła Belina. – Tylko w Niebie naprawdę będziemy wolni i to od ciebie zależy, czy chcesz żyć wśród bogactw, czy też związana na podłodze.

Przygryzłam wargę, zastanawiając się. Nie zdołam uciec, póki pozostanę w więzach.

– Wybieram bogactwo.

– Mądry wybór – pogratulowała mi Belina. Wysunęła swój hanzhar z pochwy zza pasa i przecięła mi więzy na rękach i nogach. Natychmiast się cofnęłam, aż natrafiłam plecami na tylną ścianę wozu. Potarłam kostki i nadgarstki, by odzyskać czucie. Belina nie zwróciła na to uwagi i otworzyła worek z rzeczami należącymi do mnie – pierścionkami, bransoletkami i kolczykami.

– Zwykłe błyskotki – prychnęła z pogardą. – Ani odrobiny *hora*. Nic dziwnego, że *kai* Tomoka i jego ludzie pojmali cię z taką łatwością.

Potem wyciągnęła buteleczkę z łzami.

– Czyje to?

– Mojej cioci Selen – skłamałam. Wiedziałam o magii *hora* wystarczająco dużo, by wiedzieć, że jako składnik do czarów i wróżb łzy ustępowały jedynie krwi. Belina przyjrzała mi się z powątpiewaniem, ale nie zadawała dalszych pytań. Zamiast tego musnęła palcem bransoletę, którą kupiłam od Achmana. Poruszyła małą włócznią, otwierając zawias.

– Cieszy mnie, że wybrałaś tę rzecz. Kości nie umiały wskazać, czy wybierzesz bransoletę, czy może kolczyki lub hanzhar.

Znieruchomiałam, a krew w żyłach zamieniła się w lód. Micha miała rację. Majah na rynku w Miechach byli szpiegami. Bez wątpienia siedziałam teraz w jednym z ich wozów.

Znów spojrzałam Belinie w oczy i tym razem ją rozpoznałam.

– Fashvah.

To ona wcieliła się w rolę *Jiwah Ka* Achmana. Ależ byłam głupia.

– Przytrzymajcie ją. – Belina kiwnęła głową.

Iraven i Tomoka podnieśli się jednocześnie, złapali mnie za ręce i nogi i przygnietli do podłogi, a Belina zapięła mi bransoletkę na ramieniu. Umieściła włócznię na miejscu i przycisnęła kciuk do ostrego końca.

Na skórze palca wezbrała krew, która została wessana przez przedmiot, a wtedy czysty klejnot zabarwił się na czerwono.

Wówczas cała trójka cofnęła się i uklękła przy przeciwnym końcu wozu niczym Opiekunowie podczas modlitwy.

– To zamek krwi – powiedziała Belina. – Tylko moja krew może go otworzyć.

Sięgnęła do sakiewki z *hora*, skąd wyciągnęła małą replikę bransolety, również wyposażoną we włócznię, tarczę i klejnot. Ścisnęła ją mocno, a moja bransoleta w odpowiedzi zgniotła mi biceps. Wrzasnęłam z bólu, aż *dama'ting* zwolniła nacisk.

– Ta bransoleta przywiedzie mnie do ciebie bez względu na to, dokąd uciekniesz – szepnęła Belina. – A jeśli okażesz nieposłuszeństwo...

Znów zacisnęła palce na replice, a moja bransoleta skurczyła się tak bardzo, że zaczęłam się bać, iż złamie mi rękę. Rzuciłam się w spazmach na podłogę i wyłam z bólu, z każdą chwilą coraz bardziej przeświadczona, że przeklęta Majah chce mnie okaleczyć.

– Proszę! – wrzeszczałam. – Błagam, przestań!

Z ust wyrwał mi się szloch.

– Och, Stwórco, błagam!

W końcu Belina ustąpiła. Nadal leżałam na podłodze, dygocząc z bólu i strachu, a *dama'ting* uklękła nade mną, ujęła moją rękę i łagodnie rozmasowała mięśnie, by przywrócić w nich krążenie. Jednocześnie ucisnęła palcami punkty zbieżności, by stłumić ból.

Wpatrywałam się w nią, a ona odwróciła głowę, by spojrzeć mi w oczy.

– Rozumiemy się, księżniczko?

Pokiwałam głową, otumaniona.

– Dobrze. – Belina znów się oddaliła. – Mam nadzieję, że nie będziesz potrzebowała kolejnych lekcji dyscypliny w drodze do twego przyszłego męża.

Kai Tomoka zakaszlał cicho. Dźwięk był niemal niezauważalny, lecz Belina odwróciła się do Nanji natychmiast.

Tomoka przyłożył dłonie do podłogi i znów się pokłonił, nadal wpatrując we mnie.

– *Dama'ting*, muszę ci powiedzieć o czymś, co podsłuchali moi ludzie.

Przez chwilę nie rozumiałam, a potem przypomniałam sobie ostatnie słowa, które powiedziałam do Michy, zanim ta pochwyciła zapach zamachowców.

Belina pochyliła się ku Nanji, który wyszeptał jej coś do ucha. Kobieta zachowała osławioną kamienną twarz *dama'ting*, ale natychmiast dotknęła klejnotu na diademie z runicznych monet. Runy ożyły, by obdarzyć Krasjankę runicznym wzrokiem, podobnie jak czyniły to okulary matki. Zrobiło mi się nieswojo i zaczęłam się wiercić, gdy Belina spojrzała w dół.

– Tsss... – syknęła.

– Matko, co się dzieje? – spytał Iraven.

– Inevera słusznie obawia się córki Erny'ego – szepnęła Belina. – Księżna Zakątka, *heasah* Ahmanna z zielonych krain, ukrywa bowiem księcia.

18

Ukryty książę

349 ROK PLAGI

Na moment sparaliżowała mnie czysta zgroza i nie mogłam nawet drgnąć. Matka zawsze mi powtarzała, że jeśli Krasjanie wezmą mnie za chłopaka, zabiją mnie, bym nie zdołała wyciągnąć ręki po Tron z Czaszek – jakby rzeczywiście kiedykolwiek mi na tym zależało.

Z tego właśnie powodu matka utrzymywała prawdę o moim ciele w sekrecie, a ja się bałam podzielić nim z kimkolwiek innym.

Jednak Majah nie sięgnęli po broń.

Zaczęło do mnie docierać, że tak naprawdę to chyba nadal wszystkiego nie rozumieli. Obawiałam się, że Belina zajrzy coraz głębiej w moją aurę i w końcu pozna prawdę, ale *dama'ting* odwróciła głowę, gdy dostrzegła pełen zarys mojej sylwetki. Matka się nie myliła – w chwili gdy okazało się, że nie pasuję do jednej kategorii, ludzie bez wahania przydzielili mi tę drugą.

Iraven przyglądał mi się z czujnością wojownika, jakby spodziewał się ataku.

– Wybacz, braciszku. Nie mieliśmy pojęcia.

W jego głosie usłyszałam więcej szacunku niż wcześniej. Miałam ochotę wrzeszczeć.

– Nie przydam się wam jako panna młoda – powiedziałam ostrożnie. – Nikt nie zginął. Jeśli wypuścicie nas teraz i wrócicie na pustynię, żadne z moich rodziców nie uzna za stosowne was ścigać.

– Obawiam się, że sprawy zabrnęły za daleko. – Iraven pokręcił głową.

– Kości wymagają twojej obecności, książę Olive. – Ton Beliny również się zmienił. – To, czy jesteś mężczyzną, czy kobietą, nie ma znaczenia. Krasja potrzebuje twej krwi, jeśli ma przetrwać.

Po plecach spłynął mi zimny dreszcz, ale utrzymałam neutralny wyraz twarz.

– Nie obawiaj się niczego, bracie – powiedział Iraven. – Czeka na ciebie wielka chwała. Podstęp twej matki okrył cię wielką hańbą, lecz nie jest za późno. Możemy jeszcze zrobić z ciebie mężczyznę.

Jego słowa zabolały bardziej, niż sądziłam. Miałam stać się mężczyzną? Czy oni mieli w ogóle pojęcie, co to oznacza? Czy ktokolwiek to wiedział?

Znałam Evejah, świętą księgę Krasjan. Zdaniem matki została napisana przez silnych mężczyzn, którzy zawarli w świętych wersetach zachętę, by podporządkowywać sobie kobiety i słabszych.

Mimo to Kanon naszych Opiekunów, celebrowany w każdej katedrze w Zakątku, był niewiele lepszy. Jego wydźwięk wydawał się łagodniejszy, ale dogmaty niewiele się różniły. Kobieta miała zajmować się domem i dziećmi, a mężczyzna miał ich chronić i im przewodzić.

„Mamy być jak owce” – mawiała matka. Od chwili przejęcia władzy w Zakątku dokładała wszelkich starań, by to zmienić. Przydzielała kobietom liczące się stanowiska i otworzyła Uniwersytet Zielarski, jednak sama byłam żywym dowodem, że wciąż przejmowała się różnicami między płciami. Przez całe piętnaście lat życia jako księżniczka Olive nie zaznałam tyle swobody, co tej jednej nocy jako Aman.

Zostałam uwięziona przez Majah, a mimo to odczułam przedsmak wolności. Ba, coś we mnie pragnęło jej więcej. Chciałam być doceniona. Szanowana. Chciałam być taka jak Iraven.

Chciałam być jak mężczyzna.

Kai Tomoka udał się do swoich, Iraven siadł na konia, a wóz Beliny odłączył się od karawany pod konną eskortą.

Dostałam płócienne spodnie, szatę oraz luźną szarfę, by móc zasłonić twarz i włosy przed słońcem i piaskiem. Był to tradycyjny ubiór dziecka na krasjańskiej pustyni. Otrzymałam też nowe bido, nie odważyłam się jednak zdjąć tego, które miałam na sobie. Odłożyłam więc świeże bido na bok podczas przebierania się, a Belina nie skomentowała tego ani słowem.

Nie zostałam związana i nikt nie zabronił mi wyglądać przez okno – gnaliśmy pustymi, zapomnianymi drogami. Drzewa przemykały na poboczu i wkrótce zgubiłam się wśród rozwidleń i skrzyżowań dróg. Na końskich kopytach migotały runy, dzięki którym wierzchowce pędziły nieprawdopodobnie szybko i nie męczyły się.

Nadnaturalna prędkość zmniejszyła się dopiero po wschodzie słońca, ale Majah nie zdecydowali się na popas. Utrzymywali nadal mordercze tempo i pod wieczór dotarliśmy do brzegów wielkiego jeziora, gdzie czekała na nas szalupa. Statek, z którego przypłynęła, majaczył w ciemnościach.

Opuściliśmy wóz. Rozglądałam się w poszukiwaniu Michy, ale nigdzie jej nie dostrzegłam.

Na deskach i na burtach łodzi widniały runy, a mimo to przeszył mnie dreszcz, gdy odbiliśmy od brzegu. Znaleźliśmy się daleko od wielkiego runu matki. Słyszałam, że jezioro było tak głębokie, że wodne demony nie musiały wcale uciekać do Otchłani przed słońcem. Wystarczyło, żeby zeszły na głębokość, na którą nie docierały promienie. Wpatrywałam się w fale, oczekując, że z wody wystrzelą zwieńczone pazurami macki, by opleść się wokół łodzi.

– Słusznie obawiasz się demonów czyhających w głębinach – powiedział Iraven. – Te, z którymi mierzymy się na lądzie, to straszliwi przeciwnicy, ale podczas walki przynajmniej mamy oparcie dla stóp i powietrze, by móc oddychać. W ciemnych wodach zaś czeka jedynie zimno i mrok.

Zostałam zaprowadzona do niewielkiej kabiny. Nie związano mi rąk, lecz pod drzwiami stanęło dwóch zbrojnych. Dobrze pamiętałam, z jaką łatwością zostałam pokonana przez jednego Wypatrywacza. Nie sądziłam, by udało mi się wytrzymać długo w walce przeciwko dwóm uzbrojonym, opancerzonym *Sharum*, a gdyby nawet udało mi się zwyciężyć, nie wskoczyłabym przecież w fale.

Płynęliśmy przez dwa dni na południe, unikając tras handlowych i patrolowych. Gdy wiatr słabł, statek sunął dalej na wiosłach, aż dotarliśmy do południowego brzegu, gdzie czekało na nas obozowisko, a w nim wypoczęte zwierzęta i zapasy.

Robiło się coraz goręcej i poruszaliśmy się wolniej, często robiąc postoje, w nocy zaś zwierzęta pokonywały wiele mil dzięki runom na kopytach. Belina zużywała ogromne zapasy mocy.

Studiowałam magię *hora* przez całe życie, jednak po czystce urządzonej przez Wybawiciela i wybudowaniu wielkich runów kości demonów stawały się w Zakątku coraz rzadsze. Belina zużywała ich całe mnóstwo, by wywieźć mnie najdalej jak się da, nim ktokolwiek zorientuje się, że zniknęłam.

W głębi duszy spodziewałam się ratunku. Czekałam, aż generał Rębacz wyłoni się na czele Kawalerii Zakątka, by zabrać mnie do domu.

Wedle map w gabinecie matki Posłaniec potrzebował około miesiąca, by dotrzeć z Zakątka do Pustynnej Włóczni, nie minął jednak nawet tydzień, gdy wspięliśmy się na szczyt wzgórza i zobaczyłam w oddali ogromne wieże, wznoszące się ponad ogromny mur z poznaczonego runami piaskowca.

Patrzyłam na Fort Krasja. Na Pustynną Włócznię.

Ratunku nie doczekałam.

19

Tajemnica

349 ROK PLAGI

Mój zmysł dotyku, podobnie jak wszystkie inne, był niebywale wyczulony. Z reguły spałem na pościeli, bo materiał, z którego w Potoku Tibbeta szyto prześcieradła i kołdry, wydawał mi się niebywale szorstki. W kontakcie z moją skórą był jak papier ścierny.

W rezydencji barona Rębacza pościel szyto z jedwabiu, a materace wypychano ptasim puchem. Miałem wrażenie, że leżę na chmurze.

Ale nie mogłem spać. Ciągle myślałem o Selen.

Miotałem się i przewracałem na łóżku, zastanawiając się, czy chciała, bym jej uległ. Bym pękł. Bym przyznał przed nią – i przed sobą – czego pragnę.

Jej zapach całkiem mnie zmylił, jak zawsze zresztą. Wyczułem w nim mieszaninę pożądania i rozbawienia, zupełnie jakby była kotem, który bawi się osaczoną myszą i zastanawia, czy jest głodny.

I o co jej chodziło z Olive? Przecież to nie miało sensu. Olive była niedostępna niczym słońce. Cieszyła oko swym pięknem, ale niebezpiecznie było na nią patrzeć, a poza tym znajdowała się całkowicie poza moim zasięgiem. Nie umiałem wyobrazić sobie świata, w którym chciałaby się ze mną całować, ani takiego, w którym ja bym tego od niej chciał. Miałbym wrażenie, że całuję się z własną siostrą.

Byłem przekonany, że nie zasnę, kiedy nagle zerwałem się i uświadomiłem sobie, że chyba jednak mnie zmorzyło. Ktoś walił w moje drzwi.

– Darin, wstawaj natychmiast! – krzyczała Selen.

Wyskoczyłem z łóżka, odruchowo przeczesałem dłonią włosy i złapałem koszulę, by wciągnąć ją przez głowę. Pobiegłem ku drzwiom, zastanawiając się, co zrobiłem nie tak.

Selen wydawała się wstrząśnięta, jednak największym szokiem był dla mnie jej zapach. Biła od niej kwaśna woń lęku, równie intensywna jak wydzielina skunksa.

– Co się stało? – spytałem i bez wahania ścisnąłem jej ramię. Selen zarzuciła mi ręce na szyję, a w jej oczach gromadziły się łzy.

– Olive i Micha zaginęły.

Nie wypuszczając Selen z objęć, odsunąłem się, by spojrzeć jej w oczy.

– Jak? Kiedy? Dopiero co się widzieliśmy...

Selen oparła dłonie o moją pierś i lekko mnie odepchnęła.

– Nie wiem. Właśnie przybył Posłaniec z pałacu księżnej. Tata już tam się wybiera. Kazał przekazać, że jeśli chcemy iść z nim, mamy natychmiast zejść na dziedziniec.

Skok do pokoju, pochwycenie torby i powrót na korytarz zabrały mi tyle czasu, ile Selen zaczerpnięcie tchu.

– Idziemy! – oświadczyłem.

– Butów nie chcesz założyć? – zapytała Selen.

– Tylko mnie spowalniają. – Pokręciłem głową.

Lordzie Artherze,

Przed wyjazdem matki pożyczyłam jej alagai hora, *by dowiedzieć się czegoś o własnej przyszłości. Kości powiedziały mi, że mam być razem z nią. Że matka mnie potrzebuje. Nie mogę tego zignorować.*

Wiem, że wszyscy będziecie próbowali mnie zatrzymać, dlatego wybieram się w drogę sama. Przepraszam za wszystkie kłopoty.

Z wyrazami szacunku
Olive

Lord Arther, pierwszy minister Zakątka, kiedyś służył w Kawalerii. Nadal był w formie, by jeździć konno, nie wyczuwałem jednak z jego strony żadnego zagrożenia. Wydawał się wręcz nudny pomimo wszystkich tych wojskowych pamiątek, które powiesił pod włócznią na ścianie. Czułem zapach świeżego oleju na ostrzu.

Jego oczy, zazwyczaj mętne i pozbawione wyrazu, teraz śledziły nas z uwagą, gdy czytaliśmy list

Olive. Oddychał powoli i miarowo, a biła od niego woń podejrzliwości. Generał Gared, który już zapoznał się z treścią, również mierzył nas nieufnym spojrzeniem.

Zignorowałem ich obu i przysunąłem papier do nosa. Zapach Olive wciąż się tam unosił. Potrafiłem wskazać miejsca, w których jej palce dotknęły papieru. Atrament, którym go podpisała, był świeższy, ale przecież ludzie czasami czytają listy parokrotnie, zanim je podpiszą.

– To charakter pisma Olive – stwierdził Arther.

Jego słowa nie były pytaniem. Zerknąłem na jego biurko i ujrzałem arkusze zapisane podobnym charakterem, zgromadzone dla porównania.

– Tak – zgodziła się Selen – ale to nie ma sensu. Olive nie dałaby rady przepowiedzieć kolejnej wyprawy do kibla za pomocą kości, nie mówiąc już o tym, że *hora* miałyby przekonać ją do ucieczki z domu. A poza tym czy Leesha kiedykolwiek się z nimi rozstaje na tyle, by Olive mogła z nich skorzystać?

Artherowi udało się narzucić sobie spokój, choć widziałem napięte mięśnie i wyczułem niecierpliwość.

– Selen, jeśli wiesz cokolwiek... jeśli jej pomogłaś...

– Nie. – Selen rzuciła w niego listem. – A Olive tego nie napisała.

Arther nie wydawał się przekonany.

– Niektórzy ze strażników na murach zostali odurzeni tym samym wywarem, który opisała kapitan Wonda.

– Na Otchłań! – Selen pokręciła głową. – Nie ma mowy, by Olive spróbowała uciec, nie mówiąc mi ani słowa.

– Co do tego się zgadzamy – rzekła ostrożnie Arther. – Odnalezienie księżniczki Olive staje się naszym absolutnym priorytetem. Jeśli więc możesz pomóc, nie zostaniesz ukarana...

– Cicho już bądź! – warknął Gared. – Jeśli odkryję, że pomogłaś jej uciec, Otchłań wyda ci się zbawieniem!

W odpowiedzi na jego słowa w zapachu Selen pojawiły się lęk i ból, ale nagle obie te emocje przytłumił wybuch gniewu.

– Na Otchłań, nie pomogłam jej w niczym, a ona nie uciekła! Ona taka nie jest!

– Nie? – ryknął generał. – A coście wywinęły trzy tygodnie temu?

– Tak – zgodziła się Selen. – Ale zrobiłyśmy to we dwie! A pomysł, na noc, wyszedł ode mnie! To zaś co innego! Olive nie jest impulsywna!

– Rozumiem, Sel. – Generał zmarszczył brwi. – Próbujesz osłonić przyjaciółkę, ale ja nie jestem na tyle głupi, by dać się dwa razy na to nabrać.

Odwrócił się do Arthera.

– Micha też znikła, co oznacza, że już jest na jej tropie. Będzie miała Olive na oku, a my poślemy paru ludzi, by sprowadzili ją do domu.

Wyczułem słaby zapach krwi w powietrzu. To nic takiego. Ludzie krwawili bez przerwy z tysięcy różnych powodów, jednak dla mnie był to powód, by nabrać podejrzeń. Dorośli, jak zwykle pochłonięci kłótnią, nie zwracali uwagi, gdy odchodziłem na bok, a potem zacząłem krążyć powoli po pokoju i węszyć.

Wychwyciłem osobliwą woń, której nigdy wcześniej nie czułem. Najmocniej przesiąknął nią jeden fragment dywanu – ukucnąłem więc i musnąłem go palcami. Zgromadził się na nim proszek, którego zapach wytłumił wszystkie inne.

Na pierwszy rzut oka dywan wydawał się czysty, ale odkryłem plamę krwi, która wsiąkła w tkaninę. Obwąchałem palce. Tak, zdecydowanie krew.

Wykryłem zapach i wiedziałem, z którego miejsca zacząć tropienie. Podłoga została umyta do czysta, co mogłoby zmylić innych, lecz dla mnie stanowiło kolejny znak. Czy Arther zadbałby tego ranka o wysprzątanie swojego gabinetu i natarcie włóczni świeżym olejem, gdyby pierwszą dostrzeżoną rzeczą był pożegnalny list Olive na biurku?

Trop prowadził do okna. Otworzyłem je i przerzuciłem nogę na zewnątrz.

– Hej, Darin! – wrzasnął generał. – A co ty wyprawiasz, na Otchłań?!

Zignorowałem go, stanąłem na parapecie i złapałem belkę nad oknem. Rozmowa nie prowadziła do niczego. Pochwyciłem trop. Nie był wyraźny, ale prowadził mnie na dach, skąd po skośnie ułożonych dachówkach dotarłem na okapy nad ogrodami księżnej.

Wśród cieni byłem silniejszy. Zsunąłem się po parapetach w dół jak lata temu, gdy dałem się podpuścić dziewczynom. Gdzieś w połowie drogi wykonałem odskok, by wytracić pęd, a potem uczyniłem swe ciało twardszym i gęstszym i zeskoczyłem, by pokonać resztę drogi w dół. Mocno uderzyłem nogami w ziemię, ale kości miałem teraz solidniejsze, a skórę twardszą. Upadek nic mi nie zrobił. Natychmiast wziąłem się do poszukiwania śladów.

Olive to silna dziewczyna i na pewno zdołałaby zejść tędy, ale jakoś nie mieściło mi się w głowie, by chciała podjąć próbę. Selen miała rację. Olive nie była aż taka impulsywna. Jeśli już, zapewne wolałaby zsunąć się po linie, a tej nigdzie nie widziałem.

Podchwyciłem zapach krwi, mało wyraźny wśród wonnych ziół, i podążyłem za nim przez ogród. Tu i ówdzie widziałem zdeptane źdźbła trawy czy złamane gałązki, co z pewnością umknęłoby innym. Wychwyciłem też miejsca, gdzie zamieciono piasek, ani chybi po to, by ukryć ślady. W końcu natrafiłem na ukryte przejście wśród krzaków róż i podążyłem po śladach krwi do stajni. Jeśli Olive rzeczywiście chciała ruszyć za matką, potrzebowałaby konia.

Stajenni wpatrywali się we mnie, gdy chodziłem i węszyłem, ale nawet drewno cuchnęło tu uryną, odchodami i suchym błotem. Natychmiast straciłem trop. Musiałem wyjść ze stajni, a tam zacząłem zataczać kręgi w nadziei, że go znów pochwycę.

Złapałem trop w chwili, gdy już chciałem się poddać. Wychwyciłem zapach perfum Olive na ziemi niedaleko muru otaczającego pałac. To nie ona krwawiła. Ktoś był z nią. Ktoś z Krasji. Micha? Może zrobiły sobie tu przerwę? Albo schowały się przed kimś?

Potem trop się urwał. Być może wsiadły na konie, choć nic na to nie wskazywało, albo wspięły się na górę. Zrobiłem to samo, lecz powiał wiatr, który zabrał wszelkie ślady i wskazówki.

Selen wpatrywała się we mnie złowrogo, gdy wróciłem do biura Arthera, tym razem wchodząc tam drzwiami. Opowiedziałem im o tym, co odkryłem, lecz cała trójka zachowała duży sceptycyzm.

– Podążyłeś za jej... zapachem? – zapytał generał z powątpiewaniem. – Jak ogar?

– W górę po ścianie, a potem po dachu i w dół do zielnika? – dodał Arther. – To niemożliwe!

Podszedłem do niego i demonstracyjnie wciągnąłem powietrze przez nos.

– Nie jadł pan jeszcze śniadania – oznajmiłem.

– To niczego nie dowodzi... – Arther zmarszczył brwi.

– Wyszorował pan zęby miętową pastą po przebudzeniu – przerwałem mu – co jednak nie wpłynęło na świeżość oddechu tak bardzo, jak pan myśli. Na kolację jadł pan mięso bażanta z ziemniakami w ziołach i zupą z porów. Na stole stała też miseczka z dżemem z jeżyn, ale nawet jej pan nie tknął.

Arther otworzył szeroko usta.

– Jak możesz to...

Wskazałem jego nadgarstek.

– Pewnie zahaczył pan ją rękawem, gdy sięgał po coś nad stołem.

Arther uniósł rękę i otworzył szeroko oczy, gdy dostrzegł plamkę. Zacisnął usta.

– To niczego nie dowodzi, jeśli we dwoje kryjecie Olive. Dobrze znam waszą trójkę i wiem, że gdyby poprosiła cię o dotrzymanie tajemnicy, z pewnością byś to zrobił.

– Na Otchłań! – warknęła Selen. – Olive coś się stało i powinniście wyciągnąć głowy z...

– Dość tego! – prychnął generał. – Jeśli nie masz nic pożytecznego do powiedzenia, trzymaj buzię na kłódkę.

Selen wyglądała, jakby ojciec właśnie zdzielił ją w twarz. Gared odwrócił się do pierwszego ministra.

– Nikt nie widział, jak opuszczają pałac, a więc możemy równie dobrze uwierzyć w to, co mówi Darin. Nasze zadanie wciąż wygląda tak samo. Zbiorę Rębaczy i poślę ich w ślad za nimi.

– Ja też chcę jechać – oświadczyła Selen, ale ojciec zbył jej prośbę prychnięciem.

– Umiem tropić i... – Zrobiłem krok naprzód, ale generał mi przerwał.

– Ty się nigdzie nie ruszaj – rzekł. – Obiecałem twojej mamie, że zatroszczę się o twoje bezpieczeństwo. Wystarczy, że zaginęła Olive. Nie chcę jeszcze uganiać się za tobą.

Selen zwarła pięść, a w jej zapachu wyczułem zajadłość i gniew. Ubiegłem dziewczynę, nim otworzyła usta, kładąc dłoń na jej ramieniu i zaciskając lekko palce.

– Dobra, w porządku.

Selen odwróciła się ku mnie gwałtownie, a ja tylko mocniej ścisnąłem jej ramię.

– Po prostu martwimy się o Olive i tyle. Nie będziemy się plątać nikomu pod nogami.

Generał zamrugał.

– Sprzeczki z twoim ojcem nigdy nie kończyły się tak szybko.

Wzruszyłem ramionami, udając, że jego słowa mnie nie zabolały.

– Cóż, w porządku. Nie jestem moim ojcem.

– Czemu ustąpiłeś? – zapytała ostro Selen, gdy tylko weszliśmy do podziemi pod pałacem. Jej zapach był pełen gniewu, a ja nie rozumiałem przyczyn.

– Bo nie potrzebujemy tysiąca Rębaczy, którzy zadeptują nam trop – powiedziałem. – Musimy ruszać teraz i zaraz, póki jeszcze jest świeży.

Gniew w jej woni nie przygasł, za to pojawiła się dezorientacja.

– Wydawało mi się, że go straciłeś.

– Straciłem na szczycie muru. – Wzruszyłem ramionami. – Myślę, że uda mi się go pochwycić po drugiej stronie, jeśli wyruszę teraz. Mogłabyś ukraść dla mnie trochę jedzenia ze spiżarni? Spotkajmy się za murem.

Selen wpatrywała się we mnie przez moment, a potem zarzuciła mi ramiona na szyję i ścisnęła tak mocno, że odruchowo stałem się śliski.

– Jesteś niemożliwy! – Selen ścisnęła mnie mocniej, bym nie zdołał się całkiem rozpuścić. – Dzięki, Darin. Nie musiałeś...

– Oczywiście, że musiałem! – odpowiedziałem i w końcu się roztopiłem, by zmaterializować dwa kroki dalej. – Nie jestem tchórzem, choć ludzie różnie gadają. Olive nas potrzebuje.

Selen uniosła ręce.

– Masz rację. Przepraszam!

Jej słowa i wątpliwości nadal sprawiały mi ból, ale nie było czasu, by się teraz nad tym zastanawiać.

– Spotkajmy się na zewnątrz! Na jednej nodze!

– W porządku! – Selen pokiwała głową. – Zbiorę trochę rzeczy. Jakieś odzienie, zapałki, namiot.

– Tylko nie bierz za dużo – stwierdziłem. – To wyścig, a oni zdobywają przewagę. Weź jedzenie, płaszcz oraz włócznię.

Selen czekała na mnie na zewnątrz murów, ubrana mniej więcej tak jak podczas przygody z Olive, o której zdążyła mi już opowiedzieć. Miała na sobie pożyczony drewniany hełm i napierśnik poznaczony runami, a do tego topór i maczetę z domu barona Rębacza.

Napierśnik był polakierowany i wypolerowany do połysku, a do tego wciąż pachniał żołnierzem, który nosił go jako ostatni. Do pleców Selen przytroczyła okrągłą tarczę wraz z krótką runiczną włócznią. W jej plecaku wyczułem chleb i mięso, a w sakiewce złoto.

Podeszła do mnie swobodnym krokiem, a w jej zapachu utrzymywało się rozbawienie. Była przekonana, że jej nie rozpoznam.

– Myślałem, że już się ciebie nie doczekam – odezwałem się, gdy stanęła blisko mnie.

– Na Otchłań, Darin! – prychnęła dziewczyna i zerwała z głowy hełm. – Musiałam się jakoś zamaskować, by móc się wymknąć! Wybrałam najbardziej cuchnący pancerz w całej zbrojowni, a potem przeszłam obok strażników ojca. Nikt mnie nie rozpoznał! Skąd wiedziałeś, że to ja?

– Poznałem cię po sposobie chodzenia. – Wzruszyłem ramionami. – Po oczach. Po biciu serca. Twój zapach też czuję pomimo smrodu potu.

– Nie mam pewności, jak to przyjąć, Darin. – Selen zamrugała.

– Powiedzmy, że to zapach róży w wychodku – stwierdziłem.

Selen wywróciła oczami.

– Rozumiem, że się nie rozmyśliłeś?

Pokręciłem głową i dodałem:

– Znalazłem coś.

– Ja też. – Selen sięgnęła do plecaka i wyjęła runiczny płaszcz Olive. – Nie wyobrażam sobie, by uciekła do matki bez tego okrycia.

Poprowadziłem ją wzdłuż muru, tam gdzie rosły niskie drzewa, zasłaniające widoczność. Stanęliśmy niedaleko miejsca, w którym straciłem trop na murze.

– Zeszłej nocy czekało tu kilka koni.

Selen rozejrzała się, marszcząc brwi.

– Odchody zostały wysprzątane – dodałem. – A ślady po kopytach usunięte. Mimo to nadal je czuję.

Dziewczyna spojrzała na mnie, a w jej woni pojawiło się zwątpienie.

– Skoro tak twierdzisz – rzekła.

– Naliczyłem cztery zwierzęta – dodałem.

– Czyli Olive nie była sama – stwierdziła Selen. – Uważasz, że ktoś ją zabrał.

Nie lubiłem zgadywać. Czułem się wówczas, jakbym składał obietnicę i nie wiedział, czy uda mi się jej dotrzymać. Wolałem ufać własnym zmysłom.

– Chcę ci tylko powiedzieć, że były tu cztery konie, które odjechały z Olive i Michą.

– Jesteś w stanie je śledzić przez miasto? – spytała Selen.

Wypuściłem powietrze i pomyślałem o tysiącach przyczyn, dla których można zgubić trop w zatłoczonym mieście z brukowanymi ulicami. Nad kamieniami krzyżowały się tysiące smrodów i zapachów, bez względu na to, jak często pada deszcz. Serio nie wiedziałem, czy mi się to uda, ale jeśli Olive znalazła się w niebezpieczeństwie, byliśmy jej jedyną nadzieją.

Spojrzałem więc na Selen i złożyłem obietnicę, której być może nie dotrzymam.

– Tak.

20

Aury

349 ROK PLAGI

Niektóre z moich zmartwień na szczęście okazały się na wyrost. Trop nie biegł przez Cmentarzysko Otchłańców, dzielnicę handlową czy którąś z wielu części Zakątka Rębaczy, gdzie zapach zniknąłby wśród sklepów, zwierząt, wozów i pieszych.

Na tym jednak dobre wieści się skończyły. Za murami miasta tropieni przez nas ludzie zarzucili ostrożność na rzecz prędkości. Bez trudu podążałem za nimi po zatłoczonych ulicach, kierując się najszybszą drogą w stronę bram. Gdy wyszliśmy na otwartą przestrzeń, słońce już zaszło, a wtedy odkryłem, że konie znacznie przyspieszyły, jakby popuszczono im cugli. Nie byłem w stanie ich ścigać wraz z Selen.

Przełknąłem ślinę, bo doskonale wiedziałem, co zaraz usłyszę.

– Czas wracać.

– Chyba oszalałeś, na Otchłań! – Selen odpowiedziała niskim, niebezpiecznym głosem. W jej zapachu tlił się gniew, a każde moje następne słowo mogło rozniecić pożar furii.

– Nie mam na myśli nas – sprecyzowałem. – Ale ciebie.

Selen skrzyżowała ramiona, czekając, aż powiem więcej.

Nie byłem dobrym mówcą. Nie umiałem mówić ludziom tego, co chcieli usłyszeć, nie potrafiłem przekonać ich do tego, czego sam chciałem. I, na noc, w ogóle mi na tym nie zależało. Powiedziałem Selen, że nie jestem tchórzem, co nie oznaczało, że tak wyglądała prawda. Przerażała mnie wizja samotnej podróży. Ludzie zdolni do porwania Olive i Michy to nie wyzwanie, które pragnąłem podjąć na własną rękę.

Ale fakty pozostawały faktami. Cofnąłem się kilka kroków i stanąłem przy śladach kopyt, a potem przeskoczyłem do kolejnych.

– Tu konie szły.

Podszedłem do następnych śladów i powtórzyłem poprzedni manewr, lecz tym razem mój skok był o wiele dłuższy.

– Tu już galopują. Poruszają się zbyt szybko. Trop wystygnie, zanim się zorientujemy, dokąd prowadzi.

Selen rozluźniła ramiona założone na piersi i przez moment miałem nadzieję, że mnie posłucha, ale natychmiast oparła je na biodrach, co było bardzo złym znakiem.

– Czyli mam wracać, a ty idziesz dalej? Chcesz mi może powiedzieć, że umiesz prześcignąć konia?

Zerknąłem na niebo.

– Tak, pod warunkiem że jest ciemno. Mogę przegonić każdego wierzchowca.

– I będziesz tak pędził przez sześć godzin? – powątpiewała Selen.

Pokręciłem głową.

– Konie nie będą galopować przez całą noc, a ja nie męczę się w nocy. Muszę ich dogonić, zanim dotrą do skrzyżowania na tyle wielkiego, by przepadł na nim ślad. W przeciwnym razie będziemy potrzebować kości, by się dowiedzieć, dokąd pojechali.

– Jeśli rzeczywiście podążają za Leeshą i twoją mamą, kierują się na wschód – rzekła Selen.

– Tak, ale nie wiemy, gdzie one są – zaprotestowałem. – Jeśli ten list to ściema, jak uważasz, to dlaczego miałby zawierać wskazówkę, dokąd naprawdę jadą?

Selen przestąpiła z nogi na nogę, a ja wyczułem, że była gotowa się upierać. Nie lubiła się poddawać.

– Ten, kto porwał Olive i Michę sprzed naszych nosów, jest naprawdę niebezpiecznym człowiekiem, Darin. Nie mogę ci pozwolić, byś wyruszył sam na taką wyprawę. Podążymy po śladach najdalej jak się da, a potem spróbujemy podjąć najlepszą decyzję.

Zgrzytnąłem zębami po części dlatego, że wiedziałem, iż miała rację. Powinienem wyruszyć sam, bo Selen nigdy nie zdołałaby za mną nadążyć, ale nie sądziłem, by umiała teraz zawrócić, a już na pewno nigdy by mi tego nie wybaczyła.

Zapadł zmrok, a ja nadal się zastanawiałem, jak ją przekonać. Wraz z ciemnościami pojawiła się magia, która sączyła się z Otchłani przez otaczające nas wszędzie dookoła niewidzialne kanały. W osadach Zakątka magia była pochłaniana przez wielkie runy, ale tu objawiała się pod postacią jaśniejącej łagodnie mgły, unoszącej się wzdłuż drogi. Nie podlegała jednak podmuchom wiatru, a przemieszczała się z własnej woli. Gromadziła się wokół drzew i naszych stóp, zaintrygowana życiem. Słupy runiczne wzdłuż drogi pobierały część mocy i powoli ożywały, podobnie jak runy na zbroi Selen, co podsunęło mi pomysł.

– Znam pewną sztuczkę magiczną, którą powinniśmy wypróbować – powiedziałem. – Choć to trochę ryzykowne.

Selen spojrzała na mnie, a w jej zapachu wyczułem nadzieję.

– Ufam ci – odparła.

– Nie wiem, czy powinnaś – przyznałem. – Nie jestem w tym dobry. Jeszcze oboje przez to ucierpimy. Mama zabiłaby mnie za samą propozycję.

– Z każdą chwilą Olive oddala się coraz bardziej – stwierdziła Selen. – Nie przejmuj się ryzykiem.

Nie miałem ochoty narażać jej na niebezpieczeństwo, wiedziałem jednak, że ma rację. Gdybym wybrał się w drogę sam, na pewno udałoby mi się coś spieprzyć.

– Ostrzegałem cię – rzekłem, po czym zamknąłem oczy i wyciągnąłem rękę. Selen ujęła ją bez wahania. Jej silne palce oplotły moje i zacisnęły się na nich. Teraz gdy nawiązaliśmy kontakt cielesny, czułem aurę Selen tak samo, jak rejestrowałem ciepło jej skóry czy bicie serca. Sięgnąłem ku niej siłą woli i pociągnąłem lekko, jakbym wpijał się w nią ustami. Selen wciągnęła gwałtownie powietrze, gdy nasze aury się zetknęły.

„Aura jest niczym odbicie w lustrze" – mawiała mama. „Za dnia magia chowa się w nas, uciekając przed blaskiem słońca, ale w nocy nie da się jej utrzymać. Gdy nauczysz się odczytywać aury, poznasz wszystkie sekrety każdego człowieka, łącznie z tymi, które chce ukryć".

Niemniej jedyna aura, której kiedykolwiek dotykałem, należała do mamy, a ona dobrze wiedziała, jak trzymać ją w ryzach. Wyczuwałem jej miłość i opiekuńczość, lecz inne emocje i odczucia, jak wstyd, ból czy smutek, były jedynie cieniami, unoszącymi się poza moim zasięgiem.

Aura Selen w niczym nie przypominała tej, która należała do mamy. Nie dostrzegałem głębokich cieni, a jedynie jasny blask młodości i zaciekawienia, przyprószony troską i zdecydowaniem. Wiedziałem bez cienia wątpliwości, że naprawdę chciała odszukać Olive, nawet jeśli miałaby przy tym zginąć. Nie myliłem się, sądząc, że nie zawróciłaby za nic w świecie.

Naraz zalał mnie strumień emocji tak silny, że otworzyłem oczy, pragnąc ujrzeć ich źródło. Selen wpatrywała się we mnie ze współczuciem w oczach, widocznym również w jej aurze.

– Nie musisz być tak samotny, Darin. Razem z Olive nabijamy się z siebie, ale gdybyś to ty zaginął, postawię całą posiadłość rodową, że Olive stałaby tu teraz przy mnie.

Jej słowa uderzyły we mnie z siłą młota, bo przekazały coś, czego sam nigdy nie miałem śmiałości powiedzieć. Nie miałem pojęcia, co rzec, więc zmilczałem. Nie musiałem zresztą odpowiadać, bo Selen wyczuła moją reakcję i ścisnęła mi dłoń w odpowiedzi.

– Gotowa? – zapytałem.

Ujrzałem, jak zdecydowanie w aurze Selen zaczęło się chwiać.

– Czy ty masz zamiar... zniknąć, jak robisz to z mamą?

Pokręciłem głową.

– Sam nie jestem w stanie tego dokonać, a nie podjąłbym tego ryzyka, nawet gdybym posiadł tę sztukę. Przecież tak właśnie zginął mój ojciec.

Przez naszą więź przepłynęły kolejne fale współczucia, a Selen znów ścisnęła mi dłoń.

– No to co zrobimy?

Magia nigdy nie przychodziła mi łatwo. Nie miałem do niej talentu. Moc reagowała na emocje, a ja kryłem w sobie zbyt wiele strachu i niepokoju. Nie mogłem się w żadnym stopniu mierzyć z umiejętnościami czy mocą Naznaczonych Dzieci, ale nawet ja potrafiłem pobrać odrobinę magii, gdy byłem spokojny. Oczywiście wyzwanie okazywało się o wiele łatwiejsze, gdy nie szarżował na mnie wściekły demon.

Wytężyłem siłę woli i sięgnąłem przez ciało Selen, by pobrać nieco magii z kręgu wokół jej stóp. Gromadziłem magię, jakbym ssał lemoniadę przez słomkę, i rozprowadzałem ją po ciele Selen. Jej aura i runy na pancerzu rozjarzyły się w odpowiedzi.

– Ależ to mrowi – sapnęła z niedowierzaniem Selen. Jej ciepłe palce zadrżały w mojej dłoni, ale nie cofnęła ręki. Ja zaś pobierałem do momentu, gdy magia wypełniła ją całą i zaczęła wlewać się we mnie. Przyszła moja pora, by sapnąć.

„Wystarczy wlać nieco magii w siebie i w innego człowieka, a poznasz jego ciało lepiej od niego" – powiedziała mi kiedyś mama. „Będziesz wiedział wszystko o tym, kim jest i kim mógłby być. Będziesz wiedział, czego się boi, czego chce i do czego dąży".

Poczułem to. Weszliśmy na poziom intymności, który przytłumił doznania wywołane zetknięciem obu aur. Przemknęło gdzieś wyobrażenie Elony wrzeszczącej na Selen, potem ujrzałem zimny gniew i wzgardę macochy. Dostrzegłem ciągłą walkę o dominację z przyrodnimi braćmi oraz potrzebę zdobycia aprobaty ojca. Miałem wrażenie, że jestem intruzem, że właśnie czytam jej pamiętnik, ale nigdy wcześniej tego nie robiłem i nie miałem pojęcia, jak to powstrzymać.

Skupiłem się na głębi tego doświadczenia. Wiedziałem, że nie powinienem, ale coś we mnie bardzo tego pragnęło. Chciałem zrozumieć zasady gry, w którą Selen zagrała zeszłej nocy. Doskonale pamiętałem, jak nachyliła się, jakby chciała mnie pocałować, ale potem odwróciła się i odeszła.

Ta myśl uwolniła jakieś wspomnienia i nagle ujrzałem Selen w drewnianej zbroi, dokładnie takiej, jaką nosiła teraz, jak całowała się z wysokim, przystojnym chłopakiem w nocnym lesie. Cofnąłem się, lecz naszła mnie kolejna wizja, w której Selen, tym razem w pięknej sukni, całowała jakiegoś chłopaka w stajni ojca. I nagle to ja stałem się nią. Czułem język stajennego w moich ustach, a własnym dotykałem jego.

Ponownie usiłowałem się cofnąć, ale obrazy nachodziły mnie jeden po drugim. Widziałem chłopców i dziewczęta, takie mrowie, że szybko się zgubiłem. Miałem wrażenie, że nasz pocałunek coś oznaczał. Pielęgnowałem to wspomnienie na dnie serca przez długie lata, kiedy to między mamą a ciocią Leeshą panowała zimna wojna. Nie całowałem się z nikim od tego czasu.

Teraz jednak miałem wrażenie, że to tylko gra, w którą Selen lubiła grać. Wzburzała u ludzi krew, a potem odchodziła.

Przeszedł mnie dreszcz, a Selen mocniej zacisnęła palce.

– Nic ci nie jest, Darin?

Wtedy uświadomiłem sobie, że ona o niczym nie wiedziała. Przetrząsałem jej umysł jak szufladę, ale to głębokie połączenie było jednostronne. To ja pobierałem moc przez nią. Policzki mi się zarumieniły, a serce przepełnił wstyd. To nie moja sprawa, z kim się całowała Selen Rębacz ani dlaczego to robiła.

Runy na jej zbroi jaśniały teraz mocno, wyczułem jednak opór, gdy magia przechodziła przez jej ciało. Ja i Olive zostaliśmy uformowani przez magię Otchłani jeszcze w łonach naszych matek i przyszliśmy na świat przygotowani do tego, by ją przyjmować, ukierunkowywać i przechowywać. Nasze ciała chroniły w sobie moc, tak jak piwnica broniła chłodu przed rozgrzanym, słonecznym południem.

Selen nie była taka jak my. Jej krew nie potrafiła wchłaniać magii. Czułem, jak moc próbuje wpływać w jej runy, we mnie, wreszcie z powrotem w ziemię. Musiałem zareagować, by przestała umykać – przestałem więc pobierać, zupełnie jakbym zapchał koniec słomki językiem, by ta pozostała pełna.

Napływ wyobrażeń i emocji urwał się natychmiast. Odetchnąłem głęboko z ulgą i próbowałem odnaleźć w sobie spokój. Olive została wyrwana z bezpiecznego pałacu i przypuszczalnie groziło jej niebezpieczeństwo. Z każdą chwilą oddalała się od nas coraz bardziej, a mnie po głowie chodziły myśli o całowaniu.

Aura Selen, która od razu zachwyciła mnie swoim pięknem, teraz lśniła. Dziewczyna nabrała tchu i napięła mięśnie rąk oraz nóg.

– Czułam się jak wtedy, gdy dźgnęłam włócznią demona! Część jego magii przepłynęła po runach na drzewcu i wdarła się we mnie z mocą lektrycznego szoku. Miałam wrażenie, że przespałam cały miesiąc, a potem wsypałam całą cukierniczkę do garnka z kawą i wypiłam go w całości!

– Zgadza się z tym, co sam słyszałem – odpowiedziałem.

– Czy ty... – Dłoń Selen, zaciśnięta na mojej ręce, przesunęła się, a jej wola zaczęła obmacywać moją aurę. – Czy tak się właśnie czujesz przez cały czas?

Zgęstniałem nieco i uszczelniłem aurę. Na myśl o tym, że mogłaby wiedzieć, o czym myślę, ogarnął mnie wstyd.

– Chyba tak.

– Zawsze wiedziałam, że jest w tobie magia – powiedziała Selen. – Ale to...

Uniosła wolną rękę i zacisnęła ją w pięść.

– Nie sądziłam, że kiedyś będę mieć w sobie aż tyle życia.

– Nie ciesz się za wcześnie – westchnąłem. – Magia nie jest za darmo. Nawet jeśli ta sztuczka nas nie zabije, być może niedługo zaczniemy marzyć, by jej się udało.

– No to ruszamy – rzekła Selen, a ja poczułem, jak napina mięśnie, gotowa do biegu.

– Jeśli cię puszczę, magia odpłynie z ciebie – ostrzegłem.

Selen uśmiechnęła się i zacisnęła mocniej dłoń na mojej.

– No to nie puszczaj.

Jakaś wizja wdarła mi się nieproszona do głowy. Widziałem w niej Selen, obejmującą się z chłopakiem, który miał wszystko to, o czym ja mogłem tylko pomarzyć – był przystojny, wyższy od niej i barczysty. Czułem się przy nim jak małe dziecko.

Odwróciłem głowę i oddychałem przez chwilę, by się uspokoić. Zaraz, przecież mieliśmy robotę do wykonania. Ruszyliśmy naprzód biegiem, a długonoga Selen, dzięki mocy, którą dla niej przechowywałem, bez trudu dotrzymywała mi kroku. Zmęczenie trzymało się od nas z daleka. Biegliśmy przez godzinę, połykając milę za milą.

Nie natrafiliśmy na żadne demony, a mimo to czułem się bezbronny. Przy tej prędkości runiczne płaszcze na nic by nam się nie zdały, a za runicznymi słupami zaczynała się otwarta noc. Otchłańce mogły przyczaić się przy skraju drogi. Jeśli rzeczywiście na mnie polowały, nie byłoby mnie trudno znaleźć.

Nie przestawałem delikatnie zasysać magii, która przepływała przez nasze splecione palce. Z początku sprawiało mi to niewiele problemów, z czasem jednak stało się coraz trudniejsze i bardziej bolesne, niczym trzymanie napiętego mięśnia. Moje paznokcie zaczęły się rozgrzewać, oczy i usta wysuszały się, a mięśnie paliły coraz bardziej.

Oto znaki, o których mama mówiła mi przez całe życie. Nie wolno korzystać z magii zbyt długo ani też pobierać za dużo. To niebezpieczne. Magia nie zna granic, ale śmiertelne ciało jak najbardziej.

Ojciec przekonał się o tym na własnej skórze.

Olive nas potrzebowała. Skupiłem się na dłoni Selen i nie zwalniałem. Od czasu do czasu czułem, jak zaciskała palce na moich, a wówczas pomimo coraz większego bólu przeszywał mnie dreszcz przyjemności.

Trop prowadził na wschód, czyli niby tam, dokąd rzekomo zmierzały mama z księżną. Podążaliśmy jednak rzadziej uczęszczanymi drogami, które moim zdaniem niezbyt się nadawały dla karawany księżnej i jej licznej konnej eskorty.

Ślad stawał się cieplejszy, lecz czas grał na naszą niekorzyść. Czułem już ciężar zbliżającego się świtu. Nie mogłem długo korzystać z naszej sztuczki.

Selen też zdawała sobie z tego sprawę. Im dłużej utrzymywaliśmy naszą więź, tym lepiej odczytywaliśmy własne emocje i uczucia. Jednoczyła nas chęć, by biec, aż słońce wypali naszą magię.

Ale wtedy dotarliśmy do skrzyżowania otoczonego przez ogromne słupy runiczne. Zbiegało się tu mnóstwo tropów – widziałem koleiny pozostawione przez wozy, ślady kopyt i butów. Odnalezienie kierunku, w którym udali się ścigani przez nas jeźdźcy, nie było tu łatwe, o ile w ogóle mogło się udać. Jednocześnie zatrzymaliśmy się, a ja niechętnie wypuściłem rękę Selen.

– Rety! – zawołała, potykając się, nagle pozbawiona mocy.

Próbowałem ją złapać, ale kolana ugięły się pode mną i nie zdołałem przyjść jej z pomocą. Sam również upadłem. Czułem suchość w ustach, zatoki pulsowały mi bólem, oczy paliły. Oddychając, miałem wrażenie, że wciągam w płuca ogień.

– Darin, czy ty... – zaczęła Selen, ale wtedy zemdlała. Nigdy nie widziałem, by jej aura była tak blada. Spojrzałem na swoje ręce i odkryłem, że poświata wokół nich pociemniała. Pobraliśmy zbyt wiele mocy i biegliśmy za długo, a gdy magia umknęła, opuściły nas wszystkie siły.

„Zasłużyłeś sobie na niezły łomot, chłopcze!" – odezwała się mama w mojej głowie. „Aleś ty numer wywinął, durniu jeden!"

Mama nigdy nie podniosła na mnie ręki, ale tym razem miałaby ku temu wszelkie prawa. Gdyby Selen wyzionęła ducha, tylko ja ponosiłbym za to winę.

Podpełzłem do niej, ogromnym wysiłkiem woli narzucając posłuszeństwo ciału, które nie chciało mnie słuchać. Zmysły miałem przytępione, czemu nie należało się dziwić – nos i usta były wyschnięte na wiór, w uszach mi brzęczało, a skóra płonęła bólem.

Selen oddychała płytko, jej serce biło szybko, lecz słabo. Skórę miała zimną. Grzebałem przy bukłaku, aż, rozlewając sporo wody, przytknąłem wylot do jej ust. Przełknęła, ale nie otworzyła oczu, a ciało nadal pozostawało bezwładne.

Sam byłem w równie kiepskim stanie. Świt miał nadejść lada chwila, już czułem jego palenie na skórze. Nienawidziłem słońca, nawet gdy byłem w pełni sił, a teraz bałem się, że mnie zabije.

Ale Selen potrzebowała mojej pomocy, a więc podjąłem kolejne ryzyko. Złapałem dziewczynę za rękę i spróbowałem pobrać jeszcze odrobinę mocy, tyle, byśmy zdołali dotrzeć do jakiegoś bezpiecznego miejsca i mogli przespać dzień.

Skrawek słońca wyłonił się zza horyzontu, oślepiając i paląc. Sięgnąłem po magię zgromadzoną wokół nas, lecz ta parowała błyskawicznie. Instynkt nakazywał mi ucieczkę, a żar stawał się coraz intensywniejszy, zalewając wszystko płomieniami. Paliło mi skórę, wypełniało gorącem płuca. Wiedziałem, że mnie zabije, jeśli nie znajdę schronienia, a przecież uciekanie to moja specjalność!

Powstrzymałem jednak odruch, zarzuciłem kaptur i stopniowo, cal za calem, odwróciłem się plecami do świtu. Złapałem Selen i ściągnąłem ją z drogi, chroniąc się w cieniu jednego z wielkich słupów runicznych.

Udało mi się nakłonić dziewczynę, by jeszcze się napiła, a potem osuszyłem bukłak do reszty. Gardło zapłonęło, jakbym wypił czajnik pełen wrzątku. Oparłem Selen plecami o słup, usadowiłem się obok i narzuciłem na nas płaszcz. Pozwoliłem sobie zamknąć oczy na krótką chwilę.

– Darin!

Głos dochodził z wielkiej oddali.

– Darin!

Próbowałem unieść głowę, ale miałem wrażenie, że przebywam w głębinach. Powietrze miażdżyło mnie i przytłaczało.

– Darin!

Głos stawał się bliższy. Przypominał wiatr, który toczy liść.

– Darin, na Otchłań!

Otworzyłem oczy i ujrzałem rozmazaną postać Selen nad sobą. Zastanawiałem się, czy nie śnię. Na jej twarzy malowała się desperacja, a ja za nic nie mogłem odnaleźć jej zapachu. Sięgnęła ku mnie ręką, lecz nie czułem niczego oprócz wiatru. Krzyczała, jednak jej głos dobiegał z oddali niczym dzwon z odległej świątyni. Sięgnąłem ku niej, ale dłoń się wyślizgnęła.

Z głębin napłynęła siła, która chwyciła mnie i ciągnęła.

Z nagłym przypływem paniki uświadomiłem sobie, że przeszedłem w stan półmaterialny we śnie, co nie zdarzyło mi się od dzieciństwa. Odruchowo zgęstniałem, a wtedy Selen stała się wyraźniejsza. Jej trzęsące się dłonie wreszcie mogły mnie pochwycić, a ja zacząłem się zachowywać jak szmaciana lalka w pysku wielkiego psa.

Wciągnąłem haust powietrza i wyrwałem się z jej uścisku. Cofnąłem się na czworakach, a dziewczyna puściła mnie od razu i uniosła ręce.

– Spokojnie, Dar, przecież nie zrobię ci krzywdy!

– Co się stało? – wychrypiałem.

– Przespaliśmy cały dzień! – Selen uniosła swój bukłak. – Ja się obudziłam zaledwie chwilę temu. Chciałam sprawdzić, co z tobą, i zastałam cię w takim oto stanie.

Zalał mnie wstyd, który ledwie mogłem znieść. Nie chciałem, by Selen wiedziała, że tak słabo nad sobą panowałem i jak lekkomyślnie naraziłem ją na niebezpieczeństwo. Miała prawo być na mnie zła.

Nie wyczułem w niej jednak złości. Moje zatoki nadal były suche i obolałe, ale dobrze pamiętałem, jak pachniała rozwścieczona Selen. Teraz niczego takiego nie czułem. Wydawała się zatroskana.

– Nie wiedziałam, że przechodzisz w półmaterialność podczas snu.

– Cóż – odpowiedziałem. – Masz szczęście, że się nie zmoczyłem.

Mówiłem poważnie. Byłoby to chyba mniej upokarzające, ale Selen się nie roześmiała.

– Nie wiedziałam też, że świt przynosi ci tyle bólu. W ogóle wielu rzeczy nie wiedziałam – rzekła i dotknęła mojej twarzy. – Martwię się o ciebie.

Martwiła się? Byłaby przerażona, gdyby znała prawdę. Ojciec rozciągnął ciało do takiego stopnia, że stracił spójność, a wtedy został wessany do Otchłani i nigdy z niej nie wyszedł. Ręce zaczęły mi się trząść, co powstrzymałem z niemałym trudem.

– Przesadziliśmy wczoraj w nocy.

– Serio?

Wzdrygnąłem się, słysząc sarkazm w głosie, ale dziewczyna położyła mi dłoń na ramieniu i zacisnęła palce.

– Nie winię cię, Darin. Ostrzegłeś mnie, a mieliśmy wszelkie powody, by zdobyć się na desperacki czyn. Ba, nadal mamy. Wcale nie jesteśmy bliżej Olive.

To imię przypomniało mi, dlaczego się tu znaleźliśmy. Powtórzyłem je raz za razem w myślach, zmuszając się, by przetoczyć się i podnieść. Bolały mnie wszystkie mięśnie i wciąż czułem pieczenie, gdy wciągałem powietrze, ale kiedy już udało mi się złapać równowagę, każdy kolejny krok okazał się łatwiejszy. Magia wiła się i kłębiła przy ziemi, a ja uświadomiłem sobie, że moje ciało musiało instynktownie pobrać jej nieco po zachodzie słońca. To dlatego przeszedłem w stan półmaterialny.

Selen wyciągnęła z plecaka chleb, słoiki z miodem oraz trochę orzechów. Posilaliśmy się, nie zawracając sobie głowy gotowaniem, a ja czułem się silniejszy z każdym kęsem. Zjadłszy, weszliśmy na skrzyżowanie.

Po posiłku i kilku godzinach snu moje zmysły na powrót odzyskały ostrość. Ukucnąłem, by przyjrzeć się przecinającym się ścieżkom. Przyglądałem się tropom i obwąchiwałem ziemię. Ostatnio przechodziło tędy wiele zwierząt oraz wozów, a ślady wiodły we wszystkich kierunkach.

– No i? – zapytała Selen, gdy zatoczyłem trzeci krąg.

Zrobiłem jeszcze jedno okrążenie, a potem przeszedłem kilka kroków na każdej ścieżce, nie przestając szukać. Jeśli ktoś rzeczywiście porwał Olive, umiejętnie zamaskował ślady, bo trudno mi było wyszukać wśród tych tropów ten właściwy.

– Niech mnie Otchłań, jeśli umiem się w tym rozeznać – stwierdziłem, unosząc dłonie. – Ostatnio przejeżdżała tędy cała karawana i chyba się rozdzielili. Olive mogła ruszyć jedną z tych ścieżek.

Aura Selen, wciąż ciemna, naraz pobladła ze strachu.

– I co teraz?

Zacisnąłem mocno zęby, po czym udzieliłem odpowiedzi, której żadne z nas nie chciało usłyszeć:

– Pora chwycić otchłańca za rogi i odnaleźć mamę oraz ciocię Leeshę.

Trop ostygł i oboje nie wróciliśmy jeszcze do pełni sił. Nie miałem zatem odwagi, by pobrać magię i zwiększyć tempo podróży, ale przynajmniej mieliśmy teraz wyraźny cel przed sobą, co upraszczało sprawy. Pieszo nigdy nie zdołalibyśmy dogonić konnych sił księżnej, ale wiedziałem, że mama z Leeshą udały się do obozowiska Naznaczonych Dzieci, a tę krainę znałem bardzo dobrze. Zbaczałem więc z drogi wszędzie tam, gdzie było to możliwe, by choć trochę zaoszczędzić na czasie. Co więcej, podróżowaliśmy głównie po południu lub w nocy, gdy czułem się najsilniejszy, a pancerz Selen ładował się magią. Mieliśmy na sobie płaszcze, ale nigdzie nie widzieliśmy ani śladu demonów.

Minął dobry tydzień, zanim okolica stała się znajoma. Jedzenie zabrane przez Selen już dawno się skończyło i teraz posilaliśmy się tym, co udało się złapać czy zebrać. Wystarczało, by przeżyć, ale nie pamiętałem, kiedy ostatni raz któreś z nas najadło się do syta. W końcu ujrzałem pozostałości ongiś świetnego zamku, reliktu minionej epoki, otoczonego skruszonymi murami. Wreszcie wiedziałem dokładnie, gdzie jesteśmy.

– Za kilka godzin – rzekłem – znajdziemy się w miejscu, gdzie mama z Dziećmi wyczekuje przyjazdu księżnej. Myślę, że ją tam zastaniemy, a jeśli już wyruszyły w dalszą drogę, natkniemy się na ludzi, którzy wiedzą, dokąd się udały.

– Naprawdę myślisz, że kości Leeshy mogą pomóc znaleźć Olive? – spytała Selen.

– Nie wiem. – Wzruszyłem ramionami. – Mama twierdzi, że kości nigdy się nie mylą, ale nie zawsze przekazują to, co nam się wydaje. Za to jeśli nam pomogą, mama przeniesie się do Olive w mgnieniu oka.

Selen pokiwała głową, lecz wyczułem w jej zapachu zwątpienie. Nie winiłem jej o to, ale nie umiałem podnieść jej na duchu. Pozostało nam iść naprzód.

Na długo nim dotarliśmy do obozu, wyczułem, że coś jest nie tak. Wiatr przynosił ostry smród popiołu i zwęglonych ciał, na co w moim żołądku pojawiły się sensacje, a w sercu lęk. Przyspieszyłem.

– Ejże, zwolnij! – zawołała Selen. – Nie mogę za tobą nadążyć, gdy nie trzymamy się za ręce.

Zwolniłem, by Selen mogła mnie dogonić, choć każdy mięsień w moim ciele aż drżał z ochoty, by rzucić się biegiem naprzód. Mimo to zacisnąłem zęby i utrzymałem możliwie najwyższe tempo, na jakie stać było Selen. Miałem wrażenie, że wlekę się jak żółw.

Niedługo później dziewczyna rozchyliła nozdrza.

– Co to za zapach?

– Śmierć – powiedziałem, gdy wyłoniliśmy się z lasu i stanęliśmy na skraju obozowiska Naznaczonych Dzieci.

Czy raczej tego, co z niego zostało.

Namioty były spalone, a na ziemi walały się zwęglone ciała. Dostrzegłem wśród nich wiele demonich ścierw, które stanęły w ogniu, gdy wstało słońce. To znak, że moi przyjaciele stawili opór, co obudziło we mnie nadzieję. Trzymałem się jej kurczowo niczym tonący liny, gdy przerażony do granic szedłem przez obóz i spoglądałem na częściowo pożarte szczątki ludzi, których znałem całe życie, oraz trupy poczerniałe i popalone tak bardzo, że nie byłem w stanie ich rozpoznać.

Makabryczna sceneria i koszmarny wprost odór sprawiły, że zrobiło mi się niedobrze, ale ból i smutek zostały stłumione przez narastającą panikę.

– Mamo! – zawołałem w złudnej nadziei, że przebywa gdzieś w pobliżu. To, że jakiś demon mógłby ją dorwać i zabić, było praktycznie nie do pomyślenia, ale przecież przez ostatnich kilka tygodni wydarzyło się mnóstwo rzeczy, które wcześnie nie przyszłyby mi do głowy.

Selen otoczyła dłońmi usta i krzyknęła:

– Leesha!

Rozpoznałem również szczątki żołnierzy księżnej. Patrzyłem na konie rozszarpane kłami i pazurami, roztrzaskane wozy i zapasy stopione ognistymi dmuchnięciami. Ujrzałem krater, który powstał na skutek eksplozji amunicji. Widziałem dziesiątki rozrzuconych włóczni, w tym liczne sterczące z ziemi lub ze szczątków demonów, wraz z tarczami i drewnianymi zbrojami. Spoglądałem na napierśniki, które popękały niczym skorupki orzecha i z których wyżarto ciała. Z cuchnących kup demoniego łajna sterczały ludzkie kości.

– Jest tu kto? – krzyczałem. – To ja, Darin Bales!

Nie usłyszałem odpowiedzi. Czułem wilgoć na twarzy i uświadomiłem sobie, że płaczę. Spróbowałem zetrzeć łzy, ale drżącą ręką jedynie rozsmarowałem popiół na twarzy.

– Darin – powiedziała cicho Selen.

Odwróciłem się i ujrzałem, że trzyma coś mi znanego, a wtedy mój bezgłośny płacz zamienił się w szloch.

To był nóż mamy.

Osunąłem się na kolana, Selen przypadła do mnie i bez słowa otoczyła ramionami. Bez wątpienia również miała przyjaciół wśród żołnierzy – wszak byli tam mężczyźni i kobiety z domu jej ojca – lecz odsunęła własny żal na bok. Trzymała mnie mocno, a ja rozpadałem się na kawałki.

Prowadziliśmy poszukiwania jeszcze przez parę dni, ale nie natrafiliśmy na żadne ślady ocalałych czy jakiekolwiek dowody wskazujące na to, co się mogło stać z mamą i Leeshą. Mama zawsze bardziej przypominała mi Stwórcę niż śmiertelną kobietę. Wciąż nie mogłem uwierzyć, że została zabita, podczas gdy mogła przeistoczyć się we mgłę i uciec, ale przecież wiedziałem, że nie umiałaby się odwrócić od ludzi potrzebujących jej opieki. To moja strategia, nie jej. A nawet gdyby uciekła, na pewno nie porzuciłaby noża. Wróciłaby po niego.

Zrobiliśmy dla poległych wszystko, co mogliśmy, lecz było ich zbyt wielu, by wszystkich pochować, a większość ciał i tak już spłonęła. Gdy ciała martwych demonów stanęły w ogniu, pożar szybko rozszedł się po całym obozie i wszystko, co pozostało, pokrył tłusty popiół.

W nocy chroniliśmy się w Bunkrze. Jego runy były nadal nietknięte, a ciężkie drzwi mocne. Nie czułem się tam jednak bezpiecznie. Nie mogłem zapomnieć, że to miejsce jest więzieniem.

– Trzeba wracać do Zakątka – rzekła Selen czwartego dnia. – Mój ojciec musi się o tym dowiedzieć.

Pokręciłem głową.

– Nie mam nic przeciwko twemu ojcu, tylko sama spójrz, jak wypadła armia Zakątka. Wujek Gared nie da sobie rady z czymś, co zniszczyło Leeshę, mamę i Dzieci.

– To co mamy zrobić? – zapytała Selen. – Chcesz wyruszyć w góry i szukać jakiegoś starożytnego zaginionego miasta?

– Pewnie, że nie – odpowiedziałem. – Nie mam ochoty na szukanie pojedynczego źdźbła trawy na ogromnym pastwisku. Poza tym my również nie nadajemy się do takiej walki.

Selen położyła mi dłoń na biodrze. Sporo płakała, gdy wydawało jej się, że tego nie widzę, i jej cierpliwość powoli sięgała granic.

– No to co?

– Istnieje tylko jedna rzecz, którą możemy zrobić – rzekłem.

– No, słucham.

– Udamy się do Krasji, by porozmawiać z moim ojcem-we-krwi.

– Chodzi ci o... – Selen rozdziawiła usta zaskoczona.

– O człowieka, który przyjął mój poród kilka kroków od miejsca, gdzie zginął mój ojciec – odpowiedziałem. – Mam na myśli ojca Olive. Ahmanna Jardira.

21

Fort Krasja

349 ROK PLAGI

Z zajęć o Krasji dowiedziałam się, że podziemna rzeka, która zasila miejskie studnie, płynie głęboko pod piaskami, ale czasami zbliża się do powierzchni na tyle, by stworzyć oazy życia w samym środku pustkowia.

O te niewielkie skrawki ziemi toczyły się zacięte wojny, a ich zwycięzcy wznosili tam wielkie *csar* – miasta otoczone murami, które miały chronić mieszkańców przed rywalami i *alagai*. Powstało ich siedem – po jednym na każdy z filarów Nieba.

Minęliśmy jak dotąd trzy. Z okna powozu widziałam tylko zniszczone mury i zdewastowane miasta. Wiedziałam, że miejsca te powstały dawno temu, jednak ruiny nie były wcale starożytne. Mury nie wydawały się zniszczone przez wieki burz piaskowych, a tu i ówdzie nadal widziałam poczerniałe fragmenty.

Zrujnowano je niedawno.

– Co tu się stało? – Nie rozmawiałam z moimi porywaczami od kilku dni, ale to musiałam wiedzieć.

– To dzieło burz piaskowych *alagai* – rzekła Belina. – Są ich tysiące. Jak szarańcza opadają miasta i przebijają się przez runy.

– Skąd się ich tyle bierze? – Pokręciłam głową z niedowierzaniem.

– Na pustyni zawsze było ich wiele – odparła Belina. – A pustynia leży zbyt daleko od zielonych krain, gdzie twój ojciec i Par'chin wytrzebili *alagai* do ostatniego. Armia Krasji rozgromiła je podczas ostatniej wojny, po czym nie stanowiły już dla *csar* wielkiego zagrożenia. Pojawiały się w watahach po trzy, cztery osobniki lub z rzadka w liczniejszych grupach.

Ze smutkiem spojrzała na dziurę ziejącą w murze *csar*.

– Ale te grupy nie przestawały przeczesywać pustyni w poszukiwaniu pobratymców. Wchłaniały luźne watahy i łączyły się z innymi burzami. Z tuzinów robiły się setki, a z setek tysiące.

Przypomniałam sobie watahę, która zaatakowała naszą grupę na biwaku. Przed oczami stanęły mi poszarpane ciała i poodrywane kończyny. Znów usłyszałam wrzaski.

Ze względu na swą dzikość otchłańce wydawały się wówczas niezwykle liczne, ale czy tak naprawdę było ich więcej niż tuzin? Sama myśl o tysiącach demonów, które przelewały się przez miejskie mury, była wprost przerażająca.

– Kości was nie ostrzegły? – zapytałam. – Ponoć jesteś słynną wróżbitką.

Belina wzruszyła lekko ramionami, ignorując kąśliwość w moim głosie.

– Everam przemawia do mnie, gdy tego zechce. Wysłaliśmy ostrzeżenia do niektórych *csar*, by ich mieszkańcy mieli czas na ucieczkę do Pustynnej Włóczni, ale Majah są z natury uparci i nieufni. Uznali, że to fortel, który ma na celu zajęcie ich twierdz, i odmówili.

Przełknęłam ślinę, choć w gardle mi zaschło.

– I nie ma już *csar*?

Jedwab jej woalki poruszył się, gdy Belina pokręciła głową.

– Pustynna Włócznia to jedyne miejsce zasiedlone przez Majah. Na szczęście miasto, które niegdyś mieściło tuzin plemion, w zupełności wystarcza dla jednego.

– Ilu was zostało? – zapytałam, nie spodziewając się odpowiedzi.

Belina najwyraźniej nie miała nic do ukrycia.

– Niecałe dwadzieścia tysięcy, lecz wielu przyszło na świat po powrocie do Pustynnej Włóczni, przez co są zbyt młodzi, by walczyć lub mieć własne dzieci.

Byłam przerażona. Jedno z największych plemion w Krasji stanowiło zaledwie cień dawnej potęgi.

– I jeszcze jest może dwa razy tyle jeńców – dodała Belina, jakby to nie miało wielkiego znaczenia.

Jeńcy. Nie podobało mi się to słowo. Belinie chodziło oczywiście o niewolników. Gdy mój ojciec podbił południową Thesę, podzielił ziemie między dwanaście plemion. *Damaji* każdego z nich przejęli władzę nad przydzielonymi im terytoriami, gdzie zaczęli nakładać podatki i powoływać ludzi do armii. Thesanie byli ponad dwakroć liczniejsi, ale ich społeczności składały się głównie z rolników. Brakowało wśród nich wyszkolonych wojowników, którzy mogliby stawić czoła krasjańskim elitom.

Gdy Majah porzucili wysiłek wojenny Krasji i powrócili do Pustynnej Włóczni, zabrali ze sobą wszystko, łącznie z mieszkańcami podbitych terytoriów, uznając ich za łupy wojenne. Stworzyli z nich klasę niższą, której zadaniem była przebudowa miasta. Matka chciała ubiegać się o zwrócenie tych ludzi ich rodzinom na północy w ramach układu handlowego.

Rozparłam się na siedzeniu, przypominając sobie, dlaczego postanowiłam się do nich nie odzywać. Jechaliśmy przez jakiś czas w milczeniu, aż znów dostrzegłam miasto, tym razem z bliska, i na moment zapomniałam o strachu i gniewie. Byłam oczarowana cudem, którego żaden przybysz z Północy nie widział od wielu lat.

Thesanie nazywali Pustynną Włócznię Fortem Krasja, ale słowo „fort" nijak się miało do ogromnego miasta, otoczonego niebotycznymi wprost murami, ciągnącymi się w obie strony. Musiałam zadrzeć głowę, by ujrzeć proporce na szczytach strażnic, na których widniała Włócznia Majah. Za murami ku niebu wzbijały się wysokie minarety, z których *dama* śpiewali wezwanie do modlitwy o świcie i wezwanie do boju o zmroku. Mury z białego piaskowca odbijały promienie słońca, mieniąc się jak wieże ze złota.

Pustynna Włócznia była oszałamiająco piękna. Patrzyłam na legendę, która ożyła.

Podjechaliśmy do jednej z bocznych bram. Okienka powozu *dama'ting* pokryto cieniutką warstwą srebra, przez co straże nie mogły zajrzeć do środka, trudno jednak pomylić księcia Iravena czy jego gwardię z kimś innym. Jeden ze strażników padł na kolano, a pozostali w pośpiechu otworzyli bramy.

Przejechaliśmy przez tunel, w którym nawet skalny demon nie musiałby pochylać łba. Mur był gruby i składał się z wielu warstw kamienia, z których każda wzmocniona została potężnymi runami. Pieszy potrzebowałby paru minut, by pokonać tunel, a na ścianach ujrzałam liczne otwory, przez które obrońcy ciskaliby włócznie lub strzelali z łuków. Ciągnęły się aż po drugą bramę, co czyniło z tunelu śmiertelnie groźną pułapkę.

Światło na końcu tunelu było tak intensywne, że musiałam zmrużyć oczy, a gdy je w końcu otworzyłam, ujrzałam osławiony Wielki Bazar, istny labirynt namiotów, wozów i budowli z wysuszonej gliny, który ciągnął się jak okiem sięgnąć i oferował wszystko, czego dusza zapragnęła.

Większość sprzedających i kupujących stanowiły kobiety, z których wszystkie miały na sobie szaty z woalkami zasłaniającymi twarze. Niektóre ubierały się w czerń, a inne w ciemną zieleń. Natychmiast zauważyłam, że kobiety w czerni wydawały polecenia i targowały się, a te w zieleni wykonywały większość prac fizycznych.

Niewolnice *chin*.

Wsłuchiwałam się w gwar rozmów i wychwytywałam pojedyncze słowa. Otaczał nas głównie dialekt Majah, ale słyszałam też znajome słowa po thesańsku, co dodało mi nieco otuchy. Raz jeszcze spojrzałam na niekończące się namioty. Trudno byłoby znaleźć w tym labiryncie kogokolwiek, a już na pewno nie kogoś, kto włada oboma językami i może uchodzić zarówno za chłopaka, jak i za dziewczynę.

Chin z pewnością nie kochali Majah. Czy to oraz imię mojej matki wystarczyłoby, by udzielili mi schronienia?

Nie założono mi więzów, a powozu nie zamknięto na klucz. Na pustyni nie miałam dokąd uciekać. A tutaj? Czy tu rzeczywiście czekała na mnie szansa? Gdybym zaskoczyła moich porywaczy, bez trudu zgubiłabym pościg. Nikt spośród nich wszystkich, nawet Iraven, nie byłby w stanie biec tak długo w świetle słońca jak ja. Ale to, że znałam język, nie oznaczało, że wiedziałam o tych ludziach cokolwiek.

Mimo to napięłam mięśnie i obserwowałam Belinę kątem oka. Jednocześnie wpatrywałam się w ulice, czekając na odpowiedni moment. Potrzebowałam prostej drogi, prowadzącej w gąszcz namiotów. Nie wiedziałam tylko, co zrobię, jeśli okazja się nadarzy.

Wtedy otworzyły się drzwi strażnicy, z których wyszedł cały oddział, by wzmocnić naszą eskortę. Tam gdzie widok księcia nie wystarczył, by tłumy się rozstąpiły, pomagały okrzyki wojowników i strzelające baty.

Opadłam na siedzenie, pozbawiona nadziei.

– Nie jesteśmy głupcami, książę – rzekła cicho Belina.

Minęliśmy namioty i dotarliśmy do dzielnicy, w której wznosiły się solidniejsze budowle. Te stawały się coraz okazalsze w miarę, jak zmierzaliśmy do oazy w centrum. Wokół jeziora stały zwieńczone kopułami pałace, z których każdy otoczony był własnym murem.

– Dokąd mnie zabieracie? – spytałam.

Belina spojrzała na mnie jak na zagadkę, którą nadal musiała rozwiązać. Byłoby o wiele łatwiej zgrywać skromną, nieśmiałą osobę przy pomocy dotychczasowych technik obronnych. Puder, makijaż, kolorowe suknie z jedwabiu i buty z farbowanej skóry były dla mnie pancerzem. Przyciągały uwagę, a jednocześnie przypominały ludziom o mojej pozycji i nakazywały im zachować dystans.

Ta zbroja została ze mnie zerwana. Włosy wiązałam teraz w koński ogon, twarz miałam starannie domytą, a na sobie szatę z szorstkiej tkaniny. Sandały, które zakładałam na co dzień, składały się tylko z zaplecionych sznurków i kawałków drewna.

– Zostaniesz zaprowadzony prosto do *Damaji* – rzekła Belina. – To Aleveran osądzi cię i zadecyduje o twym losie.

Nie sprzeczałam się, bo po co? Przecież nie potrafiłam powstrzymać ich, by nie zawlekli mnie przed oblicze swego przywódcy, ale uznałam, że prędzej Otchłań mnie pochłonie, niż pozwolę jemu, Belinie czy nawet mojej matce „zadecydować" o mojej przyszłości.

Walczyłam z tym przez całe życie i miałam serdecznie dość.

Bransoleta zacisnęła się na moim bicepsie. Już nie była dla mnie tylko piękną ozdobą – teraz czułam ciężar niewidzialnych łańcuchów, które łączyły mnie z wolą *dama'ting*.

Na razie.

Belina mogła sobie myśleć, że mnie złamała, ale podczas podróży miałam wystarczająco dużo czasu, by się pozbierać, i odkryłam, że mój duch buntu wcale nie zgasł do końca. Majah chcieli czegoś ode mnie. W przeciwnym razie nie zaryzykowaliby wszczęcia otwartej wojny z Północą. Nie wiedziałam, o co chodzi *Damaji*, jednak będzie musiał dać mi coś w zamian.

Powóz zatrzymał się, a ja wyszłam prosto na prażące słońce, którego żar zdawał się wręcz przygniatać. W powietrzu kłębił się kurz i bez namysłu założyłam woalkę na twarz.

– Tsss! – zasyczała Belina niemal tak, jak czyniła to Micha. – Mężczyźni nie noszą woalki w obrębie murów miejskich za dnia.

Rozejrzałam się. Kobiety w istocie chowały twarze, ale mężczyźni tego nie robili. Krasjańscy wojownicy przesłaniali oblicza dopiero w nocy, by ukryć swoją tożsamość na znak, że ich osobiste porachunki muszą ustąpić miejsca innej potrzebie. Wszak należało walczyć ramię w ramię, jak bracia przeciwko *alagai*. „Nie wolno ufać mężczyźnie, który zwykł zasłaniać twarz w blasku dnia – uczyła Evejah – albowiem ten, który skrywa, kim jest, może zechcieć dopuścić się czynów niehonorowych i próbować uciec sprawiedliwości".

Argument wydawał się szyty grubymi nićmi. Naprawdę mężczyźni musieli wdychać pył przez cały dzień tylko z tego powodu? Mimo to zdjęłam woalkę i zaczęłam płytko oddychać. *Sharum* otoczyli nas zbrojnym kordonem, by zniechęcić ciekawskich, i poprowadzili naprzód. Uniosłam głowę i z zaskoczenia zakrztusiłam się pylistym powietrzem.

Belina przytaknęła z aprobatą, widząc zachwyt w moich oczach.

– To Sharik Hora, świątynia Kości Bohaterów. Bez wątpienia słyszałeś już o niej, prawda?

Pokiwałam głową, oszołomiona. Świątynia była znana na całym świecie. Zawsze wiedziałam, że to ogromny budynek, ale chyba nie umiałam sobie jej należycie wyobrazić. Sądziłam, że to zwykła budowla z piaskowca, nieciekawa i pozbawiona kolorów, zwieńczona pojedynczą kopułą.

Okazało się, że bardzo się pomyliłam. Ujrzałam gładkie, szerokie stopnie wiodące ku rozłożystym placom, a potem wyżej, ku kopulastej, wzniesionej ku czci Stwórcy świątyni ze strzelistymi minaretami, które wydawały się dosięgać nieba. Drzwi i okna o ostro zwieńczonych łukach były pokryte misternymi, barwnymi mozaikami z drogich surowców, skrzącymi się w blasku słońca.

Zawsze sądziłam, że katedra Wybawiciela w Zakątku, która wypełniała całą przecznicę, to imponująca budowla, ale bladła w porównaniu z tym gigantycznym kompleksem, który miałam przed sobą. Patrzyłam to w jedną, to w drugą stronę, i miałam wrażenie, że świątynia nigdy się nie kończy. Wydawała się wręcz miastem w mieście, co potwierdzały obwodzące ją mury, zajmujące sporą przestrzeń. Wiele z pomniejszych kopuł nadal wyglądało na większe od całego pałacu matki.

Najbardziej zdumiało mnie jednak to, że cały ów kompleks sprawiał wrażenie martwego. Miasto zbudowano po to, by pomieścić miliony ludzi, a pod dachem tej świątyni wystarczyłoby miejsca dla wszystkich Majah wraz z niewolnikami oraz wielu innych.

Okoliczne ulice były jednak puste, podobnie jak schody i place. Jedynymi ludźmi w pobliżu okazali się wojownicy z eskorty oraz strażnicy świątynni w szatach z białymi rękawami, groźni i nieruchomi niczym kamienne rzeźby. Katedrę Wybawiciela, choć o wiele mniejsza, cały czas wypełniały tłumy wiernych, Opiekunów, akolitów i urzędników.

Ze względu na ową pustkę Sharik Hora wydawała się tym groźniejsza. Wyczułam ciężar stuleci i widziałam ich świadectwo w zakamarkach wzdłuż murów i dachów, gdzie ustawicznie nawiewany piasek z czasem stwardniał i skamieniał.

Centralne wrota prowadzące do świątyni z każdym krokiem coraz bardziej przytłaczały nas swą potęgą. Ostro zwieńczone łuki drzwi górowały wysoko nad nami, jakby wejście sporządzono dla rasy olbrzymów. Dwa skalne demony o wzroście piętnastu stóp mogłyby się w nim minąć, nie ocierając się przy tym ramionami, choć zapewne zostałyby zatrzymane przez przepiękne runy ciągnące się wzdłuż framugi. Część potężnych znaków wykuto w kamieniu i pomalowano, a inne ułożono z niezliczonych płytek z półszlachetnych kamieni, osadzonych w złocie.

– Wchodząc do świątyni, okaż pokorę, synu Ahmanna – rzekła Belina. – To dom Everama, ale także miejsce upamiętniające honor tysięcy wojowników, którzy odeszli do Stwórcy, broniąc nas przed *alagai*.

Przeszliśmy przez sklepione wrota, które sięgały wysokości trzeciego piętra, a wówczas dotarło do mnie znaczenie słów Krasjanki. Nie wystarczyło przeczytać o Sharik Hora, by zrozumieć potęgę tego miejsca – trzeba było ją zobaczyć. Nazwa oznaczała dosłownie „Kości Bohaterów" i w istocie dosłownie wszystko we wnętrzu świątyni zostało wykonane z osuszonych, wypolerowanych ludzkich kości, wygładzonych z upływem wieków.

Wnętrze świątyni zalewało różnobarwne światło, padające z ogromnych okien, krytych misternymi witrażami, i opromieniało ściany. Widziałam nieprzeliczone kości, które obwodziły alkowy i malowidła, podtrzymywały gobeliny oraz świece. Stoły i krzesła wspierały się na kościach ludzkich nóg, a stojące na nich misy oraz kielichy wykonano z wydrążonych czaszek. Żyrandole wisiały z sufitu na wzmocnionych siatką kręgosłupach, zwieńczone czaszkami z pustymi oczodołami. Wyobraziłam sobie, jak mienią się w nocy dzięki lampom oliwnym, i opanowałam dreszcz.

Nigdy dotąd nie znalazłam się w miejscu, gdzie historia była tak namacalna. Zakątek słynął z wielkości i potęgi, ale istniał przecież od niedawna. Mało który budynek liczył więcej lat ode mnie, a nie sądziłam, by któryś był starszy niż sto lat. Tymczasem kości wzdłuż ścian Sharik Hora subtelnie zmieniały kolor w miarę upływu czasu. Układano je, pokolenie po pokoleniu, na długo, zanim wśród ludu mojej matki powstały kalendarze.

Nie miałam wiele czasu na podziwianie piękna świątyni, bo natychmiast zostałam zaprowadzona do głównej sali. Ławy z wypolerowanych kości udowych, na których wystarczyłoby miejsca dla tysięcy wiernych, otaczały ołtarz, na którym wznosił się osławiony Tron z Czaszek.

Oczywiście nie był to oryginał. Ten został zabrany przez ojca, gdy poprowadził swój lud na północ, na podbój zielonych krain. Konstrukcja, na którą patrzyłam, była nowa – czaszki, z których go wykonano, lśniły bielą w porównaniu do pożółkłych kości wokół nas czy prastarego, zbrązowiałego kamienia, z którego ułożono siedem stopni.

Z jakiegoś powodu owe jasne czaszki uświadomiły mi realność Sharik Hora bardziej od innych elementów wystroju. Przecież jeszcze nie tak dawno byli to żywi, oddychający ludzie! Ci dzielni wojownicy padli w bitwie, lecz ich ciała nie zostały zwrócone

rodzinom albo spalone wedle tradycji. Zamiast tego obcięto im głowy, wyłupiono oczy, wyciągnięto mózgi przez nosy, a ciała wygotowano.

Żeby było z czego zrobić krzesło.

Bez wątpienia wojownicy uznawali to za wielki honor, ale ja musiałam zdławić żółć w gardle, gdy uniosłam wzrok, by spojrzeć na zasiadającego tam człowieka.

Zimne oczy *Damaji* Aleverana niemalże nikły pod jego krzaczastymi brwiami. Broda porastająca policzki opadała aż po pas. Włosy kapłana były prawie tak białe jak jego szata, przez co tworzyły kontrast z ciemną skórą i czarnym turbanem. Odniosłam wrażenie, że jego ubiór wykonano z wełny, a nie z jedwabiu, preferowanego przez znanych mi zamożnych Krasjan. Sandały miał równie zwykłe jak moje.

W samym środku turbanu migotał pojedynczy klejnot, ale nie widziałam żadnych innych ozdób. *Damaji* nie nosił pierścieni ani kolczyków, choć człowiek o jego pozycji mógłby się obwiesić runiczną biżuterią wzmocnioną *hora*. Matka nigdy się z taką nie rozstawała.

Przyjrzałam się wszystkim obecnym w pomieszczeniu. Ujrzałam poważne, surowe twarze, ale ja od dziecka uczestniczyłam w wydarzeniach na dworze. Ci ludzie nie byli moimi rodakami, jednak odczytałam ich status równie łatwo jak sprawozdania lorda Arthera.

Damaji przewodził mężczyznom w plemieniu, a kobiety posłuszne były woli *Damaji'ting*. Wśród

Majah funkcję tę pełniła osławiona Chavis, o której nawet Favah mówiła z szacunkiem. Stała dwa stopnie poniżej tronu w białych szatach z czarnym zawojem i czarną woalką. Na pierwszy rzut oka nie miała na sobie widocznej biżuterii z wyjątkiem siateczki ze złotymi, runicznymi monetami, które nosiła niczym koronę, ale dostrzegłam tu i ówdzie drobne wybrzuszenia na jej szacie. Mężczyzna by tego nie zauważył, lecz ja wiedziałam, jak wygląda kobieca biżuteria noszona pod ubraniem.

U pasa *Damaji'ting* nosiła zakrzywiony hanzhar, dwie sakiewki z czarnego aksamitu oraz różdżkę z elektrum. Mniejsza sakiewka bez wątpienia kryła jej *hora*, a większa oraz sama różdżka z pewnością służyły do rzucania bardziej uniwersalnych czarów. Była dzięki temu o wiele groźniejsza od otaczających ją strażników z włóczniami, ale nie to wywarło na mnie największe wrażenie.

Chavis była sędziwą kobietą, co poznałam ze zmarszczek wokół jej oczu, jedynego widocznego fragmentu ciała. Mimo to wcale wydawała się słaba czy zgarbiona. To kobieta, która pokonała niejedną rywalkę. Zmuszona została do abdykacji, gdy mój ojciec zasiadł na Tronie z Czaszek i wyniósł Belinę do godności *Damaji'ting* Majah. Chavis, która już wtedy była wiekową damą, postanowiła jednak zaczekać i odzyskała swą godność, gdy Majah wyłamali się z imperium mego ojca.

Przed siódmym stopniem ujrzałam dwie czcigodne grupy. Na prawo od *Damaji* stała jego rada, składająca się z sześciu *dama* w białych szatach. Każdy miał kolorowy klejnot na białym turbanie oraz srebrny kolczyk w prawym uchu. Wspierali się na elastycznych laskach oprawionych w srebro, a z ich pasków zwisały kolczaste ogony *alagai* oraz runiczne kastety. To *shar'dama*, walczący kapłani. W ich czarnych brodach gościła siwizna.

Po lewej stronie stało sześć zawoalowanych *dama'ting*. Każda miała srebrną siateczkę z monetami na białym zawoju. Podobnie jak ich przywódczyni, również nosiły biżuterię pod ubraniem, a u pasów hanzhary oraz sakiewki na *hora*. Ich oczy wydały się jednocześnie stare i młode.

Jedynie Aleveran nie nosił broni ani biżuterii, co lepiej świadczyło o jego potędze niż jakikolwiek pokaz siły. Jego władza tu była niemalże absolutna.

Niemalże.

Mając po bokach Iravena i Belinę, stanęłam przed ołtarzem z kości na środku mozaiki ułożonej na podobieństwo runicznego kręgu. Mój brat uderzył włócznią o ziemię, a potem uklęknął wraz z Beliną. Odłożył włócznię, po czym oboje oparli dłonie na podłodze i dotknęli jej czołami.

– Tsss! – syknęła Belina, widząc, że się nie kłaniam.

A niby dlaczego miałabym to zrobić? Ani to mój *Damaji*, ani moja świątynia czy moja religia. Znalazłam się w samym środku twierdzy porywaczy i tyle.

Wszyscy wpatrywali się we mnie z oszołomieniem, a ja przez moment czułam w sobie siłę, ale Iraven niespodziewanie złapał włócznię, zakręcił nią z oszałamiającą szybkością i uderzył mnie w tylną część kolan. Wtedy właśnie zakończyła się moja chwila chwały – nogi ugięły się pode mną i przewróciłam się na twardą podłogę. Wyrzuciłam ramiona przed siebie, by nie roztrzaskać sobie twarzy.

– A więc to jest ukryty książę – stwierdził Aleveran. – Bezczelny. I nie zna naszych zwyczajów.

Belina syknęła, gdy znów uniosłam głowę, ale zignorowałam ją. W tym pomieszczeniu nie miała żadnej władzy.

– A czemu mam klękać przed człowiekiem, który wysłał zamachowców do neutralnego kraju i porwał mnie – spróbowałam sobie przypomnieć właściwie krasjańskie słowo – jak wielbłąda?

Usłyszałam szum powietrza przecinanego przez włócznię Iravena, wznoszącą się do kolejnego ciosu. Przygotowałam się na ból, ale Aleveran powstrzymał księcia uniesieniem palca.

– A do tego arogancki i krnąbrny – zauważył. – Dobrze jest widzieć nieco książęcej dumy w chłopcu zmuszonym do noszenia kobiecych ubrań, ale nawet książę musi się nauczyć, że nie można bezkarnie okazywać pychy przed lepszymi od siebie.

Opuścił palec, a wtedy mój brat sieknął mnie drzewcem włóczni po plecach.

– Przestań! – szepnął, gdy przeszył mnie ból.

Być może wydawało mu się, że jego słowa zmuszą mnie do uległości, ale wywarły odwrotny efekt. Mówił, jakby mu na mnie zależało, choć to jego ramię sprawiało mi cierpienie. Obłuda Iravena obudziła we mnie furię, ale jej nie okazałam. Nie tu. Jeszcze nie. Później nadejdzie czas na okrzyki bólu.

Teraz opór to jedyne, co miałam, i musiałam się opierać do chwili, gdy osiągnę to, czego mi trzeba.

Znów uniosłam spojrzenie.

– Uparty – stwierdziła Chavis. Aleveran pokiwał głową, a kolejny cios mojego brata posłał mnie na podłogę. Odwróciłam głowę w ostatniej chwili, by ocalić zęby i nos.

– Przestań! – ostrzegł mnie Iraven, gdy dźwignęłam się na rękach. Zignorowałam go, wobec czego mój brat ponownie zamierzył się włócznią.

– Dość. – Aleveran uniósł rękę. – Już udowodniłeś swoją lojalność, książę Iravenie, i otrzymasz to, co zostało ci obiecane. Podejdź bliżej.

Dreszcz niczym ogień przemknął mi po plecach, gdy Iraven podszedł do podstawy Tronu z Czaszek i uklęknął, kładąc włócznię obok siebie.

Chavis wyjęła biały turban z klejnotem na przedzie. Dostrzegłam, że zwoje tkaniny kryją hełm z runicznego szkła. Iraven zdjął swój czarny turban i ukłonił się, gdy Chavis nałożyła mu biały.

– Powstań, Sharum Ka. – Aleveran nie podniósł głosu, ale dzięki akustyce pomieszczenia jego głos wydawał się dobiegać zewsząd.

W oczach Iravena, gdy odwrócił się ku mnie, ujrzałam prośbę o wybaczenie, lecz nie miało to dla mnie znaczenia. Czyny były wyraźniejsze od wszelkich spojrzeń. Nie uznawałam go już za mego brata. Przehandlował moje życie w zamian za własne ambicje.

– A ty, *nie'Damaji'ting* – Chavis sięgnęła do kieszeni szaty i wyjęła z niej woalkę z czarnego jedwabiu – zasłużyłaś na prawo objęcia godności *Damaji'ting* po tym, jak umrę z przyczyn naturalnych, chyba że kości wyznaczą inną następczynię.

Śmierć z przyczyn naturalnych. Te słowa zabrzmiały jak ostrzeżenie. Mimo to Belina opuściła mnie i weszła na trzeci stopień. Tylko Chavis i Aleveran widzieli jej twarz, gdy zdjęła białą woalkę i założyła czarną, co oznaczało, że od tej pory była dziedziczką Chavis.

– Co do ciebie, synu Ahmanna. – Aleveran zwrócił spojrzenie zimnych oczu z powrotem na mnie. – Wygląda na to, że aż rwiesz się do zabrania głosu, a więc porozmawiajmy. Być może masz nas za ludzi okrutnych, ale to doprawdy nic w porównaniu z tym, co zrobiła twa matka. Realizując swój podstępny zamysł, Leesha vah Erny am'Zakątek okryła cię hańbą, która nie ma sobie równych.

– Być może tylko próbowała uchronić mnie przed porwaniem przez rywali, pozbawionych czci i honoru, pragnących uczynić ze mnie polityczne narzędzie – odpowiedziałam.

Usłyszałam, jak obecni przy wymianie zdań ostro wciągają powietrze. Iraven zacisnął dłoń na drzewcu włóczni, ale nikt nie miał odwagi przerwać przemawiającemu *Damaji*.

– Odebranie ci dziedzictwa było czynem pozbawionym honoru – stwierdził Aleveran. – Podobnie jak odebranie ci męskości i zrobienie z ciebie czegoś na kształt...

Machnął ręką ze zdegustowaniem.

– *Push'ting* – dokończył.

Push'ting. Najlepsze tłumaczenie tego słowa to „fałszywa kobieta", ale wyczułam w jego znaczeniu coś, czego nie rozumiałam. Z zajęć o Krasji pamiętałam, że kapłani Everama nie wzbraniali prawa do spania z przedstawicielami własnej płci, czego nie można było powiedzieć o wielu Opiekunach z Północy – lecz mężczyznę, który kochał innych mężczyzn do tego stopnia, że nie chciał płodzić dzieci, otaczano w Krasji powszechną pogardą. Niekończąca się wojna przeciwko demonom pociągnęła za sobą zbyt wiele ofiar, a liczebność Krasjan się kurczyła.

– Jesteś jeszcze młody – ciągnął Aleveran. – Nie mogę oczekiwać, że w pełni zrozumiesz rozmiary krzywdy, jaką wyrządziła ci matka. Dzięki łasce Everama będziemy jednakże mieli jeszcze czas, by naprawić szkody i nauczyć cię, jak postępuje prawdziwy mężczyzna.

– Och, będę się uczyć z zapałem! – rzekłam. – A czy rolą prawdziwych mężczyzn jest również atakowanie w grupach nieuzbrojonych kobiet, jak czynią to twoi Nanji?

– Zadaniem mężczyzny jest zwyciężać! – warknął Aleveran. – Mężczyzna musi wiedzieć, co należy zrobić, i osiągnąć zwycięstwo bez względu na koszty!

– A kości utrzymują, żę wasze zwycięstwo wymaga mojej obecności – powiedziałam. – „Jeśli Olive, córka Leeshy, nie połączy krwi z Majah, Pustynna Włócznia upadnie", jak Belina powiedziała mojej matce.

Chavis zerknęła na Belinę z irytacją, a ja ukryłam uśmiech, choć nadal przeszywał mnie ból. Belina najwidoczniej chciała zataić te informacje.

– Kości bywają kapryśne. – Chavis skupiła się teraz na mnie. – Zawsze istnieje więcej niż jeden sposób na odczytanie rzutu. Owo „połączenie" miało dla mnie większy sens, gdy brałam cię za księżniczkę, a nie księcia. W tej sytuacji być może da się je zinterpretować bardziej dosłownie.

Nie uszło mojej uwadze, że pogładziła przy tym rękojeść hanzharu.

– Chcę się zobaczyć z moją siostrą – rzekłam.

– W tej sytuacji nie masz prawa przedstawiać żądań – oznajmił Aleveran.

Powoli, walcząc z bólem, zdołałam się podnieść. Ani na moment nie przerwałam kontaktu wzrokowego z przywódcą Majah.

– Myślę, że mam, *Damaji*. Jeśli potrzebujecie mojej krwi, bierzcie ją i miejmy to z głowy. A dzięki naukom pobieranym w Komnacie Cieni...

Wszystkie obecne kobiety łącznie z Chavis zasyczały niemalże chórem, bez wątpienia wstrząśnięte myślą, iż chłopak mógłby poznawać tajniki sztuki *dama'ting*. A ja spokojnie kontynuowałam:

– ...domyślam się, że twoje kapłanki, *Damaji*, nie zdradziły ci, że magia krwi wymaga zgody na jej utoczenie.

– Być może dla kości – rzekła Chavis. – To jednak może oznaczać coś zupełnie innego.

Nie odrywałam wzroku od Aleverana.

– Chcesz zaryzykować i budować przyszłość Majah w oparciu o jakieś „być może"? Nie wiem, czego wymaga wasze proroctwo, ale z pewnością macie większe szanse, jeśli pomogę wam z własnej woli. Do tego zaś nigdy nie dojdzie, jeśli nie pozwolicie mi porozmawiać z moją siostrą i przez cały czas nie będę mieć pewności, że nic jej nie jest.

Aleveran rozparł się na tronie i splótł pomarszczone palce.

– A jeśli coś się jej stało? Jeśli poległa z honorem w obronie swego brata?

Skrzyżowałam ramiona na piersi.

– Wówczas okaże się, że prawdą jest to, co mówią o braku honoru wśród Majah, i jeśli o mnie chodzi, może was porwać Otchłań.

Wreszcie ujrzałam drgnięcie jakiegoś mięśnia na twarzy starca, lecz Aleveran stłumił grymas niemal natychmiast. Rozpoczęłam niebezpieczną rozgrywkę, ale nie blefowałam. Jeśli zabili Michę, nie ruszę nawet palcem, by im pomóc. Prędzej mnie Otchłań pożre.

– Nie wątpię, że przywykłeś, by traktowano cię jako księżniczkę – przemówił w końcu *Damaji*. – A mężczyźni boją się uderzyć bezczelną smarkulę w twarz.

Pochylił się ku mnie na swym tronie, a ja napięłam mięśnie, jakby starzec mógł mnie dosięgnąć.

– Ale nie jesteś księżniczką.

Uniósł po jednym palcu obu dłoni, a wtedy przypadli do mnie dwaj *Sharum* i złapali za ramiona. Szarpnęłam się mocno i jeden z nich, nieprzygotowany na moją siłę, upadł na podłogę. Drugiego, również zaskoczonego, przyciągnęłam do siebie i walnęłam pięścią w brzuch.

Natrafiłam na twarde płytki pancerza i zacisnęłam zęby, by nie krzyknąć z bólu. Strażnicy skoczyli na mnie ze wszystkich stron, zarzucili mi sznury na ręce i nogi i zaciągnęli więzy z całych sił. Któryś kopnął mnie w kostkę i uderzyłam kolanami w posadzkę. Znów przeszył mnie ostry ból.

– Musimy cię obedrzeć z dumy i próżności, tak jak z tych twoich kobiecych loczków – stwierdził Aleveran. Skinieniem głowy dał znać jednemu ze strażników, a ten wyciągnął nóż i złapał pełną garść moich włosów. Zacisnęłam zęby i zaczęłam się miotać, jednak nie byłam w stanie powstrzymać go przed obcięciem ich wszystkich.

Miałam wrażenie, że Majah odcinają mi kończynę. Włosy zawsze były częścią mnie i utrata każdego kosmyka sprawiała mi wręcz fizyczny ból. Miały minąć lata, zanim odrosną.

Strażnik rzucał kolejne pasma włosów na posadzkę i kontynuował pracę, aż podłogę dookoła nas zasłały czarne loki, a na mojej głowie pozostały jedynie poszarpane, nierówne strzępy dawnej fryzury.

– Sharum Ka – rzekł Aleveran – pokaż swemu bratu, jak nagradzamy bezczelność przed Tronem z Czaszek.

Iraven przytaknął krótko i zacisnął mocno usta. Z ponurą miną oddał włócznię strażnikowi, a sam wziął ogon *alagai* od jednego z *dama*. Z nieubłaganym spojrzeniem podszedł do mnie.

– Ostrzegałem cię.

– Sprzedałeś mnie za biały turban. Mam nadzieję, że cię przygniecie i nie będziesz mógł wstać – stwierdziłam i spróbowałam mu splunąć w twarz, ale nigdy na nikogo nie plułam i nie miałam wystarczająco dużo siły. Plwocina opadła na podłogę, a moje usta, nienawykłe do oddychania pylistym powietrzem, były zbyt wysuszone, by podjąć kolejną próbę.

Iraven skrzywił się i rozwinął bicz z trzaskiem, który poniósł się po wielkiej, zwieńczonej kopułą komnacie. Spleciony ze skórzanych rzemieni bicz na końcu rozgałęział się na trzy wąskie paski, a w każdy z nich wkomponowano kawałek zaostrzonego metalu.

Iraven stanął za mną, a mnie przeszył dreszcz. Napięłam mięśnie.

Micha uczyła mnie, że strach i ból to tylko wiatr. Powtarzała, że muszę odnaleźć równowagę i pochylać się niczym palma, pozwalając, by wiatr przemknął dalej.

Mimo to gdy trafiło we mnie pierwsze uderzenie, kolana mi zmiękły, a moja równowaga – cokolwiek miałoby to naprawdę oznaczać – przepadła. Krzyknęłam głośno, choć przecież uparłam się, by tego nie robić.

Iraven uderzył ponownie i znów krzyknęłam. Siekł mnie raz za razem, aż moja szata zamieniła się w krwawy strzęp, a całe plecy zaczęły promieniować wściekłym bólem. Między jednym uderzeniem a drugim Iraven pozwalał mi nabrać tchu, lecz bynajmniej nie kierowało nim współczucie. Dbał o to, bym w pełni poczuła ból bata, zanim zdzieli mnie po raz kolejny.

Zwisłam bezwładnie na sznurach, nie kryjąc łez. Gdyby *Sharum* mnie nie podtrzymywali, już dawno ległabym na podłodze. Między ciosami Iravena unosiłam głowę i patrzyłam przez łzy na Alevera-na. Nie uśmiechał się, ale widziałam satysfakcję na jego obliczu.

Spostrzegł mój wzrok.

– Rozumiesz już, że nie jesteś tu księżniczką, Olive asu Ahmann. Ba, nie jesteś nawet księciem, ale bękartem *chin heasah*. Będziesz robić to, co ci każemy.

Czekał, jakby spodziewał się odpowiedzi. Iraven również zamarł. Żaden był z niego bohater, ale nawet on nie chciał zaćwiczyć mnie na śmierć.

Ręce i nogi trzęsły mi się jak galareta. Plecy stały w płomieniach, a każdy mięsień wrzeszczał z bólu, gdy zaciskał się przed kolejnym uderzeniem. Nie mogłam walczyć. Nie mogłam ustać. Nawet podniesienie głowy kosztowało mnie mnóstwo energii. Nie wiedziałam, że tyle jej miałam.

– Chc... – wychrypiałam, kiedy przerwało mi kolejne chlaśnięcie batem.

Poczułam krew w ustach – nie miałam pojęcia, skąd się tam wzięła – ale nawilżyłam nią język i przełknęłam z trudem przez zaciśnięte gardło.

– Chcę... – Wypowiedzenie tego pojedynczego słowa bolało jak nigdy wcześniej, jednak nabrałam tchu i dokończyłam zdanie: – Chcę zobaczyć siostrę.

Aleveran otworzył szeroko oczy, a klerycy tworzący radę zamruczeli do siebie.

– Bracie, proszę cię. – W głosie Iravena słychać było błaganie, a nawet rozpacz, co dodało mi sił. Splunęłam na podłogę.

– Bierzcie to... Więcej krwi... ode mnie... nie dostaniecie.

– *Damaji*. – Głos Iravena drżał. Być może oznaczało to, że wreszcie znalazł w sobie odwagę, by przeciwstawić się przywódcy, ale spóźnił się, a poza tym brakowało mu przekonania. Gdyby Aleveran kazał zachłostać mnie na śmierć, mój brat by mu się nie sprzeciwił.

Staruch przyglądał mi się długo, marszcząc krzaczaste brwi. W końcu rozluźnił się, rozsiadł wygodniej na tronie i machnął dłonią.

– Byłbym głupcem, gdybym zabił młodego, obiecującego wojownika, choć skrajnie bezczelnego, z powodu błahostki.

Wymierzył we mnie palcem.

– Miej się na baczności, chłopcze. Cierpliwość Everama jest niezmierzona, lecz Tron z Czaszek nie zawsze ma jej dużo.

Strażnicy rozluźnili więzy, a ja padłam na łokcie i kolana przed starszymi plemienia. Nie pamiętałam już o dumie czy zadzieraniu nosa. Szlochałam z bólu i przerażenia, a na ustach czułam smak krwi, łez i smarków. Starsi Majah przyglądali mi się bez emocji. Jeśli któryś z nich krył w sobie choć odrobinę współczucia, nie miał ochoty okazać go przed *Damaji*.

22

Nigdy nie przestawaj walczyć

349 ROK PLAGI

W końcu odzyskałam kontrolę. Iraven robił przerwy między ciosami, by każdy z nich różnił się od poprzedniego, i zadawał mi świeży ból, nim zdążyłam przyzwyczaić się do poprzedniego. W pewnym momencie jednak ból stał się dla mnie czymś ciągłym i wreszcie byłam w stanie pochylać się tak, jak uczyła mnie Micha, i pozwalać, by przemknął dalej.

Mój szloch się uspokoił, a oddech stał regularny i rytmiczny, przez co uginanie się przed kolejnymi falami bólu z każdą chwilą wydawało się łatwiejsze. Wciąż klęczałam, ale nie z powodu lęku przed Aleveranem, tylko dlatego, że była to najwygodniejsza pozycja dla poturbowanego ciała.

Tak przynajmniej to sobie tłumaczyłam.

Kiedy Iraven popchnął ku mnie butelkę z wodą, odtrąciłam ją wściekle, czego pożałowałam niemalże natychmiast. Moje gardło było wyschnięte jak gliniane pustkowia w samym środku pustyni. Komu pomagałam, rezygnując z okazji, by się napić? Zdecydowanie nie sobie.

Nie wiedziałam, czy Iraven wyczuwał mój wewnętrzny spór, czy też po prostu walczył z własnym poczuciem winy, ale zatkał butelkę i postawił ją na podłodze obok mnie. Patrzyłam na nią spode łba, usiłując się nie gapić zbyt intensywnie. Zastanawiałam się, kiedy moja uparta, głupia duma pozwoli mi się napić.

Drzwi po stronie ołtarza zajmowanej przez *dama'ting* otworzyły się nagle i naraz serce zabiło mi żywiej. Całkiem zapomniałam o cierpieniu na widok siostry, która szła, pochylając głowę w geście poddania. Na kostkach i nadgarstkach miała kajdany z grubymi łańcuchami, które łączyły się z centralnym pierścieniem. Łańcuchy były tak krótkie, że nie mogła zrobić dłuższego kroku ani też unieść ręki, by nie musieć przy tym uklęknąć.

Ale żyła i wyglądała dobrze. Bez wątpienia Belina opatrzyła jej rany w noc naszego pojmania, a potem trzymała ją w odosobnieniu.

Michę eskortowały dwie *Sharum'ting* – wojowniczki takie jak i ona. Ich widok we współczesnej Krasji nie był już niczym dziwnym – mój ojciec przyznał zdrowym kobietom oraz *khaffit*, którzy dołączali do jego armii, te same prawa co innym wojownikom. Słyszałam jednak, że Majah po powrocie na pustynię cofnęli się do dawnych tradycji, wedle których prawo do noszenia włóczni mieli tylko członkowie kasty wojowników.

Na Uniwersytecie Zielarskim sugerowano, że te prawa w istocie będą pierwszymi, które Majah zniosą, lecz matka nigdy w to nie wierzyła. „Niełatwo odebrać raz przyznany przywilej" – oznajmiła.

Wyglądało na to, że w jej słowach kryło się trochę prawdy. Przyglądałam się twardym kobietom, tworzącym eskortę Michy. Czujnie obserwowały moją siostrę, jakby ta lada moment mogła zerwać więzy i przeobrazić się w skalnego demona. Każda z nich miała krótką włócznię w ręku oraz drugą na plecach, przytroczoną tam wraz z okrągłą tarczą.

Micha wciągnęła powietrze na mój widok i ruszyła ku mnie najszybciej jak mogła, choć było to ślimacze tempo i droga zabrała jej całą wieczność. Moje kolana dygotały i zastanawiałam się, czy zdołam wytrzymać i nie zemdleć, zanim z nią porozmawiam.

W końcu dotarła do mnie i opadła na kolana, by móc objąć mnie ramionami. Uważała, by nie dotknąć krwawych śladów pozostawionych przez ogon *alagai*. Zaczęła szlochać, gdy nasze czoła się zetknęły. Na mój nos spłynęły jej łzy i po chwili szlochałyśmy już obie.

– Nic ci nie jest? – wyszeptałam. Nie miałam pojęcia, ile mamy czasu. – Czy oni...

– Belina leczyła moje rany... za każdym razem – odparła cicho Micha.

– Za każdym razem? – zapytałam.

– Gdy próbowałam uciec – odpowiedziała moja siostra. – Zabiłam dwóch strażników na łodzi i prawie dotarłam do twojej kabiny, zanim mnie złapali.

Powiedziała to spokojnym tonem, niemal rzeczowo. Cóż, nic dziwnego. Oczywiście, że próbowała uciec. W przeciwieństwie do mnie. Być może złamali mnie skuteczniej, niż sądziłam.

– A ty? – spytała Micha. – Twoje plecy...

– Musiałam mieć pewność, że żyjesz. Powiedziałam im, że nie pomogę w niczym, jeśli nie udowodnią mi, że nic ci nie jest.

– Przyjęłaś chłostę ogonem *alagai*... dla mnie? – Głos Michy stał się niecodziennie wysoki.

– A ty zabiłaś dla mnie dwóch strażników. – Ujęłam jej twarz w dłonie, czując wilgoć łez, przesiąkających przez woalkę. – Jesteśmy siostrami.

– Oni będą cię traktować jak mego brata. – Micha przyciągnęła mnie bliżej, by móc wyszeptać mi kolejne słowa do ucha. – I pozwól im na to. Wojna opiera się na oszustwie. Stań się tym, kogo oczekują, a nie będą wiedzieć, kim naprawdę jesteś. Zamaskuj swą siłę i graj na czas.

– Po co? – wyszeptałam. Czyżby Micha miała plan?

– Wiesz już, że twoja siostra żyje i ma się dobrze – rozległ się głos Aleverana, który rozerwał sferę intymności wokół nas. Nagle przypomniałam sobie, że znajdujemy się przed jego tronem, otoczone członkami dworu. – Nie skrzywdziliśmy jej, choć rozlała krew Majah. Micha vah Ahmann walczyła z honorem i zasługuje na honorowe traktowanie. Nawet mniej istotna córka Ahmanna Jardira to wartościowa panna młoda, choć oddając się nauce władania włócznią, straciła najpłodniejsze lata.

Wpatrywałam się w Aleverana i zmagałam z fantastycznymi wizjami, które zalały mój umysł. Co by było, gdybym wbiegła na szczyt schodów i zacisnęła dłonie na gardle tego starca? Przecież Micha rok temu dopiero skończyła trzydzieści lat! Babcia miała prawie pięćdziesiątkę, gdy urodziła Selen.

– Pierwszego dnia Nowiu każdego miesiąca będziemy ci pokazywali twą siostrę, byś wiedział, że nic jej nie jest – powiedział Aleveran. – W zamian udasz się do *sharaj* i będziesz słuchać wszystkich poleceń Mistrza Ćwiczeń. W przeciwnym razie...

Obie *Sharum'ting*, które stały tak nieruchomo, że wręcz zapomniałam o ich obecności, nagle się zerwały i wyszarpnęły włócznie przytroczone do pleców.

Niespodziewanie cztery ostrza wycelowały w serce, gardło, wątrobę i kręgosłup Michy. Każdy z tych ciosów by ją zabił, ale demonstracja nie zrobiła na mojej siostrze żadnego wrażenia.

Spojrzałam na Aleverana. Otworzyłam szerzej oczy, jak uczyła mnie babcia, i wysunęłam lekko dolną wargę.

„Większości mężczyzn wystarczy, jeśli okażesz lęk, ale jeśli to nie zadziała, rozpłacz się. Mało który to zniesie".

Elona nauczyła mnie szlochać na zawołanie, lecz zdecydowałam się na łzy spływające po policzkach. Przybrałam minę, którą Aleveran chciałby teraz ujrzeć – udałam przerażoną do granic i skłonną złożyć każdą możliwą obietnicę.

– Rozumiem – powiedziałam.

Chavis machnęła dłonią i *Sharum'ting* opuściły broń. Wsunęły po jednej włóczni do pochew na plecach, by mieć wolną rękę.

– Gdy znajdziesz się w *sharaj,* walcz – rzuciła cicho Micha, gdy strażniczki złapały ją za ręce. – Oni niczego innego nie uszanują. Podejmij walkę pierwszego dnia i nie przestawaj. Walcz, gdy cię pokonają. Walcz, gdy wygrywasz.

Sharum'ting szarpnęły za łańcuch tak mocno, że Micha się potknęła. Zatrzymały się, by złapała równowagę, a wtedy moja siostra spojrzała mi w oczy po raz ostatni.

– Nigdy nie przestawaj walczyć.

23

Chadan

349 ROK PLAGI

Usiadłam na piętach, drżąc na całym ciele, i patrzyłam, jak wywlekają Michę z sali tronowej. Ból, wyczerpanie i udręka przytłoczyły mnie i wnet osiągnęły zwycięstwo.

„Nigdy nie przestawaj walczyć".

Nie wiedziałam, czy miałam siłę i odwagę, by zrobić to, o co prosiła mnie Micha. Istniała spora różnica między wybraniem właściwego momentu na okazanie uporu a wkroczeniem w nowy etap życia bez strachu.

Mimo to podjęłam wysiłek. Nie miałam zamiaru osunąć się na podłogę na oczach całego dworu Majah. Zalała mnie ulga, gdy Aleveran ogłosił koniec spotkania, lecz nikt się nie kwapił, by odejść. Chavis weszła na górę i nachyliła się, by naradzić się z *Damaji*. *Dama* oraz *dama'ting* dyskutowali we własnych gronach.

Przypomniałam sobie podobne nieformalne rozmowy na dworze matki, podczas których jej doradcy omawiali najważniejsze wieści dnia i przygotowywali strategię. Tego dnia Majah zapewne mieli sporo do przedyskutowania. Iraven został wysłany celem złapania księżniczki, a powrócił z księciem, co bez wątpienia wywołało chaos w ich planach.

Stali i rozmawiali przyciszonymi głosami, a we mnie coś umierało z każdym uderzeniem serca. Niedługo nic ze mnie nie zostanie. Bałam się, że umrę tu na kolanach.

– To było bardzo głupie, bracie – szepnął do mnie Iraven, kucając. – Aleveran mógł cię zabić.

Pokręciłam głową i ze zdumieniem zarejestrowałam, że bez długich włosów przychodziło mi to znacznie łatwiej. Pot studził mi skórę głowy, co było zarówno dziwnym, jak i nieprzyjemnym uczuciem.

– Nie... – zaczęłam, ale zakrztusiłam się, bo gardło wyschło mi na wiór.

Iraven przystawił mi butelkę do ust i tym razem odsunęłam dumę na bok i zaczęłam pić. Piłam jednak nazbyt łapczywie i w efekcie wykrztusiłam pierwszy łyk. Kolejne przełknęłam wolniej, a potem zaczął wracać mi głos.

– Nie – powtórzyłam. – To ty mogłeś mnie zabić. Ty, Iraven asu Ahmann am'Jardir am'Majah, zabiłbyś mnie, by przypodobać się swemu *Damaji*.

– Niech ci się nie wydaje, że mnie znasz, bracie. – Szept Iravena stał się ochrypły. – Nie masz pojęcia, z czym przychodzi się nam tu mierzyć. Ja służę Majah, a nie własnym ambicjom.

Zmusiłam się do prychnięcia śmiechem, jak czyniła to babcia. Jej pogardliwe parsknięcia działały jak smagnięcie bicza.

– Znajdź kogoś, kto ci uwierzy w te bzdury.

Na szczęce Iravena pulsowała żyła. Nagle nabrałam przekonania, że zaraz mnie uderzy, i miałam nadzieję, że do tego dojdzie. Całe ciało bolało mnie tak bardzo, że i tak ledwie bym to poczuła, ale demonstracja utraty kontroli osłabiłaby go w oczach starszych plemienia.

Iraven również zdawał sobie z tego sprawę. Jego oddech stał się powolny i rytmiczny, a żyłka znikła.

– *Hannu Pash* dobrze ci zrobi, bracie. W *sharaj* wybiją ci z głowy bezczelność o wiele skuteczniej, niż ja bym to zrobił. A teraz wstawaj.

Wsunął mi rękę pod ramię i próbował dźwignąć, ale ja odniosłam wrażenie, że moje kolana przypominają lód, który właśnie zaczął krzepnąć. Bałam się, że skruszą się pod moim ciężarem. Choć czułam obrzydzenie swoją postawą, wsparłam się na twardym ramieniu Iravena, rozpaczliwie potrzebując jego pomocy.

– Nie mogę zrobić kroku. – Skrzywiłam się, słysząc błagalny ton swojego głosu.

– Musisz – rzekł Iraven. – Gdybyś był moją siostrą, wyniósłbym cię stąd, ale jesteś moim bratem, a w Krasji wojownicy odchodzą sprzed Tronu z Czaszek o własnych siłach.

– Nie jestem wojownikiem – odpowiedziałam.

Iraven spoglądał na mnie tak, jakby miał do czynienia z kimś niespełna rozumu.

– Zapewniam cię, że to ta lepsza alternatywa.

Rozejrzałam się. Wszyscy, od *dama* i *dama'ting* należących do rady po służbę i strażników, obrzucali mnie zaciekawionymi spojrzeniami, udając jednocześnie, że wcale ich to nie interesuje. Nie wiedziałam wiele o zwyczajach Majah, ale dobrze znałam sposób działania pałacowych plotek. Wszyscy byli spragnieni historyjek o księciu *push'ting*, które mogliby zanieść do domostw.

Zacisnęłam więc zęby i brnęłam z trudem naprzód, ledwie stawiając krok za krokiem, aż dotarliśmy do Beliny, która stała przy drzwiach przeznaczonych dla *dama'ting*. Potykając się, weszłam do ich prywatnego korytarza, a gdy drzwi zamknęły się za nami z trzaskiem, Iraven wziął mnie na ręce.

– Dobrze to zniosłeś, bracie – rzekł.

Komplement powinien obudzić we mnie odrazę, ale dotarłam już do kresu wytrzymałości. Kolana uginały się pode mną i czułam, jak opuszcza mnie świadomość.

– Zabierz go do Komnat Uzdrawiania – powiedziała Belina.

Te słowa mnie otrzeźwiły. Sharik Hora słynęła z kości wojowników, ogromnych rozmiarów i niezwykłej architektury oraz wielkich bibliotek pełnych starożytnych tekstów, w tym i takich, które pochodziły sprzed pierwszej wojny z demonami i liczyły sobie ponad trzy tysiące lat. O żadnym z tych miejsc nie mówiło się jednak na Uniwersytecie Zielarskim z takim podziwem i zachwytem jak o osławionych Komnatach Uzdrawiania. Nasi krasjańscy nauczyciele często powoływali się na to legendarne miejsce, jakby stanowiło największy autorytet sztuki leczenia.

Byłam oszołomiona i ledwie trzymałam się na nogach, ale nie przestawałam się rozglądać. Ta część świątyni nie została udekorowana kośćmi – ujrzałam przestronne korytarze z misternymi mozaikami, kolorowymi dywanami, bogatymi gobelinami i obrazami tak realistycznymi, iż tylko czekać, aż przedstawiane na nich sceny ożyją. Wszędzie widziałam strażniczki *Sharum'ting*, a w powietrzu unosił się zapach suszonych ziół i starych ksiąg.

Miejsce to przypominało mi gabinet matki, co przerażało mnie najbardziej.

Trafiłam do komnaty, której centralną część zajmował stół operacyjny. Na sąsiadującym z nim biurku stała imponująca kolekcja butelek, słoików i instrumentów chirurgicznych. Iraven położył mnie na stole, a Belina zaczęła wypełniać moździerz rozmaitymi ziołami i olejkami.

– Rzucanie czarów leczniczych na rany zadane ogonem *alagai* zostało zakazane – powiedziała, ugniatając składniki kamiennym tłuczkiem. – Zapamiętaj sobie to na przyszłość, gdy znów przyjdzie ci do głowy, by odzywać się niepytany i stawiać wymagania *Damaji*.

Zerwała ze mnie poszarpaną koszulę, a potem metodycznie oczyściła i obejrzała poznaczone razami plecy. Na tacy ujrzałam igłę oraz nić, jednak rany były zbyt płytkie, by je zszywać. Zamiast tego *dama'ting* rozprowadziła sporządzoną właśnie maść na moich plecach. Cuchnęła i z początku piekła, lecz wrażenie szybko znikło, a zastąpiło je przyjemne odrętwienie, gdy zioła zaczęły działać.

– Odpoczywaj, póki możesz – rzekła Belina. – *Damaji* życzy sobie, byś przed końcem dnia znalazł się w *sharaj*.

– Sam go tam zaprowadzę – wtrącił Iraven.

– Nie zapomnij zaszczekać, gdy pan mówi: daj głos – prychnęłam.

– Tsss! – Belina smagnęła mnie dłonią po plecach, a ja wciągnęłam powietrze w płuca, sparaliżowana bólem. – Durny z ciebie chłopak. Nie masz pojęcia, ile poświęcił twój brat, by odzyskać to, co zostało mu odebrane.

– Poświęcił mnie! – odpowiedziałam. – Co tu jest jeszcze do rozumienia? Obrabował mnie ze wszystkiego, co moje, by odzyskać wszystko, co zostało mu odebrane.

Odwróciłam głowę, by spojrzeć na Iravena.

– Masz u mnie krwawy dług, bracie. Któregoś dnia go odbiorę, o ile wcześniej nie wtrąci się nasz ojciec.

– Kiedy dowie się o oszustwie twej matki, skieruje swój gniew na nią, nie na nas – wycedziła Belina.

On już wie, pomyślałam. Nie powiedziałam tego na głos, bo nie chciałam ryzykować wyjawienia mojej tajemnicy.

– Znasz go lepiej ode mnie – stwierdziłam. – Co pocznie, gdy się dowie, że uwięziło mnie plemię, które zbiegło z pól bitewnych *Sharak Ka* w chwili, gdy ludzkość mierzyła się z największym zagrożeniem?

Belina spojrzała na mnie ze smutkiem w oczach.

– Jego pierwszym rozkazem będzie wysłanie armii, która będzie miała nas zmiażdżyć, choć tysiące Krasjan zginą wówczas po obu stronach murów Pustynnej Włóczni. Tak bowiem wygląda krwawy dług, książątko z zielonych krain. Naprawdę życzysz sobie, by spłacono go krwią niewinnych ludzi?

Odwróciłam głowę, nie mogąc dłużej wytrzymać jej spojrzenia. Belina miała rację. Nie rozumiałam. W każdym razie nie wszystko. I byłam taka zmęczona.

– To po co kusicie los?

– Bo nie mamy nic do stracenia – powiedziała Belina. – Burze demonów ciągle rosną i pochłoną nas, jeśli niczego nie zrobimy.

Podniosłam się kilka godzin później, ale już czułam się silniejsza. Skaleczenia na plecach zdążyły się zasklepić, choć nadal były podrażnione. Wystarczyłoby, żebym obróciła ciało w niewłaściwym kierunku, a z pewnością znów by się otworzyły.

Iraven mówił o czymś, prowadząc mnie przez place treningowe. Nie słuchałam go. Wiedziałam już, że on nigdy się nie zamyka.

– Kiedyś wznosiło się tu dwanaście wielkich pawilonów – opowiadał. – Każde plemię w Krasji miało własny *sharaj*.

Plac był ogromny i wystarczyłoby miejsca na szkolenie w formacji dla wszystkich mężczyzn, kobiet i dzieci z miasta, ale większa część była zakurzona i nieużywana od dawna. Zamiast dwunastu pawilonów ujrzałam cztery, z których każdy był otoczony grupą niskich budynków z gliny.

– Teraz o przynależności do *sharaj* decyduje krew – ciągnął Iraven. – Czysta krew to młodzi Majah z rodzin wojowników. Mieszana krew to dzieciaki pochodzące ze związków *dal'Sharum* z kobietami *chin*. Tchórzliwa krew gromadzi synów *khaffit*, a zielona krew potomstwo ojców *chin*.

Na niebie rozlewała się już czerwień zachodu słońca, gdy Iraven poprowadził mnie ku największemu namiotowi. Mijani przez nas wojownicy zauważali biały turban i kłaniali się, przyciskając pięści do piersi, a jeden nawet padł na kolano. Na jego szyi ujrzałam czerwoną woalkę Mistrza Ćwiczeń.

– Pierwszy Wojowniku, wieści o twoim awansie niosą się szybko. Cieszymy się, że wreszcie wdziałeś biały turban.

– Powstań, przyjacielu. – Iraven wyciągnął dłoń w kierunku Mistrza Ćwiczeń, a ten ujął ją i pozwolił, by książę pomógł mu wstać.

– Zaszczycasz nas swą obecnością – rzekł Mistrz Ćwiczeń. – Grupa jest gotowa na inspekcję.

Wskazał gestem szereg wychudłych chłopców, w większości ubranych jedynie w płócienne bido i drewniane sandały. Niektórzy byli jeszcze spoceni i ciężko oddychali, co oznaczało, że zebrano ich w pośpiechu, gdy wojownicy na straży pawilonu ujrzeli nadchodzącego Iravena.

– To niepotrzebne, Chikga. – Iraven machnął lekceważąco w stronę chłopców. – Przychodzę tu tylko po to, by oddać księcia Olive w twoje ręce.

– Księcia *push'ting*? – roześmiał się Chikga. – Jego matka to *heasah* z zielonych krain. Powinien trafić do tych półkrwi!

Niektórzy z chłopaków zachichotali, a ja poczułam dreszcze spływające mi po plecach. W co mnie wpakowano? Czym miało stać się moje życie?

Iraven się nie roześmiał. Jego twarz pociemniała, co nie uszło uwadze Mistrza Ćwiczeń.

– Tsss! – zasyczał, co wystarczyło, by wszyscy zamilkli. Niektórzy spoglądali na Mistrza z lękiem, inni z szacunkiem, ale żaden dzieciak nie miał odwagi okazać nieposłuszeństwa.

– Olive to syn Ahmanna Jardira, Chikga, a więc jest moim bratem. – Słowa Iravena były ciche, lecz kryła się w nich groźba. – Czy w innych pawilonach wyszkolą go równie dobrze jak w twoim?

Chikga powstrzymał się od nieprzemyślanej odpowiedzi, zrobił krok w tył i uderzył się pięścią w pierś.

– Oczywiście, że nie, Sharum Ka. *Inevera*, zajmę się tym.

Iraven odwrócił się, by spojrzeć na mnie. Nie krzyknął, ale podniósł głos na tyle, by wszyscy go usłyszeli.

– To, że trafiłeś do tego *sharaj*, to jedyne szczególne traktowanie, którego się możesz spodziewać, bracie. Życie w zielonych krainach bez wątpienia uczyniło z ciebie człowieka delikatnego i miękkiego. Nadchodzące dni okażą się trudne, ale cię zahartują.

Podszedł bliżej i powiedział teraz tak cicho, że tylko ja go usłyszałam:

– A jeśli chcesz ujrzeć swą siostrę na początku Nowiu, lepiej uważnie wypełniaj polecenia Mistrza Ćwiczeń.

A potem odwrócił się i odszedł ku grupie *kai'Sharum* i Mistrzów Ćwiczeń, którzy czekali, by pogratulować mu wyniesienia i odprowadzić do nowego pałacu.

– Nie gap się, chłopcze. – Chikga uderzył mnie w tył głowy. Miałam ścięte włosy, przez co uderzenie brzmiało jak trzask. – Rozbieraj się i dołączaj do innych.

– Mam się przebrać? – spytałam, ale na widok grymasu Mistrza Ćwiczeń natychmiast tego pożałowałam.

– Bido i sandały, *nie'Sharum* – prychnął z drwiną. – Na noszenie szat trzeba sobie zasłużyć.

Zacisnęłam zęby, słysząc chichoty pozostałych uczniów, lecz wszyscy umilkli, gdy odwróciłam się i ściągnęłam koszulę, ukazując pręgi pozostawione przez bicz Iravena, zakrzepłe i pokryte leczniczą maścią Beliny.

Nawet Chikga wypuścił ze świstem powietrze na ten widok.

– No, jesteś twardszy, niż na to wyglądasz, muszę przyznać.

Podziękowałam losowi, że żaden z nich nie widział mnie z przodu. Póki co byłam płaska jak chłopak, ale nawet matka nie miała pojęcia, czy miało tak długo pozostać, czy niebawem będę musiała zakuwać się w gorset jak ona i babcia. Co bym zrobiła, gdyby piersi zaczęły mi rosnąć, zanimbym sobie zasłużyła na przywilej noszenia szat?

– A to co? – Mistrz Ćwiczeń klepnął mnie po bransolecie na bicepsie. – Ładne cacko! Moja córka też ma coś takiego, ale tutaj nie nosimy biżuterii.

Znów usłyszałam śmiechy, lecz nie zwróciłam na nie uwagi. To Chikga tu rządził.

– Nałożyła mi ją *nie'Damaji'ting* Belina, by zapewnić sobie moje posłuszeństwo. Jeśli umiesz zniweczyć moc tych runów i zdjąć mi bransoletę, będę mieć dług wdzięczności.

Ciemna karnacja Mistrza Ćwiczeń pobladła na wspomnienie imienia Beliny.

– Tylko głupiec chciałby się wtrącać w zamysły *dama'ting*. – Pokręcił głową. – Zatrzymaj tę swoją ozdóbkę.

Dołączyłam do szeregu. Ujrzałam ironiczne uśmiechy pozostałych.

– Fajna. – Jeden z uczniów wskazał bransoletę podbródkiem. – Dzięki niej naprawdę wyglądasz jak księżniczka.

Zacisnęłam pięść i poczułam nagły przypływ gniewu, przez co zapomniałam o strachu. *Damaji* mógł sobie mieć *Sharum*, którzy wypełniali jego wolę, ale ja prędzej dałabym się wciągnąć Otchłani, niż pozwoliłabym, by taki chudzielec mnie dręczył.

Wystarczyłoby rozwalić mu nos, żeby odechciało mu się tych drwin, i zrobiłabym to, gdybym miała choć połowę tej siły co zwykle.

Ale sił mi brakowało. Byłam tylko cieniem siebie samej. Mięśnie bolały mnie jak nigdy wcześniej i cieszyłam się, że w ogóle stoję. Nie byłam gotowa na walkę. Oddychałam głęboko i rozluźniłam palce.

Pozostali wybuchnęli śmiechem i nawet Chikga dołączył do ogólnej wesołości. Śmiejąc się, podszedł do chłopaka, który się odezwał.

– Brawo, Thivan – oznajmił. – Właśnie zgłosiłeś się na ochotnika, by nauczyć „księżniczkę" Olive zasad panujących w *sharaj*. Jeśli złapię „księżniczkę" na tym, że czegoś nie wie, podzielicie się karą.

Wesołość Thivana znikła, a wszyscy dookoła nadal rżeli. Wpatrywał się we mnie z wściekłością, jakby moją winą było to, że jest skończonym durniem.

– Rozejść się! – warknął Chikga.

– Tu śpimy – rzekł Thivan zimnym głosem, wskazując wielką salę z kamienną posadzką. Nie było tam żadnych łóżek ani w ogóle mebli. Ujrzałam jedynie kilka zakurzonych koców, o wiele mniej niż uczniów.

Przeszył mnie dreszcz strachu. Myśl o tym, że miałabym spać na gołej podłodze z innymi chłopakami, nie mając nawet czym się przykryć, przerażała mnie bardziej niż bat Iravena, ale nie powiedziałam ani słowa. Bo co mogłabym rzec? Przecież nie udałoby mi się nakłonić Thivana, by wyczarował mi łóżko. Nie mogłam się też spodziewać współczucia po chłopaku, który nienawidził mnie tylko dlatego, że istniałam.

Thivan był niższy ode mnie i być może młodszy o rok czy dwa. Chudy jak trzcina, zdawał się składać jedynie z żylastych mięśni, skóry i kości. Głowę miał ogoloną do zera, podczas gdy na mojej nadal rosły nierówne kosmyki. Z wielu powodów to gorzej, niż gdybym była naga. Źle się czułam z takim bałaganem na głowie nawet przy tych chłopakach.

Jak przystało na *nie'Sharum* czystej krwi, Thivan miał skórę ciemniejszą od mojej. W Zakątku ciemniejsza karnacja wyróżniała mnie jako kogoś z zewnątrz. Dzięki pozycji i przywilejom nikt nie czynił mi z tego powodu wstrętów, ale czasami zazdrościłam Selen i innym dziewczynom, które bez trudu wtapiały się w otoczenie. Marzyłam o wyprawie do Krasji. Chciałam się przekonać, jak to jest znaleźć się wśród ludzi wyglądających tak jak ja.

I okazało się, że się myliłam. Moja skóra wyróżniała się tu jasnym odcieniem i nie miałam żadnych przywilejów, którymi mogłabym się zasłonić. Żałowałam, że Iraven nie przydzielił mnie do mieszanego *sharaj*, choć bez wątpienia panowały tam równie ohydne warunki. Być może jednak tam lepiej bym się dopasowała.

– Owsianka podawana jest dwa razy na dzień: po porannym *sharusahk* i o zachodzie słońca – ciągnął Thivan. – Nigdy nie ma jej wystarczająco dużo, więc ci, którzy stoją na końcu kolejki, idą spać głodni. Jeśli masz choć odrobinę oleju pod sufitem, zadbaj, by do tego nie doszło. Jeden przegapiony posiłek może cię osłabić na tyle, by inni to wykorzystali.

Uświadomiłam sobie, że chyba przegapiłam kolację, choć słowo „owsianka" jakoś nie zachęcało. Burczało mi w brzuchu, ale zignorowałam to, bo przyznanie się do głodu byłoby oznaką słabości.

– A co się dzieje z tymi, którzy nie jedzą?

Thivan spojrzał na mnie, jakby miał do czynienia z idiotą.

– Jeśli *nie'Sharum* pada z głodu, zostaje wyrzucony i trafia na ulice jako *khaffit*. A potem? Kogo to obchodzi? Jeśli ma szczęście, może żebrać na ulicach.

– „Księżniczkę" Olive bardzo to obchodzi, bo wkrótce sama się tam znajdzie – usłyszałam za sobą drwiący głos. Odwróciłam się i ujrzałam grupę uśmiechniętych *nie'Sharum*, na których czele stał chłopak rok albo dwa starszy ode mnie. W przeciwieństwie do innych, chudych i wynędzniałych, ten był muskularny i barczysty, a poruszał się zwinnie i lekko. Jego gładko ogolona głowa lśniła niczym ciemne, wypolerowane drewno, a dzięki kwadratowej szczęce wydawał się przystojny i o wiele starszy od pozostałych, wręcz gotów do opuszczenia *sharaj* jako mężczyzna.

– To Nie Ka – ostrzegł mnie Thivan.

Dosłownie tłumaczyło się jako „pierwszy w niczym" i był to tytuł grzecznościowy, dawany przywódcy grupy *nie'Sharum*. Mój ojciec swego czasu cieszył się tym mianem, a oznaczało ono, że ten oto chłopak staje na czele kolejki po jedzenie i przypuszczalnie jest najgroźniejszym wojownikiem.

Nie Ka podszedł bliżej i otaksował mnie wzrokiem, wykrzywiając usta z udawanym obrzydzeniem.

– Książę *push'ting*, wychowywany jako kobieta. Powiedz mi, uczono cię tańca poduszek i makijażu?

Pozostali wyli z uciechy, a niektórzy udali, że rzucają się na mnie, by skłonić mnie do uników. Ustawienie ich stóp zdradzało jednak ich intencje, przez co nie reagowałam. Przecież nie zaatakowaliby mnie bez zachęty ze strony Nie Ka.

Na noc... Czy tak właśnie wyglądała towarzyska pogawędka na pustyni? Przy tych chłopakach Oskar wydawał się dowcipny i inteligentny.

Ignorując pozostałych, w odpowiedzi obrzuciłam Nie Ka własnym taksującym spojrzeniem, w którym na próżno by szukać aprobaty.

– Na północy nie znamy tańca poduszek, ale mogę ci umalować twarz, jeśli chcesz. Nie będziesz aż taki paskudny.

– Brzydota nie jest złą cechą u *Sharum* – odpowiedział Nie Ka. – Ty zaś wydajesz się za ładny, jak na chłopca. Coś trzeba będzie z tym zrobić.

– A kim ty jesteś, by przejmować się moim wyglądem?

– Jestem Chadan asu Maroch asu Aleveran – przedstawił się chłopak z dumą. – Nie Ka *sharaj* czystej krwi.

Przeszyło mnie zimno. Toż to wnuk *Damaji*! Belina uprowadziła mnie, bym właśnie jego poślubiła!

– Pomyśleć tylko, że dziadek umyślił sobie, że zostaniesz moją *Jiwah Ka*! – roześmiał się Chadan, a pozostali mu zawtórowali. – Patrzcie tylko. Żałosny *push'ting* w jedwabiach!

Splunął na podłogę u moich stóp.

„Gdy znajdziesz się w *sharaj*, walcz" – powiedziała Micha. „Podejmij walkę pierwszego dnia i nie przestawaj".

Rada wzbudziła we mnie przerażenie, jednak Chadan wszystko ułatwił.

– Ha! – udałam pogardliwe prychnięcie babci Elony. – A ty naprawdę uwierzyłeś, że jakieś prowincjonalne książątko z plemienia tchórzy może w ogóle pomarzyć o ręce księżniczki Zakątka. Twój dziadek musiał mnie porwać, byś w ogóle miał szansę.

Chadan warknął w odpowiedzi, a ja zawczasu zauważyłam wyprowadzany cios. Jego pięść przeszyła powietrze w miejscu, gdzie jeszcze przed chwilą była moja twarz, ale ja zdążyłam się już odsunąć i złapać go za ramię, nim zdołał je cofnąć. Wykorzystałam energię chłopaka przeciwko niemu – pozbawiłam Chadana równowagi i rzuciłam brzuchem na podłogę. Zderzenie z kamienną posadzką wybiło mu powietrze z płuc, a ja miałam nadzieję, że nie zrobiłam mu wielkiej krzywdy. Nigdy nie pozwoliliby mi na ponowne spotkanie z Michą, gdybym okaleczyła wnuka *Damaji*.

Chłopcy z obstawy Chadana patrzyli na mnie z otwartymi ustami, a potem zacisnęli pięści. Jeden z nich wydał okrzyk i rzucił się na mnie. Ustawiłam odpowiednio nogi i przyszykowałam się na starcie.

Wiedziałam, że wszystkich nie pokonam, ale przynajmniej pokażę im, że nie jestem byle...

– Czekajcie! – Chadan podniósł się. – On jest mój.

Odwróciłam się, uważając przy tym, by nie stanąć plecami do reszty.

– Nie chcę zrobić ci krzywdy.

Chadan uśmiechnął się i pokazał krew na zębach.

– Na to już za późno, ty zielonokrwisty szczurze, bo ja z całą pewnością wyrządzę krzywdę tobie.

Podkradł się bliżej, trzymając ręce w gotowości do walki, a ja bynajmniej nie miałam zamiaru go lekceważyć. Majah słynęli ze swego *sharusahk*, a wnuk ich przywódcy z całą pewnością ćwiczył dłużej i bardziej intensywnie ode mnie.

Ja za to byłam silniejsza, niż na to wyglądałam, nawet bez pomocy magii, a poza tym trenowały mnie dwie legendarne wojowniczki.

Udało mi się sparować kilka ciosów Chadana, a innych uniknąć, ale Krasjanin trzymał gardę i moje uderzenia również nie trafiały. Nie byłam w stanie wykorzystać pełnej siły.

Cóż, nieważne. Spodziewałam się, że Chadan osłabnie jako pierwszy, a mnie wystarczy wówczas jeden celny cios, by zakończyć starcie. Ból przeszywał mi plecy z każdym ruchem. Czułam, że rany się otwierają i sączy się z nich krew, ale nie przeszkadzało mi to, a co najwyżej irytowało.

Okrążaliśmy się przez chwilę, aż dostrzegłam dla siebie szansę. Chadan zablokował cios, którego mógłby bez trudu uniknąć. Ramię, którym zatrzymał uderzenie, wystrzeliło naprzód do krótkiego kontrataku, a ja zrobiłam unik i spróbowałam je pochwycić.

Tym razem to Chadan mnie zaskoczył. Nie było go tam, gdzie się spodziewałam. Moja dłoń zacisnęła się na pustce, a młody Krasjanin złapał mnie za nadgarstek i przekręcił, ciągnąc moje ramię ku sobie i blokując łokieć. Ręka eksplodowała bólem, a Chadan wykorzystał siłę mojego natarcia przeciwko mnie. Nie miałam wyboru – musiałam mu ulec i skoczyć tam, gdzie chciał mnie posłać. W przeciwnym razie mógł złamać mi rękę.

Z impetem zderzyłam się z kamienną podłogą. Upadek wybił mi powietrze z płuc, ale przypomniałam sobie nauki Michy i natychmiast się zerwałam.

– Jesteśmy kwita, zielonokrwisty. – Mimo że Chadan dał mi czas, bym doszła do siebie, w jego oczach ujrzałam, że walka nie dobiegła jeszcze końca. – A teraz przekonajmy się, co potrafią mężczyźni z Zakątka.

I znów rzucił się do ataku, a jego ciosy wydały mi się trzykrotnie szybsze niż wcześniej. Wychwyciłam pierwsze dwa, lecz trzeci trafił mnie prosto w usta. Poczułam smak krwi, gdy moja głowa odskoczyła do tyłu. Nim udało mi się odzyskać panowanie nad sobą, Chadan wymierzył mi jeszcze dwa ciosy, a potem złapał mnie pod ramię i znowu rzucił na kamienną podłogę.

Mógłby założyć mi chwyt i zmusić do poddania się, ale nie miałam wątpliwości, że chce, by walka jeszcze potrwała. Widziałam już, że poszczęściło mi się za pierwszym razem – zaskoczyłam go. Teraz wiedział o mnie wszystko i oboje nabraliśmy przekonania, że nie dorastam mu do pięt. Walczył z gracją kapłana i zaciekłością wojownika.

Znów rzucił się do ataku, więc uszczelniłam obronę. Nie miałam zamiaru dopuścić do sytuacji, w której wykorzystałby moją energię przeciwko mnie albo też złapał mnie za kończynę i ponownie posłał na posadzkę. Stanęłam na palcach nóg w nadziei, że zdołam łatwym kosztem unikać jego ataków, a on sam w końcu zacznie się męczyć. Uskoczyłam przed pierwszym ciosem pięścią, przetoczyłam się, by uniknąć kolejnego, a potem cofnęłam się przed trzecim. Błąd swój uświadomiłam sobie dopiero wtedy, gdy Chadan zawirował jak tancerz i wyprowadził celne kopnięcie w twarz.

Odgłos był ogłuszający. Miałam wrażenie, że Krasjanin walnął mnie pałką. Zatoczyłam się, z trudem utrzymując równowagę. Nie mogłam pozbierać myśli.

Chadan znieruchomiał. Znów dał mi czas, bym się otrząsnęła, choć mógłby mnie złapać, przygnieść i zmusić do klęknięcia. Wstrząsnęłam głową, usiłując odzyskać ostrość widzenia i pozbyć się dzwonienia w uszach. Plecy płonęły mi żywym ogniem, a każde miejsce, w które Chadan trafił, pulsowało wściekłym bólem. Teraz uświadomiłam sobie, jak precyzyjne były te ciosy – każdy z nich trafił idealnie w punkt zbieżności, przez co moje stawy były słabe, a mięśnie wydawały się jak żelatyna.

Micha opracowała szkołę Precyzyjnego Uderzenia, polegającą na uderzeniach właśnie w punkty zbieżności, gdzie skupiała się energia, wyglądało jednak na to, że Majah mieli własną wersję.

„Wojna opiera się na oszustwie" – mówiła Micha. „Zamaskuj swą siłę i graj na czas".

Poddałam się falom bólu i niemocy, pozwoliłam też sobie na osłabienie czujności. Oddychałam łapczywie i zajęczałam cicho, ale naraz zacisnęłam zęby i rycząc jak demon, rzuciłam się na przeciwnika.

Chadan dostrzegł, że dążę do zwarcia, i przyszykował się na to, zgodnie z moimi oczekiwaniami. Nie byłam w stanie pokonać go w regularnym starciu, jednak w zwarciu, gdzie liczyła się siła mięśni, miałam przewagę.

Padliśmy na ziemię i Nie Ka nagle wyrósł za moimi plecami, łapiąc mnie za prawe ramię, by je wykręcić. Przetoczyłam się, przez co Chadan wylądował na plecach. Nadal trzymał mnie za rękę i już chciał mi założyć chwyt na łokieć, gdy napięłam mięśnie i uniemożliwiłam jego wysiłki. Podniosłam go szarpnięciem i ujrzałam, jak otwiera szeroko oczy z niedowierzania. Ułamek chwili później uderzyłam go ze wszystkich sił lewą pięścią w pierś.

Chadan upadł. Jego ogolona głowa uderzyła o kamienną podłogę z hukiem, który poniósł się echem po pomieszczeniu. Odgłos zabrzmiał okropnie i cofnęłam się odruchowo, przerażona tym, że go zabiłam. Z ulgą ujrzałam, jak otwiera oczy i szybko zrywa się na nogi.

Kolejny błąd. Jeszcze przed momentem Chadan zapewne zadowoliłby się upokorzeniem mnie, ale teraz jego oczy lśniły pierwotną furią demonów, które zaatakowały nas na biwaku. Na pewno nie zawahałby się przed zabiciem mnie.

Starliśmy się ponownie, ale tym razem Chadan wiedział już, że należy wystrzegać się walki w zwarciu. Nie spieszyło mu się – zasypał mnie gradem ciosów, za każdym razem starał się zadać mi jak najwięcej bólu i jak najbardziej mnie zdezorientować. Przestałam liczyć, ile razy we mnie trafił.

W końcu się znudził i pchnięciem stopy posłał mnie w sam środek drwiących *nie'Sharum*.

– Powitajcie księcia *push'ting* jak należy.

„Nigdy nie przestawaj walczyć".

Pierwszemu, który do mnie doskoczył, rozwaliłam nos, ale było ich zbyt wielu. Opadli mnie, kopiąc i uderzając pięściami. Trafiłam kogoś w gębę, kogoś innego w żołądek, nie umiałam jednak powstrzymać takiej nawały ciosów i nie minęła chwila, a kuliłam się na ziemi, próbując osłonić głowę przed nieustającym atakiem.

– Dość! – rzekł Chadan i *nie'Sharum* natychmiast przerwali atak. Rozeszli się, by zająć miejsca do spania, a ja nadal kuliłam się na podłodze, szlochając i drżąc.

24

Tikka

349 ROK PLAGI

Obudziłam się, drżąc, na podłodze. Wciąż leżałam tam, gdzie upadłam.

Nie zabili mnie.

Uznałam, że to swego rodzaju zwycięstwo. Minął pierwszy dzień, a ja podjęłam walkę, jak prosiła mnie Micha. Udało mi się przeżyć aż do drugiego dnia.

Przypuszczałam, że nie będzie się specjalnie różnił od pierwszego.

Trudno mi było jednak skupić się na rzeczy tak odległej, bo miałam póki co inne duże zmartwienie – marzłam. Zawsze wyobrażałam sobie, że pustynia okaże się koszmarnie gorąca, ale podczas podróży do Pustynnej Włóczni dowiedziałam się, że gdy zachodzi słońce, szybko nastaje chłód.

Podłoga *sharaj* znajdowała się poniżej poziomu gruntu, by za dnia było tu chłodniej, ale nocą... Teraz już rozumiałam, jak bardzo pożądane są owe nieliczne koce.

Otworzyłam oczy, ale minęła chwila, zanim mój wzrok przyzwyczaił się do blasku księżyca. Ujrzałam Chadana, który leżał niedaleko mnie. Jako jedyny spał sam, zawinięty w dwa koce.

Inni kulili się w grupach po trzy, cztery osoby pod resztą koców, a pozostali spali wtuleni w siebie na podłodze, ogrzewając się nawzajem.

Powoli, z wielkim bólem dźwignęłam się na kolana. Było mi zimno, lecz nie miałam odwagi dołączyć do żadnej z grupek, nawet składających się z młodszych chłopaków. Zamiast tego podczołgałam się do ściany i oparłam o nią plecami, podciągając kolana pod brodę.

Raz na jakiś czas udawało mi się zasnąć, ale nie wiedziałam, czy trwa to minuty, czy godziny. Co chwila budziły mnie ból i niewygoda. Za każdym razem rozglądałam się w panice, by mieć pewność, że nic mi nie grozi, a potem pozwalałam, by wyczerpanie i znużenie znów pociągnęły mnie w mrok.

Wezwanie do modlitwy przedarło się jak przez mgłę. Był to wysoki dźwięk, zarówno piękny, jak i przenikliwy, którego zadaniem było wyrwanie wyznawców z objęć snów, by złożyli pokłon Everamowi.

Nie'Sharum wstawali i wychodzili z pomieszczenia. Jako pierwszy opuścił je Chadan, po nim podążali starsi, silniejsi chłopcy, którzy w nocy dzielili się kocami, a na końcu młodsi i słabsi, skazani na sen w spoconych grupkach.

– Chodź, zielonokrwisty – rzekł Thivan. – Jeśli spóźnisz się na modły, Chikga wygarbuje skórę nam obu.

Ruszyłam za chłopakami na plac treningowy, gdzie już klęczeli Mistrzowie Ćwiczeń. Wydawali się w pełni wypoczęci i odprężeni. Nie spuszczali wzroku z chłopców, którzy wybiegali ze swoich pawilonów i klękali w równych rzędach. Najsilniejsi znajdowali się na czele, najsłabsi z tyłu. Ja uklękłam obok Thivana, blisko środka grupy.

Gdy ostatni z uczniów zajął miejsce, Mistrzowie Ćwiczeń rozpoczęli rytuał. Zwróceni w stronę Słońca Anocha, starożytnego miasta Wybawiciela, dotykali czołami ziemi i szeptali modlitwę.

Znałam jej słowa z zajęć o Krasji, lecz nie miały one dla mnie większego znaczenia. Matka oddała kapłanom należne im miejsce na dworze, sama jednak nie należała do wierzących.

„W religii kryje się wielka moc, której należy okazać szacunek" – mawiała. „Ale przywódca nie może pozwolić, by rządzili nim święci mężowie. Nie możemy też wierzyć w to, że bóg wybuduje mosty i będzie zbierał śmieci".

Zawsze podzielałam jej poglądy i nigdy nie wierzyłam w to, że jakiś absolutny byt przygląda się światu. Od dzieciństwa nie odmówiłam modlitwy na poważnie, ale tu, pod czujnym okiem Mistrzów Ćwiczeń, nie miałam zamiaru ściągać na siebie niczyjej uwagi. Co z tego, że będę się zwracać do Stwórcy, który nie istnieje?

– Everamie, który dajesz nam życie i światło, daj nam siłę...

Po zakończeniu modlitw Mistrzowie Ćwiczeń powstali i rozpoczęli poranny *sharusahk*. Pozycje różniły się od pełnych wdzięku układów, których mnie uczono. Tutaj były one szybkie i pełne agresji. Ćwiczyliśmy kopnięcia i uderzenia pięściami, które bardziej się nadawały do walki z innymi ludźmi niż z demonami.

Thivan krzywił się, ale zerknął na Chikgę i podszedł do mnie.

– Tak to rób – rzekł i przyjął odpowiednią postawę. Poprawił przy tym moją i pokazał mi wszystkie pozostałe elementy *sharukin*, łącznie z tym, jak uderzać i kopać.

– Nawet walczy jak kobieta – skomentował jeden z chłopców, a pozostali zachichotali, aż Mistrz Ćwiczeń spojrzał w naszym kierunku.

W trakcie treningu zaczęłam dostrzegać moc w tych prostych ruchach. Brakowało im precyzji stylów, które zgłębiałam wcześniej – dla Majah impet i brutalna siła były ważniejsze od finezji. Ostrzeżona zawczasu *dama'ting*, mając pole manewru, mogłaby zabić nawet Mistrza Ćwiczeń w pojedynczym starciu, ale tuzin *Sharum* szarżujących w wąskim korytarzu ściąłby podobną liczbę *dama'ting*, jak kosa tnie żyto.

Słuchałam więc i uczyłam się, oddając się sercem i duszą ćwiczeniom. Bo niby czemu nie miałabym zgłębić sztuki kopania i uderzania w stylu *Sharum*? Łatwiej byłoby mi się dopasować, gdybym nauczyła się walczyć jak „mężczyzna".

Gdy ćwiczenia dobiegły końca, Thivan zaprowadził mnie do miejsca, gdzie stał wielki kocioł, a nad nim pochylała się staruszka w czarnym zawoju *dal'ting*, nalewając brązową breję do misek. Podobnie jak w przypadku koców, miałam wrażenie, że garnek jest za mały, by wykarmić nas wszystkich.

– To nasza Tikka. – Thivan wskazał staruszkę. – Gotuje i rozdaje nam czyste bido raz w tygodniu. Lepiej jej nie uraź, bo pożałujesz.

Nie miałam bladego pojęcia, w jaki sposób mogłabym obrazić tę kobietę, bo dręczyło mnie o wiele ważniejsze pytanie.

– Dlaczego nie ma więcej jedzenia?

Przecież mury Fortu Krasja kryły wielką oazę, żyzne ziemie i sady rodzące mnóstwo owoców. Być może żywności nie wystarczało, gdy trzeba było wykarmić całą populację miasta, ale teraz mieszkali tu tylko Majah. Nie widziałam powodu, dla którego ktokolwiek miałby chodzić głodny.

– Bo Mistrzowie Ćwiczeń chcą, byśmy byli silni – rzekł Thivan. – Chcą, byśmy walczyli, kłamali, oszukiwali i kradli, gdy jest to konieczne. Chcą, byśmy robili wszystko, co możliwe, by przetrwać, bo przygotuje nas to do o wiele cięższej walki, by przeżyć noc.

Zrobiło mi się niedobrze na samą myśl o tym. Mistrzowie Ćwiczeń torturowali tych chłopców, by zamienić ich w broń do walki z demonami. Czy Micha też przez to przeszła, a przed nią mój ojciec?

Thivan podszedł do środka kolejki i nawiązał kontakt wzrokowy z innym chłopakiem, który cofnął się bez słowa. Chciałam zrobić to samo, ale ten zrobił krok naprzód i odepchnął mnie.

– Na koniec kolejki, *push'ting*!

Spojrzałam na Thivana, ale ten tylko się roześmiał.

– Mistrz Ćwiczeń kazał mi wprowadzić cię w nasze zwyczaje. Nic nie mówił o tym, że mam się za ciebie bić. Przyjmuj wyzwanie Parkota albo zmiataj na koniec.

Zerknęłam z powrotem na Parkota, który już czekał na mnie w pozycji do walki, której nie znałam. Był chudy tak jak inni, lecz pozycja w kolejce oznaczała, że sporo umiał, a jego mięśnie kryły mnóstwo siły, podczas gdy mi żołądek skręcał się z głodu, a ciało pokrywała masa sińców. Czułam świeże strupy na plecach, cienkie i sztywne. Wiedziałam, że wystarczyłby poważniejszy wysiłek, a znów bym je pozrywała.

Zerknęłam na *nie'Sharum* stojących za Parkotem, jednak ich widok nie dodał mi otuchy. Ujrzałam bowiem blade widma o popielatej skórze jaśniejszej od mojej, pod którą wyraźnie rysowały się kości. Wpatrywali się we mnie zapadłymi oczami, a ja wiedziałam, że jeśli ustąpię, stanę się jedną z nich.

Chadan, który zajmował miejsce na czele kolejki, miał już napełnioną miskę, ale przyglądał mi się z zainteresowaniem.

„Walcz" – szepnęła Micha w mojej głowie. „Walcz każdego dnia".

Spojrzałam Parkotowi w oczy.

– Cofnij...

Nie udało mi się nawet dokończyć zdania. Parkot rzucił się na mnie i zasypał gradem ciosów.

Dobrze pamiętałam zabójczą mieszaninę uderzeń, rzutów i bloków, jaką zafundował mi Chadan. Trzymałam więc gardę i unikałam ciosów, próbując jednocześnie rozgryźć Parkota. Był agresywny i najwidoczniej chciał zwyciężyć dzięki czystej zajadłości.

„Tylko nowicjusz walczy z przeciwnikiem" – uczyła mnie Micha. „Prawdziwy mistrz pozwala, by jego przeciwnik sam walczył".

Parkot marnował energię, próbując doprowadzić walkę do szybkiego końca. Podczas kolejnego natarcia złapałam go za ramię i wykręciłam je, wykorzystując energię uderzenia przeciwko chłopakowi. Ramię wyskoczyło mu ze stawu z głośnym trzaskiem, a on sam padł z impetem na pylisty dziedziniec.

Parkot wrzeszczał i wił się w kurzu, ściskając rękę skręconą pod nienaturalnym kątem. Chłopcy za nim cofnęli się z przerażeniem, podczas gdy ci stojący z przodu śmiali się pogardliwie. Zalał mnie chłód. Przecież nie chciałam wybić mu ramienia.

Pojawił się Chikga i *nie'Sharum* natychmiast się wyprostowali. Wśliznęłam się na miejsce Parkota w nadziei, że w ten sposób nie będę przyciągać tyle uwagi. Ten nadal wił się i jęczał, a Mistrz Ćwiczeń klęknął przy nim. Oględziny rozpoczął jednak od wymierzenia chłopakowi policzka.

– Na jaja Everama, przestań jęczeć! Pogódź się ze swoim bólem i zamknij się albo pokażę ci, czym jest prawdziwe cierpienie.

Twarz Parkota poczerwieniała, a chłopak zacisnął mocno zęby, gdy Chikga uniósł wykręcone ramię. Przygwoździł Parkota kolanem do ziemi i przystąpił do wstawiania ramienia na miejsce. Rozległ się kolejny trzask, co oznaczało sukces. Ciałem Parkota wstrząsnął spazm, a potem chłopak znieruchomiał, omdlewając z bólu. Chikga pokręcił głową, splunął na piasek i podniósł się.

– Ramię będzie go bolało, gdy się obudzi – rzekł, nie zwracając się do nikogo konkretnego. – Ale będzie mógł się nim posługiwać.

Omiótł wzrokiem kolejkę, aż dostrzegł mnie. Zarejestrował miejsce, które zajęłam, a także to, że Parkot leżał raptem kilka kroków dalej. Napięłam mięśnie, szykując się na jakąś karę, lecz Chikga nic nie powiedział. Odwrócił się i podszedł do pozostałych Mistrzów, którzy spożywali o wiele bardziej apetyczne śniadanie.

Nagrodą za sprawienie ogromnego bólu chłopakowi, którego dopiero co poznałam, okazała się miska pełna gęstej, brązowej owsianki. Pachniała ohydnie, mimo to uniosłam głowę i spojrzałam wprost na Tikkę.

– Dziękuję.

Ta przymknęła oczy z podejrzliwością i uniosła chochlę, jakby chciała mi pogrozić.

– Więcej nie dostaniesz, nowy! Idź stąd i zjedz swoją porcję, póki ciepła.

– Tak, Tikko. – Pokiwałam głową, choć z trudem opanowałam zaskoczenie.

Tikka powróciła do pracy, a ja uświadomiłam sobie, że do każdej kolejnej miski nakładała coraz mniej jedzenia. Chadan i jego poplecznicy, którzy stali na przedzie, dostali pełne miski. Ja wepchnęłam się w środek i miałam ledwie połowę. Co będzie z tymi, którzy stoją z tyłu?

– Dobra robota – pochwalił mnie Thivan, gdy szukaliśmy miejsca, by usiąść i zjeść. – Parkot oberwał jak wściekły pies. Niezły ubaw.

Ledwie go słuchałam i nadal nie spuszczałam wzroku z kolejki. Porcja przydzielona przedostatniemu chłopakowi ledwie pokryła dno naczynia, a ten natychmiast pochylił się i wylizał do czysta.

Tikka machnęła chochlą nad miską ostatniego chłopaka, do środka spadła jedynie pojedyncza kropla.

– Proszę, Tikko – błagał ją *nie'Sharum*.

– W garnku już nic nie ma – odpowiedziała staruszka.

– Proszę – powtarzał chłopak. – No to daj mi chociaż oblizać chochlę! Cokolwiek!

Próbował złapać chochlę, ale Tikka cofnęła ją w porę i celnie uderzyła chłopaka w nadgarstek. Ten krzyknął z bólu i odsunął się.

– Chcesz jeść? – prychnęła Tikka. – To nie czekaj na końcu kolejki.

Thivan i pozostali roześmiali się głośno, a zrozpaczony chłopak odszedł. Zrobiło mi się niedobrze na widok jego żeber widocznych przez skórę. Uświadomiłam sobie, że rozpoznaję go z zeszłej nocy. Wymierzył mi potężnego kopniaka w tułów.

Teraz jednak, gdy na niego spoglądałam, czułam tylko współczucie. Widać było, że robi wszystko, by osiągnąć jakiś status i nie zostać wyrzuconym na ulicę, a to, co przytrafiło się mnie, nie jest jego winą.

Stanęłam mu na drodze. Zatrzymał się jak wryty i spojrzał na mnie z lękiem w oczach.

– Jak się nazywasz? – spytałam.

– Faseek – odpowiedział.

– Weź moją miskę, Faseek. – Wcisnęłam mu ją do ręki. – Ja nie czuję głodu.

Faseek wpatrywał się we mnie przez chwilę, a potem pochylił głowę.

– Dziękuję.

– To było głupie – prychnął Thivan, gdy Faseek uciekł ze zdobyczą. – Teraz to ty będziesz głodny.

Odwróciłam się.

– Nie, wcale nie, Thivan. Bo teraz to ty oddasz mi swoją miskę.

Chłopak zamarł, a ja uśmiechnęłam się, wskazując Parkota, który leżał na ziemi, wciąż nieprzytomny.

– Chyba że chcesz skończyć tak jak tamten?

– Chłopcze, chodź ze mną – rzuciła Tikka, przechodząc obok mnie. Nawet nie zwolniła.

Zjadłam resztkę owsianki i oddałam pustą miskę Thivanowi. Jedno z jego oczu szybko puchło. Z wściekłością łypnął na mnie drugim, ale już wiedział, że lepiej mi się nie sprzeciwiać.

Tikka to emocjonalne określenie, którego Krasjanie używają w stosunku do swoich babć. Nie do końca rozumiałam pozycję tej kobiety w *sharaj*, miałam jednak wrażenie, że mądrze będzie ją traktować, jakby była Mistrzem Ćwiczeń. Zerwałam się więc na równe nogi i ruszyłam za nią. Poprowadziła mnie do kamiennej alkowy, gdzie stała misa z parującą wodą, a obok niej leżały kawałek mydła, złożony ręcznik oraz brzytwa.

– Siadaj. – Tikka wskazała matę na podłodze. Wykonałam polecenie i kątem oka ujrzałam, że staruszka usiadła na ławce obok mnie. Zarzuciła mi ręcznik na ramiona.

Wmasowała ciepłe mydło w skórę mojej głowy, co wydawało się wręcz niebiańskim doznaniem. Napiełam mięśnie, gdy ujęła brzytwę, i wciągnęłam powietrze, czując, jak prowadzi zimne ostrze po skórze.

Byłam przerażona tym odczuciem. Zawsze czułam dumę ze swoich włosów, czarnych i gęstych, lśniących niczym wypolerowany obsydian pancerza skalnego demona, tak ciemnych, że ożywiały je najprostsze nawet ozdoby, i tak długich, że po zapleceniu w warkocze sięgały mojej talii.

Teraz nie było już po nich śladu. Patrzyłam na ostatnie mokre kosmyki, które spadały na ręcznik. Czułam palce Tikki na skórze czaszki, co było obcym dla mnie doznaniem, jednocześnie przyjemnym i zawstydzającym. Odwróciłam głowę i pochyliłam się nad miską, przyglądając się odbiciu w lustrze wody.

Spoglądał na mnie ktoś obcy. Oczy były znajome, ale po utracie włosów cała moja twarz wydawała się inna, tym bardziej że szpeciły ją siniaki oraz opuchlizna. Nie wiedziałam już, kim jestem, lecz księżniczka Olive znikła bez śladu.

Tikka dała mi chwilę, bym się sobie dobrze przyjrzała, a potem odchyliła mi głowę do tyłu i kontynuowała pracę.

– W takiej chwili każdy chłopak przygląda się sobie ze zdziwieniem. Przyzwyczaisz się.

– Nie sądzę, że mam wybór – rzekłam.

– Powinieneś się wepchnąć bliżej czoła – prychnęła Tikka.

– Skąd ten pomysł? – spytałam, spoglądając na nią przez ramię.

Dłonie Tikki okazały się zaskakująco silne, gdy obróciła mi głowę, bym patrzyła do przodu.

– Pierwsze walki o miejsce w kolejce widziałam długo przed twoimi narodzinami, chłopcze. Dobrze wiem, gdy ktoś skrywa swój potencjał.

– Nie było moim zamiarem nikogo skrzywdzić – odpowiedziałam. – Ani okaleczyć Parkota.

– Phi! On by się nie zawahał. – Tikka ścięła kolejną kępkę włosów i strzepnęła ją na ręcznik. – Powinieneś stać za Chadanem i dostawać pełną miskę za każdym razem.

– A czemu nie przed nim?

– Tsss – syknęła Tikka. – Na to nie jesteś gotowy. Nie znajdziesz sojuszników, którzy cię poprą przeciwko niemu. Twoje nazwisko budzi wśród Majah strach i nie jest tak uwielbiane jak jego.

– Wyjaśnił mi to dokładnie zeszłej nocy – wycedziłam przez zaciśnięte zęby.

– To dobrze – powiedziała Tikka. – Teraz wszyscy chłopcy wiedzą, że Chadan cię pokonał. Nie będzie więc musiał się nad tobą znęcać, a nie sprawia mu to aż takiej przyjemności jak innym. Nie ruszy palcem, jeśli rzucisz wyzwanie komuś, kto stoi poniżej niego w hierarchii. Wystarczy więc, jeśli będziesz okazywał mu szacunek, a nie będziesz chodził głodny.

Thivan ostrzegał mnie, by jej nie urazić, nie miałam jednak pojęcia, w jaki sposób można obrazić kobietę, która pozwala dzieciakom głodować. Słyszałam opowieści o żebrakach, ale zawsze wydawały mi się nierealne. Matka, która przeprowadziła swój lud przez nędzę wojny, gotowa była sprzedać własną koronę, by w Zakątku nie było ani jednego pustego brzucha.

„Walcz" – szepnęła Micha, a ja wyrzuciłam z siebie kolejne pytanie:

– Czemu ktokolwiek ma chodzić głodny?

– To akt miłosierdzia. – Dłonie Tikki nie przerywały pracy. – Niektórzy chłopcy nie mają serc wojowników. Lepiej, by żyli jako *khaffit*, niż kończyli w brzuchach demonów.

– Jak najmniejsi i najsłabsi mają się dowiedzieć, czy mają serce wojownika, skoro nigdy nie urosną i nie nabiorą sił?

– Samo serce nie powstrzyma szponów *alagai* – odpowiedziała spokojnie Tikka. – Widziałam przez lata wielu chłopców wchodzących do Labiryntu. Niektórzy wracali zbryzgani krwią jako mężczyźni. Inni, zazwyczaj najmniejsi i najsłabsi, nie wracali nigdy.

– A jeśli umrą na ulicy, żebrząc? – dociekałam.

– *Inevera* – rzekła Tikka, ale w jej oczach ujrzałam, że odpowiedź nie była taka prosta.

– Mogłabyś każdemu dać tyle samo jedzenia, gdybyś chciała.

– Czy chcesz, by Mistrzowie Ćwiczeń zaczęli przyglądać się mnie, a nie chłopcom? – rzuciła Tikka ostro. – Te dzieciaki w kolejce boją się mnie, lecz zapewniam cię, że Chikga nie.

Cóż ze mnie za idiotka! Oskarżałam staruszkę, że nie przeciwstawia się Mistrzom Ćwiczeń, a sama nie miałam na to odwagi.

– Oczywiście, że masz rację, Tikko – powiedziałam. – Wybacz.

Tikka znów prychnęła.

– Nie przypominasz mi innych chłopców. – Podniosła ręcznik pełen odciętych kosmyków. – Pamiętam kilka krótkich lat w zielonych krainach. Wszyscy się zastanawialiśmy, co pomyślałoby o nas pokolenie wychowane wśród zbytków.

– Czy jestem rozczarowaniem? – spytałam, zaskoczona tym, że zależało mi na jej odpowiedzi.

Tikka pokręciła głową.

– Żałuję, że wszystkie nasze dzieci nie mogą żyć w takich warunkach. Póki co jednak jesteś tu i musisz stwardnieć, jeśli chcesz przeżyć.

25

Owsianka

349 ROK PLAGI

Mamy prawo zajrzeć do wychodka przed treningiem. – Thivan odnosił się do mnie teraz z większym szacunkiem, co oznaczało, że podbijając komuś oko, można wiele zdziałać. Byłam przekonana, że zacznie mnie unikać, ale najwidoczniej rozkazy Mistrza Ćwiczeń nadal obowiązywały.

Wychodek nie zapewniał nawet cienia prywatności – był to tylko cuchnący rów, nad którym się stawało lub kucało. Wielu chłopaków się nie krępowało – opuszczali bido do kostek, obejmowali ramionami kolana i stękali głośno.

– Lepiej miej się na baczności przy wychodku – ostrzegł mnie Thivan. – Czasami inni Mistrzowie Ćwiczeń popychają swoich *nie'Sharum* do napaści podczas przerwy na sranie.

– Do napaści? – zdziwiłam się. – A co tu mieliby zdobyć?

– Chwałę! – roześmiał się Thivan. – Jeśli skradną ci bido, twoi bracia długo nie pozwolą ci o tym zapomnieć, a jeśli poślesz kogoś kopem do rowu, sam staniesz się legendą.

Utrzymałam obojętny wyraz twarzy, choć nie przyszło mi to łatwo.

– Wtrącacie się do kloak dla zabawy? Zdajesz sobie w ogóle sprawę z tego, jakich chorób możesz się w ten sposób nabawić?

– Dla słabych nie ma miejsca w Labiryncie! – Thivan wzruszył ramionami. – *Alagai* nie ostrzegają przed atakami. Mistrz Ćwiczeń Chikga mówi, że zawsze musimy być gotowi. Jeśli kogoś przydybie się przy kiblu, cóż... *inevera.*

Wola Everama. Wolą boga było więc to, że chłopców odbierano rodzinom i wrzucano do tego piekła. Że ich bito, głodzono i wystawiano na choroby w ramach testowania męskości na jakąś nieobliczalną skalę.

Mimo to wzięłam sobie radę do serca. Odeszłam od Thivana i pozostałych, by znaleźć dla siebie miejsce. Wstrzymałam oddech, żeby jakoś wytrzymać smród.

Sam pomysł obnażenia się przed kimś jeszcze nie tak dawno stanowił dla mnie uosobienie koszmaru, ale inni chłopcy robili to bez namysłu, a niektórzy nawet rozmawiali wesoło, opróżniając pęcherze. Nie chciałam przyciągać uwagi, opuściłam więc bido i ujęłam przyrodzenie. Nikt na mnie nie patrzył, lecz i tak minęła spora chwila, nim udało mi się należycie odprężyć. Wszystkie mięśnie miałam napięte. Byłam gotowa do walki z każdym, kto znajdzie się w zasięgu, choć przecież czynności fizjologiczne wymagały rozluźnienia.

W końcu udało mi się wysikać, cieszyłam się jednak, że nie zjadłam nic na kolację i niewiele na śniadanie. Nie byłam jeszcze gotowa zdjąć bido. Bałam się, że ktoś ujrzy więcej, niż sobie życzyłam.

Thivan, zaspokoiwszy swoje potrzeby, czekał na mnie w bezpiecznej odległości od rowu. Smród był nie do wytrzymania i nie mogłam już powstrzymać pytania, które cisnęło mi się na usta od chwili, gdy się tu znalazłam.

– Są tu kąpiele?

– A co? Jesteśmy kobietami czy co? – prychnął Thivan. – Idź do komnaty potu, jeśli chcesz się oczyścić.

Nie wiedziałam, co to komnata potu, lecz nie podobało mi się brzmienie tych słów. Miałam ochotę zadać jeszcze parę pytań, kiedy róg Mistrza Ćwiczeń wezwał nas na dziedziniec treningowy. Rozejrzałam się po stających w szeregu chłopakach, aż zauważyłam, że kogoś brakuje.

– A gdzie Chadan?

– Ćwiczy z ojcem i *nie'dama* – wyjaśnił Thivan. – Zostanie *kai*, gdy otrzyma czarne szaty.

To tłumaczyło, dlaczego Chadan tak dalece górował nad pozostałymi i dlaczego był w stanie wykorzystać moją siłę przeciwko mnie. *Dama* od dawna utrzymywali kontrolę nad *Sharum* między innymi dlatego, że zataili tajemnice najpotężniejszych *sharukin*. Jeśli Chadan szkolił się z *dama*, był dużo bardziej niebezpieczny, niż sądziłam.

Reszta z nas podzieliła się na pary, by ćwiczyć układy z porannego treningu. Ja stanęłam naprzeciwko któregoś z mniej znaczących chłopaków z liczącej około dwunastu osób świty Chadana. Miał na imię Menin, zwracał na siebie uwagę wzrostem i najwyraźniej w kolejce po owsiankę znajdował się blisko kotła, bo cechowała go krzepka budowa ciała. Głowę miał ogoloną jak reszta chłopaków, ale jego pierś, ramiona i plecy porastały już włosy. Podobnie jak pozostali nie miał styczności z higieną, przez co straszliwie cuchnął. Gęste kędziory na ciele utrzymywały zapach potu i piżma.

– Założę się, że śliczna była z ciebie dziewczyna – warknął Menin, stając naprzeciwko mnie i czekając, aż Chikga da sygnał. Przyjęłam tę samą postawę.

– Już wolę wyglądać jak kobieta niż jak włochata psia dupa.

Menin skrzywił się, a ja miałam nadzieję, że udało mi się go rozgryźć, bo chwilę później okrzyki Mistrzów Ćwiczeń wyznaczyły początek treningu.

Moje lekcje z Michą opierały się w znacznej mierze na *dama'ting sharusahk*, które cechowały szybkość, elegancja i precyzja. Kapłanki, doskonale znające się na leczeniu i uzdrawianiu, skupiały się na tym, gdzie uderzyć. Wybierały punkty zbieżności, by dobrze wymierzonym ciosem oszołomić, unieruchomić bądź zabić ofiarę. Wybrawszy swój cel, *dama'ting* wypracowywały sytuację, w której przeciwnik owe punkty odsłaniał.

Wtajemniczonym styl *dama'ting* dawał wyraźną przewagę, ale zastosowanie tych umiejętności okazywało się tak trudne, że dla nowicjusza walka w tym stylu przypominała w zasadzie taniec. Lekcje Wondy były bardziej praktyczne. Pokazywała, jak na chłodno wykorzystać własną siłę i rozmaite słabe punkty przeciwnika, by doprowadzić do sytuacji, w której można go pochwycić i zmusić do poddania się.

Jeśli chodzi o filozofię, styl preferowany przez Mistrzów Ćwiczeń Majah przypominał ten, którym posługiwała się Wonda, ale okazywał się o wiele bardziej agresywny. Menin uważnie się osłaniał i nie stwarzał wielu okazji, by można spożytkować jego siłę przeciwko niemu, a jego pięści uderzały we mnie w ogromnym tempie, nieustannie testując moją górną gardę. Z uwagi na dobrą pracę nóg zachowywał też idealną równowagę, dzięki czemu szukał okazji, by wymierzyć mi celne kopnięcie bądź mnie przewrócić.

Ja byłam lżejsza i szybsza. Unikałam jego ciosów przy minimalnym kontakcie, lecz moje pięści nie sięgały celu. Menin blokował je nadgarstkami lub przedramionami, po czym błyskawicznie przechodził do kontrataku. Robił to tak szybko i tak nieustępliwie, iż można było odnieść wrażenie, że ani na moment nie przerywa ataku. Teraz już rozumiałam, dlaczego Parkot zasypał mnie szybką nawałą ciosów, ale podczas gdy Parkot uległ wściekłości, Menin świetnie nad sobą panował, co czyniło go przeciwnikiem o wiele bardziej niebezpiecznym.

Ja jednak miałam za sobą długie lata rywalizacji z Selen, która była wysoka, szybka i bystra. Ruchy Menina wnet stały się dla mnie przewidywalne. Dwukrotnie próbował uderzyć mnie stopą tuż nad kolanem, żeby uszkodzić staw. Za trzecim razem sama podsunęłam mu ten pomysł, a wtedy złapałam go za nogę, gdy uniósł ją do kopnięcia. Usztywniłam jego kolano, ugięłam swoje i zmusiłam go, by padł na ziemię. Gdyby tego nie zrobił, złamałabym mu nogę. Mocno walnął o ziemię, ale nie puszczałam nogi. Wykręcałam ją miarowo, aż Menin nie mógł już tego wytrzymać. Krzyknął i uderzył dłonią o ziemię w akcie poddania się.

– Wstawać! – zawołał Chikga, który przyglądał się starciu z zainteresowaniem, a potem kopnął Menina mocno w żołądek, gdy ten ociągał się z powstaniem. – Tuzin rund wokół placu treningowego za przegraną z *push'ting* półkrwi!

Po takim zwycięstwie nikt z młodszych chłopaków nie miał ochoty na starcie ze mną, przyglądałam się więc walkom starszych. Ci byli szybsi, bardziej pomysłowi i niebezpieczni. Najsilniejszym wojownikiem po Chadanie był Gorvan, który okazał się wrednym brutalem. Jego przeciwnicy kończyli walkę zakrwawieni, a zdarzało się, że Gorvan nie luzował chwytu, choć pokonany kilkakrotnie sygnalizował poddanie się. Najwyraźniej bawiła go dominacja. To on zeszłej nocy uderzył mnie jako pierwszy, gdy Chadan rzucił mnie pozostałym. Śmiał się głośno, waląc mnie raz za razem.

– Broń! – zawołał Chikga, gdy walki dobiegły końca. – Każdy niech łapie za włócznię i tarczę!

Podeszłam do stojaków z drewnianą bronią treningową. Okrągłe tarcze były pozbawione runów, okazały się też cięższe i grubsze od tych, którymi posługiwali się *Sharum*. Włóczniami zaś były sztywne, choć elastyczne kije o ostrzach stępionych dla dobra ćwiczących.

Sięgnęłam po jedną z nich, gdy ktoś nagle odepchnął mnie z taką siłą, że zatoczyłam się na bok, a potem unieruchomił mi kostkę i przewróciłam się na ziemię.

– Ta jest moja, *push'ting*. – Gorvan zabrał włócznię i nachylił się nade mną, czekając na reakcję.

Wszyscy dookoła również znieruchomieli. Chadan wrócił na ćwiczenia z bronią i wyglądało na to, że cały *sharaj* wstrzymał oddech. Po pokonaniu Menina mogłam wepchnąć się do kolejki daleko przed Thivanem, ale nadal za Gorvanem. To starcie mogło mieć wielkie znaczenie, gdy nadejdzie kolacja. Nawet Chikga się przyglądał, choć udawał brak zainteresowania.

Pomimo rad Michy nie miałam zamiaru walczyć dla samej tylko walki. Nie wiedziałam, czy udałoby mi się pokonać Gorvana, a poza tym niewiele można osiągnąć, bijąc się o tanią włócznię ćwiczebną. Wstałam więc, otrzepałam się, wybrałam inną broń i poszłam, by dołączyć do pozostałych chłopców, stojących w szeregu.

Gorvan roześmiał się i splunął w moim kierunku, a Chikga pokręcił głową. Wyczułam jego rozczarowanie, ale było mi to obojętne. Jeśli Chikga naprawdę chciał, byśmy walczyli, mógł ustawić nas teraz naprzeciwko siebie.

– Honor! – krzyknął Mistrz Ćwiczeń, krocząc przed naszym szeregiem. – Chwała! To nie tylko puste słowa! One świadczą o życiu, które toczymy w świetle Everama! O życiu bez lęku! O życiu, w którym wasi bracia wiedzą, że mogą na was polegać, a wy wiecie, że możecie liczyć na nich! Co zrobicie, gdy przyjdzie wam zmierzyć się z *alagai*? Najsłabszy demon piaskowy jest silniejszy od każdego wojownika. Czy staniecie obok człowieka, który uchyla się od przyjęcia wyzwania?

Mówiąc te słowa, Chikga spojrzał na mnie, ja jednak patrzyłam przed siebie. Nie miałam zamiaru dać mu satysfakcji i reagować w jakikolwiek sposób.

Walka włócznią była trudniejsza. Uświadomiłam sobie teraz, jak dalece wzbraniano mi kontaktu z realnym światem. Matka nie życzyła sobie, by ktokolwiek na Uniwersytecie Zielarskim musiał zostać wojownikiem, i uznała, że wystarczą nam lekcje samoobrony. Pod okiem Wondy zawsze walczyłyśmy bez broni. Micha również uznała, że nie jestem jeszcze gotowa, by rozpocząć naukę walki z bronią, choć nie raz obrzucałam arsenał na ścianach sali treningowej tęsknym spojrzeniem.

Znów poczułam falę gniewu na matkę i jej kości. Chcąc mnie chronić, wrzuciła dokładnie do tego pudełka, przed którym mnie ostrzegała, a do tego nie przygotowała mnie na nic.

Rozejrzałam się na obie strony, przyglądając się innym chłopakom, próbując opanować *sharukin* związane z włócznią i tarczą. Ruchy wydawały się niezmiernie proste i płynne, ale było trudno je wprowadzić w życie.

Utrzymanie równego rytmu podczas marszu okazało się łatwiejsze, gdyż to tylko inna forma tańca, lecz subtelne różnice w ustawieniu stóp i całego ciała podczas formowania muru tarcz czy wypadów całkowicie mi umykały.

Gdy trening dobiegł końca, miałam wrażenie, że moje ramiona były jak z ołowiu, a w uszach brzęczało mi od okrzyków Mistrza Ćwiczeń. Z ulgą powitałam przerwę na modły i kolację, lecz widok kolejki po owsiankę nie dodał mi otuchy.

O swój posiłek nie musiałam się obawiać. Mogłabym zająć miejsce Menina, ale ten wpatrywał się we mnie ponurym wzrokiem, gotów do rewanżu. Może i dostałabym więcej owsianki, a nie chciało mi się bić z kimś o kilka kęsów. Zamiast tego stanęłam przed Thivanem.

– Co ty wyczyniasz? – spytał Thivan. – Menin uzna, że się go boisz.

W istocie, wielki *nie'Sharum* prychnął śmiechem i splunął w moim kierunku, a pozostali chłopcy, zajmujący czoło kolejki, poszli w jego ślady. Brali pełne miski od Tikki i odwracali się, przyglądając z rozbawieniem zmaganiom na końcu szeregu czekających.

Poranny posiłek nie pomógł Faseekowi w odzyskaniu pełni sił, niemniej przywrócił mu ducha bojowego. Konir, który stał przed Faseekiem, nie miał z nim szans, ku wielkiej uciesze widzów. Głośnym aplauzem nagrodzili zwycięstwo Faseeka, choć wiedziałam, że to bez znaczenia. Chłopak w tym wieku nie mógł przeżyć długo na kilku kroplach owsianki.

Ci silniejsi również to wiedzieli.

– Wciągnij kolorowe bido i miej już to z głowy! – zawołał Gorvan.

W Krasji tylko *khaffit* nosili publicznie kolorowe bido. Chłopcy stojący za Gorvanem śmiali się, jakby ten opowiedział nie lada dowcip.

Tikka syknęła z dezaprobatą, gdy podeszłam do niej. Kręcąc głową, podała mi napełnioną do połowy miskę. Natychmiast uniosłam ją do ust i przełknęłam zawartość jednym haustem, a potem ruszyłam w kierunku Chadana i jego świty.

Ci przyglądali mi się uważnie, lecz po chwili widzieli już, dokąd zmierzam, i żaden z nich nie rzucił mi wyzwania. Podeszłam do Gorvana i ruchem głowy wskazałam jego pełną miskę.

– Wystarczył jeden posiłek, by Faseek odniósł zwycięstwo. Zobaczmy, jak on i Konir poradzą sobie po tym, gdy podzielą się twoją owsianką.

Gorvan spojrzał na mnie z niedowierzaniem, a potem zaczął warczeć. Uprzedziłam jego reakcję i wyrwałam mu miskę lewą ręką. *Nie'Sharum* odruchowo pociągnął ją ku sobie, ale nie był przygotowany na moją siłę. Nawet nie drgnęłam i Gorvan na moment stracił równowagę. Nie trzeba mi było nic więcej. Walnęłam chłopaka w twarz, łamiąc mu nos z głośnym trzaskiem. Trysnęła krew i Gorvan puścił miskę. Oszołomiony, zatoczył się do tyłu i po kilku krokach wylądował na tyłku.

Zerknęłam na pozostałych, lecz nikt nie kwapił się, by stanąć w obronie Gorvana. Odwróciłam się ku Chadanowi, ale on, zgodnie z tym, co powiedziała Tikka, nie zwykł rzucać wyzwania komuś słabszemu od siebie. Nie Ka niczego by nie zyskał, tocząc ze mną walkę po raz drugi. Wykrzywił lekko usta, co mogłabym uznać za stłumiony uśmieszek, i nagrodził mnie oszczędnym skinieniem głowy.

Gorvan leżał na ziemi i nadal trzymał się za nos. Nie jęczał ani nie skamlał, ale też nie wydawał się gotowy do rewanżu. Mniej doświadczony wojownik mógłby chcieć odzyskać nieco urażonej dumy i rzucić się do dzikiego ataku, jednak Gorvan był zaprawiony w walce i wiedział, że nie miałby ze mną szans z gwiazdkami pląsającymi mu przed oczami. Odwróciłam się od niego i ruszyłam w stronę końca kolejki.

Na kłykciach miałam krew Gorvana. Kilka kropel ściekło na owsiankę, ale Konirowi to nie przeszkodziło. Z radością wziął ode mnie miskę. Faseek, który stoczył zaciętą walkę o symboliczny kęs więcej, spoglądał nań głodnym wzrokiem i przypuszczalnie żałował swego wysiłku.

Wbiłam wzrok w Konira, a ten natychmiast pochylił głowę.

– Oddaj połowę porcji Faseekowi.

– Tak, książę Olive. – Konir spełnił rozkaz bez wahania. Pół miski to i tak o wiele więcej, niż którykolwiek z nich mógłby mieć nadzieję zdobyć samodzielnie. Zerknęłam na Mistrzów Ćwiczeń. Wszyscy mi się przyglądali, ale nikt, nawet Chikga, się nie mieszał.

Wróciliśmy do koszar, a ja przypomniałam sobie przenikliwe zimno, które panowało tu zeszłej nocy. Nie miałam ochoty znów przez to przechodzić, ale nie widziałam innego wyjścia. Przyjrzałam się nielicznym kocom i chłopakom kulącym się pod nimi. Mogłabym spróbować odebrać jeden z nich, ale oznaczałoby to walkę z dwoma, trzema silniejszymi przeciwnikami jednocześnie. Może i bym wygrała, ale czy udałoby mi się wyspać w jednym pomieszczeniu z żądnymi zemsty rywalami? Reszta *nie'Sharum* tuliła się do siebie w grupach po kilku, ale żadna z nich nie wydawała mi się szczególnie pociągająca. Zrobiłam sobie wielu wrogów wśród Majah i jak do tej pory nie zawarłam żadnych przyjaźni.

Nagle rozległ się gwar szeptów. Odwróciłam się i ujrzałam Gorvana, który wracał z pawilonu *dama'ting*. Miał czarne sińce pod oczami i opatrunek na nosie. Wpatrywał się we mnie z otwartą nienawiścią, ale nie podszedł. Zadałam sobie w myślach pytanie, czy nie obudzę się w nocy z jego dłońmi zaciśniętymi na szyi. Byłam od niego silniejsza, ale nie sądziłam, bym mogła to wykorzystać, jeśli będzie miał przewagę. Co więcej, udało mi się go zaskoczyć, a wiedziałam, na co go stać. W uczciwym starciu przysporzyłby mi nie lada kłopotów i nie sądziłam, by poprzestał na złamaniu mi nosa, gdyby nade mną górował.

Rozejrzałam się po pomieszczeniu, szukając łatwego do obrony miejsca, gdzie mogłabym się schronić na noc, lecz te najlepsze już do kogoś należały. Byłam gotowa walczyć, by nie umrzeć z głodu, ale nie chciałam się bić o byle kąt. Przecież i tak by mnie otoczyli mnie w nocy, gdyby tylko chcieli.

– Książę Olive?

Odwróciłam się i ujrzałam stojącego przede mną Faseeka. Wykręcał dłonie z zażenowania, w końcu udało mu się spojrzeć mi w oczy.

– W nocy będzie zimno. Możesz spać z nami, jeśli chcesz.

Wskazał grupkę chłopaków, wśród których znajdował się też Konir. Wszyscy mieli zapadłe oczy typowe dla niedożywionych dzieciaków, i rozpoznałam tych, którzy zajmowali tył kolejki. Zeszłej nocy każdy z nich zdołał wymierzyć mi kopa, a dziś oferowali miejsce do spania?

– Możesz się oprzeć o ścianę – mówił Faseek. – Na niewiele się przydamy, jeśli Gorvan czy pozostali rzucą się na ciebie, ale przynajmniej nie zostaniesz zaskoczony.

Matka zawsze była pacyfistką. Zwykła mawiać, że uprzejmość i dyplomacja rozwiązują o wiele więcej problemów niż włócznie. Nie byłam na tyle naiwna, by w pełni zaufać tym chłopakom, niemniej wydawali się szczerzy, a ja nie miałam wielu opcji.

– Dziękuję.

Czułam się dziwnie, leżąc wśród nich. Nigdy nie spałam z nikim innym, nie mówiąc już o kilku chłopakach w przepaskach biodrowych, cuchnących potem i brudem. Sama zapewne nie pachniałam lepiej, a w miarę jak ziemia stygła, zaczęło mi brakować ciepła. Z początku siedziałam oparta plecami o ścianę, wkrótce zimno zmusiło mnie, bym wpełzła głębiej między chłopców.

Sen pojawiał się i znikał. Martwiłam się o Michę. Myślałam o tym, co Selen i Darin pomyśleli sobie po przeczytaniu fałszywego listu. Generał bez wątpienia wypuścił Posłańca do matki. Czy właśnie skrzykiwał armię, by po mnie wyruszyć? Mogłoby wtedy dojść do rozlewu krwi. Ile ludzkich żywotów warta była moja wolność?

Obudziłam się nagle w środku nocy, spięta i zdenerwowana. Po chwili dotarły do mnie jakieś dźwięki. Zastanawiałam się, jak szybko udałoby mi się wydostać z tej plątaniny ciał i poderwać na nogi, gdy uświadomiłam sobie, że to odgłos pocałunków dwóch chłopaków blisko mnie.

Nikt nie zareagował, więc ja również ani drgnęłam. Wsłuchiwałam się w ciszę nocy, lecz nie wychwyciłam niczego, co mogłoby się kojarzyć z zagrożeniem. Co ciekawe, rozglądając się wśród ciał pochrapujących, niekiedy poruszających się *nie'Sharum*, wyłapałam jeszcze kilka par w uściskach. Wyglądało na to, że dzielą się czymś więcej niż tylko ciepłem.

Nie mogłam ich winić. Ci, którzy stali na tyłach kolejki po owsiankę, nie mogli liczyć na wiele pociechy w tym przeklętym przez Otchłań miejscu. Brali więc wszystko, co się dało.

Obudziłam się jeszcze parokrotnie, lecz z nadejściem poranka zerwałam się pełna sił. Strupy na plecach zaczynały mi już odpadać, a siniaki znikały.

Modły oraz *sharusahk* przebiegały wedle tego samego porządku. Moje układy prezentowały się dziś lepiej, wciąż jednak przyzwyczajałam się do zmian w stylu i wiedziałam, że wyróżniałam się zarówno dla Mistrza Ćwiczeń, jak i pozostałych uczniów. A wiedziałam, że im szybciej wtopię się w tłum, tym lepiej.

Podczas śniadania szybko pochłonęłam owsiankę i znów podeszłam do Gorvana. Poprzedniego dnia pokonałam go dzięki zaskoczeniu, dziś jednak już nie mogłam na to liczyć. Musiałam mu spuścić porządny łomot. W przeciwnym razie mógł mi dalej zagrażać.

Gorvan, choć miał opatrunek na nosie, wydawał się gotów do walki. Spodziewałam się, że pospiesznie zje owsiankę lub odłoży miskę na bok, zamiast tego *nie'Sharum* demonstracyjnie wylał ją na ziemię.

– Wolę, żeby moja porcja wsiąkła w ziemię, mieszańcu, niż miałby ją wychłeptać jakiś gówniarz, któremu i tak pisana jest rola *khaffit*.

Tikka syknęła na widok zmarnowanego jedzenia, a rozwścieczony Chikga zerwał się na równe nogi, ale nie dałam im czasu na reakcję. Niespodziewanie rzuciłam się do błyskawicznego działania.

Gorvan był tym razem przygotowany, a ja należycie doceniłam jego możliwości. Zrobił unik i uderzył z boku, a ja przetoczyłam się, unikając jego ciosu, by wbić mu kolano w żołądek. Gorvan uniósł łydkę, by zablokować cios, po czym walnął mnie na odlew w podbródek. Uderzenie było tak silne, że przygryzłam sobie język. Czując krew wzbierającą w ustach, zatoczyłam się w tył, a Gorvan rzucił się naprzód, by wykorzystać przewagę. Zasypał mnie gradem ciosów, których nie sposób było wychwycić jeden po drugim. Mogłam tylko zasłonić głowę i przyjmować przynajmniej większość z nich na bicepsy i ramiona. Jeden z ciosów trafił mnie w żebra i wybił powietrze z płuc. W mojej gardzie powstała szpara i Gorvan wykorzystał sposobność, posyłając mi dwa szybkie haki.

Był przekonany, że osiągnął przewagę, ale zgubiła go pewność siebie, przez co zwlekał z odsunięciem się. To mi wystarczyło, by złapać chłopaka za kark i przyciągnąć do zwarcia. Gorvan złapał mnie identycznym chwytem i naparł czołem na moje, a ja wykorzystałam tę pozycję, by poprawić własną postawę. Teraz o przebiegu starcia miała zadecydować siła fizyczna – Gorvan był cięższy, ale górowałam siłą. Napierał i próbował przewrócić mnie na ziemię, ale nie dawał rady, a w jego oczach błysnął strach.

Z głośnym warknięciem kopnęłam go w kolano, które ugięło się pod nim. Obróciłam się gwałtownie, oderwałam Gorvana od ziemi i rzuciłam na plecy. Złapałam jego ramię i wykręciłam do tyłu.

– Zostałeś pokonany – wycharczałam, a krew ściekała mi z ust. – Poddaj się albo złamię ci rękę.

– Prędzej Nie mnie pochłonie, niż poddam się *push'ting* z zieloną krwią – wycedził Gorvan przez zaciśnięte zęby.

Nacisnęłam mocniej, a Gorvan wbrew własnej woli krzyknął z bólu.

– Poddaj się – powtórzyłam. – Póki zostało ci jeszcze trochę godności!

To były pierwsze słowa, które chyba do niego dotarły. Gorvan uderzył dłonią o ziemię, a ja natychmiast odstąpiłam i poderwałam się na nogi. Odwróciłam się w stronę Montidahra, który stał w kolejce za Gorvanem.

– Oddaj swoją miskę Konirowi i Faseekowi.

Montidahr długo się we mnie wpatrywał. W jednej dłoni trzymał miskę, drugą zaciskał w pięść. Zerknął na Gorvana, wciąż leżącego na ziemi, a gdy znów spojrzał na mnie, obnażyłam zęby, gotowa również rozłożyć i jego, jeśli będzie trzeba.

Montidahr dostrzegł we mnie zdecydowanie i wypuścił powietrze z płuc. Najwyraźniej uszła z niego gotowość do walki. Kiwnął głową i poszedł na koniec kolejki, gdzie przelał swoją porcję do misek obu mniejszych chłopców.

Spodziewałam się, że ta chwila przyniesie mi ulgę, ale gniew i adrenalina nadal we mnie buzowały i aż się prosiły, by je uwolnić. Przecież nie mogłam robić tego codziennie.

– Nikt nie będzie głodował! – wykrzyczałam, spoglądając na pozostałych *nie'Sharum*. – Mistrzowie Ćwiczeń opowiadają nam o honorze, ale odwracają głowy, gdy znęcamy się nad słabymi. Chcą, byśmy kłamali, kradli, oszukiwali i znęcali się nad innymi, bo myślą, że staniemy się w ten sposób silniejsi, ale to żaden powód do dumy, gdy sami się objadamy ponad miarę, a nasi bracia cierpią głód! Zagarniając jedzenie dla siebie, osłabiamy całą grupę! Być może komuś z nas rzeczywiście brakuje sił, by stać się wojownikiem, ale niech to wyjdzie na jaw podczas treningów, a nie w porze posiłków!

Nie'Sharum przyjęli moje słowa na różne sposoby. Silniejsi chłopcy skrzywili się, a słabsi pokiwali głowami. Rozglądałam się to w jedną, to w drugą stronę, wciąż spięta, wciąż gotowa na kolejne wyzwanie. Nikt jednak nie miał odwagi, by stanąć ze mną do walki, a wtedy spojrzałam na Chadana. Nie Ka uśmiechnął się do mnie lekko. Nie mogłam go zmusić, by oddał mi miskę, i on dobrze o tym wiedział. Spojrzenie Tikki było neutralne i zdystansowane. Miałam wrażenie, że kiwnęła mi ledwie dostrzegalnie głową, ale równie dobrze mogło mi się wydawać.

W końcu odwróciłam się w stronę Mistrza Ćwiczeń. Potężny Chikga spoglądał na mnie wściekłym spojrzeniem, a ja nie byłam na tyle głupia, by myśleć, że mogłabym mu dorównać. Ruszył ku mnie krokiem równie lekkim i czujnym jak zamachowcy, którzy wdarli się do pałacu matki. Z trudem opanowałam odruch cofnięcia się.

„Walcz" – szepnęła Micha. „Oni nie uszanują niczego innego".

Przyszykowałam się na najgorsze w nadziei, że uda mi się zasłużyć na choć odrobinę szacunku, zanim Mistrz mnie znokautuje, ale ten zatrzymał się przy Gorvanie, złapał go za ramię i obrócił tak, że chłopak wylądował twarzą w kałuży owsianki, którą wylał na ziemię.

– Nie marnujemy jedzenia, psie – warknął Chikga. – Jedz.

Drugi dzień nie różnił się wiele od pierwszego. Pozwoliłam, by silniejsi chłopcy dokończyli śniadanie, i oszczędzałam siły na wieczór. Mistrzowie Ćwiczeń nie próbowali ukarać mnie za słowa, ale nie wybaczali mi złego ustawienia stóp czy braku doświadczenia w walce włócznią. Parokrotnie musiałam obiegać dziedziniec za karę albo wykonywać jakieś poślednie zadania, w których trakcie miałam przemyśleć swoje błędy, ale po prawdzie wolałam ostre słowa i karne zadania od pełnych rozczarowania spojrzeń matki i jej nużących kazań.

Nadeszła pora kolacji, a ja znów byłam obolała i wyczerpana. Mój język, wielokrotnie przegryziony, spuchł i promieniał bólem, a mnie pocieszało tylko to, że nie musiałam niczego żuć. Stałam w kolejce za Gorvanem i nikt, nawet on sam, nie rzucał mi wyzwania. Nie Ka przyglądał mi się w poszukiwaniu zagrożenia.

„Walcz".

Może i byłam zmęczona, ale silniejsza niż pierwszej nocy. Gdybym wyzwała Chadana i zwyciężyła, nikt nie podważyłby mojej władzy nad całą kolejką, za to gdybym przegrała...

Nie bałam się go, ale nie łudziłam się i wiedziałam, że Chadan zdecydowanie nade mną górował. Gdybym doprowadziła do zwycięstwa, kosztowałoby mnie ono wiele i bez wątpienia zmagalibyśmy się do chwili, gdy jedno z nas się podda.

Bezczynność miała też liczne wady. Gdybym nie rzuciła Chadanowi wyzwania, inni poczytaliby to za słabość.

Tikka ostrzegła mnie, że mój ród nie cieszył się tu popularnością. Nawet zwycięstwo w tym starciu mogłoby mnie sporo kosztować. Jak zareagowaliby Mistrzowie Ćwiczeń Majah, gdyby książę Kaji pokonał dziedzica do ich Tronu z Czaszek? Jak zareagowałby *Damaji* na wieść o tym, że zajęłam miejsce jego wnuka?

Chadan przyglądał mi się ze spokojnym opanowaniem. Był gotów do walki, ale nie palił się do niej. Nie sądziłam, by kierował nim lęk, wręcz przeciwnie, miałam wrażenie, że przenika mnie spojrzeniem i rozgryza moje wątpliwości. Wiedział, że ma nade mną każdą przewagę.

Wreszcie uznał, że nie będę rzucała się do walki. Nie patrząc mu w oczy, stanęłam w kolejce, a Chadan uśmiechnął się, uznając to za zwycięstwo.

– Co poczniesz, gdy otrzymasz pełną miskę?

– Podzielę się nią – odpowiedziałam bez wahania. – Nikt nie będzie głodował.

Usłyszałam za sobą szamotaninę. Odwróciliśmy się i ujrzeliśmy Faseeka, który tarzał się po ziemi z Levanem, większym od niego chłopakiem, który stał trzy miejsca bliżej kotła. Levan okładał Faseeka pięściami, a ja nagle uświadomiłam sobie, że już idę w ich kierunku.

Chadan położył mi rękę na ramieniu i zatrzymał mnie.

– Nie przyniesiesz Faseekowi chwały, przychodząc mu z pomocą. To on ma tu przewagę. Patrz.

Przyjrzałam się uważniej i dostrzegłam, że Nie Ka ma rację. Ciosy Levana brały się z rozpaczy i z każdą chwilą słabły, a Faseek godził się na nie, jednocześnie zaciskając dłonie na gardle rywala i odcinając mu dopływ krwi do mózgu.

Twarz Levana nabrała fioletowego odcienia. Uniósł rękę, by zadać ostatnie uderzenie, w które nie włożył już serca, ale rozmyślił się i klepnął Faseeka po ramieniu na znak poddania się. Faseek puścił Levana i zajął jego miejsce, podczas gdy ten dalej leżał w pyle i rzęził.

Tikka niecierpliwie zatłukła chochlą o garnek i Chadan odwrócił się ku niej. Zerknął raz jeszcze przez ramię na Faseeka i Levana, a potem podszedł do garnka.

– Poproszę dziś połowę porcji, Tikko.

Ta zignorowała go i nalała mu owsianki aż po brzegi.

– Porcja to porcja, chłopcze. Jeśli chcesz okazać szlachetność, przelej komuś, ile chcesz.

– Oczywiście, Tikko. – Chadan ukłonił się z szacunkiem i wziął drugą miskę. Wlał w nią połowę swojej porcji i podszedł do Levana. Ukucnął, by postawić miskę obok dzieciaka. Gdy wstał, rozejrzał się po reszcie kolejki.

– Każdy, kto tknie porcję Levana, odpowie przede mną – rzekł, a potem odwrócił się do mnie i mrugnął. – Nikt nie będzie głodował.

26

Broń

349 ROK PLAGI

Trzymałam kolana razem, gdy Thivan jeździł skrobaczką po moich plecach w komnacie potu. Niewiele tu było światła i nie wydawało mi się, by którykolwiek z tych chłopaków widział wcześniej kobietę bez ubrania, ale mimo to bałam się, że ktoś spostrzeże, iż różnię się od innych, a wtedy wieści poniosą się dalej.

Tydzień wcześniej miałam miesiączkę. Całkiem straciłam poczucie czasu i nagle poczułam, że zaczynam krwawić. Na szczęście toczyłam właśnie pojedynek z Gorvanem, który szukał okazji, by odzyskać dumę. Jego nos już zaczynał się goić, ale rąbnęłam go w niego po raz drugi, okrwawiając sobie pięść. Gdy *nie'Sharum* padł na ziemię, demonstracyjnie wytarłam dłoń w bido.

Tikka syknęła, gdy ujrzała zakrwawione bido, i posłała mnie, bym założyła świeże. Podczas przebierania ukradłam jeszcze jedno, a potem podarłam je na paski, by móc krwawić w nie do końca miesiączki. Niewiele brakowało, by ktoś zwrócił uwagę, a to przecież nie koniec nerwów. Okres pojawiał się zawsze, gdy o nim zapominałam.

Co by się stało, gdyby Belina, Chavis czy *Damaji* Aleveran poznali prawdę? Święta księga Evejah przydzielała wiele praw mężczyznom i dużo mniej kobietom. Wytyczała też granicę między obowiązkami obu płci – kobiety otrzymywały ich znacznie więcej, by mężczyźni mogli poświęcić się walce.

Tu i ówdzie pojawiały się tam też wzmianki o *push'ting*. Słowo to odnosiło się zarówno do kobiet, jak i mężczyzn i księga czasami potępiała tych, którzy byli tak rozmiłowani w przedstawicielach własnej płci, że nie chcieli się rozmnażać. Pojawiały się też osobliwe opowieści o mężczyznach żyjących jako kobiety czy też kobietach wdziewających zbroje i zostających wojownikami.

Nie było jednak ani w Evejah, ani w Kanonie Opiekunów nawet słowa o ludziach takich jak ja. Matka znalazła wzmianki o dwupłciowych dzieciach w zatęchłych dziennikach Zielarek i tekstach medycznych ze starego świata, minęło jednak sporo czasu, zanim znalazła Zielarki, które naprawdę zetknęły się z podobnymi przypadkami.

Żaden nie przypominał mnie – zachowywałam bowiem idealne proporcje między płciami, nigdy nie miałam problemów ze zdrowiem, a zdaniem matki mogłam się rozmnażać zarówno jako mężczyzna, jak i kobieta. Gromadząc swoją wiedzę, matka nigdzie nie natknęła się na przypadek taki jak mój.

Czy wśród Majah byli jacyś dwupłciowi? Możliwe, choć przypuszczalnie woleli się ukrywać, podobnie jak ja. Każde plemię interpretowało święte teksty na własny sposób. Któż może wiedzieć, co Majah by sobie o mnie pomyśleli? Wolałam spodziewać się najgorszego, a zawsze miałam bujną wyobraźnię. Nie sądziłam, by zaakceptowano taką odmienność nawet w Zakątku, bez względu na to, co mówiła babcia.

Konir wylał chochlą wodę na gorące kamienie w centrum komnaty, a ja odetchnęłam głęboko, gdy rozległ się kojący syk i pomieszczenie wypełniła para. To nie to samo co kąpiel. Brakowało mi długich, gorących sesji w wannie, od których marszczyła mi się skóra na palcach u rąk i nóg. Tęskniłam za wonnymi mydełkami i szczotkami do skóry. Chciałabym usłyszeć śpiew Michy, która mydliła mi włosy.

Komnata potu nie okazała się jednak tak nieprzyjemnym miejscem, jak się obawiałam. W suchym klimacie Krasji nawilżenie powietrza parą, która wnikała w ciało aż do kości, wydawało się wielkim luksusem. Pot usuwał pył i trud dnia równie skutecznie jak mydło, a skrobaczka, zrywając warstwy brudu, masowała jednocześnie mięśnie.

A co więcej, panował tu spokój. Dziedziniec i koszary były pełne wrzasków i walki o dominację, lecz komnatą potu rządziła cisza. Chłopcy odzywali się rzadko, a jeśli już, czynili to przyciszonymi głosami. Chadan i kilku innych uprawiało tu medytację.

Nie'Sharum rzadko zdejmowali bido, ale nikt tutaj nie przejmował się nagością. Próbowałam się nie gapić, ale tak jak oni jeszcze nigdy nie widzieli nagiej kobiety, ja nigdy nie przyglądałam się nagim chłopakom. Ów widok nie budził we mnie niechęci. Mogłam sobie tylko wyobrazić, co powiedziałaby Selen, gdyby się tu znalazła. Nasz trening był surowy, a *nie'Sharum* byli... sprawni.

Nawet Konir i Faseek przybrali na wadze od czasu, gdy zaczęliśmy dzielić się jedzeniem. Gdy ujrzałam tych chłopców, niewiele ich dzieliło od wyrzucenia z *sharaj*, a teraz nie mieli powodów, by na cokolwiek narzekać. Nadal trwały walki o pozycję, bo silniejsi chłopcy dostawali większe porcje, ale nawet ci z tyłu kolejki mogli liczyć na pół miski. Faseek dzięki kilku starciom przesunął się bliżej ku czołu i otrzymywał niemal pełną porcję, lecz bez wahania dzielił się nią z innymi, gdy nadchodziła jego kolej. Konir stał dalej za nim, ale nie zajmował już tyłu.

Podobnie jak w koszarach za dnia, niektórzy chłopcy pozwalali sobie na nieco intymności. Widziałam pocałunki i pieszczoty podczas zabiegów pielęgnacyjnych, jednak nawet Mistrzowie Ćwiczeń nie zwracali na to uwagi. Wyglądało na to, że trzeba czegoś więcej niż kilka buziaków, by zostać *push'ting*.

– Dość – zawołał Chikga z rogu, w którym zasiadał, krzyżując nogi, pogrążony w medytacji. Był nagi, jeśli nie liczyć ręcznika na kolanach. Grube kosmyki włosów opadały na ciało, które wydawało się składać w całości z mięśni i blizn. – Za dwa dni nadchodzi Nów. Zostaniecie odesłani do ojców, by mogli was ocenić, zanim sami udadzą się w najciemniejszą noc. Jutro zostaniecie więc poddani testowi, byście mogli się wykazać. Odpoczywajcie, póki możecie.

Nie zapadł jeszcze zmierzch, gdy wyszliśmy z komnaty potu, a ciepłe powietrze wieczoru chłodziło wilgotną skórę. W środku było o wiele goręcej niż na placu w południe.

– Dołącz do nas – zaproponował Montidahr, który kładł się spać z Meninem. Mieli koc, więc oferta wydawała się hojna, choć z drugiej strony wiedzieli, że mogłabym im go odebrać, gdybym tylko chciała. Dorównywałam każdemu z nich już w chwili przybycia do *sharaj*, a przez ostatnie tygodnie wiele się nauczyłam. Walczyłam z wszystkimi chłopakami i poznałam ich sztuczki oraz zwyczaje. Nie wiedziałam jedynie nic o Chadanie, który nadal ćwiczył wraz z *dama*.

– Zaszczycacie mnie – odparłam – ale wystarcza mi ciepło innych.

Z zaskoczeniem skonstatowałam, że mówię poważnie. Faseek oraz inni młodsi chłopcy stali się moimi lojalnymi poplecznikami od czasu, gdy pomogłam im napełnić brzuchy. Przyzwyczaiłam się w nocy do ich ciepła, które zaczęło przynosić mi otuchę, i zaczynałam się zastanawiać, czy byłabym w stanie sama zasnąć na podłodze, nawet gdybym miała koc. Moje puchowe łóżko w Zakątku Rębaczy, na którym zmieściłoby się pół tuzina *nie'Sharum*, stawało się coraz słabszym wspomnieniem.

Po śniadaniu zostaliśmy zaprowadzeni do jednego z niskich budynków z gliny na dziedzińcu treningowym, gdzie czekał na nas Mistrz Amaj. Każdy Mistrz Ćwiczeń specjalizował się w czymś innym i odwiedziliśmy ich kolejno, ucząc się technik władania rozmaitą bronią.

– Pięści może i przydadzą się w walce o miejsce w kolejce, ale za uderzenie *alagai* gołą ręką zapłacicie słoną cenę – powiedział Amaj i zdjął zwieńczoną pazurami metalową rękawicę z muskularnego ramienia. Jego nadgarstek wieńczyła plątanina blizn wyblakłych na skutek upływu czasu. – Musicie więc nauczyć się korzystać z innej broni. Rekaj, wystąp.

Rekaj był najsłabszym z *nie'Sharum* pełnej krwi i na ogół zajmował ostatnie miejsce w kolejce. Nie był tchórzem, po prostu brakowało mu agresji. Wolał się bronić, niż atakować, za co zapłacił już nie raz. Wszyscy teraz porządnie się odżywialiśmy, lecz dobrze wiedzieliśmy, że Mistrzowie Ćwiczeń nadal mogą wygnać najsłabszych z nas i skazać na los *khaffit*. Zastanawiałam się, ile czasu ma jeszcze Rekaj, by udowodnić swoją wartość.

– To prosty test. – Amaj wskazał ciemne wejście do budynku. – Wejdź do środka, poszukaj jakiejś broni, obroń się i przebij do tamtego wyjścia.

Zaprezentował drzwi na przeciwległej ścianie budynku.

– Proste – prychnął Thivan. – Ze wszystkich rzeczy na świecie Mistrzowie Ćwiczeń najbardziej uwielbiają posyłanie nas do domów w bandażach i siniakach, by nasi ojcowie wiedzieli, że robią z nas prawdziwych mężczyzn.

Rekaj wydawał się równie sceptycznie nastawiony, ale nie zawahał się. Wspiął się po schodach i ostrożnie wszedł do środka, trzymając pięści w gotowości do walki.

Przez chwilę nie było niczego słychać. *Nie'Sharum* wstrzymali oddechy i czekali, aż nagle rozległ się jakiś rumor i dobiegł krzyk Rekaja. Napięłam mięśnie, bo miałam wielką ochotę skoczyć mu na pomoc, ale nie byłam na tyle głupia, by przeszkodzić w teście. Moment później Rekaj wypadł przez te same drzwi, przez które wszedł, a chłopcy dookoła niego zaczęli szydzić i śmiać się.

Mistrz Ćwiczeń podniósł Rekaja szarpnięciem. Na twarzy chłopaka widać było krew, jedno oko opuchło, a na ciele już tworzyły się obrzęki.

– Konir! – zawołał Amaj. – Jesteś następny!

Konir zamarł, a ja zobaczyłam kropelki potu na jego ogolonej czaszce. Położyłam mu rękę na ramieniu.

– Dasz sobie radę.

Kiwnął głową, lecz do środka wszedł przygarbiony, jak ktoś idący po karę, a nie ktoś, kto ma zostać poddany sprawdzianowi. I w rzeczy samej, wypadł ze środka jeszcze szybciej od Rekaja, trzymając się za nogę, która szybko nabierała fioletowej barwy.

– Dziś wraca na koniec kolejki! – zaśmiał się Gorvan, a wielu innych poszło w jego ślady, choć niejeden miał zmartwioną minę. Co się kryło w tej chacie?

Każdy z nas wchodził tam po kolei. Niektórym udawało się przetrwać dłużej – słyszeliśmy odgłosy szamotaniny z głębi budynku – ale żaden nie dotarł do przeciwległych drzwi. Wszyscy wyskakiwali na zewnątrz posiniaczeni i pokrwawieni.

Każdą następną porażkę kwitowały coraz to głośniejsze szyderstwa ze strony tych, którzy dopiero mieli wejść do środka, co było oznaką narastającego napięcia. Chłopcy, którzy zostali już przetestowani, trzymani byli na uboczu, ale oni również wrzeszczeli i wyli, gdy wylatywał ich towarzysz z *sharaj*. Być może to wcale nie było okrucieństwo, jak z początku sądziłam. Jeśli wszyscy poniosą porażkę, ów test okaże się po prostu rytuałem przejścia.

Gdy ze środka wyskoczył Gorvan z twarzą purpurową od siniaków, mój żołądek ścisnął się w węzeł. Przypomniałam sobie, że przecież trwa dzień i to coś w środku musi być człowiekiem, a nie otchłańcem, ale nie pomogło mi to w rozluźnieniu mięśni.

– Książę Olive! – rzekł drwiąco Amaj i wskazał mnie.

Przełknęłam kluchę w gardle i ruszyłam naprzód. Aleveran obiecał, że podczas Nowiu zobaczę się z Michą. Nie wiedziałam, co się kryło w tej chacie, stało jednak między mną a moją siostrą i nie będę się przed tym czymś chowała.

– Olive! – krzyknął Faseek, a pozostali chłopcy, z którymi spałam, podjęli okrzyk:

– Olive! Olive! Olive!

Ich skandowanie nie ukoiło moich nerwów, gdy zbliżałam się do drzwi.

– Wejdź do środka. Znajdź jakąś broń i przebij się do wyjścia! – przypomniał mi kąśliwym głosem Amaj, gdy przechodziłam obok niego. W miarę jak doskonaliłam swoje umiejętności, Chikga przestał się nade mną znęcać, za to pozostali Mistrzowie bynajmniej się nie krępowali.

Przez niezaciągnięte do końca kotary do wnętrza wnikało słabe światło, które nie pozwalało dojrzeć wielu szczegółów. Na środku zobaczyłam prostokątny, drewniany stół, który sięgał mi do pasa, zewsząd otoczony ławami. Rolę podłogi pełniła gliniana polepa. W pierwszym pomieszczeniu nie widziałam niczego, co przypominałoby broń – lub kojarzyłoby się z zagrożeniem, skierowałam się więc ku przeciwległym drzwiom, przypuszczalnie prowadzącym do korytarza.

Gdy byłam mniej więcej w połowie drogi, z półmroku wyłoniły się dwie postacie w szarych szatach. Miały turbany, a ich twarze zasłonięte były woalkami. Rozmiarami nie przypominali wojowników, których widziałam na dziedzińcu podczas ćwiczeń. Może byli to starsi uczniowie z innego *sharaj*? Każdy trzymał solidną pałkę.

Zrozumiałam, o co chodziło Mistrzowi Ćwiczeń. Jeśli chciałam mieć broń, musiałam ją któremuś odebrać.

Kiedy pierwszy napastnik zamachnął się na mnie, uskoczyłam w bok, oparłam stopę na ławce i odbiłam się, by dodać siły uderzeniu. Uderzyłam go prosto w głowę.

Moja pięść trafiła w hełm zamaskowany pod turbanem. Wykrzyknęłam z bólu i wylądowałam niezgrabnie, tuląc rękę do piersi. Drugi z napastników przyłożył mi po plecach pałką.

Odtoczyłam się poza zasięg, odruchowo zaciskając dłoń. Nie została złamana, choć mało brakowało. Palce przeszywał straszliwy ból, ale mogłam nimi władać. Obaj napastnicy rzucili się na mnie ponownie.

Złapałam jednego za nadgarstek i szarpnięciem posłałam go na drugiego, czym pokrzyżowałam mu plan ataku. Drugą ręką chwyciłam za pałkę, ugięłam kolana i obróciłam ciało, by rzucić przeciwnikiem o ziemię i jednocześnie przejąć jego broń.

Rzut wyszedł mi idealnie, jednak zamiast wyrwać napastnikowi broń, sama straciłam równowagę. Dopiero wtedy uświadomiłam sobie, że pałka została przymocowana do jego ręki, by nikomu nie udało się go rozbroić.

„Znajdź broń".

Rozejrzałam się bezradnie. Kotary związano cienkim drutem. Gdyby udało mi się tam dotrzeć, być może zdołałabym wykorzystać go w charakterze broni, tylko na co miałby mi się przydać w starciu z przeciwnikiem w pancerzu?

Zablokowałam cios pałką drugiego przeciwnika przedramieniem, choć mało brakowało, by ten pogruchotał mi przy tym kości. Odepchnęłam go kopnięciem, żeby zyskać trochę przestrzeni, ale moja stopa, podobnie jak wcześniej ręka, uderzyła w pancerz.

Napastnik odtoczył się, a ja próbowałam odzyskać równowagę, utykając. Na szczęście stopa przetrwała konfrontację bez uszczerbku, choć bardzo bolała. Mój przeciwnik ze stęknięciem bólu wpadł na stół, a ja nagle wszystko zrozumiałam.

Złapałam ławę stojącą przy krótszym boku stołu, uniosłam ją jak tarczę i rzuciłam się na pierwszego przeciwnika, który właśnie się podnosił. Zagoniłam go ku ścianie i celnym uderzeniem wybiłam mu powietrze z płuc, a potem obróciłam się w porę, by zatrzymać ławą cios pałki jego partnera. Wymierzyłam mu kopniaka w kolano, a gdy zatoczył się w tył, skoczyłam na niego i przygniotłam ławą do ziemi.

Podłoga i ława były twardsze od moich rąk i nóg. Poczułam, że zderzenie pozbawiło mojego przeciwnika tchu. Drewno ławy pękło, ale wystarczyło go, by odbić kolejny cios pałką, który spadł na mnie, gdy odskoczyłam na bok na spotkanie drugiego z napastników.

Ten uderzył szybko, bez pardonu, próbując wybić mi ławę. Trafił mnie parokrotnie w ramię, a moje dłonie powoli drętwiały od parowania silnych uderzeń. Cofnęłam się, jednak moja sytuacja pogorszyła się z chwilą, gdy pierwszy przeciwnik wreszcie zdołał się podnieść i ruszył, żeby mnie oskrzydlić.

Gdy przypadł bliżej, odepchnęłam go, a potem rzuciłam ławą w drugiego. Nie był na to przygotowany i nie udało mu się wykonać pełnego uniku. Nie dałam im czasu na otrząśnięcie się – zerwałam kotarę, owinęłam ją wokół głowy napastnika i szarpnęłam, odrywając go od podłogi, po czym pchnęłam na róg ciężkiego stołu. Na dokładkę uderzyłam go dwa razy w zasłoniętą twarz i przeskoczyłam przez stół, unikając tym samym ciosu pałką drugiego przeciwnika.

Pierwszy już się nie podniósł, a ja i ten drugi zataczaliśmy wokół siebie kręgi. Poderwałam z ziemi ławę i zasłoniłam się nią jak tarczą.

– Kundel! – prychnął napastnik i rzucił się do ataku. Uniosłam ławę, ale wojownik rozłupał ją na drzazgi potężnym kopniakiem. Celował oczywiście w moją pierś, ale na szczęście pękające drewno osłabiło nieco siłę uderzenia i uratowało mnie przed złamaniem mostka. Zatoczyłam się do tyłu bezwładnie.

Mimo to wciąż ściskałam w każdej garści ułamaną nogę ławy z kawałkami popękanej deski na końcu. Wściekle uderzyłam obiema w chronioną hełmem głowę napastnika. Cofnął się, oszołomiony, a ja złapałam go za nogi. Oderwałam go od ziemi i wyrzuciłam przez drzwi wejściowe, co wzbudziło wiwaty *nie'Sharum*. Ich okrzyki dodały mi siły.

Chwyciłam następną ławę i ruszyłam w stronę drzwi po drugiej stronie pomieszczenia. Zgodnie z oczekiwaniami zobaczyłam za nimi długi korytarz. Po obu stronach znajdowały się drzwi, ale ja skupiłam się na świetle na końcu.

Tam czekało wyjście.

Rzuciłam się biegiem naprzód, ale byłam przygotowana na wszystko i kolejny adept z pałką, wyskakujący z jakiegoś przejścia, nie okazał się dla mnie zaskoczeniem. Zmieniłam kierunek biegu, przyłożyłam ramię do ławki i wepchnęłam przeciwnika na framugę. Usłyszałam stęknięcie i zorientowałam się, że wpadł z powrotem do pokoju, z którego wyskoczył, nie marnowałam jednak czasu na sprawdzenie, czy się podniósł. Odwróciłam się i znów rzuciłam do szaleńczego biegu w stronę końca korytarza.

Pojawił się kolejny adept. Zrobiłam zamach i trafiłam go nogami ławy w stopy. Napastnik potknął się, a mi udało się wymierzyć mu kopniaka w twarz i znów rzuciłam się przed siebie. Zainterweniował trzeci, a kątem oka dostrzegłam już sylwetkę czwartego, majaczącą na progu wyjścia, ale jednocześnie udało mi się zauważyć kolejną broń. Pod ścianą korytarza stał niewielki, niepozorny stolik. Skręciłam ku przeciwległej ścianie, przez co weszłam w zasięg pałki. Zrobiłam zwinny unik, odbiłam w drugą stronę i wskoczyłam na stolik. Napastnik, próbując mnie trafić, uderzył w twardą, glinianą ścianę, od czego zdrętwiało mu ramię.

Okręcił się i usiłował smagnąć mnie pałką w nogi, ale przeskoczyłam nad nią i zablokowałam ramię, w którym trzymał broń. Odbiłam się od stołu i wykonałam salto, przez co mój przeciwnik nie miał wyboru i musiał sam się przetoczyć, żebym nie złamała mu ręki. Uderzyłam dłonią w jego niczym niechronione gardło. Napastnik, krztusząc się, upadł na podłogę, a ja przewróciłam stół, odłamałam dwie masywne nogi i ruszyłam na przeciwnika broniącego drzwi.

Jeśli w jakikolwiek sposób przejął się tym, że miałam dwie sztuki broni na jego jedną, nie pokazał tego. Posługiwał się pałką po mistrzowsku, parując uderzenia nóg od stołu, ale przyglądałam się mu uważnie i zaczęłam dostrzegać, na czym polegają wady walki bronią przymocowaną do ręki. Miał unieruchomiony nadgarstek, do tego nie mógł poruszać się z tą samą płynnością co ja. Przy trzecim złożeniu odbiłam jego pałkę i wykonałam półobrót, zamachując się nogą od stołu i trafiając przeciwnika w krocze.

Trudno jest zabezpieczyć sobie przyrodzenie tak, by zachować pełną zwinność. Uderzyłam mocno i z ust adepta wyrwał się krzyk. Pochylił się, żeby się osłonić, ale już było za późno. Odbiłam się jedną nogą od ściany, drugą wymierzyłam mu kopniaka, po czym wytoczyłam się na zewnątrz, prosto w blask słońca.

Nie'Sharum zaczęli wiwatować, a ja nigdy dotąd nie czułam w sobie tyle życia.

Chwilę później na zewnątrz wypadło trzech *nie'Sharum* w szarych szatach. Oddychałam ciężko i byłam zbyt zmęczona, by stawić im opór, ale Mistrz Ćwiczeń Amaj zatrzymał ich uniesieniem dłoni.

– Zastąpcie tych poturbowanych.

Miałam już pewność, że to starsi *nie'Sharum*, którzy na dodatek nienawykli do przegrywania. Warczeli wściekle i wpatrywali się we mnie wrogo, lecz posłusznie weszli do środka.

– Dobra robota – powiedział Mistrz Ćwiczeń z niechętnym szacunkiem. – Nie przypominam sobie, by tak młody adept kiedykolwiek przeszedł ten test. Dziś nie będzie owsianki. Dostaniesz mięso i kuskus.

Ślinka pociekła mi do ust. Nie mogłam uwierzyć, że tak zwyczajna nagroda wywarła na mnie taki efekt. Chciałam odmówić i okazać jakąś solidarność z innymi *nie'Sharum*, ale zorientowałam się, że samo złożenie propozycji wiele Mistrza kosztowało, ukłoniłam się więc i ukryłam zachwyt.

– Dziękuję, Mistrzu Ćwiczeń.

– Chadan! – zawołał Amaj. – Zobaczymy, czy poradzisz sobie równie dobrze jak ten mieszaniec.

Przechwyciłam spojrzenie mijającego mnie Chadana. Mrugnęłam do niego, a on odpowiedział uśmiechem. Oczy mu zaskrzyły.

– Ale wolno ci to poszło.

Chadan wszedł do środka i niebawem usłyszeliśmy łoskot i okrzyki jego napastników. Ja zdołałam dotrzeć do wyjścia z masą siniaków i skaleczeń, książę Majah wyszedł do nas bez śladu na skórze, i to dwa razy szybciej, niż mnie się to udało.

Nie'Sharum, którzy nagrodzili mnie wiwatami, teraz stracili nad sobą panowanie. Tupali i wydzierali się, a powietrze wypełniła ogłuszająca kakofonia:

– Nie Ka! Nie Ka! Nie Ka!

27

Nów

349 ROK PLAGI

Nigdy chyba nie czułam się tak najedzona jak po owej uczcie z mięsa i kuskusu. Z zadowoleniem wtuliłam się w ciała *nie'Sharum* i zapadłam w głęboki sen.

Blask świtu dopiero co zaczynał przenikać do wnętrza glinianego budynku, gdy otworzyłam oczy, trącona czyjąś stopą. Dotyk był łagodny i w niczym nie przypominał kopniaków, które w takich sytuacjach lubił wymierzyć Mistrz Ćwiczeń Chikga.

Uniosłam głowę i ujrzałam stojącego nade mną Chadana. Światło padało na niego od tyłu i otaczało aureolą jego przystojną twarz, gdy rzucił mi zwiniętą szarą szatę.

– Chodź. To pierwszy dzień Nowiu. Mam cię zabrać do pałacu.

Pozostali *nie'Sharum* nadal spali, a ja ubrałam się szybko, najskromniej jak potrafiłam. Przez długie tygodnie nosiłam jedynie bido i sandały, przez co zaczęłam już myśleć, że bezpowrotnie utraciłam swoją skromność, a mimo to ubieranie się na oczach kogoś innego wydało doznaniem stosunkowo... intymnym. Wstając, przyjrzałam się Chadanowi uważnie.

– Nie ufasz mi? – spytał.

– A mam powód? – odpowiedziałam pytaniem. – Nie tak dawno temu wraz ze swymi przyjaciółmi spuściliście mi tu niezłe lanie.

Chadan wzruszył ramionami, jakby nie było to nic godnego uwagi.

– To była twoja pierwsza noc w *sharaj*. Każdy zostaje poddany testowi pierwszej nocy.

Odwróciłam się, by spojrzeć mu w oczy.

– Ciebie to też spotkało, książę?

– Tak – uśmiechnął się Chadan. – Nie Ka przyszedł po mnie. Spędził później tydzień w pawilonie *dama'ting*, a gips zdjęto mu po kolejnych sześciu. Od tego czasu żaden *nie'Sharum* nie ośmielił się rzucić mi wyzwania. Nie licząc ciebie.

– Miło wiedzieć, że jestem kimś szczególnym! – rzekłam.

– Jesteś szczególny pod wieloma względami – odpowiedział Chadan. – A to nie są moi przyjaciele.

Mimo braku zaufania do księcia nieoczekiwana pochwała sprawiła mi taką przyjemność, że dopiero po chwili dotarło do mnie to, co powiedział później.

– Kto nie jest?

Chadan ruchem głowy wskazał chłopców śpiących pod kocami.

– Gorvan. Montidahr. Menin. – Zatoczył łuk ręką. – Właściwie to nikt z nich. Słuchają mnie, ale... – Zachichotał. – To bardziej twoi przyjaciele niż moi.

– A kto ponosi za to winę? – spytałam, idąc za Chadanem ku drzwiom. – Nasiona przyjaźni nie wyrosną, jeśli ich nie posiejesz.

– Któregoś dnia ci chłopcy staną się mężczyznami, a ja powiodę ich w *alagai'sharak* – odpowiedział Chadan. – Być może niektórym z nich wydam rozkazy, które doprowadzą do ich śmierci. Innych być może zabiję sam, jeśli stchórzą i uciekną przed wrogiem. Ojciec twierdzi, że lepiej się nie przyjaźnić z takimi mężczyznami.

– A co ze mną?

Chadan i ja staliśmy obok siebie na czele kolejki od miesiąca, ale nie rozmawialiśmy często. Nie wtrącał się w moje sprawy, a ja trzymałam się z daleka od jego życia. Nie wiedziałam o nim nic i nie miałam pojęcia, co myśli o mnie.

– Dziadek powiedział, że księżniczka Olive zostanie moją żoną – rzekł Chadan, wzruszając ramionami. – Zapewniam cię, że nie miałem na to większej ochoty niż ty. Powrócili jednakże nie z księżniczką, a z księciem, synem Ahmanna Jardira, wobec czego ojciec ostrzegł mnie, iż możesz chcieć zająć moje miejsce.

Prychnęłam, bo pomysł wydał mi się absurdalny.

– Nie mam najmniejszej ochoty zostać Nie Ka.

– Być może – zgodził się Chadan. – Ale ambicji ci nie brakuje. Wydajesz rozkazy i spodziewasz się, że inni będą je wypełniać, choć twój tytuł nic tu nie znaczy. Ojciec mówi, że ponoć rzuciłeś wyzwanie samemu *Damaji*.

– To nie mój *Damaji* – odpowiedziałam. – To człowiek, który wtrącił mnie do więzienia.

– To mój dziadek – stwierdził Chadan. – Który wybawił nasz lud od konieczności służby zepsutemu, skompromitowanemu systemowi, gdy twój brat zamordował *Damaji* Aleveraka podczas próby zamachu.

– Co miało miejsce wiele, wiele lat temu – zauważyłam. – W innym kraju, gdzie mam wielu braci, których nie było dane mi spotkać. Czy dług krwi sięga aż tak daleko?

– Jeśli Everam życzy sobie, byśmy zostali wrogami – Chadan znowu wzruszył ramionami – tak właśnie będzie. Do tego czasu...

– Do tego czasu będziemy takimi ludźmi, jakimi chcemy być – zakończyłam za niego.

– Czyli trzeba się pogodzić z tym, że nikt w całym *sharaj* nas nie zrozumie.

– Nas? – spytałam.

– Książąt.

– Aha – odpowiedziałam. – Czyli ludzi, którzy wiedzą, jakim koszmarem jest życie pałacowe.

– Nie chcesz chyba powiedzieć, że nigdy nie zostałeś ukarany za to, co tak starannie ukryłeś, a służba odkryła podczas „sprzątania"?

– Na noc, to przecież całe moje życie. – Wyrzuciłam ręce w powietrze.

– Czyli być może nie różnimy się aż tak bardzo – uśmiechnął się Chadan.

W milczeniu przemierzyliśmy plac treningowy i wyszliśmy na wąskie ulice samego miasta. Straż ograniczyła się do pozdrowienia młodego księcia skinieniami.

– Nikt się nie martwi, że spróbuję uciec? – spytałam.

– Uciekaj, jeśli chcesz. – Chadan wzruszył ramionami. – Powstrzymywanie ciebie nie należy do moich zadań.

Ruchem głowy wskazał bransoletę.

– Jak myślisz, jak daleko odbiegniesz, zanim cacko *dama'ting* ściągnie ci wodze?

Z tym sprzeczać się nie mogłam. Być może Micha miała jakiś plan ucieczki, ale sądziłam, że z obiema rękami mam większe szanse.

Miasto właśnie budziło się do życia i szykowało na obchody pierwszego dnia Nowiu – pory, gdy pojawia się nowy księżyc i demony są najsilniejsze. W Krasji Nów to święte dni pokoju, kiedy rodziny się spotykały, długi zostawały spłacone, a urazy były wybaczane.

W powietrzu unosił się zapach gotowanego jedzenia. Wyczuwałam głównie ostry zapach *hava* dodawanej do mięs i warzyw, a także smażonych ciast, jogurtów i kwaśnych serów. Kobiety w czarnych szatach wyległy na ulicę – niektóre robiły zakupy, a inne popychały wózki, by sprzedawać kwiaty lub świeży chleb.

Robotnikami byli tu najczęściej bladoskórzy przybysze z zielonych krain, podbici niewolnicy Majah. Wyobrażałam sobie, że swego czasu czuli się tak jak ja. Zostali porwani i uwięzieni w mieście pośród bezkresnej pustyni, ale od tego czasu upłynęło już piętnaście lat i wydawali się w pełni zasymilowani.

Nosili spłowiałe szaty i szale na ramionach, widziałam też kobiety z odsłoniętymi twarzami oraz włosami. Zachwalali swoje towary w perfekcyjnym dialekcie Majah, ale między sobą rozmawiali po thesańsku. Serce mnie bolało z tęsknoty, gdy słyszałam znajome słowa, i przez moment pozwoliłam sobie pomarzyć o domu.

Matka na pewno już wróciła i przewracała księstwo do góry nogami, próbując mnie odnaleźć, chyba że kości już jej zdradziły, gdzie się znajduję. Belina miała rację – doprowadzenie armii z Zakątka do Pustynnej Włóczni to trudne zadanie, ale matka była uparta. Nie podda się tak łatwo.

Odepchnęłam te myśli od siebie. Rozpatrywanie tego, co matka zrobi, a przed czym się wstrzyma, było bezcelowe. Skierowałam uwagę na chwilę obecną.

Uliczni sprzedawcy *chin* ujrzeli naszą ciemną karnację oraz szare szaty i rozstąpili się bez słowa. Nawet *nie'Sharum* znajdowali się kilka kast nad nimi, bo przecież przeznaczeniem uczniów było dołączyć do elit rządzących.

Wkrótce dotarliśmy do bram Świętego Miasta, strzeżonego przez wojowników w szatach z białymi rękawami, zwanych Ramionami Everama. Nawet samo Święte Miasto było potężne – mogłoby pomieścić całe plemię Majah wraz z niewolnikami – ale większość mijanych przez nas budowli popadła w ruinę, a inne znajdowały się w kiepskim stanie.

Pustynną Włócznię zbudowano po to, by zapewniała schronienie milionom mieszkańców, a Majah stanowili jedynie mały ułamek tej liczby. Wszędzie widziałam oznaki minionej chwały.

Nawet mniej okazałe pałace Krasji przytłaczały rozmiarami posiadłości w Zakątku. Każdy z nich otoczony był wzmocnionym runami murem, zza którego wystawały przypominające grzyby kopuły oraz minarety, będące zarówno wieżami strażniczymi, jak i miejscami, z których *dama* śpiewali wezwania do modłów. Niemniej *dama* nigdy nie zgodziliby się na to, by zwykli ludzie mieszkali w pałacach, stąd też te były opuszczone. Ich bramy stały otworem, a zakurzone dziedzińce ziały pustką. Przypominały trupy, których nikt nie miał czasu spalić.

Sharik Hora prezentowała się jednak świetnie. Gdy zbliżyliśmy się do wielkiej kopuły i niebotycznych minaretów, ujrzałam świeżą farbę oraz mozaiki, a na murach kroczyły patrole Ramion Everama. Na widok Chadana rozległy się okrzyki i straże pospieszyły, by otworzyć bramy.

Za murami ujrzałam bujne, zielone ogrody z owocującymi drzewami i starannie przystrzyżonymi trawnikami. Tu i ówdzie pluskała fontanna otoczona posągami bohaterów i przywódców z przeszłości. Można by tu zmieścić cały Uniwersytet Zielarski wraz z katedrą Zakątka, a jeszcze pozostałoby sporo wolnego.

– Ty tu mieszkasz? – spytałam, myśląc o skąpym kocu, którym Chadan owijał się na zimnej podłodze *sharaj*.

– Kiedyś mieszkałem. – Książę wzruszył ramionami. – Teraz mieszkam w *sharaj*, tak jak ty. Ojciec mówi, że człowiek nie powinien przyzwyczajać się do materialnych rzeczy.

– Komuś żyjącemu w przepychu łatwo formułować takie opinie – stwierdziłam.

Chadan zerknął na mnie, ale nie powiedział ani słowa.

Nie'Sharum w szarych szatach nie był uważany za mężczyznę, a więc mogłam wejść do prywatnych ogrodów pałacowego haremu. Micha to moja siostra, przez co spotkanie z nią w tym miejscu nie było niczym niestosownym.

W przeciwieństwie do zakurzonych ulic w mieście w ogrodach panowała soczysta zieleń, przetykana kolorami kwitnących kwiatów i srebrem szemrzących fontann. Ogrody zaprojektowano, by cieszyły oko, a nie pełniły użytkową funkcję, a mimo to przypominały mi osobiste ogrody matki w Zakątku i znów poczułam ukłucie tęsknoty za domem.

Kobiety, odziane w najwspanialsze szaty, uwijały się, przynosząc jedzenie oraz podarunki i witając mężów, synów i ojców, składających wizyty z okazji Nowiu. Słyszałam radosne okrzyki spotykających się członków rodziny, a także śpiewy i wspólne modlitwy. Uświadomiłam sobie, że w rzeczy samej niewiele wiedziałam o swym krasjańskim dziedzictwie, i ogarnął mnie z tego powodu smutek. Nigdy wcześniej nie zdawałam sobie sprawy, że mi tego brakowało.

Gdy w końcu dotarłam do miejsca, gdzie zasiadała moja siostra, ledwie ją poznałam. Nie spodziewałam się, że ujrzę ją w lekkich, powłóczystych szatach ze szmaragdowozielonego jedwabiu, z bransoletkami na nadgarstkach i kostkach. Na zawój założyła siateczkę ze złotymi monetami, na szyi upięła zawieszkę, a na jej palcach migotały pierścienie.

W porównaniu z nią wydawałam się szara i bezbarwna. Kiedyś na widok takiego stroju poczułabym zazdrość, ale Olive, której kiedyś podobały się takie rzeczy, była teraz inną osobą, równie odmienną jak Micha.

– Siostro – szepnęłam – wyglądasz...

– Jak dziwka *heasah* – przerwała mi.

– ...pięknie – zakończyłam, co Micha skwitowała prychnięciem.

– Samo piękno nie wystarczy, by znaleźć mi kandydata na męża po tym, jak ostatniemu złamałam rękę.

– A co takiego zrobił? – Uśmiechnęłam się wbrew sobie.

– Urodził się jako Majah. – Micha wzruszyła ramionami. – A poza tym ja już jestem po ślubie, choć nawet moi współplemieńcy uważają, że ślub z kobietą nie wyklucza znalezienia właściwego *jiwan*, który „pobłogosławiłby nas dziećmi".

Nie wspomniała przy tym, że Opiekunowie w Thesie nie byli wiele od nich lepsi, choć matka trzymała ich żelazną ręką i nie pozwalała zdobyć wielkiej władzy w Zakątku. Mimo to pobożne kobiety natychmiast zaczynały plotkować, a mężczyźni uśmiechać się obleśnie, gdy Micha i Kendall publicznie okazywały sobie uczucia.

– Nie marnujmy czasu na takie bzdury – powiedziała Micha. – Opowiedz mi o *sharaj*. Świetnie sobie radzisz.

Zerknęłam na żółknące siniaki na całym moim ciele – efekt łomotu, jaki wczoraj zebrałam od uzbrojonych w pałki *nie'Sharum*.

– A skąd ten wniosek?

– Bo szepczą o tobie w haremie – stwierdziła Micha. – Mówią o księciu z zielonych krain, który nie pozwala, by jego bracia głodowali.

– To nie moi bracia – odpowiedziałam.

– Nie – zgodziła się Micha. – Tyle że kobiety w pałacu postrzegają to inaczej. Wszyscy oczekiwali, że okażesz się kimś słabym. Zniewieściałym! Ba, przecież okazałaś się księciem *push'ting*, który dorastał w kobiecych łaszkach w zielonych krainach! Zamiast tego zdobywasz dominującą pozycję, co zresztą mnie nie dziwi. Jestem taka dumna z ciebie, siostro!

Siostro. Ileż to czasu upłynęło, gdy ktoś zwrócił się do mnie tym mianem bez szyderstwa w głosie. To słowo przypomniało mi, kim byłam. Micha, nawet ubrana w jedwabne szaty, również budziła wspomnienia.

Sęk w tym, że sama nie miałam pewności, kim jestem.

– Każdy swat w mieście szykuje się, by sprzedać ci narzeczoną, gdy wreszcie wdziejesz czarne szaty – dodała Micha.

– Sprzedać? – spytałam. Teoretycznie odgrywałam teraz rolę mężczyzny, ale sam pomysł traktowania kobiet jako czyjejś własności obudził we mnie tę samą wściekłość co w chwili, gdy Belina przybyła do Zakątka, by targować się o mnie.

– Krasjanie cenią kobiety w inny sposób. – Micha wzruszyła ramionami. – Ale w Zakątku nie jest przecież aż tak inaczej. Krasjanki zajmują się większością obowiązków, by mężczyźni mogli walczyć. Rodzą dzieci i wychowują je. Kobiety są cenne, a więc ojciec musi otrzymać jakąś rekompensatę, gdy mężczyzna bierze jedną z jego córek jako *jiwah*.

– A kobieta? – spytałam. – Co ona zyskuje?

– Dobrego męża, który będzie się o nią troszczył i da jej silne dzieci, o ile dopisze jej szczęście – rzekła Micha.

– A jeśli będzie mieć pecha?

– Wtedy pozostaje jej trwać – odpowiedziała moja siostra. – Szczęście to rzadkość.

– Nie podoba mi się to – westchnęłam. – Nie chcę stanowić niczyjej własności, nie chcę też posiadać kobiety.

– Gdy zostałam wysłana na północ, z początku sądziłam, że zwyczaje wprowadzane przez twą matkę trącą zepsuciem. – Micha pochyliła głowę. – Teraz jednak muszę przyznać, że gdy moje zadanie dobiegnie końca, chcę pozostać w Zakątku, i to nie tylko ze względu na Kendall.

Pokręciła głową, a jej głos załamał się po raz pierwszy.

– Pewnie bardzo się martwi, nawet jeśli nadal trzyma się nadziei, że wciąż żyję.

Wyjęła buteleczkę na łzy, a ja zebrałam je z policzka siostry. Pochyliłam się nad nią i szepnęłam jej do ucha:

– Musimy uciekać.

– To będzie trudne. – Micha uniosła nogawki powłóczystych spodni, by pokazać mi parę runicznych bransolet, przypominających moją. Były piękne, ale dostrzegłam znajomo wyglądający metalowy kieł i czerwony kamień zamka krwi. – Belina dołożyła starań, bym nie dotarła daleko, jeśli przyjdzie mi do głowy ochota, by uciekać – dodała.

– Czyli jesteśmy uwięzione? – spytałam.

Micha pokręciła głową.

– Belina kiedyś straci czujność, to tylko kwestia czasu. Tak czy owak, gdy po ciebie przyjdę, będę miała jej krew na rękach.

Podobała mi się wizja Beliny, leżącej na plecach z zakrwawionym nosem, znokautowanej Precyzyjnym Uderzeniem przez Michę. Niemniej to przecież *dama'ting* opracowały sztukę walki, z której korzystała Micha, przez co Belina wcale nie była łatwym celem.

– A co potem?

– Nasza ucieczka zacznie się tu, w Sharik Hora – szepnęła Micha. – Wraz z moimi siostrami włóczni wychowałyśmy się katakumbach pod świątynią Kości Bohaterów i strzegłyśmy Damajah, gdy chodziła po jej korytarzach. Istnieją tam sekretne przejścia, o których nie wie nawet Belina, a magia w ich ścianach osłoni nas przed jej kośćmi.

– Czyli mamy spędzić resztę życia, chowając się za kośćmi zmarłych? – spytałam.

– Wyruszymy, gdy tylko uda nam się zebrać zapasy na drogę powrotną – odpowiedziała Micha. – Pod świątynią znajdują się tunele, które pozwolą nam niespostrzeżenie przedostać się do miasta. Aleveran zaś nie ma tylu wojowników, by obsadzić każdy cal murów. Znajdziemy miejsce, by wspiąć się na mury, zejść i zniknąć wśród piasków.

– A piaskowe demony? – spytałam.

– Tym się będziemy martwić później. – Micha wzruszyła ramionami.

Kiepski to plan, ale innego nie miałyśmy, a więc trzeba było się go trzymać.

– A co ja mam zrobić?

– Nic – odpowiedziała Micha. – Poza tym, co robisz do tej pory. Trwaj. Walcz. Zdobywaj chwałę. Im bardziej wtopisz się w ich społeczeństwo i im mniej będziesz się opierać, tym mniej będą zwracać na ciebie uwagę i tym większe będziemy mieć szanse na ucieczkę.

– Będziesz ze mnie dumna! – Pokiwałam głową.

– Och, siostro! – Micha wzięła mnie w ramiona. – Już jestem!

Jej słowa i ten gest miały na celu dodać mi siły, lecz okazały się mieć odwrotne działanie i odbierały mi zdecydowanie. Moja determinacja stopniała, kiedy Micha trzymała mnie przy sobie. Przeszył mnie dreszcz i niewiele brakowało mi do łez. Naraz jednak poczułam, jak Micha zesztywniała. Odwróciłam się i ujrzałam czekającego Chadana. Był ubrany w bido i choć w haremie tolerowano skąpe odzienie, odwrócił się do nas plecami z szacunku.

– Musimy iść – ponaglił.

– Ale przecież dopiero co przyszliśmy! – zaprotestowałam. – Obiecano mi...

– Obiecano ci, że ujrzysz swą siostrę całą i zdrową na dowód naszych dobrych intencji – rzekł Chadan. – I tak się stało. Nie chcę ci przerywać, ale tej nocy jesteśmy potrzebni na murach. Nadciąga burza demonów.

28

Szczyty murów

349 ROK PLAGI

Róg Sharak znów rozbrzmiał z minaretów pałacu Sharum Ka. Mistrzowie Ćwiczeń ze srogimi minami stali przed szeregami *nie'Sharum* zebranych przed słynnym Labiryntem Krasji – morderczą pułapką, gdzie lud mojego ojca od wieków tępił demony. Wiele o tym miejscu czytałam, ale nigdy widziałam jego starannie ukształtowanego terenu.

– Niektórzy z was – Mistrz Ćwiczeń Chikga wskazał ruchem głowy Chadana i paru starszych chłopców – widzieli już burze demonów. Inni jeszcze nie. Należą do rzadkości, dzięki niech będą Everamowi, ale *dama'ting* przewidują, że dziś w nocy pojawi się ogromna, a *alagai hora* nigdy się nie mylą. Nadszedł bowiem Nów, czas, gdy księżyc znika, a *alagai* zbierają się w największe hordy. Mówi się, że podczas Nowiu sam Alagai Ka stąpa po powierzchni ziemi i osobiście prowadzi swą demonią armię. Musimy być czujni i dobrze przygotowani.

Postukał palcem w wystający z turbanu hełm, na którym wygrawerowano runy chroniące przed działaniem demona umysłu. Każdy z *nie'Sharum*, łącznie ze mną, miał dziś wymalowany podobny symbol na ogolonej głowie. Runy schodziły dopiero po jakimś tygodniu, a więc miały nas chronić przez cały Nów. Wokół oczu mieliśmy też runy, które po zachodzie słońca powoli ładowały się magią, dzięki czemu mogliśmy lepiej widzieć w ciemności.

Nie wiedziałam, czy potrzebujemy runów chroniących przed kontrolą umysłu. Rzekomo Arlen Bales zabił demony umysłu, ale nie miałam co do tego pewności i nie czułam się przez to bezpieczniej. Myślałam o kłótni, jaką matka odbyła z panią Bales. Czy to możliwe, że ojciec demonów naprawdę polował na mnie i na Darina?

Iraven był najwyraźniej innego zdania. Pamiętałam jego słowa z naszego pierwszego spotkania: „Choć nie ma już myślaków, które by im przewodziły, demony piaskowe... rozwinęły się. Stały się sprytniejsze i łączą się w ogromne chmary, liczące tysiące osobników".

Wystarczyła garstka demonów, by zniszczyć nasze obozowisko podczas biwaku i roznieść sprawną, choć pozbawioną doświadczenia grupę obrońców. Do czego były zdolne całe tysiące? Czy nawet osławione mury Pustynnej Włóczni mogły je powstrzymać?

– Jesteście w tym celu szkoleni! – krzyczał Chikga. – Ćwiczyliście i uczyliście się, aż wasze dusze dostroiły się do Sharak! Pamiętajcie o tym, czego was nauczyłem, a dożyjecie świtu!

Mistrz Ćwiczeń kroczył tam i z powrotem. Spoglądał każdemu z nas w oczy, szukając oznak tchórzostwa. Nie życzył sobie, by ktoś z nas pękł w obliczu zbliżającej się burzy.

W odpowiedzi na prowokację zmierzyłam go twardym spojrzeniem. Nie widziałam nigdy burzy demonów, nie znałam Labiryntu, ale widziałam z bliska, co potrafi demon. To, co myślałam o Aleveranie, nie miało teraz znaczenia. To miasto było pełne niewinnych ludzi.

– Pamiętajcie zasady! – warczał Chikga. – *Nie'Sharum* nie walczą! *Nie'Sharum* nie wolno postawić stopy w Labiryncie. Waszym zadaniem jest rozpoznanie, dostarczanie zaopatrzenia i przekazywanie wiadomości. Macie pamiętać hierarchię dowodzenia i bez chwili wahania wykonywać rozkazy przekazane przez *Sharum*. Rozumiecie?

– Tak, Mistrzu Ćwiczeń! – odpowiedzieliśmy chórem.

– Raz jeszcze! – warknął Chikga. – Everam was słucha!

– TAK, MISTRZU ĆWICZEŃ! – wrzasnęliśmy ze wszystkich sił.

– Dobrze – stwierdził Chikga. – Bo jeśli któryś z was okaże nieposłuszeństwo, złamie którąś z zasad lub co gorsza, ucieknie, zabiję go osobiście.

Rozejrzałam się i ujrzałam innych Mistrzów, wydających podobne rozkazy swoim grupom. Wszyscy wydawali się podekscytowani i poruszeni. Niektórzy wyciągali spod szat małe buteleczki z couzi i odwracali się, by pociągnąć tęgi łyk.

Picie alkoholu stanowiło pogwałcenie praw wytyczonych przez Evejah, ale oni wiedzieli, co ich czeka. Nie mogłam ich winić za to, że mieli ochotę na łyk odwagi.

Gwiazdy nad Pustynną Włócznią świeciły jaśniej niż nad Zakątkiem. Matka nazywała to zjawisko „zanieczyszczeniem świetlnym". Emanacja wielkiego runu oraz obfitość lektrycznych świateł w stolicy tłumiła blask gwiazd.

Tu nie występowało nic takiego. Konstelacje, o których tylko czytałam, były tutaj widoczne gołym okiem, a gdy wzrok przystosował się do ciemności, ich blask pozwalał mi dostrzec, gdzie kończyło się niebo, a zaczynały wydmy. Czułam ucisk w żołądku, gdy wodziłam po nich wzrokiem i szukałam śladów wroga.

Demony nadciągały powoli, ale wszystko wyglądało inaczej niż podczas ataku na obozowisko. Nie słyszałam pojedynczych wrzasków i nie widziałam ciemnych, poruszających się susami bądź długimi krokami postaci. Zamiast tego wychwyciłam brzęczenie, które przywodziło na myśl rój much, przybierające na sile, aż wreszcie osiągające natężenie, w którym zaczynało działać mi na nerwy. Miałam wrażenie, że wsłuchuję się w miliony gwoździ trących o szkło. Potem ujrzałam chmurę pyłu, która przetaczała się po wydmach niczym mgła niesiona wiatrem.

Wypatrywacze uruchomili wielkie lampy runiczne, rzucające światło na pustynię. W milczeniu patrzyliśmy teraz, jak piaski powoli, lecz nieubłaganie zaczynają roić się od demonów. Większość z nich ledwie dorównywała rozmiarami psom, ale wszystkie były najeżone ostrymi krawędziami. Tworzyły je tysiące łusek ostrych niczym okruchy szkła, kolorem nieróżniących się od piasku. Gdyby stały nieruchomo i gdyby nie padał na nie blask naszych lamp, byłyby całkiem niewidoczne.

– Są ich całe setki! – Gorvan nie był tchórzem, ale miałam wrażenie, że walczy z pokusą rzucenia się do ucieczki. Wcale go nie winiłam.

– Cisza! – prychnął Chikga. – To tylko pierwsza fala. Musimy szybko się z nimi uporać, zanim przybędzie reszta.

Iraven stał niedaleko nas, na blankach nad bramą. Nie mogłam mu odmówić, że w białym turbanie i czarnej szacie *Sharum* wyglądał oszałamiająco i stanowił inspirację dla wszystkich, którzy na niego patrzyli. Włócznia i tarcza, przewieszone przez plecy, zostały wzmocnione *hora*, dzięki czemu runy jaśniały już mocą.

Książę dał znać jednemu ze swoich poruczników, który przyłożył róg do ust i zagrał serię dźwięków. W tej samej chwili rozległ się zgrzyt ogromnego mechanizmu i brona blokująca wejście do Labiryntu zaczęła się unosić. Piaskowe demony nie traciły czasu i wdarły się do środka.

Nieliczna garstka wojowników stanęła im na drodze. Otchłańce z wyciem rzuciły się ku nim, a ja zacisnęłam pięści ze strachu.

– Co oni robią? – spytałam.

– Wabią je! – odpowiedział Chadan. – Naganiacze wciągają *alagai* do rozmaitych pułapek, by przerzedzić ich siły i oddzielić od pobratymców. To najbardziej niebezpieczne zadanie w Labiryncie. Ich chwała nie ma granic.

W istocie, Naganiacze krzyczeli i tłukli włóczniami o tarcze. Wywołana przez nich kakofonia dźwięków zwróciła uwagę demonów, ale mimo to wojownicy czekali do ostatniej chwili, a potem rzucali się do biegu i znikali w Labiryncie. Piaskowe demony podejmowały za nimi pościg.

Gdy w środku znalazło się ich wystarczająco dużo, Iraven znów dał znak człowiekowi z rogiem. Łańcuchy zostały uwolnione i ciężka krata opadła z ogromną siłą i szybkością. Runy na ostrych zakończeniach brony rozbłysły w kontakcie z demonami usiłującymi tłumnie wedrzeć się do środka, rozdzierając kilka z nich na pół. Potwory desperacko czołgały się naprzód na przednich łapach, wrzeszcząc i miotając się, najwidoczniej nieświadome tego, że umierają.

Piaskowe demony osiągały spore prędkości na otwartej przestrzeni, ale te, które goniły Naganiaczy po Labiryncie, zmuszane były do nagłych skrętów lub pokonywania przeszkód, co je spowalniało. Z murów widziałam, że Labirynt wzniesiono wśród starożytnych ruin, które kiedyś uległy nocy, gdy otchłańce powróciły. Wzmocnione nowymi budowlami, stare mury i budynki nadal utrudniały demonom pościg i kierowały wroga do pułapek.

Widziałam, jak jakiś Naganiacz wydaje z siebie tradycyjny okrzyk i wpada w ślepy zaułek, ścigany przez całą watahę piaskowych demonów. Z wprawą wskoczył do chronionej runami kryjówki, a otchłańce z rykiem zderzyły się z barierą. Bez powodzenia drapały po niej pazurami, wzbudzając fontanny iskier. W tej samej chwili z kryjówek po drugiej stronie korytarza wypadli wojownicy i przebili potwory runicznymi włóczniami.

Zacisnęłam pięści, jakbym to ja sama odniosła zwycięstwo, choć po prawdzie tak właśnie było. Po zapadnięciu zmroku nikły podziały na plemiona czy krwawe długi. W nocnych woalkach byliśmy tylko ludźmi, którzy walczyli z *alagai*, i każde zwycięstwo stanowiło jednocześnie zwycięstwo nas wszystkich.

Inne pułapki działały w podobny sposób. Jeden z Naganiaczy przebiegł po wąskiej kładce, a goniące go otchłańce wpadły na zakurzone płachty, które ustąpiły pod ich ciężarem, i potwory wylądowały w demonicznych dziurach. Wrzeszczały, nadziewając się na wzmocnione runami kolce na dnie, inne szalały, uwięzione w runicznych kręgach, z których nie były w stanie wyjść. Miały w nich doczekać wschodu słońca, które spali je na popiół.

Dwa demony pędziły po tej samej kładce, po której uciekał wojownik. Jednego trafiła strzała posłana z murów. Inny został osaczony przez wojowników z zasadzki i przebity włóczniami.

Magiczne symbole na broni rozbłyskiwały, gdy ostrza przebijały pancerze potworów. Widziałam, jak pulsująca magia wnika w ramiona *Sharum*, co czyniło ich szybszymi i silniejszymi. Pamiętałam przypływ energii podczas ataku na obozowisko. W skrytości ducha nie przestałam za tym tęsknić.

Zasadzki nie różniły się od siebie. Jeden z wojowników, ścigany przez pojedynczego demona, odwrócił się, przybrał odpowiednią postawę i odepchnął demona tarczą. Runy rozjarzyły się i cisnęły potwora na przeciwległy mur. Zderzenie aktywowało magiczne symbole wycięte w ścianie, które przeszyły ciało *alagai* błyskawicami. Padł oszołomiony, a wówczas *Sharum* przebił mu czaszkę włócznią.

– Widzicie? – odezwał się Mistrz Ćwiczeń Amaj. – Walczcie, gdy musicie, ale gdy to możliwe, pozwólcie, by teren walczył za was.

Piaskowe demony były zwinne, a ich pazury bez trudu wbijały się w ściany z piaskowca. Niektóre wspinały się i próbowały znaleźć się wyżej od gonionych ludzi, lecz wzdłuż górnych krawędzi murów ciągnęły się runy rozmieszczone w regularnych odstępach, które niespodziewanie strącały otchłańce na ziemię, gdzie te były wystawione na ciosy.

Kolejni Naganiacze wiedli wielkie watahy w głąb Labiryntu, gdzie czekali na nie ukryci *Sharum*, a ślepe zaułki uformowane były na podobieństwo runów tak potężnych, że każdy demon stykający się ze ścianą mógłby równie dobrze wyskoczyć na światło słoneczne.

Widząc, że pierwsza fala została pokonana, Iraven dał znak trębaczowi i brona znów się podniosła. Otchłańce wlały się do środka, ale gdy ponownie uniosłam głowę i spojrzałam na wydmy za miastem, zaczęłam się obawiać, że zaraz popuszczę w bido. Chmura pyłu na horyzoncie stawała się coraz większa. Demonów przybywało i teraz liczyły się w tysiące.

Iraven również to dostrzegł.

– Otworzymy tylko na chwilę! – rzekł do Chikgi. – Przerzedzimy ich szeregi ile się da, ale chcę, by opuszczono bronę i zamknięto wrota przed przybyciem głównych sił. Potem rozpoczniemy ostrzał.

– Jak sobie życzysz, Sharum Ka. – Chikga uderzył się pięścią w pierś i odwrócił się do Chadana. – Nie Ka, ruszaj pomóc obsługom skorpionów i katapult w ładowaniu.

Chadan odpowiedział podobnym salutem i zaczął wykrzykiwać rozkazy. Dzielił *nie'Sharum* na małe grupki i rozsyłał w sukurs poszczególnym machinom. Skorpiony były ogromnymi kuszami, wyrzucającymi włócznie wielkości małych drzew. Zazwyczaj potrzeba dwóch chłopaków, by unieść jedną z nich, ja jednak bez trudu zarzuciłam sobie włócznię na ramię, przez co Thivan, który nie miał co robić, złapał za kosze z niewielkimi kamieniami runicznymi, które należało wrzucić do ogromnych wiader katapult. Machiny ciskały nimi w nadciągającą burzę.

Nad naszymi głowami rozległ się głośny wrzask. Unieśliśmy głowy i ujrzeliśmy stado wichrowych demonów, które nurkowały na miasto. Każdy trzymał w szponach kawał gruzu, a ja poczułam, że robi mi się niedobrze.

– Atakują nas kawałkami murów ze zniszczonych *csar*! – Iraven nakreślił run w powietrzu, a wszyscy natychmiast poszli w jego ślady. Żaden demon wichrowy nie dałby rady unieść ładunku, który zdołałby uszkodzić mury, ale były ich setki i gdyby przeleciały tuż nad barierą, mogłyby pozabijać wojowników w Labiryncie.

– Każ ludziom się chować. – Iraven odwrócił się do człowieka z rogiem.

Rozkaz został szybko przekazany dalej, a wojownicy w Labiryncie wpadli do kryjówek. Załogi skorpionów odwróciły swoją broń ku niebu i zaczekały, aż otchłańce znajdą się w zasięgu. Obsady katapult pospiesznie przestawiały swoje machiny, ale te wycelowano już w demony przed bramami i wszelkie zmiany wymagały sporo czasu.

Demony jednak nie przeleciały nad Labiryntem. Zatrzymały się w locie i zrzuciły kawały gruzu, które spadły prosto na masę otchłańców, tłoczącą się w otwartej bramie. Skorpiony uwalniały pociski prosto w ich hordę i niektóre demony spadły z nieba, choć nie miało to większego znaczenia, bo chwilę później na otwartą przestrzeń przed bramą runął grad kamieni.

Wydało się to istnym szaleństwem, ale nagle z piasków wyskoczyły demony gliny z zadartymi nosami. Niczym mrówki pomknęły rojem w stronę bramy i zaczęły wpychać w nią swe opancerzone pyski.

– Co one robią? – spytałam głośno.

– Nie mam... – Chikga wciągnął ostro powietrze. – Na brodę Everama! One chcą zablokować bramę!

– Opuścić bramę! – krzyknął Iraven. – Natychmiast!

Mężczyzna z rogiem uniósł instrument do ust, lecz wyprzedził go któryś z wichrowych demonów, który wydał z siebie ogłuszający wrzask. Z jego pyska strzeliła błyskawica, która zmiotła trębacza z murów. Wojownik, osmolony i dymiący, wylądował na dole Labiryntu.

– Na czarne serce Nie! – Mistrz Ćwiczeń Amaj pędził ku schodom, podczas gdy reszta z nas kucała i szukała schronienia. Przeskoczył przez mur, wylądował na najniższym półpiętrze i popędził ku strażnicy.

Kilka chwil później brona opadła, lecz demony osiągnęły już swój cel. Demony gliny uformowały spory stos i krata się nie domykała. Wciąż widziałam lukę, przez którą przebijały się kolejne otchłańce. Na horyzoncie pojawiły się dwie masywne sylwetki.

Nadciągały skalne demony.

Nawet Iraven zamarł na moment.

– Sharum Ka? – ponaglił go Chikga.

Iraven otrząsnął się, naciągnął tarczę na ramię i sięgnął po włócznię. Wycelował bronią w olbrzymy.

– Skorpiony! Celować w skalne demony! Nie pozwólcie im dotrzeć do brony, bo podniosą ją wyżej. Katapulty! Ostrzelać demony gnające ku bramom!

Odwrócił się ku Chadanowi.

– Nie Ka, twoi *nie'Sharum* mają przekazać wojownikom w Labiryncie, by porzucili posterunki i zebrali się w czwartej strefie. Mają unikać walk z *alagai* do chwili, gdy się przegrupujemy. Mistrzowie Ćwiczeń, idziecie ze mną!

– Jaki masz plan, książę? – zapytał Amaj.

Po plecach spłynął mi dreszcz, gdy w ślad za Iravenem patrzyłam na otchłańce wdzierające się do Labiryntu.

– Odbijemy bramę!

Chadan zaczął dzielić *nie'Sharum* na pary i rozsyłać na wszystkie strony, żebyśmy ruszyli biegiem po murach i wykrzykiwali wojownikom rozkazy księcia. Czekając na przydział, patrzyłam, jak mój brat zbiera gwardię przyboczną do ataku, który mógł się okazać się jego ostatnim.

Iraven mnie porwał. Przehandlował za biały turban w jakiejś rozgrywce politycznej Majah, której nie rozumiałam. Miałam go za tchórza. Sądziłam, że nie ceni ludzkiego życia tak bardzo jak ja, ale tymczasem nie widziałam w jego zachowaniu ani śladu wahania, gdy rzucił się do walki o swój lud, nie dbając o własne życie.

– Wojownicy Majah! – Iraven uderzył włócznią o tarczę. – Ojciec Demonów przybywa po wasze matki! Po wasze siostry, żony i dzieci! Którą drogę dla niego wybierzemy?

W odpowiedzi rozległ się łoskot uderzeń włóczni i huk głosów *Sharum*:

– Drogę demonów!

– Everam patrzy! – rzucił ochryple Iraven. – Niech będzie z was dumny!

I ruszył biegiem ku schodom prowadzącym do strażnicy, a jego ludzie popędzili za nim z okrzykiem bojowym, gotowi zginąć za Pustynną Włócznię i jej lud.

Być może dla nich na tym właśnie polegała definicja mężczyzny. I jeśli tak rzeczywiście było, niesłusznie z nich szydziłam, bo to cecha, którą warto było naśladować. Moja matka dowodziła armią Zakątka, ale nigdy nie stawała na czele swych ludzi. Chroniła Zakątek intrygami i magią, a nie własną krwią.

– Olive! – Odwróciłam się i ujrzałam Chadana, który na mnie czekał. Reszta *nie'Sharum* już znikła. – Idziesz ze mną.

Otrząsnęłam się z zaskoczenia.

– Nie miałoby sensu...

– ...wysłanie cię z kimś słabszym? – zakończył za mnie Chadan. – Nie, najsłabszych wysłałem do wewnętrznych stref, gdzie Labirynt nadal jest bezpieczny. *Sharum* zgromadzeni w tym rejonie natychmiast się wycofają i wykorzystają swych trębaczy, by przekazać rozkaz dalej. My jesteśmy książętami i najsilniejszymi *nie'Sharum*. Naszym zadaniem jest udać się tam, gdzie trwa najbardziej zacięta walka.

Przed oczyma ponownie stanął mi atak na nasz obóz. Znów słyszałam krzyki, znów ujrzałam krew. Znów bez końca opatrywałam rannych.

– Boję się – przyznałam się.

– Ja też. – Chadan położył mi rękę na ramieniu. – Ale mimo to nie mamy wyboru.

Pokiwałam głową i rzuciliśmy się do biegu.

Zgodnie z naszymi obawami w zewnętrznych strefach trwały zaciekłe walki. Zwarte formacje wojowników rozpadły się na mniejsze grupki, broniące się desperacko. Ci ludzie nie mieli już gdzie się wycofać. Byli rozproszeni i otoczeni, jednak nadal mogli walczyć. Gdyby Iraven zdołał zamknąć bramę, być może niektórzy przeżyliby, ale jeśli nie...

– *Alagai* zablokowały bramę! – Chadan krzyknął do oddziału ośmiu wojowników czekających w zasadzce. – Wróg wdarł się do zewnętrznych stref! Cofajcie się do czwartej strefy i dołączcie do pozostałych oddziałów! Czekajcie na sygnał Sharum Ka!

Wojownicy ruszyli, by wypełnić polecenie, gdy nagle zza rogu wypadł ich Naganiacz z ostrzegawczym okrzykiem.

Wojownicy szybko i sprawnie cofnęli się do chronionej runami pułapki, dzięki czemu stali się niewidzialni dla ponad tuzina demonów, które z wyciem ścigały ich towarzysza. Naganiacz, nieświadom bitwy toczącej się za nim, był w pełni skupiony na zadaniu. Pędził po wąskiej ścieżce między dwoma wielkimi dołami demonicznymi, zamaskowanymi ciężkimi, przykrytymi piaskiem płachtami.

Przez długie godziny ćwiczyliśmy w *sharaj* spychanie. Otchłańce, wypadając z wąskiego tunelu do szerszego, rozdzielały się w próbie zaatakowania uciekającego wojownika. Nie mając pojęcia, że właśnie znalazły się w pułapce, miały wbiec na płachty i runąć na las runicznych włóczni.

Wojownicy w zasadzce zwarli tarcze i opuścili broń. Nie zwlekając, wypadli z ukrycia. Rozpoczęli szarżę, mającą na celu zepchnięcie w dół każdego demona, który zdołałby się przez nią przedostać. Jednemu *alagai* dopisało szczęście – pędził za Naganiaczem na tyle blisko, że udało mu się wskoczyć na bezpieczną ścieżkę. Wreszcie mogłam się przyjrzeć piaskowemu demonowi z bliska. Był rozmiarów wielkiego psa, a ciało pokryte miał łuską koloru piasku, ostrą niczym potłuczone szkło. Kolce różnej długości ciągnęły się wzdłuż kręgosłupa i wystawały ze stawów. Nisko osadzone, zakrzywione do tyłu rogi demona nie przeszkadzały mu w zwinnym biegu. Pazury ryły głębokie rowy w twardej glinie ścieżki.

Tylko jeden z nich popędził naprzód, bo pozostałe niespodziewanie zatrzymały się i odwróciły ku wybiegającym z zasadzki wojownikom.

– Co takiego? – szepnął Chadan.

– Skąd wiedziały? – spytałam.

– Nie mogły tego wiedzieć! – Książę nie mógł uwierzyć własnym oczom, ale mimo to otchłańce skądś wiedziały o zasadzce.

Sharum mieli teraz przeciwko sobie podwójną przewagę, a pułapka wciąż nie zaskoczyła. Co więcej, zadaniem wojowników było wepchnięcie ocalałych demonów do dołów, a nie walka z nimi.

Ich nagłe okrzyki sprawiły, że Naganiacz obejrzał się za siebie przed skokiem do runicznej kryjówki.

Potknął się, zszokowany widokiem, na co demon odbił się i pofrunął. Chlasnął wojownika pazurem po nodze, przecinając arterię z niemal chirurgiczną precyzją. Z rany trysnęła krew, a mężczyzna upadł z okrzykiem. Zasłonił się tarczą, która odbiła demona, i uderzył włócznią, trafiając potwora w bok.

Ten wpadł do dołu, ale już było za późno. Wojownik spróbował się podnieść, lecz szybko tracił krew, a jego towarzysze nie mogli mu przyjść z pomocą. Dwóch z nich już padło ofiarą siekących pazurami demonów, a pozostali bronili się desperacko. Demony odcięły ich od bezpiecznej kryjówki.

– Wycofujcie się! – krzyknął Naganiacz. – Szukajcie posiłków! Moja dusza jest gotowa na samotną ścieżkę!

Spoglądałem z niedowierzaniem, jak *Sharum* zwierają tarcze, odpychają ostatnie natarcie, a potem odwracają się i uciekają.

– Twa chwała nie zostanie zapomniana, bracie! – zawołał jeden z nich.

Demony podążały za nimi, lecz wojownicy lepiej znali teren i schowali się w runicznych kryjówkach w murach.

Spojrzałam na Naganiacza, który zacisnął dłoń na ranie, próbując zatamować krwotok. Piaskowy demon, którego wrzucił do dołu, skamlał i uderzał łapami włócznię tkwiącą w jego boku, aż udało mu się ją wyrwać. Wiedziałam z doświadczenia, że jego rana już się goiła. Jeśli otchłaniec miał wystarczająco dużo czasu, mógł wyleczyć każde obrażenie z wyjątkiem oderwanych kończyn.

– Musimy mu pomóc! – Odwróciłam się do Chadana.

– Nie! – zabronił mi Nie Ka. – Nie mamy broni, a *nie'Sharum* mają zakaz wchodzenia do Labiryntu.

Z niechęcią przyznałam mu rację. Mieliśmy na sobie jedynie bido i sandały, a bez runicznej broni nawet najsilniejszy cios mógł zaledwie oszołomić otchłańca. Gdybyśmy zeszli na dół, moglibyśmy poczytać się za szczęśliwców, jeśli udałoby nam się wyjść stamtąd żywymi.

Alagai podniósł się z trudem. Wojownik, skupiony na próbach dopełznięcia do runicznej kryjówki, był chyba nieświadom zagrożenia. Stracił tyle krwi, że tylko cudem zachowywał przytomność, a mimo to się nie poddawał.

„Nigdy nie przestawaj walczyć".

– Niech Otchłań porwie zakazy! – warknęłam w nadziei, że te słowa obudzą w Chadanie odwagę. – Jesteśmy mężczyznami czy nie?

I zeskoczyłam z muru.

29

Mężczyźni

349 ROK PLAGI

Mury Labiryntu liczyły dwadzieścia stóp wysokości. Ktoś inny pewnie by się zawahał, zanim zeskoczyłby na dno, ale ja nie przypominałam innych ludzi. Kolana przeszył mi ostry ból, gdy uderzyłam w podłoże z piaskowca, ale zdusiłam go w sobie i zabsorbowałam impet upadku przewrotem najlepiej jak umiałam.

– Olive! – wrzasnął Chadan, gdy zerwałam się na nogi i rzuciłam biegiem w kierunku rannego.

– Odejdź! – wychrypiał Naganiacz. – Moja dusza...

– Cicho! – syknęłam i zerwałam mu nocną woalkę, którą obwiązałam jego nogę, by powstrzymać krwotok. Rana była poważna, ale wiedziałam, że chirurdzy Uniwersytetu Zielarskiego potrafili ocalić ludzką kończynę. Bez wątpienia *dama'ting* również mogły temu podołać, o ile ten człowiek przeżyłby dostatecznie długo.

Jednocześnie zerknęłam na otchłańca. Jego oddech był chrapliwy i mokry, a chód nadal chwiejny, lecz każdy kolejny krok stawał się pewniejszy. Ujęłam tarczę wojownika, a wtedy z góry opadła lina. Obok mnie wylądował lekko Chadan.

– Przez ciebie zginiemy obaj! – rzekł, ale odebrał mi tarczę i stanął między nami a demonem.

„*Alagai* potrafią wyczuć zapach krwi z wielkiej odległości" – mówił nam Chikga. „I zawsze w pierwszej kolejności zaatakują rannego".

Dostrzegłam włócznię, która leżała zaledwie kilka kroków dalej, i prześliznęłam się wzdłuż muru ku niej.

– Zaatakuje Naganiacza. Jeśli zdołasz wytrzymać jedno zwarcie, ja zdobędę włócznię.

Chadan kiwnął głową i rzucił:

– Pospiesz się!

Zapach krwi był tak oszałamiający, że uderzył do głowy nawet mnie. Demon wpatrywał się tylko w rannego, napinając mięśnie tylnych nóg i szykując się do skoku. Ślina ściekała mu z kłów. Zignorował mnie całkiem, gdy zrobiłam krok w kierunku włóczni, a potem jeszcze jeden.

Raptem wciągnął powietrze przez nozdrza i obrócił łeb. Spojrzał mi w oczy, a ja ujrzałam w jego ślepiach błysk, jakby nagle mnie rozpoznał. Ogarnęło mnie przerażenie, a potem zrobiło mi się niedobrze, gdy już nie miałam wątpliwości, że demon całkiem zapomniał o rannym. Widział teraz tylko mnie.

– Olive! – krzyknął Chadan i rzucił się do szarży, ale ledwie go słyszałam. Przybrałam odpowiednią postawę i skupiłam całą uwagę na potworze, który odbił się i skoczył na mnie z wyciągniętymi szponami.

Mistrz Ćwiczeń Amaj uczył, że teren powinien walczyć za nas. Złapałam więc otchłańca za przednią łapę i obróciłam się, wykorzystując pęd stwora, by cisnąć nim na jeden z runów lektrycznych, wyrytych na ścianie z piaskowca. Ciało demona przeszył ostry impuls, który w okamgnieniu wniknął również we mnie.

Ból był tak silny, że na moment straciłam władzę nad ciałem. Potknęłam się i usiadłam na tyłek, a oszołomiony *alagai* padł na ziemię i zadygotał, ale jego magia już zaczęła leczyć obrażenia.

Spróbowałam się podnieść, ale otchłaniec zerwał się jako pierwszy i skoczył na mnie, gotów wbić długie, zakrzywione szpony w moje ciało. Niespodziewanie pojawił się Chadan, który zasłonił mnie i zatrzymał demona tarczą, a potem naparł ze wszystkich sił i wbił go z powrotem w runy lektryki.

Tym razem byłam już gotowa. Gdy *alagai* padł oszołomiony, złapałam go, ignorując ostre łuski i drapiące mnie pazury, a potem wielkim wysiłkiem uniosłam stwora nad głowę, przebiegłam kilka kroków i rzuciłam go na sam środek płachty zakrywającej pułapkę.

Ciężkie płótno zapadło się pod otchłańcem i odsłoniło runy, które opracowano tak, by przepuściły bestię, ale już jej nie wypuściły. Piaskowy demon spadł na sam dół ze stłumionym wrzaskiem i uderzył w podłogę dwadzieścia stóp niżej, wzbijając tumany pyłu.

Spojrzałam na skaleczenia pozostawione mi przez demona, ale żadne nie wydawało się poważne. Przypadłam do rannego wojownika, który zdążył stracić przytomność, i usłyszałam, że jego serce nadal bije. Chadan otworzył szeroko usta, gdy ujrzał, jak podnoszę i zarzucam sobie na ramię rosłego mężczyznę w zbroi, ale nic nie powiedział. Wsunął włócznię *Sharum* w obejmę pod tarczą, a potem zarzucił sobie obie na plecy i niczym wojownik wspiął się po linie. Dotarłszy na górę, pomógł mi wdrapać się z rannym Naganiaczem na plecach.

Inni *nie'Sharum*, powróciwszy po wykonaniu zadania, zebrali się z powrotem na murze. Byli zbyt oszołomieni, by mi pomóc. Wpatrywali się wybałuszonymi oczami, jak docieram na górę, kładę rannego na ziemi i zajmuję się jego obrażeniami. Chadan w tym czasie wciągnął linę.

Naganiacze, którzy byli narażeni na obrażenia i często sami salwowali się ucieczką, gdy ich rodacy osaczali demony za ich plecami, mieli podstawowe środki do opatrywania ran w sakiewce przy pasie. U tego człowieka znalazłam jednakże tylko kleszcze, nieco couzi, nić i igłę. Oczyściłam ranę najlepiej jak umiałam i zawiązałam zerwaną arterię oraz żyły w nadziei, że bardziej wyszkolony uzdrowiciel będzie umiał to po mnie poprawić.

– Co wyście zrobili? – Thivan spytał Chadana. – Przecież nie wolno...

– Niczego nie widziałeś! – warknął Chadan, a pozostali chłopcy zrobili krok w tył, zaskoczeni jego furią.

Gorvan uderzył Thivana w tył głowy.

– Co widziałeś?

Thivan opadł na kolana.

– Nic nie widziałem, Nie Ka!

– My też niczego nie widzieliśmy! – pokłonili się inni *nie'Sharum*, potakując z energią.

Chadan skwitował ich słowa skinieniem, jakby nie spodziewał się niczego innego.

– Gorvan, meldunek.

Gorvan spojrzał na zasadzkę, z której właśnie się wyczołgaliśmy.

– To niejedyna taka sytuacja, Nie Ka. Demony nie wpadły w żadną pułapkę. *Alagai* najwyraźniej wiedziały o zasadzkach i ukrytych wojownikach. Doszło do zaciętych walk.

On tu jest, pomyślałam.

Krasjanie uznawali Ojca Demonów za metaforyczny byt, ale wydarzyło się zbyt wiele, by móc to zignorować. Otchłańce były silne, lecz nawet najbystrzejsze nie przewyższały sprytem zwykłego psa, a już na pewno nie wystarczało im rozumu, by niespodziewanie rozgryźć pułapki, które działały od setek lat, i zwrócić się przeciwko ich budowniczym.

A ten piaskowy demon mnie poznał.

– Thivan – rozkazał Chadan – powstań i złóż meldunek.

– Większość naszych sił ewakuowała się na czas, Nie Ka. – Thivan ukłonił się po raz ostatni, po czym powstał. – Wojownicy zbierają się za murem czwartej strefy i będą gotowi, gdy Sharum Ka odbije bramę.

Jeśli mu się to uda, przyszło mi do głowy. Przeklęłam się w myślach za takie wątpliwości, ale nie mogłam się od nich uwolnić.

– Wracajcie na zewnętrzny mur pomagać załogom katapult i skorpionów – rozkazał Chadan. – Olive i ja zaniesiemy tego wojownika do *dama'ting*. Gorvan przejmuje godność Nie Ka do naszego powrotu.

Wraz z Chadanem zanieśliśmy rannego Naganiacza po murach, a potem zeszliśmy do pawilonu *dama'ting*, który znajdował się tuż przy Labiryncie. Pawilon wypełnił się już rannymi, a ja ze zdumieniem ujrzałam Belinę, która przewodziła uzdrowicielkom. Zauważyła mnie i uniosła ze zdziwienia brwi tak wysoko, aż zniknęły pod jej zawojem.

– Co tu się stało? – spytała.

Otworzyłam usta, ale uprzedził mnie Chadan.

– Ten wojownik oddzielił się od swojego oddziału i został ranny. Zrzuciliśmy mu linę, a on zdołał się nią obwiązać, nim stracił przytomność. Wciągnęliśmy go na mur i przynieśliśmy tutaj.

Belina przez chwilę spoglądała na niego sceptycznie, a potem zerknęła na skaleczenia na moim ciele. Oboje byliśmy umazani krwią rannego, a nasze bido całkiem nią przesiąkły. Miałam nadzieję, że uzna moją krew za jego.

– Zostałeś ranny? – zapytała.

– To nic takiego, *dama'ting* – odpowiedział Chadan. – Odłamek kamienia upuszczonego przez wichrowego demona.

Belina wpatrywała się w chłopaka jeszcze przez moment, po czym mruknęła pod nosem i spojrzała na wojownika.

– Czyja to robota?

– Moja – rzekłam, uprzedzając Chadana. – Woalka jako opaska uciskowa pomogła odciąć arterię udową, zanim *Sharum* stracił zbyt wiele krwi.

Belina zamrugała, a inne *dama'ting* uniosły głowy, słysząc moje słowa.

– Gdzie się tego nauczyłeś?

– Na Uniwersytecie Zielarskim w Zakątku – powiedziałam. – Uczyły mnie dyrektorka Darsy oraz *dama'ting* Favah, zanim... zabrano mnie tutaj.

– Favah – powtórzyła jedna z kapłanek, po czym wszystkie zaczęły szeptać do siebie. Wyglądało na to, że moja sędziwa nauczycielka cieszyła sławą nawet tutaj, w plemieniu swoich wrogów na końcu świata.

Belina spojrzała na mnie i kiwnęła głową.

– Favah dobrze cię uczyła. Uratowałeś nogę, a przypuszczalnie również życie tego człowieka – stwierdziła, a jej słowa sprawiły mi wielką przyjemność, co wzbudziło we mnie zaskoczenie i niesmak. Na rzadkie pochwały matki reagowałam podobnie. – Wracajcie do swoich obowiązków. Noc jeszcze się nie skończyła.

– Okłamałeś Belinę – powiedziałam do Chadana, gdy wróciliśmy do Labiryntu. Starałam się przy tym nie patrzeć księciu w oczy. Widziałam, że jest wściekły, choć próbował to ukryć, a nie rozumiałam, co nim powoduje.

– Popełniłem drugi grzech, by zamaskować ów pierwszy – odpowiedział. – Tej nocy już dwa razy musiałem cię ratować przed tobą samym.

– Ten wojownik zginąłby bez naszej pomocy – stwierdziłam. – Sam powiedziałeś, że naszym obowiązkiem jest udać się tam, gdzie trwają najbardziej zacięte walki. Po co, jeśli nie po to, by pomagać?

– Może i nie wierzysz w Everama, ale ja tak – rzucił Chadan. – Evejah zakazuje schodzić do Labiryntu tym, którzy na to nie zasłużyli.

– To czemu za mną poszedłeś? – spytałam. – Byłeś gotów dać temu wojownikowi umrzeć. Czemu złamałeś prawo ze względu na mnie?

– Bo jesteśmy braćmi. – Chadan rozłożył ramiona.

– Nie, nie jesteśmy! – prychnęłam ze złością. – To twój dom! *Nie'Sharum* to twoi bracia. Mnie porwano i przywieziono tu wbrew mojej woli, by wydać za ciebie za mąż. Nie jestem *nie'Sharum*. Nie jestem Majah, nie wierzę w Everama i nie muszę przestrzegać waszych zasad.

– To dlaczego skoczyłeś do Labiryntu, by ratować wojownika Majah? – spytał ostro Chadan. – Jeśli dla ciebie jesteśmy tylko strażnikami więziennymi, czemu ryzykowałeś własne życie, by ocalić jednego z nas?

– Bo prędzej pozwolę, by mnie Otchłań pożarła, niż będę stać bezczynnie i patrzeć, jak demon pożera kogoś, kogo mogę ocalić! – Ostatnie słowa wypowiedziałam niskim, gardłowym głosem, który zabrzmiał jak warkot. Serce mi biło jak szalone, a gniew przybrał na sile. Spoglądałam Chadanowi w oczy i zastanawiałam się, czy właśnie nie nadeszła pora, by rzucić mu wyzwanie raz na zawsze.

On zaś dostrzegł to wyzwanie, ale uniósł ręce wnętrzem dłoni ku mnie.

– I dlatego właśnie za tobą podążyłem. Może jesteś moim bratem, a może nie, ale twój honor nie ma granic, Olive asu Ahmann am'Zakątek. Cóż byłby ze mnie za mężczyzna, gdybym pozwolił ci stawić czoła *alagai* samemu?

Słowa Chadana rozproszyły mój gniew, bo ujrzałam w jego oczach, że popłynęły prosto z serca. Ten demon prawie mnie zabił. Chadan ocalił mi życie w Labiryncie, a potem skłamał, by zrobić to ponownie. Czemu się z nim kłóciłam?

– Moja Tikka twierdzi, że zasady są jak wychodek – odpowiedziałam. – Dzięki nim jesteśmy o wiele bardziej cywilizowani, ale dobrze jest raz na jakiś czas wywalić całe gówno, by nie śmierdziało za mocno.

Chadan roześmiał się, a napięcie między nami z wolna słabło.

– Jak silny jesteś?

Nie spodziewałam się tego pytania, które niebezpiecznie zbliżyło się do moich sekretów. Micha ostrzegała mnie przed tym.

– Nie wiem. A ty?

Chadan zatrzymał się. Czułam, że muszę zrobić to samo i spojrzeć mu w oczy.

– Nie jestem głupcem, synu Ahmanna. Twoim ojcem jest Shar'Dama Ka, a twa siła jest... nieludzka. Poczułem to już podczas naszej walki. Zeskoczyłeś z muru o wysokości dwudziestu stóp i rzucasz piaskowymi demonami jak workami z mąką.

– Nie wiem, czy zawdzięczać to matce, czy ojcu. – Wzruszyłam ramionami. – Matka korzystała z magii *hora*, gdy nosiła mnie pod sercem. Może przesadziła. Od zawsze mam więcej siły niż inni, ale nie dorównuję krzepą *alagai*. Wił się tak wściekle, że nie pozwoliłby się utrzymać, gdyby nie było tam owego dołu.

Chadan ruszył przed siebie. Sadził długie kroki, żeby jak najszybciej znaleźć się na murze.

– Użyteczna cecha dla wojownika.

Pospieszyłam za nim.

– Nie sądzę, by różniło się to wiele od ładunku mocy, która przenika ciało wojownika, gdy ten wbija włócznię w ciało demona i przejmuje część jego magii.

Znów poczułam na sobie jego wzrok, ale spoglądałam przed siebie, a gdy dotarliśmy na mur, usłyszeliśmy rogi, które oznajmiły, że Iraven przejął bramę. Oboje rzuciliśmy się do biegu.

Przez resztę nocy biegaliśmy po murach, przekazywaliśmy wiadomości wojownikom na ziemi, dostarczaliśmy nowe włócznie i tarcze, ewakuowaliśmy rannych i pomagaliśmy w ładowaniu katapult i skorpionów.

Wichrowe demony próbowały zniszczyć naszą artylerię, bombardując ją z powietrza, ale obsady były już wcelowane. Katapulty wyrzucały w powietrze grady runicznych kamieni, które darły skórzaste skrzydła i miażdżyły puste kości otchłańców, a skorpiony zmiatały je ze nieba. Samotny demon błyskawic już się nie pojawił.

Mogłam sobie myśleć o Iravenie, co chciałam, ale musiałam przyznać, że był dobrym przywódcą dla swoich ludzi. Osobiście poprowadził najbardziej niebezpieczne szarże, a jego zbroja była zbryzgana demonią juchą.

Sharum przeczesywali Labirynt strefa po strefie, aż każdy demon został zabity lub uwięziony w dole, gdzie miały go spalić promienie słońca. Na piaskach wokół miasta nadal roiło się od *alagai*, które rozpływały się, gdy niebo zaczęło się czerwienić, by wniknąć do Otchłani przed nastaniem świtu.

– Wrócą jutro w nocy – rzekł Mistrz Ćwiczeń Chikga.

Iraven pokiwał głową i stwierdził:

– Ale tym razem nie damy się już zaskoczyć.

30

CZĘŚĆ PIERWSZA

Zielona krew

349 ROK PLAGI

Gdy wróciliśmy do koszar o świcie, powitał nas zapach jedzenia, ale tym razem nie była to owsianka gotowana przez Tikkę nad ogniem. Wciągnęłam powietrze nosem i natychmiast poleciała mi ślinka.

– Tej nocy wykonaliście pracę mężczyzn – powiedział Chikga – a więc będziecie jeść jak mężczyźni. Miękki kuskus z warzywami i ostro przyprawione, ociekające tłuszczem mięso. Jedzcie, ile dacie radę.

Przez moment staliśmy jak wryci, zaskoczeni i oszołomieni, a potem pospieszyliśmy po miski. Tym razem o składzie kolejki zdecydowała nie hierarchia, lecz szybkość działania i tak oto być może po raz pierwszy w życiu na czele stanął Faseek.

– Nie będzie dziś wizyt u rodzin – oznajmił Chikga. – Wieczorem wracacie na mury. Póki co jedzcie i śpijcie. Ci, którzy mają ochotę na kilka godzin wolnego, mogą dziś po południu opuścić koszary.

Tikka napełniła moją miskę i wstawiła dwie pałeczki w kuskus. Ich widok przypomniał mi dom, zajęcia z kultury krasjańskiej i kuchnię Michy. Pałeczkami posługiwałam się po mistrzowsku. Nabierałam precyzyjnie porcje kuskusu i wsuwałam do ust, nie roniąc nawet ziarnka.

Chyba nigdy w życiu nie jadłam niczego równie dobrego. Być może przyczyną było to, że przez wiele dni posilałam się tylko owsianką. Teraz jedzenie zdawało się ożywać mi w ustach. Czułam sól, tłuszcz i skrobię, wszystko przesycone smakiem *hava*. Skosztowałam też kawałek mięsa.

– Jeśli chcesz, byśmy przestali cię wyzywać od księżniczek, lepiej przestań jeść w ten sposób – powiedział Chadan, który usiadł obok mnie.

Rozejrzałam się i od razu zrozumiałam, o co mu chodzi. Inni chłopcy po prostu przystawiali miski do ust, przechylali je i wpychali jedzenie pałeczkami.

Chadan uśmiechnął się i zręcznie obrócił pałeczki w palcach, ostatecznie uniósł miskę i poszedł w ślady swoich podwładnych. Byłam tak głodna, że się nie sprzeczałam. Łapczywie pochłaniałam własną porcję.

Gorvan skończył jako pierwszy. Był potężnie zbudowany i mógłby rozerwać Tikkę na strzępy, ale zbliżył się do niej ostrożnie, jakby była piaskowym demonem. Przyglądaliśmy się scenie, spodziewając się ostrej reprymendy, jednak gdy Tikka bez słowa nałożyła mu repetę, szybko ustawiliśmy się w drugą kolejkę.

Gdy słońce zaczęło prażyć dziedziniec, weszliśmy do koszar. W głowie nadal mi huczało i nie mogłam przestać myśleć o wydarzeniach poprzedniej nocy. Powietrze już się rozgrzewało, gdy układałam się na kamiennej podłodze. Wydawało mi się, że trudno mi będzie zasnąć, ale byłam tak zmęczona, a żołądek miałam tak rozkosznie przepełniony, że sen nadszedł w chwili, gdy układałam głowę na ramionach.

W snach widziałam demona, który odwrócił łeb ku mnie i wpatrywał się, jakby mnie rozpoznawał. Tym razem rzuciłam się do ucieczki i biegłam po murach, a otchłaniec ścigał mnie, wykrzykując moje imię.

Zerwałam się zlana potem i uświadomiłam sobie, że nie ja jedna przeżywałam wydarzenia zeszłej nocy. Thivan miotał się we śnie i jęczał, jakby znosił jakiś iluzoryczny ból. Konir siedział, obejmując ramionami kolana, i wpatrywał się w dal, zmagając się w umyśle z własnymi demonami.

Wszyscy obecni w pomieszczeniu znajdowali się w podobnym stanie. Każdego z nas prześladowało to, co widział w Labiryncie. Mistrzowie Ćwiczeń nie przestawali wysławiać nieskończonej chwały uczestnictwa w *alagai'sharak*, lecz nigdy nie przybliżyli nam koszmarów walki.

Rozejrzałam się, jednak nigdzie nie zobaczyłam Chadana. Najwidoczniej zakaz odwiedzin rodziny podczas Nowiu nie dotyczył wnuka *Damaji*.

A ja byłam Nie Domin, drugi w niczym. Skoro nie było Nie Ka, ja dowodziłam w *sharaj* do czasu jego powrotu. Chciałam jakoś podnieść resztę na duchu, choć po prawdzie sama potrzebowałam pokrzepienia. Nie znałam słów, które mogłyby ukoić ich lęki oraz ból.

„Najlepszy przywódca to ten, który dowodzi, dając przykład" – mawiała matka, stosując tę maksymę zarówno po to, by nakłonić mnie do zjedzenia warzyw podczas państwowych obiadów, jak i po to, by nauczyć mnie czegoś o rządzeniu. Lekcje matki bywały irytujące, teraz jednak doszłam do wniosku, że miała rację.

Spojrzałam na okna. Miałam wrażenie, że spałam ledwie kilka minut, lecz kąt padania promieni słonecznych zdradzał, że minęło już południe. Wciągnęłam w płuca powietrze i poczułam zapach świeżego mięsa, przyprawionego *hava*. Żołądek zaburczał w odpowiedzi.

Popatrzyłam na pozostałych *nie'Sharum*, pogrążonych w niespokojnym śnie, kroczących po pomieszczeniu czy gapiących się w nicość, i nagle z całej siły klasnęłam w dłonie. Odgłos poniósł się echem – niektórzy zerwali się ze snu, a inni odwrócili ku mnie głowy i kucnęli, jakby spodziewali się ataku.

– Obiad jest wciąż gorący – powiedziałam głośno. – Tikka nigdy nam nie wybaczy, jeśli pozwolimy, by wystygł. Im szybciej przyjdziemy, tym szybciej napełnimy brzuchy, a dla nikogo nie zabraknie.

Moje słowa były niczym światło wpadające przez kraty więzień, które *nie'Sharum* budowali w swych głowach. Klasnęłam po raz drugi, by ich z nich uwolnić.

– Wstawać! – zawołałam.

Odwróciłam się i ruszyłam przed siebie, reszta ustawiła się w kolejce za mną. Chwilę później znów staliśmy na słońcu, a wielki kocioł Tikki przyciągał uwagę nas wszystkich i kazał się skupić na chwili obecnej.

Jedliśmy szybko, jakbyśmy się spodziewali, że ktoś wyrwie nam miski. Ze względu na prędkość, z jaką pochłanialiśmy obiad, temu i owemu zebrało się na bekanie, co wnet przerodziło się w dość obrzydliwy konkurs. Ryczeliśmy ze śmiechu, gdy *nie'Sharum* rywalizowali o miano tego, którego beknięcie okaże się najdłuższe lub najbardziej smrodliwe. Księżniczka Olive byłaby tym przerażona, ja zaś śmiałam się do rozpuku.

– Niektórzy z nas wybierają się do miasta – powiedział Faseek znad miski. – Powinieneś iść z nami.

Trudno mi było uwierzyć w to, co zobaczyłam – Chigka i inni Mistrzowie Ćwiczeń stali już przy bramie i wydawali każdemu chłopakowi kilka draki.

– To na żarcie – warknął Chigka. – Nie chcę, by ktoś był dziś głodny. Nie marnujcie pieniędzy na *heasah*! Każdy złapany na piciu couzi zostanie wychłostany, a alkoholem poleję mu zakrwawione plecy!

Gorvan potarł monety.

– Nie wystarczy ani na jedno, ani na drugie, chyba że się zrzucimy na jakiegoś zielonokrwistego *push'ting*.

Wszyscy się zaśmiali, nie zważając na groźbę Mistrza, ja jednak doskonale pamiętałam własną chłostę i zapach środków dezynfekujących Beliny. Mimo to nadstawiłam ucha. Couzi mało mnie interesowało, *heasah* również, ale...

– *Push'ting*?

– Trudno, by nasza księżniczka nie zwróciła na to uwagi! – zaśmiał się Gorvan.

Inni przyłączyli się do wesołości, lecz śmiechy ucichły, gdy zmrużyłam oczy.

– Czy któryś z was poznał kiedyś jakiegoś *push'ting*? – zapytałam.

Większość chłopaków pochyliła głowy, tylko Gorvan nie przestał się uśmiechać.

– Mój ojciec mówi, że w każdym burdelu są jacyś *push'ting* dla tych ze skąpymi sakiewkami.

Znów rozległy się śmiechy, lecz tym razem powstrzymałam się od reakcji. Chłopcy mieli ochotę się pośmiać, a większość z nich naśladowała swoich ojców. Żaden nie mógł się pochwalić doświadczeniem ani też nie kierował się złośliwością. Nie chciałam oglądać burdelu, lecz może warto było skorzystać z okazji, by dowiedzieć się czegoś więcej. Miałam pytania na swój temat, na które *push'ting* być może zdołałby odpowiedzieć.

Wnet oszołomiły mnie widoki i odgłosy miasta. Pustynna Włócznia była ogromnym miejscem, niektóre budynki liczyły sobie setki, a nawet tysiące lat. Znajdowały się tam okazałe pałace, ale wiele niskich, mocnych budynków przeznaczonych dla zwykłych ludzi również wznosiło się od stuleci.

Zastanawiałam się, czy mój ojciec również chodził po tych ulicach i czy deptał swymi sandałami te same gładkie, starożytne kamienie, po których stąpałam dziś ja. Rozmyślałam, czy ojciec mojego ojca również tędy przechodził, a przed nim jego ojciec. Przez moment odniosłam wrażenie, że mam styczność z czymś większym od siebie, i poczułam związek z tym miejscem, z tym światem, jakże odległym od mojego własnego.

– Mango! – ktoś zawołał. – Mango i owoce opuncji!

Zatrzymałam się jak wryta, słysząc język z Północy. Odwróciłam się i zobaczyłam Thesankę, której skóra, choć mocno opalona, nadal wydawała się blada w porównaniu do mojej, która zbrązowiała w słońcu, dzięki czemu nie wyróżniałam się już tak bardzo wśród moich towarzyszy pełnej krwi. Nieznajoma miała zawój na włosach, ale nie zasłaniała twarzy, a na jej znoszonej sukni widać było jeszcze resztki spłowiałego koloru.

Spostrzegła, że się jej przyglądam, i wzięła mały owoc opuncji z wózka. Kilkoma zręcznymi ruchami ciężkiego noża nacięła kolczastą skórę.

– Spróbuj jednego za darmo, młody wojowniku – zaproponowała po krasjańsku z ciężkim akcentem. – Sprzedam ci ich sześć za jedną draki. Lepszej ceny nie znajdziesz nigdzie w całym mieście.

– Zielonokrwiści chrząkają jak świnie – skomentował Gorvan, a Thivan prychnął.

– Sam brzmisz jak świnia – odcięłam się i podeszłam do kobiety, by wziąć owoc. Nigdy dotąd nie jadłam opuncji, jej soczysty miąższ okazał się słodki i chłodny. Zjadłam go szybciej, niż zamierzałam, i oddałam Thesance monetę za kilka kolejnych.

– Serio chcesz wydać swoje pieniądze na owoce? – zapytał Montidahr z niedowierzaniem.

– A ty jaki masz plan? Liczysz na to, że znajdziesz jakąś bezzębną *chin*, która odda ci się za trzy draki, Montidahr? – zaśmiał się Gorvan. – Nawet *push'ting heasah* bardziej się cenią.

Gorvan nie był moim przyjacielem, ale okazywał mi lojalność. Stał jako trzeci w kolejce i to właśnie on wprowadzał w życie rozkazy Chadana oraz moje. Aż się też palił, by wygarbować skórę każdemu, kto nie odzywał się do nas z odpowiednią dozą szacunku. Pozwoliłam chłopakom, by się chwilę pośmiali z Montidahra, po czym przerwałam ich wesołość.

– Cicho bądźcie – powiedziałam miłym głosem. – Gorvanowi też jakoś nie udało się dotknąć żadnej kobiety, odkąd odciągnęli go od matki.

Nawet on sam zaśmiał się z moich słów. Pogrążeni w rozmowie, *nie'Sharum* odeszli kilka kroków, a ja odwróciłam się ku przekupce.

– Skąd pochodzisz? – zapytałam po thesańsku.

Kobieta wydała się zaskoczona, wtem dostrzegła błękit moich oczu, a potem zauważyła jaśniejszy odcień mojej karnacji.

– Urodziłam się w Winnicy Edona na południe od Fortu Rizon, a potem przybył demon pustyni i oddał nas Majah. Jesteś mieszanej krwi? Co robisz z tą zgrają?

„Demon pustyni". Wedle podręczników do historii tak właśnie ochrzczono mojego ojca, gdy przybył z pustyni, by podbić południową Thesę, ale nikt nie miał odwagi powiedzieć mu tego w twarz.

– Pochodzę z Zakątka. Od niedawna jestem w Forcie Krasja.

– Naprawdę? Otworzyli więc granicę?

W jej oczach zobaczyłam desperacką nadzieję i poczułam ból w sercu na myśl o tym, że muszę ją rozwiać.

– Nie. Ja jestem... szczególnym przypadkiem.

– Mniejsza o to. – Kobieta machnęła dłonią, jakby przepędzanie nadziei stało się dla niej normą. – Możesz podzielić się ze mną jakimiś wiadomościami? Czy Leesha, córka Erny'ego, nadal włada Zakątkiem?

Teraz to ja byłam zaskoczona, słysząc imię matki tysiąc mil od domu.

– Tak, księżna Leesha rządzi Zakątkiem.

– Księżna? – Kobieta klasnęła z zachwytem. – Moja kuzynka uciekła do Zakątka przed Krasjanami. Błagała mnie, bym poszła razem z nią, ale moja matka była zbyt stara na tak długą podróż. A potem...

Ponownie machnęła ręką, pokazując wózek.

– Umarła podczas drogi przez pustynię, a ja mieszkam tu.

– Przykro mi – powiedziałam, wiedząc, że słowa to za mało.

Kobieta znów odepchnęła ból.

– To wydarzyło się wiele lat temu. Już się pogodziłam ze swoim losem. A co z Rizon? Mijałeś mój dom w drodze na południe?

– Nie. – Pokręciłam głową. – Popłynęliśmy przez wielkie jezioro, ale z tego, co mi mówiono, mój...

O mało się nie udławiłam słowem „ojciec" i zaczęłam kasłać.

– Proszę. – Przekupka podała mi kubek napełniony wodą z dzbana na jej wózku.

Przyjęłam go z wdzięcznością i wypiłam.

– Ahmann Jardir okazał się lepszym przywódcą, niż ludzie się obawiali. Lenno Everama cieszy się dostatkiem i pokojem od czasów wojny.

– Tylko z Majah jakoś pokoju nie chce, bo nasze domy już bez wątpienia komuś oddał. – Kobieta wydała odgłos przypominający splunięcie, ale oszczędziła ślinę.

Nie dziwiłam się jej frustracji. Ten jeden spacer po mieście sporo mi pokazał. Jeńcy z zielonych krain przyprowadzeni tu przez Majah uformowali w Pustynnej Włóczni ogromny margines społeczny. Sporo z nich żyło w dużo większej nędzy niż ta sprzedawczyni owoców i nawet ich dzieci mieszanej krwi nie miały tu wielu praw. Niektórzy z nich stanowili własność Krasjan i bytowali w lepszych warunkach, lecz ja dobrze wiedziałam, że luksusy nie są tym samym, co wolność.

Podręczniki potwierdzały słowa matki, że ojciec ruszył na podbój, by wcielać do swej armii ludzi z pokonanych krain i zebrać siły do walki z demonami. Przerwał podbój, gdy wojna dobiegła końca, ale czy to stanowiło jakieś usprawiedliwienie krzywd tysięcy ludzi? Gdybym urodziła się w uboższej rodzinie, czy podzieliłabym ich los? Krasjanie często opowiadali o krwawych urazach, które ciągną się przez całe pokolenia. Jeśli to prawda, mój żal do nich nie miał wprost granic.

– Olive, możemy już iść czy będziesz dalej sobie chrząkać z tą zielonokrwistą? – zawołał Gorvan. – Szkoda dnia!

Kobieta przechyliła głowę, słysząc moje imię.

– Olive? Tak jak księżniczka Zakątka?

– Muszę iść – odpowiedziałam szybko, wcisnęłam przekupce drugą monetę do ręki i pospieszyłam za resztą, nie czekając na jej reakcję.

– Czy ty właśnie zapłaciłeś dwa draki za kilka opuncji? – zapytał Thivan z niedowierzaniem.

– Czy to oznacza, że nie chcesz jednej? – odpowiedziałam.

Włóczyliśmy się po mieście kilka godzin, ale Gorvan i Montidahr nie znaleźli żadnej *heasah* – ani też couzi, jeśli chodzi o ścisłość. Gdy słońce zaczęło zachodzić, z niechęcią wydali pieniądze na szaszłyki z mięsem i soki owocowe, po czym wróciliśmy do koszar.

Tam czekał na nas Chadan, który wydawał się świeżo wykąpany i najedzony. Reszta z nas znikła na kilka minut w komnacie potu. Złapałam świeże bido od Tikki, lecz na tym się skończyło. Marzyła mi się długa kąpiel.

Przyłapałam Chadana na tym, że mi się przyglądał, gdy sądził, że skupiam uwagę na czymś innym, odwracał jednak spojrzenie, gdy na niego patrzyłam. Zastanawiałam się, czy Belina uwierzyła w jego opowieść i czy został poddany dalszemu przesłuchaniu, choć nie miało to dla mnie właściwie znaczenia. Nie miałam wątpliwości, że zasady nie dotyczyły tu wszystkich w równym stopniu. Aleveran nie ukarałby swego wnuka, a dopóki sądził, że jestem mu do czegoś potrzebna, mnie też nie ukarałby bardziej, niżby musiał.

O zachodzie słońca znów byliśmy na murach. Każdy z nas dźwigał bukłak dla spragnionych wojowników w Labiryncie, a oprócz tego nosiliśmy amunicję do skorpionów i katapult. *Nie'Sharum* Chikgi mieli za zadanie wspierać bezpośrednio mojego brata, co miało przynieść korzyści zarówno Chadanowi, jak i mnie. Sharum Ka nie mógł otwarcie nikogo faworyzować, ale mógł przynajmniej trzymać nas przy sobie.

Iraven złapał moje spojrzenie i dał mi sygnał, bym podeszła bliżej. Instynktownie wypełniłam polecenie, choć jego widok obudził we mnie niezdrowe emocje.

Chciałam nienawidzić brata i część mnie z pewnością darzyła go tym uczuciem, ale nawet mnie zainspirowała jego odwaga zeszłej nocy. Iraven zawsze był tam, gdzie trwały najbardziej zaciekłe walki. Nigdy w życiu nie widziałam lepszego wojownika – jego ruchy były szybkie, zwinne i pełne gracji jak u Michy, ale był od niej o wiele potężniej zbudowany i miał znacznie większy zasięg. Grożąc mu zemstą, wyszłam na idiotkę. Trenowałam bez ustanku od wielu tygodni, ale mimo to Iraven zabiłby mnie w trzech ruchach.

Nie unosząc wzroku i nie mówiąc ani słowa, podeszłam do niego. Iraven, który nie odrywał oczu od piasków za bramami, wręczył mi jakieś zawiniątko.

– Matka chciała, bym ci to przekazał.

Zawiniątko okazało się torbą z miękkiej skóry i od razu odgadłam jego przeznaczenie. Favah miała coś takiego na Uniwersytecie Zielarskim. W środku zobaczyłam suszone zioła, mały moździerz z tłuczkiem, szczypce i inne przyrządy lekarskie. Odwróciłam torbę i dostrzegłam wszytą w nią ukrytą pochewkę, w której krył się zakrzywiony hanzhar.

Nie był to byle hanzhar. Wysadzaną klejnotami rękojeść owinięto cienkim paskiem brązowej skóry. Rozpoznałam broń, gdy tylko wyciągnęłam ostrze do połowy. To był ten sam nóż, który Belina próbowała mi sprzedać wiele miesięcy temu na bazarze Achmana. Bez wątpienia krył w sobie jakąś magię, którą *dama'ting* mogła wykorzystać przeciwko mnie, musiałam jednak przyznać, że z runicznym ostrzem poczułam się lepiej.

Za tak cenny dar w obu naszych kulturach należało okazać wielką wdzięczność, lecz nie powiedziałam ani słowa podziękowania. Trzeba było o wiele więcej, by kupić moje wybaczenie.

– Dzięki temu łatwiej będzie leczyć.

– Leczenie to kobieca sztuka – rzucił Iraven.

– Wychowywano mnie jako kobietę – odpowiedziałam.

Książę odwrócił się, by spojrzeć na mnie.

– A kim jesteś teraz?

– Twoim więźniem. – Popatrzyłam mu w oczy.

Iraven wskazał uliczkę Labiryntu. Stał tam znany mi Naganiacz, który już doszedł do pełni sił dzięki magii *dama'ting*.

– Więzień nie zeskoczyłby na dno Labiryntu, by ocalić wojownika z wrogiego plemienia.

Nie spytałam, skąd o wszystkim wie.

– Evejah utrzymuje, że po zapadnięciu ciemności wszyscy mężczyźni są braćmi.

– A więc jesteś mężczyzną – zauważył Iraven.

– A czy kobiety nie są siostrami w nocy? – zapytałam. – Czy nie jesteśmy rodzeństwem? Kobiety poświęcają tyle co mężczyźni, gdy nadchodzą *alagai*.

– Czyli jesteś kobietą, tak?

Wsunęłam sztylet do pochwy, poirytowana formą tego zdania.

– Twój umysł jest zbyt ciasny, by zrozumieć, kim jestem, bracie.

Zaryzykowałam wyjawienie mojego sekretu, ale zawładnął mną gniew i przestało mi zależeć. Zacisnęłam dłoń na rękojeści hanzharu z taką siłą, iż poczułam, jak klejnoty przebijają się przez skórę.

Pojawienie się Mistrza Ćwiczeń Chikgi powstrzymało odpowiedź Iravena. Mój brat znów zaczął patrzeć na piaski, najwyraźniej nie chcąc, by ktoś widział, że poświęcał mi zbyt wiele uwagi.

– Wracaj na posterunek.

Ukłoniłam się i zarzuciłam rzemień torby na ramię, po czym poszłam do swoich obowiązków.

Otchłańce pojawiły się w wielkiej liczbie po zniknięciu ostatnich promieni słońca, lecz nie było ich tyle co ostatnio.

Mistrz Ćwiczeń Chikga najwyraźniej doszedł do takich samych wniosków.

– Jest ich mniej. Być może burza już mija.

– Być może – powtórzył Iraven, choć nie wydawał się przekonany. Robotnicy przez cały dzień wynosili kamienie upuszczone przez demony, ale wszyscy wiedzieliśmy, jak szybko mogą wrzucić ich więcej. – Unieście bronę na raptem kilka minut.

Nowy trębacz Iravena przekazał rozkaz i ogromny mechanizm ze zgrzytem został wprawiony w ruch. Chmara *alagai* wpadła do środka, a ciężka krata opadła po chwili, miażdżąc te, które miały nieszczęście znaleźć się pod nią.

Naganiacze krzyczeli i uderzali włóczniami o tarcze, prowadząc otchłańce ku pułapkom, tak jak czynili to zeszłej nocy, wyczuwałam jednak większe napięcie. W zasadzkach i strażnicach w Labiryncie kryło się trzy razy więcej *Sharum* niż zwykle. Iraven nie wiedział, co go czeka tej nocy, zatem próbował być przygotowany na każdą ewentualność.

Ale nie był. Nikt z nas nie był. Z zaskoczeniem uświadomiliśmy sobie, że ryk rogów dobiega z innej części miasta.

Z dzielnicy zielonokrwistych.

KONIEC KSIĘGI PIERWSZEJ

Słownik pojęć z języka krasjańskiego

ajin'pal/ajin'pan – brat-we-krwi/siostra-we-krwi. Termin stosowany do określenia więzi między młodym wojownikiem a jego mentorem, która powstaje podczas ich pierwszej *alagai'sharak*. *Ajin'pal* lub *ajin'pan* są później uważani za krewnych.

ajin'pel – zbratany-z-wieloma. Tym mianem opisuje się wojownika o sławie tak wielkiej, że stworzył przez lata więź z wieloma *ajin'pal*. *Ajin'pel* cieszą się wielkim znaczeniem wśród *Sharum*.

Ala – 1) idealny świat stworzony przez Everama, a wypaczony przez Nie; 2) ziemia, gleba, glina itd.

alagai – otchłańce (demony). Dosłowne tłumaczenie to „plaga dręcząca Ala".

alagai hora – kości demona wykorzystywane do tworzenia magicznych przedmiotów, jak choćby runiczne kości, wykorzystywane przez *dama'ting* do przepowiadania przyszłości. *Alagai hora* stają w płomieniach, gdy padają na nie promienie słońca.

Alagai Ka – demon umysłu i Książę Małżonek Alagai'ting Ka, Matki Demonów. Znany również jako Ojciec Demonów, Ojciec Kłamstw i Król Demonów. Alagai Ka i jego synowie cieszą się reputacją najpotężniejszych władców demonów i służą jako generałowie oraz kapitanowie sił Nie.

alagai'sharak – święta wojna przeciwko demonom.

Alagai'ting Ka – Matka Demonów z krasjańskiego mitu, znana również jako Matka Zła bądź Królowa Demonów.

alomom – proszek wykorzystywany przez Wypatrywaczy, by maskować zapach ich potu.

asu – syn, często używane jako przedrostek lub element imienia chłopca.

baba – dziadek (nieformalne wyrażenie uczuciowe).

bido – przepaska biodrowa noszona przez mężczyzn i kobiety pod szatami. O młodym człowieku, który jeszcze nie zasłużył sobie na prawo noszenia szat wyznaczających jego pozycję w społeczeństwie, mówi się „ciągle w bido".

chin – obcokrajowiec lub niewierny, używane w odniesieniu do każdego człowieka, który nie jest przynajmniej półkrwi Krasjaninem. Pojęcie jest obraźliwe i często stanowi synonim słowa „tchórz".

chi'Sharum – młodzi mężczyźni z zielonych krain, którzy przechodzą *Hannu Pash* i zostają wyniesieni do rangi wojowników wraz ze wszystkimi prawami i przywilejami. W krasjańskiej hierarchii ich kasta znajduje się pod kastą *dal'Sharum* pełnej krwi.

couzi – nielegalny alkohol przyprawiany cynamonem. Ze względu na swą moc podawany jest w małych kubeczkach, które opróżnia się jednym haustem.

dal – przedrostek oznaczający „czcigodny".

dal'Sharum – krasjańska kasta wojowników, w której skład wchodzi większość mężczyzn. *Dal'Sharum* są podzieleni na mniejsze oddziały, podlegające rozkazom swych *kai'Sharum*. *Dal'Sharum* noszą czarne szaty wzmocnione pancerzami oraz hełm z czarnym turbanem i woalkę. Wszyscy szkoleni są w sztuce walki wręcz (*sharusahk*), a także w walce włócznią i tworzeniu muru tarcz.

dama – kasta kapłanów stojąca w hierarchii nad wojownikami, a pełniąca rolę przywódców duchowych i świeckich. Jej członkowie noszą białe szaty i nie mają broni, jeśli nie liczyć biczów zwanych ogonami *alagai*. Są mistrzami *sharusahk*, krasjańskiej sztuki walki wręcz. Podczas nauki opanowują sekrety nieznane *Sharum*.

Damajah – tytuł noszony przez Ineverę, Pierwszą Żonę Ahmanna Jardira, Shar'Dama Ka. Damajah jest duchową i świecką przywódczynią każdej kobiety w Nowej Krasji.

Damaji – mężczyźni będący świeckimi i duchowymi przywódcami dwunastu plemion Krasji.

Damaji'ting – kobiety piastujące funkcję świeckich i duchowych przywódczyń kobiet w danym plemieniu.

dama'ting – kasta kapłanek, która pełni również rolę uzdrowicielek i położnych. Strzegą sekretów magii *hora*, dzięki której mogą przewidywać przyszłość. Są otaczane nabożnym lękiem, a wyrządzenie krzywdy *dama'ting* bądź przeszkodzenie jej w pracy karane jest śmiercią.

draki – krasjańska waluta.

Evejah – święta księga Everama, spisana przez Kajiego, pierwszego Wybawiciela, przed trzema tysiącami lat. Evejah jest podzielona na części zwane diunami. Każdy *dama* podczas swego szkolenia jest zobowiązany do przepisania jednego egzemplarza Evejah własną krwią.

Everam – Stwórca.

ginjaz – zdrajca.

Hannu Pash – dosłownie „ścieżka życia". Termin określa zarówno ceremonię, jak i okres szkolenia oraz religijnej indoktrynacji, która ma na celu ukształtowanie młodego krasjańskiego wojownika.

hava – przyprawa, która poprawia smak i konserwuje potrawy. Podstawa krasjańskiej sztuki gotowania.

heasah – prostytutka.

inevera – krasjańskie słowo oznaczające „wola Everama" lub „jak sobie życzy Everam".

Inevera – popularne imię żeńskie w plemieniu Kaji.

jiwah/jiwan – żona/mąż.

Jiwah Ka – Pierwsza Żona. *Jiwah Ka* jest najważniejszą i najbardziej poważaną żoną każdego Krasjanina. Ma prawo weta w sprawie małżeństw i może wydawać rozkazy innym żonom.

Jiwah Sen – mniej ważne żony, podległe woli Jiwah Ka.

jiwah'Sharum – dosłownie „żony wojowników". Termin oznacza kobiety, które płodne życie spędzają w haremach *Sharum*, co uważane jest za wielki zaszczyt.

Wszyscy wojownicy mają dostęp do *jiwah'Sharum* swego plemienia, by móc je regularnie zapładniać i wzmacniać plemię kolejnymi wojownikami.

kai'Sharum – dowódcy wojsk krasjańskich. Wojownicy ci przechodzą specjalne szkolenie w Sharik Hora i stoją na czele poszczególnych formacji w *alagai'sharak*. *Kai'Sharum* noszą czarne szaty *dal'Sharum*, ale w nocy zasłaniają twarze białymi woalkami.

Kaji – imię pierwszego Wybawiciela i patriarchy plemienia Kaji, zwanego również Shar'Dama Ka. Ponad trzy tysiące lat temu Kaji zjednoczył znany świat do walki z demonami i wygrał tysiąclecia pokoju.

kamanj – strunowy instrument przypominający skrzypce, zakończony kolcem, który opiera się na ziemi lub nodze grajka.

khaffit – najniższa męska kasta w społeczeństwie krasjańskim. *Khaffit*, którzy zostali wyrzuceni z *sharaj*, są zmuszani do ubierania się w brązowe szaty, tak jak dzieci, i golą policzki na znak, że nie są prawdziwymi mężczyznami.

Lenno Everama – wcześniej Wolne Miasto Fort Rizon, otoczone rozległymi polami uprawnymi, podbite w 333 Roku Plagi przez Krasjan. Zostało stolicą Nowej Krasji na Północy.

łuski ***alagai*** – typ zbroi znanej wśród Majah, której tajniki produkcji strzeżone są przez potężną rodzinę Tazhan.

magia ***hora*** – jakakolwiek forma magii, w której korzysta się z części ciała demonów (kości, juchy, etc), nadającej moc czarom.

Mistrzowie Ćwiczeń – elita wojowników, którzy szkolą *nie'Sharum*. Noszą standardowe szaty *dal'Sharum*, ale w nocy zakładają czerwone woalki.

Nie – 1) imię Antystwórczyni, będącej przeciwieństwem Everama, bogini nocy i demonów; 2) nic, pustka, nie; 3) przedrostek przydawany adeptom rozmaitych sztuk.

nie'dama – *nie'Sharum* wybrani do szkolenia *dama*.

nie'dama'ting – *dama'ting* w trakcie nauki, zwane również Narzeczonymi, gdyż są przyobiecane Everamowi. Każdy mężczyzna, który odważy się dotknąć jednej z nich, zostanie ukarany śmiercią albo utratą kończyny winnej przewinienia.

Nie Ka – dosłownie: „ów nikt, który jest pierwszym". Tytuł przysługujący chłopcu dowodzącemu grupie *nie'Sharum* i służącemu jako sierżant na rozkazy Mistrza Ćwiczeń.

nie'Sharum – chłopcy szkolący się na wojowników.

nocna woalka – zasłona na twarz noszona przez *Sharum* podczas *alagai'sharak*. Ma na celu ukryć ich tożsamość i podkreślić, że po zapadnięciu zmroku wszyscy mężczyźni są sobie równi.

Nów – obrządek wyznawców Everama, który rozpoczyna się jeden dzień przed nowiem i kończy dzień po nim. Uczestnictwo w rytuałach w Sharik Hora jest wówczas obowiązkowe, a rodziny spędzają czas razem, nawet wyciągając swych synów z *sharaj*. Demony są wówczas silniejsze, a mówi się, że sam Alagai Ka chodzi po powierzchni ziemi.

ogon *alagai* – bicz składający się z trzech rzemieni, w które wpleciono ostrza, wgryzające się w ciało ofiary podczas smagania. *Dama* sięgają po nie, by wymierzyć karę.

ojciec-we-krwi – ojciec chrzestny lub ojciec przybrany. Pojęcie używane przez *ajin'pal*, by określić zmarłego ojca.

Otchłań Nie – wedle Evejah to podziemny świat składający się z siedmiu stref, gdzie *alagai* kryją się przed promieniami słońca. Każda strefa jest zasiedlona przez inny gatunek demona.

plemiona – dwanaście plemion Krasji: Anjha, Bajin, Halvas, Jama, Kaji, Khanjin, Krevakh, Majah, Mehnding, Nanji, Sharach, Shunjin.

Podmiasto – ogromny labirynt runicznych jaskiń pod Pustynną Włócznią, które w nocy stanowią bezpieczne schronienie dla kobiet, dzieci i *khaffit* na czas toczonej przez mężczyzn bitwy.

push'ting – określenie odnoszące się do homoseksualistów, osób transpłciowych lub innych, które w jakiś sposób wykraczają poza stereotypy płciowe. Związki między przedstawicielami tej samej płci są częste w Krasji, ale pojęcie *push'ting* używane jest jako pogardliwe wobec tych, którzy nie chcą zawrzeć choćby symbolicznego związku ze względu na dzieci.

Pustynna Włócznia – miasto znane na Północy jako Fort Krasja, ogromna forteca wybudowana wokół oazy oraz prastarego Świętego Miasta Sharik Hora.

Ramiona Everama – strażnicy Świętego Miasta w Pustynnej Włóczni. Ich czarne szaty mają białe rękawy, co oznacza, że wojownicy służą *dama* swymi rękoma.

Róg Sharak – ceremonialny róg, którego melodia wyznacza początek i koniec *alagai'sharak*.

runy – symbole na ubraniach i przedmiotach, układające się we wzory, mające prawdziwą moc.

samotna ścieżka – krasjańskie określenie śmierci. Wszyscy wojownicy muszą podążyć owianym mgłami szlakiem prowadzącym ku Niebu. Po drodze czekają na nich rozmaite pokusy, które mają na celu sprawdzić siłę ich woli i nie dopuścić do tego, by przed osądem Everama stawili się ludzie niegodni tego zaszczytu. Dusze, które zboczą ze ścieżki, giną na zawsze.

shar'dama – *dama,* którzy uczestniczą w *alagai'sharak,* co stanowi pogwałcenie prawa.

Shar'Dama Ka – pierwszy wśród wojowników-kapłanów. Krasjańskie pojęcie oznaczające Wybawiciela, który przybędzie, by uwolnić ludzkość od *alagai.*

sharaj – koszary dla młodych chłopców przechodzących przez *Hannu Pash,* przypominające nieco internat szkoły wojskowej. W *sharaj* obowiązuje podział ze względu na pochodzenie. „Czysta krew" oznacza chłopców z rodzin wojowników Majah. „Brudna krew" to synowie *dal'Sharum* i kobiet *chin.* „Tchórzliwa krew" oznacza synów *khaffit,* a „zielona krew" synów *chin.*

Sharak Ka – Pierwsza Wojna. Ostateczna bitwa *alagai'sharak,* w której Wybawiciel poprowadzi armie Everama ku zwycięstwu lub klęsce.

Sharak Suun – Wojna w Blasku Dnia, w której ludzkość musi zostać ujarzmiona i zjednoczona, by móc pomaszerować w armii Everama na *Sharak Ka.*

Sharik Hora – wielka świątynia w Krasji, zbudowana z kości poległych wojowników. To, że po śmierci kości zostaną pokryte lakierem i wykorzystane do budowy świątyni, stanowi największy zaszczyt dla wojownika.

sharukin – postawy wojownika. Serie ruchów, trenowane w ramach *sharusahk*.

Sharum – wojownik. *Sharum* noszą czarne szaty, w które wszyto płytki pancerza z wypalanej gliny.

Sharum Ka – pierwszy wojownik. Tytuł przysługujący świeckiemu przywódcy wojsk walczących w *alagai'sharak*. *Sharum Ka* zostaje wybrany przez tego, kto zasiada na Tronie z Czaszek, a wszyscy *Sharum* są zobowiązani do absolutnego posłuszeństwa wobec niego od zmierzchu do świtu. *Sharum Ka* ma własny pałac niedaleko placów treningowych i zasiada na Tronie Włóczni. Przywdziewa czarne szaty *dal'Sharum*, ale jego turban i nocna woalka są białe.

Sharum'ting – wojowniczki, służące głównie jako eskorta *dama'ting*.

sharusahk – krasjańska sztuka walki wręcz. Istnieje wiele szkół *sharusahk* w zależności od kasty i plemienia, ale każda opiera się na brutalnych, skutecznych ruchach, mających na celu wykorzystanie siły wojownika przeciwko niemu, by ogłuszyć, okaleczyć bądź zabić.

skorpion – ogromna kusza wykorzystująca sprężyny zamiast cięciwy. Wyrzuca grube włócznie z ciężkimi ostrzami, które nawet bez runów są w stanie zabić demona piaskowego lub wichrowego.

tarcza – liczący dwóch do pięciu wojowników oddział, z których składa się każda formacja *Sharum*.

tikka – babcia (wyrażenie poufałe).

'ting – przyrostek oznaczający kobietę.

Tron Włóczni – Tron *Sharum Ka*, wykonany z połamanych włóczni wcześniejszych *Sharum Ka*.

Tron z Czaszek – tron, na którym wedle tradycji zasiada władca Krasji. Po rozłamie i wycofaniu się Majah istnieją dwa Trony z Czaszek. Oryginał, który stoi w Nowej Krasji, został wykonany z czaszek nieżyjących *Sharum Ka* i powleczony elektrum, a mocy użycza mu czaszka demona umysłu, dzięki któremu bariera roztaczana przez tron chroni centrum stolicy Lenna Everama. Tron w Starej Krasji został niedawno wykonany z czaszek poległych wojowników, a stoi w świętej świątyni Sharik Hora.

vah – córka, słowo często używane jako przyrostek bądź przedrostek przy dziewczęcym imieniu.

Włócznie Pustyni – elitarny oddział *Sharum Ka* Iravena.

Wypatrywacze – *dal'Sharum* pochodzący głównie z plemion Krevakh i Nanji, szkolonych do walki przy użyciu specjalnych broni oraz taktyki. Służą jako zwiadowcy, szpiedzy i zamachowcy. Walczą między innymi za pomocą okutych żelazem drabin długości sześciu stóp, które można ze sobą łączyć. Są tak wyszkoleni, że potrafią wbiec na górę drabiny, która nie została o nic oparta, i balansować na jej szczycie.

zielone krainy – krasjański termin określający Thesę (ziemie leżące na północ od krasjańskiej pustyni). Spora ich część stała się Nową Krasją.

Grymuar runów i demonów

Demon bagienny – jest wodną odmianą demona drzewnego, spotyka się go na terenach podmokłych. Czuje się równie dobrze w wodzie, jak i wśród drzew. Jego skóra pokryta jest zielonymi i brązowymi plamami, dzięki czemu otchłaniec może się stopić z otoczeniem. Często kryje się między drzewami, w błocie bądź płytkiej wodzie, skąd wyskakuje na swoją zdobycz. Atakując, pluje gęstym, lepkim szlamem, a to wywołuje pospieszne gnicie każdej substancji organicznej, z którą wejdzie w kontakt.

Demon błyskawic – jest niemal nie do odróżnienia od swojego kuzyna demona wichrowego, ale potrafi splunąć ładunkiem elektrycznym, mogącym sparaliżować ofiarę. Atakuje z lotu nurkowego i podrywa porażoną ofiarę, by pożreć ją w całości.

Demon brzeżny – zwany również żabim demonem albo ropuchą. Otchłaniec z tego gatunku w istocie przypomina pospolitą żabę, ale jest na tyle duży, by móc połknąć człowieka w całości. Czyha na swoją zdobycz w płytkiej wodzie i wyskakuje, gdy ofiara znajdzie się w zasięgu. Strzela długim, mocnym językiem, którym łapie ofiary i wciąga je do szeroko rozwartej paszczy. Wówczas demon brzeżny wraca do wody i topi szamoczące się ofiary.

Demon drzewny – żyje w lasach, a wielkością i wzrostem ustępuje jedynie demonowi skalnemu. Gdy stoi na tylnych nogach, sięga od pięciu do dziesięciu stóp wzrostu. Ma krótkie, masywne łapy i długie, muskularne ramiona, idealnie nadające się do wspinania po gałęziach czy przeskakiwania z konaru na konar. Także krótkie i zakrzywione szpony ułatwiają wspinanie się po pniu. Skóra przypomina korę teksturą i barwą. Drzewny demon ma wielkie, czarne oczy. Nie można wyrządzić mu krzywdy zwykłym ogniem, ale staje w płomieniach, gdy zostanie oblany płynnym ogniem demonicznym bądź opluty przez demona ognistego. Z tego też powodu darzą się wielką nienawiścią i zabijają przy każdej okazji. Często poluje w grupach.

Demon gliny – spotyka się go na połaciach twardej, zbitej gliny, które ciągną się na obrzeżach krasjańskiej pustyni. Rozmiarami dorównuje średniej wielkości psu. Jest krępy i muskularny, a jego ciało kryje gruby pancerz z nachodzących na siebie płyt. Dzięki krótkiemu, mocnemu ogonowi potrafi wspinać się po każdej skale, a nawet zwisać z nich głową w dół. Pomarańczowo-brązowy pancerz pozwala mu idealnie zamaskować się wśród ścian lepianek bądź w korycie wyschniętej rzeki. Tępo zakończona głowa przebije się przez niemal każdą przeszkodę, rozbije kamień i wyszczerbi stal.

Demon jaskiniowy – zwany również tunelowym bądź pajęczym, dysponuje ośmioma segmentowanymi kończynami i potrafi przemieszczać się z wielką prędkością. Ponadto wytwarza lepką substancję, która jest obojętna magicznie – nie można jej dostrzec wzrokiem wzmocnionym magią i nie da się przed nią obronić za pomocą runów ochronnych. Demon jaskiniowy przygotowuje pułapki i czyha na niebaczne ofiary. Rzadko wychodzi na powierzchnię, chyba że zostaje wezwany przez demona umysłu. Znacznie częściej można się na niego natknąć w głębokich jaskiniach i tunelach demonicznego roju.

Demon kamienny – mniejszy kuzyn skalnego demona, który powstaje ze skalnych zboczy. Demona kamiennego chroni pancerz będący zbieraniną rozmaitych kamieni. Na ogół jest niezgrabny i powolny, ale należy do najsilniejszych i najbardziej niezniszczalnych otchłańców. Z uwagi na to, że jego materializacja nie wymaga wyspecjalizowanych warunków, jest liczniejszy od skalnych demonów.

Demon ognisty – oczy, nozdrza i pysk demona ognistego jaśnieją pomarańczowym, spowitym dymem światłem. Jest najmniejszy spośród otchłańców, na ogół większy od królika, ale mniejszy od dużych kotów. Podobnie jak wszystkie demony, ma długie, haczykowate szpony i rzędy ostrych niczym brzytwy kłów. Jego pancerz składa się z drobnych, nachodzących na siebie łusek, twardych i zaopatrzonych w ostre krawędzie. Demon ten potrafi pluć ognistą wydzieliną, która eksploduje w kontakcie z powietrzem i podpala niemal każdy materiał, łącznie z metalem i skałą.

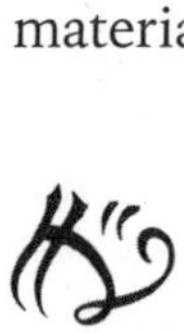

Demon piaskowy – choć spokrewniony z demonem skalnym, piaskowy jest mniejszy i zwinniejszy, ale nadal należy do najsilniejszych i najlepiej opancerzonych otchłańców. Jego ciało kryje drobna, ostra łuska, brudnożółta i trudna do odróżnienia od żwiru. Przemieszcza się na czterech łapach, ale podczas walki potrafi stanąć na dwóch. Jego krótki pysk kryje rzędy ostrych kłów, a wąskie nozdrza znajdują się tuż pod wielkimi, pozbawionymi powiek ślepiami. Spomiędzy łusek na głowie wyrastają grube, zagięte ku tyłowi rogi. Jego brwi nieustannie drgają, usuwając niesiony wiatrem piasek.

Demon polny – smukły, trzymający się nisko ziemi polny demon ma długie, mocne kończyny i szpony, które może chować. Na otwartym terenie potrafi rozwinąć oszałamiającą prędkość i wykonywać dalekie skoki. Twarda łuska na kończynach i zadzie jest w stanie zatrzymać niemal każdą broń, ale jego słabszy punkt stanowi podbrzusze, choć trudno wymierzyć tam cios.

Demon skalny – reprezentuje największy gatunek wśród otchłańców i dorasta od sześciu do dwudziestu stóp wysokości. Jest ogromnym, muskularnym gigantem, którego ciała broni gruby pancerz najeżony kościanymi kolcami, a jego najgroźniejszą bronią jest kolczasty ogon, którym potrafi kruszyć skały. Chodzi w pozycji wyprostowanej, choć się garbi. Jego długie, sękate ramiona zwieńczone są pazurami długości noży rzeźnickich. Nie istnieje niemagiczna broń, która byłaby w stanie wyrządzić jakąkolwiek krzywdę skalnemu demonowi.

Demon śnieżny – podobny z budowy do ognistego, demon śnieżny zamieszkuje mroźną północ oraz wysokie szczyty. Jego łuska jest idealnie biała, ale migocze najrozmaitszymi kolorami, gdy padnie na nią światło. Śnieżny demon jest niemal niewidoczny w śniegu, a pluje płynem, który błyskawicznie zamraża wszystko, na co padnie. Trafiona nim stal staje się krucha do tego stopnia, że pęka przy mocniejszym uderzeniu.

Demon umysłu – znany również jako książę otchłańców. Demon umysłu jest przywódcą całego rodzaju. Jest wyłącznie rodzaju męskiego. Nie dysponuje imponującą siłą fizyczną ani też innymi cechami, które czynią z demonów pomniejszych gatunków straszliwych przeciwników w walce, włada za to wielkimi mocami magicznymi oraz umysłowymi. Potrafi czytać myśli i opanowywać umysły swych ofiar, komunikować się telepatycznie i wpajać podwładnym zalecenia, za którymi będą podążać aż do śmierci. Jest również w stanie kreślić runy w powietrzu i nadawać im moc z własnych zasobów. Otchłańce pomniejszych gatunków bez sprzeciwu wypełniają każde telepatycznie przekazane polecenie i bez wahania poświęcają własne życie w obronie księcia. Wrażliwy nawet na blask księżyca, demon umysłu pojawia się na powierzchni jedynie w najciemniejszych godzinach trzech dni Nowiu.

Demon wichrowy – w pozycji stojącej demon wichrowy mierzy około sześciu stóp, ale z jego głowy wyrasta ostry, płaski czub pełniący rolę statecznika, dzięki czemu otchłaniec sięga w sumie ośmiu, dziewięciu stóp. Jego zaopatrzony w ostre krawędzie dziób kryje szerokie rzędy kłów. Skóra jest twarda, ale elastyczna, może zatrzymać większość grotów strzał czy ciosów włócznią. Tworzy też błonę skrzydeł, które mogą być trzykrotnie dłuższe od samego potwora. Choć na ziemi jest niezdarny i powolny, w powietrzu wichrowy demon jest straszliwym przeciwnikiem. W miejscach, gdzie zbiegają się cienkie kości skrzydeł, wyrastają zabójcze, haczykowate szpony. Preferowaną metodą ataku jest ciche nurkowanie – opadający otchłaniec rozrzuca z trzaskiem skrzydła tuż przed ofiarą i odrzyna jej głowę, po czym łapie ciało ofiary i odlatuje.

Demon wodny – rzadko kiedy uda się dostrzec wodnego demona, ale wiadomo, że różnią się od siebie kształtem i rozmiarami. Niektóre są niewiele większe od ludzi, zwinne i pokryte łuską, a ich połączone błoną pławną palce u kończyn górnych i dolnych zwieńczone są pazurami. Inne z kolei są na tyle duże, że potrafią opleść grubymi, pazurzastymi mackami trójmasztowy okręt i wciągnąć go pod wodę. Spotyka się także okazy jeszcze większe, zwane lewiatanami, które potrafią wyskoczyć ponad powierzchnię wody i opaść, by wywołać ogromną falę. Oddychają tylko pod wodą, przez co mogą się wynurzyć jedynie na krótką chwilę.

Demon zmiennokształtny – elita wśród otchłańców i osobista eskorta książąt. Nie jest aż tak wrażliwy na światło jak jego panowie i bardziej inteligentny od innych gatunków, dzięki czemu służy jako oficer hordy otchłańców i jest w stanie zarówno wzywać, jak i narzucać swoją wolę pomniejszym rodzajom. Jego naturalna forma nie jest znana, potrafi upodobnić się do wszystkiego, co napotyka, od przedmiotów nieożywionych po inne istoty, strój czy ekwipunek. Jego ulubiona taktyka to poznanie imienia potencjalnej ofiary i przybranie ciała jej przyjaciela. Demon udaje wówczas, że znalazł się w sytuacji zagrożenia, i wzywa ofiarę, skłaniając ją, by opuściła barierę runiczną.

Runy obronne

Pobierają magię, by stworzyć barierę nieprzenikalną dla demonów. Każdy z nich działa najlepiej na wybrany gatunek demona, a najczęściej łączy się je wraz z innymi w kręgi ochronne. Zaktywowany krąg odrzuca ciało każdego otchłańca, który usiłuje go sforsować.

Schronienie – run schronienia jest podstawowym runem, którego uczone są dzieci. Nie jest on tak potężny jak symbole chroniące przed poszczególnymi rodzajami otchłańców, ale wytwarza strefę, która zniechęca większość demonów i odbiera im chęć do działania, chyba że te dostrzegły już ofiarę. Bardzo duże i potężne runy tworzą barierę. Run jest wykorzystywany w thesańskiej grze kościanej „Schronienie" oraz w jej krasjańskim odpowiedniku, znanym pod nazwą „Sharak".

Runy wojenne

Runy wojenne wykorzystują magię, by niszczyć demony. Niektóre pobierają moc od trafionego otchłańca, a inne zasilają ich kości, zwane *hora*.

Cięcie – runy cięcia, wyryte na ostrzu, wysysają moc z trafionego demona, osłabiając jego pancerz, wzmacniając broń i ostrząc ją na niemalże molekularnym poziomie, dzięki czemu wojownik jest w stanie przerąbywać nawet pancerz i ciało demona.

Gorąco – runy gorąca zwiększają energię termalną i zamieniają magię bezpośrednio w gorąco. Przedmioty, na które zostają naniesione, ulegają dezintegracji po aktywacji runu, chyba że są odporne na wysokie temperatury.

LEKTRYKA – te runy przekształcają magię bezpośrednio w elektryczność, która może zostać przekierowana w przedmiot bądź istotę. Można je również łączyć w obwody.

MAGNETYZM – runy magnetyczne ładują docelową strefę i na podobieństwo potężnego magnesu przyciągają przedmioty wykonane z żelaza. Czasami wykorzystuje się je do zwiększenia celności ognia z armat.

NACISK – Runy nacisku wywierają miażdżący napór, który z każdą upływającą chwilą kontaktu z ciałem demona staje się coraz silniejszy i gorętszy.

OGNISTE/LODOWE SPLUNIĘCIE – te runy są wykorzystywane do ochrony przed ognistymi demonami i zamieniają ich wyziewy w chłodny wiatr. Ich odwrotna wersja zamienia lodowe splunięcie w ciepły podmuch.

PRZEBICIE – runy przebicia czerpią moc z uderzenia w ciało demona. Osłabiają jego pancerz i skupiają magię na ostrzu broni, by uzyskać maksymalną moc przebicia.

SZKŁO – te runy po naładowaniu magią zamieniają szkło w strukturę twardszą od diamentu i mocniejszą od stali, nie zmieniając przy tym wagi ani kształtu. Runiczne szkło jest powszechnie wykorzystywane do tworzenia niemal niezniszczalnych okien, fiolek, broni i pancerzy.

Uderzenie – te runy zamieniają magię w moc uderzeniową. Mogą być wykorzystywane osobno lub po to, by wzmocnić uderzenie broni obuchowej. Trafiwszy demona, zasysają magię niczym runy cięcia, co osłabia pancerz wroga i jednocześnie zwiększa moc uderzenia. Im mocniejsze uderzenie, tym większa zgromadzona energia.

Wilgoć – symbole tego typu ściągają wilgoć z powietrza lub pobliskich zbiorników wody. Służą do zapewniania uprawom odpowiedniej ilości wody bez konieczności zajmowania się nimi. Za ich pomocą można też napełnić niewielki zbiornik bądź zgasić ognistego demona. Odwrócone runy wilgoci o odpowiedniej sile mogą doprowadzić do odwodnienia ofiary.

Zimno – runy zimna redukują energię termalną i gwałtownie obniżają temperaturę celu, która spada poniżej zera. Potężne runy zimna są w stanie strzaskać stal lub nawet pancerz skalnego demona.

Runy percepcji

Runy percepcji wywołują magiczne efekty, które wpływają na działanie zmysłów demonów, a czasem też ludzi.

Dezorientacja – runy dezorientacji wytwarzają strefę, w której istoty stają się oszołomione i tracą orientację w terenie. Dotknięte nią demony często zapominają, czego szukały, i błąkają się bez celu, chyba że są już na tropie ofiary.

Niewidzialność – runy niewidzialności sprawiają, że człowiek staje się niewidzialny dla demona, pod warunkiem że zachowuje bezruch. Wraz z runami dezorientacji wykorzystywane są do szycia płaszczy niewidzialności, które zapewniają bezpieczeństwo w mroku nocy.

Proroctwo – wyryte przez *dama'ting* na *alagai hora* runy proroctwa odczytują prądy magii i tworzą wizje przyszłości. Ich moc wyrywa kości z naturalnej trajektorii, by utworzyć odpowiedź na pytania, zawarte w modlitwie do Everama. Procesy wytwarzania kości i odczytywania wyników rzutów to ściśle chronione sekrety krasjańskich kapłanek, a karą za ich zdradzenie jest śmierć.

Rezonans – runy rezonansu oddziaływają na przepływ fal dźwiękowych i rozpędzają je, by utworzyć strefy ciszy, bądź potęgują je celem wzmocnienia dźwięku. Kość demona przełamana na pół i wyposażona w runy rezonansu umożliwia komunikację na dystans.

Runiczne widzenie – narysowane wokół oczu i napełnione mocą runy magicznego widzenia pozwalają istotom żyjącym na powierzchni postrzegać magiczne spektrum. Użytkownik runów widzi w całkowitych ciemnościach równie dobrze jak w blasku dnia. Może też śledzić prądy magii, oceniać moc kombinacji runów i widzieć aurę każdej żyjącej istoty. Doświadczony użytkownik jest w stanie analizować aurę na tyle, by wiedzieć, co dana osoba czuje i myśli, a czasem zerknąć w jej przeszłość, a nawet w przyszłość.

Światło – runy światła przekształcają magię w czyste, białe światło. W zależności od mocy źródła można uzyskać od łagodnej emanacji aż po oślepiający blask.

ZLEWANIE – runy zlewania maskują obszar oddziaływania. W przeciwieństwie do runów niewidzialności, które działają tylko na demony, runy zlewania wpływają również na zmysły ludzkie. Wywołany przez nie efekt psuje nagły bądź szybki ruch.

Spis rzeczy

PAN
LODOWEGO
OGRODU
PAN
LODOWEGO
OGRODU

6,–

fabryka słów®
WYDAWNICTWO

WYDAWCA

Fabryka Słów sp. z o.o.
20-834 Lublin, ul. Irysowa 25a
tel.: 81 524 08 88, faks: 81 524 08 91
www.fabrykaslow.com.pl
e-mail: biuro@fabrykaslow.com.pl
www.facebook.com/fabryka

SPRZEDAŻ INTERNETOWA

swiatksiazki.pl

ZAMÓWIENIA HURTOWE

DRESSLER

Dressler Dublin sp. z o.o.
ul. Poznańska 91
05-850 Ożarów Mazowiecki
tel. (+ 48 22) 733 50 31/32
www.dressler.com.pl
e-mail: dystrybucja@dressler.com.pl

DRUK I OPRAWA

opolgraf DRUKARNIA

Tytuł oryginału: The Desert Prince

PROJEKT I ADIUSTACJA AUTORSKA WYDANIA Eryk Górski, Robert Łakuta
TŁUMACZENIE Marcin Mortka
REDAKCJA Karolina Kacprzak
KOREKTA Agnieszka Pawlikowska
GRAFIKA NA OKŁADCE OPRAWY BROSZUROWEJ Sergei Shikin
GRAFIKA NA OKŁADCE OPRAWY TWARDEJ Dominik Broniek
GRAFIKI NA POCZĄTKACH ROZDZIAŁÓW ORAZ RUNY
by Lauren K. Cannon, © Peter V.Brett
ILUSTRACJE Dominik Broniek
MAPY Nicolette Caven
DRZEWO GENEALOGICZNE NA STRONIE 5 Paweł Zaręba
PROJEKT I OPRACOWANIE OKŁADKI OPRAWY BROSZUROWEJ
Konrad Kućmiński | Grafficon
PROJEKT I OPRACOWANIE OKŁADKI OPRAWY TWARDEJ
Szymon Wójciak
SKŁAD Dariusz Nowakowski | drewnianyrower.com

Wydanie I

ISBN 978-83-7964-675-3 – oprawa broszurowa
ISBN 978-83-7964-676-0 – oprawa twarda

/ fabrykaslow   / fabryka